연적 戀敵

지은이 문형렬

•

작가 문형렬은 영남대 사회학과 및 동대학원 철학과를 졸업했다.
1982년 《조선일보》 신춘문예에 시 당선, 《매일신문》 신춘문예에 소설 당선,
《우리 세대의 문학》에 실명기를 발표하였고, 그 후 1984년 《조선일보》 신춘문예에
소설이 당선되는 등 여러 신인 추천관문을 통과하면서 문단에 나왔다.
시집 『꿈에 보는 폭설』, 창작집 『언제나 갈 수 있는 곳』 『슬픔의 마술사』 등과
장편소설 『바다로 가는 자전거』 『눈먼 사랑』 『아득한 사랑』(전3권) 등을 펴냈다.

연적
문형렬 장편소설

•

초판 1쇄 발행일 2006년 4월 5일

지은이 · 문형렬
펴낸이 · 김종해
펴낸곳 · 문학세계사

•

주소 · 서울시 마포구 신수동 345-5(121-110)
대표전화 · 702-1800
팩시밀리 · 702-0084
이메일 · mail@msp21.co.kr
www.msp21.co.kr / www.ozclub.co.kr
출판등록 · 제21-108호(1979. 5. 16)

•

값 9,800원

ISBN 89-7075-353-2   03810
ⓒ문형렬, 2006

연적
戀敵

문형렬 장편소설

문학세계사

□ 작가의 말

　서울 생활을 접으며 육효를 뽑아 드니 풍지관이 나왔다. 이리저리 바람에 불려 떠다니는 형세였다. 그리고 10년이 지나 꼼짝없이 다시 효를 뽑아 들었다. 눈물이 비오듯 쏟아지니 비로소 길하리라는 괘가 나왔다.
　어느새 10년이 지나갔다. 그동안 내가 어디서 무엇을 하고 있었는지 왜 모르겠는가만, 그래도 정신은 타는 숯 같았는지, 어땠는지 묻는다면 무슨 답을 하겠는가.

　다만 나는 동학혁명 때 맑은 창자처럼 살았으며 무덤도 없이 스러져간 30만 명이 넘는 조선의 사람들을 인간 세상으로 떨어진 저 『구운몽』의 성진을 통해 참으로 우스꽝스럽고 미미하게나마 위로하고 싶었다. 허나 천성이 스스로 천박하고, 게으르고, 애절하지 못하여 뜻한 바를 이루지 못했다. 사서와 삼경의 기운을 빌리고, 온갖 기서를 기웃거려 그래도 아주 작은 지혜나마 구하고자 했으나 그 막막함에 내내 손을 놓아 버렸다가, 문득 글을 마치고 붉은 꽃잎 같은 두 손을 공중으로 내민다.

　귀한 책을 오래 빌려준 류주열 한의학자와 긴 날을 기다려준 문학세계사의 김종해 선생님, 『연적』이 끝나기를 기다려온 존 차 선생님께 삼가, 고마운 말씀을 올린다.
　아, 길함에 기대지 말고
　슬픔에 의지해 생애를 구할 수 있다면.

望雪春寺에서 문 형 렬

연적 戀敵

＊차 례

1. 하늘 잔치 _____ 9
2. 얼룩진 분홍 꽃잎 _____ 20
3. 8선녀를 희롱하는 법 _____ 40
4. 인간 세상으로 떠나는 길 _____ 61
5. 동학도인 양소유 _____ 75
6. 편지 _____ 102
7. 다시 만난 단향 _____ 116
8. 여인 채옥 _____ 144
9. 하늘의 뜻은 쉼이 없다 해도 _____ 189
10. 한양 가는 양소유 _____ 229
11. 호랑이를 타고 _____ 255
12. 여인 옥춘 _____ 283
13. 백양사의 꿈 _____ 314
14. 길고 긴 편지 _____ 347
15. 눈 먼 봄날의 노래 _____ 366

□작품 해설
꿈 같은 연애에의 초대 _____ 391

1
하늘 잔치

 천상天上에 만겁이 흘러도 그 자태와 교교함이 변함 없이 아름다운 신선이 있으니, 그녀를 일컬어 왕모王母라 하였다. 왕모는 하늘의 서쪽에 살아서 다른 신선들은 그녀를 서쪽의 왕모라 하여 서왕모西王母라고도 불렀다. 왕모의 나이가 얼마나 되었는지는 그 어느 신선도 알 수 없으나 붉은 뺨은 막 초경을 끝낸 처녀의 얼굴처럼 매끄럽고, 비단 망사에 휩싸여 있는 허리는 서천을 지나는 바람에 날려가 버릴 듯 가늘었다.
 그녀가 비취로 만든 옥좌에 앉아 살쩍을 다듬느라 오른손 둘째와 셋째 손가락으로 이마를 쓸어 올리면, 비취 좌 아래 시립해 있던 어린 선녀들도 가볍게 공중으로 일렁이는 희고 깨끗한 손목을 따라가기라도 할 듯 출렁이는 왕모의 젖봉오리에서 눈길을 뗄 줄 몰랐다. 어린 선녀들의 눈빛에는 왕모를 가없이 흠모하는 기운이 가득했다.
 왕모가 높이 틀어 올린 머리 위에 화려한 금관을 쓰고 오색 영롱한 비단옷을 휘날리면 그 장려한 모습 때문에 천상 지상의 만상들이 빛을 잃을 정도였다. 왕모가 봉황이 새겨진 가죽신을 신고 한 걸음 내딛으면 발밑에서 청룡, 황룡이 서리서리 움직이고 이내를 아련하게 뿜어내어 천상의 모든 선군과 선아들을 우러러보게 했다.

왕모가 사는 황금 궁궐은 흰 진주와 푸른 진주로 이슬처럼 뒤덮여 있었다. 궁궐 안에서 그녀를 모시던 무수한 선녀들은 하나같이 하늘거리는 옷살 사이로 우유 같은 살결을 언뜻언뜻 내비치며 향내와 교태를 자랑하지만 아무도 왕모의 아름다움을 뒤쫓아가지는 못했다.

궁궐에는 천도복숭이 열리는 벽도수碧桃樹가 한 그루 자라고 있었는데 나무의 높이는 팔천 길이나 되었다. 천상의 일을 세속에서 알 수야 없는 일이나 천도복숭에 대해서 여러 가지 말이 전해 왔다.

인간 세상에서 말하기를 반도蟠桃, 즉 천도복숭이 익으려면 그 씨가 땅에 떨어져 삼천 년이 되어야 싹이 트고, 다시 삼천 년이 지나야 꽃이 피며, 그 다음 삼천 년이 지나면 열매를 맺기 시작한 뒤, 다시 삼천 년이 지나야 열매가 익는다고 하였다. 그러니까 반도가 익기까지는 일만이천 년이 걸리는 것이다. 세속에서 수를 헤아리기를 일, 십, 백, 천, 만, 억, 조가 있고 그 뒤에 경, 해, 서, 양, 구, 간, 정이 있다. 그래도 세속의 인간들은 교만하기 짝이 없어 극, 항하사, 아승기, 나유타, 불가사의에 이어 무량대수라는 10의 68승까지 만들어 두었으니 인간들의 어리석음 또한 그 수처럼 한량없었다. 왜냐하면 천상의 반도 하나 제대로 맛본 인간은 손으로 헤아릴 정도였고, 그 인간 세상의 기쁨과 행복이 아무리 길고 많다 해도 밤하늘의 별과 해와 달의 운행도수보다 짧은 날들이었다.

이 천도복숭을 하나만 먹어도 수명이 하늘처럼 길고 만약 세 개를 먹으면 수만 겁을 더 살 수 있었다. 동방삭東方朔은 왕모가 무제에게 내린 천도복숭을 훔쳐 먹고 삼천 갑자를 살았다고 하였다. 옛 글에 전하기를 인간 세상에 전한의 무제(B.C 156~B.C 87)라는 황제가 있었는데 그 역시 하찮은 범부처럼 늙지 않고 길이길이 살기를 염원하였다.

그는 날이면 날마다 제단을 차려놓고 불로장생하기를 빌었다.

왕모가 천계에서 보기에 그 정성이 하도 가상하여 칠월칠석날을 맞아 이슬처럼 고운 시녀들을 무수히 데리고 그의 궁궐로 홀연히 내려갔다.

무제는 왕모의 휘황찬란한 아름다움과 무수한 선아들의 교태에 혼백이 빠진 듯 온몸을 배터진 두꺼비처럼 납작 엎드려 이마를 바닥에 무수히 찧으며 왕모에게 불로장생의 비결을 가르쳐 달라 간곡히 청했다. 왕모는 무제의 기도와 정성이 갸륵하기도 하거니와 또한 남정네의 청을 뿌리치지 못해 천도복숭을 내놓고 말았다. 다만 천상이든 세속이든 공짜가 어디 있겠는가.

왕모는 무제의 욕망과 기원이 너무 가련해 한마디 아니할 수 없었다.

"무제여, 너는 끝없이 음란하고 잔학한 일을 일삼아 왔구나. 앞으로도 이런 생활은 끝이 없을 테니 어찌 불로장생할 수 있겠는가? 허나 하토의 황제가 이리 간곡하게 청하니 그 정성을 보아 한 번은 용서하겠노라. 앞으로 구업과 악행을 멈추고 오래 선행을 닦으면 하찮은 신선의 자리에는 오를 수 있겠도다."

무제는 왕모의 말이 심히 못마땅했으나 섬섬옥수 안에서 무지개처럼 일곱 개의 반도가 노닐고 있는 것을 보고는 입을 다물었다.

"이 반도는 3천 년 만에 한 번 열매가 맺히는 것도 있고 6천 년 만에 열매가 맺히는 것도 있으며, 9천 년 만에 한 번 열매가 달리는 것도 있느니라. 네가 두 손밖에 없으니 양 손에 하나씩 집도록 하여라."

무제가 슬그머니 얼굴을 들어 왕모의 손에 놓인 반도를 보니 이왕이면 3천 년보다 9천 년 만에 열린 반도를 먹고 싶었으나 어느 것이 9천 년 만에 열린 열매인지 알 수 없었다. 두 손밖에 없는 것도 한탄스러운 일이었다. 왕모가 손 하나에 하나씩밖에 안 주는 줄 알았다면 천하의 수많은 신하들과 장수의 팔을 잘라 천의 손을 만들어 두었을 것이다.

그는 왕모가 기왕에 가져왔던 일곱 개를 다 주지 않는 것이 섭섭하여 감히 한마디 아니할 수 없었다.

1. 하늘 잔치   11

"왕모시여, 이몸은 두 손만 집을 수 있는 게 아니라 두 발로도 집을 수 있고 입으로도 집을 수 있으니 허락해 주소서."

왕모는 무제의 욕심이 끝 간 데가 없음을 알았으나 가져갈 수 있는 대로 가져가라 하니 무제는 벌떡 일어나 먼저 입으로 하나를 물고 두 손으로 하나씩 잡고는 황급히 황금 신을 벗고 두 발을 모아 하나를 집어 올려, 3개를 순식간에 먹어 치우고 나서는 나머지 한 개는 나중에 먹으려고 괴춤 안에 넣었는데 이것이 그만 빠져나와 시립해 있던 동박삭의 발 아래로 굴러들어왔다. 동박삭은 이게 필시 천상의 복이라 여겨 한순간이나마 망설이지도 않고 냉큼 집어 먹고 말았는데 그게 바로 9천 년 만에 열리는 반도였다. 무제가 괴춤에 숨긴 반도가 흘러나간 줄은 알지 못하고 이미 먹은 복숭아의 씨를 심어 두고두고 따먹으려고 옷자락 속에 감추려 하자 왕모는 시녀들의 옷자락이 휘날려 몸의 굴곡이 드러나도록 큰 바람을 일으키며 웃었다.

"딱하고 어리석구나, 무제여. 3천 년 만에 열리는 열매를 먹기 위해 씨앗을 땅에 심는단 말이더냐. 너는 오늘 반도를 먹었으나 지금껏 음란하고 잔혹한 짓을 일삼았으니 결코 장생하기 어렵도다. 허나 간절한 너의 정성에 못내 용서하고 반도를 네 개나 주었는데 모두가 너의 복이 아니구나. 이후로는 행동을 삼가고 철저히 수행하면 다시 왕모를 만날 수 있으리라."

반도를 무려 세 개나 먹은 무제는 그러나 일흔 살도 채 살지 못했다. 그는 왕모의 충고를 헛되이 하고 여전히 악행을 일삼았다. 전쟁을 일으켜 수많은 백성들을 죽였고 후궁들과 끝없는 음행을 즐겼다. 반도를 하나만 먹은 동박삭도 삼천 갑자나 살았는데 천상의 반도를 세 개나 먹은 무제에게는 아무 소용이 없었으니 참으로 아깝고 원통한 일이 아닌가.

천도복숭은 인간 세상의 하찮은 범부는 물론 신선들도 탐내는 과일이었다. 적어도 3천 년 만에 한 번 열린다는 그 천도복숭이 왕모의 정원에서는 1년에 한 번씩 열매를 매달았으니, 왕모의 깊은 살결과 고운 몸내도 어쩌면 천도복숭의 신묘한 힘 때문일 것이라고 여신선들이 질투하듯 수군거리기도 했지만 반도원에는 누구도 들어갈 수가 없었고 엿볼 수도 없었다.

어떤 신선은 반도원의 복숭아나무는 한 그루가 아니라 3천6백 그루라고 마치 본 것처럼 이야기하기도 하는데, 그가 누군고 하니 손오공이었다. 그가 말하기를 반도원 앞줄의 1천2백 그루는 3천 년에 한 번 열매가 열리는데 크기는 작지만 먹으면 몸이 가벼워져 신선이 될 수 있다고 천상의 성군과 선아들에게 떠벌리고 다녔다. 가운뎃줄의 1천2백 그루는 여덟 겹으로 된 꽃이 피는데 열매는 6천 년 만에 한 번씩 열린다. 이것을 먹으면 날아다닐 수가 있고, 마지막 줄에 있는 1천2백 그루는 자줏빛 반점이 있는 것으로 비록 씨는 작지만 9천 년에 한 번 열매를 맺는데 하토의 인간이 이 복숭아를 먹으면 해와 달처럼 오래 살 수가 있다고 입에 침을 발라가며 반도 예찬론을 주절주절 늘어놓았다.

예부터 신선이 되기 위해서는 불로장생의 법을 알아야 하는데 그래서 인간 세상의 어리석은 도사들도 신선이 되기 위해 황금을 만드느라 무수한 시간을 헛되이 바치기도 하였다. 허나 인간 세상이나 천상의 성군 선아들은 왕모의 반도 하나만 먹어도 불가사의한 날들을 늙지 않고, 청춘을 잃지 않고, 고고한 정력과 향기로운 교태를 지니고 지낼 수 있음을 알고 있었다. 그래서 왕모의 반도를 하나 얻어먹기 위해서 조석으로 왕모에게 문안을 하는 신선들이 부지기수였다.

그러나 벽도수가 한 그루이든 3천6백 그루이든 천상에서는 헤아림이 아무 소용 없는 짓이다. 한 그루가 3천6백 그루이고, 3천6백 그루가 한 그루인 법이다. 열매가 3천 년에 한 번 열리든 9천 년에 한 번 열리든 하늘의 이법은 인간세계의 시간으로 잴 수 없으니 그 차이 또한 쓸 데가 없는 법이다. 혹 셈에 밝은 이가 그 차이를 구별하려 한다면 차라리 저 항하사처럼 넓은 하늘 곳곳을 다 헤는 일이 훨씬 쉬운 일이 아니겠는가.

그래도 왕모의 마음은 너그러운 데가 있어서 1년에 한 번씩 반도가 익으면 천상의 큰 신선과 선아와 성관들을 불러 장려한 연회를 열었다. 음력 삼월 초사흗날이 왕모의 탄신일이었으므로 그날이 오면 그녀는 모든 보살과 천존, 상제, 대선大仙들을 청해 축수연을 가지는데 이번에는 지난 해보다 수확이 배나 되어서 하늘 깊이 처처소소에 흩어져 있는 신선과 성관星官들도 빠짐없이 초청을 받아 반도연은 태초 이래 가장 큰 잔치가 되었다.

이날 왕모는 명주실처럼 곱고 흑진주처럼 검은 머리를 크게 틀어올리고 그 위에 색색가지 보석으로 장식한 황금관을 쓰고 금비단옷에 봉황을 수놓은 가죽신을 신었는데, 왕모가 발걸음을 내딛을 때마다 그 봉황은 가죽신에서 날아올라 왕모 주위에 상서로운 구름을 무수히 풀어놓고는 다시 가죽신으로 날아들어가 앉기를 되풀이했다. 왕모의 살결은 수정같이 빛나고 유리처럼 깨끗했으며 흩날리는 향기는 모여드는 천상의 모든 신선들의 정신을 뒤흔들었다. 살결은 얼마나 매끈한지 햇빛과 바람도 그만 미끄러져 길을 잃을 정도였다.

그러나 왕모가 노하면 표범의 머리에 호랑이의 이빨을 하고 머리를 산발한다 하였으니 그 기괴함과 놀라움 또한 이루 필설로 다 나타낼 수 없다. 오래 전에 손오공이 벽도수의 반도를 몰래 따먹다가 왕모에게 들킨 일이 있었는데 그때 노한 왕모의 모습을 본 손오공이 그렇게 묘사했던 것이다.

음력 삼월 초사흗날, 드디어 반도연이 열리자 오직 그날을 손꼽아 기다렸다는 듯 신선들이 다투어 왕모의 황금 궁으로 찾아들었다. 인간 세상의 살아가는 모든 이들의 행복과 불행을 좌우하는 옥황상제 또한 반도를 하나 얻어 먹기 위해 서둘러 구름마차를 끌고 황금 궁으로 들어서니 먼저 온 여러 신선들이 황공히 맞아들였다. 그 사이 왕모를 모시던 선녀들은 그윽한 살냄새를 풍기며 황금 궁으로 들어서는 손님들을 바쁘게 맞아들였다. 바다의 물고기들의 생사와 물 위에 뜬 어부들의 희노애락을 관장하는 용왕과 인간의 수명을 관장하는 남두성군, 인간이 죽은 뒤 그 죄를 따지는 북두성군, 그리고 직녀선과 달에서 온 선녀 항아姮娥, 한 번에 천의 귀신을 낳아 저녁에 다시 잡아먹는 무서운 귀모천존鬼母天尊도 있었다. 그렇지만 그 누구 하나 가릴 것 없이 왕모의 구중궁궐 선녀들이 곁을 스치면 휘몰아치는 살냄새와 화살같이 날아오는 체온의 열기에 자신도 모르게 몸을 한 번씩 떨곤 했으나 체통이 있어 가까스로 몸을 가누었다. 여신선들은 같은 여자이면서도 시중을 드는 선녀들의 살 냄새에 현기증이 나는지 귓불로 쉴새없이 퍼져나가는 분홍색 기운을 긴 손톱으로 가리기에 바빴다.

꽃을 다스리는 백화선이 머리에 칠보화를 가득 꽂고 궁궐로 들어서다가 왕모의 선녀들이 맞이하는 공손한 예의와 살갗이 남김없이 비치는 망사자락 속의 자태에 잠시 입을 벌리며 탄성을 질렀고, 초청을 받은 다른 선인들도 바람을 타거나 불수레 위에 앉아서 연회장으로 들어서다가 짐짓 눈길을 돌리는 척했으나 시중을 드는 선녀들이 몸을 움직일 때마다 미약처럼 그들의 몸을 휩싸는 향기를 맡느라 정신을 놓을 지경이었다.

그래도 선인들은 함부로 몸을 놀리지 아니하는 높고 높은 품격이 있어서, 연회장 한가운데 놓인 비취 옥좌에 앉아 있는 왕모에게 예를 다하고 축수하는 예물을 일일이 바치니, 시종 선녀가 하나하나 예물을 기록하고 받았다.

왕모는 비취 좌에 자리하고 그 옆에 반도를 쌓아두고 하나씩 손님들에게 나누어 주었는데, 옥황상제에게는 예를 지키느라 두 개를 주고, 지옥의 중생을 구제하는 지장보살에게는 그 마음을 한없이 소중하게 여겨 유일하게 세 개를 주었다. 왕모는 지옥에 남은 중생들을 다 구제하기까지에는 결코 성불하지 않겠다는 지장보살이 참으로 훌륭하게 여겨졌다. 그녀는 그밖에도 얼음복숭아, 불꽃 대추 등 하늘 과일도 함께 손님들에게 나누어 주었다.

 손님들이 왕모에게 인사를 하고 반도를 받아들 무렵, 가늘지만 드높은 음절의 현금이 울려 나왔다. 그 소리가 온몸의 12경락을 한꺼번에 휘돌아 단전 깊숙이 쏟아져 내려들 듯 현란하고 기묘할 뿐 아니라, 또한 더없이 청아해서 반도연에 모인 모든 성군과 신선들, 선아들은 눈앞으로 깊고 아득한 물안개가 덮치는 것 같았다. 이들은 차마 사방을 둘레둘레 살펴보지는 못하고 옆의 신선들이 눈치채지 못하도록 귀를 쫑긋 세우는데 왕모 앞, 한가운데 자리로 구름연기가 홀연히 피어오르더니 흰 비단 진주옷을 입은 선녀들에게 둘러싸여 검은 망사로 몸과 얼굴을 가린 한 선녀가 현금을 가슴에 안고 나타났다.
 왕모가 빙그레 웃음을 띠며 그 선녀의 이름을 불렀다.
 "단향아, 오늘 여기 귀하신 선장, 성군, 대덕을 위해 네 솜씨를 마음껏 뽐내려무나."
 왕모는 아주 흡족한 듯이 말하고는 주위의 손님들을 둘러보았다.
 "오늘, 단향의 현금을 듣고 선인들의 마음이 어지럽지 않다면 그 공덕이 억겁이 지나도 무너지지 않을 것이오. 허나 저 현금을 듣고 마음이 타오르고 어지럽다 하여도 어느 누가 그 어지러움을 탓하겠소. 일월도 때로는 빛을 스스로 가리는 법, 마음껏 열락과 흥취로 이 날을 보내길 바라겠소."

왕모가 자리에 앉은 신선을 돌아보며 손가락 끝을 공중으로 튕겨올렸다. 유리 같은 왕모의 팔뚝이 흘러내리는 옷자락 사이로 드러났다. 그 백옥의 살결에 선군, 선아들은 그만 소리없는 탄성을 내지르고 말았으나 왕모는 빙그레 웃기만 했다. 단향은 왕모의 말이 끝나자 살풋 허리를 흔들어 인사를 했다. 그녀는 연회 한가운데 놓여 있는 작은 옥석 위에 무릎을 굽히고 발끝을 올려 놓았다. 그러자 바람이 시샘하듯 검은 망사를 흔들고 지나갔다. 망사비단은 흰 종아리 위까지 말려 올라갔고, 둥근 허벅지에 햇살이 후둑 떨어지자 긴 다리는 꽃그늘져 내린 백옥처럼 얼룩져 보였다.

단향은 가슴에 안은 현금을 옥석에 올린 다리의 허벅지 안쪽에 걸치듯 가만히 내려놓았다. 그제서야 남녀 선인, 성관 할 것 없이 잔치에 모인 이들은 입 속으로 침을 꿀꺽 삼키고 말았다. 어떤 걱정 많은 선인들은 속으로 햇빛에 드러나는 허벅지에 현금이 놓이니 단향의 살갗이 으깨어질까 심히 염려하기라도 하는 듯 길게 탄식했다.

다만 지장보살과 가섭, 아난존자만이 빙그레 웃을 뿐이었다. 단향이 몸을 앞으로 설핏 기울여 선을 고르자 실팍한 가슴은 솟구쳐 올라 찢어질 듯 부풀었고, 앞섶을 가린 검은 망사는 출렁이는 탄력을 이기지 못한 듯 그녀가 숨을 내쉴 때마다 팽팽하게 벌어지는 바람에 줄을 고르는 손의 움직임에 따라 가슴이 깊숙이 드러났다가 다시 오무라들곤 했다.

이윽고 단향이 아미를 숙인 채 현금을 타기 시작했다. 왕모의 초청을 받은 선인들은 현금의 가는 선 위를 뛰노는 그녀의 희고 가는 손가락을 따라 눈빛이 뒤흔들려 외면하느라 공중으로 던진 시선이 서로 뒤얽히들곤 했다.

단향의 손가락이 이루는 음조는 속눈썹을 스치는 바람처럼 흔적없이 그들의 가슴을 흔들었다. 신선들은 얼굴을 붉히며 참았던 숨을 길게 토해 내었다.

그들 가운데 더러는 은밀하게 단전에 힘을 모아 내공을 움직여 부드러운 바람을 일으켜 단향의 얼굴을 가린 망사를 걷어내고 싶어하기도 했지만 감히 왕모의 앞이라 엄두를 내지 못했다. 만약 그런 짓을 저지르면 왕모가 단번에 알게 될 것이고 다시는 반도연에 초대받지 못할 것을 두려워했기 때문이었다.

단향은 이마를 다소곳이 숙이고 눈을 내려 감고 있었다. 그녀를 둘러싼 선녀들이 현금이 울려내는 음악에 따라 군무를 이루며 빙글빙글 돌아갔다.

왕모는 선인들이 황홀해하는 모습을 비취좌에서 내려다보며 보일 듯 말 듯한 미소를 띠었고, 단향이 켜는 현금의 곡조는 갈수록 속도가 빨라져, 흩어진 흰 구름을 다시 모았다가 사방팔방으로 떠내려가 버리게 하고 구름 사이로 한순간 솟구치는 무지개 속을 낱낱이 헤저어 선인들의 몸을 가없이 뒤틀게 만들었다.

그때마다 망사 사이로 그녀의 얼굴이 살짝 내비쳤고 수양매 같은 긴 머리채가 그, 얼핏 드러나는 얼굴을 확 덮었다.

현금의 곡조에 모두들 정신없이 취해 있는데 왕모는 천상의 이슬로 빚어 천 년을 묵힌 신선주가 든 옥배를 높이 들며 말했다.

"여러 신선 대인께서 오늘 먼길을 마다 않고 이렇게 오셨으니 천기마저 이렇게 맑나 봅니다. 이 자리는 또한 여러 대인들의 자리이기도 하니 조금도 망설이지 마시고 몸과 마음이 흐르는 대로 즐겨 주시기를 앙망하오이다."

왕모의 말이 끝나자, 현금에 따라 춤을 추던 여러 선녀들이 신선들의 곁으로 다가가 옥배에다 술을 한 잔씩 따르었다. 신선들이 잔을 높이 들었고 단향은 격렬한 소용돌이를 일으키기라도 할 듯 사정없이 현금의 줄을 긁어대었다.

　아하……

　아하하……

　누군가의 깊은 탄식들이 잇달아 빠르게 새어나왔으나 한 줄기 바람이 왕모 앞으로 몰려들면서 그 짧고 깊고 소리없는 외침을 흔적없이 뒤엎어 버렸다. 단향은 부질없이 흩어져 사라지는 탄식의 방향을 따라 힐끗 눈길을 보내다가 바람을 타고 높이 솟으며 온몸을 휘감아 빙글빙글 돌기 시작했다. 단향의 몸이 바람 속으로 빨려 들어갔고, 몸을 가린 검은 망사가 공중에서 옥석 위로 툭 떨어지자, 한 선녀가 앞으로 나와 그녀의 옷을 주워 들고 재빨리 물러났다.

　단향이 어디로 사라졌는지 보이지 않는데 현금의 소리만 울려 퍼져나갔다. 그 소리가 왕모의 비취좌 뒤에서 흘러나오는 것을 알게 될 쯤 칠흑같은 긴 머리로 얼굴과 가슴을 반쯤 가리고, 아랫배에서 사타구니 깊이까지 현금으로 가린 단향이 연회장 앞으로 밀려드는 물결처럼 나타났다.

　단향은 실오라기 하나 걸치지 않은 채 현금을 뜯고 있었고 운무와 햇빛이 그녀의 살갗을 오색으로 아롱지게 했다. 선인들은 눈앞에서 수만의 무지개들이 분탕질을 치는 것 같아 입 밖으로 소리를 내지 않기 위해 안간힘을 다하며 속으로 헛기침을 몇 번 해댔다.

2
얼룩진 분홍 꽃잎

그때 축수연이 벌어지고 있는 자리 뒤로 슬그머니 다가서더니, 춤추는 단향의 자태에 넋이 빠져 버린 한 그림자가 있었다. 아무도 그 나타난 그림자를 알지 못했다. 그는 아주 젊고 준수한 사미승이었다.

단향이 왕모 뒤로 완전히 사라지자, 선인들은 정신이 다시 들어온 듯 옥배에 든 술을 마시기 시작했다. 시중을 드는 왕모의 선녀들이 선인들의 입에다 선과仙果를 한 조각 넣어주었다. 선과들은 선인들의 입에 들어가자 봄눈처럼 녹아내렸다.

달에서 온 항아姮娥가 답례를 하듯 일어나서 여러 신선들을 향하여 말했다.

"오늘 금모金母 성탄에 천기가 보호하지 않았으면 이렇게 각 은하의 선장과 성군들이 다 오셔서 축수하지 못했을 것입니다. 금년의 잔치는 지금까지의 잔치 가운데 가장 성대합니다. 여러 재주 있는 선녀들의 가무는 일찍이 들어 보았으나 단향선의 곡조가 이리 향기롭고 눈부신 줄은 정말 몰랐습니다. 화답하는 뜻에서 한말씀 올립니다. 저기 모든 새와 짐승들의 생사를 관장하는 백조百鳥, 백수百獸 두 신선이 계시니 이런 좋은 때를 맞이하여 여러 선동에게 분부를 내려 금모 성탄을 축수하는 춤과 노래를 보여 주심이 어떠하신지요?"

신선들은 이슬이 굴러가는 목소리를 내는 항아를 보았다. 항아의 눈매는 휘어진 초승달처럼 고왔고 낯빛은 온화했고 기품이 있었다. 여러 신선들의 눈길이 그녀의 지명을 받은 백조, 백수 두 신선에게로 옮겨갔다. 지명을 받은 두 신선이 동시에 일어서 허리를 굽히며 대답했다.

"여러 선인, 말씀을 듣잡고 반드시 그 뜻에 따라야 할 것이로되 다만 노래와 춤이 아름답지 못하고 동자들의 기질이 거칠어 예의를 잃을까 삼가 왕모께 죄를 얻을 일이 염려되오니 어찌 하오면 좋겠습니까?"

이에 왕모가 흰 이빨을 환하게 드러내며 가볍게 손사래를 쳤다.

"좋은 뜻과 마음이 어찌 나쁠 게 있겠소! 부디 청하오니 두 분 선고와 선동자들께서는 앞으로 나와 주시겠소."

왕모가 손뼉을 칠 듯 재촉하여 말하니 백조선이 좌중을 향해 공손히 읍을 하고 동자들을 불러 즉시 명령을 내렸다. 따라온 동자들이 갖가지 새 모습으로 변신해 왕모 앞에 절을 하였다. 백조선도 한 번 몸을 휘감으니 비단털이 눈부시고 비취빛 날개가 선명한 붉은 봉황으로 변했다. 백수선도 손가락을 휘둘러 기린으로 몸을 바꾸고 여러 동자들에게 명령하니 갑자기 동자들은 호랑이, 표범, 코끼리, 노루, 이리, 사슴, 원숭이가 되어 왕모에게 큰절을 바쳤다. 연회장을 둘러싼 기화요초들이 요란하게 꽃향기를 흔들고 왕모는 크게 기뻐하여 남은 반도를 항아와 두 신선, 그리고 동자들에게 일일이 나누어주며 그 노고를 치하했다.

이 모습을 보던 손오공이 투덜거렸다.

"누가 선가를 무정타 했던고. 내 가만히 보니 범인凡人보다 조금 낫도다. 어찌 나에게는 하나도 더 주지 않는고?"

이 말을 들은 가섭이 손오공을 조용히 나무랐다.

"너는 어이해 아직까지 옛날처럼 성질이 급한가. 반도 하나를 손에 들고 또 욕심을 내는구나."

가섭이 말하자 손오공 옆에 앉아 있던 노자老子가 말참견을 했다.

"지난번 반도연에 보니 저이가 왕모 모르게 하나를 훔쳐 먹던데, 오늘 겨우 한 개 가지고 마음에 차겠소. 그러니 여기 내것을 가지시게."

노자의 몸에는 오색구름이 휘감겨져 있었다. 노자가 그의 몫인 반도 한 개를 내놓자, 손오공은 제것은 얼른 옷깃 속에 감추고 그의 것을 받아 냉큼 입에 넣었다. 손오공이 몰래 반도를 따먹다가 왕모에게 들켰을 때도 노자는 왕모에게 간청하여 손오공이 벌을 받는 일을 면해 준 적이 있었다. 이 모습을 본 왕모는 시립하고 있는 동선녀에게 명을 내려 항하사 같은 마음이라며 노자에게 반도 두 개를 내리고 손오공에게도 한 개를 더 주도록 했다. 노자는 두 손으로 공손히 반도를 받는데 어깨에 닿는 귀가 부끄러움에 발갛게 달아올랐고 긴 흰 눈썹은 깃발처럼 펄럭였다. 그는 반도를 받으며 축수연 뒷자리에 서 있는 사미승을 발견하고는 혀를 찼으나 이 사미승은 단향의 현금과 천도복숭에 정신이 팔려 있었다.

손오공은 두 손을 공중으로 높이 올렸다가 가슴 앞으로 모아 왕모에게 거듭 축수의 말을 올렸다.

"내세생생 왕모의 육과 정이 화엄세상에 노니는 바와 다를 바 없사오니 삼가 앙축 받으소서. 헤헤헤……."

손오공의 익살스런 몸짓에 선군들의 웃음이 좌중을 한바탕 지나갔다.

축수연은 갈수록 깊어갔고, 선인들은 시중을 드는 선녀와 함께 노니느라 시간이 가는 줄을 몰랐다. 뒤늦게 왕모의 축수연 뒷자리에 들어선 사미승은 곁눈질을 자꾸 하며 잔치에는 관심이 없는 듯이 보였다. 머리에 해진 밀짚모자를 썼으나 그의 뺨은 붉기가 주사 같았고 눈에서 뿜어내는 정기는 초롱초롱했다. 갈길이 멀어 마음이 초조한 듯 쉼없이 엉덩이를 뒤로 빼들었다가 내려놓기를 되풀이했다. 그는 가무와 노래가 이어지는 선녀들의 모습을 보고는 몸이 자꾸만 이끌리는지라 자꾸만 고개를 슬며시 빼어 사방을 두리번거리곤 했다. 그는 바로 태백산 상봉에 있는 육관六觀대사의 제자 성진性眞이었다.

성진이 마음이 급한 데는 그럴 만한 까닭이 있었다. 그는 스승의 명을 어기고 그만 호기심에 못이겨 왕모의 축수연에 참석하였기 때문이었다.

신선들도 다 알지만 육관대사가 불법을 설할 때면 연꽃이 내려 천상을 덮고, 11면 보살이 강림하고, 그 신통력이 대단하여 천상천하 변화수를 두 손바닥 안에 꿰고 있었다. 대사도 왕모의 축수연 초청을 받았으나 때마침 8백 제자에게 육신을 버리고 마음마저 버리고 부처가 되는 법신의 이치를 설법하느라 갈 수가 없었다.

대사는 여러 천존들과 용왕도 수연에 참가하였다는 것을 알고 생각하기를 왕모는 물론 온갖 신선과 성군들이 그의 법회에 참석하였으니, 직접 반도연에 갈 수 없다 해도 한 제자를 보내어 그의 법회에 빠짐없이 찾아온 두모천존과 용왕이 돌아가는 길에 기다리게 했다가 왕모의 반도연 잔치도 아울러 축하하고 공경하는 뜻을 전함이 좋을 것 같았다. 왕모에게는 때를 보아 직접 찾아감이 옳을 듯하였다.

대사는 여러 제자들 가운데 한 준수한 얼굴을 향해 물었다.

"오늘 별의 운행을 다스리는 두모천존과 용왕이 잔치에 갔다가 해가 다하면 돌아갈 것인즉, 제자 가운데 조심성 깊은 한 사람을 불이문不二門 밖 갈림길에 보내어 한편은 하늘 잔치를 축하하고 한편으로는 내 결례를 전할까 하는데 성진이 산을 내려가 만나 내 뜻을 전하는 게 어떠냐?"

여러 제자들이 고개를 끄덕이는데 그 가운데 한 제자가 일어서 대사의 부름에 대답했다. 그가 바로 성진이었다. 나이는 스무 살로 빼어난 기운이 천상천하의 산천초목에까지 이를 듯 눈빛이 형형하였다. 성진은 경전에 정통하고 깊은 뜻을 훤히 꿰뚫었으며 계를 닦고 도를 이루어 마음이 신실하고 앎이 지혜로워 고금에 통탈하였으니 이미 대사가 자신의 법맥을 전해 주리라고 마음을 먹기에도 부족함이 없었다. 얼굴은 분을 바른 듯이 희고 입술은 연지를 찍은 듯이 붉었다. 눈빛은 가을물같이 맑고 이슬 같은 눈썹은 봄산처럼 선연하고 빛났다.

귓구멍이 넓고 깊으며 귀곽이 두텁고 튼튼하니 총명하고, 눈이 깊고 광채가 있으니 지혜는 가없이 빛나는 게 틀림없었다. 입술 끝의 두 각이 위로 능선을 이루니 문장이 높음을 나타내 주었다. 성진은 8백 제자 가운데서 단연 뛰어났다.

그러나 육관대사는 성진에게 뜻을 맡기면서도 내심 염려가 없지 않았다. 성진이 비록 하나를 가르치면 백을 깨치나 그 총명함과 슬기 못지 않게 호기심이 너무 많아 자칫하면 일을 크게 그르칠 수도 있음을 대사는 알고 있었다. 그래도 그는 제자를 믿을 수밖에 없었다. 성진이 만약 엉뚱한 일을 저지른다면 8백 무리 그 누구도 이에 해당되지 않는 제자가 없을 것이었다.

스승의 명을 받은 성진은 물러나와 목욕재계하고 표연히 산을 달려 물 흐르듯 내려갔다. 옥같이 단단하며 푸르고 맑고, 구름을 일으켜 휘몰아쳐가는 그의 모습은 도력의 깊이를 단박에 느끼게 할 수 있었다.

성진으로서도 스승의 명이 반갑고 기뻤다.

그도 그럴 것이 지난해 두모천존이 육관대사가 금강경을 설하는 날 참례했다가 돌아가는 길을 전송나온 뒤 처음으로 산을 내려가기 때문이었다. 게다가 20세 혈기방장한 몸이라 알 수 없는 불기운이 때로 정신을 활화산처럼 휘저어 놓기도 하고 은으로 만든 말궁둥이에 모기침을 내려박는 듯한 은산철벽의 기운으로 참선에 든 밤에도 까닭없이 마음이 심란한 바도 많지 않았던가. 그래서 성진은 혹시라도 대사가 불러 소임을 취소할까 싶어 두 귀를 아예 손가락으로 막아 들리지 않도록 하고 시위를 벗어난 화살처럼 더 열심히 산 아래로 지쳐 달려갔다.

산문 백 리 밖에 있는 석교에 단숨에 다달아 내려다보니 다리 아래 봄물은 넉넉히 흐르고, 물 위로 떨어지는 꽃잎은 한가하게 소용돌이 물살 따라 맴돌고 있었다. 그는 석교 난간에 기대어 서서 두모천존과 용왕이 돌아가기를 한참 기다렸으나 오지를 않았다.

성진은 문득 한 번도 참석한 적이 없는 왕모의 축수연에 몰래 들어가 보고 싶은 생각이 불같이 일어났다.

성진은 생각하기를 도대체 왕모가 있는 궁궐은 어떤 곳이며 선녀들은 얼마나 아름다운지 두 눈으로 보고 싶었다. 도를 닦는 일도 중요하지만 천상과 지상의 일을 모르고 도를 닦아봐야 무슨 소용이 있겠느냐는 외침이 석교 아래로 달려내려가는 물소리처럼 그의 귓속으로 흘러들어왔다. 성진은 노기 띤 스승의 얼굴이 바람처럼 눈앞으로 일어나기도 했으나 그보다 더 거센 마음의 요동을 막을 수 없었다. 그 마음이 한 번 흔들리기 시작하니 잡아채기 어려웠고, 온몸의 핏줄을 뒤흔드는 듯한 진동은 곧 한 여인의 아름다운 자태가 되어 그의 눈 앞에 솟구쳐 올랐다.

아, 단향선…….

성진은 자신도 모르게 소스라치며 눈 앞의 헛것이라도 보이는 듯 손을 공중으로 내저었다.

흐르는 봄물 아래 단향의 자태가 가슴이 아리다 못해 아프도록 선연하게 성진의 앞에 솟아오르며 그를 향해 손짓하는 듯했다. 성진은 단향선을 몇 번 볼 기회가 있었다. 큰 법회가 있을 때마다 왕모는 친히 육관대사의 설법을 들으러 오는 길에 늘 단향을 데리고 왔다.

단향은 왕모 곁에서 다소곳이 아미를 내려 깔고는 왕모의 그림자처럼 움직였다. 그녀의 스쳐 가는 옷자락 소리가 성진의 귓가에 태백산 골짜기를 아련히 휘감도는 개울물처럼 울려 그의 몸을 적시곤 했지 않은가.

그녀가 스쳐 지나갈 때 온몸을 달뜨게 하는 향기는 천상의 어느 기화요초가 풍기는 냄새도 따를 바가 없었다.

그때 성진 역시 스승의 곁에서 이마를 낮추고 시립하고 있었으나 속절없이 달려들듯 그를 향하고 있는 뜨거운 숨결이 느껴져 얼핏 눈길을 드는 순간, 그만 단향과 눈빛이 부딪쳐 얽혀들지 않았던가. 두 사람은 감히 한마디도 말을 건넬 수 없었으나 성진은 단향에게 어떤 암호라도 건네고 싶었다.

그는 대사의 명을 받아 금으로 만든 반야심경과 금강경 경전을 왕모께 전하며 바닥에 늘어뜨린 단향의 옷자락을 슬쩍 건드렸다. 미세하나마 단향의 둔부가 떨고 있는 것을 성진은 알 수 있었다. 엉덩이의 떨리는 살갗처럼 성진은 찰나의 아찔함이 허벅지를 타고 갈비뼈를 따라 폭포를 거슬러 오르는 잉어 떼처럼 가슴으로 솟구쳐 들어오지 않았던가.

그 뒤로 육관대사의 설법에 참석하는 왕모와 함께 따라오는 단향과의 눈맞춤이 애절하게 거듭되었고, 그것은 워낙 은밀했기 때문에 그들만의 비밀이었고 아무도 눈치를 채지 못했다. 그들은 육관대사와 왕모의 뒤에서 저마다 고개를 숙이고 시립해 있으면서 한마디 말도 나누지 못했으나 귀와 코로 휘몰아쳐 오는 그리운 기운과 메아리를 맡고 들을 수 있었다.

단향의 눈빛과 처음 얽혀든 날 밤, 성진은 가부좌를 틀고 벽을 마주 하고 앉았으나 온통 단향의 깊은 눈빛과 마음이 품어내는 향기가 눈앞을 뒤덮는 꽃잎처럼 그를 뒤흔들었다.

아하, 확철대오하리라. 은으로 만든 말궁둥이에 모기가 침을 박듯 이 한몸을 던지리라…….

그러나 그는 어떤 정진도 할 수 없었고, 그날 밤 꿈은 아랫도리를 시냇물처럼 적셔오는 몽정이었다. 새벽잠에서 깨어 후다닥 개울로 달려가 찬물에 몸을 닦았지만 하늘을 쳐오르는 어린 새의 날개처럼 파닥거리는 마음은 진정되지 않았다.

　석교 아래 흐드러져 지는 분홍꽃잎을 손 끝으로 건져 올리고 떠내려가는 물살을 보며 그는 단향과 눈빛이 얽혀 들었던 지난 일이 사정없이 떠올랐다. 그는 크게 숨을 들이켜 마음을 진정시키려 애썼다. 가슴 가운데를 아프도록 치고, 옆구리를 쓰다듬고 명문의 기를 백회로 올리고 단전으로 내리기를 수차례 거듭했으나 갈수록 몸과 마음은 거슬러오르는 시냇물처럼 왕모의 궁궐을 향해 냅다 치올라가고 있었다.

　아아, 어찌 이게 수행자의 자세인가.

　성진은 자신을 사정없이 질책하다가 다시 생각하기를, 지금 빠르게 길을 가면 이미 왕모의 잔치가 한창일 테니 자신이 들어선다 해도 누구도 관심을 쓰지 않을 것이고, 잠시 구경만 하는 일이 크게 나쁠 게 없다는 생각이 들었다. 그러나 그 생각이 미처 끝나기 전에 이미 그는 도력을 일으켜 한 줄기 구름을 만들고 서천을 향해 날아가고 있는 자신을 발견하고는 속으로 웃고 말았다. 그리하여 그는 왕모의 잔치 뒷자리에 슬그머니 끼어들다가 그만 현금을 켜는 단향의 모습을 보고는 넋이 빠져 시간이 가는 줄도 모르고 있었다.

　단향의 현금 연주가 끝나고 성군들이 옥배를 들고 선주를 마시며 호탕하게 웃어대느라 소란스러운 틈을 타서 성진은 슬슬 눈치를 보다가 단향이 사라진 쪽으로 날아 들어갔다. 그곳은 왕모의 침실이 있는 곳이어서 평소에는 여군선들의 호위가 심한 곳이었으나 연중 가장 큰 연회가 벌어진 날인지라 여군선들은 연회장의 왕모 주위를 둘러싸고 있어서 아무도 지키는 이가 없었다.

　'우리가 수없이 눈길만 마주쳤을 뿐 한 번도 말을 나누지 못했으니 그 상사의 병이 갈수록 깊어져 더 이상 수행을 할 수 없다면 그것이야말로 오히려 더 큰 마군이 아닌가. 차라리 흉금을 터놓고 서로의 마음의 결과 깊이를 나누어 보는 일도 앞날의 수행에 더없이 도움이 되는 법이 아니겠는가. 나 또한 사부님의 법통을 이어받는 제자라 어찌 허튼 일을 할 수 있겠는가. 고요히 서로의 마음을 저 견우와 직녀처럼 나누고 의연히 돌아 나오리라. 이런 기회는 오히려 하늘이 준 뜻이 아니런가······.'

성진은 스스로에게 위로하고 맹세했다. 언제 단향에게 말을 붙여 볼 수 있을 것인가. 그의 다짐과 맹세가 미처 끝나기 전에 이미 그의 발길은 잰 바람처럼 단향이 사라진 궁궐 안으로 들어서고 있었다. 그는 단향이 풀어내는 향기에 이끌려 궁궐 깊숙이 침실 안으로 걸어들어갔다. 단향과 한마디 말이라도 나누고 싶어서였다. 침실 입구 양쪽 벽은 은색 진주가 가득 박혀 있었고, 사향 냄새가 몸을 휘감아왔다. 그는 코끝이 움찔거렸고 눈썹이 떨렸다.

물 떨어지는 소리가 들려왔다. 그는 그 소리가 귓속으로 내리 떨어지는 폭포수처럼 들려 발길을 멈추었다. 마치 그 소리는 스승의 우렁찬 목소리 같았다. 그는 그 자리에서 돌아섰다. 갑자기 대사의 노한 얼굴이 커다랗게 다가왔다. 그러나 그것도 잠시였다. 자신도 모르게 그는 물이 떨어지는 소리가 나는 쪽으로 걸음을 옮기고 있었다. 긴 회랑 끝에 넓은 수정 욕조가 보였고, 안에서 가늘고 부드러운 그림자가 물안개처럼 가득 서린 김 사이로 움직이고 있었다.

성진은 자신이 돌이킬 수 없는 미궁 속으로 빠져 버리고 있지는 않은지 덜컥 두려웠으나 단향에게로 가는 발길을 결코 막을 수가 없었다. 그는 눈을 지긋이 감으며 다시 한 번 스스로 위로하고 다짐했다.

'하늘과 땅이 있은 뒤에 만물이 있고 만물이 있은 뒤에 성정性情이 있지 않은가. 이몸은 그 이치를 살펴 오로지 따를 뿐이로다.'

성진이 수정욕조로 다가서는데 단향은 다가오는 이가 누구인지 아는 듯 등을 보인 채 말을 던져왔다.

"천상의 세계에도 음양의 구별은 있는 법이옵니다. 시첩은 이미 왕모의 시종으로서 몸을 바친 바 군은 더 이상 가까이 오지 마소서."

성진은 처음 듣는 단향의 목소리가 너무 맑아 깜짝 놀랐다.

흰 김 사이로 어깨에 물을 끼얹고 있는 그녀의 자태는 그로 하여금 육관대사의 추상 같은 하명까지 한순간 깡그리 잊게 만들었다. 훅 몰려드는 사향 향기에 그는 무릎을 꺾으며 욕조 앞에 털썩 꿇어 앉았다. 욕조 가득 넘실거리는 물이 그의 긴 소매를 이미 적시고 있었다.

그는 욕조에 가슴을 기댈 듯 몸을 굽혀 겨우 몇 마디 했다.

"단향선은 걱정하지 마시오. 이몸은 오직 그대의 자태에 이끌려 들어 왔으나 그 근원은 만물의 성정과 그 이치를 살피고 싶을 뿐, 어떤 탐심도 갖지 않았으니…… 말이오."

"군이 비록 그렇게 뜻을 전하시나 탐심은 가져야만 생기는 게 아니옵니다. 한 번 마음을 내고 한 번 마음을 버리는 사이 억겁이 지나버리고, 그 사이 탐심도 수만을 되풀이 회오리치니, 선아도 군의 발자국 소리와 점점 다가서는 훤훤장부의 땀냄새를 맡고 몹시 두려운 바 제발, 그만 발걸음을 돌리십시오."

"아아, 우리가 그 언제 한 번이라도 뜻을 전하고 만물의 이치를 살피기라도 했는지 단향선도 알 것이오. 서로 얼굴만 붉힐 뿐 한마디 말도 건네지 못하고 언제나 속으로만 한없이 작별하고 말았소. 이 몸은 그 연이 너무 애절하고 안타까워 이렇게 발길이 이끄는 대로 찾아들었으니 무례함을 널리 거두어 주시오."

"아아, 군이시여……."

단향의 목소리가 떨려나오자 성진은 조금 마음을 진정시켜 욕조 가에 앉았다. 단향이 입었던 검은 망사옷과 현금이 그의 손에 닿았다. 그는 눈앞이 혼미해졌다. 강렬한 사향 냄새가 아예 코 끝 깊숙이 치밀어 들어와 숨을 막아 놓을 것처럼 회오리를 일으켰다. 그는 단향의 옷과 현금을 옆으로 밀쳐놓고 단향의 유리알 같은 어깨를 만질 듯 손을 들었다가 다시 수정욕조 턱에 소리없이 내려놓으며 말했다.

"이 몸은 이미 큰 벌을 지었소. 스승의 허락을 받지 않고 왕모의 궁궐에 들어왔으니 그 벌도 삼세가 지나도록 무거운데 이제 단향의 벗은 자태까지 보았으니 그 죄를 무엇으로 다스리리요. 이제 얼른 돌아가리다. 허나 그 잘못이 또한 장부의 심금을 녹이는 이 현금에도 있는 법, 그만 현금의 소리에 이끌려 이곳까지 발길을 빼앗겼으니 단향선은 이 현금을 제게 선물로 주시기를 바라오."

성진은 느닷없이 자신이 생각지도 않은 말을 하고 보니 스스로 생각해도 그럴 듯했다. 사실 단향의 현금소리가 그의 발길을 꼼짝 못하게 만들었기 때문이기도 했지 않은가. 수많은 성군, 선아들도 단향의 현금에 넋을 놓아버린 모습을 이미 봤던 터였다. 그러니 비록 그가 도력이 높다 하나 아직 수행의 길에 놓여 있으니 자신이 단향의 유혹에 빠진 것은 지극히 당연하다는 뜻이었다. 그는 단향의 허락도 얻지 않고 슬그머니 현금을 잡아 당기니 단향의 옷이 현금에 걸려 따라왔다.

"지금 밖에는 대선들이 가득 있사오니 장부는 훗날을 기약함이 가한 줄 아옵니다. 그만 선아의 옷을 던져 주십시오."

조금은 냉정하게 말하던 단향은 몸을 돌려 수증기 밖으로 얼굴을 내밀어 성진을 바라보다가 그만 넋을 잃어버렸다. 그도 그럴 것이 두눈이 또렷하기가 태양과 같이 수려하고 긴 눈썹은 구 만리를 나는 봉황의 모습 그대로였다. 뺨은 서리 내리는 가을 하늘과 같고, 앉은 모습은 푸르고 높고 그윽하면서도 물 흐르는 것 같기도 하고 산봉우리가 솟아 있는 것 같기도 했다. 단향에게는 그렇지 않아도 왕모를 따라 태백산에 갔다가 만난 성진의 우뚝하고 늠름한 기운이 내내 가슴에 남아 있었다. 슬쩍 자신의 옷자락까지 건드리지 않았던가. 단향의 눈빛 속에는 이글거리는 연정의 불꽃이 넘쳐 흘러내리고 있었다.

단향은 왕모의 욕실까지 몰래 찾아든 성진을 탓하였으나 귀에 들리는 성진의 목소리는 장원하며 화애롭고, 가슴은 당당하고 굳으면서도 광채를 품은 듯 환하게 밝았다. 단향은 현금에 끌려가는 옷을 당기느라 자기도 모르게 일어서 물 속에 감추었던 모습을 그만 드러내고 말았다. 성진이 반도연에 뒤늦게 들어서며 보았던 단향의 알몸이 남김없이 드러났다. 그러나 반도연에서 보았던 알몸은 운무와 칠흑 같은 머리채와 현금으로 가린 것이었지만 수정욕조에서 일어서는 단향의 맨몸을 가리는 것은 살갗 위를 구르다 둥글게 맺히는 물방울밖에 없었다. 가슴은 깊게 굴곡이 져 있었고, 젖꽃판은 발그레했고 그 가로 옴이 톡톡 돋는 모양은 성진을 향해 무언가를 호소하는 듯했다. 배꼽노리 근처로 물방울이 굴러내렸다. 두 사람은 단향의 옷을 사이에 두고 누가 먼저라고 할 것도 없이 서로 손을 뻗었고 두 손이 허공에서 얽혀 들었지만, 단향의 마음이 더 급했는지 공력이 더 거셌는지 성진은 깃털처럼 욕조 안으로 빨려 들어갔다.

아아, 천상의 도력이 이리 쉽게 만물의 성정대로 움직이는 것인지.

단향은 도무지 알 수 없었다. 그녀는 불에 데인 듯 그를 잡았던 손을 놓아 가슴을 가리고 고개를 세차게 도리질하며 말했다.

"선아는 왕모의 시녀라 어떤 이에게도 저의 자태를 보여 주지 않았습니다. 오늘 이렇게 군께서 이미 선아의 모든 것을 보았으니 한순간이나마 이 몸을 맡기고 왕모의 벌을 달게 받을까 합니다. 선아는 이미 천계에서 쫓겨날 짓을 저지른 몸이니 차라리 저 현금을 군께서는 저의 징표로 받으시고 얼른 자리를 피해주십시오."

성진은 단향이 천계에서 쫓겨날 일을 저질렀다는 말을 듣자 눈 앞에서 불꽃이 번쩍 일었다. 그는 한발을 뒤로 빼려 했으나 엉덩이만 뒤로 빼며

2. 얼룩진 분홍 꽃잎

흔들거렸을 뿐, 그의 몸은 점점 더 단향 속으로 무너져 들어가고 있었다. 이미 두 사람은 수정욕조의 김 속으로 내려앉고 있었다.

단향은 성진의 몸에 자신을 밀착시키고 그의 입 속에서 거칠게 기운을 빨아들이고 있는 자신을 발견했다. 그의 숨이 단향의 입 속을 넘어들어가고 폐를 타고 하단전을 거쳐 아랫도리로 곧바로 내려가니, 그곳에서 기다렸다는 듯 반사되어 쳐올라오는 단향의 뜨겁고 향기로운 냄새가 다시 성진에게 되넘어 왔다. 성진은 몸이 점점 불타듯이 뜨거워 왔으나 그와 동시에 눈앞이 깜깜해져옴을 막을 수 없었다.

그는 스승의 명을 저버린 것은 물론이거니와 왕모의 선아인 단향과 함께 뒤엉켜 있는 모습이 왠지 꿈만 같았다. 그는 이건 자신의 모습이 아니라고 생각했다. 무언가 알 수 없는 소용돌이 속으로 빠져들고 있다는 두려움도 들었다.

그러나 두려움과 달리 온몸으로 붉은 열기가 말을 달리듯 그의 혈관을 뒤흔들며 어디론가 빠르게 치닫고 있었다. 그의 이빨이 각을 새기듯 단향의 몸 위로 내려 박혔고, 단향의 부드러운 혓바닥이 그의 살갗을 스쳐갔다. 단향의 혀가 지나는 곳마다 그의 살갗에서 현묘한 가락이 울려나왔으니 그는 더더욱 정신을 차릴 길이 없었다.

"군은 참으로 아름다운 형체를 가지고 계십니다. 선아의 살결이 곱다 하나 군의 육신은 선아를 보잘 것 없게 만듭니다. 음양의 기운이 다르다 하나, 향기롭고 희고 따뜻해야 하며 곱고 미끄러워야 하는 법은 다르지 않습니다. 군의 살은 섬세하고 미끄럽기가 이끼와 같습니다. 여윈 듯하나 풍만하고 풍만한 듯하나 여위니 더이상 음양의 이치를 따져 무엇하겠습니까?"

단향은 욕탕 밖으로 나와 성진의 몸을 닦아주고는 백옥으로 만든 휘장 안으로 성진을 이끌고 갔다.

성진은 미약에 취한 듯 정신이 점점 몽롱해져 갔다. 단향은 성진이 그녀를 찾아올 줄 알고 있었다. 이미 그녀는 왕모의 명에 따라 현금을 켤 때, 준수한 성진이 몰래 들어서는 것을 보았던 것이다. 그래서 단향은 현금을 켜는 손가락에 불꽃 같은 그리움을 실어 엉거주춤 뒷자리에 숨어들고 있는 성진의 귓속으로 날려 보내지 않았던가.

단향은 왕모와 함께 육관대사의 법연에 자리했을 때 옷깃을 스쳤던 성진의 얼굴이 내내 잠을 어지럽혔고, 가슴을 두근거리게 만들었다. 단향은 혼자 현금을 타며 성진을 다시 만날 날이 언제인지 내내 기다려지는 심사를 막을 수 없었다. 그러면서도 행여 왕모가 그것을 눈치챌까 매우 두려워했다.

왕모의 궁궐이 값진 보석과 기화요초, 산해진미로 가득 찼다 하나 마음은 때로 불타듯 갈피가 없고 수정 같은 살결이 바람처럼 떨릴 때가 하염없이 많았다.

그런데, 드디어 오늘, 그리운 얼굴 성진이 찾아들었으니 관자놀이까지 뒤흔드는 기쁨은 무엇으로도 측량하기가 어려웠다. 단향 또한 온몸의 기운이 샅샅이 흩어졌다 다시 휘몰아 가슴팍을 치밀어 오르는 것을 깊은 호흡으로 겨우 다스리곤 했다.

성진은 단향의 손 끝에서 자신의 몸이 하나씩 흩어지는 것을 알고 있었지만 조금도 손을 쓸 수가 없었다. 스승의 노한 얼굴이 떠오르지 않는 것도 아니었으나 그것도 잠시일 뿐, 단향의 달디단 숨결과 부드러운 목소리가 그 사이를 가로막았다. 그는 이미 표적을 잃고 헤매는 화살이요, 사라진 과녁이었다.

단향은 이슬이 찰랑이는 표주박을 그에게 내밀었다.

"군은 이 물로 목욕하십시오. 기화요초에서 떨어지는 이슬을 한 방울씩 모아 만든 것입니다. 한 번 머리를 감으면 천 년 동안 백발이 없고 두

2. 얼룩진 분홍 꽃잎 33

번 몸을 씻으면 천 년 동안 주름살이 없으며, 세 번을 씻으면 연연세세, 동자의 살결을 유지할 수 있습니다. 왕모께서 저렇게 고운 얼굴을 가지고 계신 까닭도 날마다 이슬방울로 몸을 정하고 정하게 하기 때문입니다. 오늘 공께서 이슬로 몸을 씻으시니 비록 돌 속에 갇혀 있더라도 산을 빛낼 것이고 모래 속에 묻혀 있더라도 시냇물을 아름답게 할 것입니다."

단향은 표주박을 기울여 성진의 몸 구석구석을 쓰다듬듯 이슬로 적셨다. 단향의 음색은 맑으면서도 둥글었고, 단단하면서도 밝았다. 가없이 낮고 은은하면서도 때로는 살결 속에서 일어나는 북소리 같기도 하고 옥수玉水가 쏟아지는 소리 같기도 하다가 깊은 은하수의 울림을 내기도 했다. 성진은 부드러운 물결이 눈앞을 스치고 짧은 불꽃들이 목 안 깊숙한 곳에서 일어나는 것 같았다.

단향의 손길은 불꽃처럼 떠올랐다가는 느릿느릿하게 성진의 몸 곳곳을 떠돌았다. 단향과 성진의 두 숨결이 점점 빨라지고 있었고 어느새 한 덩이가 되어 서로의 몸 속으로 깊숙이 들어서고 있었다.

성진도 숨결이 점점 급박해졌으나, 한편으로는 스승의 명을 어겼다는 자책감을 결코 잊을 수는 없는 일이었다. 아, 그는 탄식하듯 단향의 손끝과 혀 끝에 몸을 맡겼고, 또한 칠흑의 머리채와 비록 맛보지는 못했지만 선장, 성군들이 먹던 천도복숭 같은 단향의 젖가슴에 얼굴을 묻을 수밖에 없었다. 수행의 길이 마두魔頭와 다르지 않음을 새삼 깨닫지 않을 수가 없었고, 그 마두란 다름 아닌 자기 자신임을 알 수 있었다. 자신의 도가 고원한 줄 알았으나 이제 겪어보니 한낱 티끌 같은 경지에도 미치지 못함이 한탄스럽기도 했으나 아아, 어쩌랴. 그의 입 속에 담겨 있는 호두알 같은 단향의 유두를 다만, 아득히 깨물었을 따름이었다. 얼룩진 분홍 꽃잎처럼 단향은 허리를 화살처럼 뒤로 젖히며 그의 목을 두 손으로 잡아 당겼다.

단향은 이미 성진이 그런 심중의 변화를 맹렬히 겪고 있음을 아는 듯 혀와 손과 유리 같은 두 다리의 놀림을 더욱 빠르게 해 성진을 휘감았다. 석류 씨앗 같은 단향의 이빨이 성진의 발바닥에서 정수리 끝까지 박혀 올랐고 그때마다 성진은 놀라운 고통과 쾌락에 몸을 비틀었으며 끝내는 큰 숨을 몰아쉬며 단향의 가슴에 수없이 얼굴을 파묻어야 했다.

스무 살, 혈기왕성한 성진의 기색은 능히 태산을 움직이고 폭풍을 일으키게 하고도 남음이 있지 않았겠는가. 밖의 축수연 자리에서 들려오는 선인들의 호탕한 웃음소리와 시종 선녀들의 가녀리고 흐드러진 웃음소리, 크고 깊으며 휘몰아치며 다가서는 선계의 북소리마저 그들의 귀에는 너무 멀게만 들렸다.

성진이 단향의 앙가슴에 파묻었던 얼굴을 들어 그녀의 얼굴을 곧바로 올려보았다. 성진이 단향을 보자 단향은 부끄러움으로 발갛게 물들었다. 머리털은 햇살처럼 매끄러웠고, 뺨은 붉었다가 희게 빛났다. 부끄러움 속에서도 단정한 기쁨이 샘솟듯 눈동자 속에 고이고 있었다. 성진이 그의 허리를 휘감는 단향의 다리를 쓰다듬자, 그녀의 눈썹은 청명한 달빛처럼 빛났다. 성진이 단향의 젖꽃판을 덥석 물자, 서로 맞댄 하복부에서 한 줄기 회오리가 높게 일어났다.

일장춘몽이런가…… 아아, 아니로다, 아니로다.

성진은 젖꽃판을 힘껏 깨물었다. 뜨거운 땀방울 속으로 두 사람은 무너져 뒤섞이고 헤어지기를 수차례나 되풀이했다. 단향의 혀 끝에서 진액이 촉촉히 배어나와 성진의 입술을 적셨고, 성진의 진액이 단향의 입 속으로 들어갔다. 성진은 몽롱한 기운 속에서도 불두덩 뿌리에서부터 정수리로 다시금 솟구치는 생기가 너무 강렬하게 느껴졌다. 단향의 얼굴이 그의 눈 앞에 달 궁전처럼 떠 있다가 사라지고, 깊고 그윽한 두 젖봉우리가 그의 얼굴을 덮었다. 성진은 갈수록 몸과 마음이 아득해졌다. 단향의 혀가 그의 목과 입술을 거쳐 머리꼭지까지 거슬러 올라서 백회혈百會穴에 이르렀다. 단향은 백회혈을 이빨로 각인하듯 깨물었다. 그러자 정수리에 몰렸던 기운이 다시 이마 한가운데로 급류를 타고 미끄러지듯 내려가기 시작했다.

　단향은 성진의 머리 사방을 돌아 양 눈썹 끝을 타고 미간으로 옮겨갔고, 다음에는 풍륭한 콧방울과 다시 두 귀의 바퀴를 핥고, 귀 속을 깨물었으며 귀 뒤 쪽을 남김없이 핥아내었다. 단향의 빠른 움직임은 그녀를 끌어안은 성진의 손 끝을 난폭하고 갈피없이 만들었다. 젖꽃판 가운데로 손톱이 박혔다. 손톱은 단향의 살 속으로 미끄러져 들었다가 흰 둔부를 사정없이 파들어갔다. 혀와 이빨을 동원한 단향은 성진보다 더 빠르고 가볍게 움직였다. 마치 운무가 회롱하듯, 풍우가 휘몰아치듯 성진을 돌려세워 풍지風池-뒤통수와 그 아래를 거칠게 빨아들였다. 목줄기 양쪽으로 번갈아 입술이 옮겨 가니 붉은 꽃잎 같은 피멍이 돋아났다. 왼손과 오른손으로 단향의 혀가 옮겨 다녔고 양어깨와 팔꿈치, 그리고 열 손가락 관절 하나하나씩 단향은 입술 흔적을 남기기 시작했다.

　'아아, 단향은 은하수 같구나.'

　그러나 성진은 속말을 중얼거릴 틈도 없었다. 단향은 어느새 성진의 허리 뒤로 돌아갔다가 하복부로 돌아왔고 성진의 옥경을 삼켰다가는 긴 한숨처럼 토해내었다. 양 허벅지와 무릎 위로 단향의 삼단 같은 머리채가 떨어졌고, 종아리 안팎 복사뼈, 발가락이 그녀의 입 속으로 사라졌다. 성진이 벌떡 일어서자 단향은 그의 허리를 두 다리로 휘감아 지탱하듯 몸을 싣고 함께 일어섰다. 단향은 그의 귀에 입술을 대고 숨결을 불어넣었다. 허나 부딪쳐 솟구쳐 오르고 찬란하게 무너져 뒤엉키는 숨소리와 격렬한 움직임과는 달리 단향의 목소리는 애잔했다.

　"군이시여, 이 한순간의 기쁨은 만 겁이 지나도록 잊을 수 없을 것이옵니다. 하오나…… 군이시여."

단향은 그러나 말을 끝내지 못했다.

그때 성진의 육신 전체가 단향의 몸 속으로 맹렬하게 솟구쳐 들어가 버렸기 때문이었다. 단향이 성진의 허리를 휘감은 다리를 꽉 조이며 그의 목을 두 손으로 잡고 뒤로 왈칵 늘어졌다. 아하, 성진의 입에서도 긴 숨이 터져나왔다. 두 사람의 이마와 가슴에는 진주 같은 땀방울이 쉴새 없이 흘러나왔다.

성진은 눈을 감았다.

"어찌 수만수천 먼발치에서 보았던 단향선의 애틋한 정을 잊을 수 있겠소. 내 오늘 사부님의 명을 어기고 불원천리 구름을 일으켜 단향선을 찾아옴은 나의 마음 또한 다를 바 없다는 것을 알아주기 바라는 바이오. 상사의 병을 어찌 다스릴 수 있겠소. 이건 결코 마두가 아님을 오로지 저 천상의 수많은 성군 선아들이 해량하기를 바랄 뿐이오."

그는 단향에게는 이렇게 말했으나 스승의 격노한 얼굴이 자꾸만 눈앞에 커다랗게 다가옴을 지울 수가 없었다. 스승은 주장자로 그의 정수리를 후려칠 것 같은 기세였다. 그러나 성진은 그와 함께 12경락과 기경 8맥을 따라 번지고 있는 아스라한 황홀감을 주체할 수 없었다. 단향의 허리가 꽃대궁처럼 꺾여지고 있었다. 성진은 산화하듯 단향 위로 몸을 던졌다. 아하, 성진의 입에서 다시 탄식이 터졌고 그 뒤를 따라 궁궐 마당 앞 연회장에서 선인들의 박수 소리와 왕모의 빛나는 웃음소리가 아련히 뒤따라 들려오고 있었다. 그 소리를 따라 노을이 궁궐을 붉게 채색하고 있었다. 절벽에서 한 걸음 내쳐 허공으로 내딛는 그의 몸은 끝닿을 데 없이 까마득히 추락하고 있었다.

아, 금강의 세계가 어딘가.

그는 눈앞으로 일어나는 불꽃을 보며 한없이 추락하듯 그만 정신을 놓고 말았다. 성진이 정신을 차렸을 때, 이미 단향은 성진에게 옷을 입혀주고 있었다.

"군은 이제 떠나셔야 하옵니다. 작별의 시간은 길지만 두 사람의 인연은 세세히 이어질 것이옵니다. 군은 부디 옥체를 보존하십시오. 이제 선아는 군과의 인연을 맺은 까닭으로 온갖 벌을 홀로 감수해야 할 것이옵니다. 그러나 군은 부디 오늘 일을 잊지 마시고 선아의 정표를 간직해 주소서. 이제, 빨리 돌아가소서. 왕모께서 이 일을 아신다면 신첩은 더이상 선계에 남아 있지 못합니다. 선아가 선계에서 추방당한다 할지라도 군과의 사연을 홀로 가슴에만 새길 뿐이옵니다. 선아는 군의 뜻과 목소리와 얼굴을 절대 잊지 못할 것이옵니다. 선아는 한 번도 군처럼 훤칠하고 깊은 사랑을 받아보지 못하였으니 그 기쁨이 어떤 벌로 나타난다 할지라도 오직 인연의 법으로 알고 깊이 간직할 따름이옵니다."

단향은 흐트러진 등을 보이고 아무렇게나 벗어던진 검은 망사옷을 집어 몸을 가리고는 머리를 묶었던 비취잠을 성진에게 내밀었다. 성진은 비취잠을 황황히 받아들다 그만 바닥에 떨어뜨리고 말았다.

그는 스승의 심부름으로 길을 나섰는데 호기심이 너무 깊어 그만 단향과 깊은 인연을 맺고 말았으니 수행자의 길을 저버렸다는 회한이 들었으나 이미 늦은 일이었다. 그러나 단향에게 아무 언질이 없이 돌아설 수는 없는 일이었다. 그건 장부의 신의가 아니지 않는가.

성진은 단향에게 말했다.

"단향선 역시 이 말을 잊지 마시오. 도를 닦아 깨달음을 구하려던 이 몸이 그 뜻을 일시 버렸소. 허나 단향선의 깊고 그윽한 마음씨는 연연세세 이 몸 깊이 새겨져 있을 것이오."

성진이 말을 마치고 궁궐 밖으로 급히 빠져나오다가 단향이 주려했던 비취잠을 바닥에 떨어뜨린 채 그냥 두고 왔던 것을 알고 급히 되돌아갔다. 이미 단향은 보이지 않았고 그들이 뒤엉켰던 자리에는 비취잠만이 홀로 남아 있었다. 그는 비취잠을 소매 안에 감추고 혹시 현금이 남아 있으면 내친 김에 그것도 가져갈 생각으로 두리번거렸으나 보이지 않았다.

그는 발가락 끝으로 소리없이 왕모의 궁궐을 빠져 나와 석교를 향해 몸을 날렸다. 단향의 현금은 이미 선계에서 그 현묘하고 지극한 울림이 태산을 옮기고 일월도 잠시 멈추게 할 정도의 신이한 물건으로 소문이 나 있어 못내 아쉬웠으나 어쩔 수 없는 일이었다.

그는 혼자 중얼거리며 다시 왔던 길을 급하게 달려갔다. 이미 단향은 자신에게 정연情緣을 다 바친 몸이니 현금 또한 자신이 가져간다 해도 무방할 일이 아니겠는가. 허나 현금을 가져가 그것을 육관대사에게 바치고 잘못을 면할 생각을 얼핏 떠올리는 자신이 참으로 어리석다는 깨달음 또한 들지 않는 것도 아니었다.

참으로 아둔하고 앞길을 모르는 도다. 허나 장부는 역시 뒷일을 도모하는 법이 아니런가.

그는 비취잠을 손에 꽉 움켜쥐고는 허리와 엉덩이를 공중으로 빠르게 솟구치며 구름을 몰아대었다.

3
8선녀를 희롱하는 법

　이미 연회장은 파장이 되어 가고 있었으나 아무도 궁궐을 빠져나가는 성진에게 관심을 기울이지 않았다. 성진은 다행스러웠다. 그는 구름을 타고 빠르게 불이문 밖 석교 아래로 달려가 시치미를 뚝 떼고 두모천존과 용왕이 왕모의 축수연에 참석하고 돌아가기를 기다렸다.
　성진은 한달음에 석교를 향해 구름을 몰면서도 고개를 돌려 멀어지고 있는 왕모의 궁궐을 바라보았다. 궁궐 아래를 휘도는 비취수와 약수弱水는 수만의 파도를 일으키고 있었다. 진주구슬을 두른 황금 궁궐은 석양을 받아 일제히 붉은 빛을 천지사방으로 던졌고, 그 속에서 성진은 한 가냘픈 여인이 그를 향해 서 있는 듯한 환상을 한순간 보았다.
　그는 석교 앞에 도착하자 계곡 아래 흐르는 물에 얼굴을 비추어 보았다. 얼굴이 화끈히 달아올랐고 가슴이 두근거렸다. 한편으로는 이제 스승의 얼굴을 어떻게 대할까 싶으면서도 다른 쪽으로는 금방 작별했던 단향의 격렬한 자태가 왈칵 떠올라 한바탕 소란스러운 격정이 흐르는 물에 비친 그의 얼굴에 나타났다가 확 부서지곤 했다. 아하, 성진은 탄식했으나 이미 떠나버린 물살이며 쏘아버린 화살이 아니런가. 어찌할 수 없고 후회한들 부질없는 일이었다.

그는 아무 일도 없었던 것처럼 석교 건너 길을 바라보는데 점점이 비단깃발과 비취빛 차양을 두른 무리가 석교 앞으로 다가오고 있는 모습을 볼 수 있었다. 그 앞에 선동 대여섯이 머리가 흰 선관을 호위해 오고 있었는데 이가 바로 하늘의 별을 다스리는 두모천존이었다.

두모천존은 학 수레를 타고 있었다.

성진은 수레가 다가오자 길 옆으로 나아가 삼가 머리를 조아리고 두모천존의 안부를 먼저 여쭙고는 사부의 명을 전했다.

"소생은 육관대사의 명을 받잡고 천존께서 마침 왕모의 축수연에 참석하심을 축하드리옵고, 큰어른의 학수레가 가까이 지나감에 이마를 땅에 바치는 예를 바쳐 공경을 표하고자 하옵니다."

이에 천존이 선동을 불러 수레를 멈추게 하고 성진에게 화답을 하는데 그 목소리가 온화하기 그지없었다.

"대사의 지극한 뜻을 높이 받들겠네. 아울러 그대의 발걸음을 수고롭게 하여 예서 오래 기다리게 했으니 용맹정진의 기백을 나 때문에 허비하지나 않았는지 모르겠네. 수행시절에는 촌음이 아승기 같다네. 나의 결례가 심대하니 이를 너그럽게 받아주게."

성진은 예를 다해 두모천존의 화답을 받고는 다시 말했다.

"소생은 여기 머물러서 용왕을 기다려 안부를 여쭈어야 하오니 길을 멀리 전송하지 못함을 깊이 용서해 주십시오."

"그럼, 그럼. 그렇게 알겠네. 여기서 기다리게. 해도 저물고 잔치가 끝났으니 용왕의 수레도 곧 도착할 걸세. 선인들도 일월의 이치를 벗어나지 않을 것이네. 나는 데리고 있는 선동이 워낙 버릇이 없어 그만 앞서오고 말았네. 용왕에게 먼저 떠난 나의 결례도 아울러 전해 주게나."

두모천존은 소매 속에서 금으로 만든 단약 한 알과 선과 두 개를 성진에게 주며 다시 말했다.

"역시 선계 소문대로 그대는 훤훤장부로고, 수행의 공력도 깊을 것이로다. 원로에 지치고 시장할 터이니 기다리는 동안 요기를 하게. 단약은 별빛을 모아 만들었으니 나를 기다리느라 지체했던 수행의 순간을 당겨 마음을 환히 밝힐 걸세. 지금 먹게나."

성진은 두 손으로 두모천존의 선물을 높이 받아들고 고개를 숙였다. 두모천존이 그를 깍듯이 대해주니 잠시 전의 단향과의 정분이 떠올라 참으로 얼굴을 들기가 어려웠다.

"소중한 분부를 사부의 명과 함께 받겠습니다. 하오나 이 선물을 받잡지 않을 수도 없겠지만 진정 버릇 없이 받아도 되는지 심히 염려가 되옵니다."

"무슨 겸손의 말씀인가. 노중路中이라 조그만 성의로 표시하는 것이니 기꺼이 받아주게. 그래야 나의 마음도 즐겁지 않겠나."

성진이 절하고, 두 손으로 천존의 선물을 받아 높이 들었다가 입 속에 넣으니 입안으로 기이한 향내가 진동하고 단향과의 일로 흔들렸던 마음이 환하게 밝아졌다.

참으로 신묘한 열매로다.

성진이 먹는 모습을 보고 두모천존은 빙그레 웃으며 스승의 명을 받은 그의 노고를 거듭 칭찬하고는 다시 길을 떠났다. 그가 읍하고 고개를 드니 어느새 천존이 탄 수레는 석교 아래를 흐르는 물보다 더 빨리 사라지고 있었다. 다만 선동들이 불어대는 피리소리만이 희미하게 들려왔다.

성진은 용왕을 기다리는 동안 석교 아래를 물끄러미 내려다보았다. 석교 아래를 흐르는 물소리는 홀로 소리치며 계곡 아래로 빠르게 구르고 있었다.

물은 왜 혼자 소리치는가.

누가 듣고 누가 화답하는가. 물은 다만 저혼자 소리치고 화답할 뿐이 아니던가.

성진은 두모천존이 사라지는 모습을 보다가 잠시 생각에 잠겼으나 오래가지 못했다. 단향과의 연사가 거듭 떠올랐기 때문이었다. 첫눈길이 부딪친 뒤, 어쩌다 그만 운무가 휘날리는 육신의 휘몰림으로 빠져들었는지 한순간의 일이 꿈결같이 아련했고, 또한 서둘러 돌아와야 했으니 자신의 발길이 야속하기만 했다. 석교 아래 흐르는 물소리가 들리는 귓바퀴며 북처럼 울렁이는 가슴팍에는 단향의 고운 이빨 자국이 또렷이 남아 온몸의 살갗 위로 아련하게 꿈틀거리며 기어다니는 것 같았다.

그는 자꾸만 눈앞이 몽롱해졌으나 공력을 끌어올려 눈끝으로 멀리 수많은 점들이 휘몰아치며 빠르게 그의 앞쪽으로 다가서고 있는 것을 놓치지 않았다. 자칫하다가는 스승의 명을 또 한번 거슬러 용왕에게 보내는 인사를 하지 못할 수도 있었기 때문이었다. 멀리서 잔치를 끝낸 신선들이 궁궐을 나와 바삐 돌아가고 있는 모습이 보였다. 그 점들이 움직이는 가운데 온갖 산호초로 장식한 수레가 보였다. 곧 수많은 종복들이 수레를 호위하고 있는 모습이 눈에 들어왔다. 산호초 수레 위에는 성진도 몇 차례나 본 용왕이 앉아 있었다.

성진은 용왕 앞으로 나아가 머리를 조아리며 말했다.

"육관대사의 제자 성진이옵니다. 사부의 명으로 용왕님께 문안을 드리고자 합니다."

용왕은 준수한 젊은이가 성큼 다가서는 모습을 보고 그가 성진임을 금방 알 수 있었다. 왕은 늘 태백산으로 가 육관대사의 설법을 들었던 터라 성진을 잘 알고 있었다. 특별히 성진은 수많은 수행자 가운데서도 가장 수행과 학식이 뛰어남을 이미 육관대사에게 들어온 바였고, 또한 성진의 자태가 격조가 높고 기품이 있을 뿐 아니라 총명함을 품고 있었으니 육관대사를 만난 듯한 반가움이 용왕의 마음에서 일어났다.

"갸륵하고 기특도 하이. 그대는 기다린 지 오래인가?"

용왕은 말을 던짐과 함께 친히 가마에서 내려 엎드려 절하는 성진의 손을 잡아 일으켜 세웠다. 성진이 일어섰다. 용왕의 얼굴에는 기쁨이 역력했다.

"사부께서는 늘 강건하신가?"

"예, 사부께서는 염려 덕택으로 강건하십니다."

"여러 고승대덕들도 다 안녕하신가?"

"예, 덕택으로 다 안녕하십니다."

"그대는 어떻게 여기까지 와서 나를 기다렸는고?"

"사부께서 용왕께 문안하고 또한 두모천존께도 문안하여, 오늘 왕모 성회에 오심을 축하드리라고 하셨기에 소승은 조금 전에 와 두모천존께 인사드리고 나니 얼마 있지 않아 용왕께서 이곳에 이르셨습니다."

"그대를 멀리 오게 해 괴롭혔으니 청하건데 누거陋居에까지 함께 가서 차 한 잔 하기를 바라네."

"사부께서 오래 기다리실까 삼가 두렵습니다."

"대사의 법회에 자리하느라 내가 선우禪宇를 요란케 했지 않은가. 대사께서는 산을 떠나기 어려운데 여기 석교는 내 거처까지 거의 반에 가까운 거리에 있으니 어찌 그대가 한걸음을 아끼겠는가?"

용왕은 성진이 그와 함께 가기를 권했다.

성진은 용왕의 권유를 뿌리치는 것은 예의가 아니라는 생각이 들기도 했지만 진정 그의 권유를 뿌리칠 수 없었던 것은 다시 호기심이 불쑥 발동했기 때문이었다. 그는 용왕이 살고 있는 깊은 바다 속의 경궁패궐瓊宮貝闕을 아직까지 한 번도 보지 못했다. 호기심과 그리움 때문에 왕모의 반도연에도 몰래 갔다가 그만 단향과 연사가 맺어져 버렸는데, 도대체 어인 일인지 그는 저도 모르게 가겠다는 대답이 덜렁 나왔다.

성진은 그러는 자신이 스스로에게도 알 수 없는 일이라 겸연쩍은 마음을 감추지 못해 얼굴이 붉어졌다.

"지금 용왕께서 이처럼 저를 아껴주시니 감히 명을 받들지 않을 수가 없습니다."

"그대가 얼굴을 붉히니 기화요초들이 오히려 빛을 잃어 고개를 숙일까 두렵도다. 내 오늘 대사의 존안을 뵙는 듯하니 기분이 호쾌하기 한량없구나."

용왕이 흡족한 웃음을 띠며 수레에 오르자 성진이 구름을 타고 왕의 뒤를 따라가려 하는데 용왕은 손을 휘저어 구름을 사라지게 한 뒤 친히 그를 옆자리에 앉혔다. 석교를 떠난 때가 일각이 채 되지도 않았는데 수궁 깊은 곳이 성진을 기다리고 있었다. 용왕이 성진과 함께 수레에서 내리니 여러 궁녀와 시종들이 왕을 옹위하여 옥좌로 모시었다. 성진은 가벼운 걸음으로 뒤따라 들어갔으나, 감히 용왕의 앞자리까지는 오를 수 없어 멈칫거리자, 용왕이 아리따운 궁녀를 시켜 그를 옥좌 옆에 오르게 했는데 차마 성진은 그의 팔을 잡는 궁녀의 섬섬옥수에 눈을 팔 수가 없는 게 못내 아쉬웠다.

용왕의 옆자리에 올라 성진이 수궁패궐을 돌아보니 금벽이 휘황해 눈을 제대로 뜨기가 어려웠다. 산호 휘장과 비취 장막, 수정 병풍이 물 흐르듯 일렁거렸다. 산호 휘장 한가운데 있는 금 화로에서는 향이 타고 있었는데, 깊고 그윽하면서도 야릇한 흥분마저 불러일으키는 냄새가 코를 찔렀다. 향로 곁에 놓인 소반에는 무수한 선과들이 놓여 있었다. 그 열매의 향기가 얼마나 강렬한지 온몸이 다 젖어들 것 같았다.

시어施御가 산호로 만든 의자를 갖고 왔으나 성진은 한 발 물러서 앉기를 사양했다.

"한갓 줄가의 몸으로 어찌 바다의 대왕과 마주 앉을 수 있겠습니까?"

"예법에 손님은 생기 복덕을 받는 방향인 동쪽에 앉고 주인은 서쪽에 앉는 것으로 되어 있음은 다 이치를 따른 것일세. 그대는 너무 사양 말고 자리에 앉아 즐거운 마음으로 있다 돌아가시게나."

용왕이 계속 권하자 성진은 그러면 자리에 앉겠다고 말하고는 시어가 가져온 산호의자 가장자리에 앉았다. 성진이 자리에 앉으니 자태가 음전한 한 시녀가 차를 올렸다. 성진은 짐짓 곁눈질로 차를 바치는 시녀를 보았다. 살쩍으로 가린 귓바퀴가 도화색으로 잠시 물드는 순간을 볼 수 있었다. 그러나 성진은 그 시녀에게 오래 마음을 빼앗기지는 않았다. 이어 수백 명의 시녀들이 흰 물거품으로 짠 옷감으로 몸을 가린 채 그의 주위에 시립해 섰기 때문이었다.

그는 산중에서 참선과 계율을 지키는 일로 매진해 왔으나 그저 마음이 두근거리고 조금 전 단향과의 연사 때문인지 그들의 가슴속에 출렁거리며 내비칠 듯하는 젖가슴에 눈이 자꾸만 머물러 아예 얼굴을 숙였다. 그러는 모습이 용왕에게는 참으로 기특하게 보였다.

왕이 그에게 차를 권했다. 그는 차를 마시고 시녀들이 들고 온 상을 내려다보았다. 이름을 알 수 없는 과실이 그득히 담겨져 있었다. 성진은 음식을 보자 단향과의 연사에 정기를 심히 소모한지라 시장기가 돌았다.

용왕이 친히 술을 부어 권하였다. 코를 강렬하게 찌르는 송진 같은 냄새가 잔에서 솟아올랐다. 성진은 엎드려 한 번 절한 뒤 사양했다.

"술은 성품을 해치는 광약이라 수행자는 크게 경계해야 하므로 소승은 감히 너그러운 은사를 받잡지 못합니다."

용왕은 성진의 말을 듣자 호탕하게 웃었다.

"내 어찌 그것을 모르고 권하겠는가? 이것은 인간광약과 다르다네. 수백 년 묵은 호박琥珀에 향을 담근 술이라네. 인간세계의 누룩을 쓰는 대신 백 가지 꽃을 녹여 만들었으니 정精을 보하고 기氣를 화창하게 하니 이 잔을 들면 정신마저 선정에 들듯이 고요해질 걸세. 두려워하지 말고 들게나."

용왕이 다시 권하자 성진은 당돌하게 잔을 거절할 수가 없어 두 손으로 공손히 받아 한 모금을 마시니 잔잔한 향기가 입술과 입속, 혀뿌리까지 퍼져나갔다. 왕의 말처럼 한잔을 비우고 나자 정신이 맑고 상쾌했다. 왕과 성진은 잔을 서로 주고받으며 한담을 나누었다. 이야기는 주로 왕이 했고 성진은 듣는 편이었다.

용왕은 막 다녀온 왕모의 반도연에 대한 이야기를 계속했다. 왕모의 기품과 관능은 가히 어느 신선도 따라갈 수 없다는 말도 했다. 용왕은 말끝에 단향선의 이야기도 했다. 그녀는 왕모의 여신선들 가운데 가장 왕모의 총애를 받는다고 했다. 그 말을 듣자 성진의 눈앞으로 깊은 숲 같기도 하고 투명한 유리 같기도 한 그녀의 살갗이 그득히 다가오는 바람에 슬며시 술잔을 두손으로 올려 얼굴을 가려야 했다. 새삼 얼굴이 화끈거렸다.

"그대는 너무 부끄러워 말게. 왕모와 단향선의 모습을 보지 못했길래 참으로 다행이네. 선악의 구별도 음양의 이치도 아무런 소용이 없네. 그들의 자태 앞에는 어느 신선도 무릎을 꿇고 말 것이네만 수많은 선군들이 그 자리에서 흐르는 정기를 참느라 무진 공력을 소비했으니 다시 그 기력을 되찾느라 수행의 방편을 더 깊이 구해야 할 것이야. 아무리 세월이 가도 그 아름다움은 변화가 없지. 오늘 반도연에 참석한 선인들의 경지가 고매하다 하나 욕정을 참느라 힘들었을 걸세. 단향선의 자태는 왕모의 진액을 받아 수천 수만의 세월이 지나더라도 주름이 가지 않는다고 들었네. 오히려 갈수록 향기롭고 화려하네. 허나…… 왕모의 변덕 또한 종잡을 수 없으니 한 번 미움이 시작되면 변함없었던 살결도 한순간에 세월의 자취가 무너져 내려 썩은 고기 아가미보다 더 빨리 부패하는 법.

그대는 부디 수행의 길에 어긋남이 없도록 하게."

성진은 붉어지는 얼굴을 감추기 어려워 용왕의 말에 차라리 몸으로 화답을 하는 게 편할 듯하여 오래 엎드려 고개를 숙이고 있었다. 시어가 다가와 차렸던 상을 거두어 갔다.

그는 얼굴을 들고 그만 돌아가기를 청했다. 용왕은 시어를 불러 예물을 가져오라고 했다. 시어가 예물을 가져오자 왕은 그것을 두 쪽으로 나누었다.

"이것은 수부水府에서 나는 물건인데 동쪽의 것은 감히 그대의 스승에게 드리는 나의 박의薄儀이고 서쪽의 것은 그대에게 드리는 나의 작은 마음일세. 사양 말고 받아주게."

성진이 자신에게 준다는 서쪽의 것을 먼저 내려다보니 산호여의주 한 줌, 알이 작은 진주목걸이 하나, 천 년 묵은 두꺼비 수염 두 개가 있었고, 동쪽의 것은 서쪽 것보다 알이 굵은 진주목걸이와 용수염으로 짠 부채 하나, 산호초로 만든 엄지손가락만한 굵기의 선장禪杖이 하나 있었다. 성진은 문득 동쪽의 알이 굵은 진주목걸이를 단향의 목에 걸어준다면 그 자태가 더없이 돋보이고 말리라는 아쉬움이 밀려왔다.

'아하, 탐심이 몹시 깊어졌구나.'

생각이 그쯤에 이르자 그는 스스로를 몹시 책망하는 마음이 물거품처럼 일었다.

그는 몸을 일으켜 이마를 바닥에 닿도록 조아렸다.

"스승께 보내시는 용왕의 깊은 예와 특별하신 정의를 어찌 감히 제가 거절할 수 있겠습니까. 허나, 이 모든 것이 산가에서는 쓸 곳이 없고 또한 불가의 규모가 적멸寂滅을 본으로 하기에 이같이 화려한 것은 다만 뜻을 잃게 할 뿐이니 사부께서는 제자를 크게 꾸짖으실 것입니다. 결코 받들 수 없으니 대왕께서 용서하시어 그 뜻을 거두시기를 앙망합니다."

"이것은 조그만 정성을 표하는 것이나 정히 그렇다면 대사께는 다른 날 뜻을 표하기로 하겠네. 허나 그대는 내 뜻을 물리치지 마오. 이 물건이 너무 화려하다면 내 수수한 것을 다시 드릴 테니."

왕이 다시 시어를 불러 작은 칠보곽을 가져오게 하자 성진은 조금 마음 속으로 아쉽기도 했다. 시어가 상자를 내려놓자 왕은 성진의 손에 상자를 쥐어주었다. 상자는 성진의 손바닥에 맞춘 듯 쏙 들어갔다.

왕이 말했다.

"그러면 이 상자를 받게나. 뚜껑을 열면 작은 손거울이 달려 있고 안에는 금단이 들어 있네. 거울에는 하토의 인간들이 무엇을 하고 있는지 그대로 나타나네. 그리고 거울상자 안에 들어 있는 금단은 인간 세상의 죽어가는 사람도 입에 넣으면 생명을 되살릴 수 있으니 중생을 제도하는 데는 큰 도움이 될 걸세. 다른 물건은 여기 두어 그대의 지조가 얼마나 높은지 우리 수중 궁궐의 표상으로 삼을 것이네."

성진은 더이상 용왕의 선물을 뿌리칠 수 없어 손 안에 쥐어준 작은 상자를 꼭 들고 일어나 거듭 절하고 물러나왔다. 용왕은 친히 자리에서 일어나 성진을 궁궐 밖까지 전송해 보냈으니 그 정의 각별함이 둘러선 시녀와 종복들에게까지 전해졌다.

성진은 용왕과 작별하고 왔던 길을 따라 빠르게 구름을 몰아갔다. 얼마 가지 않아 산문 밖에 이르고 곧 석교에 도착했다.

그가 기다리며 서 있었던 석교 위에는 여덟 선녀들이 다투어 웃으며 다리 아래 흐르는 물 위로 꽃잎을 던지고 있었다. 팔선녀는 살갗을 휘날릴 것처럼 솟구쳐 오르는 봄기운 때문에 마음이 달뜨기만 했다.

그들이 석교 아래서 머무른 까닭은 봄 깊은 날 경치가 예사롭지 않았기 때문이었다. 그들은 태백산에서 까마득히 마주 보이는 금강산의 여선인 금강여선의 시녀들인데, 금강여선이 왕모의 반도연에 참석했기에 돌아오는 길을 맞이하기 위해 각자 채운을 타고 태백산을 지나다가 석교 아래로 내려온 것이었다.

　한 선아가 말했다.

　"저 개울물 소리가 우리 귀를 도화빛으로 물들게 하는구나. 우리, 잠깐 여기 머물러 봄경치를 완상하고 아름다움을 만끽하자꾸나. 저기 보아라, 깎아지른 봉우리 위에 첩첩이 쌓여 있는 저 도량은 바로 도력이 깊은 육관대사가 계시는 곳이다. 그 수제자를 성진이라고 하는데, 준수하기가 저 하토 인간 세계 누구와 견줄 것이며 천상에서도 그보다 훤칠하고 준수한 귀골을 찾아볼 수 없다는 소문을 익히 들은바 있으니 참으로 마음이 애틋하기만 하구나. 아직 금강여선이 돌아올 시간이 일렀으니 저 흐르는 물에나마 애꿎은 한 시름을 풀어 보자꾸나."

　여러 선아들이 그 제안에 기다렸다는 듯이 구름을 멈추고 손뼉을 칠 듯 같은 목소리로 말했다.

　"우리의 마음이 어찌 다를손가. 까닭 없이 흩날리고 솟구치는 가슴을 시리고 맑은 물로 닦아보고 싶구나. 명주실처럼 길고 부드러운 물살이 봄날 휘날리는 우리네 머리카락이누나. 정말 별천지요, 명승지가 아니런가. 한번 선가의 수행에 나선 몸이니 정녕 물살을 욕되게 하지는 않으리라."

　팔선녀는 구름 끝에서 살풋 뛰어내려 연꽃 같은 걸음을 옮기며 석교 아래로 걸어 내려가 시간 가는 줄을 모르고 봄 물살을 손으로 헤적이며 놀았다. 그 가운데 한 선아는 춘정을 이기지 못하여 비단치마를 무릎 위까지 올리고는 아직 시린 개울물 속으로 담그기도 했다. 다른 선아들이 그 모습을 보고 옷을 입은 채로 다투어 물 속으로 뛰어들어 높은 웃음소리를 물보라처럼 사방으로 날리게 했다.

"알 수 없는 게 봄날이어라. 마음은 어찌 이리 갈피가 없으며, 차가운 물에 몸을 담그어도 피는 이리 흐르는 개울물보다 더 빨리 몸 속을 달린단 말인가. 아아, 정말 알 수 없고 알 수 없어라. 금강여선께서 우리 모습을 보면 얼마나 대경실색하실는지…… 무슨 벌을 받을지 알 수 없구나."

한 선아가 꽃잎을 던지던 다른 선아의 목덜미에 구르는 물방울을 손가락으로 톡톡 튀겨내며 말했다. 그 말을 듣자 다른 선아들도 개울물 밖으로 나와 젖은 옷을 말리며 아득히 휘몰리고 솟아오르는 봄경치를 망연하게 바라보고 있었다. 그때 성진이 허둥지둥 석교 앞으로 달려오는 모습을 본 팔선녀들은 약속이라도 한 듯이 말했다.

"어마나, 저길 좀 보려무나! 붉은 뺨, 깊은 눈썹, 저 드높은 이마를. 바로 저 태백산 도량의 성진이 아니던가. 마음도 심란한데 차라리 좀 곯려주고 싶구나. 한순간 저 장부의 마음을 뒤흔들기라도 한다면 긴긴 춘정도 아쉽지 않으리."

팔선녀는 누가 먼저라고 할 것도 없이 석교 앞을 지나는 성진의 길을 슬그머니 가로막을 수밖에 없었다. 성진은 갑자기 농염한 몸매가 젖은 옷에 그대로 드러나는 팔선녀가 석교 위에서 길을 막자 몹시 당황했다. 스승에게 돌아갈 길이 무척 늦어서 한껏 길을 재촉하는 길이 아니었는가. 길을 가로막은 팔선녀는 이슬 같은 웃음을 생글생글 굴리며 그를 바라보고 있었다.

성진은 옷자락을 여미고 팔선녀 앞으로 나아가 두 손을 가슴 위로 올려 손바닥을 마주 모으고 공손히 말했다.

"소승은 육관대사의 제자 성진으로 스승의 명을 받자옵고 오늘 잔치에 참례하고 돌아오시는 두모천존과 용왕에게 문안드리고 이제 돌아가려는 길입니다. 여러 선아께서 이곳 석교 위에 계신 줄은 미처 몰랐습니다. 다리 길이 좁으니 원컨데 선아들께서는 자비를 베풀어 돌아가는 길

3. 8선녀를 희롱하는 법 51

을 빌려주십시오."

여덟 선아는 성진의 얼굴에 홍조가 짙게 물드는 것을 보며 장난기가 한껏 일어났다. 그들은 성진의 인사에 허리를 낮추고 엉덩이를 살짝 흔들어 답례하면서 그의 청을 거절했다.

"선아들은 금강여선의 시녀이옵니다. 오늘 아침 일찌기 여선께서 왕모 반도연에 가셔서 아직 돌아오시지 않기에 이렇게 기다리고 있습니다. 우연히 석교 아래 물길이 하도 아름다워 경치를 완상하며 쉬고 있었습니다. 이미 공의 법력과 수행은 널리 선계에 알려져 있는 바 군이 이 길이 어찌 공의 앞을 가로막을 수 있겠습니까? 청컨대 공께서는 다른 길로 가심이 어떠하신지요?"

성진은 마음이 급했다. 이미 돌아갈 시간이 한참 늦었던 것이다.

그는 마음은 급했지만 팔선녀들이 하나같이 자색이 뛰어난지라 성급히 그 자리를 떠나지 못하고 몇 마디 말을 더 붙이고 싶기도 했다. 그러면서도 그는 대사의 노한 얼굴이 보이는 듯했다. 이미 스승의 얼굴은 노하다 못해 돌처럼 굳어 있는 것 같았다.

성진은 머리를 세차게 흔들고 난 뒤 말했다.

"선아들이시여. 여기 개울물이 멀리 남북을 가로막아 갈라 놓고 있는데 어찌 소승더러 날아서 넘으라 하십니까. 공력이 부족함은 물론, 선아들의 머리 위를 감히 타넘어 가고 싶지 않습니다."

그 말을 들은 한 선아가 성진을 궁지로 몰아넣었다.

"공께서 어찌 그리 비겁하십니까? 이미 공께서는 채운을 타고 오면서 석교 아래 물장난을 하고 있는 우리 모습을 훔쳐보지 않았나요? 허니 공께서는 반드시 그 값을 우리에게 지불하고 가심이 마땅하옵니다. 옷을 무릎까지 걷고 다리 아래 개울물을 건너심이 어떠하신지요?"

성진은 그 선아에게로 눈길을 돌렸다. 고혹한 눈빛으로 성진을 흘겨보는 눈매와 맞부딪치자 그는 슬그머니 눈길을 석교 아래로 돌려 피했다.

"소승이 고의로 선아들의 모습을 훔쳐보았겠습니까. 다만 길이 급하여 지쳐오다보니 그만 눈에 들어오게 되었으니 여러 선아들께서는 삼가 부덕한 저의 마음을 받아들이시어 길을 열어주시기를 바랍니다."

여덟 선아들이 성진의 대답을 듣자 봄 꽃잎들이 확 떨어지도록 드높게 웃고는 다투어 말했다.

"옛날 한갓 인간 세상의 달마선인은 갈잎을 타고 큰 바다를 건넜지 않습니까. 오늘 천상의 공께서는 물결을 타고 수정용궁에 들어갔다 오셨는데 어찌 이 정도의 개울물을 건너지 못하십니까? 깊이가 한낱도 되지 않고 넓이가 한뼘도 되지 않습니다."

한 선아는 입가로 웃음을 배시시 흘리며 아예 성진에게 옷을 벗으라는 듯한 말까지 했다.

"이미 공이 비록 무릎 아래까지라 해도 우리의 몸을 훔쳐보았으니 이제 공도 우리에게 무릎 아래나마 몸을 보여 주어야 할 것이옵니다."

"무엇을 보여달란 말이오? 선아들 앞에 어찌 무릎을 보여줄 수 있겠습니까. 선아들의 그 뜻을 정녕 알 수 없으니 용서하십시오. 수행자는 무릎이 없고 고즈넉한 마음만 있을 따름입니다. 선가에서는 평소 길을 파는 일이 없는데 여러 선아는 필시 길을 팔고 싶어하시니 이제 나의 행동을 욕하지 말아주십시오. 소승이 몇 알의 진주를 갖고 있으니 원컨데 선아들께 바치고 길을 사고자 합니다."

성진이 웃으며 석교 옆에 핀 한 송이 붉은 작약꽃을 잡아 다리 위로 던지니 작약꽃은 여덟 개의 진주가 되어 팔선녀의 손바닥에 떨어져 찬란히 빛을 반짝였다. 여덟 개의 진주는 다 색깔이 달랐다. 빨강, 주황, 노랑, 초록, 파랑, 남색, 보라, 일곱 개 무지개색과 흰색의 진주가 선아들의 손바닥에서 하나씩 영롱한 빛을 쏘아대고 있었다. 그들은 성진이 꽃잎을 흩

뿌려 허공에서 만들어낸 진주를 저마다 손바닥에 얹어놓고 정신없이 들여다보았다. 진주의 한가운데는 꽃술처럼 가는 구멍이 뚫려 있었다. 어떤 선아는 진주와 빙그레 웃는 성진의 준수한 눈매를 번갈아 살짝 치어다보며 뜻모를 한숨을 짓기도 했다.

"아쉽고 아쉬워라. 육관대사의 수제자가 길을 막는 우리의 뜻을 모르니 천하 천상 어느 장부가 우리 뜻을 알겠는가…….”

8선녀들은 성진이 만들어 내는 진주를 품속에 품고는 성진을 빙 둘러싸는가 싶더니 갑자기 성진의 가슴께로 섬섬옥수를 내밀었다. 그제쯤 길을 비켜줄 줄 알고 기다렸던 성진은 갑자기 손을 뻗어 가슴팍을 향해 공격해 들어오는 그들의 번개 같은 손놀림을 미처 막을 수 없었다. 한 선아의 손길이 성진의 혈도를 잡고 개울물 아래로 던져넣으니 다른 선아들이 함께 물 속으로 달려들었다.

성진은 옷을 입은 채로 그대로 개울물에 빠졌다. 물살은 차가웠으나 겨드랑이며 사타구니 사이를 뒤채듯 흔들며 부드럽게 스쳐갔다. 그는 사지를 스치는, 시리면서도 부드러운 물결 때문에 자신도 모르게 진저리를 부르르 떨곤 했다. 8선녀들의 얼굴이 부지런히 그의 얼굴을 스쳤다가 떨어져 갔다. 도대체 이 떨림은 어디서 오는지 알 겨를도 없었다.

개울물이 소용돌이가 되어 여덟 선아와 성진의 몸을 감싸고 공중으로 솟아올라갔다가 무지개를 뿌리며 다시 아래로 떨어져 갔다. 8선녀의 팔과 다리와 성진의 몸이 서로 뒤얽혔다가 풀어지기를 수없이 되풀이했다. 가슴과 가슴끼리 부닥쳐 푸른 물거품이 쉼없이 솟아올랐다가 사라졌다.

작은 탄식과 깊은 외침, 그리고 소리 없는 한숨과 아쉬운 숨결이 그들이 쉼없이 만들어 내는 운무 속에서 개울물 밖으로 흘러 아래로 아래로 떠내려 갔다. 여덟 선아들의 손놀림은 더없이 빨랐고 성진이 비록 혈도를 빼앗겼다 해도 그들의 재빠른 손속을 막지 못할 바가 아니었다. 가슴팍을 헤치고 허벅다리를 스치는 여덟 선아의 그 손끝이 자못 아련하기도 해 못 이긴 척 함께 물 속으로 빠져들었다가 나오기를 되풀이했다. 허나 갈 길이 너무 급한지라 오래 그들과 함께 노닐 수도 없는 일이어서 공력을 모아 막힌 기혈을 풀고 두 손을 펴 그들을 물리치려 했으나 그들의 공력도 만만찮았다.

"어찌 대사의 법통을 이어받으려는 수제자께서 이리 겸손하신가?"

그들 가운데 한 선아는 성진을 놀려대기도 하였지만 그는 맞대놓고 그 선아의 손길을 거칠게 물리칠 수도 없는 노릇이어서 몸을 공중으로 힘껏 솟구쳤다가 석교 위로 내리니 가사는 이미 흠씬 물에 젖어 수행으로 곧게 뻗은 몸의 형체와 굴곡이 드러났다. 그들도 성진을 따라 석교 위로 올라 서로의 몸을 보니 날씬한 허리며 봉긋 솟은 가슴이 물에 젖은 옷에 도드라지게 드러나 그들의 장난이 지나쳤음을 알게 되었다.

8선녀도 그제야 정신이 들었는지 얼굴을 숙이고 몹시 부끄러워했다.

한 선아가 말했다.

"춘정을 이기지 못해 선가의 법도를 어기고 대죄를 저질렀으니 이 일을 연연세세 어떻게 감당해야 할지 알 수 없으니 부디 공께서는 용서하시기 바랍니다……"

그 선아는 말을 채 맺지 못하고 채운을 불러 모습을 감추었다. 그 뒤를 이어 다른 선아들도 서둘러 채운을 타고 모습을 감추어 버렸다. 성진이 머리를 들어 바라보니 8선녀들의 손목에 두른 옥구슬 소리만 들릴 뿐이었다. 그러나 여덟 선아가 떠난 곳에서 불어오는 향기로운 바람이 얼굴을 때려 오래도록 숨쉬기가 힘들었다.

그는 마음과 정신이 어지러웠으나 겨우 옷차림을 수습하고 산을 달려 올라가며 단향이 준 비취잠을 숨기기 위해 태백산 상봉 아래 있는 하늘못에 슬쩍 떨어뜨렸다. 그는 비취잠을 물 속에 떨어뜨리다가 칠보거울상자와 금단마저 빠뜨리고 말았다. 성진은 한순간 생각하기에 차라리 저것들을 물 속 깊이 숨겼다가 시간이 지나 찾을 요량을 했으나, 혹시 대사가 이 일마저 알면 더욱 노하실 것 같아 푸른 물밑으로 가라앉는 물건들을 손끝으로 다시 건져 올렸다. 혹시 모를 일이었다. 어려운 일을 겪다 보면 이런 물건들이 혹 소용이 될지도 알 수 없는 일이었다.

성진은 거울상자를 열어 우선 얼굴을 맑게 다듬은 뒤 그것을 소맷자락 속에 깊이 넣고 기운을 뜨겁게 돌려 젖은 옷을 말리고 서둘러 육관대사를 찾아 분부하신 대로 명을 받자왔음을 아뢰었다.

때마침 육관대사는 가부좌를 틀고 참선삼매에 들었다가 성진이 하는 말에 아무 대답이 없었다. 성진은 두모천존을 만난 일과 용왕이 대사께 예물을 주었으나 배운 대로 한사코 사양했던 일을 일일이 아뢰었다. 다만 그는 단향과의 정연과 용왕이 그에게 준 선물과 팔선녀와 함께 물살 속으로 뛰어들었던 일을 말할 수는 없었다.

그는 대사의 응답이 있을 때까지 문 밖에 서서 기다렸다. 스승은 한마디도 대답하지 않았다. 그는 소맷자락 속에 넣은 용왕의 선물을 내놓을까 하는 생각도 들지 않는 바는 아니었으나 바위처럼 앉아 있는 대사의 기운 앞에 그만 물러나고 말았다.

스승의 대답을 듣지 못하고 홀로 방으로 돌아와 생각하니 그는 참으로 걱정스러웠다. 어쩌면 사부는 이미 자신의 행적을 다 알고 있지는 않을까. 그 생각에 이르면 성진은 가슴이 놀라 벌렁거리다가도 단향의 꽃잎 같은 살결과 애타는 눈빛, 그리고 8선녀들의 섬섬옥수가 그의 몸 곳곳을 짚어내리던 생각을 하면 이상스레 눈앞이 아뜩하고 가슴이 울렁거렸다. 문득 그의 머리 속으로 턱없이 엉뚱한 생각이 화살처럼 지나갔다.

'인간 세상에서는 장부로 천지간에 나서 공맹의 글을 힘써 배우고 요순 같은 세상을 만나 이름을 죽백竹帛에 드리우며, 위로 효도하고 아래로 식솔을 먹여 살리고, 조상을 빛내며, 시첩 수백을 거느려 한 번 불러 백이 화답케 함이 고금에 호걸이요 영화를 누림이라. 나는 천상의 선문에 들어 오도悟道의 길을 가는데, 천상의 도가 영원하다 하나 이 마음을 그리 뒤흔드는 까닭은 무엇인가. 내 지금 가까운 것을 버리고 먼 것을 가지려 함은 혹 아니겠는가……'

성진의 생각은 갈피 없었다.

아무리 마음을 잡으려 해도 단향과 8선녀의 모습이 번갈아 가며, 때로는 동시에 나타나 그의 심사를 석교 아래 개울물로 떨어지는 꽃잎처럼 산란하게 했다. 그는 가슴이 두근거려 참을 수가 없었다. 더구나 단향의 현금 소리가 귀에 휘감기는 듯하고 여덟 선아의 백옥 같은 살결이 그의 혀 끝에 향기로운 냄새를 뿌리는 듯했다. 성진은 마음을 잡을 수가 없어 뜬 눈으로 밤을 밝히다가 깜박 잠이 들었다.

성진이 잠을 깼을 때, 이미 육관대사는 8백 도제를 모아놓고 설법을 하는 중이었다. 성진이 대중들 뒷자리에 슬그머니 서서 훔쳐보니, 다행히 대사는 눈을 지그시 감고 법단에 앉아 있었다.

"어느 노중이 길을 지나가는데 누군가 물었다. 어디로 가느냐 하니, 어디서 오는지도 모르는데 어찌 어디로 가는지를 알겠나? 하고 대답했다. 그러자 대답이 돌아오기를 수행자 행색인데 어찌 아직 가는 길도 모른단 말이냐, 이 길을 비켜줄 수 없다 하고 길을 가로막으니 노중이 큰 절을 하고 그에게 잘못을 빌었다."

성진은 더 이상 대사의 설법이 귀에 들어오지 않았다. 가슴이 울렁거렸고, 부질없는 그리움에 수행길을 비로소 망쳐 버렸다는 생각밖에 들지 않았다. 대사는 한낮이 다 되어서야 설법을 마치고 뒷자리에 성진이 있는 것을 보고 낯빛을 바꾸면서 말했다.

"너 비록 나와의 인연이 엷다 하더라도 이치는 곧 하나이니라. 마음을 밝히고 천성을 본다는 소치는 곧 티끌보다 못한 진심塵心이 한 번 일면 만사는 끝임을 말하는 것이니라. 털끝만한 오차만 나도 그것이 나중에는 크게 벌어지나니. 이제 너는 원망하지 말고 네 갈 데로 가거라!"

스승의 노한 음성이 벽력처럼 귀를 후려쳤다. 성진이 대사의 말을 듣자 우레가 귓속으로 일어나는 것 같아 자신도 모르게 몸에 힘이 빠져 그 자리에 털썩 꿇어앉고 말았다.

아아, 이 무슨 일인가.

스승의 말씀은 곧 청천 하늘에 마른 벼락이 떨어지는 것과 같았다. 아, 성진은 소리 없이 흐느껴 울었다. 스스로 제자가 아무 말이 없다 해도 어찌 스승이 그의 행적을 모를 것이겠는가.

그는 그 자리에 넙죽 엎드려 이마를 땅에 부딪치며 용서를 빌었다.

"제자 스스로 지은 잘못입니다. 저의 허물은 황해의 물로 다 잴 수 없고, 동해의 물로 다 닦을 수 없습니다. 하오나 이제 이 한 찰나에 깨달아 용맹정진하여 내세생생 번뇌를 끊고 진리를 밝혀 얻겠사오니 노여움을 푸시어 제자를 받아들여 주소서."

육관대사가 법상을 치는 주장자 소리가 세 번 크게 울렸다. 그 소리는 이미 대사의 마음이 결정되었다는 신호였다. 주장자 소리를 끝으로 8백 도반이 소리 없이 흩어졌다. 법단 아래서 성진은 혼자 꿇어앉아 빌었지만 대사는 물론 산중의 그 누구도 대답이 없었다.

그러나 성진은 포기하지 않고 대사의 선방 앞에서 밤새도록 울며 빌었다. 이튿날 새벽이 되었을 때 성진의 눈에서 붉은 피가 새어나오기 시작했다. 격정을 견디지 못해 단향과 나눈 운우지정과 한순간 여덟 선아와의 봄날 희롱이 차라리 꿈이었으면 얼마나 좋았을까 싶었다. 되돌릴 수 있다면 당장이라도 되돌리고 싶었다.

"스승께서 마땅히 제자를 꾸짖어 다시는 잘못이 없게 해 주십시오. 스승이시여, 오직 스승의 가르침만이 모든 이치였음을 알고 살았습니다. 일시의 과실을 한 번만 용서해 주시면 지금의 잘못을 닦아 거듭 정진하여 반드시 큰 깨달음을 구하겠사오니 제발 노여움을 풀어 주십시오."

그는 꿇어앉아 이마를 땅에 찧고 또 찧었다. 그러나 소용없는 일이라는 것을 그도 알고 있었다. 마침내 대사의 목소리가 낮고 잔잔하게 선방에서 새어 나왔다. 노기는 가라앉아 있었으나 뜻은 추상 같았다.

"부처님도 업은 어쩔 수 없다 하시었으니, 비록 도를 이룰 수 없다 해도 너는 너 갈 데가 있을 것이다. 그게 또한 도의 이치로다. 지난 밤에 천기天機를 보았는데, 내 감히 누설할 수 없으나 정이 한갓 남아 있으니 한마디 아니할 수가 없구나. 오직 하늘이 정한 바가 있을 것이다. 내가 어찌 너의 업보를 막을 수 있겠느냐."

대사의 말을 들은 성진의 눈에서는 붉은 눈물만 흐를 뿐 한마디 말도 더이상 할 수 없었다. 대사가 말을 마치자 기다리고 있었다는 듯 홀연 공중에서 머리에는 별들의 관을 쓰고 학鶴의 날개를 가진 여덟 도사들이 대사 앞에 내려와 머리를 조아리고 섰다.

성진이 머리를 땅에 찧으며 울다가 곁눈질을 하니 가슴이 덜컹했다.

'아아, 저건 8도사가 아닌가. 천계에서 가장 큰 죄를 지은 이들을 다스린다는 도사라는 것을 말로만 들었는데 지금 내 눈앞에 나타나다니.'

성진은 두려운 마음을 다스릴 수 없었다. 도사들은 선방을 향해 이마에 흙이 묻도록 절을 하고는 말없이 성진을 에워싸기 시작했다. 눈썹은 칼날 같았고, 그 색의 짙기가 먹구름 같아 귀기가 서리었다.

대사가 다시 성진에게 말했다.

"전생前生의 업보나 내생來生의 연분緣分과 정리情理는 하늘의 이치이니 어쩔 수 없도다. 뒷날 다시 만날 때가 있을지 알 수 있겠는가. 이제 갈 길을 가거라."

육관대사가 말을 마치니 성진 주위를 둘러싸고 있던 도사들은 다시 한 번 깊이 선방을 향해 허리를 굽혀 이마를 조아리고 성진에게로 다가왔다. 엎드려 울던 그는 도사들이 다가오자 슬쩍 실눈을 뜨고 확인하듯 올려다보았다. 그는 너무 울어 눈에 피가 고여 있었으나 잘못 보았으리라고 믿고 싶었던 그들은 정녕 선계에서 벌을 받으면 인간 세상으로 추방하는 직책을 맡고 있는 바로 그 8도사들이었다. 보통 인간세계로 귀양을 보내는데 한두 도사면 충분한데 성진을 추방하기 위해 여덟 도사들이 총출동을 한 것은 성진이 공력이 범상치 않아 혹시나 뜻하지 않게 엉뚱한 일이 일어날지 몰라 미리 예방하기 위한 것인지도 모를 일이었다.

　성진은 대사의 바짓가랑이를 잡고 늘어질까 싶기도 했지만 대사는 선방에 들어 앉아 얼굴도 보여주지 않았다. 어쩔 수 없이 그는 세 번 절해 스승에게 하직인사를 고하고 여러 도반들에게 눈물을 뿌리며 작별을 알린 뒤 날개를 움직여 팔괘를 펼치며 그를 에워싼 8도사들에게 끌려갔다.

4
인간 세상으로 떠나는 길

금강여선이 왕모의 반도연이 끝나자 여러 여선들과 홀연히 작별하고 구름수레를 타고 돌아가려는데 수만 가지 꽃의 피고 짐을 관장하는 백화선百花仙이 앞으로 다가와 읍을 하며 말했다.

"소선이 함께 모시고 가겠습니다. 먼 길이니 이야기하면서 금강산까지 모시고 가고자 하오니 허락해 주십시오."

"백화선께서 간절히 청하시니 차마 거절하기가 두렵습니다."

금강여선은 백화선의 제의를 크게 기뻐하고는 함께 구름수레에 앉아 왕모의 궁궐을 빠져나왔다. 얼마 가지 않으니 금강산의 여덟 선아가 함초롬히 젖은 얼굴로 석교 옆에 서서 기다리고 있었다. 그들은 성진을 희롱한 것이 부끄러워 공중으로 높이 솟았다가 성진이 사라진 뒤 다시 석교 앞으로 되돌아왔던 것이다.

여덟 선아는 먼저 금강여선 앞에 나아가 인사하고 백화선을 향해 절을 하니 금강여선은 거들떠보지도 않고 백화선에게 자신의 금강관에 들러 차를 대접하고 싶다고 청했다. 백화선은 흔쾌히 금강여선의 요구를 받아들였다. 구름 수레 위에 두 여선이 타고 그 끝에 여덟 선아가 고개를 숙인 채 일만이천 봉우리를 굽이굽이 돌아 가장 높은 금강관으로 들어섰다.

금강관의 높은 연대에 오른 금강여선은 백화선을 상석인 동쪽 자리에 앉게 했다. 이어 시녀들이 곁에서 기다리다가 일시에 차를 올리는데 향내가 깊고 그윽했다. 백화선은 금강관내의 경치들을 둘러보았다. 푸른 솔과 대나무가 하늘에 닿아 있고, 기이한 풀과 꽃들이 맑고 깨끗한 봄바람을 만들어 내었다. 여덟 선아는 금강여선이 한마디 말도 없자 두려움에 떨며 연대 아래에 시립해 있었다.

백화선은 한낮의 반도연 때문인지 정취가 다시 흥겹게 살아났다. 시녀들이 미주美酒가 찰랑이는 긴 호리병과 선과를 내어왔다.

백화선이 웃으며 말했다.

"오늘 하루 종일 먹었는데 이 선과와 미주를 보니 다시 마음이 울렁거립니다. 봄경치가 하도 깊으니 신선도 춘정은 어쩔 수 없는가 봅니다."

"누항에 모처럼 오셨으니 맛이 없더라도 젓가락을 들어보십시오. 아름다운 입술을 혹 더럽힐까 저어됩니다만."

"여선께서는 별말씀을 다하십니다. 산을 오르는데 금강의 일만이천 봉우리가 얼마나 빼어나고 아름다운지 천상천하의 모든 산의 봉우리와 기운을 다스리는 여선의 공덕이 지극하심을 알겠습니다."

"오늘 백화선을 누항에 모신 것은 특별한 정연이 있어서인가 봅니다. 소선이 데리고 있던 여덟 선아가 이미 맑은 기운을 더럽혔으니 인연이 다했습니다. 이제 저 아이들은 한 송이씩 지는 꽃잎과 같으니, 천만 가지 꽃을 다스리는 백화선의 말씀을 듣고자 합니다."

백화선은 신묘한 미소를 붉은 입술에 가득 배어 물 뿐 아무 말도 하지 않았다. 금강여선은 연대 아래 시립해 있는 여덟 선아를 불러 연대 위로 올라오게 했다. 부름을 받은 여덟 선아는 발꿈치를 높이 들고 허리를 깊이 숙인 채 발끝으로 걸어 금강여선 앞으로 나아갔다.

금강여선은 그들에게 호통을 쳤다.

"너희들은 무슨 일로 산을 쫓아내려와서 석교 아래서 육관도사의 제자와 희롱하여 선가의 청정함을 더럽혔는가? 수행한 도리가 이것밖에 되지 않느냐? 그리하고서도 어찌 선계에서 살기를 바라느냐?"

여덟 선아는 호통을 듣자 흰 옷자락을 더욱 여미며 머리를 숙였다. 길고 검은 머리카락이 어깨 아래를 물결쳐 흘러내려 수심에 가득 차 보일수록 선아들의 자태는 더욱 고혹적이었다. 그들의 두 눈에 굵은 눈물이 방울방울 맺히니 그 서늘한 아름다움은 말문이 다 막힐 지경이었다.

그런데 한 선아가 감히 붉은 입술을 깨물고는 금강여선의 꾸지람에 공손히 답했다.

"저희들은 여선께서 돌아오시는 길을 마중하고자 태백산을 지나치다가 봄경치가 아름다워 그만 석교 아래서 쉬고 있었습니다. 그런데 성진이 갑자기 나타나 다리 아래서 길을 빌리기를 요구하고, 꽃을 꺾어 공중에 뿌리니 그만 여덟 알의 진주가 되었습니다. 저희들이 잠시 눈이 멀고 일시에 그만 맑은 광채에 넋을 놓은 탓이니 부디 노여움을 거두어 주십시오."

한 선아가 말을 마치자 다른 선아들이 깊은 두려움에 싸인 목소리로 노여움을 거두어 달라고 간절히 청했다. 그러자, 금강여선은 손을 들어 선아들의 몸짓과 변명을 물리치고는 선고를 내리듯 말했다.

"선가의 규범은 오로지 한 마음에 있도다. 일체의 성색聲色이나 사물은 천성을 어지럽게 해서 그것이 한 번 마음에 일어나면 걷잡을 수 없는 것이다. 너희들은 어찌 이 모양으로 법을 두려워하지 않고 대죄를 지었느냐? 불로장생과 고운 자태는 이미 그 연이 끊어져 버렸다. 이제 선가의 맑은 법이 너희들에게는 끝이 나고 말았으니 인간 세상으로 내려가 너희들의 정연대로 떠나가도록 해라."

선아들은 여선의 말을 들으니 천계에서 추방한다는 뜻이 확실했다. 가슴이 바늘로 남김없이 찌르듯 아파와 어떤 말도 제대로 할 수 없었으나, 그들은 비통해 마지않으면서도 거미줄이라도 잡고 싶은 마음으로 금강여선 앞에 엎드려 울며 호소했지만, 금강여선은 들은 척도 하지 않았다. 여선의 굳게 다문 입술에는 얼음 같은 기운이 파랗게 감돌았다.

"제자들이 슬하에 한 덩어리로 자라 한 번도 잘못을 저지르거나 이렇게 애통해 본 적이 없습니다. 한 번 인간 세상에 내려가면 언제 다시 슬하에 다시 올 수 있겠습니까. 부디 제자들의 마음을 널리 헤아리시어 용서해 주소서. 한순간에 저희들을 내쫓으시면 저희들이 어디로 갈 수 있겠습니까……."

선아들은 엎드려 울며 구슬 같은 눈물을 뚝뚝 떨어뜨리니 그들의 눈물마저 금강여선 앞으로 방울방울 굴러가 애원하는 듯했다. 그러나 금강여선은 한마디 말도 하지 않았다.

선아들은 옆자리에 앉아 있는 백화선에게 호소했다.

"천만 가지 꽃을 다스리는 백화선이시여. 맹세코 다시는 잘못을 저지르지 않겠사오니 단 한 번의 자비를 베푸시어 저희들을 인간 세상으로 버리지 마소서."

백화선은 선아들의 울음에 가득찬 애원이 딱하였으나 그렇다고 선가의 법을 어길 수는 없었다. 이들의 잘못을 눈감아 준다면 수많은 선장, 성군들의 낯을 어찌 대할 수 있겠는가. 천상의 법이란 한 번 흐트러지면 걷잡을 수 없는 법이 아닌가.

금강여선도 겉으로는 서슬 푸른 모습을 하고 있지만 속마음이 얼마나 애탈 것인지는 백화선도 충분히 짐작할 수 있었다.

백화선은 입을 열었다.

"너희들은 내 말을 잘 들어라. 정연은 자석과 같아서 만나면 합해지느니. 강제로 잘라 놓을 수도 없고 하늘도 능히 합치지 못하게 할 수도 없다. 선가에도 그것이 가장 무서운 법이니라. 너희들이 아직 심지가 낮아 그 길을 벗어나지 못했으니 한점의 어리석고 미혹됨이 마음에서 일어난 때문에 하계로 적강謫降하는 일을 면할 수가 없을 터, 이제 어쩔 수 없구나. 티끌의 정연이 이끄는 대로, 너희들 갈 데로 가야 하는구나."

백화선의 대답에 선아들은 할 말이 없었다.

백화선은 금강여선에게 청했다.

"금강여선께서 이 선아들에게 적하의 벌을 내리셨습니다. 소선은 인간 세상에 온갖 꽃이 피고 지는 것을 관장하고 있습니다. 지금 저들 여덟 진혼을 데리고 가서 창명융성하거나 부귀번화하고 또는 암곡한 땅에 보내어 인연을 다하게 하겠습니다. 바람이 불면 꽃잎은 떨어지는 법, 간혹 비단자리에 떨어지기도 하고 진흙과 수렁, 깊은 산, 물 위에 떨어지기도 하니 다만 조화에 따라 인연은 길을 따라가지 않겠습니까? 소선은 공이 있는 꽃에게 상을 주고 허물 있는 꽃에게 벌을 주니 이것은 다 일시의 인과가 아니겠습니까."

"백화선이 그렇게 말씀하시니 차라리 마음을 놓겠습니다. 헌데 소선이 아둔해 꽃이 어찌 공과가 있어 벌을 주고 상을 주는지 한 말씀 알려 주십시오."

"어찌 꽃에 상벌이 없겠습니까? 백화는 다 스스로의 신명을 가지고 있어 밑둥을 머금고 있고 꽃잎을 토해내어 아름다움을 밝힙니다. 맑은 기운을 받으면 인간 세상의 고관대작들이 머무는 공을 받게 됩니다. 벌로는 나루나 정자, 역관에 마구 심어져 사람들이 마음대로 꺾어 버리고 진흙에 묻히든지 수레바퀴에 짓밟히게 됩니다. 또 벌이 다투고 나비가 시끄럽게 굴며, 비에 젖고 서리가 재촉해 들면 빨리 시들고 맙니다. 그래도 가벼운 벌은 심산궁곡에 혼자 피는 것인데 푸른 눈도 만나지 못하고 붉은 얼굴도 보지 못하니, 그 누가 보아주겠습니까? 홀로 제 몸이 시들어 떨어지는 소리만 듣고 파묻혀 버릴 뿐입니다. 저 여덟 선아도 그와 같겠지요. 더러 귀한 자리에 나기도 하고 척박한 고토에서 온갖 고초를 겪기도 하겠으나 그 앞길을 누가 알겠습니까. 이 몸도 알 수가 없습니다."

"말씀을 듣고 보니 옥황상제가 어느 사물 한 가지도 가볍게 하지 않았음을 새삼 알게 됩니다. 능히 왕모께서 반도를 두 개 선물할 만합니다."

"어찌 그렇지 않겠습니까?"

금강여선과 백화선은 담담하게 이야기를 주거니 받거니 했다. 여덟 선아는 그 이야기를 들으니 온몸이 파랗게 식어가는 것 같았고 가슴이 무너지는 듯했다.

이윽고 백화선이 일어서자 선아들이 무릎을 털썩 꿇으며 백화선의 옷자락을 잡을 듯 무릎 걸음으로 거듭거듭 다가섰다. 한 선아는 백화선의 발목을 잡고 바닥에 이마를 찧으며 흐느꼈다. 그들을 지켜보는 금강여선의 얼굴에 일순간 노기가 휙 스쳤다.

"백화선이시여. 저희들을 어여삐 여기시어 제발 한 번만 용서하도록 여선께 말씀드려 주소서……."

그러자 이어 다른 선아들이 백화선 앞에 엎드려 슬프게 울며 용서를 빌었다. 그러자 금강여선은 손가락을 펴고 가볍게 앞으로 흔들었다. 여덟 선아들의 몸이 버들잎처럼 휘날려 연대 아래로 떨어졌다.

"무엄하구나!"

금강여선은 선아들을 크게 꾸짖고는 백화선을 돌아보며 사죄했다.

"소선이 덕이 없어 큰 결례를 하였습니다."

금강여선이 백화선께 머리를 조아리자 백화선은 황급히 몸을 굽히며 말했다.

"여선께서는 괘념하지 마십시오. 선계를 떠나는 심사가 얼마나 어렵고 힘들겠습니까. 마음을 푸십시오. 소선이 저들을 융명창성한 하계로 떠나보내겠습니다. 여선의 마음도 몹시 아프실 것이니 이만 서둘러 작별하옵니다."

백화선은 금강여선과 작별하고는 여덟 선아들을 은하수 절벽으로 데리고 가 느리느릿 하게 곳곳을 내려다보았다. 여덟 선아들은 모든 일을 체념한 듯 순순히 백화선의 뒤를 따라갔다.

"어느 인간세계에서 또 만날 수 있으려나."

"달도 별도 이제는 다 캄캄할 거야."

"얘들아, 우리 이대로 헤어지면 어느 얼굴로 어느 가문에 떨어질지 알 수 없으니 이 진주 하나만은 꼭 간직하자꾸나."

"그래 맞아. 육관대사의 수제자 성진이 우리에게 준 진주이니, 언젠가 다시 만나면 우리가 한 인연에 함께 헤어졌음을 알려주는 정표로 삼자."

"허나 백화선께서 이 일을 허락하시려는지……."

"백화선께서도 어찌 마음이 아프지 않을까. 이제 적강하면 어느 산천 어느 빗방울 앞에 지는 꽃잎으로 흩날릴지도 모르는데……."

길을 앞서며 선아들의 이야기를 듣던 백화선은 빙긋 웃으며 고개를 끄덕였다.

어찌 저들의 정표마저 빼앗을 수 있으리오. 천지간의 이치는 새삼스럽지 않은 법이다.

백화선은 선아들이 하나씩 진주를 깊이 간직하기를 기다렸다. 그리고 마침내 여덟 선아들을 한 송이 꽃잎 뿌리듯 인간 세상으로 떠나보냈다. 저 넓은 세상에 이제 어디가서 여린 몸매, 푸른 눈빛, 갸날프고 맑은 살결을 다시 찾아볼 수 있단 말인가.

'더러는 귀한 가문에 어린 생명으로 떨어지기도 할 것이요, 또 어떤 선아는 입은 몸, 지은 얼굴 그대로 눈보라치는 거리에 내팽개쳐질지도 모르리라. 그들이 서로 누군가 알 수 있는 것은 저들이 나누어 가진 진주밖

4. 인간 세상으로 떠나는 길   67

에 더 있겠는가. 그러나 천상의 연을 되살리기 어렵고 모든 정표는 인에 따라 가고 연에 따라 만나는 법, 적강의 세계가 가혹하다 하나 부디 한점 티끌 없이 살아나가기를.'
　백화선은 인간 세상으로 버려지는 여덟 개의 붉고 고운 꽃잎을 보니 마음이 아파 가만히 눈을 감으며 중얼거렸다.

　여덟 선아가 인간 세상으로 벌을 받아 버려지는 사이, 8도사에 이끌려 산문을 떠나는 성진은 이게 차라리 꿈이었으면 얼마나 좋을꼬 하며 몇 번이나 자신의 볼을 꼬집고 허벅지를 비틀어 보았으나 아무것도 달라 보이지 않았다. 제 살점만이 멍들어 아플 뿐, 한 번도 가보지 않았던 길로 도사들이 앞서 끝없이 가는데 길이 얼마나 멀고 험한지 성진은 그 돌아올 길마저 다시는 찾지 못할 것 같았다.
　아아, 성진은 탄식하고 낙담했다.
　그런데 저 멀리 하늘 가에서 학의 날개를 펼친 두 여군선이 한 선아를 끌고 가고 있었다.
　여군선이 데리고 오는 그 선아는 놀랍게도 단향이었다. 단향은 현금을 품에 안고 있었는데 얼굴은 두 눈 가득 피눈물을 흘리고 있어 꽃답고 향기로운 그 모습을 알아볼 수가 없을 정도로 참혹했다. 성진은 길게 탄식을 했다.
　설마 했는데, 단향이 저 지경이라면 이미 여덟 선아는 인간 세상 어딘가로 쫓겨갔으리라는 생각이 들었다. 그러면 정말 자신도 하토로 버려 영원히 벌을 주는 게 틀림이 없구나 싶었다. 단향은 고개를 숙인 채 어디론가 끌려가고 있었다.
　성진은 생각했다. 선아들은 몰라도 자신만은 육관대사의 법통을 이어받을 수제자가 아닌가. 그러면 한 번쯤은 용서받을 수도 있으련만 아무 말도 없이 그를 데려가는 8도사가 정말 원망스럽기도 했다.

 ……사부님께서 나를 겁주려는 것은 아닐까. 진정으로 수행에 들기 위해서 한 번 잘못한 일로 영원히 제자를 버리시지는 않을 거다. 그런데 왜 이들은 한마디 말도 없이 나를 한 번도 가보지 못했던 깊고도 깊은 길로 데리고 가는 것일까. 저 도사들은 정말 사부님으로부터 용서해주라는 그 어떤 언질도 받지 못하였을까. 아니면 받고도 모른 체하는 걸까. 정말 나를 버리려 하는 것일까.

 성진은 이빨을 지그시 깨물었다. 아무리 살펴봐도 여덟 도사들이 정말 선계에서 벌을 받으면 저 멀고 먼 하토에 다시 인간으로 태어나게 하는 도사가 틀림없으니 성진은 한순간 달아나고 싶은 생각이 들었다. 지금까지 쌓아왔던 공력을 일시에 일으켜, 지금 저 무방비 상태로 그를 둘러싸고 가는 도사들을 향해 한 손속을 뿌린다면 이 자리를 모면할 수도 있을 것 같았다. 그리하여 그는 선계 어느 깊숙한 골에 숨어 버리고 싶었다. 천상을 버리고 어느 지상에서 금은보화에 뭇여인을 둘러세우고 아무리 부른 배를 두드리며 온갖 노래를 부르고 희롱하며 산들, 천상의 불멸과 풍요에 비긴다면 티끌에도 이르지 못하는 법이 아닌가.

 어떻게 하든지 성진은 이 순간을 모면하고 싶었고, 드디어는 말없이 도사들의 뒤를 따라가며 하단전에 잔뜩 기운을 모으고 손바닥에 힘을 집중시켜 나갔다. 사방이 점점 침침해졌고, 은하수 절벽이 가까워졌다. 뒤돌아보니 멀리서 뒷모습을 보이던 단향은 여군선에 이끌려 또다른 은하수 절벽으로 사라지고 있었다

 8대의 적선을 쌓으면 인간 세상에서 겨우 오를까말까 한 게 은하수 절벽이었다. 그러나 저곳에서 떨어진다면 어느 기약을 하고 다시 돌아올 수 있단 말인고. 아하, 이제 저곳에 이르면 연연세세, 거듭 내생에도 다시는 돌아올 수 없을 것이리라.

성진은 결코 인간 세상으로 버림을 받고 싶지 않았다.

그는 느닷없이 앞서 가고 있는 한 도사를 향해 손을 확 펼치며 몸을 공중으로 솟구쳤다. 그 순간 가장 앞에서 가던 도사가 성진의 공력을 맞아 학날개가 피로 물들었다. 다른 도사들은 황급히 뒤로 물러난 뒤 성진을 따라 공중으로 날아올라 그를 포위했다.

성진은 그들에게 소리쳤다.

"이 몸은 8도사들과 아무 원한이 없으니 그만 돌아가기 바라오. 내 비록 지은 죄가 크나 스승께 간곡히 빌어대면 반드시 거두어주실 것인즉 다시 한 번 용서 받을 기회를 주기 바라오. 다른 도사께서도 물러서지 않으면 저 도사처럼 학 날개가 피로 물들 것이니 소승도 어찌 할 수 없음을 이해하기 바라오."

성진은 몸을 쉼없이 빠르게 솟구치며 절벽 바로 앞에 쓰러져 있는 도사를 가리키고는 한 줄기 구름을 만들어 오던 길을 되돌아 쏜살같이 달아나기 시작했다. 그러나 도사들의 공력도 만만찮았다. 그들은 금방 성진의 앞을 가로막아서며 소리쳤다.

"대사의 제자라 해서 비록 죄는 저질렀으나 그 뜻을 살펴 차마 몸을 묶어 가지 않았더니 이제 어쩔 수 없도다. 어찌 그리 스승의 마음을 상하게 하는고. 아무리 깊고 큰 수행도 참으로 부질없도다. 잘못 가르치지 않았을 터인데, 네놈이 잘못 배운 죄가 이를 데 없이 크도다."

나머지 일곱 도사들이 성진의 구름을 막고 학 날개 바람을 일으켰다. 성진이 불어오는 광풍을 비켜나기 위해 내공을 단전에 모으고 진기를 매섭게 일으키는 순간, 그가 딛고 있던 구름은 흔적없이 날려가 버렸고, 그는 아래로 추락하기 시작했다. 그는 겨우 몸을 바로잡고 내려섰지만 그의 기혈은 이미 8도사들에게 잡혀 버렸다. 그는 재빨리 기의 순환을 멈추고 그들의 손속에 완전히 굴복한 듯 엎드렸다.

"제발 용서해 주시오."

성진은 도사들에게 간절히 용서를 빌며 곁눈질을 하니 도사들이 그를 빙 둘러서고 있었다. 그들은 서로 이제 성진이 완전히 굴복했으니 묶어야겠다고 말했다. 그는 엎드려 도사들이 다가오기를 기다렸다. 그리고는 소맷자락에 넣은 비취잠과 용왕이 준 거울상자를 내놓았다. 거울상자 안에는 하토의 죽은 인간도 살린다는 단약이 들어 있었다. 그는 거울상자를 열어 단약을 내보이며 도사들의 발에 엎드려 사정했다.

"내 큰 잘못을 모르는 바 아니오. 그래도 용왕이 이 몸을 어여삐 여겨 선물을 한 것이니 도사들은 이 선물을 대신 받고 한 번만 용서해 주시기를 바라오. 내 한 걸음에 달려가 사부님의 발 아래 몸이 가루가 되도록 빌어 반드시 하해 같은 용서를 얻어내고 말겠소. 제발 이렇게 빌겠소."

성진은 내심 그 선물이 아깝기도 했으나 이제 인간 세상으로 버려지면 그도 아무 쓸모가 없지 않은가 싶었다. 엎드려 곁눈질을 해보니, 눈짓을 해대는 8도사들이 서로의 얼굴을 돌아보며 선물에 한눈을 파는 것 같아 그들이 선물을 받고 자신을 놓아줄 수도 있을 것 같은 기대감이 들었다. 이런 일이 있을 줄 알았으면 용왕이 대사와 자신에게 준 선물들을 모두 받아 왔더라면 하는 후회마저 들기도 했다. 산호여의주 한 줌, 알이 작은 진주목걸이 하나, 천 년 묵은 두꺼비 수염 두 개를 비롯해 알이 굵은 진주목걸이와 용수염으로 짠 부채 하나, 산호초로 만든 엄지손가락만한 굵기의 선장禪杖을 내놓는다면 8도사의 마음을 마구 뒤흔들게 할 수도 있을 것 같은 아쉬움이 밀려들었다.

8도사가 제아무리 훌륭하다 하나 무슨 인연이 있어 그리 귀한 선물을 받을 수 있겠는가.

그러나 그의 실낱 같은 기대는 곧 허물어졌다. 그의 귀에 8도사들이 그의 손에 올려진 선물을 보고는 동시에 혀를 차는 소리가 들렸다.

"참으로 대사의 얼굴을 더럽히는도다. 당장 저놈을 하토에서도 생사를 알 길 없는 전쟁판, 지독한 인간 세상으로 내던져 버려야겠도다."

그의 공력을 맞아 학 날개를 피로 물들인 도사가 외치자 다른 도사들도 신형을 날려 그의 곁으로 확 몰려들었다. 아아, 8도사가 정말 불쌍한 마음이라고는 털끝만큼도 없구나. 단향의 정표인 비취잠은 비록 자기 것이 아니라 하나 왕모가 단향에게 내린 선물이 아니던가. 또 용왕의 단약은 하토의 죽은 인간도 살린다는 약이며 칠보거울은 인간 세상의 그 어느 누가 어디에 있는지를 나타내는 신묘한 물건이 아니던가. 이럴 바에는 더 이상 8도사의 은전을 기대할 수가 없는 일이었다. 그는 손바닥에 내놓은 물건들을 다시 소매 안으로 집어넣고 이마를 땅에 붙인 채 납작 엎드렸다.

8도사가 다가와 천 년 묵은 구렁이의 껍질로 만든 포승줄로 그를 묶으려 할 때였다. 그는 양손을 뻗어 두 도사의 사타구니를 힘껏 잡아당기고 몸을 앞으로 한바퀴 돌아 뒤집으며 두 발로는 다른 도사 둘의 사타구니를 힘껏 찼다.

네 도사가 비명을 지르며 주저앉자 그는 다시 다른 두 도사의 사타구니를 향해 빠르게 손을 움직여 나갔다. 악, 하는 비명소리는 그러나 다른 두 도사보다 먼저 성진의 입에서 터져 나왔다.

큰 그물이 그의 머리 위에서 덮어내렸고 내뻗는 두 손이 힘없이 떨어졌으며, 정신은 혼미해지기 시작했다. 그는 꼼짝없이 그물에 갇힌 신세가 되고 말았다. 이러다 몸이 가루가 되어 버리는 것이 아닌가 싶을 정도로 그물이 그를 옥죄어왔다. 그 순간 그는 소매에 숨겼던 거울상자가 생각났다. 용왕이 선물한 거울상자 안에는 죽어가는 이도 살린다는 단약이 들어있지 않은가. 그는 소매 안에서 상자를 재빨리 꺼내어 손 안에 꽉 쥐고 다른 한 손아귀에는 비취잠을 감추었다.

그의 내공을 맞고 쓰러졌던 도사가 일어서 그물을 물끄러미 내려다보며 참으로 가엾다는 듯 한마디 했다.

"너를 발가벗겨 그대로 인간세계로 보내야겠구나."

"아예 오욕과 칠정에 물들지 않게 사타구니에 달린 물건도 떼어버리는 게 좋겠도다."

성진의 손속에 오금을 펴지 못한 채 당한 다른 두 도사가 분한 듯 말했으나 성진의 내공을 맞았던 도사는 고개를 흔들며 그건 천상의 법도가 아니라며 고개를 흔들었다. 발가벗기는 것까지는 좋은데 물건까지 떼고 떨어진다니 한순간 눈앞이 깜깜했지만 천상의 법도가 아니라는 말에 그는 다행스러워 한숨을 슬그머니 내뱉었다.

그물 안으로 8도사의 손길이 16방위에서 천라지망처럼 쳐들어 왔고, 그 순간 뇌우와 운무가 눈앞을 가렸다. 그는 자신의 몸이 아득히 떨어지는 것을 느꼈다.

"천상의 법도대로라면 내세생생 아귀축생으로 헤매게 할 것이로되 한때 대사의 제자임을 봐서 그렇게 하지는 않겠도다."

8도사의 외침이 아득하게 들려왔다. 그는 한없이 아래로 추락하며 단향이 얼굴을 두손으로 가리고 하염없이 울고 있는 모습을 보았다. 아아, 이제 아무도 볼 수 없으리라. 8도사들의 얼굴이 까마득히 멀어졌다.

그리운 천상의 얼굴들아…….

한갓 꽃잎이 해롱대듯 정신을 잃어 멋모르고 발가숭이 때부터 닦아온 수행의 길을 영영 잃어버리다니. 어느 봄날에 잠시 취해 연을 맺었던 단향도 이제 인간 세상으로 헤어지면 두 사람은 저 만산만강, 어느 바다의 티끌로 떠다닐 게 뻔하지 않는가. 이제 성진이 어느 인간 세상으로 떨어져 온갖 희노애락과 온갖 슬픔과 그리움을 다하려 하는지 그 누구도 알 수 없었다.

4. 인간 세상으로 떠나는 길

온몸의 뼈마디마다 사무치는 그리움이 쳐들어왔다. 그는 그게 너무 서러워 울음을 터뜨리고 말았다. 천지간에 외로운 몸이 되고 말다니, 그는 아찔하게 추락하면서도 아주 크고 큰 소리로 울고 주먹 같은 눈물을 하염없이 공중에 뿌려대면서 있는 힘을 다해 은하수 절벽을 기어오르기 위해 진언을 외우고 구름을 불러대며 몸을 공중으로 솟구쳤다.

5
동학도인 양소유

얼마나 시간이 지났을까.
이제 8도사가 일으키는 그 아찔한 광풍이 지나간 모양이었다. 성진이 눈을 감고 손가락과 발가락을 꼼질꼼질해보니 제대로 움직여졌다. 몸은 다행히 다친 데가 없었다. 그는 사타구니를 떼버려야 한다는 8도사의 말이 불현듯 떠올라 슬그머니 손을 아랫도리로 가져가 보니 비록 축 늘어져 있었지만 그것도 온전히 제자리에 달려 있었다. 참으로 다행스러운 일이었다.
아무렴 그렇지. 8도사가 사타구니에 달린 옥경까지 떼낼 수야 없는 일이 아니던가.
그는 긴 한숨을 쉬고 눈을 가늘게 떠 사방을 살펴보았다. 행여 8도사가 주변에 숨어 자신을 살펴볼지도 모를 일이었다. 그는 비로소 자신이 찔레덤불 속에 떨어져 있는 것을 알았다. 그는 덤불 위로 고개를 빠끔히 내밀고 사방을 둘러보았다.
멀리서 큰 함성이 일어나고 붉은 먼지가 일어나고 있었다. 그는 그 함성이 마치 자신을 다시 잡으러 오는 8도사가 일으키는 광풍이 아닌가 싶어 날렵하게 몸을 바짝 낮추었다.

아, 아야!

성진은 자신도 모르게 소리을 지르다 주먹을 쥔 두 손으로 날쌔게 입을 혹 막았다. 뺨과 목줄기 쪽으로 찔레 가시가 주욱 긁고 지나갔다. 목줄기에서 금방 피가 배어났다. 아픈 일이야 할 수 없는 일이로다. 그는 머리를 덤불 속으로 콱 처박고 함성이 조용해지기를 기다렸다. 끊어질 듯하다가 다시 솟구치곤 하던 함성은 쉽게 가라앉지를 않았다. 수많은 사람들이 내달리며 힘껏 내지르는 듯한 무수한 외침들이 북쪽으로 확 밀려 올라갔다가 다시 남쪽으로 내려갔고, 무너지듯 곳곳으로 흩어지기도 했다. 그는 악에 내받치듯 질러대는 그 외침들이 사방팔방으로 8도사들이 온몸의 공력을 한껏 속에서 끌어내어 소리치며 자신을 찾아헤매는 것이라 지레 짐작하고 어두워질 때까지 숲에 숨어 있다가 다시 태백산으로 숨어들겠다는 계획을 세웠다.

스승은 용서하시지 않을지 모르지만 사형사제들은 나의 실수를 이해할 것이다. 나는 사형사제들의 방 한 칸을 빌려, 먹을 것을 얻어 먹으며 숨어 지내리라. 내가 스승의 법통을 이어받을 것이라고 다들 알고 있었으니, 한때의 인연과 수행의 공덕을 살펴보아서라도 자신을 불쌍히 여기는 사형사제들이 스승에게 대신 용서를 간청해줄 수도 있는 일이리니.

정말 그는 육관대사의 법맥을 이어받을 수제자가 아니었던가.

생각하면 아쉽기가 한량없고 원통한 심사마저 들어 성진은 깊은 한숨을 내쉬었다. 함성은 수없이 왔다갔다, 밀려오고 밀려가기를 되풀이했고, 해가 뉘엿뉘엿 지면서 조금씩 잦아들기 시작했다.

그는 함성소리가 몇 사람이 아니라 수천, 수만 명이 지르는 소리 같아 이상했지만 함성이 멀리 물러서자, 그는 곡간을 노리는 쥐처럼 눈을 빠끔히 뜨고 찔레 덤불 밖으로 얼굴을 내밀어 여기저기, 이곳저곳을 휘둘러보았다.

어둠이 툭, 툭 떨어져 희미해지는 풍경 속에 낯익은 모습은 하나도 눈에 띄지 않았다. 밋밋한 산줄기가 이어져 있고 붉은 황토길이 뱀처럼 길게 드러나 있었다. 멀리 강둑이 보였고, 그 아래 벌판에는 흰옷을 입은 이들이 허리를 굽히고 바닥에 무엇을 줍는 것처럼 보이기도 하고 무엇인가를 옮기는 것처럼 보이기도 했다.

도대체 여기가 어딘고······.

성진은 사방을 둘러보다 자신이 벌거벗고 있다는 것을 알았다. 그는 어디 뼈라도 부러진 곳은 없는가 싶어 이리저리 몸을 흔들면서 몸 곳곳을 살펴보았다. 살갗은 이리저리 긁히고 가시가 박혀 있지만, 쭉 뻗은 다리와 탄탄한 가슴은 그래도 멋진 조화를 이루고 있었다. 가슴과 허리는 역삼각형으로 이어지면서 사타구니 아래로 탐스런 털이 힘있게 숲을 이루고 있었다. 그 밑으로 천도복숭 같은 불알이 그가 몸을 흔들 때마다 슬렁슬렁 흔들거렸다. 그의 시선이 길게 뻗은 옥경에 이르자 문득 그는 서글픈 생각마저 들어 얼른 두 손으로 가리려다가 용왕이 그에게 준 칠보거울상자와 단향의 비취잠이 꼭 쥔 두 주먹 안에 땀에 젖은 채 들어 있는 것을 보았다. 다행스러운 일이었다. 그는 다른 도반들에게 이것을 선물하면 나의 허물을 눈 감아주고 숨겨줄 게 아닌가 싶어 새삼 용왕에 대한 감사의 정이 우러나왔다.

참으로 용왕에게서 선물을 받은 게 다행이구나. 비취잠은 또 얼마나 귀한 물건인가. 천상의 증거라고는 비취잠밖에 없었다. 천도복숭하고도 맞바꾸지 않을 정도로 귀하고 귀하지 않은가.

날은 점점 캄캄해져 가는데 성진은 배가 자꾸 고파져 왔다. 그는 어디 먹을 것이 없나 싶어 허리를 굽히고 손바닥으로 찔레 덤불 속을 더듬는데 손에 작고 둥근 새알이 세 개나 잡혔다. 그는 새알을 입 속으로 넣으려다 어찌 불가에 몸을 담아 살생을 하리요, 싶은 생각에 멈칫했지만 때마침 뱃속에서 사정없이 쪼르륵 하는 소리가 세 번이나 잇달아 났다.

그는 생각을 고쳐먹었다.

불가에서도 설마 몸을 보신하는 것이 아니라 목숨을 부지하기 위해 짐승을 먹는 것은 죄가 된다 하겠는가. 게다가 이 새알은 아직 날짐승이 되기 전이고 아주 작은 알이니 한 번쯤 먹는다고 해서 그리 큰 잘못은 아니리라고 생각했다. 그는 게 눈 감추듯 새알을 전부 먹었지만 워낙 작아서 간에 기별조차 오지 않는 것 같았다.

'아하, 지금쯤 선방에서는 저녁을 먹고 향기로운 차와 선과로 입가심을 할 시간이 아닌가.'

성진은 저절로 입맛이 쭉 다셔졌지만 그렇다고 선방의 일을 마냥 그리워하고 있을 수만은 없는 일이었다. 그는 둥지 속에 혹시 갓 부화된 새 새끼라도 있는가 싶어 한참 덤불 속을 조심조심 몸을 움직여 짚어 나갔지만 가시에 찔리기만 할 뿐 아무 소득이 없었다.

완전히 어두워지자 그는 덤불 속에서 나왔지만 막상 어디로 가야 할지 알 수 없었다. 또 벌거벗은 몸으로 돌아다닐 수도 없는 일이었다. 그렇다고 그 자리에 남아 있을 수도 없는 일이어서 그는 떠오르기 시작하는 가장 밝은 별을 방향 삼아 길을 떠나기로 했다. 그는 아무리 생각해도 8도사의 그물에 갇힌 것은 생각나지만 그 뒤는 전혀 생각나지 않았고, 또한 정말 그들의 말대로 이곳이 인간세계라고 인정하고 싶지도 않았다.

설마 나를 버리려고…….

성진은 날카로운 돌에 맨 발바닥을 베이면 종아리 살로 비비면서 수없이 도리질을 쳤지만 어두운 길을 걸어갈수록 힘이 빠져나갔다.

이건 스승께서 수행의 한 방편으로 8도사에게 분부해 내리신 순간의 벌이리라.

그는 스스로 위로하며 밤길을 터덜터덜 따라갔지만 벌거벗은 몸을 누가 볼까 싶어 여간 신경이 쓰이는 게 아니었다. 때마침 어둠 속에서 불빛이 하나 나타났다. 그는 옳다구나 싶어 불빛이 비치는 곳으로 살금살금 가까이 갔다. 저곳이 천계인지 하토인지 알 수 없으나 필시 누군가는 살 터이니 우선 가릴 옷이나 하나 얻어 입고, 재수가 좋으면 저녁 공양이라도 한술 얻어 먹을 수도 있겠다고 생각했다. 그렇게 생각이 드니 자신의 신세가 한량없이 서글펐지만 그 마음을 나무래기도 하는 듯 뱃속에서는 사정없이 쪼르륵 거리는 소리를 냈다. 허기가 지니 덜렁거리는 불알도 맥없이 흔들리고 눈앞마저 깜깜해지는 것 같았다.

우선 먹고 보자. 먹어야 생각도 할 수 있는 법이다. 아아, 수행의 길이 어이 이리 고된고. 이러다 길을 잃으면 또 마군에 혼미하도록 정신을 빼앗겨 더 큰 벌을 스승에게서 받아야 할지도 모르는 일이 아닌가.

낮은 초가지붕이 막 떠오르기 시작하는 달빛에 드러났고, 흙 담장이 그의 앞을 가로막았다. 그는 담장 너머로 얼굴을 빼죽이 내밀어 집안을 둘러보았다. 닭장 안에 버쩍 마른 중닭이 두 마리 들어 있었고, 장독이 다섯 개 보였다. 부엌은 금방 허물어질 듯 낡았다. 마당 안에는 흰 호청 같은 빨래가 바람에 가볍게 흔들리고 있었다. 저 안에 무어 먹을 것이 있을까 싶어 망설여졌으나 그는 흙 담장을 타넘어 집안으로 들어갔다. 우선 저 빨래로 몸을 가리고 닭장에 닭을 꺼내어 구워 먹으면 당장은 괜찮을 것 같았다. 성진은 살금살금 기어 빨래를 끌어내려 살펴보니 아래위 한 벌 무명으로 만든 흰옷이었다. 그는 대충 몸에 껴입어보니 옷이 작아서 팔꿈치와 무릎이 다 드러나 우스꽝스러웠다. 그는 후딱 옷을 껴입고 허리춤 안에다 용왕이 준 거울상자와 비취잠을 집어넣고는 마당 안으로 엎드려 살금살금 기는데 등잔을 밝힌 방안에서 두런두런 말소리가 들려왔다. 아이가 칭얼대며 우는 소리도 났다.

"아이구, 엄니. 아프다. 살살 좀 하소."

"이놈아, 네 머리 통에 이가 한 됫박이나 들었다. 배가 통통하고 살찐 게 마치 탐관오리 같구나. 큰놈아, 저놈 도망간다. 손톱으로 잡아 죽여라. 가뭄이 들어 먹을 물도 없는데 머리를 어찌 감겠나. 이렇게 빡빡 깎아 놓으면 피 빨아먹는 이도 없고 시원해서 좋다."

"그러면 엄니도 중놈처럼 빡빡 밀지. 내 머리 피 다 났소."

"야 이놈아, 내 머리에는 이가 없다. 이 서캐 좀 봐라. 힘은 좋아가지고 알이 한 말이나 되겠다."

아마 어머니가 아들의 머리를 깎는 모양이었다. 성진은 자신의 맨 머리를 손으로 쓰다듬어 보았다. 아아, 달 밝은 밤이면 파랗게 날을 갈아 도반끼리 서로 머리를 밀어주며 얼마나 큰 원력을 세웠던가. 그 어느 도반은 불가에 전해오는 말에 두상의 형태로 법통을 이어받는 순서가 정해져 있다 했는데 단연 성진의 파르라니 깎은 두상이 최고의 모습이라 상찬한 바 있었다. 천상의 일이 떠오르니 성진의 두 눈에 그만 눈물이 가득 고였지만 뱃속에서는 계속 꼬르륵거리는 소리가 나 마음 놓고 울 처지도 못되었다. 맨머리를 만지니 자꾸만 눈물이 나서 그는 빨랫줄에 널린 흰 무명수건을 슬그머니 걷어 머리에 질끈 동여매었다.

작은놈은 계속 징징거리며 울고 있고 제법 목소리가 굵은 아이의 목소리가 밖으로 새어나왔다.

"오늘 전투도 아버지가 이겼소?"

"관군들은 창도 말도 버리고, 곡식도 버리고 혼비백산해 줄행랑을 놓았단다. 곧 아버지가 쌀가마니 등짐 실은 소 한 마리 몰고 무사히 돌아오실 거다."

"엄니, 풀뿌리는 더 이상 못 먹겠소. 저 닭이라도 잡아먹소."

"이놈아, 그런 소리 하지 마라. 풀뿌리도 없어 못 먹는 세상이다. 옆집 또식이는 소나무 껍질 벗겨 먹다 똥구멍이 막혀 날마다 작대기로 후벼판

단다. 언제 숨을 거둘지도 모르는 할머니한테도 고아주지 않는데 그까짓 배고픈 것 하나 못 참는단 말이냐. 곧 네 아버지가 곡식을 가득 싣고 돌아오면 쌀밥을 배불리 먹을 수 있을 거다."

"쌀밥에다 고기도 원없이 먹고 싶소."

"그까짓 고기가 문제겠냐?"

"소도 생기고 쌀가마니도 생긴다니 그럼 중닭은 우리가 먼저 푹 고아 먹소."

큰놈은 아예 벌떡 일어서서 당장이라도 닭장으로 달려갈 듯 큰 소리로 말했다. 큰놈이 중닭을 고아먹기 위해 뛰어나올 듯해 성진은 얼른 닭장 뒤로 몸을 숨겼다.

이어 아낙의 큰 목소리가 들려왔다.

"안 된다, 이놈아! 아버지가 오면 그때 같이 먹자. 나가서 빨래줄에 걸어둔 할머니 무명 수의壽衣나 걷어오너라. 애비를 보고 싶어 아직 눈도 못 감고 있다."

아낙의 말을 듣자 성진은 훔쳐 입은 옷이 왜 그리 작은지 알 수 있었다. 그가 입은 옷은 바로 아이 할머니가 황천 가는 길에 입기 위해 빨아 널어 둔 것이었다.

천상에서 그는 스승에게서 설법을 들은 바가 있었다. 인간 세상에서 하늘로 가는 길은 멀고 또 멀어서 이르는 데를 알 수 없고, 어느 누구 하나 따라갈 수도 없고, 옷 하나 여벌로 가지고 갈 수도 없고 공양 한끼 권하는 이도 없어 입에 쌀 한 줌 물고 새옷 한 벌을 정성들여 입고 간다 했다. 스승께서는 지난 생의 업보가 어떤 줄도 모르니, 그저 고운 옷 한 벌 지어 입어 치장한다 한들 그 옷이 아무리 곱고 귀하다 한들 한 가지 선한 생각에도 이르지 못한다지 않았는가. 그게 이 수의란 말인가. 천상이나 인간 세상이나 법도가 무어 그리 다르겠는가 싶기도 했다. 왕모의 반도연에 참석한 온갖 신선과 성관과 대선아들 또한 그 드높은 공덕에도 불구하고 한껏 치장을 정성 들여 하지 않았던가.

"정말 아버지 오면 고기 쌀밥 먹을 수 있소?"

"예끼 이놈아, 너는 어째 처먹을 것밖에 모른단 말이냐. 비록 가난하지만 양씨 가문에 너 같은 식충이는 처음 봤다. 이 집안이 이렇게 망하는구나. 벼슬아치 간당들 때문에 멸문지화를 입고 소리 소문없이 숨어 살지만 네 삼촌 양소유楊少遊는 성품이 강직하고 바른 말을 일삼다가 곤장을 맞고 죄를 뒤집어썼으니 억울하고 원통하구나, 온 집안이 화를 만나고 말았다. 재산은 몰수당하고 일가 친척은 뿔뿔이 흩어지고 귀양 간 삼촌은 살았는지 죽었는지 소식도 없으니 그 절통한 심사는 천추에도 다 못 새기는데 너는 어찌 눈앞의 먹이에만 눈을 파느냐. 저 닭은 그래도 알이라도 놓으니 너 같은 식충이보다 훨씬 낫겠다. 삼촌의 이름을 더럽히지 말거라. 닭대가리보다 못한 놈이 뭘 잡아먹는단 말이냐?"

아낙은 푸념을 늘어놓다가 화가 돋는지, 베개를 던지는 소리가 들렸고, 큰애는 요리저리 피하며 아낙의 복장을 박박 긁어댔다.

"이밥이 어찌 생겼는지 구경한지 까맣소. 고기 쌀밥 먹을라 하다 굶어 죽겠소!"

그러자 이번에는 작은놈이 배가 고프다고 울어댔다. 아낙은 자식에게 아버지가 곧 고기 쌀밥 가지고 돌아온다고 하면서도 내심 여간 걱정이 되는 바가 아니었다. 마을길에 떠도는 풍문으로는 안핵사 이용태가 8백 명 역졸을 거느리고 와 집집마다 다니며 반란을 일으킨 농민들을 마구 잡아들이고, 역졸들은 아낙들을 희롱하고 닥치는 대로 집을 불지른다는 흉흉한 풍문을 들었기 때문이었다.

그 사이에도 성진의 뱃속에서는 꼬르륵거리는 소리가 거듭 났다. 모자간에 나누는 이야기를 들어보니 도대체 여기는 또 어느 선계인지 알 수 없었다. 저렇게 배가 고프다는 걸로 봐서 혹시 아귀지옥은 아닌가 싶어 겁이 더럭 나기도 했다. 이곳이 썩 살 만한 곳은 아닌 모양이었다.

그래도 설마 아귀지옥은 아닐 것이로다. 배는 태산만한데 목구멍은 바늘구멍 같아 아무리 산해진미를 보아도 바늘구멍 같은 목구멍으로 삼킬 수 없는 게 아귀지옥인데 저 아이는 중닭 한 마리를 통째로 고아먹으려 하니 말이다.

그래도 혹시 그는 목구멍이 바늘구멍같이 변하지는 않았는지 입을 아주 크게 벌리고 한껏 숨을 들이쉬기 위해 목젖을 누르고 목구멍을 크게 벌렸다. 다행히 목 속으로 바람이 술술 부는 것처럼 공기가 쑥쑥 잘도 들어갔다.

그것 참 다행이구나. 그런데 여긴 또 어떤 선계일까. 8도사는 전부 어디로 갔는지 궁금하기도 하구나…….

그는 요모조모 우선 눈에 보이고 귀에 들리는 것들을 따져서 짐작하다 일단 허기진 배를 채우는 게 급한 일이란 생각이 불쑥 들었다. 큰아이놈이 금방이라도 중닭을 잡아먹으려고 나올 것 같아 마음이 자꾸만 급해져 갔다. 그는 얼른 닭장 안으로 손을 넣어 중닭 두 마리의 목을 확 비틀어 양손에 나눠지고는 흙담을 홀쩍 타넘는데, 그때 방문을 열고 나오던 큰놈이 성진을 보고 큰 소리를 질렀다.

"도둑이야! 엄니, 큰일났소. 저 도둑이 우리 닭 다 잡아간다!"

큰놈이 마루에서 풀쩍 뛰어내려 맨발로 달려와 성진의 발목을 잡아채 늘어지자 성진은 혼비백산해 힘껏 뒷발길질을 하고 담을 뛰어넘었다. 큰놈이 비명을 지르며 마당으로 나가떨어졌다. 작은놈이 마루로 달려나와 울음을 와락 터뜨리고 말았다. 그 틈에 손에 들었던 닭 한 마리가 빠져나가 집 뒤뜰로 달아났다. 닭 한 마리를 놓친 게 아쉽고 뒷발질을 했으니 큰놈에게는 미안한 일이었지만 나중에 닭 백 마리쯤으로 갚겠다고 속으로 다짐하는 수밖에 없었다.

아이고, 아이고 정말 큰일날 뻔하지 않았는가.

성진은 방향은 상관도 없었다. 우선 멀리 달아나고 볼 일이었다. 성진은 정신없이 줄행랑을 쳐 한참을 달렸다.

몸을 날려보니 천상에 있을 때보다 기운과 혈행의 흐름은 그리 좋지 않았지만 아직 공력은 쓸 만했다. 그리고 보니 변한 것이라고는 주변경개일 뿐 자신은 전혀 변한 것이 없다는 것을 알았다. 내 몸이 변하지 않았으니 참으로 다행스러운 일이 아닌가. 더구나 옥경도 그대로 달려 있고 불알도 단단했다.

한참을 달아나다 보니 주막집이 나왔다. 마당에는 장작불이 타고 사람들이 웅성거리며 몰려서 있었다. 성진은 그 안에서 풍기는 음식냄새가 발길을 사정없이 끌어당기는 바람에 자신도 모르게 주막집 안에 빨려들어가듯이 슬그머니 들어갔다.

주모가 가마솥 앞에서 국을 푸다 말고 주막 안으로 들어서는 그를 째려보았다. 가마솥 앞에는 후줄그레한 차림새들이 그릇을 하나씩 들고 줄을 서 있었다. 그렇지만 표정들은 한껏 엄숙하고 열기에 차 있었다. 손에는 긴 칼과 창을 쥐고 있었다. 쇠스랑을 힘껏 쥐고 있는 사람도 있었고, 흰 수건을 불끈 동여맨 사람도 수두룩했다. 흰옷에 점점이 붉은 피가 묻어 있는 이들도 많았다.

주모는 닭 모가지를 비틀어쥔 그의 행색이 하도 막둥이처럼 우스꽝스럽기도 하고 초라하기도 하고 싸움판에서 달아난 행색처럼 보이기도 하는지 요모조모 뜯어보더니 "행색은 초라한데 살집이 좋네. 관군이우?" 라고 물었다.

관군이라니?

그게 도대체 무슨 말인가 싶어 머릿속을 굴려 보았으나 알 수 없었다.

그는 주모의 안색을 훔쳐보고 줄 선 사람들도 힐끔거리며 아마 저들도 관군인 모양이라고 눈치 빠르게 생각했다. 천상에서도 군선들은 옷차림새가 다르다. 긴 장도와 창 같은 무기를 들고 있지 않았는가. 아하, 저들도 무기를 들고 있으니 관군인 모양이라고 생각했다. 게다가 그들은 주모가 퍼주는 국밥을 한그릇씩 받아 입에 정신없이 퍼넣고 있지 않는가…… 그는 재빨리 머리를 굴리기를 관군이라고 하면 국밥이라도 너끈히 한그릇 얻어먹을 수 있을 것 같아서 "물론이오!"라고 서슴없이 대답했다. 그 말이 끝나기도 전에 사방에서 발길질이 날아왔다.

"이 나쁜 놈, 잘 걸렸다!"

주모는 손에 들고 있던 국자로 갑자기 그의 정수리를 후려쳤다. 눈 앞에서 불이 번쩍 튀었다. 느닷없이 주모의 공격을 받은 그의 눈 앞으로 적, 청, 황, 흑, 백, 다섯가지 색이 휙휙 지나갔다. 그는 그만 정신을 놓고 말았다. 그는 땅바닥에 픽 쓰러지면서도 닭모가지는 놓지 않았다.

성진이 맥없이 쓰러지자 주변에 모여든 사람들은 한마디씩 거들었다.

"저놈 육덕 좀 보게. 얼마나 잘 처먹었는지, 살이 피둥피둥하구나."

"이놈은 필시 안핵사 이용태가 보낸 첩자가 틀림없으렷다. 피골이 상접한 무지렁이 농민은 결코 아니로다. 저놈을 꽁꽁 묶어 녹두장군께 바쳐야겠다."

"저 꼴 좀 보게. 저렇게 피륙이 좋은 놈이 하나라도 더 처먹고 싶어 닭모가지를 꼭 쥐고 있으니, 저것도 필시 훔친 닭이 틀림없네, 그려."

"어허 이놈 좀 봐라. 무명수건을 둘러매긴 했는데 가만히 보니 중놈 아닌가. 머리가 맨들맨들하구나."

무기를 든 농군들이 성진의 주위에 모여섰다. 텁석부리가 칡넝쿨을 들고 오더니 성진의 손을 뒤로 돌려 꽁꽁 묶고 발목에다가는 쇠사슬을 채웠다. 그 바람에 꼭 쥐고 있었던 닭이 빠져나가자 텁석부리가 냉큼 집어 품안에 후딱 감추었다.
　성진이 정신을 차리고 눈을 떠보니 땅바닥에 엎드려 있었다. 한 동이의 물이 머리 위로 쏟아졌고, 그를 묶었던 텁석부리가 그의 뒷덜미를 잡아 들었다. 사방에는 농군들이 줄지어 서 있고 정면에는 눈매가 수려하고 미간에 희고 황명한 기운이 서광처럼 뻗쳤으며 청포를 입은, 키가 자그만한 장군이 한 일자로 입술을 굳게 다물고 좌대에 앉아 있었다. 그 옆으로 몸매가 우람한 장수들이 서 있었다.
　그는 설핏 자신이 8도사의 진영에 다시 끌려온 것은 아닌가 하는 생각도 들었지만 이들의 얼굴이 누군지 도무지 알 수 없었다. 장수들이 그에게 한마디씩 묻기 시작했다.
　"네놈이 필시 관군 대장 이용태가 보낸 첩자가 맞느냐."
　이용태라니. 생전 들도 보도 못한 이름을 대니 성진으로서는 기가 찰 노릇이었다. 8백 도반의 이름 속에도 이용태라는 이름은 들어보지 못했지 않은가. 그는 그저 주막에 들어 국밥 한 끼니를 얻어먹고 싶은 마음밖에 없었다.
　"저는 이용태라는 자와 일자 면식도 없습니다."
　"그럼 너는 어디서 온 누구며 누구의 자손이냐?"
　아하, 이것을 어떻게 대답해야 할까. 성진은 눈을 감고 요모조모 머리를 굴려 궁리를 짜내었다.
　만약 정말 이곳이 8도사의 군영이라면 나를 모를 리가 없을 터이다. 그래서 출신도 묻지 않고 단번에 요절을 낼 터인데, 이것은 아마 내가 누군지를 모르는 이치로다. 이걸 어쩌느냐. 계율을 어기고 저 천상의 벌을 받아 버림을 받았다고 곧이곧대로 말해도 되는지 알 수 없었다. 만약 여기가 천계가 아니라면 그는 또 한 번 천상의 비밀을 누설한 것이 되어 그 죄가 더 클 것이었다. 내세생생 아귀축생이 되어서는 안 되는 일이 아닌

가. 자신이 육관대사의 법통을 이어받을 뻔했던 성진이라는 말을 하고 싶기도 했지만 그의 말을 누가 알아줄 것 같지도 않았고, 믿을 사람도 없을 것 같았다. 그렇다고 누구의 이름을 대어야 할지도 알 수 없었다. 혹시 잘못 대답했다가는 단박에 목이라도 댕강 자를 듯 서슬 푸른 분위기라 정말 목이 날아갈지도 모르겠다는 걱정도 들었다.

그때 그의 머릿속에서 한줄기 밤하늘을 가르는 별똥별처럼 닭을 훔쳤던 농가에서 들은 양소유라는 이름이 생각났다. 아마 틀림없이 이곳은 무슨 난리가 난 게 틀림이 없었다.

"저는 양소유로 한갓 필부이옵니다. 너무 배가 고픈 끝에 정신이 혼미하여 무슨 잘못을 저질렀는지 알 수 없사오나 제발 가르쳐 주시고 한번 용서해 주십시오."

"그놈이 터진 입이라고, 어디서 주워들었는지 말은 한 번 제대로 하는구나."

"대가리에 먹물이 제법 들은 모양이네!"

"그런데 왜 머리는 깎았느냐. 무슨 큰 잘못을 짓고 절에서 도망쳐 나온 길이냐?"

이말, 저말 한말씩 농군들이 거들었다. 저렇게 피류이 번듯하고 육덕이 좋은 놈이 배가 고프다면 우리는 벌써 다 굶어죽어 아귀가 돼 있겠다며 빈정거리는 이도 있었다.

성진은 그말을 들으니 가슴이 덜컹거렸다. 그 목소리는 얼핏 들으니 8도사 중에 한 도사가 하는 말 같았다. 한갓 춘정에 겨워 단향과 8선녀를 희롱한 죄는 있으나 그것이 무슨 큰 잘못인지 알 수 없으려니와 절에서 도망쳐 나온 적도 없었다.

"그런 일은 없습니다."

"그러면 머리 모양이 어찌 그런가?"

"머리 속에 이며 서캐가 하도 많아 빡빡 밀어버렸습니다."

성진은 초가집에서 작은놈의 머리를 깎으며 주절거리던 아낙네의 말이 생각나 둘러대니 주위에 섰던 이들이 와 웃었다.

그때 굵고 힘 있는 음성이 들려왔다. 성진은 엎드려 있었지만 슬쩍 눈을 치켜떴다. 장수들 가운데 의자에 앉은 장군이 그에게 묻고 있었다.

"양소유라…… 진정 네 이름이 양소유라 했느냐?"

"그렇습니다. 양소유라 하옵니다."

"양소유라…… 양소유. 흰무명수건을 머리에 맨 양소유라……."

혼잣말을 하며 청포를 입은 장군은 그를 유심히 살펴보더니 그를 풀어주고 우선 국밥이라도 한 그릇 말아 먹인 뒤 군막 안으로 데리고 오라고 일렀다. 성진은 무슨 영문인지 몰랐지만 속으로 뛸 듯이 기뻤다. 이렇게 묶여 있다가 팔선녀며 단향을 한 번도 만나지 못하고 요절이 나듯 한 생애를 버린다면 어쩔까 싶어 미리 겁을 집어 먹은 터였는데 일단은 참으로 다행스런 일이었다. 이제부터는 어쨌든 일단 양소유라는 이름으로 살아가는 일이 급했다.

텁석부리가 다가와 쇠사슬과 두 팔을 꽁꽁 동여매었던 칡넝쿨을 풀어주고 그를 데리고 나갔다. 비로소 성진은 누군가 자신의 닭을 빼앗은 것을 알고 몹시 아쉬워하자, 그가 품안에서 그것을 꺼내주며 "옛다, 너 먹어라." 하고 반말을 걸었다.

"물건을 돌려주었는데 혼자 다 먹을 수는 없지 않은가."

"그놈, 인물만 반반한 줄 알았더니 마음도 반반한 데가 조금은 있구나."

두 사람은 금방 오래된 친구처럼 마주 보고 웃었다. 그는 텁석부리의 이름이 정백이고 청포를 입고 앉아 있던 녹두장군 전봉준의 전령이라는 것을 알았다.

성진이 국밥을 후루룩 입으로 불어 뜨거운 기운을 식히고는 단번에 삼키자 정백은 농군을 시켜 성진이 훔쳐온 중닭을 삶아 그것도 다 주며 이런저런 이야기들을 주워섬겼다. 그는 여기가 어디이고, 도대체 왜 저렇게 사람들이 비록 초라하나 결연한 눈빛으로 칼이며 창을 잡고 있는지를 정백에게 물었다.

"너의 꼬락서니를 보고 녹두장군이 무슨 생각이 있으신 모양이다. 양소유, 네놈이 어디서 왔는지 굳이 알고 싶지 않으나 행색을 보니 난리를 피해 달아나는 모양 같구나. 이 난리통에 배를 채우지 못하는 이들이 어디 너뿐이겠느냐. 호남은 대평야로 재물이 풍부하니 벼슬아치들의 욕심을 메워 주는 곳이다. 대체로 벼슬하는 자들은 백성을 마치 돼지나 양으로 보고 마음대로 묶고 베고 일생 동안 쇠종처럼 치고 북처럼 두드려서 모두 제마음대로 재물을 갖다 썼다. 그래서 자식을 낳으면 호남에 가서 벼슬하는 게 소원이라는 노래마저 유행했다. 견디다 못한 농민들은 남부여대하여 깊은 산속으로 떠나거나 아니면 스스로 죽음을 불사하기도 하였다. 더러는 화적떼가 되기도 했고, 그 화적떼에 또 희생되는 게 우리 농민들이었다. 이제 우리 동학도인들이 광제창생, 보국안민, 큰 뜻을 우뚝 세우고 곳곳에 통문을 돌려 봉기했다. 이보게나, 양소유!"

정백이 불렀으나 성진은 닭다리를 들고 뜯어먹느라 미처 자신을 부르는 이름을 알아듣지 못하였다. 도대체 그가 무슨 이야기를 하는지 종잡을 수도 없었다.

"자네 너무 굶어서 국밥에, 닭 한 마리에 정신을 팔았는가? 불러도 대답이 없네."

"아, 날 불렀는가. 이 양소유가 그까짓 먹이에 어찌 정신을 내팔손가."

성진은 대답하여 스스로를 이미 양소유라고 불렀으니 양소유라는 이름이 그가 생각해도 자신의 목숨을 구해주고 국밥마저 한 그릇 얻어먹게 한 아주 훌륭한 이름이라 여겨졌다.

그는 우선 성진이라는 불명은 잊어버리고 양소유로 거듭나기로 다짐하였다. 자칫 양소유라는 이름을 잊고 있다가는 잘못하면 거짓말을 한 죄로 크게 경을 칠지도 모르는 일이었다. 조금 더 있다 보면 형편이 어떻게 되어가고 있고 자신이 어디 있는지 짐작을 할 수가 있을 터였다. 성급한 마음은 큰 화를 부르는 법이니 앞으로 돌아가는 일의 형편을 두루 살펴볼 일이었다.

"창의대장이 왜 자네를 풀어주었다고 생각하는가?"

"창의대장이라니?"

"허어, 이 친구 보게. 녹두장군도 아직 모르시나?"

"아, 키가 작달막하고 청포를 입은 장군이 나를 풀어주신 분인가?"

"그렇네. 그분이 바로 우리 백성의 희망 전봉준 장군이시라네."

"역시 훌륭하신 분이로군. 내가 아무 잘못이 없는 것을 단번에 알아보지 않는가."

"아무 잘못이 없다? 하하하, 듣기에 따라서는 묘하기도 하네. 인간 세상 사는 이들이 어찌 잘못이 없겠는가. 다들 처자식을 버리고, 농사도 버리고 이렇게 전쟁에 나섰으니, 저 가여운 무지렁이들의 처자식은 어쩔 것이냐? 벼슬아치들이 곡식 알을 헤아려 빼앗아 간다 하나 농사도 짓지 않고 땅뙈기를 버려놓으면 천지 신명이 노하지 않을까 그게 두려우이. 허나 지금은 왜놈과 서양것들이 나라를 다 집어 삼키고 관리들은 농민들의 피땀을 빨아먹는 거머리일 뿐이니 어찌 대를 위해 사소한 내 일신을 희생하지 않을손가."

우락부락하게 생긴 정백이 불꽃이 일듯 매서운 눈빛을 했지만 목소리는 처연하게 젖어들었다. 소유는 너무 놀랐다. 정백이 하는 말 중에 인간 세상이라는 말이 들어 있어 그는 귀를 순간 쫑긋 세우고 혹시 잘못 듣지 않았는가 싶었다.

　정백은 그의 놀란 얼굴에는 관심도 없었다.

　아니, 이게 정말 인간 세상이란 말인가. 저 텁석부리가 우락부락하고 무식하게 생겼으니 제멋대로 지껄이는 것은 아닌가. 여기가 정말 인간 세상이냐고 물어볼 수도 없고…… 한데, 아무래도 여기가 선계가 아님은 분명하구나. 못 먹어서 비비 틀어진 몰골들이 너무 많지 않은가.

　그는 눈을 내리깔고 이런 생각, 저런 생각을 하고 있으려니 필시 여기가 천계가 아닌 것 같아 가슴이 놀라 벌떡벌떡거렸지만 그것을 섣불리 인정할 수도 없는 노릇이었다. 그것은 너무 끔찍한 일이 아닌가. 그렇다고 그는 여기가 도대체 어딘지 도무지 알 수가 없었다.

　그는 슬그머니 정백에게 빙빙 둘러대며 물어보았다.

　"자네, 인간 세상이라고 했는가? 인간 세상에는 무슨 잘못이 있는가?"

　"허어 이 사람 참 딴세상 사람처럼 말하는구만. 생노병사가 인간 세상 아닌가. 나서 늙고 병드는 것만도 서러운데, 미천한 신분이라 못 먹고 못 입고 억울한 일을 끊임없이 당하니 하늘님도 무심하시지. 천상에서 우리 꼴을 내려다보면 너무 가엾어 잠을 이룰 수 없을 걸세."

　정백의 말을 들으니 그는 기가 차 아무 말도 할 수가 없었다. 이게 정말 인간 세상이란 말인가. 그렇다면 이제 천상의 선과와 선다는 영영 맛볼 수 없단 말인가. 육관대사의 벽장 속에 있던 천도복숭을 맛볼 일마저 이제 영원히 없단 말인가. 법통을 받으면 천도복숭도 함께 받지 않겠는가, 단향선과 잠시 운우의 정을 뿌리고, 옥계 아래 꽃잎이 둥둥 흐르는 시냇물에 잠시 마음이 혼란해 공중에 뿌린 꽃으로 진주를 만들어 8선녀를 희롱하던 일로 정말 이렇게 버림받았단 말인가.

　설마, 설마 했지만 육관대사가 이렇게 할 줄은 정말 몰랐다. 그는 자신의 잘못보다 불쑥 스승이 원망스럽고 이어 하늘의 모든 성군, 선관들이 원망스러웠다. 어찌 이럴 수가 있단 말인가. 춘정에 겨워 한때 저질렀던 티끌 같은 잘못으로 코앞에 다가선 스승의 법통마저 잇지 못한 것만도 한스러운데 기어이 하토로 버림받고 말았으니. 하물며 천상의 자비가 어찌 이리 못나고 가볍단 말인가.

단향은 또 어찌 되었단 말인고.

그는 아무것도 알 수 없었다. 아무리 곰곰이 따져보고 열심히 머리를 굴려 보아도 눈 앞의 일들을 종잡을 수가 없으니 우선 앞일이 어떻게 펼쳐질지 조금 더 두고 볼 뿐이었다. 자칫 잘못했더라면 닭 한 마리 때문에 목이 달아날 뻔했는데 이렇게 목숨이라도 보전하고 창의대장의 눈에 들었으니 그나마 천만다행한 일이 아닌가 싶었다. 이제 그는 성진이 아니라 양소유임을 부정할 수 없게 되고 말았다.

정백이 그를 돌아보며 자네는 조금도 고생한 티가 보이지 않으니 이상하다고 말했다.

"소유, 자네를 창의대장이 단숨에 알아본 것은 아마 자네 눈매가 준수하고 몸집이 예사롭지 않기 때문인 것 같네. 두고 보면 알게 될 터이지만 우리 녹두장군은 바람을 부르고 구름을 모으기도 하네. 아마 자네의 탄탄한 다리와 준수한 용모가 어디 크게 쓰임새가 있으니 살려 두었을 걸세. 내가 생각하기에 자네를 우선은 전령으로 쓰기 위함일 것 같네. 어제 전투에서 전령 하나가 그만 관군의 총을 맞고 죽었다네."

"총에 맞다니?"

"단숨에 한마장을 달리는 친구였는데, 마치 나는 새 같았다네."

"그런데 나는 새가 왜 죽나?"

"이 사람이 왜 이리 아둔한가. 총을 맞았으니 죽지."

"총이라니?"

"어허 총도 모르나? 하기야 우리 무지렁이들이 총이 뭔줄 알면 뭐하겠

나. 등 뒤를 맞았다네."

소유는 그말을 들으니 은근히 걱정이 되었다.

그는 나는 새 같은 것도 떨어뜨리는 총이라는 게 얼마나 무서운 것인지도 걱정이 되고 전령이라는 자리가 그렇게 쉬운 일은 아니겠다 싶었지만 허기도 면했고 슬슬 둥글게 불러오는 배를 어루만지니 잠시 포만감에 젖고 말았다. 지금 선계에 있다면 맑고 깨끗한 잠자리를 펴고 깊고 고요히 잠들 시간이 아닌가. 그는 눈물이 핑 돌았다.

'아아, 서글픈 신세가 되었도다.'

그러나 그의 탄식은 그렇게 오래갈 수 없었다. 그날 밤, 소유는 전봉준의 집도 아래 동학도인의 입교의식을 치르고 동학도인으로 변신하고 말았다. 그는 이게 도대체 어찌된 영문인지 알 수 없었으나 우선 되는 대로 몸을 맡기는 수밖에 다른 도리가 없다는 것을 알았다.

입교식이 끝난 뒤 전봉준은 여러 사람을 모아놓고 말했다. 목소리는 온화했으나 기품이 흘렀고, 눈빛은 열기가 불길처럼 넘쳐 흘렀다. 눈은 단정하고 동자는 검었다. 흰 동자는 서기같이 밝고 푸른 빛이 돌았다. 그의 눈빛은 사람을 쏘는 듯하면서도 친근감이 돌아 농민군들은 가히 그에게 생사와 처자를 의탁하는 믿음이 가득 차 보였다. 그가 먼저 선창하자, 농민군들은 창과 깃발을 흔들며 뒤를 이었다.

우리는 사람이나 생물을 함부로 죽이지 않는다.
충과 효를 다같이 하여 세상을 건지고 백성을 편안케 한다.
개 같은 왜적놈과 서양오랑캐를 축멸하여 동학 성도를 드높인다.
군대를 몰고 서울에 들어가 권신과 귀족을 모두 죽인다!

마지막 네번째 강령을 크게 복창할 때는 그 함성이 하늘을 뒤흔들었고 깃발들이 무수히 춤을 추었으며, 그 기세는 적군의 머리털을 버쩍 서게 할 만큼 기세가 드높았다. 소유도 에라 모르겠다, 이왕 이렇게 된 거 뭐가 뭔지 알지 못하지만 우선 목숨이라도 온전히 보전하고 배고픔이라도 면하려면 뭐든지 열심히 하는 게 도리라고 생각했다. 그가 이제는 천상의 성진이 아니라 비록 하토의 양소유라 하나 이것도 또한 수행의 한 방편이 아닌가 싶었다. 그는 그들과 함께 강령을 소리높여 외쳤고 자신의 창에 매단 깃발을 높이 들어 뒤흔들었다.

해가 떠오르자 총령관이라는 우락부락한 사내가 동학도인을 모아놓고 격문을 들고 높이 외쳤다.

"우리가 의를 들어 여기에 이른 것은 그 본의가 다른 데 있는 것이 아니고 창생을 도탄에서 건지고 조선을 반석 위에 두는 데 있다. 안으로는 탐학한 관리의 머리를 베고 밖으로는 횡포한 외적의 무리를 쫓아내야 하느니라. 양반과 부호 아래서 고통을 받고 있는 민중들과 방백, 수령 밑에서 굴욕을 받고 있는 소관리들도 우리와 같이 원한이 깊은 자로다. 조금도 주저치 말고 이 시각으로 우리를 따라 일제히 일어서라. 만일 지금 기회를 잃으면 후회하여도 때가 미치지 못할 것이다."

정백이 소유에게 저분이 바로 손화중이란 분으로, 이름만 들어도 관군이 오줌을 잘잘 싼다고 했다. 총령관의 일장 연설이 끝나자 발 빠른 젊은이들이 수십 명 뽑혀 총령관으로부터 격문을 받아들고 곳곳으로 떠났다.

농민군들이 주먹밥을 하나씩 나눠 먹고 난 뒤 대열을 갖추고 전쟁터로 떠나는 것처럼 칼과 죽창, 화승총을 들었다. 곧 전투가 벌어질 것 같았다. 소유는 겁도 나고 어찌된 영문인지 몰라 어리둥절했지만 농군들 중에는 앳된 소년들도 다수 있어 저런 젖비린내 나는 것들에 비하면 제 한 몸이야 충분히 건사할 수 있을 것 같은 자신감도 들어 저으기 마음이 놓였다. 마치 오합지졸처럼 보이는 농민들이었지만 선두의 깃발을 든 기수가 황색기를 흔들자 빠르게 대오를 정비하고 행군대열을 갖추었다.

한 농민이 어린애를 업고 대열의 맨앞을 나섰다. 그 애는 쪽색의 홀기를 쥐고 좌우로 흔들며 군대의 행렬을 지휘하였다. 그 뒤로 농민군이 따르는데, 먼저 수십 명의 피리를 부는 자들이 지나가고, 다음으로 인仁자와 의義자를 쓴 깃발 무리들, 그리고 예禮자와 지智자를 쓴 깃발 무리, 그다음에 흰 깃발에 보제普濟 안민창덕安民昌德이라는 깃발이 공중을 뒤덮었다. 이어 보제 중생衆生이라는 황색깃발이 나부끼고 갖가지 시골의 출신지명이 적힌 깃발이 수없이 뒤따르고 그 뒤를 이어 흰옷을 입은 농민들이 창과 칼을 높이 흔들며 행군했다.

정백은 그에게 저 어린애가 다섯 살 난 애라 해서 오세동五歲童이라 하는데 어른도 따라올 수 없을 정도로 농민군을 움직이는 솜씨가 신출귀몰하다 했다.

갈수록 알 수 없도다.

소유는 혼자 중얼거리기만 했다.

깃발부대가 지나가자 말을 타고 칼춤을 추는 자가 나타났고, 이어 붉은 단포를 입고 나팔을 부는 이들과 피리를 부는 이들이 뒤를 따랐다. 이들은 선발대 같아 보였다. 이어 본대가 나타났는데 절풍모를 쓰고 도복을 입고 말을 탄 창의대장과 여섯 장수가 같은 모습을 하고 나타났으며 그 뒤를 열을 지어 구식 화승총을 든 총수들이 오색수건을 질끈 동여매고 행진했고, 총수 뒤를 죽창을 든 남자들이 어린 소년이 흔드는 수기의 모양에 뫼 산山을 그렸다가 입 구口자를 만들기도 하고, 갈 지之자를 만들기도 하고, 한 일一자, 나아갈 출出자를 만들기도 하는 등 갖가지 진세를 빠르게 만들어 가며 행군했다.

드디어 관군과 싸움이 시작되었다. 그 어느 싸움터인지 소유는 알 수 없었다.

그가 처음 찔레덤불 속에 떨어졌을 때 들었던 것과 같은 함성을 내지르며 동학군들이 물밀 듯 밀려들어가자 지방 관군들은 싸움 한 번 제대로 하지 못하고 총과 칼을 버리고 혼비백산해 달아나 버렸다. 우선 동학군의 수효가 관군들이 상대할 수 없을 만큼 많았고, 마른버짐이 얼굴을 뒤덮고 소버짐이 머리에 숭숭 박힌 앳된 소년들도 어디서 기이한 힘이 솟는지 칼을 휘두르고 창을 찌르는 손아귀에는 굵은 힘줄들이 불쑥불쑥 돋아났다.

가볍게 관군을 물리치고 뭉게구름처럼 동학군의 행군이 이어질수록 길가에서 구경을 하던 농민들이 대열 속으로 자꾸만 끼어들었다. 관군들은 금방금방 허물어졌고, 투항하는 이들도 적지 않았다.

성진, 아니 소유로서도 장군의 뒤를 따라 말 한 마리를 얻어 타고 싸움판을 누비는 일이 무척 신기하고 재미있는 일이었지만 싸움이 거듭될수록 농군들도 싸움터에서 많이 죽어갔다. 흰옷이 붉은 피로 물들었고, 소년들이 관군의 창에 배를 찔려 숨을 거두는 모습도 종종 보았다. 그는 전봉준의 곁에서 지령을 받아 옆부대의 동학군들에게 전달했다.

"허어, 이것 참 난생 이런 형국은 처음인데 도무지 알 수 없는 싸움이로다. 어찌 저리 잔혹한고? 어찌 서로를 마구 죽이는고."

싸움판을 빠르게 오가며 소유는 쉼없이 중얼거렸다. 동학군들은 주위에서 그들의 도유들이 화승총에 맞고 창에 찔려 벌판에 쓰러져도 조금도 위세가 죽지 않았다. 그가 타고 다니던 말도 관군의 총을 맞아 버둥거리더니 콧구멍을 크게 한 번 벌름거리고는 숨을 거두고 말았다.

죽는 목숨이야 짐승인들 서럽지 않을손가.

허나 그는 말이 죽어 자빠졌으니 장군의 꾸중을 들을 일이 내심 걱정이었으나 그 걱정은 이내 동학군들의 함성에 파묻혀 버리고 말았다.

함성은 싸움이 길어질수록 드높아지기만 했다. 소유는 말도 잃어버렸는 데다가 그 함성을 듣고 있노라니 가슴 저 밑바닥에서 자신이 한번도 느끼지 못했던 설움 같은 것들이 서리서리 솟구쳐 올라왔다.

참으로 이상도 하여라. 어찌 이리 내 가슴이 서럽단 말인가.

소유는 자신도 모르게 동학군들을 따라 함성을 내지르고 있는 자신을 발견하고는 고개를 흔들었다. 그들은 이르는 곳곳마다 관군들을 무찔렀으니 소유의 기분도 상당히 고무되었다. 이거 잘하면 비록 육관대사의 법통을 이어받지는 못했지만, 창의대장에게 크게 한자리를 물려받아 위신과 풍모를 갖추는 일을 할 수도 있을 것 같았다.

'내, 천계의 일은 천천히 알아보리라.'

그는 맹세하듯 가슴 한가운데를 주먹으로 세게 치고는 가뭄으로 황토 먼지가 일어나는 길을 부지런히 걸어갔다. 영광이라는 곳으로 가는 길가로 펼쳐진 논밭에는 어른이라고는 보이지 않고 전부 아낙과 노인네들만이 번갈아 가며 쟁기를 끌고 다녔다. 그들은 점점이 허리를 굽혔다가 펴며 동학군들이 지나가자 손을 흔들고 함성을 내질렀다. 정백이 그들의 모습을 보더니 갑자기 닭똥 같은 눈물을 뚝뚝 흘렸다.

소유는 정백이 우는 모습을 보니 문득 가엾어져서 물었다.

"텁석부리, 자네는 어찌하여 울고 있는가?"

"소유, 우리가 목숨을 걸어놓고 한솥밥을 먹고 있는데, 자네는 어찌 속도 모르고 그런 말을 하는가. 저길 보게나. 소를 관가에서 빼앗아 가버렸으니 노인네가 쟁기를 다 끈다네. 우리가 왜 천하의 근본인 농사도 짓지 않고 창과 칼을 들고 나섰겠나. 저 사람들을 보니 고향에 두고 온 노모와 죽은 마누라, 아이새끼들이 눈앞을 사정없이 밟아대니 어찌 사내대장부라 한들 눈물을 참아낼 수 있겠나?"

소유도 듣고 보니 아주 조금은 이해가 되었다. 자신도 하늘의 벌을 받아 이곳에 떨어져 한 끼 밥을 먹기 위해 우연히 이들 동학군에 가담하였으나 정백이 굵은 눈물을 흘리니 그도 덩달아 함께 도를 정진하던 도반들과 소식을 알 길 없는 단향선과 팔선녀의 소식이 무척 궁금하고 또 보고 싶었다.

아아, 이 일을 어쩐단 말인가.

정백의 말을 듣고 있으려니 새삼스레 잊고 있었던 천계의 일이 떠올라 그도 텁석부리처럼 눈물이 풍풍 솟구쳐 두 주먹으로 부지런히 닦아내었다. 눈물은 좀처럼 그치지를 않았다.

정백은 이런 그를 보더니 눈물을 주먹으로 급히 닦고는 부지런히 소유를 위로했다.

"자네도 말 못할 사연이 참 많아 보이누만. 그러나 우리 같은 무지렁이 민초들도 짓밟으면 일어선다는 것을 탐관오리며 양반들이 이제는 간담이 서늘해지도록 알 것이네."

날씨는 후텁지근했다. 두 사람은 각각 다른 기억 때문이었지만 계속 눈물을 펑펑 쏟아가며 먼지가 풀풀 날리는 길을 쉼없이 걸어갔다. 길가에는 굶어 죽은 시신들이 곳곳에 무덤도 없이 늘어져 있는 게 눈에 띄었다. 더러는 거적때기에 사람을 덮어 힘없이 만가를 부르며 산을 오르는 흰옷 무리들도 눈에 띄었다.

소유는 이 모든 광경들이 처음 보는 것이라 한순간 스승이 도력을 일으켜 인간 세상의 참혹한 헛것들을 만들어 놓고 그에게 큰 깨달음을 주려는 것일지도 모른다는 생각이 들기도 했으나, 이게 정녕 헛것이고 길고 긴 꿈이라고 믿기에는 저 시신들이며 만가며, 관군의 총에 맞아 죽어가면서 눈을 감지 못하는 큰 눈망울들이 너무 깊고 애절하게 다가왔다.

그는 아직 눈앞에 벌어지고 있는 일들이 도대체 무엇이며 어떤 세상인지 명백히 알 수 없었지만, 아마 어떤 난리가 일어났고 그 난리는 자신이 닭을 훔쳤던 어느 농가처럼 제대로 먹지 못해 일어났을 것이라는 추측을 할 수 있었다.

　농민군들은 노래를 부르고 경문을 외우며 긴긴 낮을 행군해 갔고 어느새 소유 자신도 그들과 같이 노래를 흥얼거려 가며 궁궁을을ㄱㄱ乙乙, 궁궁을을 해가며 요령껏 경문을 외워 섬겼다. 동학군들은 이 경문을 외우면 날아오는 총알도 피한다며 소리 높여 외쳤는데 어느새 그의 입에서도 경문이 술술 새어나오고 말았다.

　동학군들은 북쪽으로 진군하며 정읍, 흥덕, 고창, 무장을 점령했다. 조정의 관군이 출동했다는 소문이 무성하게 돌았으나 농민군들이 이르는 길에는 눈앞에 얼씬거리지도 않았다. 동학군들이 지방 관아에 이르기 전에 이미 그 기세가 먼저 사방 10리를 가득 뒤덮은 듯, 포졸들은 무기고도 버리고 달아나 버렸고 농민군들의 노랫소리만이 우렁차게 하늘을 뒤덮었다.

　　"기험하다, 기험하다, 아국我國운수 기험하다.
　　개 같은 왜적들아 너희 신명 돌아보라.
　　한울님께 조화받아 개 같은 왜적놈을
　　일야간에 멸하고 대보단에 맹세하고
　　청나라 만주족에 원수를 갚아보세."

　동학군이 지방 관아를 차례로 접수하면서 소유와 정백은 무척 바빠졌다. 각 고을로 말을 달려 통문을 돌리고 수많은 백성들에게 동참할 것을 요구했다.

　소유는 멋모르고 휩쓸린 일이지만 한편으로는 신이 나기도 했다. 또한 말을 달리고 발을 부리는 솜씨가 남달라 금방 전령 가운데에서 두각을 나타내기는 쉬운 일이었다. 또 소유는 풍채가 순수하고 먹물 솜씨가 비상하니 농민군을 끌어모으라는 명령을 녹두장군으로부터 받았다.

그는 사람들이 모인 장터로 갔다. 긴 도포 자락을 휘날리며 말에서 내려 큰 소리로 격문을 읽어 가며 농민군을 끌어모으니 젊은이들마저 구름같이 모여들었다.

그는 처음에는 격문을 높이 들고 읽었지만 그 근본이 비상한지라 금방 격문을 외워버리고는 왼손에는 격문을 말아쥐고 오른손으로는 주먹을 불끈 쥐고 높이 흔들며 장터에 모인 사람들의 마음을 뒤흔들었다.

그는 속으로 탐관오리, 민폐, 일본놈이며 외국반역도들이 도대체 누구를 말하는지 알 수 없었으나 아마 그것은 자신을 그물에 가두고 발가벗겨 하토에 버린 8도사와 같은 패악한 것들이라는 생각이 드니 저절로 격문을 소리 높여 외치는 음성마저 한껏 격렬해졌다.

"민폐의 근본은 탐관오리들이 조세를 축내는 것에 있다. 그래서 모든 부정은 탐관에 있고, 탐관오리는 부정의 근본이로다. 모든 이들은 다 평등하니 어찌 벼슬아치와 백성이 다를까 보냐? 일본놈들과 외국반역도들과 탐관오리들은 이 강토의 한가운데를 유린하니 이제 이 강토는 야만인의 소굴이구나. 임진란의 맹서와 병자년의 굴욕을 상기하라. 수백만을 헤아리는 우리는 죽음을 맹세하고 일본놈과 외국인들을 일소하는 데 일치단결하여 한 마리의 개라 할지라도 주인에게 바칠 효성을 보이려는 진정에서 그놈들을 멸망케 하는 것이다. 원컨데 도유道儒는 한마음 한뜻으로 죽기를 각오하고 광제창생하고 보국안민의 길에 나섰으니 모든 이들은 우리를 따르라. 사내대장부는 미련 없이 나서라. 감사와 수령은 민중을 초개와 같이 경시하고 향간鄕奸의 토호들은 우리 동학의 도인 보기를 재화와 같이 하고 괴롭히고 못살게 굴고, 주구 수탈이 한이 없도다. 나서라, 나서라. 사내대장부는 미련 없이 나서라! 천지신명이 도우시리라!"

소유는 자신도 모르게 소리를 지르고 있는 것을 발견했다. 그가 나타나면 장터 사람들이 그 주변으로 몰려들었다. 그가 한마디 한마디 할 때마다 구경꾼들은 박수를 치기도 하고 옳소! 옳소! 하고 추임새를 넣어주기도 했다. 목줄기로 핏줄이 파랗게 솟고, 알 수 없는 목메임 같은 것들이 소유의 목 안에서 큰 메아리처럼 터져 나갔다.

그는 알 수 없었다.

무엇이 이렇게 목을 가슴처럼 아프게 하는지.

저잣거리에서 훤칠한 대장부가 큰 목소리로 일장연설을 하자, 장터 밖에서 얼씬거리는 사람들도 볼일 없이 장터로 구름같이 모여들었고, 드디어 그 소문은 난데없이 양소유가 대단한 도사며 바람을 부르고 비를 내리게 하는 술법을 자유자재로 부린다는 풍문으로까지 번져 온 장터를 휩쓸었다. 그도 그럴 것이 소유의 풍채는 보기에도 농민들의 마음을 확 끌 만한 위엄이 있었고, 도포자락은 그 풍문이 맞다는 것을 보여주기에 충분할 정도로 멋지게 휘날렸다.

6
편　지

　나뭇짐을 지고 장터 어귀를 들어서던 어떤 떠꺼머리총각이 소유의 우렁찬 목소리를 들으며 고개를 위로 쭉 빼고 삐딱거리더니 길 옆 옹기난전에다 그만 장작개비를 오르르 부어놓았다. 독이 세 개나 깨졌고, 콧수염을 살살 매만지던 옹기전 주인이 눈을 휘둥그레 뜨고 벌떡 일어서더니 득달같이 달려나와 총각의 멱살을 잡고 흔들었다.
　"야, 이놈아. 눈알은 떡 사먹고 다니냐!"
　"아라라, 떡 같은 소리 하네! 떡 주면 눈은 그냥 끼워주고 팔다리도 팔겠수."
　"아니, 요 나쁜 놈 봐라. 옹기 값 물어내라, 요놈아, 사설은 웬 사설이냐. 그놈의 팔다리가 장작개비 하나만도 못한데 팔다리 열 개라도 옹기 값 안 된다. 에라, 여기 있다, 주먹떡이나 먹어라, 이놈아. 당장 옹기값 물어내라. 아니면 요절을 낼 테다."
　"옹기값이 있으면 나무 팔러 왔을라. 아무 떡이나 내놓으면 당장 못 먹을까."
　떠꺼머리는 옹기전 주인이 내지르는 주먹을 슬쩍 피하더니 해딱해딱 돌아보며 약을 살살 올리다 빈 지게를 지고 후다닥 달아났다. 옹기전 콧수염이 곰방대를 휘두르며 그 뒤를 쫓아가는데, 떠꺼머리가 장터에 운집한 사람들 틈 속으로 비집고 들어가니 그만 놓쳐 버리고 말았다. 콧수염이 홧김에 가래침을 탁 받는다는 게 누런 코를 훌쩍이는 아낙이 업고 있는 아기의 얼굴에 그만 떨어지고 말았다. 아기는 그렇잖아도 배가 고파 울 구실을 찾고 있었는 데 잘 되었다는 듯 자지러지게 울기 시작했다. 아낙이 놀라 품 앞으로 포대기를 돌려 아기의 얼굴을 보더니 옹기장수를 사납게 올려 보았다.

"이 사람 좀 보소. 애비 없다고 무시하네. 한갓 장돌뱅이 주제에 이게 도대체 무슨 짓인고. 애비는 나라 구한다고 난리 따라 갔는데, 뭐 이런 시상놈이 다 있을까. 애가 무슨 잘못 있다고 가래침을 다 뱉아!"

아낙은 말을 마치자마자 옹기장수의 턱을 향해 풀쩍 뛰어 날았고, 이어 "어이쿠 내 턱 봐라" 하며 옹기장수가 뒤로 나가자빠졌다. 아낙의 박치기 한 방에 옹기장수는 엉덩방아를 찧었고 무슨 구경거리가 났나 싶어 몰려들던 이들이 한바탕 웃어댔다. 그 사이 떠꺼머리총각은 구경꾼의 맨 앞에까지 나아가 동학군을 모으는 소유의 얼굴을 보고 우렁찬 목소리를 듣고는 그만 반하고 말았다. 광제창생이며 보국안민이라는 말이 무슨 뜻인지는 몰랐지만 하여튼 모든 사람이 똑같다는 말이 호기심을 자극했다. 돈이 없어 장가도 가지 못하고, 혀가 빠지고 자지가 오그라들도록 나무를 해 봐야 겨우 하루하루 입에 풀칠하기에도 힘든 세상이 아닌가. 일본놈들을 쳐부순다는 뜻도 대단하게 여겨졌다. 더군다나 저 도포를 입은 도사가 풍문에 비를 부르고 바람을 부린다는 그 도사가 아닌가. 두 눈으로 보니 소문이 조금도 틀린 바가 없었다.

소유의 연설이 끝나면 텁석부리가 크게 외쳤다.

"사내대장부는 미련 없이 나서라! 풍전등화, 풍전등화, 이 나라는 바람 앞에 흔들리는 등불이로다. 모두 일어서 나라를 구하라. 개 같은 일본놈을 쳐부수자!"

정백의 입은 함지박보다 더 컸다. 그 목청도 걸걸해 장터 안을 찌렁찌렁 울려 퍼졌고 자갈이 구르듯 요란했다. 주위에 몰려선 시골 사람들도 덩달아 함께 외치기 시작했다.

"나라를 구하라!"

"개 같은 일본놈을 쳐부수자!"

더구나 흰 도포를 입고 희고 밝은 얼굴의 준수한 청년 소유의 위엄은 마치 그들을 금방 굶주림과 고통이 없는 새로운 세상으로 데려다 놓을 것 같은 환상을 일으키게 했다. 바람이 한 줄기 불어 소유의 도포자락을 휘날리게 하니 가히 그의 모습은 하늘의 신선이 나타난 듯 보기에도 아주 위엄이 있었고 신비하게 보이기조차 했다.

어떤 이들은 저절로 탄성을 뱉아냈고, 여러 사람들이 수군거리며 아, 정말 도인이야. 모여선 이들 가운데 누가 "저 도인은 구름을 불러 모으는 재주도 있다는구만." 하고 들었던 말을 퍼뜨리자 그 옆에 어떤 이들은 "나는 것도 보았다네." 하며 맞장구를 쳤다. "구름을 부르고 날기만 하나? 청룡 황룡을 부리는 모습도 똑똑히 보았다네." 하고 한술 더 뜨는 이도 있었다.

떠꺼머리는 그 말을 듣자, 에라 이참에 입에 풀칠하기도 어려운 한세상을 마감하고 새 세상 한 번 찾아 배불리 먹어보자 싶었다. 또 일자무식꾼이 벼슬아치와 똑같다니, 그거 참 신나는 세상이 아닌가 싶었다. 혹시 잘하면 구름을 불러모으고 바람도 일으키는 도술도 배울지 아는가 싶기도 했다. 떠꺼머리는 훤훤장부가 장터 사람 앞에서 두 주먹을 불끈 쥐고 허공을 칠 때마다 자신도 주먹을 쥐고 위로 쳐올리는 자신을 발견했.

너무 믿음직스럽고 신령스러운 일이었다. 아침에 나무 하러 산을 나서는데 모친이 이르기를 새벽 꿈에 네놈이 사슴을 타고 산을 달리는 꿈을 꾸었으니 필시 꽃다운 처녀를 만날 꿈이라 했는데 그게 처녀가 아니라 저 도인이 틀림없으니 조금 아쉽기는 하나 저 도인을 따라가면 눈에 번쩍 띌 좋은 일이 생길 것만 같았다. 그는 엉덩이가 덜썩덜썩거려졌다.

'설마 죽기야 하겠는가. 아니다, 죽어도 굶어죽는 것보다는 한때라도 배불리 먹고 죽는 게 더 낫지. 먹고 죽은 귀신은 혈색도 좋다 하지 않는가 말이다.'

그는 그 자리에서 지게를 번쩍 들어 내팽개치고, 번쩍 앞으로 나서 두 주먹을 불끈 쥐고 공중으로 올리며 용감하게 외쳤다.

"사내대장부는 미련미련 나서라!"

떠꺼머리가 갑자기 앞으로 나서 지게 작대기로 땅을 쿡쿡 찍으며 소리치자, 그 모습을 본 소유는 웃음이 터져나올 뻔했으나 얼른 도포자락으로 흘러내리는 땀을 닦듯 얼굴을 가렸다. 풀풀 흘러내리는 코를 닦아내며 떠꺼머리는 소유의 연설 끝마디를 되풀이했다. 그가 몰려선 군중 앞 줄을 빙빙 돌며 분위기를 돋우자 남정네들이 앞으로 슬슬 나섰다. 어떤 이들은 그 자리에서 아이의 손을 놓고 아녀자의 만류를 뿌리치고, 보따리 짐을 진 채로 소유의 무리를 따라 동학군에 합류하는 이들도 많았다.

"대장부는 따라 나서라!"

떠꺼머리는 무어 그리 흥이 나는지 무명옷 소매를 걷어붙이고 지게 작대기가 무슨 주장자나 되는 듯이 땅을 탁탁 치며 고래고래 소리를 질러댔다.

떠꺼머리를 보자 소유도 괜히 신이 나기 시작했다.

아, 이런 세상도 있구나 싶었다.

자신의 말을 믿고 미련 없이 따라나서는 저들은 도대체 무엇 때문에 이 난리통에 한 목숨 아까운 줄도 모르고 진정으로 싸움판에 나서는지도 알 수 없었지만 때에 절은 흰옷을 걷어붙이며 황톳길을 걷는 그들의 어깨에서는 씩씩한 기운이 돌아 올랐다.
 소유와 텁석부리가 앞서 걷는데 댕기 맨 떠꺼머리가 줄래줄래 뒤따라 오다가 괴춤에서 무명주머니를 끄집어내더니 요리조리 망설이다가 큰맘 먹은 듯 그 안에서 송기떡을 한 개 꺼내 들고는 소유 앞으로 후다닥 뛰어와 불쑥 내밀었다.
 "도사님, 일장연설하시느라 많이 시장하시겠소. 이거나 잡수시오."
 떠꺼머리가 갑자기 눈 앞으로 주먹 같은 떡을 내밀자 소유는 걸음을 멈추고 총각을 보았다. 장터에서 누런 코를 닦아내며 목젖이 떠나가라고 소리지르던 놈이었다.
 "그래 흐음, 네 이름이 무엇이더냐?"
 "성은 김가고 이름은 소 우자에 여덟 팔자해서 김우팔이라 남들이 부르는데, 지가 여덟 번째 막내였소. 부모님이 자식 하나에 한 마리씩 해서 소 여덟 마리만 가졌으면 하는 소원에서 지었는 줄 아오."
 "그래, 소가 여덟 마리라. 김우팔, 그래 소를 여덟 마리 가졌느냐?"
 소유는 김우팔의 말을 듣자 픽 웃음이 터져나왔다. 장터에서부터 하는 꼬락서니가 조금 모자라는 듯하기도 하고 영락없는 장돌뱅이 같기도 한데 어느새 그와 어깨를 나란히 하고 말을 주고 받는 품새가 제법이었다. 고추 먹은 소리 같기도 하고 뻐썩대는 소리 같기도 하고 출썩거리기도 하고 재랄같기도 한 게 괘꽝스러운 느낌도 들고 날파람둥이처럼 보이기도 했다.
 "소라니요? 닭은커녕 삐가리도 여덟 마리 못 가졌다오. 여덟 형제가 전부 배터지게 먹을 거라고는 개울물밖에 없다오. 나야 끝동이라 장가도 못 갔으니 아직 처자식 걱정이 없소. 내친 김에 도사님 따라 내 이렇게 새 세상 찾아 나섰소."
 우팔은 배를 앞으로 쑥 내밀며 호기있게 소리쳤다.

정백이 장터에서 동학군으로 따라나선 농민들을 돌아보며 쩍쩍 갈라지는 논밭의 시든 콩처럼 비실비실 따라오지 말고 두 줄로 서서 힘차게 행군하며 따라오라고 불호령을 내리자 후다닥 줄을 서느라 먼지가 세게 일었다. 얼레얼레, 이게 뭔가 싶어 눈을 휘둥그레 뜨는 이들도 있었다. 정백이 행렬을 향해 구령을 내리자 그럭저럭 행군대열은 실뱀 같은 줄로 길게 이어졌다. 구령에 따라 맨 앞줄의 동학군들이 열심히 손을 하늘로 치솟고 깃발을 흔들며 구호를 외쳤다.

척왜양창의!
제폭구민!
광제창생!

김우팔은 함성이 일어날 때마다 뒤로 힐끔힐끔 돌아보며 여전히 떡을 들고 소유 곁을 바짝 따라 걸었다. 농민군들이 외치는 그 함성은 길게 황톳길을 지나 붉은 산을 넘어가며 점점 목이 쉬어져 갔다.

김우팔은 홍얼거리듯 구호를 따라 하다가 괴춤에서 송기떡 한 개를 더 꺼내어 우물우물 삼키고 나더니 헤벌죽 웃었다.

"소리를 내니 갑자기 허기가 꽉 지는 게 이상하오. 도사님은 어찌 떡을 아직 손에 들고 있소. 그런데 도사님, 참으로 궁금한 게 있는데 물어봐도 되오?"

"뭐가 그리 궁금한가?"

"장가마저 못 가고 세상에 살아도 어찌 궁금한 게 없겠소?"

김우팔이 눙치는 재주가 보통이 아니었다.

'하, 요놈 좀 봐라.'

소유는 능글능글 웃어대며 말대꾸를 제법 해대는 우팔이 그렇다고 가

납사니나 넛보처럼 보이지는 않았다. 우팔은 훌쩍이는 코를 무명 소매에 얼마나 닦았는지 소매끝이 반들반들했다.
"장터에서 도사님이 사내대장부라고 했잖소?"
"내가 사내대장부라고 그랬단 말이냐? 그래 그게 어쨌단 말이냐?"
"대장부가 무슨 말이오?"
우팔이 뜬금없이 대장부가 무슨 뜻인지를 물으니 소유는 별 괴상한 놈 다 보겠다 싶었다.
"대장부는 큰 뜻을 가진 남자를 이르는 말이다. 공맹의 벼슬을 높이 걸고, 천하 산천초목 곳곳에 뜻을 펼치는 남자란 뜻이다."
"얄라차, 그렇소? 공맹이며 산천초목이라는 문자가 섞여 좀 어렵기도 하고 무슨 뜻인지는 모르나 하여튼 신명나는 일 같아 듣기에 좋소. 장가도 못 간 이놈 생각엔 말이오, 도사님 같은 분이 진정 사내대장부 같소."
소유는 더 이상 우팔과 말하는 게 왠지 그의 어수룩한 말솜씨에 휘말려드는 것 같았지만 그리 나쁜 기분도 아니었다. 자신을 도사님이라고 말끝마다 불러주는 것도 그렇고, 자신을 바로 대장부라고 여겨주는 게 비록 입에 살짝 발린 말이라 해도 내가 대장부가 아니면 누가 대장부랴 하는 생각도 불쑥 들었다.
"그런데 이 떡을 너 먹지 않고 왜 날 주느냐?"
"먹을 걸 도사님께 주는 까닭이야 불같이 뻔하오. 도사님이 더 시장할 것 같소."
그리고 김우팔은 누런 이빨을 내보이며 히 웃었다. 그의 웃음은 사람을 편안하게 하고 묘하게 끌어당기는 데가 있었다. 우팔이 웃자, 이상하게 소유도 그만 따라 웃어 버리고 말았다. 소유가 손에 든 송기떡을 한입 베어 무니 입안이 걸죽하고 끈끈하더니 목이 꽉 막히고 꺼칠꺼칠하게 차올라왔다.

"이걸 먹는단 말이냐?"

"얄라차, 도사님이 세상 물정을 모르면 누가 아오? 한갓 백성이야 저 들판에 시든 풀뿌리보다 못하잖소. 또 인심은 얼마나 흉흉한지 아시오. 어느 곳에선 너무 배가 고파 아이를 잡아먹었다는 풍문도 파다하다오."

"아이라니? 사람을 잡아먹는단 말이냐? 먹을 것이 그리 없단 말이냐?"

"허어 참, 도사님은 별에서 왔소? 달에서 왔소? 딴세상 사람처럼 말하시오? 허긴 도사니까 그리 말씀하실 법도 하오만. 여긴 말이오, 피죽도 한 그릇 못 먹는 일이 개오줌 싸듯 흔하다오. 이 난리통에 이 나뭇가지에 앉은 새는 죽고 저 나뭇가지에 앉은 새는 사오. 코 앞 일을 알 수 없는데 어린 목숨인들 무어 대수겠소? 눈 뜨고 못 볼 일이나 어쩌겠소. 나도 장터에 나무 팔러 다니다가 기가 꽉 막히는 일을 수도 없이 보고 들었소. 늙은 부모가 굶어 죽는데 기왕에 자식놈 굶어 죽기도 매한가지니 차라리 자식이라도 잡아 부모를 공양해야 하는 심정이 어떻겠소. 장가를 못 갔지만 자식이야 달만 차면 톡톡 서캐 알까듯이 내지를 수 있다는 것쯤은 알고 있소. 얄라차!"

소유는 우팔의 말을 듣자 머리카락 뿌리를 누가 뽑기라도 하는 듯이 위로 쭉 뽑혀 나가는 것 같았다. 아, 인간 세상은 정말 수행자가 살기 어려운 곳이구나. 날마다 콩 볶아대는 총소리와 화약냄새 속에 옆에 서 있던 농민들이 소리 한번 크게 지르지 못하고 나가자빠지는 전쟁터도 무섭고 지긋지긋한데, 자식까지 잡아 먹는 판에 끼어들었으니 자신도 언젠가는 이런 일을 겪을지도 모른다는 생각이 후딱 들었다. 인간 세상이 이렇다면 천상에서 자신이 지은 잘못은 잘못도 아니라는 생각도 들어 못내 억울해지기도 했다. 스승 육관대사가 원망스럽고, 그리 애원해도 사정 한번 봐 주지 않고 벌거벗긴 채로 하토로 내던져 버린 8도사가 괘씸했다. 작은 잘못을 이리 크게 징계하다니 언젠가 천상으로 놀아가면 반드시 8

도사에게 큰 가르침을 주겠다고 새삼 다짐했다.
 우팔은 소유의 심사도 모르고 잘도 지껄여댔다.
 "송기떡을 한 개 드셨으니 이제 한마디 하겠소. 이건 울엄니가 절대 누굴 주지 말고 나무해서 장에 팔러 가다가 시장하면 한 개씩 꺼내 먹으라고 신신당부한 떡이오. 이래 뵈도 이놈도 한 가지 쓸모는 반드시 있을 것이니 곁에 두고 부리면서 구름도 모으고 바람도 부리는 도술을 가르쳐주면 여한이 없겠소. 얄라차!"
 말끝마다 심심찮게 얄라차 하는 우팔의 말이 갈수록 점입가경이었다. 그래도 말끝마다 도사님, 도사님 하니 그럭저럭 듣고 있던 터에 놈이 드디어 속내를 덜컥 내보이니 어이가 없었다.
 "누가 그러더냐? 내가 구름을 모으고 바람을 부리는 재주를 가졌다고 누가 말하더냐?"
 "누가 그러기는 누가 그러우? 내가 하는 말이지. 척 보면 다 안다오."
 "그래 이놈아, 얄라차로다. 우팔아, 네놈은 무슨 재주를 가졌느냐?"
 "저야 도끼로 나무 찍는 일은 식은 죽 먹기요. 그보다 돌팔매는 날아가는 새 골통을 맞춰 버릴 정도라우, 장끼, 까투리, 너구리, 다람쥐, 족제비, 산비둘기 다 한 방이면 해결나오. 그러니 제발 머슴처럼 부리면서 제자를 삼으시면 좋겠소."
 소유는 우팔에게 난데없이 그가 도술을 부리는 사람처럼 여겨졌다는 말에 장터를 돌아다니며 동학군을 모으느라 잠시 잊었던 천계의 일이 거듭 생각나지 않을 수 없었다. 정말 마음 같아서는 당장이라도 구름을 일으켜 천상세계 속으로 날아오르고 싶었지만 어느 공중에서 8도사를 만날지도 알 수 없었고, 가는 길도 알 수 없었을 뿐 아니라 구름을 모으고 운행하는 자신의 공력이 얼마만큼 오래 갈지도 알 수 없었다. 이미 천계에서 하토로 버림받은 몸인데, 아직 그 공력이 얼마나 남아 있는지 시험해 보는 일도 너무 두려웠다. 창의대장이 보기에 몸이 건장하고 다리가 길고 늘씬하니 전령으로 쓰기에 적합하다는 말도 텁석부리에게 들었고, 닭을 훔쳐 달아날 때도 화살처럼 내빼기는 하였지만 천상에 오르는 일이 그와 비길 수는 없는 일이 아닌가.

소유는 더 이상 아무 말도 하지 않고 입을 다물었다.

그러자 우팔은 아예 승낙한 것이라 믿고 그의 뒤를 망아지처럼 졸랑졸랑 따라다녔다.

동학군이 깃발을 세우고, 창을 들고, 칼을 휘두르고, 총을 쏘아대면 관군들은 달아나기에 바빴다. 죽은 관군의 갑옷을 벗겨 입고 먼지길을 달려나가는 동학군들의 팔뚝은 구릿빛으로 빛났고, 입술에는 포복飽腹과 해방의 웃음이 가득 묻어 있었다.

관아를 하나씩 접수한 뒤, 동학군은 관창에서 곡식을 들어내어 군량미로 쓰거나 녹두장군의 명을 받아 굶주리는 백성들에게 나누어 주었다. 노비문서와 토지문서를 불태우고 옥문을 열어 농민을 석방했다. 군기고를 열어 그 안에 들어 있는 양총과 탄약, 칼과 창을 거두어 농민들은 무장을 더 튼튼히 갖추었으니 그들은 금방 새 세상이 찾아올 듯 팔뚝에는 힘이 돋았고 궁궁을을, 궁궁을을 하고 주문을 외우는 목청은 불길처럼 뜨겁게 달아올랐다.

그러나 농민군의 거듭된 승리에도 전봉준의 얼굴은 그리 밝지 않았다.

밤이 깊어 가도 전봉준의 군막에는 불이 꺼지지 않았다. 내일 전투가 있으니 그만 잠자리에 들라는 거듭된 장수들의 요청에도 장군은 시름에 잠긴 사람처럼 보였다.

소유는 스스로 생각해도 이미 자신도 동학군이 다 되어 있었다는 것을 알았다. 군막 밖에서 녹두장군이 삼들기를 기나리는데 안에서 그를 부르는 소리가 났다. 그가 군막 안으로 들어가니 장군이 눈을 감은 채 생각에 잠겨 있었다.

"양소유, 장군의 부름을 받고 왔습니다."

장군은 눈을 감은 채 가만히 고개를 끄덕였다. 말을 타고 칼을 휘두르며 동학군의 사기를 충천하게 만들던 장군의 모습은 간데 없었다. 그는 깊은 근심에 휩싸여 있었다.

그는 녹두장군에게 한마디 묻지 않을 수가 없었다.

"삼가 한말씀 올리겠습니다. 창의대장께서는 거듭되는 승전보에도 심기가 편치 않게 보이시니 어떤 연유이옵니까?"

"조선의 왕실에서 청나라에 구원병을 청했다는 소식이 들리니 일본이 가만 있지 않을 것이고 그러면 이 나라 강토가 외세의 말발굽에 피로 물들지도 모르니 후일을 기약하기 어렵겠도다. 게다가 양총과 대포, 회전기관포 같은 신식무기들까지 관군과 일본군이 들고 나서니 우리 도유들의 가슴이 피로 물들 것이로다. 내 오늘 북두와 삼태성의 움직임을 깊이 살피니 내 명도 그리 멀리 남아 있지는 않은 것 같도다. 내 처음 자네 상을 대하고 이름을 들었을 때 깊이 짚이는 바가 있었다네."

장군의 말을 듣자 소유는 한 발 뒤로 물러섰다. 행여 장군이 자신의 출신을 알고 있지는 않은지 걱정스러웠던 것이다. 만약 자신이 천상의 벌을 받아 인간 세상에 버림받은 사실을 알고 묻는다면 무어라 답할 것인가. 그는 슬쩍 장군의 얼굴을 훔쳐 보았다.

장군은 눈을 감은 채 말을 계속했다.

"자네는 범상치 않은 기운이 있네. 이마는 높이 솟고 이마 한가운데는 넓고, 미간은 맑으며 코는 크고 길며, 눈썹은 초승달 같고, 입술 선은 분명하고 붉으니, 하늘의 말 못할 기운이 깊이 서려 있는 것 같았네. 언젠가 내 뜻을 전할 이가 필요함을 염두에 둬 왔는데 마침 자네를 우연히 만나게 되니 참으로 비결이 신통하고 새삼스러울 뿐이네……."

소유는 비결이 무엇이며 왜 신통하고 새삼스러운지 알 수 없었다. 장군은 이미 준비해둔 듯 두 통의 서찰을 꺼내 소유에게 불쑥 건네 주었다. 소유로서는 전혀 예기치 못한 행동이었고, 그것이 무엇을 의미하는지 알 수 없는 일이었다. 5척 단신의 작은 체구 때문에 녹두라는 별호도 갖고 있던 장군은 담력도 산같이 컸고, 눈은 샛별같이 빛났지 않은가. 그런데 오늘은 왜 이리 낯빛이 어둡단 말인가. 목소리는 우렁차고, 힘은 장정 10명이 감당하지 못할 정도 뛰어난데 이리 근심스러워하다니 소유로서는 이해하기 어려웠다.

"감사나 수령의 가렴주구로 민중이 초개같이 못살게 되었으니, 우리 동학군들이 그 원한을 풀어주고 목숨을 구하려 했던 것을 신명도 그 뜻을 알리라. 나 또한 논 세 마지기 농사에 여섯 식구가 아침에는 겨우 밥을 먹고 저녁에는 풀뿌리로 연명했네. 선친이 내게 너는 몇 뙈기 안 되는 밭을 상속받으려 하지 말고 이 아비의 정신을 이어받으라고 하신 말씀을 어찌 잊겠는가. 허나 천운이 이르지 않으면 이 땅의 백성들이 오직 피를 토하고 말 것인즉 그대는 이제 이 편지를 가지고 있다고 누구에게도 절대 발설하게 말게. 언젠가 자네가 길을 떠날 때가 올 것이니. 내일 관군과 일전이 있을 걸세. 이만 물러가게나. 나도 곧 잠을 청할 터이니."

그의 목소리에는 비감이 서려 있었다. 소유는 이미 정백에게서 장군의 이력을 들은 바 있어 어떤 인물인지 조금은 알고 있었다. 그는 텁석부리에게서 장군의 부친 전창혁에 대해서도 들은 바가 있었다. 전창혁은 고부 16면민 수백동 농민의 대표로 나서 고부군 북면에 있는 만석보와 팔왕리보를 백성의 힘으로 방축해 놓고는 관아의 이속들이 그 물값을 강제로 거두어 뱃속을 채우니, 탐관오리들의 해괴한 행패를 시정하도록 고부군수 조병갑에게 요구하다 매 맞아 죽었다고 했다. 고부군수 조병갑은 수천 명의 농군들이 관가로 몰려들자, 관아에서 그 잘못을 바로잡겠다고 능히 둘러대어 거짓말을 했다. 전창혁은 이를 곧이곧대로 믿고 군수가 농민의 충정을 한시빨리 선처하겠다 하니 해산을 하도록 타일렀다. 농민들이 전창혁의 말을 믿고 해산하자, 관가에서는 전창혁을 날쌔게 잡아들였다. 그는 전라감영에서 살점이 터져 나가도록 매를 맞아 결국 개죽음을 맞고 말았다고 했다.

정백은 탐관오리들의 행패가 얼마나 심한지를 말했다. 관아에서 엄중히 되질해서 받은 미곡이 한양 관청에서 다시 되질해 보니 턱도 없이 부족하자 다시 그 부족분을 농민에게 거두는 게 다반사였다고 했다. 배로 올라간 미곡은 사공들이 들쳐먹고 쥐가 쏠아먹어 또 부족했으니 그 부족분을 다시 농민들이 미곡을 갖다 바쳐 채워 넣어야 했다.

자신이 원통하고 억울한 개죽음을 해야 자식놈이 시체를 보고는 조금도 슬퍼하지 않고 분연히 일어설 것이라는 아버지 전창혁의 말을 전봉준은 인편으로 전해 들었다. 그는 쓸개도 없고 창자도 없는 불효자라는 소리를 들으면서 술과 골패로 시간을 때우는 파락호 생활을 거듭하며 언젠가 이렇게 백성들의 억울한 한을 풀어 새 세상을 찾아 봉기할 때가 오기를 기다렸던 것이다.

녹두장군은 이제 전투는 승승장구하고 있고, 내내 꿈꾸던 평등한 세상이 이루어질 수 있다고 저 어리석으나 순박한 농민들에게 수없이 외쳐왔고, 자신도 또한 반드시 새 세상을 만들겠다고 맹세했으나 가슴 어느 곳에서부터 알 수 없이 회오리치는 어둡고 비감한 물줄기가 쉴새없이 자신의 온몸을 적시고 있다는 것을 알고 있었다.

그는 긴 한숨을 내쉬었다.

선친의 뜻을 뼈에 새기고, 교조 최제우의 원혼과 농민의 피맺힌 한을 풀기 위해 전쟁에 나섰으나 하늘의 뜻은 차마 알 수 없었다. 그는 한순간 가슴이 미어지는 것 같았다.

"이 한목숨 산지사방 종적도 찾을 길 없고 무덤 하나 없어도 좋으나 천운을 어찌 하리. ……처자 권속 다 버리고 나를 따라 나선 저 사람들은 어찌 될꼬. 아아…… 흰옷 가득 붉은 꽃잎들로 물들리라."

장군이 혼자서 하는 말소리를 뒤로 하고 소유는 서찰을 받아 품속에 넣었다가 아주 중요한 편지라는 말이 퍼뜩 떠올라 중우 안에다 깊이 넣고 무명천을 덧대어 기워 간수했다. 장군의 심사가 몹시 복잡하고, 또 이 서찰은 무엇을 뜻하는 것인지 알 수 없었으나 장군의 말로 봐서 장군의 명이 얼마 남지 않았고, 자신에게 또한 수없는 파란이 덮쳐올 것 같은 예감이 들어 소유는 등이 선득했다.

7

다시 만난 단향

창공에 바람이 심하게 부는 듯 별빛이 세차게 일렁거렸다. 이미 여름철에 접어들었다 하나 아직 봄기운은 도처에 남아 있어 알 수 없는 춘정 같은 것들이 소유의 아랫도리에 불쑥불쑥 솟구쳐 올랐다.

그럴 때마다 소유는 눈물이 찔끔찔끔 눈가로 빠져 나왔다. 여기가 어느 하늘 아래인지도 알 수 없고, 천계에서는 한 번도 보기 어려웠던 굶주림과 살육이 마구 일어나고 있는 이 현실도 정신을 차릴 수 없었다. 또 내일 전투에 총알이 날아다니고 화살이 내지르는 함성처럼 난무할 터이니 목숨을 기약할 수도 없지 않은가.

소유는 혼자 탄식했다.

'스승께서 지어준 성진이라는 이름도 버리고 비록 양소유라는 자가 총명하고 기개가 높았다 하나, 듣도 보도 못한 이름을 가지고 행세하는 신세가 더없이 서글프고 서글프구나.'

그는 내일 전투가 있다는 장군의 말이 자꾸 목에 걸려 그만 달아나 버리고 싶었다. 이미 동학에 입교하고, 돌아가는 낌새를 보니 관군의 무기며 화력은 농군에 비해 월등히 높은 것도 사실이었다. 그들은 대포라는 것도 있는데 한 방 평, 날리면 수백의 사람들이 공중에 떠올라 절명하는 무서운 무기라는 이야기도 들었다. 아, 이게 무슨 꼴인고. 동학군의 사기가 충천하고 숫자도 단연 많다 하나 자신과는 사실 아무 상관없는 일이었다. 탐관오리들이 소와 돼지를 끌고 가고, 곡식 심을 볍씨마저 빼앗는다는 말을 들어도 그저 강 건너 불구경 모양 그는 속으로 심드렁했지만 이야기를 꺼내며 분노하는 그들의 모습을 자신도 열심히 흉내내지 않을 수 없는 처지였다. 인간 세상에서 하나 얻어 걸린 자신의 이름도 양소유로 관리의 학정에 피해를 입은 자가 아니던가.

농민들의 이야기 가운데 소유 자신도 가슴이 쿵 소리를 내며 떨어지는 이야기도 있었다. 어떤 부부가 아기를 낳았는데 채 탯줄의 피가 마르기 전에 관아에서 찾아와 아기의 군포 명목으로 소를 끌고 가버렸다. 그러자 남편이 너무 억울해 자신의 양물이 아이를 낳은 몹쓸 물건이라고 외치며 낫을 들고 방안으로 뛰어 들어가 자신의 무명바지를 헤치고 사타구니에 달린 양물을 잘라 버리니, 그 부인이 그것을 들고 관아에 달려갔다 했다. 부인은 문 앞에 엎드려 잘못이 있다면 이 양물이니 이것을 거두어 가시고 소를 돌려달라 해도 문지기들은 들은 척도 않고 아낙의 앞을 턱 가로막고 서서 창으로 밀어내어 버렸다는 것이다.

소유는 그 말을 들었을 때 눈물이 핑 돌고 말았다. 하, 인간 세상이 참으로 참혹하도다. 남정네는 어찌 그 귀한 옥경을 잘라 버리고 아낙은 양물과 소를 바꾸어 달라고 애원해야 하는지. 그 남편의 애환이 춘정을 이기지 못해 한순간 단향과 정사를 벌이고 8선녀를 희롱한 자신의 처지와 비록 다르나 인간 세상에 버림받고 언제 죽을지 살지도 모르는 자신의 처량한 신세와 그리 다를 바도 없다는 생각 또한 드는 것이었다.

그 이야기를 들으며 그는 혼자 중얼거렸다.

'어찌 양물이 잘못이 있겠는가. 그런데…… 그러면 어디에 잘못이 있겠는가…….'

이런저런 생각에 잠겨 있자니, 춘정에 겨워 일어난 일이 무어 그리 큰 잘못이라고 하늘에서 자신을 내다 버리라고 한 스승이 자꾸만 원망되기도 했다. 이 생각 저 생각 하다가 그는 이제 와서 이 난리판을 떠나 달아난들 어디로 가야 할지 알 수 없고, 난리판에 한 끼 밥도 제대로 얻어먹기 어려울 게 분명했으니 섣불리 달아날 수도 없는 일이라는 생각이 들었다. 사방팔방에 시체들이 널부러져 있고 개울은 붉은 피로 물들고 있지 않은가. 더구나 노인네를 봉양할 곡식이 없어 자식까지 잡아 바친다는 세상이 아니던가. 허나 남아 있자니 전투에 목숨을 제대로 보전할는지도 알 수 없어 그는 이러지도 저러지도 못하는 신세가 처량하였다.

그렇게 생각에 잠겨 있자니 찔끔거리던 눈물은 이내 시냇물처럼 뺨을 타고 주르륵 사정없이 흘러내리기 시작했고, 그는 한때 육관대사의 법통을 이어 받아 붉은 가사를 휘두르고 주장자를 탕탕 내려치며 8백 도반을 휘두를 뺀했던 자신의 신세가 부서진 바가지처럼 산산조각이 나버린 듯 완전히 변한 것이 너무 야속해 기어이 엉엉 울음을 터뜨리고 말았다.

야심한데 그의 울고 있는 모습을 보고 몇몇 동학군이 가까이 다가오다 고향 생각이 나서 그러니 저럴 때는 실컷 우는 게 낫다고 그냥 버려두라는 소리가 들렸다. 한참을 정신없이 울어도 아무도 달래주는 이가 없고, 소리내어 울자니 목도 아파 그는 잠시 울음을 멈추고 눈물을 두 손으로 닦으며 하늘을 올려다 보았다.

하늘 멀리 가득 빛나는 은하수를 바라보니 문득 일진 광운이 아련히 일어나는 것을 보았다.

그는 헛것을 잘못 보았는가 싶어 쭈그러 있던 몸을 벌떡 일으켜 세우고 눈을 크게 뜨고 보니 그 회오리치는 광풍이 점점 자신을 향해 다가오고 있지 않은가. 그리고 왕모의 궁궐에서 들었던 현금 소리가 애잔하게 그의 귓속으로 가느다랗게 젖어들어왔다. 소유는 눈을 크게 뜨고 귀를 쫑긋 기울여 은하수를 향해 눈빛을 던졌다.

그 누가 켜는 현금인지 소유가 왜 모르겠는가.

그 현금 소리는 바로 꿈에도 그리던 단향이 만들어내는 곡조였다. 그는 한순간 반가운 마음보다 원망하는 마음이 울컥 일어났다. 아, 차라리 그때 단향을 만나지 않았더라면 지금쯤 자기는 육관대사의 의발을 이어받아 천계의 온갖 성군과 신선과 군선들에게 천고의 대선사로 추앙받았을 텐데. 그러나 현금의 곡조는 천계에서 들었을 때처럼 휘몰아치는 향내를 진동시킬 듯한 교교한 음색이 아니라 애절하고 처연했으며 때로 비통에 젖은 듯한 음을 삼키다가 못내 토해내며 점점 자신에게로 가까이 왔다. 그 곡조의 한가운데는 별빛과 달빛에 뒤섞인 운무로 가득 휩싸여 있었다.

"아, 단향선이여……."

소유는 소리쳐 부르려 했으나 목소리가 잠겨 나오지 않았다. 목줄기 속의 큰 바위 같은 것이 그의 외침을 막았다. 운무가 그를 휘감았다. 그는 두 손을 마구 휘저어 운무를 걷어내고 단향의 얼굴을 보려 했지만 그가 손을 휘저을수록 운무는 더 깊어졌다.

"이보시오, 단향선…… 이 구름과 안개를 걷어주오. 한날 한시도 그대를 잊지 못했소……."

소유가 외치자 마침내 운무 속에서 단향의 그림자가 희미하게 모습을 드러내었고, 이어 검은 망사로 얼굴을 가린 단향이 나타났다.

소유는 가슴이 울컥하더니 거칠게 벌렁벌렁거렸다. 단향의 목소리가 그의 눈앞으로 아득하게 휘몰아쳐 왔다.

"군이시여, 또한 저의 잘못으로 인간 세상에서 고통을 겪고 있으니 저의 몸은 내세생생 벌을 받아 마땅하옵니다. 허나 군이시여, 부디 옥체를 보존하소서. 이 몸은 언제나 저 공중의 오갈 데 없는 현금의 곡조로 떠돌며 군의 뒤를 따르고 있사옵니다. 군이 참으로 저를 원망하오나 이미 쏘아 그 흔적을 찾을 수 없는 화살과 같사오니 부디 선덕을 많이 쌓으시면 언젠가 반드시 저 천상의 부름이 있을 것이옵니다. 부디 낙담하지 마십시오. 저 또한 군의 막막하고 초라한 모습을 보니 가슴이 미어지는 듯하옵니다. 그 높은 기개와 준수한 모습을 찾을 길 없사오나, 부디 군이시여, 그 모두가 일개 풍진에 불과하오니 괘념치 마소서. 푸른 하늘에 한광을 마시고 옥천을 노닐고, 은하수를 헤엄쳐 온갖 별빛 향기로 몸을 닦는 날이 반드시 올 것이니 부디 옥체와 꽃처럼 선명한 존안을 지키소서."

단향은 참으로 간절하게 말했으나 인간 세상에서 고통을 겪고 있다는 단향의 말에 이제 정말 자신이 하토에 버림받았다는 게 확실하고 확실한지라 귀가 막히고 코가 막힐 뿐 다른 말은 하나도 들리지 않았다.

"단향선이여, 이게 진정 인간 세상이란 말이오?"

"그러하옵니다. 군도 이미 알고 있지 않사옵니까. 군이시여, 굶주림도 있고, 살육도 있지만 한순간의 열락도 있고, 또한 가슴 아픈 별리도 있으며 늙고 병듦 또한 있는 곳이옵니다. 허나 저는 더 큰 벌을 받아 인간 세상에도 가지 못하고 중음신처럼 허공을 떠도는 몸이옵니다. 그리하여 밝은 대낮은 아무리 군의 존영을 뵙고 싶어도 나타날 수 없고, 월계 항아선의 달빛이 비칠 때 군의 존안을 볼 수 있게 되었습니다. 비가 뿌리는 날도 저는 허공에서 온몸에 비를 맞으며 물살처럼 떠다녀 군의 뒤를 따르지만…… 한 번도 군을 잊어본 적이 없사옵니다."

"아, 어찌 이럴 수 있소. 이 기막힌 일을 어찌 믿을 수 있겠소. 그래도 나는 길고 긴 악몽을 꾸려니 했소. 그렇다면 그때, 8도사들이 나를 그것도 발가벗겨 하토로 내려보냈단 말이오?"

소유는 깊은 탄식을 내뱉았다.

"이미 군께서는 하토에서 양소유라는 이름을 얻었사옵니다. 비록 그

연이 우연이라 해도 한 생애를 그의 이름으로 살아가게 되었사오니 부디 득실을 따지지 마시고 은밀히 이치를 살피고 지키고 간수하여 일을 행하시면 존망의 어려움은 없을 것이오니 두려워하지 마십시오. 부디 천기를 누설치 마시고 그 출처도 밝히지 마십시오. 일념으로 잘못을 닦아 수행하면 인간사는 한순간 지는 꽃잎이며, 미풍처럼 지나가는 것이니 한갓 티끌 같은 인연의 법도야 어찌 큰 누가 되겠습니까. 부디 유념하십시오."

"한 번의 실수로 이리 큰 벌을 받을 줄은 미처 몰랐소. 설마설마 하였소. 그 언젠가 천계로 돌아갈 날이 있다 하나 그 앞길을 누가 기약하겠소. 일자 면식도 없는 인간계라 누굴 의지하고 살아야 할지도 모르오. 이왕 인간 세상에 버리려면 좀더 좋은 시절 속에 버릴 일이지, 여긴 날마다 굶주림과 피탈질과 살육이 있을 뿐이오. 그대는 날더러 옥체를 보존하라 하나 한치 앞도 알 수 없는 인간 세상의 이치를 내 어찌 알겠소. 내일은 큰 전투가 벌어지니 이제 나의 생사마저 알 수 없지 않소? 아아, 단향선이여, 비록 부질없으나 찰나의 연이 아직 살아 있고 그를 고이 여긴다면 부디 나를 이곳에서 먼 곳으로 달아나게 해 주시오."

소유는 빨리 이 모든 것으로부터 벗어나고 싶었다.

그가 보기에 그래도 단향은 아직 운무를 데리고 놀 줄도 알고 일진광풍을 일으키는 조화를 가지고 있으니 마음만 먹는다면 금방 자신을 전쟁터에서 벗어나게 해, 인간 세상이라 해도 화원이 있는 넓은 집과 맛있는 과일과 맑은 물이 흐르는 곳으로 데려갈 수 있으리라고 짐작했다. 그는 단향이 훨씬 가벼운 벌을 받는 것처럼 여겨져 부러운 마음마저 일었다.

"모든 것이 저의 잘못이옵니다. 부디 용서하십시오."

단향은 운무 속에서 몸을 낮추고 깊게 머리를 조아리며 홀연히 멀어져 갔다. 달이 구름 속으로 자취를 감추었고, 하늘에 칠흑 같은 어둠이 그의 눈앞으로 확 몰려왔고 별빛들도 사라졌다.

"잠깐 기다리시오, 단향선! 아직 물어볼 말이 태산같이 남아 있소."

소유는 얼른 그녀의 치마폭이라도 잡아볼 양으로 손을 뻗었으나 손에 잡히는 것은 허공뿐이었다. 그는 마치 헛것을 본 것 같았다. 꿈인지 생시인지 알 수 없어 자신의 뺨을 몇 대 얼얼하게 때려보고 나서야 비로소 정신이 들었다.

아아, 하토에서는 미처 알 수 없는 일들이 일어나는구나. 이렇게 헛되이 사라져 버리다니. 천계의 소식이라도 들어보고 싶건만. 스승과 사형, 사제들은 어찌 되었으며, 은하수 절벽으로 가는 길에 눈물 흘리며 귀양을 가던 8선녀도 나처럼 하토에 버림받았는지, 정녕 버림받았다면 어느 풍진에 묻혀 살고 있는지도 궁금하구나…….

단향은 자신도 벌을 받은 몸이라 하였으나 한순간 나아가고 물러서는 법도가 예사롭지 않은 공력에서 비롯되는 바, 그는 도저히 단향의 말을 그대로 믿을 수가 없었다. 왕모가 총애하는 선아라 왕모가 그렇게 쉽게 버리지는 못할 것이라는 의심마저 들었다. 한순간 벌을 내렸다가 그만 거둘 수도 있지 않겠는가. 그렇다면 자신만 억울하게 벌을 받은 것은 아닌가 싶어 더욱 야속하기만 하여 내내 잠을 이룰 수 없었다. 8도사들에 대한 원망도 깊어 복수심이 불꽃처럼 타오르기도 했다.

그가 겨우 잠든 것은 전장터의 피냄새 때문에 잠 못 이루고 퍼드득거리며 닭장 안으로 뛰어오르던 늙은 장닭이 울어대기 시작할 때였다. 바람도 자고, 푸근했던 공기도 눅눅하게 젖어올 무렵 그는 풀섶에 머리를 눕히고 곯아떨어졌다. 그리고 그는 아주 이상하지만 향기롭고 아름다운 꿈을 꾸었다.

그는 꿈 속에서 8선녀와 함께 벌거숭이가 되어 도화가 흐르는 물 속에 들어앉아 한없이 서로를 희롱하고 있었다. 8선녀 하나하나의 모습들이 백옥을 빚어 만든 것처럼 그를 휘감았다. 그들의 길고 늘씬한 다리가 물고기 지느러미처럼 헤살거렸고, 다리 사이를 흐르는 도화를 손끝으로 뿌리치고 물방울을 일으키는 여덟 선아들의 손목은 하염없이 길게 반짝거렸다.

물가에는 단향이 긴 머리를 수양버들처럼 풀어날리며 곱고 요염한 자태로 현금을 켜대었고, 높고 애절한 목소리로 노래를 불렀다. 그 목소리는 꿈결에 듣기에도 눈물이 솟을 정도로 너무 슬펐기 때문에, 오히려 꼭 안아 뺨에 흐르는 눈물을 남김없이 핥아 주고 싶을 정도로 큰 물결 같은 욕정이 일어나 그의 온몸을 사정없이 덮어내렸다.

8선녀들의 노랫말은 뜻을 알듯 모를 듯 기이했다.

푸른 새가
뜻밖의 사연을 알려주니
잠시도 잊지 못해
두 줄기 눈물을 흘리네

오늘밤 만약에
그대를 못 만난다면
내 남은 인생은
땅 속에 깃들 것이 분명하여라.

단향은 8선녀의 노래에 맞춰 현금을 켜며, 그들과 노니는 그를 물끄러미 지켜보고 있었다. 입가에는 아련한 미소가 감돌았고, 뺨에는 진주 같은 눈물들이 방울방울 굴러내리고 있었다. 아아, 단향선이여, 그는 그제서야 정신이 들어 그의 팔과 다리를 휘감아 드는 8선녀를 뿌리치려 했으나 깊고 깊은 나무뿌리처럼 여덟 선아의 팔과 다리가 그를 속속들이 휘감아 물 속으로 깊이 밀어 넣고 있었다.

　　내 남은 인생은
　　땅 속에 깃들 것이 분명하여라…….

그는 숨이 막혀왔다. 입 속으로 물이 빨려들어왔다. 그리고 8선녀의 얼굴이 그의 눈앞으로 커다랗게 다가왔다. 아아, 그는 심장이 터질 것 같았다. 그는 물 위로 몸을 솟구쳤다. 단향이 긴 머리카락을 날리며 8선녀의 노래를 반복하고 있었다.

　　푸른 새가 뜻밖의 사연을 알려주니,
　　잠시도 잊지 못해 두 줄기 눈물을 흘리네

그가 물 밖으로 몸을 솟구치는 순간 그는 푸른 새가 무엇을 의미하고, 뜻밖의 사연은 무슨 내용인지 전광석화처럼 떠올랐으나 그때 몸 속에서 무엇인가 거대한 폭발음이 들렸고 바로 그는 벼랑에서 까맣게 떨어지고 있었다.

소스라쳐 꿈에서 깨어 일어나자 그의 눈앞에 험상궂은 남자가 서 있었다. 그는 상대가 자신을 공격하려는 것 같아 얼른 손에 공력을 모으고 앞으로 내뻗치려 하자, 그의 손을 꽉 잡으며 날세 정백이네, 하고 말하는 소리가 들렸다. 사내는 텁석부리였다.

그는 벌떡 일어나자 온몸이 꿈 속의 시내에 몸을 적신 것처럼 땀으로 가득 젖어 있었다. 일어서려 하는데 아랫도리 쪽이 끈적끈적해져 왔다. 아, 이런. 소유는 자신이 아주 큰 몽정夢精을 하고 말았음을 알고 텁석부리가 혹시나 눈치채지나 않나 하고 신경이 쓰였다. 꿈 속에서 깨달았던 뜻밖의 사연이 무엇인지도 기억나지 않았다.

"자네 악몽을 꾸었나 보이. 온몸이 땀에 젖었네. 이제 날이 밝아오는데 혹시 오늘 전투가 두려워져 오줌을 싼 것은 아닐 테지."

"무슨 소리를 하는가?"

"아무 걱정들 말게나. 녹두장군은 말일세, 참 영웅이요, 이인이라네. 신출귀몰의 재주가 있고, 구름과 번개를 불러모으는 도술도 있네. 천하의 장사이시라네. 세상에 다시 없는 영웅이라 백성들의 한을 속속들이 해원할 걸세. 총검을 맞아도 죽지 않고, 대포가 날아와도 터럭 하나 건드리지 못한다네."

텁석부리는 창의대장이 비록 키가 작고 땀에 절은 옷가지를 한 번도 갈아입지 않고 걸쳐 후줄근하고 꾀죄죄한 모습이지만 눈빛은 창공의 북두성 같으며 얼마나 놀라운 이적을 부리는 도인인지를 열심히 설명했으나 소유의 귀에는 제대로 들리지 않았다. 다만 오줌을 싸지는 않았느냐는 그 말이 마치 몽정을 하지 않았나 하고 놀리는 것처럼 들려 소유는 귀 뒤쪽이 발그레 달아올랐다. 그는 동학군들이 모이는 쪽으로 발걸음을 빨리했다. 이미 날은 밝아 있었고, 군영 앞에는 동학군들이 하얀 조팝꽃처럼 모여들고 있었다.

광제창생, 보국안민이라고 쓴 만장이 수백 개 휘날리고 각지에서 몰려온 수많은 황색 깃발이 하늘을 뒤덮을 듯 꾸역꾸역 몰려들고 있었다. 꽹과리를 치고 태평소를 부는 이들, 상모를 돌리며 북을 치는 이들, 그들의 움직임을 따라 창과 칼을 높이 들어 외치는 이들이 흰 군무에 휩싸여 빙글빙글 돌아가고 있어 소유는 눈이 어지러웠다. 아하, 이제 정말 대접전이 시작되는구나 싶어 겁이 나기도 하였지만 한편으로는 얼마나 큰 싸움이 될지 궁금하기도 하였다. 그는 할 수만 있다면 언덕에 숨어 관군과 동학군이 벌이는 일대 접전을 강 건너 불보듯 구경하고 싶은 생각도 간절하였지만, 그 또한 창의대장에게 딸린 전령의 몸이라 달리 피할 방도도 미처 생각나지 않았다.

　장군의 군막이 열리고 그 안에서 전봉준을 위시해 김개남, 손화중 등 지도부가 모습을 나타내자 웅성거리던 농민들은 일시에 대열을 가다듬고 지도부를 향해 깃발을 높이 올리며 함성을 질렀다.

　광제창생!
　보국안민!
　제폭구민!

　그 함성은 온 벌판의 모든 잡초와 나무들의 뿌리까지 뽑아버릴 듯 우렁차고, 한편으로는 오랫동안 억눌려왔던 백성들의 설움과 비애가 마침내 폭발하는 듯한 급박함마저 있었다. 그 함성이 아무리 맹렬하다 하나 터져나오는 목청이 또한 서럽지 않겠는가. 창을 흔들고 깃발을 흔들고 허공으로 총을 쏘아대는 동학군들의 모습은 기세가 드높았으나 소유의 눈에는 오히려 애환에 가득 차 있어 보였다. 동학군들 가운데에는 갑옷을 입은 자도 있었고, 전립을 쓴 자도 있었으며, 칼춤을 추는 자도 있었고, 말이 놀라 앞발을 높이 들자 그 위에서 굴러떨어지는 이들도 있었다.

　소유는 장군들의 뒤편에 서서 창과 깃발을 뒤흔들며 소리치는 흰옷들의 무리들을 보니 잠시나마 달아나려고 했던 자신이 슬그머니 부끄러워졌다. 처자식을 버리고 목숨을 초개같이 던져 오직 이 나라 강토를 살려보겠다는 저 불타는 의지는 천계에서조차 찾아보기 어려운 아름다운 모습이었다. 천계에서야 설움도 한도, 굶주림도 없지 않았던가. 아하, 어쩌면 스승께서는 그에게 진정한 큰 깨달음을 주기 위해 그를 하토로 내쫓았을지도 모른다는 생각이 거듭 들기도 했다.

그는 문득 그들의 모습을 보며 뜬금없이 아름답다는 생각이 들었다.

아, 참으로 내 마음은 변덕이 심하고 또 심하다만 나도 차라리 말할 수도 없고, 지금 여기 이 자리에서 말해도 어느 누구도 믿어주지 않는 저 천계의 일을 완전히 잊어버리고 저들과 함께 뒤섞여 목숨과 인연에 연연해하지 않고 살았으면……

그는 스스로 따져 생각해 봐도 자신의 생각이 하루가 다르게 왔다갔다 하는 것을 알았다. 스승의 아래에서 수행했던 수많은 날들이 한갓 물거품처럼 가볍게 여겨지기도 했다. 텁석부리가 붓과 먹을 가져와 소유에게 내밀며 자네가 제법 먹물을 먹었으니 창의대장의 말을 받아 적어 서찰로 만들라고 했다. 그는 먹을 듬뿍 묻혀 찍어가며 장군의 말을 한지에 받아 적기 시작했다. 천계의 말과 하토의 말이 다르지 않으니 언젠가는 간곡하게 한을 풀고 새세상을 열고자 하는 장군처럼 애를 태워 기원하면 천상에도 그의 애원이 들릴 수도 있으리라고 생각하니 붓을 잡은 손끝에 저절로 힘이 불쑥불쑥 들어갔다.

창의대장의 우렁찬 목소리가 들렸다.

"오늘의 의거는 위로는 나라에 보답하고 아래로는 백성들을 편안하게 하고자 함이다. 탐관을 징치하고 청렴한 관리를 상주며, 아전들의 폐해를 바로잡고 개혁하여 국왕의 명을 듣고 국태공 대원군을 받들어 국사를 감독하며, 난신적자와 아첨하고 비루한 자들은 모두 쫓아내고자 하였으니 본래의 뜻이 여기 있을 뿐이로다. 옛 비서秘書에 이르기를 여기 오늘 우리가 진군하는 땅은 피가 흘러 냇물을 이룬다 하고 도선 대선사는 이르기를 밥짓는 연기가 영영 끊어진다 하였는데 이는 바로 관군들을 이름이로다. 이제 우리는 관군을 혁파해 모든 군인들이 집으로 돌아가게 하고 갇혀 있는 도유들은 즉시 풀어주리라. 그러나 우리는 한 임금의 백성인즉 결코 살상을 원하지 않노라. 관군은 즉시 회답하라."

동학군의 함성이 장군의 말을 일시에 파묻고 관군이 기다리고 있는 건너편 산기슭으로 떼지어 몰려갔다. 관군들도 폭포수 같은 이 함성을 듣는다면 간담이 스스로 식은땀을 흘릴 만큼 맹렬했다.

함성이 잦아지기를 기다려 이번에 총령관 손화중이 두루마리를 펴고 걸걸한 목소리로 읽었다.

"초토사 홍계훈은 들어라. 네가 여기 와서 무얼 하겠다는 겐가. 국왕의 은총을 믿고 다만 평민을 살략할 뿐이니 어찌 이것이 장수의 도리이며 장수의 덕망과 지략을 가진 자라 하겠는가. 한갓 무기를 가지지 않는 아녀자와 어린아이들을 베는 부끄러움을 알아야 하느니.

여기 탐관오리들의 폐정을 열거하니 속히 국왕께 바치도록 하라.

첫째, 군전을 함부로 쓰는 것.

둘째, 환전을 더 많이 거두는 것.

셋째, 무명잡세를 거두는 것.

넷째, 각종 부역을 날로 더많이 부과하는 것.

다섯째, 족징을 심하게 하는 것.

여섯째, 탐관오리들의 가렴주구.

일곱째, 균전관이 농간을 부려 세금을 더 많이 빼앗는 것.

여덟째, 각 관아의 이서배들이 가혹하게 토색질을 하는 것이다.

이제 네게는 두 가지 길이 있다. 하나는 도망하여 임금께 관리들의 학정을 고해바치면 만고의 충신이 될 뿐 아니라 가문이 영원히 살 것이고, 다른 하나는 도망하지 않으면 죽을 뿐 아니라 원통하게 숨진 우리 수많은 도유들의 원혼이 너희 9족을 멸하리라. 양단간에 알아서 선택하라!"

소유는 전봉준과 손화중의 선언문을 다 받아 쓰자 장군에게 내밀어 수기를 받았고, 그 편지를 들고 관군이 모여 서 있는 건너편 벌판 건너 산기슭으로 달려갈 것을 명령받았다. 그는 얼떨결에 편지를 받았으나 어떻게 해야 될 줄을 몰라 텁석부리를 돌아보니, 어느새 그는 흰 깃발을 높이 들고 건너편 벌판을 향해 앞서 달려나갈 태세였다. 먼저 텁석부리가 깃발을 높이 들고 말을 타고 냅다 달리기 시작하자, 소유는 말에 뛰어올라 말의 배를 차고 내달리기 시작했다.

비록 인간세계라 하나 소유는 천계에서 수련한 오랜 내공이 있어 말을 타고 달리는 품새는 날렵했다. 그는 금방 텁석부리를 앞질러 달리기 시작했다. 그는 말 엉덩이를 채찍으로 치면서도 새벽 꿈을 꾸며 내쏟았던 몽정의 잔재가 아직 끈끈히 남아 있는 것이 느껴졌다. 그 뒤를 시키지도 않았는데 두 주먹에 돌을 하나씩 쥐고 김우팔이 숨을 헉헉거리며 소유를 부지런히 뒤따라왔다.

총령관 손화중의 선창에 따라 농민군이 4대강령을 높이 외치는 소리가 점점 멀어져 갔다.

　　사람을 함부로 죽이지 말고 가축을 해치지 말라.
　　충효를 다하여 제세안민하라.
　　일본 오랑캐를 몰아내고 나라의 정치를 바로잡노라.
　　군사를 몰고 서울로 들어가 권귀權貴를 멸하노라.

소유와 정백, 두 사람이 관군과 마주한 산기슭을 사이에 둔 벌판으로 냅다 달려가자 관군 쪽에서도 흰 말을 탄 관군과 적색말에 흰깃발을 높이 휘두르는 관졸들이 달려나왔다. 이미 양호초토사兩湖招討使 홍계훈은 임금의 명을 받아 경군 8백 명과 대포를 끌고 배로 군산에 입항해 동학군을 추격해 왔으나 지방관군들이 대패한 뒤라 도망병들이 계속 늘어나는 판이었다. 그는 도저히 관군만으로는 토벌이 어려우니 청나라에 원병을 보내자는 상주문을 보내놓고 전주로 들어서는 산기슭에 진을 쳐두고 한양으로부터 증원군이 도착하기를 기다리던 중이었다.

관군과 동학군의 전령들은 벌판 한가운데에서 만나 서로의 서찰을 교환하였다. 김우팔이 한 마장 뒤에 떨어져 두 주먹을 불끈 쥐고 말을 탄 관군을 노려보았다. 여차하면 돌을 날릴 태세였다. 관군들의 갑옷은 번쩍거렸고, 말징은 새것인데 비해 겁에 질려 있었고, 정백은 행색은 초라하기 그지없었지만 눈에서 내뿜는 안광은 열기로 가득 차 있었다. 양측은 서로의 서찰을 전달하고 돌아서 자기 진영으로 급히 돌아갔다.

관군이 동학군에게 보낸 효유문은 그들의 분노를 더욱 들끓게 만들었다. 효유문은 이렇게 시작되었다.

〈아아, 슬프다 비류들이여. 그대들은 모두 내 말을 들어라. 너희들의 학學은 무슨 학이며, 너희들의 도道는 무슨 도인가. 이름 있는 선비와 문벌 있는 사람을 강제로 입도시키고 어리석은 농부를 협박하여 무리로 삼는가. 남의 재물을 빼앗고, 남의 묘를 파고, 남의 집을 불태우고, 남의 부녀를 겁탈하고 남의 자식을 죽였으며 끝내 군기를 도둑질하고 곡식창고를 훔쳤으며, 국왕이 임명한 수령을 해쳤으니 진실로 학의 큰 변고이고, 도의 큰 날강도이로다. 너희 부모들이 마을 입구에 나오고 너희 처자들이 문에서 기다리며 눈물을 흘리고 있으니 진실로 처자를 걱정하고 사람의 모양을 갖추고 효의 길을 다하려 한다면 어찌 후회가 없을손가. 진실로 멸문지화를 면하고 만고의 조상을 욕되게 하고 싶지 않다면 모두 잘 듣고 귀화할지어다.〉

관군의 효유문을 읽고 난 녹두장군의 눈에서 결전의 빛이 흘렀다. 이미 장군은 까치골 사이에 매복병력을 배치해 두고 있었고, 경군의 총알을 막기 위해 대나무통 안에 짚을 넣고 그 안에 동학군들이 들어갈 수 있도록 만든 장태도 수십 개 만들어 두었던 것이다. 장군이 칼을 높이 들자 보국안민, 광제창생 깃발이 창공을 가득 메우도록 높게 솟았고, 함성이 벌판 건너 낮은 강둑을 넘어 산기슭에까지 이르렀다. 싸움이 시작되고 말았다.

동학군들은 앞으로 달리며 어차피 굶어 죽으나 총에 맞아 죽으나 한 번은 죽을 목숨이니 고기값이나 하고 죽자는 결의밖에 없었다. 대대손손 농기구만 쥐었던 손에 창과 칼, 구식 양총을 꽉 쥐고 죽기를 각오하고 달려나가니 그 기세는 산을 허물어뜨리고도 남았다.

풍우에 보리가 일시에 쓰러지듯 동학군들이 관군 진영을 향해 몰려가자 관군 쪽에서 두려운지 먼저 대포를 쏘아댔다. 이어 신식 총을 쏘며 관군들도 동학군을 향해 달려나가기 시작했다. 대포알 하나가 동학군의 머리에 떨어져 수십 명의 팔다리가 떨어져 나갔고 몸뚱이가 사정없이 나뒹굴었다. 그러나 동학군들은 아랑곳하지 않았다. 난데없는 우박이 익어가는 과일을 마구 떨어뜨리듯 총알이 동학군들을 향해 퍼부어졌다. 전투대열 맨 앞에 선 동학군들은 장태 속에 들어가 관군을 향해 굴러가면서 총알을 피하였다. 밖에는 칼을 꽂고 아래에는 바퀴를 달아서 아무리 총을 쏘고 화살을 날려도 장태 속의 동학군은 끄떡없었다. 관군들이 황급히 불화살을 만들어 쏘아대기 시작했고, 그것들이 장태에 맞아 불이 붙자, 그 안에서 동학군들이 온몸에 불이 붙은 채 뛰쳐나왔다.

관군들은 기관총을 쏘고 대포를 날리며 무기가 훨씬 우수하므로 자신들에게 승산이 있다고 생각했다. 그러나 동학군들은 관군의 숫자가 적은 것을 알고 사방에서 볼밀듯이 포위해 늘어갔다.

개돼지보다 못한 목숨인데 한 번 사람답게 살아보자며 나선 동학군이 싸움터를 하얗게 수놓았으니, 그 숫자가 무려 1만 명이 넘었다. 배추흰나비 같은 동학군들이 하얗게 관군들을 에워싸자 관군들은 대포와 회전기관포, 양총도 버리고 달아났고 남은 자들도 동학군들의 창과 칼에 찔려 대부분 목숨을 잃고 말았다.

동학군과 관군과의 전투는 이쪽저쪽 눈치보며 슬슬 뒤로 꽁무니를 빼고 싶던 소유에게까지 이상한 흥분감을 안겨주었다. 소유는 자신도 모르게 동학군과 함께 벌판을 지나 강을 건너 함성을 내지르며 벌판에 쓰러진 동학군의 창을 주워 들고 달려나갔다. 처음에는 두려웠으나 대포와 총알을 맞고 피를 뿜으며 죽어가는 동학군들의 두 눈은 아무리 감겨도 감겨지지 않고 부릅떠 있었다. 그의 앞으로도 총알이 날아오고, 대포가 터졌다. 그의 몸이 공중으로 날아갔고, 한순간 바람이 그의 몸을 실어 아주 가볍게 지상으로 내려앉게 했다.

그는 자신이 대포알을 맞아 이미 죽었다고 생각하고 눈을 떠보니 벌판에는 여전히 흰옷을 입은 무리들이 "궁궁을을! 궁궁을을!" 하며 함성을 지르고 있었고, 관군인지 동학군인지 누구 편인지도 모르는 시신들이 곳곳에서 뒹굴고 있었다. 그는 몸 여기저기를 쓰다듬어 보았으나 다친 데가 하나도 없어 벌떡 일어났다.

그때 그의 앞에서 아주 앳된 얼굴을 한 관군이 창을 꼭 쥐고 겁에 잔뜩 질린 채 그를 보고 있다가 눈을 질끈 감고 그의 가슴 쪽을 겨누며 달려들었다. 그는 피해야 한다고 생각하면서도 눈을 감고 달겨드는 소년의 두려움에 질린 모습 때문에 발을 움직일 수 없었다. 그때 달려드는 소년의 창이 그의 가슴 바로 앞에서 힘없이 떨어졌고 소년의 몸이 앞으로 폭 고꾸라지며 뒷머리통에서 피가 솟아났다.

"얄라차!"

김우팔의 돌팔매가 소년 관군의 머리통을 박살내었고 피가 사방으로 튀었다.
"도사님, 제자가 생명의 은인이오!"
우팔이 그의 팔을 잡아당기다 눈을 커다랗게 떴다. 맞은편에서 관군이 우팔을 향해 총을 겨누고 있었던 것이다. 그때 갑자기 공중을 가르는 날카로운 바람소리가 들렸고 관군이 앞으로 쓰러졌다.
"내가 두 사람의 은인일세."
그의 곁을 스쳐 달려나가는 텁석부리가 큰 소리로 외치며 관군들을 향해 뛰쳐나가고 있었다. 정백이 단검을 날린 것이었다. 소유는 고맙다는 대답도 하지 못했다. 이렇게 많은 피와 고통의 신음소리와 주검을 한 번도 보지 못했다. 비록 천계에서 쫓겨난 몸이지만 살생을 금하는 계율 속에 수행을 거듭하지 않았는가. 그런데 그를 죽이겠다고 달려드는 소년의 앞에 서서 그는 자신도 모르게 손바닥에 온힘을 모두었다는 것을 뒤늦게 알았다. 비록 공력이 천상에서만은 못하다 할지라도 단번에 소년의 몸을 몇 마장 날려 버리는 것은 쉬운 일이었으리라. 그런데 우팔과 텁석부리가 살생을 대신해 주었다. 그러나 소유는 자신이 소년을 죽인 것과 다를 것이 무어 있으랴 하는 생각이 들었다.
얄라차, 참으로 막막하고 막막한 일이로다.
그는 자신도 모르게 탄식하고 말았다. 그는 죽이지 않으면 죽고마는 싸움 속에 이제 점점 깊이 빠져들고 어쩌면 영원히 이 살생의 죄업에서 벗어나지 못할지두 모른다는 걱정이 들었다. 그렇다면 꿈인지 생시인지 알 수 없으나 언젠가 선업을 닦아 다시 천계로 돌아갈 수 있다고 말한 단향의 간절한 기대는 완전히 버리는 게 차라리 편할 것 같았다.
싸움터에서 총령관 손화중의 활약은 단연 눈에 띄었다. 한 손에는 보국안민이라는 깃발을 들고, 다른 한 손에는 긴 칼을 들고 싸움판을 가로

지르며 큰 기합을 넣고 말을 달려가면 양총도 그의 앞을 비켜 나갔고, 대포를 쏘는 관군도 혼비백산해 달아나 버렸다.

그러나 전투가 격렬해질수록 동학군들의 흰옷도 붉게 물들어 갔다. 서산에 해가 기웃기웃 넘어갈 무렵 전투가 끝났는데, 그의 온몸에도 여기저기 피가 물들었고, 무릎이 찢어졌다. 비록 전투에 이겼다 하나 대포알에 날려가 버린 농민들도 많았고, 내쏘는 기관포에 배를 맞아 내장을 두 손으로 잡고 물을 달라고 신음하는 농민군들도 헤아릴 수 없이 많았다. 고부에서 왔다는 한 총각은 소유의 품에 안겨 그의 손에 작은 주머니를 꼭 쥐어 주며 고향의 어머니에게 갖다 주라고 말하고 숨을 거두었다. 그의 손에 쥐어진 천주머니 안에는 엽전 열 냥과 볍씨가 가득 들어 있었다.

서산 위를 길게 넘어가던 햇살은 붉은 해 꼭지를 산봉우리에 걸어놓고 사라져 버렸다.

아, 노을이 저렇게 붉을 수가 있구나.

소유는 잠시 망연자실해 서 있는데 텁석부리가 한쪽 다리를 질질 끌며 그에게 걸어왔다.

"빌어먹을. 관군의 화살을 맞았다네. 칼을 불에 달궈서 화살촉을 빼주게."

"그게, 어떻게 하는 거냐?"

텁석부리는 품안에서 단검를 꺼내 그의 손에 쥐어 주었다.

"이걸 불에 달궈서 넓적다리에 박힌 화살촉을 빼내면 된다네. 여차하면 자결하려고 품속에 둔 단검이 생사 양쪽에 다 쓸모가 있는 것 같네."

"많이 아플 것이로다."

"이 사람아, 자식도 장질부사로 잃고 처는 산후 끝에 못 먹고 퉁퉁 부어 죽었으니 뭐 애착이 남아 있겠는가. 거적에 싸서 버렸다네. 이 무지렁이가 할 일이 뭐 있었겠나. 칼로 수만 번 내 가슴을 찔러 보게. 칼이 부러지지 가슴은 끄떡 않을 거로구만."

텁석부리의 눈에서 불길이 형형하게 타올랐고, 그 불길은 단도를 장작불에 집어 넣어 벌겋게 달 때까지 빛났다. 그는 무명천을 감은 나무를 입에 물었다.

소유는 정백이 그를 일러 "이 사람아"라고 부를 때 "나는 지상의 사람이 아니라 천계의 법통을 이어받을 수행자라네."라고 순간 항변하고 싶었지만 얼떨결에 달아오른 칼날을 화살이 박힌 그의 넓적다리에 푹 찔러 넣었다. 살 타는 냄새가 푸식거리며 퍼졌고, 텁석부리는 단도에 타들어가는 살점을 못내 외면하며 비명을 질렀다. 소유는 화살촉을 빼내어 그의 눈 앞에 갖다 대었다.

"이것이냐?"

"그래, 그것이다."

텁석부리가 이를 악물며 말했고, 소유는 손에 쥔 화살촉을 멀리 던졌다. 화살촉은 허공을 빠르게 날아가 키 큰 나무 둥치의 한가운데에 박혔다. 텁석부리가 죽을 상을 짓다가 화살촉이 아주 빠르고 멀리 날아가는 것을 보자 눈이 휘둥그레졌다.

"소유, 자네는 대단한 솜씨를 가졌네 그려. 왜 지금까지 말하지 않았는가?"

"이게 무어 대단한 솜씨인가. 나는 한 번도 살생을 하지 않았는데 너무 많은 사람들이 죽어 가슴이 허망할 뿐일세."

"농사를 짓기만 했는데 누가 살생을 해 보았겠는가. 허망한 게 어찌 한두 사람이고 일이천이겠는가. 저 피에 젖어 흐르는 개울물이 다 허망하고, 굶주림 끝에 난리에 나선 저 무지렁이들이 허망하지 않느냐?"

소유는 정백의 허벅다리를 무명천을 찢어 싸매어 주었다. 정백이 고통을 참느라 주먹을 얼마나 으스러지게 쥐었는지 손톱끝마다 피멍이 맺혀

7. 다시 만난 단향 135

있음을 그는 보았다.

 그날 밤, 동학군들은 장작불을 지피고 전투에 이긴 축하연을 열었다. 관군들에게 빼앗은 군량미로 가마솥마다 이밥을 가득 해놓고, 어미소를 세 마리나 잡아 국을 끓이고 숯불에 고기를 썰어 얹었다. 그리고 독에다 농주를 가득 부어놓고 바가지로 떠먹도록 했다. 처음 농민들은 참으로 오랜만에 보는 쌀밥과 칙칙 익어가는 고기가 너무 먹음직스러워 침을 흘리다가 누군가 흑 하고 울음을 터뜨리자 그 울음 소리는 걷잡을 수 없이 동학군 사이를 전염병처럼 퍼져나갔다. 그것은 마치 큰 바람이 불어 해일이 바닷가 마을을 통채로 쓸어버리듯 강렬했고, 붉은 핏물에 젖은 농민군들의 어깨를 들썩거리게 했고, 마침내는 멀고 크고 긴긴 울음바다를 이루게 했다.

 전투에 이겼는데 그들이 왜 우는지 소유는 알 수 없었으나 울음 소리를 듣고 있자니 그도 괜히 슬퍼져서 눈물이 뺨으로 굴러내렸고, 마침내는 그들과 함께 큰 소리로 울기 시작했다. 마치 초상집에 울음을 팔러 다니는 곡비哭婢처럼 아주 청승스럽게 그가 울어대자 우팔도 볼이 미어터지도록 고기를 입 속으로 밀어넣다가 눈물이 터져나오는지 꺼이꺼이 울었다.

 동학군들은 눈물 범벅이 되면서도 우팔처럼 고기살점을 입안에 넣고 이밥을 퍼먹어 대었다. 그들은 목이 메이는지, 아니면 밥과 고기가 입안에 꽉 차서 그런지 제대로 말을 잇지 못했다.

 "이 맛있는 고기를 먹으니…… 고향생각이…… 막 나지…… 않을 수가 없네. 처자식은 어찌 되었는지 일가친척은 무사한지 일자 소식…… 들을 수 없고 한자 소식 전할 수도 없으니 끼니는 제때 때우는지 모든 일들이 안쓰럽기 그지없구나."

 "이밥 한 번 먹어보기가 소원이었는데, 자식새끼 올챙이 배모양 톡 튀어나와 횟배만 골골 앓더니 그만 갔어……."

"자식 새끼만 갔나? 소 한 마리 있는 것 이방이 끌고 가버리니 어머니가 그 앞을 막았다가 포졸놈이 내지르는 주먹에 그만 가슴이 터져 하직하셨다네."

"그럼 거적때기에 둘둘 말아 장례를 치렀겠구만."

"그래도 거적때기라도 있으면 다행이지. 무슨 경황이 있었겠나. 창졸간에 자식 잃고 어머니 잃었으니 어찌 어찌 했는지 도무지 생각이 나지 않네, 그려."

"언제 죽을지 모르지만 그래도 이밥에 고기살점이라도 먹으니까 우리는 낫네 그려. 맛은커녕 냄새도 못 맡아보고 한평생 고생고생하다 죽은 조상들은 어떡하겠는가."

"빌어먹을, 우리 마을에는 굶어죽은 이들의 살점을 베어내어 국을 끓여먹는다는 소문도 자자했고, 그 살코기를 내다 파는 인간백정들도 있었다고 하네. 자네들, 이런 노래 아는가."

광대뼈가 유달리 솟아난 남정네가 농주 한 사발을 쭉 들이켜고 나더니 긴 칼로 관군에게서 빼앗은 양총의 총신을 두드려 장단을 맞춰가며 농요를 불렀다.

    고랑에 엎드려 찬비 맞아 김 매니
    거칠고 검은 얼굴 어찌 사람인가
    왕족 탐관오리들아 업수이 여기지 마라
    고대광실 부귀호사 무지렁이 손에 달렸도다

    햇곡식 익기 전에 이방 서리들 갉아먹고
    애써 지은 농사는 나라 위한 마음인데

울며 사정해도
　　우리네 속살까지 다 벗겨가네

　광대뼈가 노래를 부르자 그 노래는 여러 사람의 입을 타고 잔치판을 퍼져 나갔다. 한참을 덩달아 따라 울고 난 소유는 그동안 제대로 먹지도 못했던 터라 이제 육식, 채식 가리지 않고 뭐든 정신없이 집어 들고 입 안으로 퍼넣고 하다가 점점 그들이 넋두리처럼 늘어놓은 노랫소리에 자꾸만 귀가 기울여졌다.

　구슬픈 농요가 한바탕 지나가고, 각 진영마다 술이 오르자 깃발을 뒤흔들고, 북을 치고 피리를 불고, 판소리를 하고 춤을 추고 곰배를 부리는 자들이 나와 흥을 돋우었다. 어깨가 들썩거리고 엉덩이가 흔들거렸다. 점차 어두워져 가는 군영 아래서 흰옷들이 점점이 어우러져 큰 군무를 만들며 빙빙 돌아갔다. 소유는 술에 취해 온갖 재주를 부리며 덩실덩실 춤을 추는 흰옷무리들이 마치 조기弔旗처럼 펄럭여 보였다. 그들이 입고 춤추는 옷은 피로 얼룩졌지만 함께 어울려 어깨를 들썩이는 모습은 하얀 꽃이파리들이 떼지어 날아다니는 것 같았다.

　그가 보기에 전투는 언제나 동학군의 승리였고 앞으로도 그들을 대적할 어떤 군대도 없어 보였는데, 승리에 취해 춤을 추는 저 달무리 같은 흰옷무리들이 어찌 하염없는 슬픔의 군무를 펼쳐나가고 있는 것처럼 보이는지 알 수 없었다.

　텁석부리도 그에게 연신 술을 권했고, 녹두장군도 큰 사발에 농주가 가득 넘치도록 부어 그에게 권했다. 그는 주는 대로 받아 마셨고, 술기운이 오르자 하염없이 울적해지기 시작했다. 장터에서 사람을 불러 모으고 파발을 다니느라 잊어버렸던 천계에의 추억이 다시 물밀듯이 그를 덮쳐들었다.

슬그머니 그는 무리에서 혼자 빠져나왔다. 보름달이 하늘에 뽀얗게 얼굴을 내어걸었다. 그는 달을 마주 보고 섰다. 아, 저곳에는 항아선이 살고 있는데. 언젠가 스승의 법회에 항아선도 시녀들을 데리고 참석한 적이 있었다. 길고 그윽한 아미를 숙이고 깊은 눈매 속에 반짝이던 긴 속눈썹과 그 끝에 문득문득 매달리는 찬 이슬 같은 바람들이 마구 쏟아지는 달빛처럼 그의 머릿속으로 훤하게 지나갔다.

'단향선은 지금 어디서 무얼 하는 걸까. 8선녀는 어느 하토에서 버림받았는지 알 수 없으나 설마 나보다 더 심한 고초를 겪지는 않겠지. 생각해보면 후회막급한 일이다만 이것도 다 내 업보가 아니겠는가. 허나 그 어느 천계의 신선들이 후회하고 뉘우치는 이 마음을 알아주랴. 내 비록 살생은 하지 않았다 해도 흰옷이 붉게 물들고 총소리와 대포 소리 속에 팔다리가 허공 중에 갈갈이 사라지는 이 변란 속에 나 어찌 참혹한 업이 없을손가. 참으로 옥황상제며 천지신명도 무심하시도다. 이쯤 고초를 겪게 했으면 꿈 속이라도 한 마디 말씀이 있고 스승의 전언도 있으련만 이제 아예 불민한 제자를 잊었음인가. 한마디 말도 없고 기껏 꿈 속에서 단향이 현금을 타며 뜻도 모를 노래를 부르고 8선녀는 여전히 나를 희롱하고 있으니 8선녀는 아직 천계 어디에선가 나를 내려다보며 까르르 즐기고 있을지도 모르는 일이로다. 그게 아니면 어찌 아직도 꿈 속에서조차 나를 희롱한단 말인가.

꿈은 또한 그립고 그리운 현실이 아니런가.

천계인지 하토인지 알 수 없으나 도화꽃 흐르는 물에 8선녀는 얼마나 행복에 겨워 보였는지 아직도 눈에 삼삼하구나. 기껏 나는 축생처럼 소뼈를 물어뜯고 아귀가 들린 듯 밥알을 쑤셔 넣고 있으니 대장부의 기개가 한갓 남루한 의복에 지나지 않는구나.'

소유의 심사는 갈수록 복잡해지고 서글퍼졌다. 동학군들 따라 대성통곡하듯이 신나게 울었는데 또 이리 천계의 사연이 눈앞을 덮쳐 가슴이 미어지듯이 아프니 이를 어쩌란 말인가. 알 수 없고 알 수 없도다. 천계의 일은 갈수록 까마득하거니와 육관대사의 법통을 이어받았을지도 모르는 이 신세가 참으로 가엾고 가엾지 않은가.

이럴 때는 혼자 실컷 우는 게 차라리 좋을 것 같은 생각이 들었으나 어디 마음놓고 울 데도 보이지가 않았다. 천계에서야 울 일이 무어 있었는가. 온갖 성군, 선아들이 자신더러 기특하고 준수하고 영민하며 수행의 공덕이 깊다고 찬사만을 보냈지 않았던가. 지난날의 찬사는 한갓 갈피 없는 뜬구름이로다. 그는 혼자 중얼거리며 이리저리 걸어다니다가 숲 속으로 들어갔다.

숲 안에는 넓은 못이 있었다.

옳다구나. 그는, 여기서 실컷 울기라도 하면 속이 조금은 시원해질지 모르겠다 싶었다. 이제 술도 양껏 먹었고, 배도 내일치까지 든든하게 채워 놓았으니 무슨 걱정이 있겠느냐 싶기도 하고 괜히 서글퍼지기도 해서 하토에 사는 뭇심사는 천변만화 같은가 보았다.

소유는 다시 눈물이 터진 둑처럼 펑펑 솟구치기 시작했다.

'그래, 어디 한 번 실컷 울어보자. 아, 후회되고 후회되는구나. 차라리 그때 스승 앞에서 이 한몸 갈갈이 흩어지도록 대성통곡이라도 했더라면, 아니 차라리 8도사의 사타구니를 잡고 끝까지 늘어지기라고 했다면 천계에서 요절이 나더라도 하토에 떨어지기야 했겠는가. 설마 그들이 내 손목을 자르지는 못할 것이 아닌가. 그렇다면 이 손에 잡힌 도사의 옥경 또한 떨어져 나갈 것이 아닌가. 잠시 천계의 감옥에 갇혔을지언정 이렇게 참혹한 유배를 당하지는 않았을지도 모르는 법이 아니던가.'

소유는 사실 숲 속에 들어오면서 울 생각까지는 없었는데 달빛이 너무 환하고, 그 달빛이 단향선의 얼굴을 떠오르게 만들었고, 잇달아 천상의 아름다웠던 순간들이 떠올랐다. 용맹정진하며 수행하던 자신의 청수한 모습이 손에 잡힐 듯 눈앞에서 획획 떠오르니, 지금의 자기 신세와는 너무나 달라 보여 허엉허엉 하고 마치 떡부엉이처럼 소리내어 울다가 숨이 받치면 술이 발효되듯 부걱부걱거리며 한숨을 몰아쉬곤 했다.

그렇게 한참을 울고 있는데 어디선가 도사님, 도사님 하는 소리가 들려 울음을 멈추고 귀를 기울이니 우팔이 숲 속에 들어서 자신을 부르고 있는 것을 알았다.

'저놈은 참 눈치도 없구나. 혼자서 속시원히 울고 싶은데 먹을 것 많이 놔두고 날 찾기는 왜 찾는고. 그래, 찾으려면 한 번 찾아 보라지. 나 여기 있는 줄 제 놈이 어찌 알까. 그 먹성 좋은 놈이 소갈비 한 대 앞섶에 숨겨두고 주먹밥이나 몇 개 봇짐에 담아두지나 않고 날 왜 찾는단 말인가. 오늘 먹거리가 풍성하다 하나 내일 당장 코앞의 먹거리를 알 수 없는 게 인생살이라고 하거늘, 저 놈은 어째 그걸 모르는가.'

소유는 자신을 도사님, 도사님 하고 따라 다니는 우팔이 문득 미워졌다. 자신은 참으로 제자복도 없다고 생각했다. 스승은 8백 제자를 거느리고 신선과 성군, 온갖 선아로부터 갖은 존경을 다 받았는데, 한때 수제자였던 자신은 그보다 훨씬 못한 인간 세상에 내려와 기껏 김우팔처럼 눈치코치 없는 놈이나 따라붙으니 하토에서의 복도 수제자 자리에서 내쫓긴 천상에서처럼 지지리도 없을 것임이 분명했다.

그는 사방을 돌아보며 깃을 접고 소리를 멈추고 눈알을 사방으로 굴리는 떡부엉이처럼 헝헝하던 움유을 재빨리 그치고, 오랫동안 목욕을 하지 않았다는 생각도 드는 차라 옷을 홀렁 벗어 놓고 못물 안으로 소리없이 기어들어갔다. 못물은 차가워 온몸이 다 시원했다. 그는 우팔이 눈치채지 못하도록 물소리를 내지 않고 얼굴을 문지르고, 슬슬 팔과 다리를 문질러 나갔다. 물 속에서도 때가 죽죽 일어났다. 그는 무심코 사타구니를

7. 다시 만난 단향   141

문지르다 커다랗게 솟아 있는 자신의 옥경을 만지고는 한순간 망연자실해졌다.

'참으로 법열의 길은 멀고 험하구나. 한 목숨 겨우 유지하고 끼니때 걱정이나 하는 신세에 불과한데 이것은 어찌 이리 갈피를 모르고 솟아 있는고. 실개천이 붉은 피로 적셔지는 이 난리판에서도 나의 수행은 한갓 뜬구름과 같도다. 어찌 이리 나몰라라 하고 야속히 내 몸을 북처럼 두드리는고.'

그렇게 중얼거리면서도 소유는 사타구니에서 쉽게 손을 떼지 못했다. 무엇으로 이 용솟음을 진정시킬 것인지 알 수 없었다. 그때 물가로 쑥 나서는 그림자가 있었다.

"얄라차, 도사님. 여기서 뭐하시우. 물 속에서 혹시 선녀라도 내려오시길 기다리시는 건 아니오?"

"자네는 내가 여기 있는 것을 어찌 알았는가?"

"제자가 어찌 스승이 계신 곳을 모르겠소. 바늘 가는 데 실이 가는 법이외다."

"그럼 내가 바늘이고 자네가 실이란 말인가?"

"말이 그렇다는 것이지 뜻이 어떤지는 지가 알 바 아니오. 하여간 도사님의 몸에서는 향내가 나오. 이 코를 보시오. 개코는 십 리 밖에 내다 앉으라고 할 만큼 냄새를 잘 맡소."

우팔은 귀신처럼 소유의 행방을 찾아내고 말았다. 그의 말처럼 냄새를 잘 맡는 코를 갖고 있어서인지, 아니면 그를 뒤따라왔는지는 알 수 없으나 그의 손에는 이상한 약초가 가득 들려 있었다.

"우리 도유들이 창에 찔리고 총에 맞아 피를 흘리는데 약초라도 바르면 한결 나아질 것이라 숲 속에 들어가 약초를 찾고 있었소. 도사님은 제자 하나는 곰비임비 잘 둔 줄 아시오."

정말, 김우팔은 약초를 알아보는 재주가 있었다. 그는 전투에서 다친 사람들에게 산에서 캐낸 약초를 일일이 발라주었고, 약초를 바른 농민들은 상당히 차도가 있다고 이구동성으로 고마워했다. 난리판에 어디 약이 있고, 의원이 있어 일일이 치료하겠는가.

소유는 자신의 심사를 들킨 것 같아 한마디 던졌다.

"이놈 우팔아, 그리 서 있지 말고 내 등이나 밀어라."

"참으로 황감한 일이 아니겠소. 이제야 제자의 공을 도사님이 아시는 모양이오. 약초 묻은 손으로 등을 밀면 도사님 살결이 비단 같겠소."

우팔은 옷을 입은 채로 못물 속으로 풀쩍 뛰어들었다.

8
여인 채옥

    동학군들의 사기는 갈수록 높았고 밭일을 하다가 곡괭이를 든 채로 행군 대열 뒤를 따라붙는 늙은 농부들도 셀 수 없이 많았다.
    전투가 거듭될수록 소유는 각 고을의 젊은 농민들을 모으기 위해 장터마다 창의문을 외쳤다. 그의 웅변은 거침이 없었고, 사람들의 마음을 격렬하게 움직였다. 우팔도 그의 뒤를 바짝 붙어 마치 자신이 녹두장군이라도 된 양 소유의 일장연설이 끝나면 "대장부는 미련미련 나서라!" 하고 장터를 누비며 소리높여 외쳤다.
    창의문을 외치는 소유의 가슴도 열기로 달아올랐다.
    "관리된 자, 보국을 생각하지 않고 녹위만 도적질하면서 성상의 총명을 엄폐하고 아첨을 일삼을 뿐이다. 충간의 언사를 요언이라 하고 정직한 백성들을 비적이라 하는구나. 안으로는 보국의 인재가 없고, 밖으로는 오직 학민의 관이 우굴우굴하니, 이른바 공경대부 이하 방백 수령들은 나라의 위기를 생각지 아니하고 다만 제 살림 불리기에만 힘쓰고 돈벌이의 길로 나설 뿐이다. 허다한 국가 재물이 국고에 납입되지 않고, 개인의 창고를 채우기만 하고 있으니 국가에 많은 부채가 쌓여 있어도 교만하고 사치하고 음란하고 더러운 일만을 기탄없이 감행하여 8도가 어육이 되고 만민이 도탄에 들었도다. 이같은 관리들의 탐학에 백성이 어찌 곤궁하지 않으리오. 백성은 나라의 근본인데 어찌 일신만을 생각하고 국록을 없애는 것이 옳은 일이랴! 우리들은 비록 초야에 묻힌 몸이나 군토에서 먹고 군토에서 자라 군의를 입고 사는 자들이라 어찌 차마 나라의 위망을 보고 있으리오. 8도가 마음을 같이하고 만백성이 의기를 들어 생사의 맹서로써 보국안민코자 하니 오늘의 이 광경은 놀랄 만하나 무서워 동요하지 말고 각기 책임을 다하고…….”

소유는 큰 소리로 창의문을 읽어 나가다가 그만 목이 메이고 말았고, "태평성세를 이루어 함께 잘 살아보기를 바라노라"고 창의문 마지막을 크게 외칠 때에는 자신도 모르게 눈물을 흘렸다.

그 창의문은 8도의 백성들을 감동시켰다. 전국 곳곳에서 동학군들이 일본군을 무찌르고 외국을 물리치자며 봉기했다. 이제 새 세상이 온다는 소문이 거침없이 곳곳을 휩쓸었고, 장터를 누비는 김우팔은 소유가 큰 도인이며 하룻밤에 백 리를 가고, 총알과 대포를 피하고 공중을 날아다니는 도술을 부린다고 떠벌리고 다녔다. 그러니 그를 전령으로 부리는 녹두장군은 얼마나 큰 도술을 가지고 있는지 측량하기 어렵다는 소문도 함께 돌았다.

부자들은 동학군의 눈치를 보느라 바빴고, 우팔은 우람한 광이 있는 높은 기와집들을 찾아다니며 소를 몰고 나왔고, 금붙이를 반강제로 받아가지고 나오기도 했다.

소유는 저으기 우팔의 행동이 염려되기도 했다.

"이놈, 우팔아. 너는 시방 무슨 짓을 하고 돌아다니는 게냐?"

"얄라차, 도사님은 굿이나 보고 떡이나 잡수시우. 제자 우팔이 다 생각이 있소."

"네놈이 도대체 무슨 생각이 있단 말이냐?"

"허어 참 도사님도. 도사님은 소문도 못 들었소?"

"소문이라니?"

"청국 군대가 총과 대포를 들고 아산만에 벌써 내렸고, 일본군들도 인천에 진주했다 하오. 곧 나라에 큰 난리가 나서 아수라장이 될 것이라 하오. 벌써 동학군 중에는 밤중을 도와 달아나는 이들도 많고, 북접의 해월 선생은 우리 녹두장군이 도를 빙자해 난리를 일으킨 사문난적이라 하여 우리끼리 싸움을 해야 할지도 모른다고 하오."

"너는 어디서 그런 해괴망측한 소문만 듣고 다니느냐?"

"저야 그저 도사님 제자라 이곳저곳 심부름을 다니다 보니 귀동냥하는 일도 많은 법이오."

"정말 청국 군대와 일본 군대가 왔단 말이냐?"

"저도 눈구녕으로 본 것은 아니지만 소문이 그렇다는 것이오."

"청국이며 일본 군대는 또 어디서 왔단 말이냐?"

"어디서 오기는 어디서 왔소. 이 나라 삼키러 물 건너 바다 건너서 왔지 않소?"

"어쨌든 나도 알아볼 일이나, 내가 도술을 부린다는 그런 헛소문은 내지 말도록 입조심을 단단히 해야 할 것이로다."

우팔은 이빨을 히, 드러내며 씩 웃을 뿐 대답하지 않았다. 우팔이 대답하지 않아도 그의 생각은 뻔한 일이었다. 소유가 도술을 부린다고 해야, 그 제자로 자칭하는 자신도 작은 도술을 부린다는 소문이 날 것이 아닌가. 우팔이 제딴에는 열심히 머리 굴려 속셈을 미리 잡아 둔 것이다.

동학군이 서울에서 온 관군을 물리치자 크게 기세가 올라 전주를 향해 북으로 진군했다. 점점 강해지는 햇볕 아래 길고 긴 행렬이 구렁이처럼 늘어지며 꿈틀꿈틀 느리게 움직였고, 그 사이로 색색의 깃발이 휘날렸다. 그들은 하루 종일 행군을 거듭했다. 연도에서는 늙은이와 조무래기들이 나와 박수를 쳐 주었다. 어떤 마을에서는 술과 고기를 내놓는 곳도 있었고, 잡곡이 섞인 주먹밥을 내놓은 곳도 있었다.

길가에 늘어선 이들이 하나같이 먹지 못해 애들은 배가 올챙이처럼 튀어나왔고 노인네들은 부황이 들어 누렇게 떠 있었다. 소유는 그들의 모습을 보니 가슴이 아팠다. 굶주리고 탐관오리들의 학정에 고통받고 있는 무지렁이들이 가엾게 보이기도 했지만 저게 하토에 사는 인간 세상의 모습이라고 생각하니 앞으로 자신이 살아나가야 할 앞날이 얼마나 간난신고가 따라야 하는지 마치 자신의 모습도 언젠가 저렇게 비참할 것이라 싶어 괜히 눈시울이 붉어졌던 것이다.

사람의 몰골이라고 알 수 있는 것은 때에 절은 옷을 걸치고 퀭한 눈 두 개와 뻥 뚫린 콧구멍, 바짝 마른 입술과 온 얼굴에 번진 마른 버짐이었다. 그런데도 우팔은 연도에 내놓은 소 다리, 돼지 머리를 아무도 눈치채지 못하게 슬쩍 포대 안에 감추어 넣었다. 어둠이 슬슬 내렸고, 서산으로 내려앉는 태양빛이 행군하던 동학군들의 흰 옷을 붉게 물들였다.

동학군의 대열이 어느 마을을 지나다가 갑자기 멈춰섰다. 선두에서 말을 타고 가던 녹두장군이 말에서 내려 길가에 서 있는 작은 비석 앞으로 걸어갔다. 낡고 오래된 비석에는 〈전일귀 효자비〉라는 명문이 새겨져 있었다.

"오늘은 여기서 하룻밤을 유숙한다."

장군이 갑자기 말에서 내리자, 주변의 장수들이 군기를 흔들어 군막을 치게 하고 저녁준비를 하게 했다.

장군은 비석 앞에 서서, 비석 앞에 상을 차려 제사를 지낼 준비를 하라고 일렀다. 동학군들은 비각 앞에 큰절을 올렸고, 장군은 두 무릎을 공손히 꿇어 술을 바치고 간절한 기원을 올렸다.

"공께서는 효성이 지극하여 보친의 중병을 낫게 하기 위해 노심초사하다 어느 명의가 사람고기를 먹어야 치유된다고 하자, 절에서 공부하고 있는 아들을 불러와 삶아서 산삼이라고 속여 들게 하여 마침내 모친의 병을 낫게 했습니다. 그 효행은 산천초목도 다 아는 바입니다. 모친상을 당하자 3년상을 지극정성으로 모셔 산신령이라 칭하는 큰 호랑이마저 감읍해 내내 묘소를 지켜주었다 하니, 이에 나라에서도 그 효행을 가상히 여겨 이렇게 비각을 세우고 그 효행을 대대손손 기려왔습니다. 혹자는 아무리 효성이 지극하다 하나 어찌 제자식을 삶아 부모에게 바칠까 하고 고개를 젓는 이도 있고, 차라리 자신의 몸을 삶아 바칠지언정 자식의 목숨은 목숨이 아닌가 라며 이는 부모된 이가 할 바가 아닐 것이라고 비난하는 자 또한 있사옵니다. 허나 자식을 삶아 바치는 그 심정을 어찌 모르겠사옵니까. 자식을 끓는 물에 삶는 피눈물의 심정은 어떨 것이며, 효의 대의를 위하여 그 모든 것을 바치는 그 정성에 하늘도 감동하였음이 분명하옵니다. 오늘 우리가 이렇게 공께 간절히 제를 올리는 까닭은 지금껏 학대받고 헐벗고 굶주린 모든 백성들이 일신의 안위와 행복을 위해 나선 것이 절대 아님을 하늘에서도 아실 것이옵니다. 지금 나라는 탐관오리들이 오직 백성의 간을 내어먹기에 혈안이 되어 있고, 일본놈과 청인과 아라사인, 미국인들은 그 틈에 이 강토를 삼키고자 하옵니다. 일가 처자 권속을 버리고 풍전등화에 놓인 국가의 위망을 참지 못해 혈혈단신 우국충정으로 보국안민과 척왜양창의의 길에 분연히 나선 우리의 뜻을 굽어 살피시어 반드시 일가 처자 권속의 사소한 이익에 그치지 말고 동학 도유들의 소중한 뜻이 만천하에 골고루 펼쳐질 수 있도록 도와주시옵소서. 간절히 엎드려 비옵니다."

　소유는 장군의 기원문을 듣고 비로소 이 비각이 어떤 연유로 세워졌는지를 알았다. 아아, 장군은 지금 풀뿌리라도 잡고 그 소원을 간절히 빌고 싶어하는 것이 아닌가. 무엇이 그토록 장군을 불안하게 하는지 그는 알 수 없었지만, 그 간절한 기원은 오히려 막막한 불길함을 소유에게 가져다 주었다.

그들은 제사를 지낸 뒤 하룻밤을 지내고 전주를 향해 출발했다.

이즈음 양호초토사 홍계훈은 겨우 달아나 패잔병들을 수습하고 전라도 법성포에 상륙한 경군 중원부대와 합세해 전주 쪽으로 진군하는 동학군을 뒤따라 갔다.

전주감영의 군졸들은 섶을 지고 불에 뛰어드는 듯한 동학군의 위세에 눌려 사방팔방 달아나 버렸으니 전주성은 동학군에게 쉽게 함락되고 말았다.

관군들이 전주 쪽으로 행군하며 가는 곳마다 마을을 불태우고, 돼지와 소를 징발하니 민심은 더욱 나빠졌다. 전라감사가 달아나고, 전주가 동학군의 수중에 들어갔다는 소식은 사람들의 입을 타고 전국으로 퍼져나갔다. 충청도, 경상도, 경기도, 강원도, 황해도에서도 농민군들이 벌떼처럼 일어나 전국은 그야말로 농민전쟁 시대로 접어들었고, 백성들은 난리의 와중에 휩쓸려 들어갔다.

온갖 소문도 무성하게 돌아다녔다. 그 가운데 한 소문은 녹두장군이 화수분이라는 궤를 가지고 있어서 군량미와 군비 걱정이 전혀 없다는 것이었다. 그 안에 쌀을 넣으면 쌀이 그득해지고, 금을 넣으면 금이 그득해진다고 했다.

우팔도 어디서 그 소문을 들었는지 장군에게 화수분이 있음을 단정하고 넌지시 그 행방을 물었다.

"녹두장군의 장막 안에 붉은 궤가 있다는데 아마 그게 화수분인 것 같소, 도사님. 도사님은 수시로 그곳에 드나드니까 잘 알고 있지 않겠소."

"화수분이라니?"

"얄라차! 도사님은 화수분도 모르시오? 도사라서 그런지 세상물정을 너무 모르시오. 그 안에 뭐든지 넣어두면 쉴새없이 나온다오. 금을 넣어두면 금이 줄줄이 쏟아지고 쌀을 넣으면 쌀이 펑펑 넘친다오."

"인간 세상에도 그런 것이 다 있구나."

소유는 자신이 너무 소문에 어두운 것을 자책했지만 호기심이 일어나고 입안에 침이 고이는 것을 느꼈다. 그 화수분 하나면 한 세상 멋지게 살 수 있을 것만 같았다. 이왕, 인간 세상에 귀양왔으니, 차라리 화수분 하나만 꿰어차면 밥 걱정, 옷 걱정 없이 한세상 편안하게 살아갈 수 있을 법했다. 우팔의 말을 듣고 보니 장군의 장막 안에 붉은 비단천을 덮은 궤가 놓여 있는 것을 본 것이 생각났다.

그때 머리 위로 대포알이 공기를 가르며 날아가는 소리가 났다. 두 사람은 납작 엎드렸다. 대포는 전주감영 주위로 마구 떨어졌다. 여기저기서 불이 붙었고, 와와 하며 성 밖에서 관군들이 내지르는 함성들이 이어 들려왔다. 소유는 장군의 장막으로 냅다 달렸다. 대포알이 떨어져 장군의 안위가 염려되기도 했지만 붉은 궤가 정말 화수분인지 확인해 볼 수 있는 기회는 지금이 가장 좋을 것 같았다.

장군은 장막을 나와 전주성 성문 위에 우뚝 서 있었다. 소유는 장군의 장막 안으로 달려들어가 궤를 덮은 붉은 비단천을 들치고, 궤짝을 열어보았다.

궤짝 안에는 소문과 달리 아주 낡고 오래된 책이 한 권 들어 있었다. 한지는 누렇게 얼룩이 져 있었고, 표지에는 『금수비결錦繡秘訣』이라는 붓글씨가 씌어 있었다. 그는 그 책에 무엇이 씌어 있는지 궁금해 겉장을 들치고 첫째 장을 들여다보았다.

〈천하의 깨달음을 세상에 드러내니 금수강산의 기운과 운수를 전봉준이 보아 깨치고 마지막에는 흰 무명수건을 머리에 맨 양소유가 마침

내 보고 크게 울리라.〉

이게 무슨 소린가? 누가 양소유란 말인가. 소유는 이 낡은 책에 인간 세상의 이름을 비록 빌렸다 하나 자신의 이름이 적혀 있다는 사실을 믿을 수가 없었다. 그렇다면 녹두장군이 자신을 전령으로 둔 까닭도 바로 이 금수비결에 써 있는 이름과 똑같았기 때문이란 말인가. 인간 세상은 천상보다 더 깊고 복잡하고 어려운 곳이었다. 자신이 바로 『금수비결』에서 말한 양소유라면 크게 울고 만다는 그 뜻이 눈앞을 막막하게 하지 않는가. 그는 한 장을 더 넘겨 읽으려는데 갑자기 머리 위로 큰 소리가 나며 대포알이 떨어졌다.

소유는 그 자리에서 장막 위로 붕 솟았다가 떨어졌다. 그는 다친 데가 없나 싶어 몸을 툭툭 털고 일어서 보니 멀쩡했다. 장막 주변에 있던 사람들은 이미 몸이 피투성이가 되어 형체를 알아보기 어려웠고, 장군의 장막은 불이 붙어 기세 좋게 타고 있었다. 그는 저번 관군과의 싸움에서도 대포알을 맞고서도 아무런 상처가 없었다는 것을 기억해냈다. 이건 정말 이상한 조화로다. 혹 천상에서 나를 도우려는 이가 있지는 않는가. 어쩌면 스승이 나를 쫓아낸 후에도 몹시 마음이 아파 후회가 깊은 끝에 도력으로 나를 위험에서 건져 주는 것은 아닐까 라는 생각도 들었다. 그렇다면 다시 돌아갈 날이 반드시 올 것이련만. 그는 『금수비결』을 찾았으나 이미 불이 붙어 한점 재로 바뀌고 있었다.

그는 녹두장군이 있는 성루를 향해 달려갔다. 『금수비결』이 불에 타버리고 마니 참으로 아쉬운 생각이 들었다. 언젠가 그가 천상으로 돌아간다면 인간 세상에서 기이한 선물이라도 하나 갖다 바쳐야 하지 않겠는가 싶었다. 천하의 깨달음이라 했으니 혹 천상의 무수한 성군, 선아들이 알고 싶어하는 인간 세상의 비법이라도 들어 있을 것만 같았는데 이미 장군의 장막을 불길이 뒤덮어 버리고 말았으니 소용없는 일이었다.
　관군들이 대포를 쏘아대자 동학군은 성문을 열고 관군을 맞받아 치고 나갔다. 성 위에서는 화살이 날았고, 총소리가 가뭄 끝에 쏟아지는 소나기처럼 사방으로 울려퍼졌다. 성 앞에서는 이미 백병전이 벌어지고 있었고, 말 탄 관군들이 동학군의 화살에 맞아 굴러 떨어지는가 하면 어느 도인의 가슴에 칼이 박혀 피가 솟아나는 모습도 보았다.
　"저런, 저런……."
　소유는 오금이 살살 저려왔다.
　전봉준은 성루에 우뚝 서서 성안의 동학군을 계속 밖으로 내보내고 있었다. 그 옆에는 텁석부리가 장군의 명령을 받아 공격깃발을 흔들었다. 소유는 장군의 군막이 포탄에 맞아 불타버렸다고 전하자, 전봉준은 그 안의 붉은 궤는 어찌 되었는가 라고 물었다.
　"그것도 완전히 불타버렸습니다."
　"아하…… 허나 한갓 서책이 무슨 의미가 있을 것인가."
　장군은 긴 한숨을 내쉬었다.
　싸움은 성문을 열고 나간 동학군에게 점점 더 유리하게 전개되고 있었고, 마침내 수가 불리한 관군들은 신식총과 대포마저 버리고 달아나기 시작했다.
　장군은 어두운 목소리로 소유에게 말했다.
　"그 서책은 선운사 절벽에 새겨진 마애불의 배꼽에서 나온 것이네. 예부터 전해오기를 마애불 배꼽 속에 천하의 신묘한 비결을 담은 책이 있는데 이 책이 세상에 나오면 한양이 망하고 새 세상이 온다고 했다. 그러나 그 배꼽에 손을 대는 사람은 벼락을 맞아 죽는다고 하니 아무도 손을 대지 못하던 중에 우리 동학도인들이 대나무 사다리를 타고 올라가 마애불의 배꼽을 깨니 정말 아주 오래된 서책이 있었다. 도인들은 굶어 죽으나 벼락에 맞아 죽으나 죽는 것은 어차피 똑같으니 차라리 새 세상을 열어보고 죽고자 한 것이네. 그 비결이 내게 전해져 온 것이다. 마애불 배꼽을 깨고 서책을 꺼낸 도인들은 관가에 잡혀가 죽임을 당하고 말았네. 이제 『금수비결』이 불타버렸으니 그 진정한 뜻이 무엇인지 모르겠도다. 소유는 아는가."

장군은 싸움터에서 눈도 돌리지 않고 불타버린 『금수비결』의 유래를 설명하며 오히려 불타버린 서책이 어떤 징조라도 되는 듯 되물었다. 이미 싸움은 시작됐고, 동학군이 자신의 생사뿐 아니라 온 일가의 생사를 걸고 난리판에 나섰는데 서책이 불탔다고 해서 그 의미가 없어지라는 법이야 있겠는가. 소유는 장군의 마음을 위로하고 싶었다.

"『금수비결』이 비록 불탔다 하나 기운과 운수야 무슨 변함이 있겠습니까. 설혹 기운과 운수가 닫혀 버리는 것을 하늘의 뜻으로 돌리고 모든 것이 천명이 주관하는 것이라 해도 기운과 운수가 막히고 닫히는 것은 사람이 그렇게 하는 것이 아니겠습니까. 사람이 하늘의 이치를 따를 수가 있다면 기운과 운수 또한 바로 통하지 않겠습니까."

"사람이 어찌 하늘의 뜻을 다 따를 수가 있겠는가. 또한 하늘의 뜻을 알지 못하니 길흉을 알 수가 없구나……."

소유가 성루에 서서 보니 우팔이 팽팽 돌팔매질을 날리며 관군의 꽁무니를 뒤쫓는 게 보였다. 그가 돌을 하나씩 날릴 때마다 관군의 뒷머리에 호되게 꽂혔고, 돌을 맞은 관군이 앞으로 엎어지는 게 성루에서도 잘 보였다.

장군이 말머리를 돌려 그에게 물었다.

"저 도유는 누구냐?"

"김우팔이라고 하는 나뭇꾼인데 장터에서 저를 만나 따라왔습니다."

"돌팔매질이 보통이 아니구나."

"날아가는 새도 떨어뜨린다고 합니다."

"허어, 그래……."

장군은 건성으로 고개를 끄덕이며 생각에 잠겼다.

소유가 보기에 날이 갈수록 장군의 낯빛은 검고 어둡게 바뀌어 갔다. 소유는 전투의 형세가 날로 유리하게 펼쳐지고 있고 동학당의 세력은 대나무를 가르듯 적군들을 단숨에 물리치고 있음에도 불구하고 까맣게 타들어가는 장군의 입술이며 낯빛을 여전히 이해할 수 없었다. 책에 『금수비결』이 관군이 쏜 포탄에 불타버렸으니 불길한 예감이 들 만도 했다.

"하늘의 뜻을 한갓 미물이 알 수 없으나 천명을 어찌 거역하고 시운을 탓하겠는가……."

장군의 목소리는 처연했다. 그는 자신뿐만 아니라 동학군 전체가 돌이킬 수 없는 불행의 늪에 깊이 빠져들고 있다는 예감을 가지고 있는 것처럼 보였다.

성안의 유학자와 토호들은 이미 대세가 기울었다고 판단했음인지 눈치를 보며 동학군에게 적극적으로 동조하기 시작했다. 관군의 포격으로 서문 밖 장터 부근의 초옥들이 불바다가 되었고, 조선을 건국한 태조 이성계의 화상이 있는 경기전慶其殿도 부서졌다. 길가와 나무 아래서 포탄을 맞아 피를 흘리며 쓰러져 있는 양민들도 적지 않았다. 서문 밖 장터는 흔적을 찾아볼 수 없도록 폐허가 되어 있었고 난전과 초가들도 완전히 불타 버렸다. 곳곳에서 썩는 냄새가 진동했다. 그러나 그 사이에도 초가 담장 아래에는 풀꽃들이 머리에 꽃잎을 하얗게 내어 달고 이따금씩 부는 바람에 흔들리고 있었다.

장군은 전주감영의 대청마루에 앉아 밤이 이슥토록 생각에 잠겨 있었다. 그의 옆에는 다른 장수들이 함께 앉아 두런두런 말을 나누며 매우 근심스러운 듯 앉아 있었다. 어디선가 밤새도록 소쩍새가 울어댔다. 그들은 말을 나누다가도 숲에서 새어나오는 소쩍새 울음에 잠시 말문을 끊기도 했다.

장군이 말했다.

"서울에서 첩보가 왔소. 민씨 일가가 청군을 불러들인다는 소식이오. 그러면 왜놈들이 그냥 있을 리가 없소. 청군이 아산만으로 상륙했다는 풍문도 있소. 국태공 대원군이 일본군을 불러들여 민씨 일가를 숙청한다 하니 민씨 일가는 청국병력을 보내달라 했을 것이오. 무능한 권세 귀족들이 나라를 죄다 팔아먹어 버리려는 모양이오. 그렇다면 청군을 막는다는 구실로 일본군도 대거 출동할 것이오. 그러면 이 강토는 외세의 군대 아래 피로 물들 것이오. 일본군은 무기도 신식이고 훈련도 잘 되어 있는 신식군대인데, 우리 동학군이 얼마나 피를 흘릴지…… 우리는 왜놈과 서양의 세력을 물리쳐 나라의 근본을 드높이 세우고, 탐관오리를 징벌하고 폐정을 개혁하고자 했소. 그런데 외세를 불러들이는 빌미를 준다면 저 수없이 피를 흘린 대가가 무엇이겠소……."

그것은 장군의 마음이 심하게 흔들리고 있다는 증거였다.

밖에서 소유와 함께 시중을 들던 텁석부리가 혼잣말처럼 중얼거렸다.

"저 소쩍새 좀 보게. 어찌 저렇게 울어쌓는가. 논물을 가두고 볍씨를 뿌리고 모내기를 해야 하는데, 고향의 늙은이들은 먹은 힘이 없는데 무슨 수로 농사를 짓나. 차라리 한숨으로 저 논배미를 부칠까. 젊은이들은 군역에 끌려가고, 우리는 창과 칼을 들고 난리에 나서고…… 조무래기들과 아낙들은 풀뿌리로 하루하루 목숨을 이어가는데 누가 농사를 지을까. 아니로세, 아니로세…… 저 새가 너무 울면 가뭄이 든다는데 정말 비 한 방울 오지 않는구나."

전투에는 이겼지만 밤새도록 울어대는 소쩍새는 그들의 심사를 더욱 울적하게 만들었다. 감영 안을 전부 횃불로 밝히고 곡식 창고를 열어 백성들에게 나누어 주었고, 감옥도 열어 죄수를 일일이 심사해 양반 관리의 토색질로 억울하고 무고한 죄를 뒤집어쓴 이들을 풀어주었다.

　이미 청국에 병력을 보내달라는 요청을 해놓은 조정에서는 시간을 벌기 위해 홍계훈이 동학군과 일시 화의를 하도록 밀령을 내리고, 김학진을 전라감사로 임명하고 엄세영을 삼남 염찰사로 내려보내 화의를 추진하도록 했다.
　장군은 조정에서 돌아가는 일을 손바닥 들여다보듯이 알고 있었다. 더 이상 싸움을 끌다가는 청군과 일본군이 강토를 유린하리라는 불길함도 컸고 때가 바로 모내기철이라 길가에 널브러진 빈 논배미를 보는 농군들의 심사를 모른 체할 수도 없었다.
　천하에 무슨 일이 있다 해도 모내기를 버려둘 수는 없는 일이 아니던가. 마침내 전주감영 선화당에서는 조정에서 온 이들과 전봉준이 마주앉아 화의를 맺기로 합의하였다.
　동학군은 전라도 53주에 집강소를 설치하여 동학군들이 백성의 사정과 어려움을 들어주고, 그 실천만을 각 고을 수령이 맡도록 했다.
　집강소는 신분 차별을 타파하고 새 세상을 만들려는 동학군의 뜻이 담겨 있었다.
　창의대장은 토지는 농민에게 나누어 주고, 관리 채용은 문벌을 타파하고, 탐관오리는 그 죄목을 들추고 횡포한 부호배를 엄히 다스리며 불량한 유림과 양반배를 엄징하며 노비의 문서를 불살라버리게 했다. 또 과부의 개가를 허락하고 무명잡세를 없앴다.
　그러나 이러한 화약을 반대한 동학군들도 있었다. 김개남 장군과 손화중 장군도 관리들을 믿을 수 없으니 바로 궁궐로 달려가 새세상을 열어야 한다고 격렬하게 반대했다. 텁석부리 정백마저 창의대장에게 화의를 맺지 말고 한양으로 진격해 썩어빠진 조정을 무너뜨리고 도탄에 빠진 백성을 구해야 한다고 했으나 이미 결심을 한 장군의 마음을 돌이키게 할 수는 없었다.

"정백, 보게나. 관리들이 족히 믿을 게 못 된다는 것은 나도 아네. 그러나 외세가 침범해 나라 안이 크게 어지러우니 우리들이 마땅히 하늘을 대신해 물건을 다스리고 나라를 도와 백성을 편안하게 해야 하느니⋯⋯ 또 일손이 없어 텅텅 빈 저 들을 보게나. 지금 모내기를 놓치면 한 해 농사마저 그르치게 되지 않겠는가."

전주화약으로 난리가 끝났다는 소문이 돌자, 풍악재비가 성안을 가득 차고 읍내 장터에서는 사라졌던 줄타기가 나타나 시선을 모았고 명창들의 노래가 울려 퍼졌다. 동학군들도 이제 고향에 돌아가 농사를 지을 수 있고, 양반 관리들의 토색질도 없어질 것이라는 기대에 들떠 웃음소리가 거리 곳곳을 넘쳤고, 마음 놓고 먹고 마시고 춤을 추었으며 신명에 받쳐 노래하였다.

감영에서는 관군들에게서 빼앗은 소 열 마리를 잡아 큰 잔치를 열었는데 김우팔의 먹성이 대단하였다. 그는 품안에 고기를 훔쳐 넣는 짓도 여전했다. 품안이나 등 뒤로 소 갈비를 슬쩍 감추어 어둠 속으로 사라졌다가 다시 빈손으로 나타나기를 되풀이했다.

소유는 도대체 저놈이 어디에 고기를 감추는가 싶어 뒤를 슬슬 따라가 보니 큰 느티나무가 서 있는 허물어진 초가의 가마솥 안에다 넣어 두는 것을 보았다. 아마 그는 잔치판이 끝나면 혼자 이곳에 돌아와 가마솥에 불을 때고 실컷 먹을 생각인 것 같았다. 그는 한순간 저 가마솥 안에 들어 있는 고기를 우팔이 몰래 꺼내어 다른 곳에 숨겨둘까 하는 궁리도 들었는데, 어느새 우팔이 그의 등 뒤로 다가와 도사님! 하고 불렀다.

얄라차, 저놈은 눈치도 빠르구나. 소유는 자신도 모르게 우팔의 말을 흉내내고 있는 자신을 발견하고 어이없는 웃음이 나왔다.

"여기서 뭐하시오. 장군의 전령이 어찌 장군 곁에 있지 않고 한갓 제자의 뒤를 밟는단 말이오?"

"그게 무슨 말이냐? 감영이 너무 소란해 잠시 빠져나왔을 뿐이로다."

"아, 그러시오? 소생이 도사님의 제자인데 어찌 뒤를 따르는 인영을 알지 못하겠소. 이것 좀 보시오. 하마터면 도사님의 정수리를 박살낼 뻔했지 않소."

우팔이 불끈 쥔 주먹을 펴 보이니 그 안에는 굵은 참돌이 하나 땀에 젖어 반짝거리며 들어 앉아 있는 게 아닌가. 얄라차, 그는 속으로 혀를 차며 자신도 모르게 머리를 쓰다듬었다. 천상을 떠나온 뒤 쑥쑥 자라 아무렇게나 묶은 머리는 손가락이 푹 파묻힐 정도로 길어 있었다.

잔치판으로 돌아오니 언제 난리판이 벌어졌냐는 듯이 곳곳에서 육자배기가 질펀하게 흘러나왔고, 어깨춤이며 곱사춤을 추는 이들이 부지기수였다.

　　추야장 밤도 길더라 남도 이리 밤이 긴가
　　밤이야 길까만은 임이 없는 탓이로세
　　언제나 알뜰한 정든 님 만나 긴 밤 짧게 새고나

　　내 정은 청산이요 임의 정은 녹수로구나
　　녹수야 흘러가건만 청산이여 변할손가
　　아마도 녹수가 청산을 못 잊어 휘휘 감고 도는구나

　　사랑이 모두 다 무엇인지 잠들기 전에는 못 잊겠네
　　잊으리라 잊으리라 베개 베고 누웠으니

내 눈에 얼굴이 삼삼하여서 나는 못 잊겠구나

 한순간 소유는 그들 농민들이 빠른 춤사위 속으로 어울려 돌아가는 모습을 바라보았다. 그는 까닭을 알 수 없어 혼자 중얼거렸다.
 '아, 인간 세상은 참 알 수 없도다. 어제처럼 창을 들고 포를 쏘며 생사를 걸고 싸우더니 오늘 밤은 이리 흥겨움 속에 지나가는구나. 그러나 내일 일은 또 알 수 없으니……'
 그는 장군이 손짓해 부르는 것을 알고 그 곁으로 달려가니 내일부터 집강소에서 억울한 백성들의 사정을 살피는 일을 도모하라고 했다. 집강소에서는 농민을 못살게 군 토호와 양반을 잡아들여 주리를 틀고 지주에게 바친 곡식을 되찾아 왔다. 대부분의 동학군들은 모내기를 하러 고향으로 돌아갔다.
 동학군의 세상이 되니 양반과 지주들이 임시방편으로 동학에 입도하는 일이 잇달아 일어났다. 부랑자들도 섞여 들어와 집강소의 역원이 되어 오히려 관리 이상의 행패를 부리는 일도 생겨났다.
 우팔에게는 그야말로 신명나는 일이었다. 지방 벼슬아치나 부잣집의 패물을 털어오는 일도 적지 않았다.
 "이놈 우팔아, 너는 지금 무슨 도적질을 하고 있는 게냐? 이게 도대체 웬 금붙이들이냐?"
 "얄라차, 도사님 말 마시우. 이게 다 무지렁이들 피땀이오. 이제 세상이 바뀌었으니 전씨 왕조가 들어선다는 말이 온 저자를 뒤덮고 있소. 그러니 이씨 왕조 아래서 저들이 먹었던 것을 다 게워내야 한다 아니오."
 "세상이 바뀌다니? 인간 세상이 천계로라도 바뀌었단 말이냐. 내가 보기에는 아무 변고가 없도다."
 "도사님이 어찌 앞일을 그렇게 못 보시우, 바람을 일으키고 구름만 불러오면 전부 다인가 보오. 세상은 자주자주 바뀐다오. 언제 어떻게 될지 모르는 게 인생살인데 미리 이렇게 앞일을 준비해 놓아야만 한다우. 언제 된놈이 닥치고 왜놈이 닥칠지 어찌 아우? 도사님은 제자만 꼭 믿고 있으시우. 밖에 나가면 인심이 흉흉하다오. 언제는 관군이 토색질을 하더니 이제는 동학군이 토색질을 한다 하지 않소."

"우팔이 네가 남의 물건을 빼앗아 오니 그런 소문이 나는 게 아니냐?"

"얄라차! 무슨 말씀을 그리 하시오. 어차피 다른 도유가 가져갈 것을 내가 잠시 가져왔을 뿐이오."

우팔은 심술궂은 표정마저 지어 보였다. 새까맣고 꾀죄죄하던 그의 얼굴은 그 사이 고기맛을 제법 보았는지 뺨이 통통하고 둥그렇게 살이 붙어 떡부처럼 보였다.

소유는 거리의 민심을 살펴보기 위해 집강소 밖을 나서 혼자 이리저리 걸어다녀 보았다. 전보다 사람들의 발걸음도 힘이 있었고, 장터에서는 물건도 많이 나와 있었다.

한참을 생각없이 걷다 보니 흰 모래가 깔려 있는 개울이 나왔고, 개울 위의 둥근 돌다리를 지나가니 늘어진 수양버들 사이로 기와집 한 채가 있었다. 난리통에도 전혀 불타지 않은 누각이 담장 위로 높이 솟아 있었다. 사람의 그림자는 보이지 않고 대문은 조금 열려 있었다. 그는 안으로 홀린 듯 걸어 들어갔다. 뜰에는 잘 깎은 화강암이 바둑판처럼 놓여 있었고, 담장 옆에는 높고 큰 오동나무 한 그루가 서 있었다.

집안이 너무 깨끗하고 조용한지라 혼자 뜰 안 곳곳을 거닐며 생각에 잠겨 있는데, 슬피 울고 있는 여인의 목소리가 들릴 듯 말 듯 안채에서 새어 나왔다. 소유는 그 울음소리가 너무 애잔해 자신도 모르게 그 소리를 따라 점점 발길을 안채로 향했다. 그런데 갑자기 울음소리가 뚝 끊겨 그의 발걸음도 그 자리에서 멈춰섰다. 안에서 한 여인이 마침내 곡진한 마음을 수습한 듯 맑은 음성이 들려왔다.

"선비는 누구신데 허락없이 집에 들어와 계십니까? 아무리 난리 끝이라 하나 체통과 법도가 있는 법이옵니다."

그는 생각에 잠겨 있다 소리가 나는 쪽으로 고개를 돌리니 안채 주렴 사이로 한 규수의 얼굴이 나타났는데, 그 얼굴을 한 번 보자마자 잔잔한 물결이 퍼져나가는 것 같은 낯빛과, 수심에 가득 잠겼으나 곱고 아름다운 자태에 그만 홀리기라도 한 듯 그 자리에서 발을 움직일 수가 없었다.

그는 한참을 멍하니 바라보다가 겨우 정신을 수습하여 대답했다.

"소생은 양소유로 이번 전봉준 창의대장의 일을 보아주고 있는 자로 잠시 민심을 두루 살필까 하여 혼자 나왔다가 이런 무례를 했으니 용서하시기 바라오."

"그렇다면 당신은 이번 난리를 일으킨 자의 밑에서 일한다는 말이신가요?"

여인의 얼굴이 한순간 새침해졌다.

입술을 꼭 다물고 눈꼬리가 위로 살짝 올라갔다. 소유는 자신도 모르게 목안으로 침이 꼴깍 넘어갔다. 환한 달빛 위로 바람이 부는 것처럼 단정하면서도 밝게 빼어난 여인의 자태는 그의 두 눈을 어지럽게 하고도 남음이 있었다. 게다가 붉은 입술 속에 감춰진 치아는 입술을 벌려 말할 때면 눈이 부실 정도로 희고 가지런했다. 당장 공력을 일으켜 주렴을 걷어내고 온전히 얼굴을 대하고 싶을 정도였으나 그는 지긋이 마음을 다잡았다.

"그런데 방금 소생은 낭자의 아주 슬픈 울음소리를 들었소. 무슨 사연이 있어 그리 슬퍼했는지 알고 싶소."

"그것을 알아 무슨 소용이 있겠습니까. 썩 물러가주시기를 바랄 뿐입니다……."

낭자의 얼굴은 많이 되어 봐야 열예닐곱쯤 되어 보였다. 어쩌면 그보다 더 어려 보이기도 했지만 말씨가 여염집 규수처럼 품위가 있고 목소리는 낭랑하면서도 소유의 마음을 끌어대는 힘이 있었다.

"소생의 소임은 억울한 일을 당한 이들의 마음을 풀고 사리를 바로잡는 데 있소. 집안이 너무 아름다워 발걸음을 따라 들어왔으니 그 무례를 갚기 위해서도 청하오니 말씀해주시기 바라오."

소유는 다시 한 번 정중히 청했다.

날씨는 조금 더웠으나 바람이 가볍게 불어 수양버들이 쉼없이 흔들거리고 있었다. 어디선가 들려오는 꾀꼬리의 울음소리가 규수에게 그 사연이 길고 짧은지는 알 수 없으나 말 못할 사연이 필히 있음을 말해주는 것 같았다.

낭자가 보기에 소유의 청이 정중했고 주렴 밖으로 보이는 그의 자세가 마치 금과 옥을 다듬은 듯 준수하게 보여 한낱 시정잡배들의 얼굴은 아닌 것 같았다.

낭자는 이 난리판에 내일을 기약할 수 없는 일이라 억울한 일을 말해보고 싶기도 했다. 비록 날아갈 듯한 기와집에 살고 있지만 이미 광이 바닥난지라 먹을 것을 구하러 나간 계집종과 할미가 있을 뿐이었다. 남녀의 구별이 엄연해 비록 주렴을 사이에 두고 있으나 소유의 말솜씨나 기개로 보아서 막돼먹은 이 같지는 않아 적이 마음이 풀어졌다.

"난리의 참혹함이란 바로 이 몸의 신세와 같다고 할 수 있습니다. 계집종과 할미는 아침나절에 집안의 패물을 들고 먹을 것과 바꾸러 나갔습니다. 부친은 일찍이 벼슬길에 나가 높은 자리에 있으면서 이번에 청국의 병사를 청한다는 민씨 일가에 반대하다가 벼슬을 빼앗기고 북쪽 산골로 유배를 갔사옵니다. 저는 갈 곳 없는 몸이라 계집종과 함께 집을 지키고 있는데 어느날, 동학군이라는 자들이 탐관오리라 하여 집안으로 들이닥쳐 몇 되지 않는 쌀가마를 가져가고, 집문서도 빼앗아 갔습니다. 오갈데 없는 몸을 부친께서 거두어 이날 이때까지 키워 주신 은혜도 갚지 못하니 그저 통한에 사무칠 뿐입니다. 더구나 어머니는 일찍 돌아가시고, 삭탈관직을 당한 부친께서는 영어의 몸이라 고향에 둔 저를 염려하나 그저 마음뿐, 속만 태우다 얼마전 인편으로 몸져 누웠다는 소식을 들었으니, 어찌 눈물이 마를 날이 있겠습니까……."

"그런 일이 있는 줄 몰랐소. 소생의 힘이 미력하나마 반드시 바로잡도록 하겠소. 그러하자면 낭자의 성씨를 알아야 하니 말씀해주시오."

그러나 주렴 안에서는 아무 대답이 없었다.

어찌 낯모르는 남정네에게 이름을 함부로 말하겠는가. 그는 한참 대답을 기다리다가 다시 한 번 정중히 청하자, 주렴 안에서 가냘프지만 분명한 목소리로 화답해 왔다.

"소녀는 이가로 이름은 채옥이라 하옵니다. 우연한 첫대면에 집안의 사소한 억울함을 말할 수밖에 없었던 심경을 널리 헤아려 주시기를 바랍니다."

"이르다 뿐이겠소. 내 지금 당장 집강소로 돌아가 사실을 밝혀 이치를 바로잡을 것이오. 장부의 약속은 천금과 같으니 부디 이 낭자께서는 슬픔을 거두고 좋은 소식이 있기를 기다려 주시면 좋겠소. 오늘의 무례를 뒷날 반드시 갚을 터이니 이만 소생은 물러가겠습니다."

소유는 그길로 돌아와 집강소에서 알아보니, 역원들이 그 집이 양반집이고 규방에는 이 낭자밖에 없는지라 곡식창고를 털고 집문서도 빼앗아 왔다는 것을 알게 되었다. 그는 누가 이 낭자의 집에서 집문서를 빼앗아 왔는가 하고 물으니 김우팔의 소행임이 밝혀지고 말았다. 그는 당장 우팔을 불러 호통을 치고 이 낭자의 집문서를 돌려받았다.

"도사님, 내 미처 몰라서 한 짓이니 어찌겠소. 허나 그 집의 여식이 절

세미인이라는 소문이 자자한데 혹시 미색에 홀려 도사님께서 그러지나 않은지 심히 걱정되오. 수행에 지장이 될 뿐 아니라 제자가 보기에도 혹 도사님께 누를 끼칠 일이 있을까 심히 저어되오, 얄라차."

"이놈, 듣기 싫다! 가난할 때에는 청렴해야 하고 풍족할 때에는 의로움을 보여주어야 한다. 네가 도를 배우고 싶어하나, 구름과 바람을 부리는 도술은 하나의 술법에 지나지 않으니 이 뜻을 크게 마음에 새겨라."

"그러면 도사님, 청렴함과 의로움을 가지고 있다면 도술도 마음껏 부릴 수 있다는 말이오?"

"이를 말이겠느냐? 살아 있는 사람에게는 애틋함을 보여주고 죽은 이에게는 슬픔을 보여주는 것과 같은 이치로다."

소유는 우팔에게 말하면서 천지간의 이치를 따지면서 수행하던 옛시절을 떠올렸다. 아아, 그때는 무슨 근심이 있었으랴. 경전을 읽어 그 뜻을 한없이 곱씹고, 벽을 마주해 태백산 서쪽 노을이 온 하늘을 물들이고 새벽 별빛이 으스러질 때까지 가부좌를 풀지 않고 말 그대로 가녀린 모기의 침이 철벽을 뚫을 것 같은 기세로 정진하지 않았는가.

그의 생각 사이를 우팔이 재빨리 파고들었다.

"얄라차, 도사님. 그러고 보니 도사님께서는 그 기와집의 규수에게 애틋한 마음인지 욕심인지를 내보일 셈이시오?"

"그만 물러가거라."

우팔은 집문서를 내주며 입맛을 쩝쩝 다셨다.

소유는 산골 나무꾼 출신인 우팔이 눈치가 너무 빠르구나 싶었다. 하긴 생사를 알 길 없는 난리판을 헤집고 나왔으니 그쯤이야 그리 어려운 일이 아닐 법도 했다. 집강소 사람들을 통해 알아보니 이 낭자는 그 집에서 낳은 딸이 아니라 데려온 수양딸이었다. 오갈 데 없는 몸을 거두어 주었다는 낭자의 말이 떠올라 그는 무슨 사연이 있겠지 싶었다. 그래도 그렇게 자태가 음전하고 미색이 고운 얼굴이 무슨 사연으로 의지할 데가 없으며 사고무친한 몸이 되었는지 호기심이 많은 그로서는 궁금하지 않을 수가 없었다. 천상의 버릇은 하토에서도 어쩔 수가 없었다.

그는 먼저 일꾼들을 불러 낭자의 집으로 곡식과 고기를 푸짐하게 보내고 이 낭자의 집문서를 손수 들고 길을 나섰다. 수양버들은 그새 더 푸르고 길게 가지를 늘어뜨리고 바람에 흔들거렸다.

멀리서 보이는 이 낭자의 집은 한폭 그림처럼 유려하게 일렁거려 보였다. 때마침 서쪽으로 기울어져 가는 황금 햇살이 수양버들 이파리마다 부서져 내려 초록색과 붉은색이 서로 넘나들고 교접하듯 반짝거려 곱고 묘한 흥취마저 더해 주었다.

발걸음이 자꾸만 빨라지고 있는 것을 안 그는 헛기침을 하며 아주 천천히 돌다리를 건너갔다. 그는 걸어가며 여러 가지 생각에 잠겼다.

'천계에서나 볼 수 있는 한폭 그림이도다. 이 석교는 마치 한때 8선녀가 나를 희롱하던 곳 같도다. 다리 아래 물은 얼마나 깨끗한고. 흰 모래는 백옥을 잘게 뿌려둔 것 같고, 버들잎은 저 낭자의 길고 긴 머리채 같으니, 이 재주와 미모가 겸전한 낭자를 얻어 아름다운 배필을 삼을 수 있다면 여기서 한 세상 잘 살아 볼 수도 있으련만. 나 역시 오래 글을 읽어 본 몸이니 한갓 상것이 아님을 낭자도 알아주리라. 또 빼앗겼던 집문서를 내가 찾아들고 가면 낭자의 마음도 쉽게 열릴 것 같도다. 아, 그런데 왜 이렇게 속이 울렁울렁하는지 모르겠구나.'

그는 요 생각, 조 생각 하다가 갑자기 놀라 걸음을 멈추었다. 도포 자락 아래 사타구니 한가운데서 무엇인가가 거세게 불룩히 솟구치고 있었다. 그는 사방을 힐끔거리며 사타구니 사이를 도포자락으로 덮고 지긋이 눌렀다. 그는 사타구니 속의 옥경이 장마 사이에 잠시 비치는 해를 맞이하기 위해 또아리 치고 대가리를 쳐든 뱀처럼 솟아올라 자꾸만 몸속을 뜨겁게 달구는 이치를 알 수 없었다.

그가 대문 앞으로 다가가니 할미가 나와 그가 오는 것을 기다렸다는 듯 문을 열어 주었다.

"아씨께서 미리 신발 소리를 듣고 선비께서 오심을 알고 문을 열라는 분부가 계셨사옵니다. 안으로 드시지요."

그는 속으로 기분이 좋았으나 겉으로 내비칠 수는 없는 노릇이었다. 멀리서 끌리는 발자국 소리를 듣고 문을 열어주도록 하다니 이 낭자의 마음이 참으로 섬세하도록 고운 징표가 아닌가. 그는 헛기침을 크게 한 번 하고 고개를 주억거렸다.

하얗게 머리가 센 할미는 허리를 깊이 굽히고 그를 안채로 안내했다. 계집종이 전을 부치고 고기를 굽느라 부산히 뛰어다니고 있었다. 그는 술상이 차려진 작은 별채에 안내되어 한참을 기다렸으나 채옥은 좀처럼 나타나지 않았다. 그는 혼자 술을 한 잔 따라 마셨다. 들판이며 감영에서 억센 남자들과 함께 농주는 많이 마셔보았지만 마치 도화로 담은 듯 혀를 깊이 감돌아 목줄기를 뜨겁게 적셔나가는 술맛에 비할 바가 아니었다. 낭자를 지척에서 기다리다 보니 마치 낭자의 얼굴이 물에 떠 있는 달처럼 눈앞을 어지럽혔고 이내 꽃처럼 그리워졌다.

석양의 햇살이 길게 상 끝에 머물렀다가 점점 붉게 바뀔 무렵, 음식을 가득 차린 큰 상을 계집종과 할미가 들고 와 놓고 갔다. 그는 채옥이 어디 있는가 묻고 싶었지만 겨우 참고 술을 연거푸 마셨다. 한 잔, 두 잔 혼자 술을 마시고 있는데 향내를 은은하게 풍기며 분홍 스란치마에 녹색 저고리를 입고 머리를 곱게 땋은 채옥이 그림자처럼 들어섰다.

"공께서 너무 오랜 시간을 기다리게 해 송구스럽습니다. 내내 발걸음을 하시리라 할미에게 준비를 단단히 일렀으나 이렇게 늦었으니 그 벌로 제가 한 잔 올리겠습니다. 기꺼이 받아주십시오."

채옥이 살풋 숙인 이마를 그윽히 들어 그의 눈을 올려다보았다. 아뿔사, 그는 채옥의 눈빛을 마주 받자, 그만 혼을 놓을 것 같았다. 동자가 검고 깊고 말쑥할 뿐 아니라, 옥빛이 도는 시선은 그의 마음을 걷잡을 수 없게 했다. 흰 술주전자를 들고 푸른 잔을 건네는데, 드러나는 손가락은 그야말고 희고 가늘어 바람이 불면 하염없이 떨리는 깃발처럼 여겨졌다.

"어서 받으시지요."

그는 두 손으로 채옥의 술잔을 받았다.

채옥은 접시에다 산채며 너비아니, 조기 등을 조금씩 얹어 그가 먹기 쉽게 앞으로 밀어 주었다. 그가 채옥에게 한 잔을 권하자 몇 번을 사양하다가 두 손으로 받아 이마 위로 올렸다가 얼굴을 숙이고 마셨다. 집안이 붉은 빛 속으로 한껏 빠져들어갔다. 그는 품안에 넣은 집문서를 꺼내 채옥 앞으로 밀었다.

"이게 낭자가 빼앗겼던 집문서이니 돌려드리오. 잘 간직하시오."

채옥은 소유가 앞으로 밀어놓는 집문서를 한참 내려다보다가 할미를 불러 가져가게 했다. 할미가 황초등을 가져와 불을 밝혔다. 문서를 가져가고 난 뒤에도 채옥은 한참 동안 고개를 숙이고 있었다. 소유는 채옥이 고개를 들기를 기다렸으나 그녀는 오랫동안 미동도 없이 얼굴을 숙인 채 있었다. 흰 목덜미가 불빛에 스산하게 드러났다.

"이보시오, 이 낭자. 또 무슨 근심이라도 있단 말이오."

그러고도 한참을 기다렸으나 낭자는 아무 대답이 없었다.

채옥이 이윽고 고개를 숙인 채 말하는데 그 목소리는 울음에 젖은 듯 떨려 나왔다.

"또 무슨 근심이 있겠사옵니까. 소녀는 그저 난리판에 목숨을 보전하고 빼앗겼던 집문서를 찾은 것만 해도 감지덕지하올 뿐이옵니다. 하오나…… 아무리 난리통이라 하나 남녀의 법이 유별하고 규수의 법도가 분명한데 술상을 차려 공을 대함을 법도에 어긋난 것이라고 꾸짖어도 할 말이 없사옵니다. 오직 제가 이 집안의 어른을 대신해 공에게 삼가 감읍의 뜻을 표하고자 하니 그 뜻을 해량해 주십시오."

채옥이 얼굴을 드는데, 온 낯이 눈물로 뒤덮여 있었다.

알라차……

그는 자신도 모르게 우팔이 내뱉는 소리가 나올 뻔해 입술을 꽉 깨물었다. 채옥은 그동안 얼굴을 숙이고 소리없이 울고 있었던 것이다. 어찌 이리 여자의 마음을 짐작하지 못하는가 싶어 소유는 스스로를 한탄했다. 곁으로 다가가 어깨를 다독거리며 채옥을 가슴에 품어안을 기회를 한 번 놓쳐버린 것이다. 그는 속으로 입맛을 쭉 다시며 혀를 찼다.

바깥은 점점 어두워지고 있었고, 수양버들의 잎새 갈리는 소리가 상위로 후두둑 떨어져 내렸다. 등불이 흔들렸고, 그림자들이 흔들리는 불빛 따라 춤을 추기 시작했다. 소쩍새가 크게 울었다, 그 울음소리가 점점 메아리처럼 멀어져 갔다. 얼굴을 들고 하염없이 그를 바라보던 채옥이 다시 고개를 숙이려 하자 그는 서둘러 말했다.

"이 낭자, 난리통이라 어찌 마음이 번잡하지 않겠소. 또 무슨 경황이 있겠소. 다 이해하리다. 잠시 마음도 진정할 겸 소생의 잔을 받기를 부디 바라오."

"소녀는 비록 술을 입에 댄 적이 없으나 간청에 힘입어 삼가 받겠습니다. 이 술은 부친께서 즐기시던 매화주라 특별히 소중한 이에게만 내놓던 것이니 부친의 음덕도 함께 기릴 수 있겠지요."

소유는 다행스러웠다.

여염집 규수에게 술을 권하는 일 자체가 잘못된 일이거늘, 혹 채옥이 거절하면 다른 대꾸할 말이 없었는데, 그의 체면을 보아 채옥이 서슴없이 술잔을 받겠다는 마음 씀씀이는 미색보다 더 고운 것이 아닌가.

'아아, 이제 난리통을 따라 다니는 일도 지겹고 힘들도다. 여기는 집도 넓고 먹을 것도 충분하고, 낭자 또한 사고무친하니 나의 신세와 무어 다르리오.'

차라리 손목을 덥석 잡고 한세상 함께 살아보자고 할까…… 채옥에게 술을 따르며 그는 그 짧은 순간에 오만 가지, 별별 생각을 다했다.

채옥이 두 손을 공손히 받쳐 잔을 비우고 소유에게 다시 술잔을 건네자 그는 잔을 받으며 의도적으로 채옥의 손가락을 슬쩍 스쳐 보았다. 손끝에 닿는 그윽한 촉감이 잠시 그의 몸을 흔들리게 했다. 채옥은 모른 척 잔을 건네었다.

"낭자께서는 부친의 일 때문에 그리 근심이 크시오? 한참 고개를 숙였다 드는데 온 얼굴이 강물처럼 젖어 있어 이 마음도 까닭없이 저려왔소이다."

"공께마저 근심을 끼쳐 드리니 저의 못남과 업보가 크옵니다. 공의 말씀대로 부친의 일 또한 참으로 근심이 크옵니다만 이제 집안은 기울어가는데, 제 한 몸 기댈 곳이 없어 이 큰 집에 혼자 지낼 앞일을 생각하니 서글픈 생각이 끝이 없사옵니다. 부친의 은혜도 갚을 길이 막막한데 다행히 천상의 마음을 품은 공을 만나 이렇게 빼앗긴 집문서도 찾고 먹거리도 풍성하게 장만해 주셨으니 그 은공이 얼마나 크고 무거운지 어찌 짐작이나 하겠습니까."

"별 말씀을 다하시오. 소생은 다만 이치를 바르게 하고자 했을 뿐이니 크게 부담을 갖지 마시기를 바랄 뿐이오. 다만 낭자의 말씀에 귀를 기울여 보니 그 심중에 깊은 사연이 묻어 있다는 느낌이 자꾸만 드는 것을 막을 수 없겠구려……."

소유가 이렇게 한마디 던지고 채옥을 건너다보니 그가 권한 매화주 때문인지 흰 목줄기까지 붉은 기운이 점점이 퍼져나가고 있었다. 등불에 비친 그 얼굴은 바람이 부는 대로 일렁이는 그림자까지 비쳐 고혹적이었고, 섬세하게 드리운 콧날과 그 위에 파르르 떨리는 긴 속눈썹은 쓸쓸한 기운이 새겨져 있었다. 왈칵 달려가 가슴 깊이 꼭 끌어안고 싶을 정도로 채옥은 가냘퍼 보였다. 목둘레에는 명주실 목걸이가 여러 겹 둘러져 있었고, 목 한가운데 둥근 보석 하나가 보일 듯 말 듯 반짝거리고 있는 게 눈에 들어왔다. 소유는 앞섶에 가려 보일 듯 말 듯 반짝이는 게 아주 눈에 익은 듯했지만 속저고리에 가려져 있어 그게 무엇인지 분명히 알 수는 없었다.

"저를 비록 낳지 않으셨으나 저는 부모님께 입은 은혜가 너무 크옵니다. 부모님과의 연은 그리 길지 않사오나 몇 해 전 겨울, 오갈 데 없이 헤매고 있는 저를 따스하게 품어 집안에 들게 하시고, 저를 친딸처럼 삼아 길러주셨사옵니다. 저의 부모님은 내내 자식이 없어 근심하던 중, 대문 앞에 쓰러져 신음하고 있는 저를 살려주셨으니 제게는 목숨의 은인이십니다. 그때 어머님은 큰 병환을 앓고 계신 중이었으나 하늘이 내려보내신 복이라 하여 더없이 기뻐하셨습니다. 두 분은 참으로 금슬이 놀라울 정도로 깊고 다사로웠습니다. 허나 병이 깊은 어머니께 온갖 약을 다 구해 먹이고, 용하다는 온갖 의원들이 다 다녀갔으나 어머니는 한바탕 피를 토하시고 마침내 눈을 감으셨습니다. 종래 눈을 감으시면서 한갓 주워온 이 여식이 걱정되시는지 내내 눈에 이슬을 감추지 못하시고 제게 간절히 당부하셨습니다. 모친께서 이르시기를 간밤에 꿈을 꾸었는데, 한 선인이 갈 데 없는 한 여식을 거두어 주었으니 천상의 복을 누릴 만하다고 말하는 것을 들었는데 이는 필시 살 날이 얼마 남지 않았다는 뜻이나, 너는 분명 하늘의 귀한 뜻을 품어 가지고 온 몸이 틀림없으니 내가 떠나더라도 슬퍼하지 말라고 이르셨습니다. 집안의 모든 종복들과 재물들이 너의 것이니 불쌍하고 병든 사람이 있으면 나누어 주고 잘 곳이 없는 사람은 재워주라고 당부하셨습니다. 그때 부친께서는 나라의 일로 천 리나 떨어진 궁궐에 가 있어 모친의 임종을 저 혼자 지켜보아야 했으니 그 심사가 얼마나 애닯은지 지금도 풀이할 수가 없겠습니다."

채옥은 잠시 숨을 길게 쉬고 휘몰아치는 감정을 억제하려는 듯이 보였다. 꽉 잡아맨 저고리 속에서 봉긋한 가슴이 불쑥 올랐다가 내려가는 것이 소유의 눈 앞에서 어른거렸다. 저 낭자는 비탄에 잠겨 있는데 자신은 왜 이리 주책도 없이 가슴이 울렁거리고 허벅지 살이 부르르 떨리는지 알 수 없었다. 눈물이 그렁그렁한 채옥의 얼굴이 그의 눈에는 하염없이 요염하게 비쳤다.

비스듬히 허공으로 얼굴을 돌리며 먼 달빛이 쏟아지는 뜰을 응시하는 채옥이 소유에게 가슴이 저미는 것 같은 애틋한 심사를 안겨주기도 하거니와, 등불 그림자에 일렁이는 그 옆모습은 당장 옆으로 달려가 갸날픈 어깨를 꼭 안아주고 싶게 했다. 술상을 마주한 거리가 얼마나 멀다고 이리 마음만 요리조리 굴려대는지 그는 스스로도 알 수 없었다. 그는 때없이 불끈 솟는 아랫도리의 뜨거운 기운을 힘껏 누르며 궁금증이 일어나는 것도 막을 수 없었다. 오갈 데 없이 헤매다가 대문 앞에 쓰러졌다고 했는데, 몇 해 전이라면 더 어린 몸이었을 터, 무슨 사연이 그리 깊어 사고무친한 처지에 놓였는지 이리저리 생각을 해봐도 통 짐작할 수 없었다.

그도 그럴 것이 인간 세상에 내려온 지 얼마나 되었다고 세세한 일들을 구슬 꿰듯 알아맞힐 수 있겠는가. 다만 한때 스승의 가르침과 읽은 경전을 떠올려 한마디 위로의 말을 건네며 그 처지를 알아볼 수밖에 없었다. 채옥은 저고리 고름으로 눈 가장자리를 가만히 누르고 있었다. 북받치는 슬픔을 자제하고 있는 모습이 분명했다.

아아, 저 고운 얼굴에 구슬 같은 눈물이 흘러내린다면 저 눈물이 곱디고운 뺨에 가는 금을 그어대고야 말리라.

소유는 얼른 그녀를 위로해줄 말을 떠올리기에 마음이 급했다.

"비록 천학비재한 몸이나 옛글에 이르기를 어버이가 나를 잊게 하기는 어려우나 내가 어버이를 잊기는 너무 쉽다고 했는데, 낭자의 말씀에 삼가 귀를 기울이니 지극한 효의 정성을 아둔하나마 느낄 수 있소. 어찌하여 어린 나이에 거처를 잃고 그리 헤매었는지 심히 마음이 아플 따름이오. 무슨 깊고 말 못할 사연을 겪지는 않았는지…… 낭자는 그 연유를 말해줄 수 있겠소?"

그는 입 밖에 내지는 않았지만 결국 채옥이 혈혈단신이 된 까닭이 무엇인지 은연중에 묻고 있었다.

"공께서는 저의 마음을 너무 찬상讚賞하십니다. 그러나 마음에 두는 것만으로 어찌 어버이에 대한 사랑을 다할 수 있겠습니까. 몸을 움직이는 것만으로 공경을 다할 수 없고, 입으로 이야기하는 것만으로 가르침을 다할 수 없거늘, 하물며 미천한 저의 정성을 그렇게 높여 말씀하시니 몸 둘 바를 알 수 없습니다."

옷고름을 손에 말아 쥔 채옥이 잠시 말을 마치고 길게 한숨을 내쉬니, 오히려 소유는 어떤 대꾸를 해야 할지 몰라 엉겁결에 다시 술 한 잔을 채옥에게 권했다. 그가 손을 길게 뻗어 술잔을 채옥에게 건네니 채옥이 다소곳이 잔을 받았다. 그는 잔에 넘치게 술을 따르며 아미를 숙이고 있는 채옥의 오똑 선 콧날을 훔쳐보았다. 가볍게 다문 입술이며 곧게 뻗은 인중과 대쪽처럼 파인 홈은 꽉 짜인 듯 균형을 이루었고, 발그레 솟은 볼은 굳이 연지를 바르지 않아도 고왔다. 뜰 앞을 스치는 바람이 불빛을 흔들리게 하고 긴 오동나무 가지 그림자가 수묵화처럼 채옥의 얼굴 언저리를 스쳐갔다.

'아, 그래도 인간세계가 그렇게 나쁜 것만은 아니로다. 비록 살육과 난리가 있고, 굶주림이 있다 하더라도 이렇게 고운 여인들이 산천 곳곳 마을마다 있다면, 내 비록 내일을 기약할 수 없는 몸이라 해도 어찌 다행스럽지 않으랴. 하, 차라리 난리가 끝나면 채옥과 한평생 고요히 살 수 있으련만. 그것 또한 장부의 큰 뜻이 아니겠는가.'

그는 별별 생각이 다 들었다. 달이 구름 속을 들어갔다 나오고 바람이 뜰을 헤젓고, 그때마다 등불이 긴 오동나무 그림자를 벽에 아련히 비추어 주었다.

"참으로 가상하고 효성스런 생각이라 아니할 수 없소이다."

"북풍한설에 한 포기 풀잎처럼 쓰러진 이 몸을 거두어 주신 은혜를 무엇으로 다 갚겠사옵니까. 어떤 이는 자신의 살을 베어 약을 만들어 부모의 병을 구했다 하는데, 한갓 입에 익기만 한 제 마음은 그 정성에 비하면 티끌도 되지 못하옵니다."

채옥의 말은 조리가 명백했고, 속 깊이에서 울려 나오는 말 한마디 한마디에는 정성과 뜻이 아로새겨져 있었다. 그 융숭하고 지극한 마음은 소유를 부끄럽게 만들었다. 할미가 새 주전자에 술을 가득 채워 가지고 왔다.

"이 난리판에 낭자처럼 꽃 같은 마음을 지니고 있는 이들이 있다면 아마 이런 난리도 일어나지 않았지 않겠소. 어떤 연유로 가족과 헤어졌는지는 알 수 없으나 친부모 형제들은 그 고운 마음 때문에 더욱 낭자를 그리워할 것 같소."

소유의 말이 다 끝나기도 전에 한 줄기 달빛이 뜰안을 가득 휘저었고 이내 구름이 그것을 뒤덮었다. 갑자기 밖이 어두워졌고, 방안은 불빛 때문에 더욱 환하게 드러났다. 채옥의 얼굴에는 근심스러운 기색이 뒤섞여 나타났다. 그가 거듭 그녀의 출신을 되물은 것은 곰곰이 채옥의 얼굴을 자꾸 훔쳐보다 보니 문득문득 어디선가 한 번은 본 듯한 생각이 드는 것을 떨칠 수 없기 때문이었다. 그가 하토에 내려와, 싸움판과 장터만 돌아다녀서 시골 아녀자만 볼 수밖에 없었는데 어찌 채옥의 얼굴이 낯익은지 스스로 생각해도 이해할 수 없는 일이었다.

그는 달빛이 나타났다 사라지는 뜰과 등불과 술잔 속으로 번갈아 눈길을 보내가며 그때마다 슬쩍슬쩍 채옥을 곁눈길로 살펴보았다.

아, 저 산골 물소리처럼 똑똑하고 청아하게 뜻을 전달하는 곧은 입술이며, 긴 속눈썹 아래 근심을 가득 담은 검은 눈동자, 깊고 푸른 눈자위를 어디서 보았을꼬.

채옥이 말했다.

"공께서 가련한 생각이 들어 저의 출처를 거듭 알고 싶어 하시나 저 또한 제가 어디서 왔는지 전혀 알지 못하옵니다. 일가붙이, 친척도 기억이 없고, 더욱이 이몸을 생기게 해준 어버이조차 모르니 새삼 큰 죄인입니다. 다만 제가 몸에 지니고 있는 것이라고는 손바닥 안에 꼭 쥐었던 작은 정표 하나뿐이라 하니 아무리 생각해도 어떻게 그것을 제가 지니게 되었는지 알 수 없습니다."

"무슨 정표를 가지고 있다는 말이오?"

소유는 그 말에 눈이 번쩍 띄는 것 같아 성급히 물었다.

채옥은 소유의 물음에 대답은 하지 않고 한참 무엇인가를 생각하는 낯빛이었다. 이윽고 달이 구름 밖으로 나오자 채옥이 입을 열었다.

"소녀가 가진 정표를 보고 어머님께서는 아주 가는 명주실로 수겹 꼬아 절대 끊어지지 않도록 목걸이를 만들어 주셨습니다. 이어 말씀하시기를 이 정표는 좀처럼 보기 드문 귀한 것이다. 필시 너의 신분이 귀하고 높았음을 말해주는 것이니 고이 간직하라고 하셨습니다. 언젠가 때가 오면 연에 따라 다 알 수 있고 이 진주 구슬을 준 분을 만나는 법이라고 했지만 아직까지 이 정표가 무엇을 연유하는 것인지 알 수 없어 때로는 궁금하기도 하고 지금 이 신세가 한껏 처량해지기도 합니다."

"그렇다면 혹시 지금 목걸이에 달려 있는 그 진주를 두고 이름이 아니겠소?"

"역시 공께서는 생각이 깊고 빠르시옵니다. 허나 비록 난리판이라 하나 이렇게 자리하는 것도 부끄러운데 어찌 가슴 앞섶에 가린 정표를 보여드릴 수 있겠습니까? 공께서는 넓은 마음으로 궁금한 심사를 미루어 주시기를 삼가 바랍니다."

"허엄, 이르다 뿐이겠소. 괜히 소생이 낭자의 심사를 어지럽혔다면 용서하시기 바라오."

채옥이 간곡히 청하니 한발 물러설 수밖에 없었지만 그렇다고 궁금한 마음이 사라지지는 않았다. 그는 무언가 알 수 없었지만 기묘한 예감에 사로잡히기 시작했다.

그는 생각을 떨쳐버리기라도 할 듯 술잔을 들어 단번에 목안에 털어넣었다. 매화주 향내가 목안을 확 채우고 입밖으로 뛰쳐나왔다. 채옥이 희고 긴 손을 뻗어 청화백자 주전자를 잡고 소유의 잔에 술을 가득 채웠다. 그는 입술을 오무려 술을 따르고 있는 채옥의 머리카락을 향해 술 향내를 날려보내며 몸 속에서 자륵자륵하게 소리가 일어나고 있음을 알았다. 이건 또 무슨 일인가. 그는 허리를 펴고 몸을 한 번 흔들어 기품을 잃지 않으려 애썼으나 살갗은 조금씩 흔들거리고 뼈마디 이음새가 하나씩 느슨하게 벌어지는 것 같았다. 그는 낭자의 손을 가만히 건너다 보았다. 희고 매끈한 손은 마치 지상의 어떤 옥으로 빚어도 저렇게 희고 곱게 다듬어낼 수 없을 정도로 투명하게 보였다. 손등에 내린 등불빛이 손바닥에 발그스레 고여 있을 것만 같았다. 그는 자신의 호기심이 언제나 멈출 줄 모르는 것에 스스로도 겸연쩍어 하면서도 이미 말을 내뱉은 것이라 내친 김에 혼자가 된 연유를 다시 묻고 말았다.

"그렇다면 부모 형제 이름이며 고향이 어디인지도 모른단 말입니까?"

"그 말씀을 들으니 또 한번 몸둘 바를 모르겠사옵니다만 제 이름도 알지 못하는데 어찌 부모 형제의 함자를 알 수 있겠습니까? 채옥이라는 이름도 북풍한설 속에 버려진 저를 거두어 주신 양부모님께서 붙여주신 이름입니다. 이미 혼기가 지난 몸으로 이 넓고 큰 집에 기껏 계집과 할미 종복을 데리고 난리판 한가운데를 살얼음판 걷듯 지내다가 이렇게 공을 만나 빼앗겼던 집문서를 찾고 곡식까지 내어 주셨으니 지하에 계신 어머님과 귀양 가신 아버님께서도 참으로 공께 감사할 줄 아옵니다."

채옥이 고개를 깊이 조아렸다.

휘영청 밝은 달빛이 폭포수처럼 쏟아졌다. 환히 문을 열어둔 방안에까지 들어온 달빛은 채옥의 목덜미를 환하게 비추었다. 소유는 입안에서 침이 도는 것을 막을 수 없어 얼른 뜰 쪽으로 얼굴을 돌리니 무수히 부서져 내리고 있는 달빛이 마치 은하수가 내려오는 것처럼 보였다.

그는 속으로 중얼거렸다.

'이게 무슨 조화인지 알 수 없구나. 저 오똑한 콧날과 과육 같은 입술, 구름꽃 같은 목덜미, 수정 같은 눈동자, 별처럼 풍성하게 빛나는 머리카락은 예사사람이 아니구나. 이미 혼기가 지났다 하나, 저 청초하고 맑은 모습은 뭇 남정네의 가슴을 뒤흔들지 않겠는가.'

밝은 광채가 한순간 사라지고 다시 깊은 어둠이 두 사람 사이로 우수수 내렸다. 그는 술잔을 드는 체하면서 거듭 채옥의 얼굴을 훔쳐보았다. 그때 아미를 숙이고 다소곳이 앉아 있던 채옥이 얼굴을 들었고, 두 사람의 시선이 허공에서 얽혀 들었다.

훅, 소유는 그만 숨이 막힐 것 같아 술잔을 떨어뜨렸다. 달빛이 지나가도 소리가 들릴 것 같은 밤이어서 술잔이 상위로 떨어지는 소리는 적막감을 한순간에 부서지게 했다. 잔에 담겼던 술이 그만 소유의 소맷자락과 바지를 적시고 말았다.

"아, 저런……."

채옥이 일어나 그의 곁으로 다가왔다.

아, 이런…….

소유는 속으로 탄성이 일어났다. 낭자가 내게 다가오다니, 수없이 신형을 날려 낭자 곁으로 몸을 옮기고 한순간 끌어안고 싶지 않았는가. 그녀는 옷고름으로 술에 젖은 옷소매를 꼭꼭 찍어 눌렀다.

"젖은 옷은 곧 마를 것이오……."

소유는 옷소매를 잡고 술을 닦아내는 채옥의 손을 슬쩍 잡았다. 채옥이 소스라치듯 손을 그에게서 빼내려는 순간, 그는 힘껏 그녀를 가슴에 품어 안고 말았다. 아, 채옥의 입에서 짧은 탄성이 새어나오는 듯했으나 소유의 입술에 막혀 미처 밖으로 새어나오지 못하고 사라지고 말았다. 술상이 흔들렸고, 그쳤던 소쩍새의 울음소리가 잇달아 방안으로 날아와 떨어졌다. 채옥의 작고 붉은 입술에서는 매화 향기가 배어 있었고, 익은 과육을 베어물 듯 달디달았다. 채옥은 있는 힘을 다해 도리질을 했으나 소유의 품속에서는 속수무책이었다. 달빛이 구름 속으로 들어갔고, 발로 술상을 뒤로 밀어내며 소유는 그녀의 앞섶으로 손을 재빨리 밀어넣었다. 채옥이 그를 두 손으로 밀어내려 했으나 소용이 없었다. 앞섶이 후두둑 떨어졌고, 가슴팍의 속살이 하얗게 드러났다.

"제발, 공께서는 이러시면 안 됩니다."

겨우 소유의 입술을 밀어낸 채옥이 목소리를 떨며 소리냈으나 이미 소유에게는 그 말이 들리지 않았다.

"아니오, 낭자. 아무 말도 하지 마시오."

채옥은 파닥거리는 한 마리 어린 새와 같았다.

목줄기를 쓰다듬던 손이 속옷을 파고들어 겨드랑이를 쓰다듬었고, 봉긋 솟은 젖가슴을 불끈 쥐자, 채옥이 몸을 한껏 비틀었다. 그는 희미한 어둠 속에 드러나는 젖꽃판을 입 안 가득히 물었고, 한 손으로는 치맛자락 속으로 치밀어 들어갔다. 채옥이 소유의 단단한 어깨를 밀어내려 했으나 어림없는 일이었다. 왼손으로 채옥의 허리를 휘감고 오른손으로 속곳을 헤치고 속깊은 허벅지를 타고 올라가며 소유가 채옥의 배꼽 아래 기해혈을 부드럽게 찍어 누르자 버둥거리는 다리의 힘이 그만 스르르 빠지며 쭉 늘어지고 말았다.

그는 얼굴을 채옥의 두 젖가슴 사이에 파묻고 두 손으로 그녀의 목 언저리를 쓰다듬는데 작고 둥근 구슬 같은 것이 손에 닿는 감촉이 있어 얼굴을 문득 들어보니 그녀의 귓불만한 붉은 진주가 목걸이 끝에 매달려 있는 것이 보였다.

'아, 저 진주는 어디서 많이 본 듯한데 금방 생각이 나지 않는구나. 과연 매화주가 독하긴 독한 모양이군. 저 진주를 내가 어디서 보았을까.'

그는 아랫도리에서 뻗치는 뜨거운 힘에 빨려들어갈 듯 빠르게 몸을 놀려대며 거듭 생각했다. 그 사이 채옥의 옷이 한 겹씩 벗겨졌고, 구름 속을 들락이는 달빛은 두 사람의 몸을 비추었다 감추기를 되풀이했다.

그녀의 사타구니 사이로 촉촉한 기운이 그의 손 끝에 닿았고, 그녀는 다시 가슴을 일으켜 세울 듯 한 번 거세게 저항하는 몸짓을 했으나 오히려 둥근 사발 같은 젖봉오리가 출렁여 그의 정한을 거칠게 자극할 뿐이었다. 그럴수록 그는 그녀의 몸 전체를 욱죄어 갔다. 양가슴의 젖꽃판을 번갈아 물고 핥고 입속 깊숙이 빨아들이는 순간 채옥이 악, 하고 비명을 속으로 삼키듯 입을 악다물었다. 그는 얼굴을 채옥의 뺨에 대고 비벼대며 한 손으로 허리춤을 급하게 풀고 있는 자신을 발견했다.

아하, 이 무슨 조화란 말인고. 허나 그 뜻을 지금은 알 수 없도다.

그의 옥경이 거세게 요동을 쳤고, 문득 그는 하늘에서 버림받았던 서러운 심사들이 목을 한순간 처내려 눈앞을 가로막고 있음을 보았다.

'아, 어쩌면 이렇게 가는구나. 한때 천상의 성진이었던 내가 지상의 양소유로 둔갑해 일생을 이런 식으로 살아가게 된다는 것을 그때 미리 알았다면…… 그랬다면 더 삼가고 조심하고 근신하고 경계하여 호기심을 다스릴 수 있지 않았겠느냐만 다 부질없고 부질없구나…….'

한순간 회오리치는 가슴의 풍운은 그의 눈앞으로 빠져나가 뒷모습을 알아볼 수 없을 정도로 달아나 버렸다. 그러나 몸은 생각과 달랐다. 조금씩 허물어져가는 채옥의 몸 속을 헤집어가는 그의 몸놀림은 오래 굶주린 이리가 먹이를 향해 닥쳐들듯 거칠고 빨랐고, 그 자신 또한 왜 이리 급하게 몸을 휘몰아가는지 알 수 없었다. 겨우 두 번 본 여염집 낭자를 겁탈하듯 두 팔 안에 가두고 입술로 귓불이며 목덜미, 가슴뼈를 사정없이 핥아 나갔으니…….

새삼 젖가슴 골 사이에 숨어 있던 진주알이 입술 안으로 빨려들자, 한순간 벼락에 감전된 듯한 전율이 그의 몸 내부에서 폭발하듯 터져나왔다. 아, 이게 바로 채옥이 말한 정표임이 틀림없구나. 혓바닥을 타고 목줄기 안으로 찌릿하게 흘러드는 아득한 그리움이 그의 온몸을 뒤흔들었다. 그는 섬광처럼 내부에서 거듭 일어나는 폭발에 잠시 멈칫했다. 그는 덥석 물었던 진주를 혀로 한 번 굴렸다가 슬며시 뱉아 내놓고 말았다. 그의 왼쪽 눈이 채옥의 젖꼭지에 닿아 있어 오른쪽 실눈을 뜨고 엿보듯 가슴팍에 묻었던 얼굴을 살짝 들어 다시 한번 붉은 진주를 들여다보았다.

그는 하마터면 억, 하고 비명을 지르듯 입을 벌리고 벌떡 일어설 뻔했다. 그러나 그런 실수는 하지 않았다. 바로 코앞에 한번도 내보이지 않았던 곱디고운 낭자의 속살이 있는데 어찌 그런 실수를 저지르겠는가. 아무리 저것이 곰곰이 따져보면 금방 떠오를 사연의 진주라 해도 이제껏 난리판을 이리저리 뛰어다니고, 시장판을 돌아다니느라 여색은 미처 생각할 겨를조차 없지 않았는가. 더구나 단향과 연분을 맺고 8선녀를 희롱한 죄로 벌거벗은 몸으로 내쫓긴 몸이었으니 지레 오금이 붙어 잡생각이 미처 나지도 못했는데, 그런데 지금 이 순간 채옥의 양떼구름처럼 부드럽고 따스한 속살은 그의 전신을 마치 태풍이 휘몰아가는 구름 속처럼 회오리치게 만들어 버렸다.

'정말 이 진주구슬은 석교 위에서 8선아에게 길을 비켜달라며 꽃을 던져 만든 그 진주와 너무 똑같구나.'

그는 속으로 놀라면서도 그런 기억 자체가 자신이 저지른 일이 아닌 듯 아스라하게 먼 곳의 일처럼 여겨지기도 했다. 그도 집문서를 돌려주고 곡식을 갖다 줄 때에만 해도 티끌 한 점도 그녀의 몸을 탐내고자 하는 의도는 없었다. 꽃그늘 같은 채옥의 자태에 홀린 듯 이끌려 왔기도 했지만, 자신 또한 불가피하게 동학도인에 입교한 몸으로 채옥이 당한 억울한 일은 바로잡아 주는 게 당연한 일이었다.

'아, 어쩌면 이 진주가 그 진주구슬일지도 모른다. 그렇다면 채옥은 이미 인간 세상으로 벌을 받아 내려왔다는 말인가. 그렇다면 아무것도 기억하지 못한다는 것은 또 무슨 조화이며 징벌이란 말인가. 아아, 설마…… 그렇지는 않겠지. 아닐 것이다. 내가 천상의 일을 아직 남김없이 기억하고 있는데 채옥이 알지 못할 수 있겠는가. 그러나 만약 채옥이 정말 8선녀 가운데 한 선아라면 나는 골백 번 지옥에 가도 구함을 받지 못하리라. 천상의 벌을 하토에서 어찌 다시 짓는단 말인가.'

그러나 그러한 생각은 아무 소용이 없었다.

이미 소유의 손이 스란 치마 속을 마구 거슬러 올라가고 있었다. 그의 손 끝에 맑고 고운 허벅지 살이 스치듯 지나갔고, 채옥이 다시 한 번 몸을 거칠게 뒤채었지만 그 맞서는 몸짓은 깊은 못물에 돌 하나 던져넣는 격이었다. 채옥이 몸을 뒤틀 때마다 붉은 진주알이 목줄기 아래에서 흔들렸다. 속곳을 벗겨내리고 까슬까슬한 사타구니에 소유의 손이 닿자, 꼭 감은 그녀의 두 눈 사이로 맑은 눈물이 쉼없이 새어오르고 있었다.
그 순간 소유는 탄식하듯 중얼거렸다.
'공중을 날아가는 화살을 그 어느 성인이 되돌릴 수 있을꼬……'
소유는 혼자 중얼거리며 거칠게 밀어부치던 엉덩이를 한순간 멈추었지만 이미 화살은 아주 멀리까지 날아가 버린 것을 알았다.
'어찌 할 수 없는 일이로다.'
그는 침을 한 번 크게 삼키고 까슬한 둔덕을 서서히 훑어내렸다 빠르게 쳐올리고 이어 번개처럼 채옥의 속곳을 벗겨내렸다. 이미 자신도 모르게 아랫도리에서 솟구치던 용솟음이 채옥의 속곳을 헤집고 채옥의 몸 깊숙이 들어가 용틀임을 치고 있었다.
'장부가 여기서 그만둔다면 어찌 장부라고 할 것인가. 장부도 아니거니와 채옥에게도 큰 결례가 아니겠는가. 이미 속살을 남정네에게 보였으니 정절은 내게 바친 것이나 다름없다 생각하니 이렇게 맥을 놓아 버리는 것 아니겠는가. 황제라 칭하는 이들은 무려 1천여 명의 여인들을 거느리고도 뭇 백성을 다스렸는데, 낭자 하나의 몸과 마음을 차지하는 일이 크게 죄가 되지는 않을 터, 내 차라리 힘을 다해 채옥을 차지하고 내일을 도모하리라. 이미 인간 세상에 버림받은 몸, 누가 더 나를 벌할 것인가. 구름 속에 뵈는 헛것처럼 단향이 나타나 선을 쌓고 덕을 이루기를 앙망했지만 장부의 길이 어찌 그것만이겠는가. 사고무친한 낭자의 한을 덜고 슬픔을 같이 나누는 일도 또한 장부의 길이 아니던가.'
소유는 채옥의 몸 속으로 자신을 밀어붙이며 채옥이 일가붙이 하나 없는 혈혈단신이니 하토에 버림받은 자신의 신세와 다를 바 없고 서로 의지하고 서로를 거두어줄 수도 있는 일이라고 생각하고 싶었다. 이 집 어른은 귀양길에 올라 있으니 아예 주인이 없는 것과 같지 않은가. 집도 넓으니 필요하면 노복도 구하면 될 것이고 난리판이라 하나 집강소에서 곡

8. 여인 채옥　181

식은 문제없이 갖다댈 수 있으니 한세상 아리따운 아녀자와 배 두드리며 넉넉하게 살 수 있지 않겠는가 하는 생각이 마구 들기도 했다.

이렇게 마음을 정리한 소유는 갸날픈 채옥의 입 속으로 뜨거운 숨을 불어넣었고, 눈 앞을 가로막는 붉은 진주알 같은 젖꼭지를 입속에 깊이 넣었다가 뱉아내기를 되풀이했다. 소쩍새는 밤이 아쉬운 듯 쉼없이 울어대었다. 그가 크게 숨을 들이쉬고 채옥의 몸 속으로 깊이 쳐들어가자 악, 하고 채옥은 급한 신음소리를 내질렀다.

소유는 이왕지사 일이 이렇게 된 것이니 완전히 채옥의 정을 사로잡아야 되겠다는 일념밖에 없어 절박한 그 외마디 외침이 귀에 들리지 않았다. 길고 긴 몸의 흐느낌과 살갗에서 쉼없이 솟아오르는 땀방울이 두 사람을 가득 적셔나갔고, 끈적끈적한 느낌이 그의 허벅지를 타고 흐르는 것 같아 그가 슬그머니 손으로 아랫도리를 쓰다듬어 보니 아주 선명한 선혈이 손 끝에 묻어나왔다. 채옥의 입에서 깊고 깊은 탄식이 울려나왔고 양 눈가로 눈물이 실개울처럼 흘러내렸다.

해당화 꽃잎 같은 선혈이 소유의 허벅지를 적셨다. 그것을 못 본 체하며 길게 숨을 토하고 난 소유는 채옥의 살쩍을 빗어 귀 뒤로 넘겨 주며 말했다.

"소쩍새 울음 때문인지, 낭자의 곱고 깊은 마음 씀씀이 때문인지, 그만 긴긴 정한을 맺고 말았소. 어느 보검이 이를 자를 수 있고 어느 광풍이 이 사연을 흩날리게 할 수 있겠소. 허나 단순히 춘정에 이기지 못함은 아님을 알아 주시길 바라오."

"삼가 고개를 숙이고 무슨 말씀을 드리겠습니까만 공께서는 일체 괘념치 마시기 바랍니다. 외세를 몰아내고, 나라를 바로잡겠다는 큰 뜻을 품은 분께 괜스레 짐이 될 일을 제가 그만 저지르고 말았습니다……."

채옥이 일어나 흐트러진 머리채를 수습하고 틀어진 옷섶을 단정히 한 뒤 자리에서 일어나 밖으로 나갔다. 소유는 한참을 기다렸으나 채옥은 다시 돌아오지 않았다. 그는 채옥이 크게 마음이 다친 것이 필시 분명하리라 싶어 몹시 근심스러웠으나 이미 엎질러진 술잔이었다.

그는 혼자 잔에다 매화주를 가득 따라 마셨다. 달이 서녘으로 기울고 닭이 홰를 치며 울 때까지도 채옥은 나타나지 않았다.

소유는 술기운이 매우 올랐으나 은근히 걱정이 되어 견딜 수가 없었다. 날이 부윰하게 밝아오자 술도 다 떨어지고 마음도 조마조마해 뜨락으로 나섰다. 혹 그만 정절을 잃은 충격 때문에 저 오동나무에 목을 매지나 않았는가 하는 걱정도 되었다. 지난 밤에 시끄럽게 울어대던 소쩍새 한 마리가 오동나무 위에 앉아 소유를 내려다보고 있었다. 부산하던 달빛들도 다 사라지고 마당은 휑뎅그렁하게 넓어 보였다.

넓은 마당을 천천히 세 번을 돌았으나 채옥은 여전히 돌아오는 기미가 보이지 않았다. 그만 일어서 나갈까 생각도 하였으나 도둑질을 한 것도 아닌데 주인에게 인사조차 고하지 않고 떠난다니 이치에도 맞지 않고 채옥의 안위도 염려되어 이러지도 저러지도 못해 엉덩이를 들썩이는데 술을 나르던 할미가 다가왔다.

"공께서는 조금 더 기다려 달라는 아씨의 말씀이 계셨사옵니다. 그리고 더 필요한 것이 있으시면 분부를 내려달라는 말씀도 있었사옵니다."

소유는 그 말이 무척 반가웠으나 짐짓 속을 감추고 고개를 끄덕였다. 생각 같아서는 술을 더 내오라는 말을 하고 싶었지만 이제 곧 집강소로 돌아가야 할 때도 되었고 해서 점잖게 고개를 가로저었다. 할미가 술상을 내가고 깨끗이 방안을 치웠다.

이윽고 채옥이 그의 앞에 나타나는데, 이미 낭자의 차림이 아니었다. 머리를 틀어올리고 여염집 부인이 입는 의복을 곱게 차려 입고 소유 앞에 큰절을 올렸다. 소유가 황망히 반쯤 일어서 엉거주춤 절을 받는데 채옥의 단정하고 결의에 찬 목소리가 울려나왔다.
"이미 저는 혼기가 지난 과년한 몸으로 풍비박산이 난 집안을 홀로 꾸려오다가 서방님의 도움으로 빼앗긴 집문서도 찾고, 창고에는 곡식이 넘쳐나게 되었습니다. 어찌 그 은공을 잊을 수 있으리이까. 간밤에 혹 서방님께서 약주가 과하시어 저를 범하셨는지 모르오나, 이미 소녀는 서방님께 정절을 바친 몸이라 이렇게 새벽 샘물을 길어 목욕 재계하고 서방님의 한 여자로서 일생을 다할 것을 정화수를 올려 저 북두성군에게 빌었습니다. 허나 서방님께서는 전쟁판에 계신 몸임을 어찌 모르겠사옵니까. 일개 아녀자의 사사로운 정에 얽매이지 마시고 큰 뜻을 이루도록 하십시오. 저는 언제나 이곳에서 서방님을 기다리고 있겠습니다."
채옥이 큰절을 하고 일어나 앉아 오른쪽 무릎을 다소곳이 세운 채 또박또박 자신의 결심을 소유에게 전했다. 소유는 한 번 몸을 허락한 뒤 일생을 바치고자 하는 그 정성이 놀라웠거니와 채옥을 기다리느라 자신이 그 사이 걱정했던 일들이 눈녹듯 사라졌고 자신의 생각이 얼마나 미욱하고 천박했는지 따져보니 부끄럽기 한량없었다.
천상의 세계에서는 음양의 구별을 분명히 해 그 법도를 어기면 기약할 수 없는 하토로 유배당하는데 여기 인간 세상은 한 번 여인이 몸을 허락한다고 이렇게 일생을 바친단 말인가.
비록 하토에서 처음 여인을 겪어보는 일이라 아직 제대로 알 수 없으나 이거 참, 신묘한 감이 들어 소유는 침을 꿀꺽 삼켰다. 참으로 뜻밖의 일이기도 했지만 과히 싫지는 않은 일이기도 했다. 다만 채옥의 말 끝머리에 아녀자의 사사로운 정에 매이지 말라고 했으나 그는 그만 여기 이 넓은 집에 눌러앉아 살고 싶은 마음이 꿀떡 같았다. 앞에는 실개천이 흐르고 아름다운 버드나무 숲이 여인의 삼단 머릿결처럼 일렁이고 있고 곁에는 백옥 같은 여인이 있는데 더 이상 또 무슨 큰 뜻을 구한단 말인가.

그는 천상에서 벌거벗겨 내쫓긴 뒤 채옥을 만나게 될 때까지 겪은 고초를 생각하니 갑자기 몸이 부르르 떨리도록 징그러운 느낌조차 들었다. 늘 들판이나 산속에서 새우잠을 잤고, 기껏해야 달아난 토호의 소나 돼지를 잡아 배불리 먹고 농주를 마신 것밖에 더 있는가. 게다가 화살과 총알이 비오듯 쏟아지는 싸움터에서 장군의 뜻을 전하기 위해 이리저리 달리거나 장터에서 동학군을 모아들이노라면 쏘아대는 뙤약볕에 어지러움을 느낀 적도 한두 번이 아니잖은가.

비록 하룻밤이지만 이렇게 한가롭고 평화로우며 맛있는 음식과 향기로운 술을 마신 적이 한 번도 없었다. 하토에도 신선이 산다면 바로 이렇게 사는 이를 이름이 아니겠는가.

그는 채옥과 정말 함께 살고 싶었다. 더구나 이미 채옥은 자신을 서방님이라고 부르지 않는가.

"이보시오, 부인……."

그는 다가가 얼떨결에 채옥을 부인이라고 부르고 두 손을 꼭 잡았다. 채옥이 그에게 손을 잡힌 채 가만히 이마를 숙였다. 그가 두 손으로 채옥을 품어 안으니 꽃잎처럼 그의 품안에 감겨 들어왔다. 그녀의 얼굴에 굵은 눈물이 가득 번지고 있었다.

"부인께서 내일을 기약할 수 없는 이 몸을 그리 소중하게 생각하시니 그 말씀을 천금같이 받들어 살 것을 맹서하고 싶은 마음이오. 아무리 난리판이라 하나 두 사람의 연분과 인연을 누가 끊어 놓을 수 있겠소. 이미 난리가 가라앉고 있으니 녹두장군께 이제 난리판을 떠나 부인과 함께 이곳에서 살고 싶은 마음을 전하고 싶소. 부인은 조금만 더 기다리시오."

그러나 품안에 안긴 채옥은 대답이 없이 그의 품에 얼굴을 묻고 소리 없이 안겨 있었다. 그녀의 어깨가 조금씩 들썩이고 있음을 소유는 알았다. 아주 가늘게 흔들리던 어깨는 점점 더 심하게 흔들렸고, 마침내는 소리 없는 오열을 그의 가슴팍에 쏟아내고 있었다.
"부인, 진정하시오. 내 어찌 부인의 마음을 모르겠소⋯⋯."
"서방님, 그런 뜻이 아닙니다. 지금 세상은 도탄에 빠져 있는데 어찌 한갓 아녀자와의 행복에 뜻을 저버린단 말씀입니까? 아니될 일입니다. 저의 일은 괘념치 마시고 어서 집강소로 돌아가셔서 장부의 일을 도모하십시오."
채옥은 낮았지만 분명하고 강경한 목소리로 말하면서도 무엇이 서러운지 쉼없이 흐느꼈다. 소유는 인간 세상에서 처음으로 아리따운 여인의 눈물을 속속들이 보았다.
'저 눈물은 이리 맑고 고울 수가 없는데 내 마음은 또 이리 흔들리며, 가슴은 어찌 이리 아프며, 왜 이리 애간장이 끊어지는 듯하단 말인가. 알 수 없구나.'
소유는 채옥의 품을 떠나기 싫었다. 비록 동학군이 관군과의 화의가 이루어졌다 하나 청군이 오고 일본군들도 온다 하니 언제 이 화의가 깨어지고 새로운 전투가 벌어질지 알 수 없었다. 그러면 자신의 내일이 어떻게 펼쳐지고 어느 하늘 아래 어느 산천에서 까마귀밥 신세가 될지도 모르는 일이 아닌가. 단향의 속살을 맡아본 이래 처음으로 겪는 여인의 이 속내는 그에게 한순간 천상의 벌을 받았다는 이력조차 잊게 만들고도 남음이 있었다. 이리 곱고 따스하며 개울물처럼 맑은 피부와 격조와 드높은 향기를 갖춘 여인과 함께라면 더 이상 식은 주먹밥을 먹어가며 뙤약볕 아래에서 생고생을 할 필요가 무어 있을 것인가.
장군은 도탄에 빠진 백성을 구하고 외세를 물리친다 했지만 자신은 애초에 그 일과 아무 상관이 없는 몸이 아니던가. 지금 세상만사 돌아가는 일이 코끝 앞을 알 수 없을 정도로 흉흉하니 만약 다시 난리가 난다면 재산을 정리하고 깊은 산속으로 숨어 들어가 밭을 일구고 약초를 뜯어가며 살 수도 있는 법이다. 전주성까지 오면서 그는 산기슭을 불태워 밭을 일구는 화전민들도 많이 보았다. 그들은 먹을 것이 없어 누렇게 부황이 든 고달픈 얼굴이었지만 이 집은 그래도 제법 속재산이 있어 보이니 굶주림을 면하는 일은 그리 어렵게 보이지 않았다. 더구나 집강소에서 일을 보니 자신이 부지런히 노력하면 부자들의 금붙이며 문서를 우팔보다 더 쉽게 끌어모을 수도 있는 일이었다.

소유는 품에 안긴 채옥의 어깨를 다독거리며 말했다.

"무엇이 장부의 일이겠소. 비록 조선이라는 이 나라 임금의 즐거움인들 이 순간에 버금하겠소? 나 역시 올 데 갈 데 없는 몸인데, 당신이 일생을 다 바치겠다는 말을 듣는 순간 부러울 것이 없어졌소. 춘하추동이 얼마나 흘러가도 나는 상관이 없을 것이오. 천하를 구하고 천하를 위해 목숨을 바치는 게 장부의 일이기도 한지 모르나 가냘픈 한 여인의 정분을 소중히 하는 것 또한 장부의 일인줄 아오."

그러자 채옥은 그의 품에서 몸을 빼내며 고개를 가로저었다.

"장부란 메추리처럼 거처를 정하지 않고 새새끼처럼 주는 대로 먹으며 바람처럼 새처럼 날아다니는 법입니다. 출세함을 영화로 생각하지 않고, 가난함을 부끄럽게 여기지 않는 법입니다. 그러나 가난하고 억울한 일을 당한 이들을 결코 모른 체 보아 넘기는 법이 없습니다. 서방님은 절대 장부의 길을 잊어서는 안 됩니다. 어찌 한순간 아녀자와의 행복을 버리지 못하시는지요. 비록 완력이었다 하나 억눌리고 짓밟힌 자의 원망을 풀어주고자 하는 서방님의 그 뜻을 알지 못했다면 어찌 제가 몸을 허락했겠습니까. 차라리 숨을 멈추고 혀를 물어 의지할 데 없는 이 몸을 한갓 광풍에 사라지도록 할 뿐인 것을. 비록 서방님이 지금 이 자리에 없다 해도 텅 빈 방안에 서방님의 맑은 기운과 드높은 기상은 언제나 가득 차 있을 것이니 아무 심려 마십시오."

채옥이 워낙 완강하게 말하니 소유로서도 별수가 없었다. 몇날이고 머물러 함께 운우지정을 누리고 향기로운 술을 마시고, 거친 음식으로 상한 배를 따스한 이밥과 정성스런 음식으로 위로하고, 먼지와 가뭄과 뙤약볕에 지친 몸을 쉬고 싶었다. 그는 속으로 입맛을 쩍쩍 다시며 할 수 없이 일어서니 채옥이 아득히 올려다보더니 따라 일어서 소유에게 다시 큰절을 올렸다.

"부디 서방님께서는 옥체를 지키시어 대업을 이루십시오."

소유는 채옥이 작별의 예를 올리자 더 이상 머물 수가 없어 집을 나서다가 몇 번이나 돌아보았다. 간밤의 운우지정을 아는지 모르는지 버드나무는 긴 머리채를 살랑살랑 흔들고 있었다.

9

하늘의 뜻은 쉼이 없다 해도

 소유는 이미 밝아오는 거리를 천천히 지나서 집강소로 돌아가니 분위기가 심각했다. 각 집강소의 접주들이 전부 모여 심각한 의논을 하고 있었다.
 소유는 장군의 전령으로 회의를 소집한다는 연락을 하게 되어 있는데 큰일났다 싶어 사방의 눈치를 슬슬 살피며 뒷걸음질로 대청 안으로 들어서니 정백이 그를 보고 다가왔다.
 "이보게 소유, 얼마나 찾았는지 아는가?"
 "도대체 무슨 일인가?"
 "일본군들이 임금님이 계시는 왕궁을 습격했다네. 국왕이 개 같은 일본놈의 포로가 되었네. 대원군 이하응 대감을 앞세워 한 짓이라는 풍문이 여기까지 들리네. 천하의 대원이대감이 무슨 힘이 있겠냐만 차라리 자결이나 할 것이지, 너무 실망스럽다네. 꼼짝없이 왜놈들이 시키는 대로 하니 말일세. 이제 김홍집 친일내각이 들어서 이 강토는 왜놈 먹이나 다름없게 되었네. 청군과 일본군의 싸움마저 붙었다네. 일본은 청나라 군대를 조선땅에서 몰아내려고 할 것이니 온나라가 남의 군대 발길에 남김없이 짓밟히고 있네. 동학군들이 그래도 농사를 짓는다고 나들 돌아갔지만 이제, 다 빼앗길 농사 지으면 무얼 하나. 어차피 먹지도 못할 농사고 죽기는 매한가지니 다시 한 번 거병함이 옳지 않겠나. 그런데 자네는 도대체 어딜 갔다 왔는가?"

"어, 그럴 일이 있었네. 사람들이 어떻게 사는지 알고 싶어 이곳저곳을 돌아다니다가 그만 멀리까지 가고 말았네."

"그런가, 장군께서 많이 찾으시다가 길을 급히 떠나셨네. 어쨌든 회의가 끝나면 무슨 결정이 내려올 걸세."

"아니 길을 떠나시다니, 어디로 가셨단 말인가?"

그때 집강소 안에서 회의가 끝났는지 기도주祈禱呪가 크게 울려 나왔다.

    시천주조화정영세불망만사지侍天主造化定永世不忘萬事知
    지기금지원위대강至氣今至願爲大降
    시천주조화정영세불망만사지
    지기금지원위대강……

기도주문이 들리자 갑자기 텁석부리 정백이 말허리를 자르고 주문을 함께 외웠고 집강소 안에 있는 동학군들이 큰 소리로 따라했다. 그러나 소유의 귀에는 그 함성이 아주 구슬프게 들려왔다.

하늘의 주인을 모시고 조화를 정함에 있어 영원세세 잊지 않으시고 만 가지 일을 알아 지극한 기운이 이제 이르렀으니 바라옵건대 크게 내려주옵소서.

만 가지 일이란 세상 모든 일을 이름이고 크게 내려달라는 것은 이 외국의 침략에서 벗어나고 창자를 끊어내는 것 같은 배고픔과 억울함을 풀어달라는 애끓는 호소가 아니겠는가. 간절한 애원이며 동학도들을 결속하고 단결하게 하는 근원이기도 한 저 기도주는 그렇다면 슬픔의 집결체라고 말할 수도 있을 것인가.

소유는 고개를 갸웃거렸다. 지난 밤 채옥을 범하던 그 시간에 무엇인가 큰 일이 벌어졌음이 틀림없었다. 지금 들리는 저 기도주는 늘 듣던 기도주와는 아주 달랐다. 뭔가 절박하게 들렸으며 간절한 애원과 함께 분노와 증오심도 함께 서려 있었다. 주문의 힘은 기이하다고 소유는 생각했다.

회의가 끝나고 밖으로 나오는 각 접주들의 얼굴에는 비감한 빛이 서려 있었다. 텁석부리는 장군이 각 접주들로 하여금 회의를 하여 뜻을 모으게 하라고 한 다음 동학군 10명을 데리고 나주 목사를 만나러 갔다고 했다. 나주만은 동학군이 집강소를 설치하지 못한 곳이었고, 그래서 장군이 직접 나주 목사를 만나 집강소를 짓기 위한 담판을 하기 위해 적진으로 뛰어들었다는 것이다.

소유는 때마침 자신이 장군이 떠나는 길에 동행하지 않아 다행이다 싶어 가슴을 쓸어내렸다. 범굴에 들어가 그만 사지를 찢기는 형벌을 받을지도 모르고 단번에 모가지가 댕강 날아갈 수도 있는 일이 아닌가. 그러나 그는 그런 내색을 할 수 없었다. 다만 걱정이 가득한 눈빛을 지으며 어이없어 하는 낯빛을 꾸며야 했고 그것이 또한 도리였다.

"아니, 그러다 관규들에게 욕을 당할 수도 있는데 어떻게 하려고 그런 무모한 일을 말리지 않았단 말인가?"

그 사이에 어느 틈에 다가왔는지 김우팔이 씩 웃으며 끼어들었다.

"도사님은 그것도 모르시우? 별 걱정 다하고 있소. 우리 장군님이야 바람을 부르고 구름을 데리고 놀며, 천 리 걸음도 한달음에 내닫는데 무슨 걱정이 있소. 아마 금방 돌아올 것이오. 그건 그렇고, 도사님."

김우팔이 소유의 옷깃을 잡아당겨 사람들이 없는 쪽으로 가자며 눈을 찡긋했다. 소유는 채옥과의 연분이 내심 찔리기도 해서 못이긴 체 따라가니 우팔이 입맛을 쩍쩍 다시며 지난밤의 사연을 알려 달라 졸랐다.

"도사님의 행방을 이 제자가 몰라 되겠소? 간밤의 연분이 어땠는지 부디 한 말씀만 들려주시오. 그 집에 아리따운 계집종이 틀림없이 있을 터이니 이 우팔을 잊지 않으신다면 그저 여한이 없겠소이다."

이미 우팔은 그가 채옥의 집에서 밤을 보냈다는 것을 알고 있는 눈치였으나 소유로서는 결코 인정할 수 없지 않은가. 우팔 이놈, 어림없는 일이로다. 내가 집문서를 돌려받고 채옥의 집에다 곡식을 내주었으니 필시 이놈이 넘겨짚는 수작임을 소유는 모르지 않았다.

"이놈이 별 생각을 다하는구나. 어디서 그런 눈동냥을 해가지고 이리 상스럽게 구느냐? 너는 내가 한갓 그런 불한당으로밖에 안 보이느냐? 지금 나라 꼴이 풍전등화인데 무슨 엉뚱한 생각을 한단 말이냐?"

"얄라차, 도사님. 저야 무슨 사연인지 모르오나 음양의 이치를 알고 싶고 궁금한데 어찌 그리 구박이란 말이오. 나라가 아무리 바람 앞에 등불이고, 이 몸이 비록 난리에 있으나 어찌 음양의 도리를 잊고 지낼 수 있단 말이오."

"어허, 시끄럽다, 이놈아."

소유는 점잖게 그를 뿌리치고 접주들이 모여 있는 곳으로 성큼성큼 걸어갔다. 그들은 끼리끼리 서서 어두운 얼굴로 이야기하고 있었다. 처음 듣는 말도 많았다. 그들 가운데 낯선 얼굴이 하나 있었는데 그 사람은 한양에서 많은 이야기를 모아 가지고 왔다고 했다. 키가 작달막하고 날쌘 돌이처럼 생겼는데 재치도 있고 꾀가 많게 생겨 보였다. 정백은 그의 이름은 강달복으로 장군의 뜻을 대원군에게 전하는 일을 한다고 했다. 일본군이 왕궁을 점령했다는 소식도 그가 가져왔다.

강달복이 전해주는 소식은 다양하고 세세했다. 그가 접주들과 나누는 말을 이리저리 추스려 들어보니, 이미 청나라와 일본이 싸움이 붙어 대세는 일본 쪽으로 기울었다는 것이다. 그가 전하는 소식은 동학군들에게는 참으로 놀랍고 새로운 소식이었다. 청국군 3천4백 명이 아산만에 들어오자, 그 이틀 뒤에 일본 해군과 신식무기를 갖춘 육군 7천 명이 인천으로 들어왔다는 것이다.

임금이 너무 놀라 한양에 있던 각국의 외교 사절 특히, 조선의 친구라고 말하던 미국공사 씰을 통해 미국정부에게 일본군의 즉시 철수를 요구해 달라고 급히 요청했으나 미국은 오히려 일본의 편을 들었다고 했다.

씰은 이렇게 말했다.

"일본은 그들의 출병이 거류민과 공사관을 보호하기 위함이라 하는 바, 일본인으로서 조선에 있는 자는 현재 경성에 1천 명, 인천에 4천 명, 부산과 원산에 1만 명이며 일본인으로서 조선사변에 희생된 자가 임오군란 때 40명, 갑신정변에 60여 명에 이른 것을 따지면 일본의 출병은 정당한 것이다."

이때 청나라의 이홍장이 조선에서 청일양군의 동시 철수를 주장했다. 일본은 조선에 계속 병력을 파병했고, 청국과의 전쟁을 일으키기 위해 청일양군이 공동으로 조선의 농민폭동을 진압하고 조선의 내전개혁을 하자고 제의하니 청나라는 조선이 청의 속국이라 하여 이를 거절했다.

드디어 일본은 왕궁을 점령하고 대원군을 허수아비로 잎세워 김홍집 중심의 친일내각을 세웠고, 선전포고도 없이 아산 앞바다 풍도 근처에 정박해 있던 청국함대를 공격해 불바다로 만들어 버렸다. 일본과 청국과의 싸움은 일본의 일방적인 승리로 이어졌다. 평양에 주둔하고 있던 청군들은 일본군의 공격에 맥없이 무너졌고, 이어 일본 함대가 황해해전에서 청국의 북양함대를 완전히 궤멸시켜 청나라 군대와 군수품의 수송로를 장악했다.
 일본군은 그야말로 대나무를 쪼개듯 삽시간에 청군을 조선에서 몰아내고 있었고 일부 병력은 남하해 폭도 토벌의 명분을 내세워 동학군들을 진압하고자 했다. 이렇게 상황이 급박하게 돌아가자 동학군 내부에서도 곧바로 일본과 전쟁을 일으키자는 측과 농민군의 역량을 보존해 뒷날을 기약하자는 측으로 양분되어 논란이 분분했다. 일청 연합군이 관군과 합세해 동학군을 일거에 물리친다는 소문마저 흉흉하게 나돌고 있는 것까지 강달복은 전했다.
 녹두장군이 나주에서 돌아온 것은 그로부터 열흘이나 지나서였다.
 그의 얼굴에는 깊은 시름이 가득 고여 있었다. 나주 목사를 만나 담판을 지었으나 아무런 소득이 없었다. 겨우 몸을 빼내 돌아온 것만 해도 큰 다행이었다.
 장군은 나주에서 돌아온 날부터 새벽마다 정화수를 떠놓고 별을 바라보며 간절히 기원했다. 소유는 찬 별빛이 온몸을 가득 적실 때까지 하늘을 우러러 보며 간절히 빌고 있는 장군의 모습이 애처로웠다. 채옥의 몸매가 눈앞을 아른대었지만 소유는 장군이 기도를 끝낼 때까지 기다렸다. 장부의 일을 도모하라는 채옥의 말 때문이기도 했지만 기도하는 장군의 모습이 너무 강렬해서 발걸음을 얼어붙게 했다. 입술을 꽉 다물고 이마를 찧어대듯 간절히 기도하는 녹두장군의 눈빛에는 푸르고 깊은 별빛이 뚝뚝 흘렀다. 장군이 무엇인가 중대결심을 하려 한다는 것을 소유는 느낄 수 있었다.
 전주화약을 애초부터 반대하던 김개남은 자신의 지휘 아래 있는 동학군을 데리고 남원으로 떠났다. 그는 더 이상 나라의 약속을 믿고 멈칫거리다가는 동학군들의 씨가 마를 것이니 남원에서 농민군대회를 열어 나라를 한 입에 삼키려는 일본군에게 대항하겠다는 뜻을 분명히 했다. 김개남은 남원농민대회에 5만이 넘는 병력을 모이게 했다. 그는 마을마다 군수미를 거두어 무려 3백 석을 화엄사에 쌓아두고 재봉기에 나설 준비를 착착 해 나갔다.

김개남은 그를 따르는 농민군들에게 호령을 내렸다.

"어찌 나라를 믿겠는가. 지금 관리들은 믿을 것이 못 된다. 지금 나라 안이 크게 어지러우니 우리들이 마땅히 하늘을 대신해 물건을 다스리고 나라를 다스리고 백성을 편안하게 해야 한다."

그는 탐관오리를 붙잡아서 주리를 틀고 부잣집을 털었으며 부자와 양반들을 잡아들였다. 그는 성격이 불 같고 용맹하고 무술이 뛰어나서 관군들이 두려워했다. 그는 동학인들의 군정을 철저히 시행해 나갔다. 남원으로 떠난 김개남 부대의 소식은 녹두장군의 군영에도 속속 전달되어 왔다. 손화중도 재봉기를 강력하게 주장했다.

마침내 장군은 동학군의 재봉기를 결심했고, 그때부터 소유는 정신없이 바쁘게 돌아다녀야 했다. 농사를 짓기 위해 고향으로 돌아갔던 동학군들에게 다시 봉기한다는 파발문을 돌리느라 말 탄 엉덩이에 굳은살이 박히고 발바닥에 피멍이 들 정도였다.

그러나 소유는 아무리 급한 일이 있고, 아무리 먼 곳을 다녀오더라도 반드시 채옥의 집을 들렀다. 소유가 들어서면 이미 채옥은 깊은 안채에다 원앙금침을 펴놓고 소유를 맞아들였다.

"서방님은 원기를 아끼시어 불쌍한 사람을 부디 도우시기 바랍니다. 하찮은 여인의 몸에 너무 많은 기운을 쏟아 부으시면 아니 됩니다."

채옥의 정성은 지극했다.

땀에 절은 몸을 일일이 씻어주고 서늘한 모시잠옷으로 갈아입혔다. 그리고는 섬섬옥수를 펼쳐 그의 어깨와 팔과 다리를 차근차근 주무르기 시작했다. 이마에 땀이 송글송글 맺히도록 채옥은 소유의 몸을 주무르는 데 열중했다. 소유는 그 풀잎처럼 부드럽고, 바람처럼 은은한 채옥의 손길에 아예 몸을 맡겼다. 그러면 채옥은 그의 등, 척추 뼈마디까지 하나씩 누르며 그의 등 위로 맑은 땀방울을 흘렸다. 소유가 그만두라고 하지 않으면 밤새도록이라도 계속할 것이었다. 소유가 손을 잡아 옆자리에 눕히면 마지못해 채옥은 그를 주무르던 손길을 멈추었다.

칠흑 같은 머리채를 틀어 올리고 소유의 옆자리에 다소곳이 누운 채옥의 모습은 고왔다. 그는 땡볕 아래 각지에 흩어진 집강소를 돌아다닌 피곤도 잊고 천천히 채옥의 옷을 벗기고 길게 뻗은 다리 사이로 몸을 옮겨갔다. 채옥의 세운 다리 사이로 몸을 집어넣고, 눈을 살며시 감는 얼굴 위로 입술을 던져 가만히 벌린 입술 속의 혀를 고요히 빨아대었다.

채옥은 못내 얼굴이 붉어지고 젖꼭지가 앵두씨처럼 딱딱하게 부풀어 올랐고 목이 마른 듯 침을 삼키기 시작했다. 그가 허리를 크게 들어 힘껏 몸을 밀착시키자 채옥의 입 속에서 작은 흐느낌들이 새어나왔고, 소유는 자신도 모르게 아, 차라리 난리가 무슨 상관이랴, 이렇게 여인을 안고 한 세상 살아간다면 이 또한 큰 즐거움이 아니겠는가 하고 속으로 외치며 거듭 채옥의 몸 속으로 빠져들었다. 소유의 이마에서 내리는 구슬 같은 땀이 채옥의 젖가슴 사이를 가득 적셔 흘렀다.

짧은 어둠이 끝나고 새벽은 빨리 왔다. 채옥이 일어나 그의 몸을 다시 씻겨주고 그 사이 종복은 깨끗이 빤 옷을 가지런히 개어 내왔다. 간밤에 희열에 떨었던 운우의 순간을 잊은 듯 무릎을 세우고 앉은 채옥의 옆얼굴은 칼로 자른 듯 분명하고 어조는 언제나 틈이 없었다.

"서방님께서 백성을 구하느라 동분서주하는 모습을 보니 참으로 기쁘옵니다. 풍문에 듣자 하니 이미 일병이 강토를 짓밟아 머지않아 금수 삼천리가 피로 물들지나 않을지 참으로 심려가 크옵니다. 나라 형편이 이러하니 서방님께서는 한갓 사사로운 길을 택하지 마시고 대의와 큰 덕에 따라 처신하기를 거듭 앙망합니다. 부디 가볍게 여기지 마십시오."

"알겠소. 간곡한 그 마음을 내 어이해 모르겠소."

소유는 두 아미 가운데 새 날개처럼 흘러내리는 오똑한 콧날 아래 꼭 다문 입술 선을 슬쩍 보니 난데없이 뜨거운 기운이 다시 아랫도리에서 불끈 솟아올라 헴, 하고 잇달아 헛기침을 삼켰다. 채옥의 얼굴 앞을 가리며 흘러내리는 두세 가닥의 머리카락이 묘하게 그의 눈을 간지럽혔고, 발갛게 달아오는 귓불은 그의 침을 꿀꺽 삼키게 했다.

허참, 이게 무슨 조화란 말인가.

그는 속으로 혀를 찼다. 채옥은 지금 바람 앞의 등불처럼 나라가 위중하니 함부로 행동하지 말고 나라를 구하는 길에 일로매진하라고 당부하고 있건만 주책없는 자신의 아랫도리는 그 무슨 연유인지 채옥을 향해 불끈불끈 용틀임을 쳐대지 않는가. 도포자락 가운데로 불룩 솟아오른 것을 감추기 위해 슬그머니 그는 두 손을 위에 얹었다.

그는 기껏 고운 자태 앞을 가리는 몇 가닥 머리카락 앞에 그만 욕정이 분별없이 솟구쳐 그것을 주체할 길이 없으니 황망한 심정이었다.

채옥은 그의 변화를 모르는지 아는지 단호하고 간곡한 어조로 말을 이어나갔다.

"서방님께서 소첩의 뜻을 받아들이시니 삼가 고개 숙여 황감할 따름입니다. 난리 중에 비록 혼례는 올리지 못했사오나, 이미 서방님을 위해 일생을 바치기로 다짐한 몸이니 그 어떤 일이든 두려움이 있겠사옵니까."

채옥이 이마를 숙여 바닥을 내려다보고 있을 때 이미 새벽별은 하나둘씩 스러지고 있었다. 푸르스름한 광채가 허공에 걸려 있었다. 그러나 소유는 도지히 그 자리에서 일어설 수 없었다. 이미 그는 무릎 걸음으로 재옥의 곁으로 다가서고 있었다. 차마 그는 채옥 앞으로 가 그 옷섶을 풀어 헤치지 못하고 등 뒤로 다가가 미끈하고 둥근 배를 왼손으로 품어 안으며 그의 사타구니 쪽으로 끌어당겼다.

"내 어찌 장부로 태어나 그 말씀의 뜻을 새기지 않겠소. 허나 새벽 닭이 울고 푸른 햇살이 장지 문을 비쳐드니 새삼 각별한 정이 이리도 용솟음치는 것을 널리 헤아려 주기 바라오. 하루하루가 언제나 마지막 같고, 곳곳 집강소 접주들을 만나느라 먼 길을 떠나 바람같이 돌아오지만 언제 마지막 길이 될지 알 수 없고, 민심은 갈수록 흉흉하오. 그대 말대로 강토는 개 같은 왜적놈들의 발길에 낱낱이 무너지니 무엇을 기약하리오."

그는 보드랍게 울렁이는 채옥의 뱃살을 쓰다듬으며 자신이 내뱉은 말에 도취되어 마음이 울컥거렸다. 그는 오른손으로 급히 치마 속을 파들어 속곳을 벗겨내며 속으로 긴긴 산 메아리처럼 아득하게 중얼거렸다.

'이 한몸 천상에서 버림받아 한 여인의 사랑을 듬뿍 받고 있건만 어찌 이리 마음은 정히 갈피가 없는고. 오늘인지 내일인지 어느 전장에서 총에 맞고 화살에 맞아 여우 밥이 될지 승냥이 밥이 될지 알 수 없는데, 채옥은 나라를 구하고 대의와 명분을 잃지 말라 하니…… 내 애초부터 이 길을 원하지 않았으니 원컨대 하늘의 조화시여, 부디 하토에서나마 여인과의 정분을 보존할 수 있다면 얼마나 다행스럽겠습니까.'

"서방님 부디 잊지 마십시오……."

갑작스레 소유가 뒤에서 달려들자, 채옥은 몹시 당황한 듯 말을 채 끝내지 못하고 부끄러운 듯 고개를 떨구었다. 소유는 채옥의 엉덩이를 끌어 당겨 속치마를 헤치고 속곳을 서둘러 벗겨내었다.

그는 이상하였다. 채옥을 떠나 막 집강소로 돌아가려 할 때마다 이상한 향기 같은 것이 그의 코를 뒤흔들었다. 그는 그만 향기에 취해 채옥을 바라보았다. 아주 오래전에 어디선가 한 번은 스쳐갔던 얼굴이었다. 아,

알 수 없구나. 차라리 알 바 아닌지도 몰랐다. 더 이상 그는 솟아오르는 바짓가랑이를 손으로 눌러 둘 수 없는 노릇이었다. 그는 채옥의 아랫배를 끌어안고 단단해진 옥경을 서둘러 채옥의 엉덩이 사이로 꼭 밀착시켜 집어넣으니 채옥은 혹하고 입술을 손으로 막고 그가 흔드는 대로 몸을 맡기고 있었다.

그때 그는 문득 단향의 모습을 보았다. 검은 망사로 얼굴을 가린 여인이 창 밖 허공에 서서 힘을 다해 채옥의 몸속을 헤짓는 그의 모습을 물끄러미 내려다보고 있었다. 그의 귓속으로 단향의 음성이 들려왔다.

"어찌 군은 업장의 시간을 이리 길고 길게 하십니까? 인연의 법칙이 가혹하다 하나, 정말 군께서는 이미 천상의 일을 다 잊으시고, 하토의 길에 익숙해지셨사옵니까. 허나 그 모든 일이 천상의 벌에서 비롯되었음을 잊지 마소서. 아직 채옥은 모르나 머지않아 알게 될 날이 올 것입니다."

"아, 단향선……."

그러나 소유는 왼손으로 잡고 있는 채옥의 아랫배와 오른손으로 잡고 있는 엉덩이를 놓을 수 없었다. 그러면서도 그는 모처럼 나타난 단향을 그냥 보낼 수 없었다.

"단향선, 기다리시오. 허공의 푸른 기운이 바로 그대였구려. 단향선이여, 채옥이 머지않아 알게 된다니 그게 무슨 말이오. 그대가 나타나지 않으니, 점점 더 속세의 인연 속으로 빠져드는 것을 내가 어찌 막을 수 있단말이오. 하늘의 기운은 알 길도 없고, 그저 나는 한갓 천상에서 닦은 공력으로 이 마을 저 마을 냅다 달리며 전장터 소식이나 알리지만 언제 논바닥에 엎어진 개구리 신세가 될지 알 수가 없소. 어찌 단향은 그 이후로 한 번도 내 곁에 오지 않으시오? 원망스럽소."

"이제 새벽별이 남김없이 스러졌으니 더 무슨 말을 할 수 있겠습니까. 저 또한 허공에 불어 에는 바람처럼 성저 없이 휩싸여 다닐 뿐. 다만 군의

9. 하늘의 뜻은 쉼이 없다 해도   199

앞길이 사무치게 염려되니 이몸 발길 발길마다 가시숲 같사옵니다."
"아, 단향선……."
그러나 소유는 더 이상 말을 잇지 못했다.
아랫도리에서 거센 용틀임이 불끈 일어서더니 썰물처럼 채옥 속으로 빠져나가고 있었기 때문이었다. 눈앞에서 불이 번쩍 일어나는 것 같았고, 놓칠세라 힘껏 잡았던 채옥의 몸이 두 손아귀에서 스르르 빠져나가는 것도 그는 몰랐다. 아스라하게 사라지는 별을 향해 날아가고 있는 허공의 푸른 기운을 어렴풋이 그는 볼 수 있을 따름이었다.
어느새 채옥이 흐트러진 옷맵시를 바로 갖추고 명주 수건으로 땀범벅이 된 그의 얼굴과 옥경을 말없이 닦아주고 있었다. 그는 부끄러워 아무 말도 할 수 없었지만 그는 두 사람 사이의 침묵이 견디기 힘들어 겨우 한 마디 내뱉었다.
"갑자기 형언할 길 없는 서러움이 치밀어서 그만 나도 모르게 채옥을 뒤에서 범해 힘들게 하고 말았소. 허나 어느 하늘 아래 있어도 그 말씀은 언제나 고이 새기리다. 이 길을 나서면 또 돌아올 수 있을지 없을지 알 수 없소. 논두렁 밭두렁에는 굶어 죽은 시체가 깔려 있고, 어느 벌판에는 흰 옷 입은 농부들이 낙화처럼 줄줄이 널려 있어 내 마음 내 발길, 어디로 두어야 할지 참으로 애태웠소. 부디 해량해 주시오."
채옥은 말없이 고개를 끄덕였다.
겨우 행장을 수습하고 소유는 채옥의 집을 나와 버드나무 사잇길을 걷다가 문득 뒤돌아보니 문 앞에 서서 오래 소유의 뒷모습을 지켜보는 그녀의 먼 모습을 찾아볼 수 있었다.
그가 돌아보니 채옥은 황급히 대문 안으로 들어가 사라졌다. 소유는 뜻없이 중얼거렸다.
'모든 일들이 저러하구나…….'

말을 생각없이 내뱉고 나니 그도 그게 무슨 뜻인지 몰랐지만 마치 자신의 앞날을 예언하는 듯한 기분이 들어 몸을 한 번 부르르 떨었다. 그리고 사방을 두리번거리고 난 뒤 인적이 없자 슬쩍 허리춤을 풀고 옥계천 아래로 시원하게 오줌을 누고 난 뒤 입맛을 한 번 길게 다시고는 다시 한 번 뜻모를 말을 중얼거렸다.

'모든 일들이 저러하구나.'

다시 큰 난리가 난다고 사람들이 이불짐을 싸들고 봇짐을 등에 지고, 더러는 달구지에 세간과 콩알 같은 자식새끼들을 주렁주렁 담아서는 어디론가 길을 떠나고 있었다. 그가 집강소로 휘적휘적 들어서니 금방이라도 큰 전투가 벌어질 듯이 긴장감이 꽉 차 있었다.

늘 입을 척 벌리고 있던 우팔이도 한 일자로 입을 굳게 다물고 심각하게 서 있었다.

"우팔아, 무슨 일이 일어났느냐? 네놈이 그렇게 심각한 낯빛을 하고 있으니 큰일이 나도 단단히 난 모양이구나."

소유는 놀리듯이 우팔에게 말을 걸었다.

그도 그럴 것이 내내 우팔이 채옥의 종년을 달라고 졸라대는 것을 들은 척도 하지 않았으니, 그를 보는 우팔의 심사도 별로 편안하지 않을 것이었다. 그저 심술이 뚝뚝 듣는 얼굴이겠거니 해서 한마디 건넸는데, 우팔은 아주 심통맞은 얼굴을 풀지도 않고 들은 체도 하지 않았다.

"도사님은 어찌 그리 세상 물정도 모르시우? 지금 도대체 무슨 일이 일어났는지나 알고 밤새 비구름 타고 노니다가 해가 중천에 나자빠지니 겨우 집강소로 돌아오시오?"

"어허 이놈 좀 봐라. 화가 나도 단단히 났구나."

"무슨 소리 하시우. 당장 안으로 들어가 보시우. 큰일이 났소. 큰일이 났단 말이오."

"큰일이라니 도대체 무슨 일이 났단 말이냐? 장군님 신상에 큰 변고라도 났단 말이냐?"

"도사님이 하는 소리가 겨우 장군님 신상에 변고가 났더냐 하는 소리요? 우리 동학군끼리 싸움판이 붙어 서로 찔러 죽이게 되었다고 근심소리가 하늘을 찌를 듯한데. 그래 도사님은 귓구멍이 막혔단 말이오?"

"허어 참, 말이 거칠구나. 그렇게 말하려면 아예 날더러 도사님이라고 부르지를 말아라. 듣기 거북하구나."

"듣기 거북하면 좀 어떻소? 이제 우리끼리 총부리와 창칼을 들이대고 싸움판을 벌이게 되었으니 이 우팔이 팔자도 참으로 기박하오. 화무는 십일홍이라고 이 보잘것없는 권세가 철도 바뀌지 않았는데 이리 허무하게 끝나다니. 평생 나무나 팔면서 돌팔매질로 꿩새끼나 잡아 장터에 내다팔면 그까짓 끼니 하나 잇지 못할까? 내 도사님 훤한 상판대기를 보고 지게도 집어던지고 따라 나섰더니 말짱 헛것이 되었소."

"신세타령 좀 그만하고 속시원히 말해 보아라."

"어허 참, 뭘 말해보란 말이오. 냉큼 들어가보면 알지 않겠소."

두 사람이 언쟁을 하고 있는데 정백이 소유를 보고 급히 오라고 손짓을 했다.

"중대 사단이 생겼다네. 북접 사람들이 남접을 치기로 했다네. 장군께서 나와 소유에게 중대한 명령을 내리셨어. 당장 보은으로 가 해월 최시형 교주를 만나야겠네."

"그게 무슨 소린가. 북접은 또 뭐란 말인가?"

"허어, 소유, 그걸 새삼스레 왜 묻는가. 해월교주가 계신 충청도가 북접이고, 장군이 계신 전라도가 남접인 것을 어린애들도 다 알고 있는데 말일세."

"그런데 북접이 왜 남접을 친단 말인가. 같은 동학도인끼리 말일세."

"벌써부터 해월 북접 도소의 두령들이 도道로서 난을 일으키는 것은 옳지 않은 일이라 하였다네. 그것은 나라의 역적이요 사문의 난적이니 남접 동학도인들을 쳐없애자 한다네. 이제 우리는 사면초가라네. 관군과 일군에다 같은 동학인끼리 피를 흘리게 되었으니…… 이미 해월교주는 창의대장에게 경고문을 보낸 바도 있다네. 운이 아직 미개하고 때가 이르지 않았으니 경거망동치 말고 천명을 어기지 말라고 했다네."

"그러면 보은에 가면 나부터 먼저 맞아죽지 않겠는가?"

소유는 엉덩이를 뒤로 빼며 한마디 물어보았다.

그도 그럴 것이 북접이 남접 사람들을 친다면 그들부터 먼저 잡아 족치지 않겠나 싶었다. 저번 녹두장군이 나주 길에 나설 때에는 마침 채옥의 집에 있어 위기를 면했는데 이번은 어찌 피할 방도가 없는 것 같았다. 갑자기 속탈이 났다 하고 뒷간으로 가는 척하고 그만 달아나 버릴까 하는 생각도 불쑥 들었으나 좀체 기회를 엿볼 틈이 없었다. 이미 장군이 나와 그와 정백에게 명령을 내렸기 때문이었다.

그는 아아, 채옥이 한식경만 더 붙잡아 주었어도 이리 험한 길을 나서지는 않았을 텐데 하는 원망도 들었고, 새벽 방사를 좀더 길게 끌었다면 뒤늦게 돌아와 그 위기를 모면했으리라는 아쉬움도 자꾸 들었다.

그는 달리는 말에 앉아 자꾸만 돌아봐도 가뭄이 들어 하얗게 타오르며 쩍쩍 갈라지는 논뙈기만 보일 뿐 채옥의 집은 찾아볼 수 없었다. 그는 우팔의 행동이 저으기 염려되기도 했다. 워낙 하는 일을 종잡을 수 없는 위인이라 혹시 채옥을 겁탈하면 어떡하나 하는 염려도 들었다. 그렇잖아도 하는 품새가 잔뜩 계집종에게 눈독을 들이고 있는 게 역력한데 어쩌다 그 불똥이 채옥에게까지 튈지도 모르는 일이 아닌가. 한치 앞도 알 수 없는 것은 인간 세상이나 천상이나 다를 바가 없는 법이다. 자신도 한갓 단항과의 운우시정이 사신에게로 이어질 육관대사의 법통마저 잃어버리게 하지 않았는가. 허나 그렇다고 지금 보은 가는 길을 못 가겠노라 버틸 수도 없는 노릇이었다. 채옥이 또한 집을 나서는 그에게 대장부의 길을 잊지 말라고 신신당부하지 않았는가.

그는 정백을 따라 보은에 도착해 해월 최시형 교주를 만났다.

정백은 해월 앞에 엎드려 나라가 바람 앞의 등불이고, 남북접이 같은 도인이며 마음도 똑같은데 누가 누구를 벌하고 물리친다는 말인가 라며 함께 나라를 구하자는 창의대장의 뜻을 전하고 남접을 물리친다는 뜻을 거두어주기를 간곡히 청했다.

"녹두장군이 아비의 원수를 갚으려면 효도로 할 일이지 어찌 수만의 사람을 살상한단 말인가. 사문의 난적이요, 나라의 역적이 아닌가."

"우리가 어찌 나라의 역적이란 말씀이오이까? 이몸 정백, 장군의 뜻을 받들어 목을 내놓고 여기 왔소이다. 이 나라 강토가 왜놈에게 짓밟히고 백성은 못 먹고 못 입어 살아도 산 목숨이 아니오이다. 무엇이 효도요, 무엇이 충의입니까. 우리 동학도인은 한울님의 본심에서 스스로 우러나 일어선 것이오."

정백의 목소리가 점점 높아졌다. 해월은 정백의 말을 들은 체도 않고 묵묵히 앉아 새끼를 꼬고 있었다.

새끼를 다 꼬고 나면 짚을 풀어 다시 새끼를 꼬았다. 꼬아진 새끼처럼 기이한 침묵이 그들 사이에 내려 앉았다. 소유는 해월이 왜 꼰 새끼를 풀어 다시 새끼를 꼬는지 도무지 그 행동을 알 수 없어 엉뚱하나마 한마디 묻지 않을 수 없었다.

"어리석은 까닭에 한 말씀 올립니다. 어찌 꼰 새끼를 풀어 다시 꼬시는지 한 말씀으로 깨우쳐 주십시오."

"하늘의 뜻은 쉼이 없도다."

해월은 소유의 얼굴을 지긋이 건너다보더니 한마디 하고는 아무 말도 없었다. 정백이 해월의 말을 듣더니 큰 목소리로 외쳤다.

"하늘의 뜻이 정녕 쉼이 없다면 어찌 남접 동학의 지극한 정성을 몰라주십니까. 모든 동학도인이 씨가 마르도록 그렇게 새끼만을 꼬고 있다면 정녕 하늘의 도를 모르는 이치가 아니겠소. 나라를 구하고 백성을 배불리 먹이자는 큰 뜻을 세워 온 산천이 피로 물들고 말았소. 그런데 어찌 한갓 새끼를 꼬고 있겠소이까. 동학도인이 서로 총칼을 겨눈다면 교주께서는 만고의 큰 탄식을 어찌 하시겠소."

정백은 그 자리에서 벌떡 일어서려 했다. 소유는 엎드린 채 그의 손등을 덮어 지긋이 눌렀다. 혼자 벌떡 일어나 가버리면 어떡한단 말인가. 북접이 남접을 치기로 결정이라도 한다면 정백은 물론 자신도 이미 죽은 목숨이 아닌가.

해월이 새끼를 꼬던 손을 잠시 멈추고 정백을 말없이 건너다보았다.

"동학의 큰 원력이 무엇인가. 사람이 곧 하늘이라. 하늘을 피로 물들게 할 수는 없도다. 도의 가르침이 어찌 사람을 죽이는 데 있고 난을 일으키는 데 있겠는가. 허나 같은 도인끼리 어찌 피를 흘리겠는가."

그는 손병희 두령을 그의 처소로 오게 했다.

그는 손병희에게 피를 흘리지 말라는 한마디 말을 하고 다시 새끼를 꼬기 시작했다. 두 사람은 해월의 처소에서 물러나왔다. 손병희는 두 사람을 보은의 대도소로 데리고 갔다. 그곳에는 대도소의 두령들인 김연국, 손천민 황화일 두령이 기다리고 있었다.

그들이 보은의 대도소에 이르니 북접의 두령들은 창의대장이 이끄는 남접을 치겠다는 최후의 결의를 다지고 있었다. 대도소 담장 주위에는 벌伐 남의군이라는 깃발이 수백 개 내걸려 있어 소유는 오줌이 마려워지고 간담이 서늘해졌다.

남접 사람들을 맞이하는 그들의 얼굴은 냉랭했다. 남접의 전봉준은 동학인의 불순분자이니 숙청한다는 것이었다. 정백은 비록 도로서 난을 일으켰다 할지라도 그것은 굶주린 백성을 위한 것이며 동학도인이 추구하는 인내천이라고 항변했다.

"북접이 치지 않더라도 이미 일군과 관군들이 연합해 녹두장군을 치려 하고 있는데, 뜻을 함께 하는 도인들이 어찌 이 난리판에 마지막 숨통을 끊어놓으려 하시오?"

"도를 문란하게 하는 자를 징계하려는 것인 바, 어찌 사문난적을 두둔할 수 있겠소. 남접의 도인들이 그랬겠소만 세상이 달라지니 동학에 입교한 머슴들이 상전을 잡아 불알을 까고 농민들은 부자들의 재산을 마구잡이로 약탈하니 이게 무슨 도의 길이겠소."

"장군께서도 동학에 입교한 자로 그 기세를 이용해 재물을 강탈하는 자를 엄히 다스리라 하셨소. 집강소에 따르지 않고 양반과 상놈 세상에 한맺힌 이들이 사사로이 그 원을 푸는 일도 없애라고 하셨소이다. 허나 지금까지 북접이 무엇을 했소? 거사를 할 때 하늘을 찌를 것 같던 기세가 이제 스러져 가니 그 목을 자르자는 말이오. 비겁한 일이오. 이제 남접 도인의 목숨은 경각에 달려 있소. 더 비통한 일은 같은 도인들끼리 숨통을 막으려 하다니 비분강개한 마음을 다스릴 길 없소이다. 내 일본군과 관군을 도륙하는 일만 없다면 이 자리에서 배를 갈라 자결하겠소이다!"

정백은 갑자기 말문을 멈추고 입술을 꽉 깨물었다. 그의 입술에서 피가 물컹물컹 흘러나왔고, 수염이 가득한 얼굴에서 굵은 눈물이 갑자기 봇물이 터지듯 쏟아져 나왔다. 옆에 고개를 숙이고 서 있던 소유도 괜히 입술을 깨물었지만 아파서 살을 찢는 일을 할 수 없었으나, 가슴은 느닷없이 뜨거워져 닭똥 같은 눈물을 흘렸다.

그 또한 하토로 버림받을 때에 누구 하나 나서서 변호해 주는 이가 없지 않았던가. 같은 수행자의 처지에 있던 도반들이 눈길 한 번 주지 않고 자신을 버릴 때 그 비통한 마음은 이를 데가 없었다. 정백을 따라 소유가 하염없이 눈물을 뚝뚝 흘리고 있는데 굵고 깊은 울림이 있는 목소리가 들려왔다.

"어찌 대장부가 눈물을 보이시오."

"손병희 두령, 내 목숨이 어찌 아까우리요. 저 들판에서 스러져 간 한 많고 원많은 백성들의 모습이 두 눈에 새겨져 있소."

"그렇소. 형제가 서로 싸우면 집안이 망하는 법이고 신하들이 싸우면 나라가 망하는 법이오. 지금 임금을 모시는 무리들의 마음이 백성을 생각하지 않고 천 갈래 만 갈래 찢어져 있으니 나라가 추풍 앞의 낙엽이나, 우리의 마음이 어찌 다르겠소. 지금 동학도인 천 사람 만 사람의 마음이 여기 모인 우리의 마음과 무어 다르겠소. 여기 도인의 마음은 모든 동학도인의 마음이며, 1천만 우리 백성의 마음이 아니겠소. 밖에 도인들은 들으시오! 담장에 내걸린 깃발을 모두 거두어들여 태우시오. 그리고 뒷날 교주님을 모시고 삼례에서 만나 동학도인의 전체 뜻을 모아보도록 하겠다고 전장군에게 전하시오."

"고맙소이다."

정백이 털썩 무릎을 꿇어 큰절을 올리자, 소유도 엉거주춤하니 따라 절을 했다. 손병희가 황급히 일어나 정백의 손을 잡아 일으켜 주었지만 소유는 일으켜 주지 않았으므로 그는 엎드려 이마를 바닥에 댄 채 옆눈으로 손병희가 언제 제 손을 잡아 일으켜 주는지를 기다렸지만 아무도 그를 잡아 일으켜 주지 않았다. 정백이 그의 손을 잡아 일으켜 세워 주어서야 그는 겨우 일어날 수 있었다.

소유는 돌아오자마자 먼저 채옥의 집으로 달려갔다. 발걸음이 나는 듯이 가벼웠다. 채옥 역시 못내 가슴을 졸이고 있었는지 얼굴이 해쓱해져 있었다.

"보고 싶은 마음은 해와 달이 다 알 것이오. 초개 같은 이 목숨이야 무어 아깝겠소만 갈길은 멀고 정분은 애타니 그리는 심사가 긴긴 여름날 뻐꾸기 울음처럼 서럽기만 했소이다. 염려가 태산보다 깊었는데 이렇게 무사하니 신명의 도우심인가 보오. 그래, 아무 별고가 없었소?"

"서방님을 기다리는 동안 버드나무 초록은 더 짙어졌습니다. 누가 정의 길고 짧음을 묻는다면 하늘이 사람의 소원을 먼저 따를 수 있는지를 되물으리라고 다짐하는 날들이었습니다. 이렇게 무사히 돌아오셨으니 정의 길고 짧음이야 한낱 사람의 얕은 꾀에 지나지 않음을 새삼 알게 됩니다. 큰일을 앞두고 뜻을 도모하는 서방님 앞에 사사로운 일이 있다 한들 무어 관심을 끌 일이겠습니까? 괘념치 마시고 대사에 집중하십시오."

"그대 말을 듣자 하니 비록 하찮은 일이라 하나 분명 마음 쓰일 일이 있었던 모양이구려. 내 이미 마음에 짚이는 바가 있으니 어서 말씀을 해보시오."

채옥이 이마를 숙이고 고개를 좌우로 가지런히 흔들자 궁금한 마음은 더 불길처럼 일었다. 그의 머릿속에는 금방 우팔의 얼굴이 떠올랐다. 내내 먹이를 노리듯 기회를 엿보았는데, 이놈이 필시 나 없는 동안에 무슨 일을 저질렀음이 틀림없구나. 이놈을 당장 물고를 내야겠다. 소유는 겉으로 태연한 척 표시는 내지 않았지만 속으로 별별 생각을 다했다.

'혹시 채옥의 신상에 무슨 일이 생긴 것은 아닐까. 아니다, 이게 무슨 방정맞은 생각인가. 감히 그럴 수는 없는 일이다. 우팔이 아무리 눈이 팽돌았다 할지라도 언감생심 욕심을 낼 게 따로 있는 법이다.'

그는 고개를 좌우로 흔들었다. 그렇다면 아하, 우팔이 내내 군침을 흘리던 계집종과 무슨 사단이 났음이 틀림없겠구나. 어험, 하기야 돌팔매를 던지는 팔뚝이 천근만근 탄탄한데 난리판을 따라 다닌다 해도 아직 장가도 가지 못하고 억누르기만 했던 격정을 어찌 쉽게 묻어둘 수 있겠나 싶기도 했다. 그는 자신도 모르게 한숨을 길게 내쉬었지만 이내 궁금한 마음을 감출 길이 없었다.

"어디 무슨 일이 있었소. 장부가 무어 사사로운 근심이 있겠소만은 과녁을 펴놓으면 화살이 날아드는 법이고 숲이 우거지면 도끼 든 사람이 찾아오는 법이오. 화살과 도끼를 탓하고 싶은 생각은 추호도 없음을 알아주시오."

"이미 마음에 짚이는 바가 있다 하시니 삼가 말씀드립니다. 서방님께서 북접 행차를 가신 후에 우팔이 밤을 도와 집의 담을 넘어 계집종을 그만 범하였습니다. 이미 일은 그르친 뒤이고 계집종도 그닥 싫어하지는 않는 터여서 그만 서방님께 말씀드릴 일이 아니라는 생각도 했으나 한밤중에 갑자기 일어난 일이라서 몹시 놀랐습니다."

우팔이 계집종을 범하였다는 채옥의 말에 그는 다행스러운 듯 가슴을 쓸어내렸다. 내내 눈독을 들이더니 마침내 일을 치르고 마는구나 싶기도 했고, 진작 자신이 사이를 들어 일을 성사시켜 주고 싶기도 했지만 자신과 채옥의 일이 소문이 퍼질까 싶어 자제해 온 일이었다.

"허엄, 잘 알겠소. 그건 그렇고······."

소유는 모처럼 사향 같은 냄새를 풍기며 다가서는 채옥의 몸기운이 코를 자극하는지라 콧방울을 흠흠거리며 은근슬쩍 그녀의 손을 잡아 끌었다. 채옥이 잡힌 손을 빼내며 집강소로 가 북접에서 있었던 일을 소상히 보고를 올리는 일이 먼저라고 말했지만 채 말을 다 끝내지를 못했다. 어느새 소유는 넓고 큰 입으로 채옥의 입을 막았고 왼손으로는 스란치마 속을 여지없이 파고들어갔기 때문이었다. 소유의 몸에서는 몇 날 며칠을 노상에서 받은 햇빛으로 배어난 땀들이 옷에 박혀 심한 냄새가 났으나 그것은 묘한 흥분을 가져다 주기도 했다. 채옥이 빠져나오려고 몸을 비틀자 그는 뒤에서 허리를 안은 엉거주춤한 모양이 되고 말았다. 그는 급히 허리춤을 풀고 채옥의 치마를 들어 올리자, 채옥이 균형을 잃고 앞으로 머리를 숙였다.

"정분이 장작불처럼 급하니 널리 해량하기 바라오."

"서방님, 마음을 안정시키고 심기를 온화하게 가지십시오. 이렇게 성정이 급하시면 마음이 여유롭지 않아 병을 얻을까 염려됩니다."

그러나 채옥의 말이 소유에게는 통할 리가 없었다. 흘러내린 중우 아래 근육이 쭉 뻗어내린 다리가 나타났고, 그 사이 옥경이 우람하게 치마 속으로 뻗쳐나가고 있었다. 채옥의 엉덩이가 높이 들려졌고, 소유는 서둘러 그 사이를 깊이 찔러 들어감과 동시에 채옥의 복부를 허리춤 앞으로 확 당겼다. 채옥은 마치 버들잎처럼 흔들리며 소유의 빠르고 거센 몸짓에 따라 몸을 흔들리고 있었다. 소유는 한없이 채옥의 몸을 탐하면서도 갑작스런 자신의 행동에 스스로도 한심해하고 있었다.

'내 아무리 며칠 노상 간에 큰 고생을 했다 하나 몸의 정함도 없고 미처 채옥에게 준비할 시간도 주지 못한 채 이렇게 맺힌 그리움을 푼다는 것은 얼마나 성정이 화급하고 천박한 짓인가.'

그는 격식과 법도를 차리지 않고 채옥에게 달려드는 자신의 행동이 새삼 후회되었다. 그러나 이미 그의 생각과 달리 그의 몸은 부풀대로 부풀어 있었다. 채옥의 가슴에서도 땀이 배어나왔고, 탄식 같은 깊은 숨소리가 터져 나왔다.

등 뒤에서 허리를 굽힌 채 급히 일을 서두르던 소유는 이윽고 천천히 채옥을 안아 내리며 엉덩이를 땅에 대었고, 그 위를 채옥이 걸터앉는 모양이 되었다. 그는 채옥의 겨드랑이 사이에 손을 넣어 잡고 아래위로 몸을 들어올렸다가 놓았다. 처음 놀란 낯빛이었던 채옥도 소유의 손길이 급하고 몸의 움직임이 허급대는지라 얼굴을 숙이고 그의 동작에 따라 움직여 주었다. 틀어올린 머리카락이 흐트러져 얼굴을 가렸다.
 채옥은 스스로 생각해도 참으로 이상하고 알 수 없는 일이 있었다. 갑작스럽게 덤벼드는 소유의 행동이 시정잡배처럼 거칠기도 했지만 한편으로는 아주 아스라하게 낯익은 행동처럼 보였고, 때로는 철없이 자신의 몸을 파고드는 몸짓이 가엾게 느껴지기도 하였다. 그러나 한편으로 아무리 난리판이라 하나 정식으로 혼례도 올리지 않은 판에 그와 나누는 연정이 부끄럽기도 하였다. 귀양 간 아버지가 만약에 이 소식을 안다면 당장 자결하라고 하실지도 모를 일이었으나 그녀는 소유의 몸짓을 거절할 수 없었다.
 '도대체 이게 무슨 연유인가.'
 채옥의 가슴 밑바닥에서 아주 뜨거운 기운이 전신으로 퍼져나갔고, 그것은 자신의 온몸을 불태울 듯 거세게 타올라 자신의 정신마저 잃게 만들었다. 입 밖으로 터져나오는 신음을 이를 악물고 참으려 했으나 뜻대로 되지 않았다.
 소유는 그녀의 등에 깊은 이빨 자국을 남겼다. 그 이빨 자국은 깊은 흉터처럼, 둥근 꽃잎처럼 아로새겨졌다.
 소용돌이처럼 휘몰아치는 두 사람의 격정은 하룻밤과 그 다음날 새벽과 낮을 지나 저녁이 되어서야 조금씩 잦아졌다. 아무리 두 몸의 정연이 길다 하나 그 끝이 있는 법, 격정이 지나간 뒤, 소유는 채옥의 등 뒤에서 가슴을 쓸어내리며 혼잣말처럼 아무래도 큰 전쟁이 다시 일어나게 될 것 같으니 앞으로 목숨을 부지할 수 있을지 없을지 알 수 없다고 말했다. 그는 채옥에게 들으라고 하는 말이었다. 그는 채옥이 이 말을 듣고 그러면 서방님과 함께 가산을 정리해 어디 깊은 산중이라도 도망가 살았으면 한다는 이야기를 듣고 싶었다. 그러나 채옥은 고개를 깊이 숙이고 있을 뿐 아무 말도 하지 않고 목에 걸린 진주구슬만 만지작거렸다.

"서방님……."

진주구슬을 말없이 매만지던 채옥이 소유를 불렀다. 소유는 이제나 저제나 이미 큰 전쟁판이 다시 벌어질 게 기정사실이었으니, 함께 달아나자고 말하는가 싶어 쫑긋 귀를 기울였다. 채옥의 다음 말은 그를 실망하게 만들었다.

"장부의 길을 잊지 마십시오. 이제 행장을 수습해 그만 일어서십시오. 그리고 계집종의 일은 제가 알아서 처리하겠으니 괘념치 마십시오."

그리고는 말없이 휑하니 방을 나섰다.

'이상도 하구나.'

그는 채옥의 행동이 뜻밖이었으나 이내 그 까닭을 알게 되었다. 정연을 너무 급히 서두르는 바람에 그는 옥경이 길을 잘못 들어 마지막 한순간 채옥의 뒷문을 사정없이 파헤쳐 들어갔던 것을 알았다. 아아, 이게 무슨 부끄러운 일이란 말인가. 그는 황급히 중우를 올려 허리춤을 매려다 서산이 붉게 타 어둠 속에 잠기는 풍광을 보고는 잠시 손을 멈추었다.

밖은 이제 어둠이 내리고 있었고, 해가 막 서산을 가뿍 넘어가고 있었다.

저렇게 붉은 놀이 질 때도 있구나.

소유는 채옥의 말대로 행장을 수습하고 문설주에 기대어 넋을 놓은 듯 서산에 붉은 비단을 깔아놓은 듯 일렁이고 있는 노을을 바라보았다. 버드나무는 느리게 흔들거렸고, 인적은 거의 찾을 길이 없어 참으로 고즈넉한 기분이 모처럼 들었다.

참 아름답구나. 인간 세상도 저런 노을 같다면 얼마든지 살 만하겠는데…… 저것이 한순간에 사라져버리고 마니, 안타깝도다.

그는 문설주에 기대어 서 있으니 천상에서 노닐었던 별별 생각이 다 떠올랐다. 단연 군계일학과 같이 도반들 가운데 수행이 드높았던 자신을 두고 모두 시샘과 부러움을 동시에 보내던 일이며 꽃향기 같은 살결을 몸에 비비며 한없이 감겨들었던 단향은 또 얼마나 고운 얼굴이었는가. 게다가 8선녀의 섬섬옥수와 공중에서 흘러내리는 옷 사이로 곱게 내비치던 흰 팔뚝과 분홍빛 무릎으로 이어지는 몸매들은 눈앞을 얼마나 어지럽혔는지. 이런저런 생각을 하고 있으려니 소유는 자신도 모르게 눈물이 샘솟듯 솟구쳐 올라 눈앞을 가로막았다. 붉은 노을이 마치 자신을 더욱 슬프게 만드는 것 같았고, 그 빛은 마치 자신이 피눈물을 흘리고 있다는 착각마저 들게 했다. 그는 문설주 옆에 털썩 주저앉았다가 천천히 일어나서 길을 걸어가기 시작했다.

점점 노을이 사라지고 검은 어둠들이 멀리서부터 하나씩 버드나무를 삼키기 시작했다. 문득 돌아보니 높은 오동나무도 보이지 않았고, 실개천 물소리도 귀에서 점점 사라졌고, 축 늘어진 수양버들의 잎새 갈리는 소리도 들리지 않았다. 풍경은 점점 더 어두워지고 하늘에는 맑은 별들이 톡톡 솟아나와 반짝거렸다.

'하토는 생사를 구별함도 없는 난리판이건만 저 하늘의 별은 어찌 저리 깊고 곱게 빛난단 말인가. 아하, 저 별들은 어찌 내 심사도 모르고 저리 반짝이는가. 참으로 밉고 원망스럽도다. 지상에서는 비록 얼굴도 한 번 본 적이 없는 양소유의 이름을 빌어 살고 있으나 언젠가 천상으로 돌아가면 용맹정진, 수행하던 성진의 모습을 되찾아 무정하게 나를 잊었던 모든 성군들에게 한마디 아니할 수가 없을 것이로다. 내 비록 천상에서는 한순간의 실수로 도를 이루지 못했고, 하토에 버림받아 내려와서는 난리판에 떨어져 객기를 이기지 못하고 채옥과 연분을 한없이 쌓았으나 이것 또한 필시 무슨 조화가 있음이 분명하지 않겠는가. 아아, 설마 8선녀가 세상에 나와 다시 만나게 하였음은 아닐는지 참으로 궁금한 마음이 쉼 없이 솟구치는구나. 음양이 만나 서로 오르내림은 천상이나 하토나 이치를 벗어남이 아닌즉, 천지의 범위를 벗어나지 않는 것이다. 해가 서쪽에서 지고 달이 동쪽에서 떠오름은 밤낮을 구별하기 위함이요, 해와 달이 운행하여 천지의 기미와 합하니 그 조화 또한 해와 달의 운행에 있는 바, 내 오늘 음양의 합치 뒤에 서산에 걸린 붉은 태양을 바라보며 언젠가는 건곤일척하여 도를 이루리라는 뜻을 다시 한 번 가슴에 새기리라.'

그렇게 생각하니 소유는 옛생각이 북받쳐 올라 마침내 울음을 터뜨리고 말았다. 길은 가뿍 어두워졌다. 그는 설움에 겨워 발길을 아무 곳이나 되는 대로 내딛었다. 어둠이 켜켜이 그의 어깨며 휘청거리는 발등 위에 쌓이고 한치 앞도 보이지 않았다.

누가 나의 눈물을 닦아주겠는가. 막막하고 막막하도다.

그의 울음소리에 놀란 개들이 컹컹거리며 짖어댈 뿐 그의 어깨를 다독이는 이가 없었다.

그는 혼자 울음을 멈출 수밖에 없었다.

사방을 둘러보니 이미 어둠이 가득 차 있었고, 그믐밤인지 달빛조차 보이지 않았다. 채옥의 집에서 얼마나 멀리 걸어왔는지도 알 수 없었다. 목놓듯 터뜨리는 그의 울음소리를 채옥이 들을 리도 없지만 하토의 인간 세상도 너무 무정하다는 생각이 들어 다시 눈물이 쏟아졌다.

천상이나 지상이나 무정한 마음은 다를 바 없구나 싶어 그는 일어서 두 주먹으로 눈물범벅이 된 얼굴을 이리저리 닦고 이곳저곳을 살펴보는데 어둠 속이라 어디가 어딘지 좀처럼 분간을 할 수가 없기도 하려니와 희미하게 드러나는 것들이 낯설기만 했다.

이상하구나……. 여기가 어딘지 도무지 모르겠다.

다만 귀에서 어디선가 메아리처럼 그를 부르는 목소리가 들렸다. 그는 사방으로 귀를 기울였으나 어디서 그를 부르는 소리가 나는지 알 수 없었다. 북극성 쪽에서 환한 빛이 그에게로 쭉 뻗어 오면서 한 줄기 광풍이 그의 옷자락을 펄럭이게 했다.

"군이시여……."

소유는 천천히 얼굴을 들었다.

이게 누구의 목소리인가.

낮고 가늘면서도 애절하게 부르는 그 음성은 아슴푸레했다. 그 실낱같은 소리에 마음을 모으는데 아련하게 울리는 현금 소리가 점점 더 크게 귓속으로 울려 퍼졌다.

"군이시여, 너무 슬퍼 마소서. 슬픔은 마음과 몸을 정처 없이 만들어버리니 자중하여 마음을 기쁘게 하고 몸을 추스리소서. 어찌 번뇌와 원통함이 없겠습니까만, 살갗의 움직임을 깊이 살피면 천지 운행의 길 또한 알 수 있는 법이니 부디 정을 수습하고 육신을 온전히 보존해야 합니다."

"이게 뉘시오."

짐짓 그는 옷매무새를 갖추고 후딱 얼굴에 묻어 흐르는 눈물을 팔소매로 쓱쓱 문지른 다음, 한순간 이런 생각을 했다. 차라리 이게 착각이라도 좋으니 이제 그만 벌을 다했으니 하늘의 부르심이 머잖아 있을 것이라는 기별이라도 왔으면 싶었다.

저 현금소리며 음성이 단향임을 왜 모르겠는가.

일진 회오리 바람 속에 별빛 같은 무늬가 빙빙 돌며 점점 더 가까이 왔고, 그 속에서 단향의 살냄새가 물씬 풍겨왔다.

"아아, 군이시여. 한순간 격정에 못이겨 이미 하늘의 벌을 받았음에도 또다시 격정에 휩싸여 계시옵니까. 비록 군께서는 한갓 춘정에 겨워 저지른 작은 잘못이라 하나 오히려 하토에 적강시키는 가장 큰 벌을 천상에서 내렸음은 군의 됨됨이를 일찍 알고 그 시련과 고통을 주려고 함이 아니겠습니까. 군이시여. 사람의 몸 속에는 하늘과 땅의 모습이 숨겨져 있습니다. 머리는 둥글어 하늘의 형상이고, 사지는 곳곳의 지역이며, 가

9. 하늘의 뜻은 쉼이 없다 해도 215

슴과 갈비뼈는 궁궐이옵니다. 왼눈은 해요, 오른눈은 달이니 저 달과 해가 기울면 눈도 가만히 감게 되는 이치입니다. 머리카락은 수많은 별이요, 이빨은 금옥이며 대장은 강과 바다며, 소장은 시냇물과 호수이며, 두 젖과 배꼽, 무릎이 다섯 높은 산봉우리이며, 간장 신장 비장 폐장 심장이 목 화 토 금 수 오행임을 다 잊었사옵니까. 수행자는 언제나 이를 다스려야 하는 법, 군께서는 이미 손을 놓고 계시니 기운이 불통하고 혈기가 흐릴 수밖에 없고, 이빨과 머리칼이 단단치 못하고, 오장이 뒤틀릴 때가 올 것입니다. 이미 군께서 사람의 몸을 받아 있으니 그것을 잘 다스려 부디 훼손치 말고 온전히 돌려주도록 해야 할 것이옵니다. 군의 행적을 멀리서나마 지켜보면 마치 섶을 지고 불에 뛰어드는 아이를 보는 심정이 한두 번이 아니니 이 몸의 심사도 한 번 굽어 살피시어 부디 수행하기를 게을리 마십시오."

"아, 단향선이구려. 그대는 어디 있다 이제 나타나시오. 그래, 아직 하늘에서는 아무런 기별도 없단 말이오. 내 그러면 이미 채옥과 깊은 정분을 맺은 바, 차라리 천계와 완전히 결별하고 지상에서 연연세세 축수를 누릴 것이오."

"할 수만 있다면 그리 하십시오, 허나 사람의 뜻이 아무리 강렬하고 원대하다 하나 천상에서는 일진 티끌만도 못하게 가벼운 법임을 이미 군도 아실 것이옵니다."

"그렇다면 날더러 어떡하란 말이오? 단향선은 마치 내가 창자가 뒤틀려 죽기라도 할 듯 협박을 하는 것처럼 들리는구려. 내가 지금 어떻게 지내고 있는지나 아시오. 오늘은 이 마을, 내일은 저 산천, 굵은 팔다리는 노독에 물들어 뻣뻣해지고 언제 관군의 화살이 날아오고 일군의 총알이 가슴을 뚫을지도 알 수 없는데 한갓 이 육신을 어디다 쓸 수 있으며 이 마음은 무슨 쓸모가 있단 말이오. 단향선은 언제나 예고 없이 나타나 바람

같이 사라지고, 나 혼자 하토에서 온갖 고초를 겪게 하고 있으니 내 나중에 왕모를 만나면 꼭 물어보리다. 비록 도를 닦는 몸으로 큰 잘못을 저질렀다 하나 이게 이리 고초를 받을 만큼 큰 죄인지를 되묻고 싶소. 장부의 한평생이 너무 가혹하고 간난신고가 너무 크니 이제 나는 천상의 인연을 모두 포기하고 일생을 살아가려 하니 천상에 귀가 있다면 들으시오. 이 길을 방해하지 마시오. 단향선도 더 이상 내 앞에 나타나지 마시오. 내 아무리 후회하고 통곡해도 천상의 저 별들은 더 이상 내게 가까이 오지 않고 스승님은 꿈에서조차 존안을 보여주지 않으시니 내 무슨 살아 있는 목숨이겠소. 차라리 전쟁판에서 가슴에 총을 맞고 한없이 뜨거운 피를 흘리며 잠시나마 뜻을 따라 했던 동학도인들과 운명을 같이함이 영원히 마음 편할 일일 것이오."

"아아, 군이시여…… 어찌 군의 심사를 단향이 모르겠사옵니까. 이리 애태우게 하지 마십시오. 허나 군이시여. 하토의 일은 세세히 천상에서 기록하고 있는 바, 함부로 발설할 일이 아니옵니다. 내세생생, 혓바닥으로 밭을 갈 수도 있는 바, 그만 화를 삭이십시오."

"단향선, 참으로 궁금하오이다. 내 하늘에서 귀양가는 길에 단향 또한 왕모의 벌을 받아 쫓겨나는 것을 보았소이다. 그런데 단향은 어찌 지상에 깃들이지 않고 어두운 밤에만 별빛과 달빛을 도와 이리 내 앞에 나타나 가슴을 천근만근 무겁고 아프게 하시오?"

"군은 이미 다 잊으셨습니까. 이 몸은 천상에 돌아갈 수도 없고, 지상에 깃들일 수도 없다는 것을. 이 한 몸 어디를 떠돌더라도 언제나 군을 지켜보고 있습니다."

단향이 그의 일을 낱낱이 지켜보고 있다 하자, 소유는 얼굴이 화끈하게 달아올랐다. 그렇다면 이제까지 채옥과의 농염한 정분도 다 보았단 말인가. 아니 저녁 어스름 먼길에서 돌아와 마침내는 채옥의 뒷문을 마구 헤집고 들어가던 자신의 붉은 욕정도 눈여겨 보았단 말이 아니던가.

"그렇다면 채옥의 일도 세세히 보고 있었단 말이오?"

"지금 그런 이야기가 무슨 소용이 있겠습니까. 하토의 고초가 크고 깊으니 또한 그 인연의 법이 채옥과 정분을 맺게 해주지 않았겠습니까. 모든 일이 큰 도 안에서 실타래처럼 엉켜 있고 핏줄처럼 서로 기운이 통하는 법이니 뒷날 군 스스로 크고 밝게 깨칠 날이 올 것입니다."

"이제 그런 말은 듣고 싶지 않소. 천상에서 도를 위해 피와 살을 바쳐 정진했건만 그대와의 짧은 정분이 모든 것을 허물어버렸소. 천상에서는 결코 용서도 없고, 아무리 후회하고 뉘우쳐본들 되물림도 없으니, 이제 더 이상 내게 도의 이치를 말하지 마시오."

"도의 이치를 말하지 않는다고 도가 사라지지 않는 법이니 정히 군께서 원하시면 일체 입 밖에 내지 않겠습니다. 그러나 군이시여, 저의 심사를 조금이라도 생각해 보셨사옵니까? 하늘에서 버림받아 캄캄한 밤길만 도와 지향없이 헤매는 마음을 조금이라도 헤아려 보셨사옵니까? 그것도 모자라 얼굴은 죄인처럼 검은 망사를 깔고 뜨겁디뜨거운 몸을 말없이 어둠과 저 달과 별빛으로 물들이고 있습니다. 저의 태양혈은 이미 빛을 받지 못해 완전히 닫혀 있고, 목소리를 관장하는 아문亞門은 언제 열릴지 속절이 없습니다. 내 비록 인간의 형상을 하고 있다 하나 몸과 마음을 드러낼 길이 없으니 참혹한 생각이 파도처럼 수없이 밀려와도 오직 군의 안위만을 위해 불현듯 달려오는데 너무 야속하십니다."

"무슨 소리를 하시오? 차라리 내가 단향선이었으면 좋겠소. 이 보시오. 화살이 비오듯이 흐르고 대포알이 눈앞에 떨어지는데 내 무슨 흥취가 있어 단향선의 사연을 헤아릴 수 있단 말이오. 아아, 지옥고가 따로 있겠소……."

소유는 단향을 향해 푸념을 늘어놓다 보니 다시 억울한 심사가 걷잡을 수 없이 몰려와 그만 눈물을 줄줄 흘리고 말았다. 이게 정말 지옥고가 아니고 무엇이란 말인가.

그는 이렇게라도 불쌍한 모습을 보이면 단향이 무슨 방도라도 취해주리라 기대하는 속내도 있었다. 때 없이 자신에게 나타나 도를 잃지 말고 언젠가 천상에 돌아갈 날을 기약하기 위해 정진하라는 말을 되풀이하지만 아무런 약속도 없고 그날의 기약도 없는데 어찌 믿을 수 있으며 믿은들 무슨 속절이 있는가 싶었다.

그래도 단향이 그런 말을 하는 이유는 틀림없이 단향은 천상과 끊임없이 연락이 닿는 바이고 자신이 모르는 무엇인가를 알고 있다는 짐작도 들었다. 그렇지 않고서야 언젠가 천상에 돌아가리라는 말을 할 수 있겠는가. 다만 천계의 비밀을 다시 누설해 벌을 받는 일을 두려워하기 때문에 말하지 못한다는 추측도 들었다. 아귀축생이 될 수는 없는 일이었.

단향이 큰 한숨을 내쉬었다.

"지옥의 고초가 얼마나 무서운지 모르고 하시는 말씀입니까. 해와 달의 광명도 그 위력을 미칠 수 없는 곳이 지옥입니다. 지금 군이 계시는 하토는 그래도 해와 달이 멀리 있으나 빛나고 맑은 물이 흐르고 향기로운 꽃이 피는 세상이 아닙니까."

"그래도 내게는 지옥이오. 이게 어찌 눈을 뜨고 볼 일이겠소. 어떻게 돌아가는지 세상 이치도 모르고 그저 하루살이 목숨을 이어가는 짐승과 다를 바 없으니 그게 지옥 아니겠소."

"한때 수행의 길을 걸었던 군께서 이리 갈수록 달라지시니 저의 업보가 또한 크옵니다. 지옥은 어떤 즐거움도 없는 곳인데 군은 한순간 즐거움이야 누리고 있지 않습니까? 등활等活지옥, 흑승黑繩지옥, 중합衆合지옥, 규환叫喚지옥, 대규大叫지옥 염열炎熱지옥 대열大熱지옥, 칠대 지옥이 접접이 포개져 있습니다. 그리고 맨 마지막에는……."

"그야 한없이 넓고 큰 무간無間지옥이 아니겠소."

소유는 그것은 자신도 안다는 듯이 자신있게 대답했다.

비록 단향이 천계의 흐름을 안다 하나 용맹정진했던 자신보다 더 나을 리가 있겠는가 싶었다. 그 또한 지옥의 광대함과 깜깜함을 모르는 바가 아니었다. 그렇게 말해놓고 보니 그는 갑자기 혀가 얼얼한 기분이 들었다. 단향이 죽죽 외워대는 지옥이 어떤 것인지, 새삼 어깨가 오싹해 왔다. 그 또한 하토에 버림받아 전쟁판을 뛰어다니면서 살생을 아니했다고는 할 수 없지 않은가. 그렇다면 등활지옥으로 떨어질 게 틀림이 없다.

등활지옥에 가면 똥오줌에 빠져 지독한 냄새 때문에 괴로워하고 그 속에 우글거리는 구더기가 살을 다 파먹고 칼날 숲들이 온몸의 살 속을 남김없이 찔러댈 것이다. 살이 다 없어지면 잠시 불어오는 찬바람에 다시 살과 거죽이 생겨나는 지옥이 아닌가. 그보다 더 무서운 지옥은 흑승지옥이다. 그 또한 장터에서 옳은지 그른지 뜻도 모르고 농민들을 불러모아 난리판에 몰아넣었으니 타오르는 불꽃과 뜨거운 검은 새끼줄로 온몸을 묶고 높은 언덕에서 불 붙는 땅으로 끊임없이 굴러떨어지니 등활지옥보다 열 배는 더 괴로울 것이다.

소유는 침을 꿀꺽 삼켰는데 침맛이 냉기가 서린 듯 차가웠다.

나머지 중합, 규환, 대규, 염열, 대열지옥들도 사람을 죽였거나 도둑질을 했거나 음행을 저지른 자들, 술을 먹고 남의 동정을 빌어 속이고 나쁜 짓을 행한 자들이 가는 곳이다. 불에 벌겋게 달은 철구에 들어가는데 그 속은 붉은 구리를 녹인 물이 가득하다. 뜨겁기가 한량이 없고, 그 속을 하염없이 떠돌아야 한다. 철퇴로는 입을 찢기고 목이 마르면 불타는 구리물을 마셔야 하고, 쇠솥에 거꾸로 매달려 끓는 쇳물로 찜질을 당하고, 길고 긴 혓바닥에다 끓는 구리쇳물을 붓고 쇠뭉치로 짓이겨 가루를 내지 않는가. 가죽과 살이 익어 터지고 옥졸은 쇠꼬챙이에 죄인을 꿰어 불길

속에 태우지만 죄가 다 사라지지는 않는다. 그러나 무엇보다 무서운 것은 무간지옥이 아니던가. 부모를 죽이거나 수행에서 벗어나거나 할 때에는 한순간 부는 불꽃바람에 살과 피가 말라 터지고, 그 사이사이 벽력 같은 염라대왕의 호통을 들어야 하지 않는가.

이렇게 생각해 보니 코흘리개 아이도 인간 세상이 지옥보다 천 번 만 번 좋은 곳임을 안다. 그는 그 가운데 자신이 저지른 일에 해당하는 지옥이 제법 될 것이라는 염려가 들었다. 혹 단향이 괘씸한 마음에 그러면 지옥에 가서 살도록 주선하겠다고 하면 어떡하나 싶은 걱정도 들어 그는 몹시 후회하는 마음이 들기도 했다.

"난초와 잡초가 사는 것이 어찌 같겠습니까?"

단향은 알 듯 모를 듯 한마디를 내뱉았다.

소유는 그게 무슨 뜻인지 알 수가 없었다. 그렇다면 그는 기품이 당당한 난초란 말인가. 아니면 논두렁 밭두렁에 아무렇게나 돋았다가 우수마발에 짓밟히는 잡초란 말인가.

"그런 복잡한 뜻은 내 알 바가 아니오. 대답해 주시오. 언제 이 고뇌와 번민에서 벗어날 수 있단 말이오. 내 하늘의 운행과 도수를 알고, 그 법도를 삼가 아무리 살펴도 내 앞길은 운무처럼 어지럽고 검은 장막처럼 보이지 않으니 참으로 암담할 뿐이오."

"군이시여, 저 또한 벌을 받고 떠도는 몸이 어찌 알 수 있겠습니까. 다만 군의 안위를 늘 염려하고 근심하며 밤길을 홀로 에돌아 흐르는 물길처럼 군 곁을 떠돌고 있음을 잊지 마십시오."

단향이 얼굴을 숙였다.

소유는 그녀가 한 번도 망사에 가린 얼굴을 드러내지 않아 그 꽃다운 얼굴을 한 번 보고 싶었다. 그는 딴전을 보는 체하다가 짐짓 손을 허공으로 날려 난향의 얼굴을 가린 망사를 잡아채려 했으나 손아귀에 잡히는 것은 바람뿐이었다.

"저의 얼굴을 보지 마십시오. 이 지상 어느 누구에게도 얼굴을 보일 수가 없사옵니다. 언제나 얼굴을 가리고 살아야 할 운명이 이미 기다리고 있었으니 무엇을 탓할 수 있으오리까."

"누가 그런 큰 벌을 주었단 말이오. 옥계천 같은 살결에 수정 같은 눈망울과 비취를 깎아만든 섬세한 콧날이 인간 세상에 드러나면 모든 꽃들과 모든 새들이 한순간 향기를 멈출 것이고 날개를 떨굴 것인 바, 어찌 그 곱디고운 얼굴을 그것도 검은 색으로 감춘단 말이오. 아깝고 아까운 일이오."

허공을 빈손으로 훑어내린 일이 겸연쩍어 소유는 입맛을 쭉 다시고 혀를 쯧쯧 차며 곁눈질을 해보았다. 이미 단향과 첫눈을 마주칠 때부터 천상에서 버림받도록까지 만사를 그르치게 되어 있는 운명이었는지도 모르지만, 이제는 더 가릴 일도 없고 더 드러낼 일도 없는 바, 차라리 이렇게 심사가 괴롭고 허전한데 저 가녀린 허리라도 꼭 안고 저 칠흑 같은 머릿단 속에 감춘 백회혈에서부터 용천혈에 이르기까지 8만4천 땀구멍 곳곳을 누비며 잠시라도 하토의 힘든 여정을 잊고 싶은 마음이 불쑥불쑥 솟았다.

"군이시여……."

단향의 목소리가 젖어 나왔고, 이내 흑망사가 물기에 젖어 얼굴에 촉촉하니 달라붙고 있었다. 소유는 단향의 울음 섞인 목소리에 그만 마음이 아파왔다. 일의 사단이야 어찌 되었던 간에 자신이 스승의 명을 지켜 왕모의 궁궐로 찾아가지 않고 석교 아래서 기다리기만 했더라도 지금쯤 단향은 왕모의 총애를 극진하게 받으며 구중궁궐에서 가장 으뜸가는 선아가 되어 있을 터였다.

자신이 단향과 정분을 나누지 않았을지라도 또한 8선녀를 희롱하였으니 그것만으로도 수행자의 본분을 망각한 것이었다. 하늘의 법도로 보면 엄중하게 책벌을 받을 게 분명했고 지금과 같이 하토로 버림받게 될 게 뻔했다. 그렇다면 정말 억울한 이는 자신이 아니라 단향이 아닌가.

단향은 얼굴을 숙이고 두 손으로 물기에 젖어 얼굴에 달라붙은 망사 위를 가렸다. 가녀린 어깨가 쉼 없이 들먹였고 차가운 별빛이 그 위를 무심하게 부서져 내렸다. 가슴에 두른 현금이 단향이 켜지도 않았는데 스스로 비장한 소리를 울려내고 있었다.

'아아, 나의 큰 업장이로다…… 무정한 스승께서 이르지 않으셨는가. 부처님도 업보는 어이하시겠는가 라고…….'

그는 한 발 앞으로 다가갔다.

단향이 울고 있는 틈을 타 그는 가녀린 허리를 한팔로 휘감았다. 현금이 흔들렸다. 그는 현금을 사이에 두고 단향을 품어 안으니 아주 불편했다. 비록 한순간이었으나 폭발할 것처럼 입 속에서 부풀어 오르던 단향의 젖꽃판을 어찌 잊을 수가 있겠는가. 하는 수 없이 그는 단향을 등 뒤에서 가만히 껴안고 가슴 속으로 손을 밀어넣었다.

"아아, 군이시여. 더 이상 갈 곳이 없게 만들지 마십시오……."

"단향선, 이미 우리는 천상의 성군, 선아가 아니잖소. 하토에 버림받고, 천상에서 오는 기별도 알 수 없는 몸인데, 이렇게 가뭄에 콩싹 나듯이 그대가 찾아와 홀로 가버리고 나면 나는 또 저 노란 달맞이꽃처럼, 얼마나 긴 밤을 홀로 걸어가란 말이오. 비록 밤이 짧고 별도 희미한 빛을 잃어 간다 하나 제발 간곡한 청을 뿌리치지 마시오, 우리가 천계의 법에는 어긋났는지 모르나 사모하는 마음은 티없이 맑았으니 만 가지 꽃이며 억만 가지 물소리들은 우리를 탓하지 않을 것이오."

천상에서 벌을 받은 이후 단향이 얼마나 많이 변했는지 그로서도 알 수가 없었다.

참으로 곱고 부드러웠지 않는가. 목소리는 깊고 윤기가 잘잘 흘렀으며 칠흑 같고 삼단 같은 물결머리와 피부는 유리알처럼 맑고 매끄러웠다. 비록 몸매가 갸날프다 하나 살집은 풍만하였고, 이목구비가 이슬처럼 또렷하여 단숨에 자신의 기운마저 흘려버리게 하지 않았는가. 비단결처럼 아름다우면서도 깊은 우물처럼 찰랑이던 둥근 젖가슴은 또 어땠는가. 소유의 입안에 맑은 침이 쉼없이 고여 목젖으로 마구 넘어가고 있었다.

그러나 이제 단향의 얼굴은 수심이 가득했으며 거친 밤바람 때문인지 손 끝에 닿는 젖가슴은 싸늘했다. 소유도 애틋한 기운이 손가락마다 돋아올라 비록 망사에 가린 얼굴을 보고 싶기도 했지만 뒷덜미에 가만히 입술을 묻은 채 왕모의 궁궐에서 있었던 추억을 더듬듯 손길은 가슴에서 명치를 따라 신궐과 기해를 헤치고 그 아래 갑자기 꺾어져 굽이치는 계곡 같은 사타구니를 지나 빠르게 움직였다. 현금이 놀란 듯 소리를 내면 소유의 손은 한순간 움찔거리며 멈추기도 했지만 자꾸만 아래쪽으로 더 듬어 내려갔다.

'아아, 참으로 우스운 일이로다. 장부의 처세가 어찌 이리 급하고 모진가. 허나 나의 급박한 사연을 안다면 공맹도 나무라지는 않으리라. 마음이 모르고 마음이 알 수 없으면 몸에 물어 의지해야 하는 법이 아닌가. 천상의 도반들도 나의 기막힌 사연을 안다면 한점 눈물을 짓고 나의 기이한 행적을 널리 이해하리라. 나의 업장이 이리 기박한지 내 어찌 알리요. 허나 오늘 저 단향의 처연한 모습은 애간장을 다 끊는 듯하구나.'

차라리 이렇게 생각하니 소유로서는 마음이 너그러워졌다. 단향의 흐느낌은 밤하늘의 은하수를 향해 길게 흘러나갔다. 저 항하사처럼 수많은 별들이 두 사람의 머리 위에서 길게 서쪽으로, 마치 갓 수태한 여인이 짜내는 우윳빛 젖처럼 흐르고 있었다. 그는 속으로 생각하기를, 무릇 하늘의 기는 오른쪽으로 돌고 땅의 기운은 왼쪽으로 도니 양이 부르면 음이 화답하는 것은 음양의 이치인즉 천지의 운행은 그와 같음이라. 비록 그 자신이 처량하고 비애에 잠겨 있고 단향의 신세가 참으로 고단하다 하나, 이미 길을 잃은 몸이 더 이상 무엇을 놓치며 잃을 것인가 싶었다. 소유는 잠시 손을 망설이며 후환을 두려워하는 듯하다가 어느새 거칠게 단향의 아랫도리를 파고들어 옥문을 내리 침범하니 얼굴을 숙이고 흐느끼던 단향은 그 자리에 서서 몸이 흔들려 소리를 저절로 내는 현금을 두 손으로 꼭 붙잡아 안고 어쩔 줄을 몰라했다.

그믐밤인지 보이는 것이라고는 멀고 먼 하늘의 별뿐이었다. 단향의 옥문 곳곳을 누비면서도 소유는 짐짓 걱정이 되지 않는 바가 아니었다. 혹시 채옥이 이 모습을 본다면 얼마나 실망할 것인가. 그런데 밤이 아주 깊었는데도 등불 하나 올리는 데가 없고, 개 짖던 소리도 자취를 감추어 버렸으니 이상할 정도로 사방이 낯설었다.

그는 단향이 지금 자신에게 천상의 도와 기다림을 설파하고 있으나 함께 벌을 받아 허공과 하토의 곳곳을 유랑하고 있으니 잠시 깃을 들이고 옛생각을 반추할 겨를 또한 필요할 것이라 여겼다. 그의 손끝에서 착각인지는 모르나 젖꼭지가 딱딱해지고 있었고 엉덩이 사이로 미끈한 촉감이 그의 사타구니로 전해져 왔다. 아랫배가 팽팽하게 수축하는 것도 손끝에 전해져 왔다. 그는 단향의 목을 두 손으로 껴안고 어깨뼈가 탁탁 울리는 소리가 나도록 쓰다듬었다. 단향은 몸의 진동을 이기지 못하는지 노새처럼 앞으로 기울어져 두 손을 앞으로 짚었다. 현금이 땅에 부딪쳐 줄이 크게 울렸다.

"단향선이여, 차라리 지금은 천상의 일을 완전히 잊으시기 바라오."

그는 뒤에서 온힘을 다해 단향을 쳐들어가며 그 가늘고 여린 귀에다 대고 뜨거운 숨을 불어넣으며 외쳤지만 미처 그 소리는 거친 숨과 함께 뒤엉켜 버려 무슨 말인지를 알아듣기 어려웠다. 단향은 그 말이 무엇인지 알아들었다는 뜻인지 부정하는 것인지 힘껏 도리질을 쳤다. 그는 야생마가 개울을 건너뛰는 것처럼, 또는 파도 속을 비상하고 추락하는 갈매기 떼처럼, 때로는 깊이 쳐들어가고 얕게 물러나며 마치 참새가 날벌레를 희롱하듯 허리를 뒤틀었다.

소유는 8만4천 기혈이 그의 정수리에서 12경락을 타고 뜨거운 기운으로 넘치는 것을 알았다. 이는 틀림없이 단향이 그에게 음의 기운을 한없이 보내주기 때문일 터였다. 격랑과 해일이 사정없이 두 사람을 덮쳐들어 내렸다. 흰 포말 같은 안개가 둘의 주위를 운무처럼 뿌옇게 감싸고 있었다. 그 속에서 그들은 길고 긴 숨을 토해 냈다.

"참으로 천상에서는 아름다웠으나 이 인간 세상에서는 보잘것없는 근심과 견딜 수 없는 격정만이 우리를 얽어매게 하고 마음을 울리게 하는가 보오."

소유는 문득 하늘 위를 가르는 한줄기 유성을 올려다보다가 문득 격렬하게 움직이던 허리 동작을 멈추고 맑은 목소리로 말했다.

천지간에 생명이 다하는 것이 저것들뿐이겠는가. 저 늙은 별이 사라지면 어린 별들이 또 어디선가 돋아나리니. 비록 나의 근심이며 단향의 눈물도 저와 같지 않겠는가. 우리가 서로의 길이 달라 한순간도 넉넉하게 만나지 못하는 이 순간이 저 별똥별이 온몸을 태워 사라지는 것과 무어 다르리오. 허나 저 천상에서 사라지는 유성처럼 우리는 별리를 고할 수밖에 없고, 때가 오면 다시 만날 수 있으리라. 어쩌면 단향이 말한 천상에 다시 돌아갈 수 있다는 기약도, 어느 성군이며 어느 도사가 약속한 바도 아니나 오직 그것만 기다릴 수밖에 없고 믿어야 할 일이기 때문 아니겠는가.

"어찌 군의 심사를 모르겠사옵니까. 몸과 마음은 다르지 않으니 큰 지혜는 더 이상 하늘을 원망해서는 아니 되는 데서 비롯합니다. 군께서는 한마음 한뜻으로 먼저 오늘을 살펴보십시오. 천 년 옛일을 알려면 오늘을 보아야 하고 천 년 뒤의 일을 알려 해도 먼저 오늘을 살펴야 하는 법입니다. 군께서 왜 모르시겠습니까만 가까운 것으로 먼 곳을 알고, 희미한 것으로 밝음을 아는 이치가 아니겠습니까……."

"그렇소, 그렇소. 말씀을 듣고 보니 참으로 단향선께 미안한 일이오. 허나 내세 생생의 일을 오늘로서 살핀다 했으니 그게 무슨 속절이 있겠소. 천 년 옛일, 흘러 흘러 바다에 이른 강물을 다시 돌이켜 본들 그 각오와 맹세가 무슨 뜻이 있겠소. 오로지 내게는 천상의 가혹했던 수행과 한 순간의 그리운 날들을 인간 세상에 와서도 결코 잊을 수 없으니 그 무엇이 심사를 밝히고 그 정처를 알려주겠소. 오직 돌아갈 날짜는 기약이 없을 뿐이오. 다만 단향선은 공중의 길을 다니니 내 참으로 궁금하여 묻고 싶은 일이 있소. 한점 티끌 없이 대답해 주시기 바라오."

"군께서 알고 싶은 일이라면 대답 못할 일이 어디 있겠습니까?"

"고맙소. 이미 단향이 다 알고 있다 해서 말하리다. 내 채옥의 일을 가만히 생각해 보니, 그 목걸이에 걸린 진주구슬이 예사구슬이 아닌 것 같소. 눈에 아른아른한 게 참으로 이상하오. 혹 저 채옥이 천상에서 버림받은 8선녀가 아닌가 싶어 때로 가슴이 철렁할 때가 많소. 정녕 그러하다면 이제 겨우 한 선아를 만났을 뿐인데, 앞으로 얼마나 억만 가지 기연을 맺고 또다른 선아와 기박한 만남을 되풀이해야 할지 모르겠소."

"제가 무슨 말을 따로 할 수 있겠습니까. 아직도 많은 우여곡절이 남아 있으니 천천히 생각하심이 좋을 것입니다. 큰 지혜는 생각하지 않는 데서 저절로 찾아오지 않겠습니까?"

단향은 말을 마치고 그윽히 소유를 바라다보았다. 그녀의 몸이 조금씩 허공으로 떠올랐고, 이윽고 그녀의 몸을 은하수가 길게 내려와 휘감아 하늘로 솟구쳐 올렸다. 소유는 허리춤이 흘러내리는 줄도 모르고 단향이 사라지는 곳을 올려다보다가 손을 흔들었다. 공중에서도 그의 손길에 화답하듯 현금 소리가 아득히 울려 퍼져 그의 귓속으로 밀려들어왔으나 왠지 그 소리가 구슬펐다.

"잘 가시오, 단향…… 이 몸은 생각이 갈피 없어 그저 닥치는 대로 말하고 행하니 단향의 애간장을 수없이 끊어내는 것을 왜 모르겠소. 천상에 있을 때는 몰랐는데 인간 세상에 내려와 보니 사는 일이 참으로 팍팍하고 애절하구려. 이 눈으로 수많은 이들이 굶어죽는 것도 보았고, 억울한 하소연 한 번 해보지 못하고 날짐승 밥이 되는 것도 수없이 보았소. 이게 수행이며 정진이 아니고 또 뭐겠소. 혹 도반을 만나거나 천상의 신선을 만나거든 양소유, 아니 성진이 사바의 업장을 가득 안고 살아가고 있다 전하시오."

소유는 혼자 중얼거리며 어두운 밤거리를 한참 헤매다 보니 큰 불꽃을 밝힌 곳이 보여 그곳으로 터벅터벅 걸어가니 그곳은 다름아닌 집강소였다. 이미 북접이 남접을 치기로 한 뜻을 거두고 힘을 합해 다시 봉기할 것을 의논하기로 하였다는 소식이 전해진 뒤라 집강소 안은 어느 때보다 힘있고 뜨거운 열기에 가득 차 있었다.

10
한양 가는 양소유

서늘한 가을바람이 구름을 불러오듯, 푸를 청靑자가 씌어진 머리띠를 두르고 흰 옷을 입고 명주수건을 목에 감은 동학군들이 흰구름 떼처럼 다시 모여들기 시작했다.

전봉준, 손병희, 해월교주 세 사람은 삼례에서 만나 남접과 북접이 함께 봉기할 것을 논의했다. 그 자리에는 김개남과 손화중도 있었다. 회의는 이틀 동안 논란을 거듭했다.

해월이 마침내 결론을 내렸다.

"나는 동학의 교주로서 분명히 말하오이다. 거듭 도로서 난을 일으키고 도인들을 피로 물들게 할 수는 없소."

"도로서 난을 일으킨 게 아니오이다. 도로서 나라를 구하고 천명을 보전하며 사람을 하늘처럼 하고자 함에 있소이다. 교주님의 도는 무엇이란 말이오. 도가 아무리 기도이며 지극한 정성이라 한들 몸을 던지지 않으면 이룰 수 없소. 하늘의 도는 몸을 바쳐 이루는 것이오. 짐승만도 못하게 산 백성들의 도가 무엇이오. 사람답게 사는 것 아니겠소. 다시 거병하지 않으면 일본군의 총칼 아래 온 강토가 동학도인의 피로 물들 것이오."

전봉준은 눈을 부릅떴다.

"일본군의 침략에서 나라를 구해야 하오. 지금 당장 궁궐로 쳐들어가 썩어빠진 조정을 폐하고 일본군을 도륙해야 합니다."

김개남의 얼굴이 벌겋게 달아오르고 있었다.

"피로 피를 막을 수는 없소이다."

해월의 뜻은 분명했다. 그는 동학도인들이 기도와 주문과 수행을 버리고 총과 칼을 잡고 전쟁에 나서는 것에 반대했다. 그는 가장 아끼는 제자 손병희를 건너다보았다. 손병희는 어떤 말도 하지 않았다.

해월이 그 자리에서 일어섰다. 그만 떠나겠다는 표시였다. 그는 다시 한번 손병희를 내려다보았다. 손병희는 깊게 머리를 조아렸을 뿐 그 자리에서 꿈쩍하지 않았다. 해월이 말없이 그 자리를 떠났다.

"교주님의 정성과 염려와 뜻을 모르는 바 아니나 나라를 구하기 위한 동학도인의 충의를 저버릴 수 없는 일이오. 어찌 하늘의 시운을 기다리겠소. 몸을 던져 정성을 다하면 언젠가 그것이 쌓여 하늘에 이르고 마침내 그 희생이 동학도인의 뜻을 이루게 할 것이오."

손병희가 거친 녹두장군의 손을 두 손으로 굳게 잡았다. 그것은 북접이 남접과 함께 거병해 한양으로 올라가 나라를 바로잡고 외국 군대를 물리치며 사람이 곧 하늘인 인내천 사상을 실천하자는 뜻이었다.

소유는 문 밖에서 흘러나오는 그들의 목소리를 들으며 까닭없이 가슴이 울렁거렸다. 사람이 하늘인 세상이 오면 언젠가는 자신도 천상에 이를 수 있으리라는 기대감마저 들었다.

남접과 북접은 논산에 본부를 두고 수만 명의 도인들이 한양의 길목인 공주로 진격할 채비를 갖추었다. 전봉준은 양호창의영수兩湖倡義領袖의 명의로 충청 감사 박제순에게 충의를 위해 함께 봉기하자는 호소문을 보냈다. 그것은 충청 감사를 비롯한 모든 관리와 관군들에게 보내는 호소문이기도 했다.

소유는 구국항왜의 전선에 참여하자는 장군의 뜻을 한필 한필 적어 나가면서 비분강개해지는 마음을 걷잡을 수 없어 쓸데없이 눈시울이 뜨거워졌다.

〈일구日寇가 구실을 만들어 군대를 움직여 우리의 군부를 협박하고 우리 백성을 요란하게 하니 어찌 참을 수 있겠는가. 옛날 임진란에 오랑캐가 궁궐과 종묘를 소각하고 군신을 욕보이고 백성을 죽였으니, 백성들이 모두 분개하여 천고에 잊을 수 없는 한으로 남아 초야의 필부나 어린아이들도 못 잊고 있는데 하물며 충청 감사는 세록충훈으로 평민보다 몇 갑절이 더하지 않겠소. 지금 조정 대신들은 구차히 생명만을 보전하여 위로는 군부를 위협하고 아래로는 백성들을 속여 일본과 상통하고 남도의 백성들에게 원한을 사며 친병을 움직여 선왕의 적자를 해하려 하니, 참으로 어떤 뜻이며 어떻게 하려는지, 지금 나의 하는 일이 극히 어렵지만 일편단심 죽음을 각오하고 천하에 인신으로 두 마음을 품고 있는 자들을 소제하여 선왕 오백 년의 은혜에 보답코자 하니 원컨대 충청 감사는 크게 반성하여 의로써 같이 죽으면 천만다행이리라.

조선의 조정대신과 관군은 힘을 다해 개 같은 왜적놈과 외국의 군대를 물리치는 데 몸을 바침이 마땅하지 않겠는가.〉

정백과 김우팔은 그가 받아 적고 유생들이 옮겨 적은 호소문을 수백 장씩 각각 나누어 지고 거리에 붙이기 위해 길을 떠나야 했다. 두 사람은 길을 떠나기 전에 소유의 손을 잡고 오래 놓지 않았다.

우팔의 눈에는 눈물이 그렁그렁 고여 있었다.

"노사님, 이제 가면 언제 또 만나겠소. 내 번개같이 달려갔다 올 것이

오만 한갓 파리 목숨이 어찌 앞날을 기약할 수 있겠소. 이 싸움판에서 이기면 내게도 벼슬자리를 하나 주시오. 도사님도 이미 전해 들었겠소만 채옥아씨 계집종 복단이와 혼례만 올리지 않았을 뿐 난리가 끝나면 같은 도인들 모아 놓고 걸판지게 혼례식을 올리자고 깊게 약조해 두었소. 토색질을 하던 양반놈들에게서 빼앗아 놓은 논문서도 숱찮게 있소. 금궤도 있고, 금거북이, 금송아지, 금수저 갖가지 패물도 모아두었으니 아들 딸 낳고 잘 살 것이오. 그런데 도사님은 아직 한 가지 도술도 가르쳐 주지 않았소. 이제 길을 떠나면 언제 목숨을 잃을지 알 수 없으니 이제라도 지금까지 정분을 생각해서 한 가지 도술이라도 가르쳐 주시오. 목숨이 경각에 달릴 때가 한두 번이겠소."

"우팔이 들어라. 내 이미 채옥의 계집종과 무슨 연분이 있다는 말은 들었으나 괘념치 말도록 해라. 그리고 재산을 빼앗아 어디다 감추어 놓았는지 모르나 내게는 말해두는 게 좋겠다. 그것은 모두가 불쌍한 무지렁이들을 위한 재산이니 너 혼자 호의호식하는 데 쓸 수는 없는 노릇이 아니더냐. 정히 네가 재물의 위치를 말한다면 내 죽은 사람도 살리는 단약을 하나 주겠도다. 아무리 도술이 귀중하다 하나 죽어가는 이를 살리는 단약보다 더 하겠느냐?'

"그게 정말이시오. 그러면 어디 내놔 보시오."

"그래 여기 있다. 보아라."

소유는 돌아서서 허리춤 아래 손을 넣어 사타구니 안쪽 주머니에서 용왕에게서 받았던 단약을 하나 꺼내어 내놓았다. 천상의 물건은 이미 품격이 다른 법이다. 순금으로 채색을 입힌 둥근 구슬 같은 단약은 보기에도 신비하도록 광채를 은근히 품고 있어 그 기품을 더했다. 우팔이 단약을 덥석 집으려 하자 소유는 폈던 손바닥을 확 쥐어 감추고는 한 발 뒤로 물러섰다.

"정말 재물이 어디 있는지 말하면 단약을 주시겠소?"

"그렇다."

"그러면 혼자 재물을 찾아가버리면 어떡하우? 난리가 끝나면 함께 만나 재물을 찾기로 하면 어떻겠소. 나는 금붙이를 묻은 곳을 미리 그림을 그려 지도를 만들어 두었소. 약조해 주시오."

"그놈 참 맹랑하구나. 그래, 좋다."

"그러면 단약을 주시오. 채옥 아씨 집 근처 어딘가에 숨겨두었소. 나로서는 도사님이 자주 들락이니 그곳이 가장 안전하다고 생각했소. 이제 이 지도를 반으로 잘라 나누어 가지면 되겠소."

용왕에게서 받은 단약이 하토에서는 결코 구할 수 없는 귀한 약이었음에도 불구하고 그가 선뜻 내놓은 것은 우팔이 말하는 재물이 보통 많은 양이 아니라는 감이 들었고, 그것만 있으면 어느 산 좋고 물 좋은 곳에다 정자를 짓고 비록 천계는 아니라 할지라도 반쯤은 흉내를 내며 채옥과 함께 잘 살 수 있으리라는 생각이 들었기 때문이었다. 그러면 이까짓 단약이 무어 그리 대수겠는가 싶어 서슴없이 내놓았다. 소유와 우팔은 서로 의심하고 견제하듯 눈치를 잔뜩 보다가 반을 찢어 건네는 지도와 단약을 서로 맞바꾸어 품속에 깊이 넣었다.

그는 한갓 한지에 먹으로 슥슥 그린 지도 반 쪽을 받아 넣으면서 괜히 손해를 본 것 같기도 하고 미심쩍기도 해 한마디 하지 않을 수가 없었다.

"너는 날더러 도사님, 도사님 하면서 나 몰래 그런 일을 꾸미다니 참으로 서운하구나. 그렇게 날 믿지 못하겠더냐?"

"얄라차, 도사님. 무엇이 신信이오? 내 비록 일자무식이나 아버지께서 말씀하시기를 믿을 만한 것을 믿는 것이 신이고, 의심할 만한 것은 의심하는 것이 또한 신이라고 하셨소. 내 도사님을 믿으니 단약도 믿는 바가 아니겠소."

"그럼 무엇을 못 믿는다는 말이냐? 무엇을 의심하는고?"

"얄라차, 도사님. 내가 걸음마를 떼면서부터 산에 나무를 하러 다녔소. 그래서 나는 사람들의 말귀보다 나무들의 말귀를 더 잘 알아듣소. 산의 목소리도 때로 들려 왔소. 그래서 어떤 날은 천둥번개가 온다고 해서 일찍 산을 내려오기도 하고 어떤 날은 한 번도 가지 않은 계곡으로 가 버섯을 따서 바지춤이 묵직하도록 돈을 벌기도 한다오. 도사님이 무슨 사연을 가지고 있는지는 알 수 없으나 그 형형하고 깊은 눈빛이 산그늘을 닮은 것 같기도 하고, 높은 나무를 닮은 것 같기도 하오. 그런데 이상하게 자꾸 의심이 든단 말이오."

"무슨 의심이 든단 말이냐?"

우팔은 짚신에다 몇 겹이나 새끼줄을 감으면서 씩 웃을 뿐 대답을 하지 않았다. 그는 요 맹랑한 놈이 예사 눈을 가지지 않았구나 싶었다. 혹시나 그를 귀양 보내던 8도사 가운데 한 도사가 변복하여 그를 감시하기 위해 내려오지는 않았나 하는 어이없는 염려마저 덜컥 들었다. 그렇다면 채옥과의 사연도, 단향과의 어울림도 낱낱이 알 수 있을 터였고, 그야말로 자신은 지옥고를 면할 수가 없을 것이었다. 그래도 그는 그렇게 걱정하지는 않았다. 비록 하늘에서는 자신의 죄가 중해 주눅이 들어 제대로 8도사와 겨루어 보지도 못했지만 이미 벌을 받은 몸, 더 무엇을 감추고 움츠릴까 싶었다. 더구나 지금은 우팔이 혼자이니 제아무리 도사의 공력이 출중하다 하나 자신의 적수가 되지 못한다고 생각하니 걱정이 될 리도 없었다.

길에는 피난길에 나서는 행렬이 줄을 지었다. 늙은이들이 손자들을 업고 걸리거나 지게에다 솥과 이불을 새끼로 묶어 지고 행렬을 따라 느리게 움직이고 있었다.

그는 채옥의 집으로 급히 갔다.

이제 싸움판에 출정하면 언제 돌아올지 알 수가 없는 일이 아닌가. 그러나 채옥의 집에는 아무도 보이지 않았다. 대문이 환히 열려 있었고, 계집종과 노복할미도 보이지 않았다. 이게 도대체 어인 일인가 싶어 넋을 놓고 앉았다. 벌써 난리판인 것을 알고 피난이라도 갔단 말인가. 그럴 리가 없었다. 채옥은 결코 그럴 여인이 아니지 않는가. 모든 이들이 다 떠나도 채옥은 그를 기다려 줄 것이라고 믿어 의심치 않았던 것이다. 집안을 이리저리 살펴보니 값이 나갈 만한 물건도 보이지 않았고, 광에 가득 차 있던 곡식도 몇 가마 남아 있지 않았다. 마치 큰 도적떼가 집안을 휩쓸어가 버린 듯했다.

아아, 세상 일이 이리 무정하단 말인가. 한마디 말도 없이 죄다 떠났단 말인가. 아니면 채옥이 단향과의 방사를 그만 보고 말아서 질투심을 이기지 못해 그 사이 세간을 챙겨 달아났단 말인가. 어쩌면 우팔이 무슨 술수를 부려 딴 곳으로 옮기게 했는가.

그는 별별 생각이 다 들었다.

그가 마루에 걸터앉았다가 목이 말라 우물로 다가가 두레박을 던지고 물을 길어 먹는데 대문 안으로 사람들이 걸어 들어오는 소리가 났다. 급히 두레박을 우물로 던지고 몸을 숨겨 기척을 살피니 흰옷을 입은 남정네 셋이 노새 두 마리를 끌고 들어서고 있었다. 도둑치고는 입성이 깨끗하고 몸매가 날씬해 험상궂어 보이지는 않았다.

이제는 빈 집인 줄 알고 도둑마저 드는구나 싶어 그는 네놈들은 누구냐 하고 소리치며 앞을 가로막고 서는데 그 가운데 머리에 흰 끈을 질끈 동여맨 이가 반가운 얼굴을 지으며 앞으로 나섰다.

"서방님, 채옥이를 못 알아보십니까?"

"아니, 도대체 이게 무슨 일이란 말이오. 남정네로 변복을 하고 있으니! 복단이도 할미도 똑같이 차려 입었으니, 무슨 변고라도 났소? 아니면 어디 먼길이라도 떠난단 말이오."

"우리 세 사람이 먹을 곡식이야 지금 광에 남아 있는 것으로도 충분하옵니다. 그러나 백성들은 아직 추수 때는 멀었고, 난리판이니 누군들 쉽게 빚을 내어 주겠습니까. 암암리에 곳곳의 가난한 이들을 수소문해 조금씩 곡식과 값나가던 것을 나누어 주던 차였습니다. 이제 일본군과 관군이 합세해 쳐내려오는데 일신상의 살림만 구한다면 어떻게 되겠습니까. 노새를 구해 남은 곡식들을 전부 이웃들에게 밤새 나누어 주고 이제 돌아오는 길입니다."

"허어, 그것 참 잘했소이다."

소유는 내심 아까웠지만 침을 꿀꺽 삼켜 아쉬움을 안으로 삼키고 태연하게 말했다. 그 곡식이며 패물이 다 채옥과 자신의 앞날을 위해 모은 것들인데 이렇게 허망하게 흩어져 버린 게 내내 아쉬웠지만 이 집안 근처 어딘가에 자신이 모아둔 것보다 수십 배나 넘는 금붙이를 숨긴 지도를 반 쪽 가지고 있으니 약조대로 우팔과 반반 나눈다 하더라도 상당할 터였다. 그러니 없어진 것들을 그리 아쉬워할 일이 못 되었다.

"서방님께서는 저희들 걱정은 마시고 한시 바삐 돌아가십시오."

"어험, 이르다 뿐이겠소. 그리고 저기 복단이 듣거라."

채옥이 뒤에서 허리를 굽히고 있던 복단은 소유가 부르자 움찔 놀라는 모습이었다. 혹 복단은 우팔이 어디에 금붙이를 숨겨 두었는지를 들었는지도 모르는 일이었다. 그렇다고 그것을 직접 물어볼 수도 없어 그는 머릿속에서 요모조모 궁리를 하였다.

"혹시 우팔이 너에게 별다른 약조를 하지 않았더냐?"

"예, 이 난리가 끝나면 큰 혼례를 올린다고 했습니다요."

"그래, 그래야지. 무슨 언질이라도 없었느냐. 으음, 살림이 어려우면 난리판이라도 보태 쓰라고 말이다. 어디에 무얼 깊이 숨겨 두었다는 말

을 하지 않더냐?'

그는 이말 저말 끝에 결국 속내를 드러내보이고 말았다. 이러면 안 되는데 싶었지만 알고 싶으니 어쩔 수가 없었다.

"죽을 죄를 지었습니다요. 사실은 사실은……."

복단이 허리를 더 굽히며 말을 제대로 잇지 못하자 그는 옳다 우팔이 이놈 네 재주가 무슨 용빼는 재주겠느냐 싶어 웃음을 입가에 흘리며 너그럽게 말했다.

"그래 다 괜찮으니 속히 말하도록 해라."

복단은 한참을 멈칫거리더니 돌아서 속곳 안으로 손을 넣더니 금팔찌 세 개를 꺼내 손바닥 위에 올려놓았다.

"이걸 정표로 준다고 받으라고 했지요. 안 받는다고 해도 막무가내라서 그만 받았지요. 하도 비싸고 여염집 규수들이 하는 것 같아서 갖고 있다가 그만 깜박했네요. 아씨도 패물을 다 내놓고 곡식도 다 내놓는데 죽을 죄를 지었습니다."

……아, 이건 아니로다.

소유는 자기도 모르게 혀로 윗입술과 아래입술을 살살 핥았다. 그렇다면 우팔이 복단이에게도 아무 말도 하지 않았음이 분명했다. 우팔이 허수룩하게 보여도 준비하는 모양새며 그 요령은 보통 녀석이 아니었다.

"그건 우팔이 정표로 주는 것이니 다시 넣어두도록 해라. 그리고 아씨를 잘 모시도록 해라."

"예, 백골이 부서지도록 모시겠습니다."

그때 채옥이 앞으로 나서 할미와 복단이를 행랑채로 들여보내고 나서 소유와 함께 안채로 들어갔다. 채옥이 남정네로 변복하였으나 귀 뒤로 살짝 흘러내린 머리칼과 흰 귓바퀴와 둥근 이마와 깊은 눈동자며 통통하게 오른 가슴팍의 살집과 살폭하게 늘어간 허리는 눈썰미가 있는 이라면 금방 알아볼 수 있었다.

"워낙 미인이니 변복을 해도 그 아름다움은 여전히 광채를 내는구려."

소유는 입안에 가득 도는 침을 쩝쩝 다시며 팔을 잡고 끌어당겼다.

"과찬의 말씀이옵니다. 서방님이 이제 생사의 기로에 나서는데 어찌 아녀자가 편히 의복을 갖추고 먹을 것을 먹고 제대로 잠을 자겠습니까. 비록 이몸은 싸움에 나서지 못한다 해도 찬이슬, 찬바람에 새벽별을 보고 행진하는 공의 그 마음을 함께 나누고 싶어 이리 하였으니 보기 흉하다고 너무 허물하지 마십시오."

"아니오, 아니오. 무엇을 허물로 잡겠소. 다만 가련하도록 부인의 얼굴이 세속의 아름다움이 아님을 고요히 느낄 뿐이오. 그 마음 또한 사람의 마음이 아닌 것 같소, 우리가 우연히 만나 잠시 해로의 정을 가졌으니 세세생생 기억될 것이오. 비록 저 달이 눈썹 위를 잠시 스치고 흰 꽃들이 배나무 그늘에 쉼 없이 떨어진다 해도 고운 향기는 지는 나뭇잎에도 쉼 없이 쌓이듯 정은 갈수록 깊어 쉽게 허물 수 없고, 그 깊은 마음 삼가 말하여 드러내고자 해도 더없이 생각에 잠기게 할 만큼 천지 사방이 오히려 그윽하기만 하오이다."

"말 울음소리는 출정을 알리는 듯 아녀자의 귀에까지 메아리쳐 울리는 것 같으니 마음은 갈수록 조마조마해지옵니다. 비록 밤을 함께 지새웠으나 가슴에 품은 말은 내내 못하였으니, 달가운데 붉은 계수를 홀로 꺾고 비단 자리 깔아 밤을 꼬박 새우는 날도 많았는데, 언젠가는 동방에 화촉을 켜고 서방님을 맞이하기를 고대하겠습니다."

노복할미가 고기를 굽고 전과 채를 갖가지 만들어 술상을 들여왔다. 그 사이 채옥은 밖으로 나가 곱게 옷을 갈아입고 나와 소유에게 절을 올리고 잔에다 술을 가득 부어 권하는데 눈물이 후둑후둑 떨어졌다.

"하늘이 혹 불쌍히 여기셨는지 서방님을 만나 참으로 그 광명을 다시 얻는가 했습니다. 그 은혜를 오직 잊지 않고 저는 오늘부터 문을 닫고 서방님께서 다시 살펴 돌아오시기를 바라겠습니다. 하늘의 청명하고 영수한 기운이 있으면 햇빛이 서기롭고 구름이 상서로운 법입니다. 따뜻한 기운과 감로수 같은 눈빛이 사람에게 있으면 큰 인물과 문장과 준수함이 함께하는 것입니다. 서방님께서는 반드시 뜻을 이루어 창성하실 것이니 그리 근심하지 마십시오."

"너무 지나친 말씀이시오. 허나 마치 오늘은 부인이 이 난세에 나를 무릉도원 속으로 이끌어 경계를 찾지 못하게 하고 마음과 정신을 혼미하게 하니 마음껏 취하고 싶소이다."

소유는 듣고 보니 기분이 좋았지만 이제 싸움터에 나서면 전과 달리 신식군대라는 일본군과 싸우는 터라 수많은 농민들이 온 산야를 희붉은 꽃으로 가득 뒤덮듯 쓰러질 것은 뻔한 일이었으니, 그의 심사는 한없이 울적하고 서글펐다. 채옥은 그의 마음을 아는지 더없이 다정하고 따스하고 공손하게 그의 잔을 받았고, 술을 권했다.

"비록 백 년의 수명을 산다 해도, 한순간의 깊은 인연이 생애를 지배할 것이옵니다. 공자가 아무리 철인이라 하나 막상 죽음에 이르러 그 생애를 슬퍼하였습니다. 또 장주는 꿈 속의 나비처럼 훨훨 날고 내리다가 문득 꿈 속에서 깨면 어느 것이 나비이고 자신인지 알 수 없다고 하였으나 뒷날 배고픔에 굶주려 먹을 것을 구했다고 전합니다. 하물며 고대 성인들이 이렇게 죽는 것을 싫어했고, 더구나 배가 고파 굶주리면 사람에게 구걸했습니다. 입으로는 생사가 똑같다고 하면서 그 허와 실을 구별조차 못하였으나 서방님께서는 그 도를 넘어 한결같이 하염없는 길을 가도록 하십시오."

채옥의 말은 은은했고, 황촉 아래 아른거리며 술을 따르는 모습은 애설하면서도 교태롭기까지 했다.

술잔을 높이 드는 손이 점점 아득하게 보였고, 채옥의 얼굴이 커다랗게 다가오다 멀어져 가곤 했다. 바깥에서 바람이 일어 오동나무가 흔들리는 소리가 났고 큰 새의 날개짓이 오동나무 꼭대기에서 들려왔다.

'아, 저 소리는 무엇일까.'

소유는 자꾸만 환청처럼 들리는 소리의 실체를 따라잡기 위해 감기는 눈을 뜨고 정신을 모으려 했으나 채옥의 뜨거운 입술이 그의 이마에 고요히 닿자 가만히 눈을 감고 정신을 놓았다. 그의 머리를 채옥이 가슴으로 끌어안았고 이어 그를 금침 아래 가만히 눕히고 도포자락에서부터 중우까지 차례로 벗기고 새벽 이슬을 받은 항아리에 명주 천을 넣어 손끝에서 발끝까지 닦아나갔다.

그는 손끝 하나 꼼짝할 수 없었으나 찬 이슬의 기운이 살갗에 닿자 기혈과 땀구멍이 꽃봉오리를 맺듯 열렸고, 채옥의 부드럽고 은근한 몸놀림이 한눈에 들어왔다. 그의 옷을 벗기고 난 채옥은 치마를 풀고 저고리를 벗었다. 그리고 내내 올렸던 머리도 풀고 명주실로 뒤로 잡아 묶어 길게 내렸다.

둥근 공처럼 솟아오른 젖가슴이 그의 눈에 들어왔고, 그는 입을 벌려 채옥의 이름을 부르려 했으나 정신은 말짱한데 전혀 목소리가 나오지 않았다. 그는 속으로 외쳤다.

'아아, 채옥이여. 연연세세 그대와 함께하고 싶소. 이 난리가 끝나면 내 누구보다 빨리 돌아오리다. 목숨을 보전함이 가장 큰 선이 아니겠소. 어떤 일을 해서라도 그대를 위해 온전히 생명을 지키고 그 정성에 화답하리니……'

그의 마음을 아는 듯 모르는 듯 채옥은 그전처럼 고개를 숙이고 귓볼을 붉히던 부끄러움도 없이 그의 옷 위에다 자신의 저고리와 치마를 차곡차곡 접어 올려 놓고는 그의 몸 위를 가만히 덮었다.

채옥의 두 손이 그의 귓바퀴를 빙빙 돌았고, 그 깊은 구멍 속으로 새끼 손가락을 은근히 넣어 만상의 소리를 막았다가 확 떼내자, 어디선가 쉼 없는 뻐꾸기의 울음이 밀려들어왔다. 소유의 귓바퀴에서 목덜미의 풍지 쪽을 향해 채옥이 손길을 옮겨 가다가 모든 기운이 시작되는 백회혈로 빠르게 달려갔다. 정수리에서 한줄기 흰 기운이 불끈 발바닥 쪽으로 화살처럼 달려나갔다가 간장의 기운이 시작되는 뱃속 어디쯤서 한 번 뒹굴자, 채옥은 그 보드랍고 풍륭한 젖가슴을 그의 입 속에 들이밀고 그의 백회혈을 양쪽 어금니로 지그시 깨물었다. 그러자 그의 내장 속에서 뒹굴며 쓰러졌던 흰 기운은 둥근 원처럼 한 바퀴 돌아 사타구니를 타고 양쪽 다리로 뛰어내려가 용천혈로 가 꽂혔다. 그는 입 속에 숨이 막히도록 들어오는 채옥의 젖꼭지를 깨물려 했으나 도무지 이빨을 움직일 수도 없고 혀를 움직일 수도 없어 한없이 부드럽고 깊은 어둠속으로 추락하고 있었다.

"부디 이 흔적을 잊지 마십시오. 산과 물이 다 바뀐다 하나 오늘 밤 8만4천 땀구멍 곳곳에 저의 숨길과 기원과 별리의 슬픔을 꼭꼭 넣을 것이니 서방님의 그 살갗마다 창칼도 뚫지 못하고 왜놈의 총알도 비켜 갈 것이옵니다."

백회혈을 어금니로 번갈아 깨물던 채옥은 입술을 그의 이마 정중앙선을 타고 내려와 태양혈에 멈춰 거칠게 빨아내었다.

"이 지상의 탁한 기운들은 오늘 저의 입 속으로 주시고 맑은 기운만이 가득해 어떤 근심에도 흔들리지 말고 장부의 뜻을 꺾지 마십시오."

눈썹과 옆머리 사이의 두 태양혈 속으로 깊은 통로를 내듯 입술을 빨아대며 숨길을 불어넣던 채옥은 천천히 그의 미간 사이로 입술을 옮겨와 혀와 입술로 끊임없이 핥아내었다. 늘씬하게 뻗은 콧등, 준두를 타고 양쪽 불룩하게 솟은 콧볼도 입속에 가득 넣고 잘근잘근 씹었다. 그는 입을 벌려 고통스러워했으나 그 아픔 뒤에는 산길을 잃어 헤매다가 골짜기 건너 산등성이에 반짝이는 등불을 발견한 듯한 아스라한 기쁨들이 잘잘 부서지며 흘러내렸다. 채옥은 그의 턱을 한입 가득 베어 물고 흔들다가, 그 아래 목선을 타고 가슴 쪽으로 흘러내렸으며, 탄탄한 가슴에 박힌 비취옥 같은 유두를 이빨 사이에 넣고 아예 으깨버릴 듯 깨물었다.

점점 그의 이마에서 땀이 흘렀고 채옥의 가슴팍에서 후미진 굴곡을 따라 김이 서린 땀방울이 작은 물줄기가 되어 아랫배 쪽으로 몰려들어갔다. 배꼽 속에다 채옥은 헛바닥을 넣고 오래 물레를 잣듯 파헤쳤다. 소유는 그녀의 혀가 내장 깊숙이 들어와 창자와 비장과 간장과 그 사이 흐르는 동맥과 작은 핏줄과 고환을 향해 흐르는 신경까지 남김없이 쓰다듬고 있는 것을 알았다.

그는 그리움으로 가슴이 터질 듯했다.

'아, 어디쯤에서 이 열락을 만났으리오.'

단향과의 한순간에서도 이처럼 장렬하고 아름다운 풍광은 겪어보지 못했으리니. 채옥이 지금까지 한 번도 보여주지 않던 모습을 내게 선사함은 어쩌면 앞으로 난리판으로 떠나는 나의 길이 참으로 평지풍파 속에 놓여 있다 함이 아닐는지. 어쩌면 우리가 다시 만나지 못할지도 모른다는 두려움마저 들었다. 채옥은 모든 부끄러움과 모든 격조와 더없이 많은 규방의 법도에서 홀연히 벗어나 이 자리에서 마지막 한 찰나를 불태우려 함은 아닌가.

몸은 꼼짝할 수 없었지만 소유의 생각은 길도 없고 행방도 알 수 없이 파문처럼 퍼져나갔다. 그의 얼굴에서도 그 생각의 잔상을 어찌지 못하고 한 줄기 그늘이 일어서자, 채옥은 그 기운을 눈치챘는지 배꼽을 파내려 가던 헛바닥을 들어 다시 한 번 소유의 유두를 힘껏 깨물고 미처 비명을 지를 틈도 주지 않고 배꼽 아래 삼라만상 모든 사물의 소리와 기운이 모여드는 기해혈을 입으로 덥석 물고 격렬하게 흔들었다. 그 움직임에 따라 근심스러워하던 그의 생각도 섬광처럼 타올라 종적을 찾을 길 없이 사라져 버렸다.

채옥의 움직임은 그곳에서 끝나지 않았다. 채옥이 소유의 굵고 단단한 오른쪽 다리 사이로 몸을 옮기자 그녀의 사타구니 사이에서 흘러내리는 물결들이 안쪽으로 밀려나왔고, 채옥의 입술은 그의 옥경을 깊숙이 삼키고 하염없이 뒤흔들었다. 그제서야 그는 자신도 모르게 두 손으로 채옥의 두 귀를 잡았고, 마치 채옥의 일을 흉내내듯 귓구멍 속으로 새끼손가락을 넣어 빙빙 돌려대었다. 옥경의 밑뿌리는 간장이요 그 다음은 심장이요, 비장이요, 폐장이요, 그 끝은 신장이라, 채옥은 이치를 아는 듯 밑뿌리에서 이빨로 잘근잘끈 씹어나갔다가 힘껏 내뿜었으며 다시 입술 사이로 포위해 압박해 들어갔다. 그리고는 마침내 그녀의 몸 속으로 깊이 가두고 그에게 등을 돌려 소유의 발목을 힘껏 깨물었다.

그림자 속의 채옥은 흐트러진 꽃처럼 온몸을 드러냈다. 평평한 냇물을 밟은 듯이 두 사람은 공중을 날고 만 리를 함께 팔을 뻗었다. 무엇인가 그들의 손에 잡혔는데 함께 펴보니 그것은 붉은 구름이었다. 그 구름이 두 사람의 온몸을 혈관처럼 번져나가 붉게 물들였다. 그들은 어둠이 닥치고 별이 스러지고 바람이 잠들 때까지 온몸의 허물을 쉼 없이 벗겨 내렸다.

소유는 망상이 끊어지고 심신이 한없이 평화롭고 안정되었다. 저절로 눈이 지긋이 감겨지고, 오묘한 빛이 오장육부에서 솟아났다.

소유는 왓모가 검은 망사옷을 입은 단향을 데리고 그윽히 웃고 있는 모습도 보았고, 석교 아래 8선녀가 까르르 터뜨리는 교태에 가득 찬 웃음이 땀방울이 되어 이마 위를 송글송글 구르자 빙그레 웃음도 지어 보았다. 붉은 과일이 눈앞으로 날아왔고, 아하, 저것은 손오공이 그렇게 욕심내던 천도복숭이 아닌가. 그가 재빨리 가로채어 천도복숭을 한 입에 삼켜 버리고 씨앗을 멀리 뱉아내듯 입을 후 부니 그의 입 속에서 채옥의 유두가 툭 빠져나왔다.

활활 타는 불 속에서, 도도하게 흐르는 강물 속에서 흰 호랑이와 붉은 호랑이가 서로 어울리는데 큰 누각의 문이 활짝 열리고 큰 불꽃이 하늘에서 내려와 연기와 불이 천지에 가득하고 빙글빙글 돌면서 금빛그릇 속으로 들어갔다. 구름과 벼락이 그의 몸 위로 우수수 떨어지고 꽃비가 눈앞을 가득 어지럽혔으며, 상서로운 바람과 뜨거운 기운이 단전에서 폭풍처럼 우뚝 일어서서 옥경 쪽으로 길게 뻗쳐 나갔다. 어느 선아와 여군선이 이런 모습일 것인가. 천상의 무수한 선아들이 금쟁반에 맑은 이슬을 섬섬히 들고 오는데 그 수를 헤아릴 수도 없고, 그 뒤를 이어 또다른 선아들이 금 수레, 은 수레로 주옥을 가득 싣고 들어와 고개를 다소곳이 숙였다. 한 수레 안에서 학 떼들이 고요히 날개를 펼치고 그의 몸을 태우고 하늘로 솟았고, 곧 이어 붉은 봉황이 그의 얼굴에 서로 얼굴을 비비며 푸른 하늘을 물고 내려왔다. 선계의 현금 소리가 낭자하게 울리고 금빛이 은은한데 기화이초와 경물 풍광이 예사롭지 않고 청정한 기운이 채옥의 혀와 입술이 닿는 곳에서 샘솟듯 솟아올라 크고 향기로운 바람과 운무 같은 꽃비를 이루었다.

"세세생생 서방님을 기다리고 기다릴 터이니 아무 괘념치 마시고 출정하시어 도탄에 빠진 백성을 구하십시오. 한갓 사사로운 계집의 청이라 허물치 마시고, 또한 사사로운 연분은 큰 일을 위해 잊으셔도 원망치 않겠습니다."

채옥은 그의 몸을 새벽 이슬로 닦아내고 새 도포를 하나하나 입혀주고 고름을 매어주었다. 소유는 문득 녹두장군이 그에게 준 서찰이 생각나 채옥더러 새 도포 중우 자락 양쪽 안에 작은 주머니를 만들어 한 쪽에는 서찰을 넣고 한 쪽에는 비취잠과 용왕이 준 거울상자를 넣고는 바느질로 단단히 꿰매어 달라고 했다. 채옥은 그것이 무엇인지 묻지 않고 눈물이 가득한 얼굴로 고개를 끄덕거렸다.

소유는 아무 말도 할 수 없었다. 그것이 두 사람의 마지막날 사연이었다. 그날로 헤어진 두 사람은 오래도록 만날 수가 없었다.

논산에서 북접의 손병희 장군이 이끄는 동학군과 합세한 남접의 농민군 수만 명은 공주로 진격할 채비를 갖추었다. 공주로 총진격하는 출정의 날이 다가오자 전봉준 장군은 소유를 불러 그에게 서찰을 잘 간직하고 있는지 다시 묻고 머지않아 먼 길을 떠날 터이니 미리 마음의 준비를 단단히 하라고 일렀다.

"이제 우리가 머지않아 작별할 때가 올 모양일세. 자네의 골상으로 보아 보통 귀격이 아니니 부디 목숨을 온전히 보전해 내 뜻을 보살피도록 하라."

"장군께서 그리 갑작스레 말씀하시니 몹시 두렵고 서운합니다. 장군과 함께 목숨을 다하겠으니 그리 말씀을 하지 마십시오."

장군은 대답하지 않고 빙그레 웃었다.

그렇다고 소유가 장군에게 거짓말을 하는 것은 아니었다. 정말 큰 난리가 났으니. 장군이 저리 비장하게 말한다면 목숨을 부지하고 이름을 보전할 자가 몇이나 된단 말인가.

사방을 둘러보니 결의에 가득 찬 동학도인들이 두눈에 가득 들어왔다.

"군대를 몰고 한양으로 가서 왕의 주위에 있는 간신들을 쓸어내자! 침략자들을 내쫓자! 성도를 밝혀 나라를 구원하고 인민을 안정시키자!"

밖에서는 동학군들의 결의에 찬 함성이 잇달아 들려왔다.

그는 한편으로는 채옥이 거듭 원망되기도 하였다. 이 판에 아예 채옥과 같이 달아나 버리고 싶기도 했는데 결국 장부의 뜻을 살리라며 채옥은 자신을 사지로 내몰았지 않는가.

그래도 한 줄기 위안이 되는 것은, 장군이 그에게 했던 부디 목숨을 보전하라는 말이었다. 그 말은 아마 그에게 무엇인가 특별히 시킬 일이 있다는 뜻이었고, 그렇다면 그 와중에 난리판에서 벗어나 따로 목숨을 도모할 계책도 생기지 않겠는가 싶었다.

소유는 공주를 치기로 한 선봉대에 편성되었다. 그는 공주가 가까워질수록 불안해지는 마음을 감출 수가 없었다. 공주에 이르기까지 관군들과의 싸움은 상대가 되지 않았다. 무기도 제대로 없는 그들은 지레 겁을 먹고 달아났다.

그들 주력부대가 공주성을 앞두고 진격해 들어가는데 갑자기 산 정상에서 포소리와 함께 우레와 같은 기관포 소리가 콩 볶듯이 들려왔다.

"얄라차……."

소유는 포소리가 들리자 날쌔게 풀섶에 납작 엎드렸다.

그가 엎드린 곳은 우금치고개였다. 고개가 험해서 소를 몰고 갈 수 없는 고개라고 해서 이름이 붙여졌다고도 하고, 이 고개에 금광맥이 있어 소만한 금덩어리가 들어 있다는 뜻에서 붙여진 이름이라고도 했다. 그 고개에서 수많은 동학군들이 죽어나갔다.

일본군은 새벽부터 우금치고개에 매복해 있었다. 일본군은 동쪽에 숨어 그들의 등 뒤에서 해뜨기를 기다렸다가 진격해오는 동학군 쪽으로 해가 떠오르자 회전기관포 사격을 퍼부었다. 동학군은 눈이 부셔 앞을 제대로 내다보지도 못하고 연신 땅 위에 고꾸라졌다. 일본군은 1대가 총격을 하고 물러나면, 2대가 나가 재차 기어오르는 동학군을 향해 쏘아댔다. 시체 위에 시체가 쌓이며 동학군들이 헤아릴 수 없이 쓰러졌다. 소유는 동학군들이 총을 맞고 넘어지는 모습을 속절없이 지켜보아야 했다. 어떤 일본군들은 민가에서 동학군처럼 흰옷을 갈아입고 어깨에 동학깃발을 꽂은 다음 총을 숨겨 동학군에 접근해 왔다. 동학군인 줄 알고 반갑게 다가서는 농군들에게 일본군은 사정없이 총을 쏘아댔다.

"소유는 어디 있느냐?"

개울에는 붉은 핏물이 쉼 없이 흘렀다. 누군가 소유를 찾는 애타는 목소리가 들렸지만 그 목소리가 누군지 알 수 없었다. 그는 시체 밑에 숨어 나올 수가 없었다. 고개만 들면 금방 일본군의 기관포알이 목줄기를 뚫고 지나갈 것만 같았다. 그는 눈치를 보다가 동학군이 퇴각하는 틈을 타 고개 아래로 번개처럼 달아났다.

우금치 고개를 뺏지 못하면 공주로 입성할 수 없고 서울로 가는 진격로도 완전히 막히게 되므로 그들은 죽음을 각오하고 이 고개를 점령해야 했다. 그러나 기관총과 신식대포는 동학군들의 숫자를 나날이 줄어들게 만들었다. 백병전이 일어나기도 수차례였다.

동학군들은 4, 50리에 걸쳐 우금치를 둘러싸고 사방에서 깃발을 흔들고 북을 치면서 죽음을 무릅쓰고 고개를 올랐다. 그것은 어떤 용기와 의리와 어떤 전략으로도 설명할 수 없는 일이었다. 기도주를 외우며 죽음을 향해 내달리는 그들의 기세는 관군들의 뼈를 떨게 했고 간담을 서늘하게 했지만 일본군들의 신식무기 앞에서는 휘날리는 무수한 꽃잎에 지나지 않았다.

그들이 외우는 주문은 간절했고 처절했으나 그들에게 돌아오는 것은 기관포과 포탄세례였고, 동학군들의 피는 천지사방으로 튀었으며 그 사이로 그들이 외웠던 주문만이 공중을 길게 메아리쳐 갔다.

시천주조화정영세불망만사지侍天主造化定永世不忘萬事知
지기금지원위대강至氣今至願爲大降
시전주조화정영세불망만사지

10. 한양 가는 양소유 247

지기금지원위대강……

소유는 겁을 집어먹고 숨고 달아나기에 급급했다. 그러나 어린 농민군들이 가슴에 주먹밥을 꼭 안고 쥔 채 쓰러지고, 총을 맞고 피를 토하면서도 주문 외우기를 멈추지 않는 도인들을 보자, 마침내 시체더미 속에 숨었다가 자신도 모르게 벌떡 일어서고 말았다. 피냄새가 우금치 고개의 나무와 풀잎 속에 가득 배어들었다.

호소문을 붙이러 간 정백과 김우팔이 돌아오자마자 소유는 그들과 함께 선봉대에 서서 고개를 향해 올랐다. 한 고개를 차지하면서 일본군과 백병전이 붙자 정백의 단검 솜씨는 찬란하게 빛났다. 장총에 칼을 꽂아 덤벼드는 일본군은 그의 단검에 목을 내놓기 부지기수였다. 김우팔도 맹렬히 돌팔매를 날렸다.

소유는 우금치 고개를 오르는 선봉대에 서서 일본군을 향해 맹렬히 총을 쏘아댔다. 번개처럼 빠르게 내달리며 총을 쏘고 일본군의 기관포 진지에 화약을 집어던지는 그의 모습을 김우팔은 입을 쩍 벌리고 보더니 그 뒤를 정신없이 따라 달리며 총을 쏘아대었다. 그러나 아무리 기도주가 강렬하고 주문이 간절하다 하나 구식 화승총과 칼, 창으로 무장한 동학군이 기관포와 신식대포로 무장한 일본군과 관군을 이길 수는 없는 일이었다.

7일간 하루에도 40~50차례 우금치를 둘러싼 격전이 되풀이되었으니 언덕에, 풀잎에, 나무에, 시냇가에 붉은 얼룩이 진 흰옷의 시신들이 나뒹굴었고 마침내 동학군 주력부대는 5백여 명밖에 남지 않게 되었다. 우금치 계곡과 봉황산 마루는 쓰러진 동학군 시체로 붉고 하얗게 덮여 나갔다. 산 밑 시엿골 개천은 쉼 없이 핏물이 흘렀다.

소유가 보기에 장군은 한 목숨 아끼지 않고 오직 새 세상을 보겠다며 한 많고 사연 많은 순박한 농민들이 죽음을 향해 달려나가는 모습을 지켜보아야 하는 괴로움에 비통해하고 있었다. 장군은 비장한 결심을 한 듯 소유에게 최후의 교시를 받아 적게 했다. 그것은 한양의 경군과 충청부사 박제순을 비롯한 감영 병사, 공주읍내 아전과 상인들에게 반일의 대의하에 대동단결할 것을 호소하는 고시경군여영병이교시민告示京軍與營兵 吏校市民이라는 문장이었다.

〈일본과 조선이 개국 이래로 비록 인방이나 누대 적국이더니 성상의 인후하심을 힘입어 삼항의 개항을 허락하여 통상한 이후 갑신 10월에 사흉 김옥균 박영효 서강범 홍영식이 적을 끼고 활동하여 군부君父의 위태함이 조석에 있더니 종사의 홍복으로 간당을 소멸하였다.

금년 10월에 개화간당이 왜국을 체결하여 밤을 타서 왕성에 들어가 군부를 핍박하고 국권을 함부로 자단하며 더구나 방백수령이 모두 개화파의 소속으로 인민을 어루만지고 구휼하지 아니하고 살육을 좋아하며 생령을 도탄에 빠지게 하매, 이제 우리 동도東徒가 의병을 들어 왜적을 소멸하고 개화를 제어하며 조정을 평정하고 사직을 안보할 새, 매양 의병이 이르는 곳마다 병정과 군교가 의리를 생각지 아니하고 나와 접전하야 비록 승패는 없으나 인명이 피차에 상하니 어찌 불쌍하지 아니하리요. 그 실은 조선 사람끼리 서로 싸우고자 한 바 아니거늘 이와 같이 골육상전하니 어찌 애닯지 아니하리오. 일군이 왕궁을 점령하여 팔방이 흉흉한데 서로 싸우면 이는 골육상전이라.

일변 생각건대 조선 사람끼리라도 도는 다르나 척왜와 척화는 그 의가 일반이라. 두어 글자 글로 의혹을 풀고자 하오니 각자 돌려보고 충군 우국지심이 있거든 곧 의리로 돌아오면 상의하여 같이 척왜척화하여 조선으로 왜국이 되지 아니하게 하고 동심협력하여 대사를 간곡히

이루게 하올세라.〉

　유생 출신 도인들이 우르르 붓을 들고 교시문을 옮겨 적어 밤을 도와 몰래 방을 붙이러 떠나갔다. 그러나 그들은 거의 돌아오지 않았다. 그들 가운데 이미 대세가 기울었다는 것을 알고 관군들에게 항복해 동학군의 위치와 세력 등의 정보를 팔아넘기는 이들이 많았다. 그렇지 않으면 그 길로 달아나 행방과 생사조차 확인할 수 없었다. 살아남아 있는 동학군에게는 일본군의 기관포와 대포가 날아들었다. 동학군들은 일본군의 기관포 앞에 부적을 붙이고 주문을 외우면 총알이 피해간다는 것도 더 이상 믿지 않게 되었다.
　김개남, 손화중의 동학군도 신식무기와 대포 아래 무참히 죽어갔다. 김개남은 전봉준과 별도로 남원에서 기병하여 남원 부사 이용헌과 고부 군수 양필환을 참수하고 회덕, 신탄진을 거쳐 청주를 공격했으나 신무기로 무장한 관군과 일본군을 이길 수 없었다. 이미 대세가 회복할 수 없을 정도로 기울었다는 것을 안 김개남은 농민군들에게 각자 살길을 찾아 해산할 것을 명령하고 산길로 들어가 숨었다.
　손화중과 최경선은 전봉준의 명을 받아, 나주에서 해로로 북상하는 일본군의 배후공격에 대비하기 위해 후방을 맡았다. 그들은 나주를 공격하였으나 실패하고 일본군의 추격에 병력을 해산한 뒤 급히 몸을 숨겨야 했다.
　전봉준의 주력부대는 그들을 추격하는 관군과 일군의 연합군에 계속 밀려 논산의 황화대 전투에서도 패배한 후 전주로 철수하여 진용을 수습하고 금구, 원평에서 대항했으나 역부족이었다. 마지막으로 동학군은 태인에서 5천여 명으로 싸웠으나 패전하여 그 명맥을 더 이상 이어갈 수가 없었다. 더구나 일군과 관군 그리고 기득권을 다시 찾고 보복하려는 양반과 유생, 토호들은 곳곳에서 동학군을 잡아 죽이고 그 식솔들을 감옥에 가두고 집을 불태웠다. 마침내 동학군이라면 무조건 잡아 죽이는 세상으로 바뀌고 말았다.

오직 제폭구민과 척왜양창의를 외치는 동학군들은 신식무기 앞에 폭우에 지는 꽃잎처럼 무너져 내렸을 뿐이었다. 동학군이 퇴각하자 일본군은 마을과 들판, 산에서 닥치는 대로 동학군과 양민들을 학살하고 집을 불태웠다. 부상자들은 산채로 파묻었다.

일본군과 뒷날 총독부 고위관리가 된 이두황의 관군은 퇴각하는 동학군을 기습 공격하여 항복하는 이들마저 사정없이 총으로 쏘고 목을 잘랐다. 밭두렁에 널려 있는 시체가 눈에 걸리고 발에 채였다.

전라도 순천, 강진, 남해안 일대 섬에 이르기까지 동학군 포로들은 산채로 매장되었다.

전봉준과 손병희의 주력 대부대는 우금치 전투에서 밀려 남쪽으로 남쪽으로 후퇴를 거듭했다. 손병희는 전봉준에게 함께 피신하기를 권유했지만 장군은 고개를 흔들었다. 소유는 곁에서 장군이 손장군의 권유를 받아 피신하기를 바랐다. 그렇다면 그 또한 쉽게 목숨을 보전해 뒷날을 기약할 수 있지 않을가 싶었다. 무릇 군자는 언제나 뒷날을 도모함이 아니던가.

그러나 장군의 뜻은 확연했다.

"어찌 수십만 농민들의 목숨을 사지에 내몰아 놓고 내 한 몸 살아 남으려 하겠소. 이제 와서 몸을 피한들 어찌 잔명을 유지할 수 있겠소. 내 비록 뜻이 하늘에 이르지 못한다 해도 오직 싸움터에서 죽기가 유일한 소원이오."

장군의 말을 듣는 소유는 가슴이 펄쩍 뛰었다. 아니 장군이 싸움터에서 죽는다면 자신 또한 그와 운명을 같이해야 할 것이 아닌가. 차라리 그는 손병희를 따라 나서고 싶었지만 내색을 할 수가 없었다. 며칠 눈치를 보아 손장군에게 함께 따라 나서고 싶다는 말을 한 뒤 기회를 보는 게 좋을 것 같았다. 그러나 그 생각은 아예 틀려 버리게 되었다. 그 길로 손병희는 병력을 해산하고 산간으로 숨어들어 뒷날을 도모하겠다며 급히 길을 떠났다.

이제 남은 동학군들은 눈짐작으로도 헤아릴 만큼 얼마 되지 않았다. 낯익은 얼굴이라고는 김우팔밖에 없었다. 그놈도 다리에 총을 맞아 절뚝절뚝 절고 있었다. 산야를 누비며 용맹하게 싸우던 텁석부리 정백도 그 얼굴이 보이지 않았다.

생사가 무슨 의미가 있으리요? 죽고 사는 길이 한갓 나뭇잎이 우수수 떨어지듯 속절없고 부질없었다.

전장군은 수하에 해산령을 내리고 모두 살 길을 찾아 떠나라고 말한 뒤 측근 10여 명만을 남게 했다. 그리고 그는 소유를 불렀다.

"하늘의 응답이 없으니 이 천운을 어찌 하겠는가. 소유는 전에 내가 준 두 통의 편지를 아직 가지고 있는가?"

"예, 깊게 간직하고 있습니다."

"그러면 그 두 서찰 중에 큰 서찰이 바로 첫 번째 전달할 것이니 그것을 한양의 대원이 대감에게 전하도록 하라. 양소유는 한양에서 내려온 강달복 도유와 같이 길을 떠나도록 해라. 용케 아직까지 우리가 생명을 보전하였으나 앞으로 또 어떻게 될지 아무도 알 수가 없구나. 그러나 무사히 살아남으면 백양사에서 다시 만나도록 하자."

"대원이 대감이 누구이옵니까?"

"강달복 도유가 잘 알 것이다. 그 안내를 받아 편지를 전하고 화답을 받아오너라. 그 어떤 화답이라도 필시 있을 것이로다."

"삼가 뜻을 받들어 모시겠습니다만, 두 번째 편지는 누구에게 전한단 말입니까?"

"그건 뒷날 다시 백양사에서 만나 전할 일이로다."

장군은 더 이상 말이 없이 눈을 깊이 감고 깊은 시름 속으로 빠져 들어갔다. 소유의 곁으로 얼굴이 까맣게 얽은 도인이 다가와 어깨를 짚었다. 키가 작달만한 강달복이었다. 숱한 전투에서도 그는 용케 살아 남아 있었다. 대원군과 녹두 장군과의 연락을 전달해준다던 이가 아닌가. 그런데 어찌 장군이 강달복을 두고 자신에게 편지를 미리 맡겼으며 이제는 소유에게 그 편지를 직접 전하라 하는지 그 연유를 알기 어려웠다. 그런 심중을 알고 있기라도 한 듯 장군은 굳게 입을 다물고 눈을 감고 있을 뿐 그의 어떤 질문에도 대답하지 않으려는 듯이 보였다.

'그 참 괴이한 일이 아닌가. 아직 명이 붙어 있고 그 무서운 신식 장총과 대포에도 사지가 요행히 멀쩡하니 이쯤해서 해산하는 동학군 틈에 숨어 채옥의 품으로 돌아가고 싶은데 장군은 대원이 대감과 면식도 없는 나에게 편지를 전하라 하니 한양은 여기서 또 얼마나 멀며 발은 얼마나 부르터야 하는지도 알 수 없구나. 날이 갈수록 호랑이 아가리 속으로 떠밀려 가는 것 같아 이 신세가 참으로 기박하고 무정하네.'

소유는 그길로 강달복과 함께 한양으로 향했다. 몇 날 며칠이 걸릴지도 알 수 없었다. 일본군과 관군의 눈을 피해 오직 밤길을 가야 했다.

한양으로 가는 길에 이미 동학군의 대세가 기울어지자 숨죽여 움츠리고 있던 양반 토호 아전들이 농민의 씨를 말릴 듯 패악을 부린 흔적이 수없이 많았다. 곳곳에서 양민들과 아이들의 시신이 널려 있었다. 한때 동학군이나 집강소에 얼굴을 내밀고 동학에 입교했던 양반과 유생들도 일시에 얼굴을 바꾸고 물고를 낼 듯이 눈을 희번덕거리며 동학군을 잡아내기에 바빴다. 그들이 관군과 내통하니 동학군의 가족들이 몰살되었고 완전히 잿더미가 된 마을이 수도 없었다.

그는 채옥의 일이 매우 걱정되어 슬그머니 서찰을 강달복에게 맡기고 달아나 버리고도 싶었으나 채옥을 찾아간다 해도 이미 저잣거리에는 관군과 일본군이 가득 차 있을 터여서 다른 방도를 택할 길이 없었다. 길을 떠나면서도 이리 할까 저리 할까 망설이는 마음이 한 걸음에 수천 번도 더 불쑥불쑥 일어났지만 소유는 강달복의 뒤를 따라 홀린 듯 자꾸만 북쪽으로 하염없이 걸어가고 있었다.

11

호랑이를 타고

　두 사람은 낮에는 바위틈, 동굴에서 잠을 자고 밤이면 달빛을 의지삼아 길을 찾아나섰다. 밤은 추웠다. 서리가 허옇게 꽃을 피웠지만 일본군의 눈에 띌까 싶어 마음 놓고 불을 피울 수도 없었다. 북쪽으로 갈수록 날은 더 추워졌다. 굴을 찾아 마른 솔가지를 덮어 추위를 피하려 했지만 잠은 어디로 달아났는지 알 수 없고 눈만 말똥말똥해졌다. 북극성이 아득하게 빛나고 있었다. 어디선가 어헝하며 몸집 큰 호랑이가 굶주린 듯 크게 내지르는 소리가 났고 소나무를 뒤흔드는 바람 소리마저 늑대처럼 길고 거친 울음을 뱉어내었다.
　'아아, 이럴 때 단향이라도 나타난다면 얼마나 다행스럽겠는가. 그 풍성한 가슴에 얼굴을 묻으면 얼음박힌 듯 시린 코는 금방 풀릴 것이며 곱은 손가락을 깊은 사타구니 둔덕 속에 감춰주면 얼음 녹듯 눈 녹듯 녹아내려 아늑아늑하겠는데. 단향은 내가 이 고생을 하고 있는 줄도 모르는 모양이구려. 한순간만이라도 내게 나타나 이 산길을 벗어나게 해주구려. 내 비록 공력이 남다르다 하나 이 산 저 산은 울울창창하고 산짐승은 인(人)고기 냄새를 맡았는지 저리 맹렬하게 소리치니 내 무슨 갈 길을 알아 그 어디로 신형을 날리겠는가. 곳곳에 퍼져 있는 관군이며 일본군의 총알을 어찌 피하리. 또한 길라잡이 저 강달복을 버리고 갈 수도 없는 몸이 아니겠소. 품안의 서찰이 무어 대수겠소만은 올 데 갈 데 없어 지금 하토에서 맺은 인연을 따라가자니 천상의 수행은 한갓 일진 바람보다 더없이 쉬운 일이 아닌가 보오. 아아, 이 길이 발바닥에 대못을 박는 것처럼 고난스럽구나⋯⋯.'

소유가 입으로 중얼중얼거리니 벌어진 입술 틈새로 갑자기 눈발이 사정없이 휘몰아쳐 들어오기 시작했다. 혀마저 얼얼해져 왔다. 눈앞은 한 치도 볼 수 없이 눈보라로 가득 차 있었다. 두 사람은 눈보라 속에 갇혀 버리고 말았다. 이렇게 가다가는 그야말로 쥐도 새도 모르게 눈에 파묻혀 얼어죽을 판이었다.

그는 속으로 단향선이여, 단향선이여 하고 염불하듯 열심히 불러 보았지만 사방에서 눈보라가 온몸을 뒤덮을 뿐 단향은 어디 있는지 아무 응답이 없었다. 어쩌면 단향은 그 혼자만을 버려두고 왕모의 용서를 받아 천계로 돌아갔는지도 모를 일이었다.

그는 눈보라에 파묻혀 사라진 북극성만 괜히 원망했다.

'하이고 저 북두성군은 무정도 하이. 어찌 한마디 따스한 말씀조차 없으신고. 눈보라에 추워 몸을 감춰 버리네, 얄라차, 얄라차, 천상에서 어찌 이 고초를 알까. 정분을 나눈 단향도 이내 속내를 모르는가. 발바닥이 부르트고 콧구멍은 찬바람 처소가 되어 문풍지처럼 푸르르 얼어버렸는데 가슴 속살 속에 한 번 폭 파묻어 주기라도 한다면 이리 원망하는 마음이 들지 않으리라. 내 비록 오갈 데 없는 신세가 되어 국태공인지, 대원이 대감인지, 영감인지 편지 심부름하는 신세가 되었지만, 8백 도반이며 온갖 성군과 선아들은 이 눈보라 속에 갈피 없이 하는 이 몸을 콧구멍 털만큼이라도 생각이나 하겠는가. 선계의 마음 씀씀이가 한갓 이것밖에 되지 않는단 말인가. 천상은 야속하고 내 처지는 가련하고 애석하구나.

요런조런 생각을 하며 걷자니 그는 온몸이 더 얼어붙는 것 같았다. 게다가 산바람은 귀를 베듯 예리했고, 그 눈보라 속에서도 미처 잠들지 못한 산짐승들이 눈앞에서 파란 눈동자를 뚝뚝 흘리니 간은 콩알처럼 줄어들었다가 늘어나곤 했다. 어떤 것들은 그들 발밑을 확 스쳐 지나가 가슴을 철렁이게 했고 어떤 것들은 산등성이 하나를 넘을 때까지 뒤를 슬슬 따라오기도 했다.

'저놈들은 잠도 없나.'

이쪽 산마루에서 늑대들이 길게 울음을 치니 맞은편 숲 속에서 다른 늑대들이 그 울음을 맞받았다. 소유는 그 소리를 쉼 없이 들으니 머리털 끝이 쭈뼛쭈뼛 곤두서고 배꼽이 다 훔칠훔칠거렸다. 강달복은 그가 말을 붙이기 전에는 한마디 말도 먼저 꺼내지 않았다. 말이라도 서로 나누면 적막감이 덜하련만. 더구나 뱃속에서는 꼬록꼬록거리는 소리까지 나니 꼼짝없는 사면초가 신세였다.

'길은 멀고 날은 춥고, 배는 고픈데 쉴 곳은 천지간에 보이지 않는구나.'

할 수 없이 그는 무서움도 덜고 배고픔도 잊을 겸 고개를 숙인 채 쉼 없이 앞서가는 강달복을 따라가며 말을 붙였다. 무서움을 없애기 위해서라도 그는 말동무가 필요했다.

"여보시오, 혹시 뭐 먹고 싶은 거라도 없소?"

"이 엄동설한 산길에 뭐 먹을 게 있어 먹고 싶은 마음이 나겠소? 내가 먹고 싶은 게 있다면 양도인이 금방 옛수하고 내놓겠소?"

강달복은 퉁명스레 되받았다.

그는 두 팔을 무명솜 누비옷 소매 안으로 깊숙이 감춘 채 잘도 걸어갔다. 요기한 것이라고는 다행히 빈 집 곳간 밑바닥에 숨겨둔 씨고구마를 찾아내 몇 개 깎아 먹은 것밖에 없으니 발바닥 끝까지 배고픈 생각밖에 나지 않았다. 밤참으로 요기하자며 남은 고구마는 강달복이 주섬주섬 걸망에 집어 넣은 터라 혹 말을 걸면 고구마라도 내놓지 않겠는가 싶었는데 돌아오는 것은 타박밖에 없었다.

한참을 고개 숙여 걸으며 생각해 보니 도대체 자신이 무슨 일로 이렇게 생고생을 해가며, 자칫하면 일본군에게 들켜 총알구멍이 날지도 모르는 위험한 일을 해야 하는지 알 수 없었다.

"이보시오, 강도인. 도대체 대원이 대감이 어떤 사람이오?"

"이빨 빠진 호랑이요."

"이빨 빠진 호랑이는 어떻게 생겼소?"

"고양이보다 못하다는 말이오."

"호랑이라는 말은 아닐 테고 창의대장이 왜 대원이 대감에게 편지를 전해주라는 말이오?"

"낸들 알겠소. 1차봉기 때는 녹두장군과 대원이 대감이 서로 보낸 편지를 수차 전달한 바 있소만 동학군이 일거에 무너지니 소식이 끊어진 지가 오래돼서 모르겠소. 세상 인심은 어제 다르고 오늘 다르니……"

"모르는데 어찌 그 길을 찾아 이 편지를 전한단 말이오. 이미 싸움은 풍비박산이 나고 동학도인들은 뿔뿔이 다 흩어지고 목숨을 부지하는 자를 찾아보기 어려운데 무슨 도움을 이제 요청한단 말이오. 도대체 무슨 내용이 있길래 이런 생고생을 한단 말이오. 그만 두고 차라리 살길이나 찾아보는 게 어떻겠소.?"

"허어 참, 양도인은 평생 이밥 한 번 제대로 못 먹고 죽어서 마치 벌판에 밥알 하얗게 뿌려놓은 것처럼 죽어간 우리 도인들을 다 잊었소?"

"그건 그렇소."

"어쨌든 녹두장군이 가라시니 갈 뿐이오."

"하긴 이빨 빠진 호랑이라도 가죽은 쓸 만하지 않겠소."

"가죽이 어디 있소. 벌거벗고 있는데."

"벌거벗고 있다니? 옷을 벗었다는 말이오? 살가죽을 벗었단 말이오?"

"글쎄올시다."

강달복은 소유가 종잡을 수 없이 물어대니 별 이상한 놈 다 보겠다는 듯 피식 웃더니 더 이상 응답하지 않았다. 소유는 속으로 생각을 열심히 굴려봐도 배도 고픈 데다 머리도 얼어버렸는지 짐작하기 어려웠다. 강달복이 바보처럼 취급하니 홧김에 단박에 몇 마장이나 날려 버릴까 하는 생각도 얼핏 들었으나 어찌 자신의 성화를 천상에서 배운 도력으로 풀 수 있단 말인가.

그는 다만 혀를 끌끌 찼다.

'허, 그 참 알 수 없도다. 벌거벗다니. 대원이 대감이라는 이도 자신처럼 벌을 받아 벌거벗겨져 하늘에서 쫓겨났단 말인가. 그 영감은 무슨 벌을 받았단 말인가.'

산길은 낙엽이 푹 깔려 있었고, 그 위로 눈이 푹푹 쌓여갔다. 매서운 바람이 사정없이 그의 뺨을 갈겼다. 짚신에 새끼줄로 감발을 했지만 발이 푹푹 빠지는 데다가 때로는 사정없이 미끄러워서 그는 나무에 처박히고 바위 아래로 곤두박질치기도 했다.

강달복도 날랜 걸음이 느려졌고 조금씩 뒤쳐지기 시작했다. 소유는 앞서가다 어디로 가야 할지 길을 몰라 강달복이 다가오기를 한참 기다렸다. 강달복도 힘에 부치는지 허옇게 서리 같은 입김을 뿜어내고 있었다.

산 길 옆으로 어두컴컴하지만 큰 동굴이 하나 보였다. 옳다구나 싶었다. 소유는 이까짓 추위야 잠시 앉아 내공을 다스리면 금방 물리칠 일이나 아무래도 강달복이 걱정이 되어 잠시 눈도 피할 겸 그만 쉬어가는 게 어떤가, 하고 물었으나 강달복은 한시가 급하다며 발길을 재촉했다.

"얼어죽겠소. 삭정이나 모아 굴 속에 들어가 불을 피워 몸이나 녹입시

11. 호랑이를 타고 259

다. 요기도 좀 하고."

"먹을 것이 어디 있소?"

"거 먹다 남은 고구마가 있지 않소?"

"이보시오, 양도인. 이 고구마는 씨고구마요. 같은 농군끼리 미안하지도 않소. 아직 갈 길이 구만 리인데 예서 다 먹어버리면 어쩌잔 말이요. 그건 아니 될 말이고, 여긴 인가라고는 눈을 닦고 봐도 보이지 않는데 무슨 먹거리가 있겠소. 동학군이 거둬가고 나면 관군이 빼앗아 가고 아전들이 등쳐먹고 막판에는 왜놈들이 불을 지르고 씨를 말리는데. 당신은 귓구멍, 콧구멍도 없소. 어린애가 하도 배가 고파 볍시를 까먹었다가 그 아비가 자식의 혀를 잘라버렸다는 소리를 못 들은 모양이구려."

"설마 그럴 리야 있겠소……."

소유는 같은 농군끼리라는 달복의 말이 듣기에 편하지는 않았지만 자식의 혀를 잘라버렸다는 바람에 눈만 끔벅끔벅했다. 그 말만 없었다면 자신도 모르게 한 소리가 터져나올 뻔했다.

'에이 여보시오. 이래도 한때 나는 8백 도반의 으뜸으로서 천상 불법의 법통을 이어받을 수행자였소. 지금은 몰골이 초라하나 이 영롱한 눈매며 수려한 기상은 여전히 남아 있소이다. 언젠가는 때가 오면 스승께서 죄를 용서하시고 다시 천상의 세계로 불러들일 터인즉 내게 그런 막말은 하지 마시오.'

달복은 소유의 그런 생각에는 전혀 관심이 없는지 그를 딱하다는 듯이 쳐다보았다.

"허어 이 사람 보게. 피륙이 피둥피둥하니 세상 물정도 너무 모르는구만. 이제는 백성들도, 동학도인들도 산 목숨이 모두 아니오. 혓바닥 자르는 것은 아무것도 아니라오. 목불인견이오. 산 채로 불에 태우고 생매장하고 그것도 모자라 일가 권속까지 잡아가 주리를 틀고 곡식은 다 빼앗아 가고 초가삼간은 잿더미가 되고 말 것이니…… 개 같은 일본놈은 포로로 잡은 동학군의 양물을 잘라 기념품으로 삼는다 하지 않소…… 아예 씨를 말리고자 한다오. 어떤 왜놈은 아예 동학군의 해골을 기념품으로 삼는다 하오."

그들은 동굴 앞을 스쳐 지나갔다. 달복은 소유가 참으로 딱하다는 듯 혀를 츳츳 찼다. 소유는 강달복의 말을 듣자 아랫도리가 저려 왔다. 이런, 일본놈이 아무리 독하다 할지라도 양물을 잘라 어디에 쓴단 말인가. 전에 아이를 낳은 죄로 소를 빼앗겼다고 스스로 옥경을 잘랐다는 말을 들었을 때에도, 소가 도대체 얼마나 중하길래 아랫도리를 칼로 잘라냈단 말인가 하고 놀라지 않았던가.

'정말 하토는 무서운 세상이로다.'

소유는 슬그머니 아랫도리에 손을 가져가 만져보니 옥경은 바깥의 눈보라 속에서도 끄떡없이 뜨듯한 온기를 간직하고 있었다. 참 다행스러운 일이로다. 그러다가 그는 자신이 일본군에 잡히기라도 하는 날에는 어찌 될까 생각하니 기가 차고 한숨이 절로 나왔다. 달복은 그가 듣는지 마는지 상관없이 말하고 있었다.

"그것 뿐인줄 아시오? 이제 조선은 망했소. 탐관오리들은 죽은 이는 물론이거니와 여자와 할머니도 군적에 올리고 나락을 거두고 절굿공이도 남자 이름을 붙여 군적에 올리지 않았소. 군포를 앗아가는 것은 흔한 일이오. 군포 대신 소나 말을 몰고 가기도 한다오. 그러니 들에 풀 한 포기 보이겠소? 큰아이는 걸리고, 갓난애는 업고 황토 언덕을 넘어가며 다북쑥을 캐어 데치고 소금을 절여 죽 쑤어 먹는 일이 다반사였으니 그게 무어 산 목숨이겠소. 죽어 저승에 가는 것이 차라리 낫지 않겠소. 양도인은 그리 살고 싶소? 아니면 하루를 살아도 사람답게 살고 싶소? 굶어 다리는 퉁퉁 붓고 풋보리, 죽 사발에 애새끼들이 걸신이 들린 듯 달려드는

11. 호랑이를 타고　261

꼴을 어찌 눈 뜨고 볼 수 있겠소. 죽도 그게 죽이오? 보릿겨와 흙모래가 반반 섞여 있으니 먹고 나면 속이 쓰려 견딜 수 없는데도 그것도 모자라 아우성이니…… 풀이라도 뜯어먹을 수 있는 줄 아시오? 명아주, 비름나물조차 다 시들었고, 소귀나물 떡잎은 가뭄에 돋다가 말라버렸소. 샘물도 마르고 논가 우렁이도 씨알이 말랐으니 뭘 먹고 살겠소. 유랑걸식 떠난 남편이 인편에 죽었다는 소식은 들려 오는데 시신 묻어줄 사람도 없어 들판의 까마귀밥이 되는 신세가 바로 백성들 신세라오. 하늘을 무정타 아무리 탓한들 무슨 소용이 있겠소. 일본군에 잡혀 양물이 잘려 죽으나 굶주려 죽으나, 이래 저래 죽는 것은 매한가지요. 살아도 산 목숨이 아니니 백성들이 새 세상을 찾아보자는 것이었는데…… 이도 저도, 삶도 죽음도 기약이 없소이다."

한번 말문을 여니 강달복은 입으로 눈보라가 몰아치는 것도 상관 않고 소유를 훈계하듯 잘도 말했다. 산 목숨이 아니라니, 그러면 지금은 죽은 목숨이라는 말인가. 그건 아니 될 말이다. 결코 아니 될 말이 아닌가. 저승에 가서도 아니 되고 하루를 살아도 사람답게 사는 일이 무언지 모르나 언젠가 승천할 것이라고 단향이 굳게 약조하지 않았는가. 어찌 그 약속을 잊을 수 있단 말인가.

강달복의 말을 듣는 사이 동굴을 어느새 지나쳐 버렸다. 갈 길은 기약이 없고 눈보라는 도무지 그칠 조짐을 보이지 않았다. 이러다가는 대원이 대감집에 이르기 전에 둘 다 얼어 죽고 말 것 같았다. 달복은 고개를 푹 숙이고 느리지만 일정한 보폭으로 북쪽을 향해 쉼 없이 걷고 있었다.

눈보라는 소유의 뺨으로 목으로 허벅지로 쉼 없이 퍽퍽 휘감겨 왔다. 꼼짝없이 얼어죽겠구나 싶어 그는 몸 안의 기운을 단전에 모으고 회음부 아래로 한 번 굴렸다가 미려를 거쳐 등줄기로 끌어올려 독맥을 타고 백회혈을 돌아 미간 쪽으로 내려보냈다. 기운이 미간을 스칠 무렵 갑자기 그의 눈 앞에서 휘번득이는 불덩이가 나타났다. 퍼런 불덩이가 뚝뚝 떨어지는 게 여간 큰 짐승이 아니었다.

"아이쿠, 산신령님!"

강달복이 갑자기 그 자리에 얼어붙은 듯 외마디 비명을 지르며 무릎을 눈바닥에 붙이고 이마를 눈구덩이에 푹 파묻었다. 집채만한 호랑이가 두 사람의 앞을 떡하니 막아섰다.

'괜히 저놈이 대원이 대감인지 이빨 빠진 호랑인지 하는 이야기를 꺼내더니 정말 호랑이가 나타나는구나. 이 엄동설한에 먹을 것이라고는 눈을 닦고 봐도 없으니 꼼짝없이 죽었구나. 저 불 좀 봐라, 펄펄 흐르는구나. 얄라차, 얄라차. 달복이를 먼저 잡아먹었으면 좋겠구나. 혹시 이빨 빠진 호랑이라면 좋으련만. 그래도 피류이 내가 좋으니 필시 내 맛을 먼저 보려 하겠으니 이 일을 어찌하느냐.'

소유는 저것이 나를 잡아 먹더라도 달복이를 먼저 먹고 자신에게 덤비도록 달복의 꽁무니 뒤에 바짝 엎드렸다. 그리고 이어 생각하기를, 아아 이제 꼼짝없이 산짐승 밥이 되는구나, 그래도 설마 나의 공력이 하토에서는 아무리 수행을 거듭하지 않았다 하나 저까짓 호랑이 하나 잡아 내치지 못할손가 하는 기분이 들지 않는 것도 아니었다. 그는 슬며시 고개를 들어 손바닥에 힘을 모두어 크고 빠른 불덩이가 어디로 움직이는지를 주시했으나 그 큰 불덩이는 그들 두 사람 앞으로 성큼성큼 다가오더니 더 이상 움직이지 않았다. 한참을 엎드려 있어도 호랑이의 움직임이 없자, 그는 이마로 강달복의 엉덩이를 밀며 말했다..

"이보시오, 강도인. 저게 뭐요, 호랑이 아니요?"

"그래 호랑이면 어떻소. 어차피 왜놈의 밥이 되느니 차라리 산신령의 밥이 되어 후손들에게 적선이나 하는 게 나을 것 같소. 호랑이도 이 엄동설한에 뭐 먹을 것이 있겠소."

달복은 아예 모든 것을 포기한 듯 우스갯소리를 했다.

'어라 이놈 봐라, 생긴 것보다 대단하구나. 목숨이 경각에 달렸는데 농이 술술 나오는 꼴을 볼작시면 말이다. 안 될 말이다. 달복은 한갓 하토의 인간에 불과하지만 이 몸은 천상에 꼭 돌아가야 할 몸이 아닌가. 삼가 몸과 기력을 닦아 천상에 돌아가서도 다른 도반들로부터 공력이며 수행이 뒤떨어져서야 체면이 서지 않는 법이렷다.'

그는 달복의 엉덩이 아래로 고개를 들이밀며 고개를 흔들었다.

"나는 싫소. 나는 적선도 싫고 후손도 싫으니 호랑이 밥이 되려면 당신이나 되시오. 어쩌면 저 호랑이는 밥통이 그리 크지 않아서 두 사람을 다 잡아먹으면 밥통이 터질지도 모르지 않겠소."

"혹 양도인부터 먼저 잡아먹으면 어쩔려고 그러시오."

"설마, 산신령도 싫다는 사람을 억지로 잡아먹겠소. 강도인이 후손에게 복을 주고 싶어하니 그런 소원쯤 못 들어주겠소."

"그야 산신령 소관이지 하찮은 인간 미물의 뜻이겠소. 정녕 알고 싶으면 앞으로 나아가 물어봅시다."

정말 강달복은 말을 마치자 눈 앞에서 퍼렇게 떡 버티고 있는 호랑이 앞으로 엉금엉금 다가섰다. 허어, 저 놈 좀 봐라. 아예 죽을 작정이구나. 달복이 호랑이 앞으로 다가가니 소유는 몸을 가리기 위해서라도 그 뒤를 따라 엉금엉금 따라 기어야 했다. 호랑이 눈에는 퍼런 불똥이 뚝뚝 흘렀다. 푸른 불똥은 그 주변을 푸르스름하게 드러나게 했다. 정말 이마에 임금 왕자가 선연하게 그려진 호랑이였다.

강달복은 호랑이 앞에 넙죽 절을 하고 주절주절 사설을 늘어놓았다.

"산신령이시여. 고달픈 이몸, 산길을 걸어 걸어 한몸 바치려 지금까지 왔습니다. 비록 뜻을 세워 억눌린 우리 무지렁이들이 쟁기와 낫을 버리고 호미도 버리고 창과 칼을 잡고 외세를 물리치려 했으나 이렇게 눈보라치는 산길을 가는 신세가 되었으니 더 목숨을 유지하면 무엇하겠소? 차라리 이 한몸 더 이상 고생 없도록 이 눈보라 치는 산곡에서 거두어 주소서. 이 한몸 기꺼이 바치리다. 부디 마지막 소원을 거두어 주소서."

강달복이 호랑이 앞에서 온몸을 납짝 엎드려 간절하게 중얼중얼 흐느끼며 호랑이에게 소원을 빌어대니, 소유는 재빨리 생각하기를 어쨌든 자신도 엎드려야 잠시나마 목숨을 보전할 것 같았다. 그도 엉거주춤 강달복의 꽁무니에 붙어 엎드려 이마를 땅에 대는 시늉을 하면서도 저 호랑이가 어흥하고 입을 크게 벌려 덤벼들기라도 한다면, 여차하는 순간 옆으로 몸을 날리고 공중으로 솟구쳐 바람처럼 달아나리라고 작정했다.

그는 손바닥에도 공력을 모두어 보았으나, 호랑이의 덩치가 얼마나 큰지 자칫 잘못 내공을 호랑이에게 날렸다가는 저 심기를 노하게 해 뼈도 찾지 못할 것 같았다. 그래도 잡혀 먹히기보다는 한 번 발버둥이라도 쳐야 하지 않겠는가 싶었다. 강달복은 이미 산길에 지치고 동학도인들도 뿔뿔이 흩어져 앞날을 기약함이 없어져 버렸으니 더 이상 버틸 기력이 없어졌는지 아예 호랑이 입 안으로 기어들어갈 듯 앞으로 이마를 불쑥 들이밀어대는 것이었다.

소유는 손을 뻗어 그런 달복의 허리춤을 꼭 잡아 끌어내렸다. 저 덩치를 보니 사람맛을 보면 열 사람은 족히 삼킬 것 같은데 어쩌자고 꾹 다문 입을 벌리라고 이마를 들이댄단 말인가. 호랑이 덩치가 너무 커서 한번 사람 고기 맛을 보면 강달복 하나로는 간에 기별도 가지 않을 것 같았다.

호랑이는 강달복이 이마를 앞으로 내미는데도 입을 벌리지 않고 가만히 내려다보고 있었다. 그는 생각하기에 저것이 강달복의 애원을 들었을 것이라는 느낌도 들었다. 이 눈보라치는 산길에 배가 고팠으면 한 입에 두 사람을 삼키고도 남음이 있을 터였다. 그런데 호랑이는 머리를 들이미는 깅딜복을 옆으로 가볍게 밀어내고 소유 앞으로 나가왔다.

11. 호랑이를 타고   265

아하, 기절할 노릇이 아닌가.

이미 강달복은 기절해 버렸는지 옆으로 나동그라진 채 미동도 없었다.

'하이고!'

호랑이가 달복의 소원이 워낙 지극하여 가련한 마음이 들었는지, 아니면 깡마른 달복이보다 자신의 몸매가 더 탄탄하고 싱싱하니, 원래 음식은 맛있는 것부터 먹는 게 순서인 법이라, 귀신같이 냄새를 맡고 다가서는 것이라 생각하고 이왕 호랑이밥이 되느니 한 번 진기를 손바닥에 가득 끌어모아 공력을 날려보내면 방심하고 있는 호랑이를 한방에 날려버릴 수도 있지 않겠는가 싶었다. 그는 엎드린 채 몰래 가슴 앞으로 두 손을 모으는데 가냘픈 음성이 눈보라를 헤치고 그의 귓속으로 흘러들어왔다.

"군이시여, 군의 길이 너무 멀고 애달파, 이 몸이 천상의 벌을 더욱 무겁게 한다는 것을 알고 있으나 어쩔 수 없이 호랑이의 몸으로 바꿔 가시는 곳까지 모시러 왔으니 손을 거두십시오."

그는 메아리처럼 들리는 소리에 진기를 끌어모았던 손을 멈추고 엉거주춤 엉덩이를 들고 고개를 살짝 올리니 그 큰 호랑이가 넙죽 엎드려 그에게 등을 대지 않는가. 아하, 어찌 이런 일이 일어난단 말인가. 내 갈 길을 도와주기 위해 꽃같이 곱고 이슬처럼 영롱하던 단향이 이리 무서운 짐승으로 변했단 말인가.

'아아, 진정 단향선이란 말인가.'

허나 소유는 얼마나 추위와 눈보라에 떨었는지 더 이상 말이 나오지 않았고 저게 단향이든 아니든 저렇게 납죽이 엎드려 타라고 등을 대고 있으니 호랑이 등에 타는 일이 얼어죽는 것보다는 훨씬 나은 일이라고 생각했다. 그때까지 달복은 얼굴을 눈에 파묻은 채 꼼짝도 하지 않고 있었다. 그는 그래도 혼절한 달복을 버려두고 갈 수는 없는 일이었다.

그는 달복의 뺨을 서너 차례 때려 정신을 차리게 했으나 도무지 기색이 돌아올 기미가 보이지 않아 할 수 없이 호랑이 등에 엎드리게 한 뒤 그 위를 자신의 몸으로 덮고 팔을 둘러 호랑이 배를 잡으니 순간 기분이 이상하고 야릇했다. 털이 부숭부숭한 호랑이의 배가 한때는 둥글고 탄력 있는 단향의 유방과 톡 솟아오르는 젖꽃판이 아니던가. 천상의 한때, 어찌 그리 그것이 자신의 눈을 어지럽혔는지. 그가 단향과의 애절한 눈빛을 서로 주고받고 왕모 곁에 서서 은은히 비치는 비단옷 속에 일렁이는 바람결에 드러나곤 하던 깊고 맑은 가슴의 골짜기에 그만 이미 도력의 전부를 빠뜨려버리지는 않았을까 하는 생각이 난데없이 들었다. 얄라차, 모르겠도다. 그는 호랑이의 배를 안고 등 위에서 떨어지지 않도록 두 손으로 깍지를 깊이 꼈다.

두 사람을 태운 호랑이는 고개를 들어 눈보라치는 하늘을 향해 크게 울부짖더니 건너편 산능선을 향해 몸을 날리기 시작했다. 소유는 귓바퀴를 스치는 맹렬한 바람소리에 더 힘껏 호랑이의 몸을 껴안고 등의 긴 털에 얼굴을 파묻고자 했으나 그 아래에는 달복이가 있어 마음대로 되지 않았다. 그는 에라 슬쩍 강달복을 내던져 버릴까 하는 생각도 들었다. 그때 또 한 번 호랑이가 포효하는 소리가 산천을 뒤흔들었다.

소유는 '내 마음을 어이 저리 아는고' 싶었다. 아니나다를까 산을 달리고 내를 건너뛰던 호랑이가 갈 길을 멈추고 머리를 돌려 그를 돌아다보고 있었다.

"군이시여, 믿음이 지극하면 천지간에 감동시키지 않는 것이 없습니다. 아무리 높은 곳에서 떨어져도 다치지 않고, 깊은 물이며 뜨거운 불에 들어가 있어도 끄떡 없는 법입니다. 오직 마음에 거스름이 없으면 아무리 무서운 호랑이라도 겁나지 않는 것입니다. 하토의 살아 있는 기운과 형체가 있는 물건은 모두 환상이오나, 순간적으로 생겨났다 순간적으로 사라져 가는 일을 부디 헛되이 하지 마십시오. 저 헛된 것들이 또한 실체이옵니다."

　도대체 그게 무슨 소리란 말인가 허상이 실체이고 실체가 또한 허상이라 하니 공즉시색空卽是色이며 색즉시공色卽是空이란 말 같은데, 하토의 법을 그대는 아직 모르는도다. 딱하도다, 단향선이여. 허나 소유는 자신의 마음을 이미 들켜버렸으니 달복을 밀어 떨어뜨릴 수가 없었다. 그의 마음을 읽은 듯 말을 마친 호랑이는 뿌연 입김을 크게 몰아쉬고 어훙, 어훙 하고 온산이 찌릉찌릉 하도록 울부짖더니 단숨에 산을 몇 개나 뛰어넘어 화살같이 내달리고 있었다. 소유는 그 포효 소리가 얼마나 우렁찬지 그만 오금이 저렸고, 아랫도리에서 오줌이 찔끔찔끔 나오는 것 같았다. 또 한편으로는 호랑이의 울음 소리가 단향의 가슴에 맺힌 애환처럼 귓속을 파고 들어오는 것이 아닌가.

　바람이 콧구멍 안으로 슝슝 들어가서인지 콧물이 쉴새없이 나와 훌쩍거렸고, 미처 다시 코로 들어가지 못한 것들은 인중 밑으로 얼어붙었다. 몇날 며칠을 걸었는지 알 수 없었고 그동안 낯도 제대로 씻지 못했으니 수염도 터벅하게 자라 영락없는 산적 신세에 몸 수습도 제대로 할 틈이나 있었겠는가.

　그는 난데없이 눈물이 핑 돌았다.

　'아아, 이 호랑이가 정말 단향이구나. 이 눈보라치는 산야에 얼마나 내가 걱정이 되었으면 이렇게 나타난단 말인가. 그래도 이왕 나타날 것이면 진작 나타날 것이지 감발을 한 짚신이 발가락이 삐죽이 나오도록 해지고 귓바퀴가 고드름이 되도록 만든 뒤에야 나타난단 말인가. 단향의 애절한 마음은 고마우나 한편으로 온갖 생고생을 한 뒤에 나타나니 원망스럽기도 하구나.'

　소유는 탄식하는 듯 고개를 주억거리면서도, 비록 호랑이 등에 업혀 있지만 실은 단향의 빼어난 허리곡선과 둔부에 엎드려 있는 것이라 생각하자 그 와중에서도 주책없이 아랫도리가 뻐근하게 솟아오르고 뜨거운 불길 같은 기운이 사타구니 사이를 소용돌이치며 휘몰아 맺혀 자신도 모르게 호랑이 엉덩이 사이로 미끄러져 가고 있었다.

'단향선은 이 마음을 이해하기 바라오.'

소유는 호랑이 뱃가죽을 한쪽 손으로 꽉 붙들고 늘어진 채 괴춤을 풀고 엉덩이를 호랑이 꼬리 쪽으로 슬슬 갖다 붙였다. 그는 자신이 무슨 일을 하려는지를 스스로 알고 낯을 붉혔으나 이미 아랫도리에서 뜨겁게 달아오르는 정기를 막을 수는 없는 노릇이었다. 무릇 양이 성하여 기를 얻음은 자연의 이치가 아니던가. 비록 단향이 호랑이의 몸으로 변신했다 하나 그 본성은 하늘의 곱디고운 선녀인 법이니 어찌 음양의 만남을 인간 세상의 인력으로 막을 수 있단 말인가.

'알 수 없도다.'

무엇을 알 수 없는지, 그것조차 그는 희미했다. 눈보라가 입 속으로 사정없이 치밀어들어 왔으나 이미 그의 옥경은 호랑이 엉덩이 아래를 헤집어 들고 있었다. 산봉우리를 넘어 마을을 날아, 강을 건너뛰던 호랑이의 몸은 갑작스러운 소유의 행동에 움찔하며 얼어붙은 강바닥으로 부딪힐 듯 떨어져 내려갔다.

"군이시여……"

단향의 화급한 목소리가 그의 귀청을 울렸으나 벌써 호랑이 엉덩이 밑으로 깊숙이 들어선 그의 뜨거운 기운은 빠르게 움직이고 있었다.

단향의 화급한 음성이 무엇을 뜻하는지를 모르는 바가 아니나 이미 뻗치는 양기를 누가 막을 수 있단 말인고. 눈을 아무리 밝게 한들 그 어느 선인도 나를 나무라지는 않으리라. 기약도 없는 싸움터에 내던져져 죽을 고생을 하고 한치 앞도 볼 수 없는 눈보라에 길도 발도 다 얼어터졌는데 어느 선군이 나무란단 말인가.

11. 호랑이를 타고

비록 천상의 벌을 받았으나 음양의 이치를 저버릴 수는 없는 법이 아닌가. 호랑이는 강바닥으로 내려앉아 소유의 몸놀림에 뜨거운 숨을 몰아쉬며 어흥 어흥 어흥하고 얼음장이 쩡쩡 갈라지도록 크게 포효했다.

'용서하시오. 너무 괴롭고 힘들었다오, 단향선이여.'

그는 손을 길게 뻗어 호랑이의 가슴 쪽을 더듬었다. 도대체 이 엄동설한에 강바닥에 눈보라를 뒤집어쓰고 있는 자신이 참으로 딱하다는 생각도 들었으나, 엄동설한과 굶주림이 가득한 인간세계의 더 없는 고통 때문에 천상에서 있었던 단향과의 사연이 사무치게 솟구쳐 올랐다.

호랑이는 얼어붙은 강에 주저앉아 가쁜 숨을 몰아쉬고, 혀를 길게 뽑아 흰입김을 뿜어내더니 입이 벌어지고 코를 벌름벌름거리기 시작했다. 그리고 네 발은 소유의 움직임에 맞춰 얼음을 박박 긁어대고 있었다. 강달복은 무슨 일이 일어나고 있는지도 알지 못하고 어리둥절한 눈초리로 땀을 뻘뻘 흘리고 있는 소유를 돌아다보았다.

"이보시오 양도인, 이게 도대체 무슨 조화란 말이오?"

그러나 달복의 말이 채 끝나기 전에 호랑이의 가슴을 주물럭거리던 소유의 왼손이 번개같이 날아 달복의 백회혈을 단숨에 짚어 그를 까무라치게 했다.

"미안하오, 강도인. 허나 천계의 일을 어찌 하토의 인간들이 볼 수 있게 한단 말이오. 비록 코가 떨어져나갈 듯이 추우나 잠시만 기다리시오."

소유는 혼절한 달복을 얼음바닥에 밀쳐놓고, 호랑이, 아니 엎드린 단향의 옥문 속을 헤집어 깊숙이 옥경을 밀어넣고 미처 숨돌릴 틈도 주지 않고 빠르게 엉덩이를 움직였다. 그의 두 손은 점점 아래로 내려와 호랑이의 넙적다리를 껴안기도 했고 그 허리를 잡고 뒤흔들기도 했으며 눈이 쌓여 털과 뒤덤벅이 된 엉덩이를 두 손으로 불끈 움켜쥐기도 했다.

"군이시여, 군이시여. 비록 지상의 일이기는 하나 삭풍과 눈보라가 불어대는 얼음판에서 어찌 이러신단 말입니까. 꿈에도 잊을 수 없는 군의 얼굴 때문에 불원천리 하늘의 벌도 두려워 않고 군을 위해 달려왔건만 천상의 비취궁이며 수정옥조며 현란한 비단침실도 마련해두지 못하였습니다. 한순간의 걱정을 이길 수 없는 군의 심사를 어찌 모르겠사옵니까? 태산은 흙과 돌을 사양하지 않고 하해는 흙탕물을 싫어하지 않으니 능히 어느 자리인들 마음 둘 자리를 찾지 못하겠습니까. 그러니 아아 차라리 군의 뜻대로 하십시오."

그 말이 끝나는 순간, 임금 왕자를 이마에 선연하게 새기고 붉고 누른 털을 휘날리며 창공을 솟구치고 물을 건너뛰던 호랑이는 얇고 검은 망사 천으로 몸을 가린 단향의 몸으로 바뀌었다. 강바람에 엉덩이를 드러낸 소유의 몸에서는 뜨거운 김이 물씬물씬 솟아오르고 있었다.

"내 이럴 줄 알았소. 단향이여. 비록 우리의 겉몸이 천지사방 수없이 헤어지고 곤백 번 바뀐다 하나 곱디고운 살결이며 그윽한 초승달 같은 눈매며 붉디붉은 입술은 어찌 변할 수 있겠소. 나 또한 한 치 앞길도 내다볼 수 없는 이 난리판에서 관군의 총도 일군의 대포도 두려워하지 않고, 오직 단향과 한몸이 되어 아무리 괴로워도 천상의 나날들 그 행복함을 결코 잊지 말자는 뜻밖에 더 뭐가 있겠소."

짧고 길게, 길고 짧게 강 얼음판이 갈라지는 소리에 맞쳐 소유의 엉덩이가 움직였고 눈쌓인 강얼음판에 두 손과 다리를 짚고 엎드려 있는 단향은 마침내 두 손으로 얼굴을 가리고 소리없이 흐느끼기 시작했다.

"울지 미시오, 단향. 친 년을 산다는 학이나 민 년을 산다는 거북도 어디 슬픔 없는 날이 있었겠소, 해가 지고 수만의 어둠이 오고 그대는 허공의 어느 곳에 홀로 떠돌다 별빛이 사라지면 언제나 떠나야 하는 법. 가는 곳이 어디인지 알 수 없으나 더 이상 우리가 무슨 벌을 더 받겠소."

그가 엎드린 단향을 돌려세우니 망사로 가린 단향의 얼굴에는 흘린 눈물이 가득 얼어붙어 있었다. 그는 단향의 허리를 안아들어 그의 사타구니 위에 앉히고 눈에 뒤덮이고 있는 목덜미를 뜨거운 숨으로 녹여 내었다. 두 사람의 몸이 퍼붓고 있는 눈보라 사이로 파묻혀 들어갔다.

소유는 이미 틀어진 짚신 한쪽으로 발가락이 삐죽이 빠져나와 얼음 속에 닿으니 송곳으로 찌르듯 발끝이 아파왔다. 그는 힐끗 기절한 달복을 보자 좋은 생각이 났다는 듯 단향선을 번쩍 안고는 달복을 깔고 앉았다. 달복의 등은 얼음판보다 더할 나위 없이 푹신하고 따뜻했다. 그는 속으로 달복이 비록 두 사람의 몸을 지탱하기에는 고되다 하나 저 먼 길을 단숨에 이르게 해줄 수 있으니 그리 큰 고생은 아니다 싶었다.

두 사람은 달복의 등을 깔고 앉아 서로 뒤엉키니 그 모습은 마치 물고기가 아가미를 벌름거리는 것 같고 발정기 황소가 뿔을 치받는 것 같고, 이무기가 구름을 타고 오르다가 한순간 벼락에 꼬리를 맞아 땅으로 추락하는 것 같기도 했으며, 미처 강남으로 떠나지 못한 제비 두 마리가 둥지 속에 처박혀 서로의 날개로 몸을 감싸주며 부리로 서로의 가슴을 콱콱 쪼아가며 핏줄 속을 뜨겁게 흐르는 체온을 나누는 모습 같기도 했다.

비록 강달복을 깔고 앉았다 하나 몰아치는 눈보라 속에 짚으로 가린 것 하나 없고, 얼음 위에 댓잎 자리 하나 깔지 않고서도 운우의 정은 뜨겁게 나눌 수 있었으나, 허리춤을 끌어내려 한참을 눈밭 위를 구른지라 칼바람에 드러난 그의 엉덩이는 부서질 듯 빨갛게 얼어버리고 말았다.

'하토가 참으로 혹독하구나. 음양의 기운이 제아무리 장엄하다 하나 한갓 북풍한설에 맥을 추지 못하다니. 참으로 어려운 인간 세상이로다. 그 누가 이 서러움을 알겠는고. 사부님이라고 한순간 잘못이 없었단 말인가. 이제는 참으로 천계의 일이 너무 원망되는구나. 아무리 잊으려 해도 갈수록 그 장엄하고 화려한 천상의 기억이 나날이 뼈에 사무쳐 이 하토에서는 번뇌를 끊기가 더 어렵도다. 내 차라리 아예 일개 필부, 아니 차

라리 김우팔 같은 나무꾼으로 태어났다면 이리 번잡한 마음을 쉽게 버릴 수 있었으리라.'

그가 붉게 얼어터진 엉덩이를 두 손으로 열심히 비비자 빳빳하게 얼어붙었던 회음부로 온기가 흐르고 곡두의 끝이 움찔움찔 움직였다. 강달복은 아직 정신을 잃은 채 강바닥에 널브러져 있었다. 그는 허리춤을 끌어올리려다 오줌보가 탄탄하게 조이는지라 몸을 한 번 부르르 떨고 강바닥에 길고 시원하게 오줌을 누고는 허리끈을 매니, 단향은 옷깃을 여미고 고개를 숙인 채 뿌리는 눈발을 하염없이 맞고 있었다. 검은 머리채 위로 흰 눈발이 사정없이 얽혀드는 모습을 보니 소유의 마음이 무척 아프기도 했지만, 휘날리는 긴 머리 사이로 어렴풋이 검은 망사로 가린 얼굴 아래 섬세하게 뻗어내린 목줄기와 그 아래로 이어지는 풍륭한 가슴 선은 다시금 그의 다스릴 길 없는 성정에 불을 지피게 하기에 충분했다.

'아아, 저 곱디고운 선아가 이리 눈보라치는 강 위에 속절없이 서 있다니. 차라리 강 한복판에서 얼어죽어도 좋으리라. 내 온갖 공력을 모아 몸을 녹여 천상의 꿈을 되찾고 싶도다······.'

그는 손바닥을 마주 대고 12경락과 기경팔맥을 흐르는 기운을 힘껏 모으기 시작했다. 참으로 오랜만의 일이었다. 하토에 떨어진 후 얼마가 지났는지는 알 수 없으나 온힘의 정기를 모아보기는 처음이었다. 육부 오장이 편안해지고 부드러워졌으나 백회혈에서부터 뿌연 김이 물씬물씬 오르기 시작하기까지는 불어대는 눈보라가 강달복을 완전히 덮을 정도로 시간이 걸렸다. 그는 내심 크게 공력이 떨어진 것을 걱정하였으나 저리 울고 있는 단향의 모습을 보니 실핏줄 사이에 숨어 있는 내공까지 모조리 모아 오래 그 몸을 녹여주고 싶은 충동이 사정없이 일어날 수밖에 없었다. 그런 바람 때문이었는지 그의 두 손바닥으로 큰 불덩이 같은 기운이 서리 서리 모여들기 시작했다.

비록 옛일이라 하나 그는 이빨을 아홉 번 부딪고, 침을 아홉 번 삼켰으며 두 눈으로는 일월의 광채를 배꼽 아래 단전 속에다 몰아넣어 기운을 모았다. 혀뿌리에서 샘물 같은 옥액이 솟아 올랐다. 양미간 사이로 흰 빛이 솟아 콧등을 타고 중원을 거쳐 곧바로 옥경 속으로 뻗쳐 흘렀다. 그는 울고 서 있는 단향의 얼굴을 가슴 안으로 가득 품어 안았다.

"너무 슬퍼하지 말고 걱정하지도 마시오. 단향선이여. 오늘의 눈보라가 너무 거칠어 선계에서도 앞이 흐려 보이지 않을 것이오. 아무리 왕모가 신통하고 방통하다 하나 어찌 이 흐리고 추운 밤에 하토를 내려다보겠소. 그리고 무릇 법을 지키는 군선들도 다 잠들었을 것이오."

그러나 단향의 울음은 그치지 않았다. 가냘픈 어깨가 쉼 없이 흔들렸고, 둥근 젖가슴도 파르르 떨렸다. 그는 단향의 울음을 막기 위해 파랗게 얼어 있는 단향의 입술을 벌리고 그의 혀뿌리에서 솟아 입안에 가득 고이기 시작하는 침을 입 안으로 밀어넣어 주었다. 비록 인간 세상이라 하나 그 근본이 옥청에 있었던 바, 아홉 하늘, 아홉 천궁의 공력으로 만든 옥액은 단향의 얼어붙은 몸을 훈훈하게 데워주었다. 그녀의 온몸에서 난향 같은 향내가 눈보라 사이로 번져나갔다. 혀뿌리 속에서 거듭 나오는 진액을 단향에게로 보내던 그는 자신도 모르게 그의 하체를 단향의 몸에 비벼대고 있었고, 석류씨처럼 촘촘히 박힌 단향의 이빨 사이를 헤집고 들어간 그의 혀는 그녀의 혀뿌리 깊숙이까지 밀고 들어갔다.

'오오, 천하에 애닲은 일이로다. 어찌 이런 번뇌가 끊이지를 않는단 말인가. 허나 장부가 번뇌를 피할 수는 없도다.'

이렇게 생각하니 소유는 참으로 아득하고 따스한 곳이 너무 그리웠다. 단향의 입 속에 진액을 넣어주던 그는 단향의 몸을 부여잡고 털썩 꿇어앉아 이미 눈범벅이 되어 있는 그녀의 발등을 뜨거운 입김으로 녹이기 시작했다. 발등에서부터 망사치마를 들치고 무릎을 거쳐 족삼리에 이빨

자국을 깊이 내고 허벅지의 혈해혈을 거칠게 빨아들였다, 얼음눈 같은 단향의 허벅지 살이 그의 입 속 가득히 빨려 들어오자 그는 자신도 모르게 아직 젖은 채로 있는 단향의 옥문 속으로 빨려들어갈 듯 머리를 치밀어 들어가기 시작했다. 비단옷을 입고 등불을 들고 오래 떨어져 있다가 아주 먼 곳에서 돌아오는 임을 마중나오듯 옥문이 가만히 열렸고, 그는 그 속으로 자신의 온몸을 숨기고 싶어하듯 안으로 안으로 밀려들어갔다.

'아무데도 이를 데가 없다 할지라도 오늘 하토의 눈보라는 참으로 가혹하도다.'

그녀의 길고 가는 두 손이 그의 머리를 확 싸안았다. 그는 숨이 막혀 왔고, 한순간 이대로 숨이 멈춰버렸으면 하는 꿈 같은 거짓말도 단향에게 하고 싶었다. 해와 달이 그의 몸 안 곳곳 핏줄마다 뛰어다니는 것처럼 빛나기 시작했다. 목구멍이 환하게 밝아졌고, 그 빛은 속의 육부 오장을 서로 비추게 하고, 기를 합하게 하여 오로지 오욕칠정이 배꼽 주위로 모였다가 옥경 속으로 빠르게 모여들었다. 문득 그의 눈앞으로 붉고 푸른 천도 가지와 비취색 궁과 진주벽과 수정문 사이에서 단향이 티없이 웃으며 현금을 타고 있는 모습이 보였다. 긴 머리는 흘러내린 어깨선을 감추고, 눈, 코, 귀, 입, 일곱 구멍에서 옥피리 소리 같은 화음이 들려왔다.

한순간 그의 몸이 공중으로 들려지더니 한 바퀴 빙돌았고, 어느새 단향의 붉은 입술 속에 자신의 옥경이 빨려들어간 것을 알았다. 밭을 갈고 작고 작은 씨앗을 뿌리듯 단향은 그의 옥경을 뿌리 끝에서부터 아주 조금씩 깨물어 나갔다. 제 아무리 눈보라가 치고 광풍이 분다 하나 이미 두 얼굴이 서로의 음양을 입 안 가득 물고 내공을 서로 전하고 있으니 두 사람의 마음은 아늑하고 아름다운 법이었다.

남녀가 은밀히 교합함은 자연의 도가 아니던가.

짐짓 소유는 근엄한 생각을 하지 않는 바도 아니었다. 어느 순간 하늘

한가운데에서 희고 푸른 번개가 긴 허공을 건너와 그들의 머리 위를 아슬아슬하게 스쳐갈 무렵 두 사람은 긴 숨을 몰아쉬었다. 강달복이 정신을 차려 눈밭에서 일어나 보니 양소유 혼자 입을 크게 벌리고, 길게 혀를 빼어 물고 허공을 향해 쉴새없이 무슨 말인가를 하고 있었다.

'도가 어찌 번거로운 것이겠는가. 보지 않고도 보고 바로 듣지 않아도 들으며, 말하지 않아도 바르고 행하지 않아도 따르지 않는가. 음양의 도가 이와 같은지라…….'

소유는 완전히 단향의 살결에 열중하고 있었다. 그러면서 그는 지금 모든 일이 꿈이었으면 하고 생각했다. 열망하면 안팎이 통하는 법인데 성정에 무슨 안팎이 있으며 천상과 지상 또한 어찌 통하지 않을 것인가. 마침내 두 사람의 열기는 쏟아지는 눈보라를 물리칠 정도로 뜨거웠으나 달복의 눈에는 마치 허깨비를 잡으려는 듯 허공으로 이마를 부딪는 소유의 얼굴밖에 보이지 않았다.

"여보시오, 양도인!"

달복이 크게 소유를 부르자, 어느새 단향이 날쌔게 달복의 혈도를 눌러 다시 강 복판에 눕혔고, 두 사람의 몸을 덮기 위해 한순간 오색구름을 부르고 호화로운 일곱 기운을 부르니, 두 눈과 두 코와 두 귀와 입술, 그리고 육부오장의 모든 기운이 온몸을 광채로 뒤덮이게 했다. 얼마나 시간이 지나갔는지도 몰랐다. 어느새 단향의 흐느낌은 끝없는 기쁨의 기운으로 바뀌어 갔다. 옥으로 만든 궁궐 속에 있는 것처럼 몸에서 일어나는 비취빛이 하늘을 향해 뻗쳤다.

"이제 군이시여, 그만 멈추소서. 저렇게 은하수가 머리 위를 길게 뻗으니 천계에서 8도사를 다시 내려보낼까 두렵습니다."

얄라차, 8도사라. 그 말을 들으니 새삼 소유도 가슴이 덜컹했다. 아니 될 말이로다. 이 얼음판에서 천라지망 그물에 갇혀 또다시 어느 알 수 없는 곳에 벌거벗긴 채 내쫓길 수야 없는 일이 아닌가. 그가 움직임을 멈추는 사이 단향은 다시 호랑이로 변했고, 소유는 달복을 등에 태우고 그 위에 걸터앉았다. 그러자 호랑이는 좀전의 열락을 모두 잊었다는 듯 비통하게 산천을 한 번 크게 울리고는 강을 떠나 북쪽을 향해 날아갔다.

행여 그는 달리는 호랑이 등에서 떨어질세라 뱃가죽을 꽉 붙잡고 있었지만 언제 또 단향을 만날지 알 수 없어 안타까운 마음이 들었고, 내내 마음속에 든 말을 아니 뱉을 수가 없었다. 몸 마디마디 사지 곳곳에 단향의 섬세한 이빨 자국을 가득 매달고 호랑이로 변한 단향의 등에 업힌 기분은 모처럼 황홀하였지만 앞으로 또 어떤 파란이 일어날지 알 수 없었다.

"이보시오, 단향선이여. 그대가 정녕 이 몸이 걱정이 된다면 진작 나타나서 이 깊고 따스한 등에 태워줄 수는 없었소. 온갖 간난신고를 다 겪고, 미욱한 이 몸이 하염없이 원망한 뒤에야 비로소 나타난다면 나는 어쩌란 말이오. 참으로 야속하시오. 이 다음에는 제발 미리 나타나서 이 곤궁한 육신을 살펴 주시오. 천상에서는 아무 기별도 없고, 밤하늘을 올려본다 하나 엄동 삭풍만이 지나가 눈을 시리게 할 뿐이오. 차라리 저 천상의 기억을 모조리 잊고 싶소. 허나 나도 알 수 없소. 어떻게 이런 일들이 끝없이 이어져 나를 고난에 빠뜨리는지. 그래도 큰 깨달음이 있다면 하토에서 사는 일이 그저 보통 일은 아니라는 것이오. 그게 큰 깨달음이오. 태백산에서 수행하는 8백 도반이 제아무리 면벽수행한다 하나 이 고뇌의 수행길을 어찌 따르겠소. 오직 바라옵기는 이 하토에서의 수행이 언젠가 천상에 전해진다면 나의 죄를 벗고, 다시 한 번 스승의 의발을 이어받고 싶은 마음이오. 부디 이 뜻을 전해 주시오."

그러나 호랑이는 소유의 말에 아무 대답이 없었다.

그의 말이 미처 호랑이의 귀에 들릴 겨를이 없을 터이기도 했다. 얼마나 삭풍이 몰아치는지 귓바퀴가 가난한 집 낡은 문풍지가 떨듯 맹렬하게 떨리니 그는 그저 자신의 귓바퀴가 마치 동학군들의 휘날리는 깃발처럼 떨리는 것 같았다. 두 손으로 귀를 감싸고 싶었으나 단향, 아니 호랑이의 뱃가죽으로 깍지를 낀 두 손을 푼다면 금방 등에서 굴러 떨어질 것 같았으니 이도 저도 못하고 그냥 입을 우물거렸지만 그도 오래 가지 않았다. 눈덩이가 입에 쉼 없이 몰아쳐 왔고 그것은 큰 눈뭉치가 되어 목구멍 안으로 굴러 떨어져 내렸고 뱃속을 쿵쿵 울렸다.

그러나 호랑이는 대답도 없이 눈발을 헤치며 산능선을 광풍이 휘몰아치듯 솟구치고 내려앉았다. 두 사람을 태우고 거침없이 북쪽 산능선을 타오르고 내달리며 때로 긴 물넘이를 훌쩍 뛰어넘었다. 호랑이의 거친 숨소리가 그의 귓바퀴를 세차게 두드렸고, 그 사이 사이로 포효하는 울음이 거듭 터져나왔다.

호랑이가 아무 대답이 없자 소유는 거듭 원망스러웠다. 그는 눈보라 속에서의 운우지정은 찰나처럼 지나가 버렸으니 아쉬움뿐이었고 그 대신 대답 없는 단향을 원망하는 마음이 갈수록 커져갔다.

'이제 또 나를 어느 곳에 버리고 간단 말인가. 이런 식으로 언제나 초죽음이 되도록 버려 두다니. 어찌 이리 애간장을 태우게 한단 말인가.

그는 일순 불 같은 미움이 일어나기도 했지만 이렇게 호랑이로 나타나는 도술로 보아 가만히 지난 일을 따져보니, 관군의 포탄에 맞았을 때도 아무런 상처가 없이 살아난 일도 혹 단향이 공력을 보태 주었기 때문이 아닌가 하는 생각이 비로소 들었다.

그는 호랑이 등에 업혀 가며 단향에게 물었다.

"단향선이여, 한 가지 알고 싶소. 그대가 관군의 포탄과 일군의 총알에서 나를 구했단 말이오? 내 어리석음이 지극하여 미처 알지 못하였소. 나는 그 일이 이상하였으나 내 공력이 본디 남달랐던 바라 믿었소."

"군이시여, 한갓 선아가 할 수 있는 일이라면 무엇을 하지 못하리까.

다만 오직 해가 지고 샛별이 빛을 잃을 때까지밖에 도울 수 없음이 한스러우니 널리 헤아려 주십시오."

비로소 소유는 지난 일의 사태가 어찌 되었는지를 짐작할 수가 있었다. 비록 자신의 내공이 심대하다 하나 지상의 인간들이 만든 총이며 대포라는 기괴한 물건도 무서운 것임을 충분히 보았던 바였다. 한 번 포탄이 터지고 기관총이 콩알 볶듯 날아들면, 사생결단으로 천지개벽을 외치고 외세를 물리치자던 농민군들도 팔다리가 사방팔방으로 날아가버려 흔적조차 제대로 못 찾지 않았던가. 오직 들판을 나는 까마귀와 검독수리의 먹이가 될 뿐이었거늘.

"아하, 그렇소, 그렇소······. 허나 나의 공력 또한 해가 서산에 지고 보름달이 이지러지듯 갈수록 쇠퇴하는 것 같으니 이를 어찌하면 좋겠소."

"군이시여, 딱하기도 합니다. 하토에서야 천상의 구름을 부르고 바람을 희롱하는 그 무슨 재주가 필요하겠습니까. 무릇 땅에 사는 인간들은 천계와는 달리 지극정성의 마음만 있으면 천계의 도술이 아무리 광대하다 하나 이에 미치지 못할 바가 아니니 그리 괘념치 마십시오. 인간의 모든 일, 말과 꿈과 움직임은 스스로에게로 돌아가는 법입니다."

"아하, 어찌 그리 서운한 말씀을 하신단 말이오. 그럼 정녕 나의 공력이 갈수록 사라져 간단 말이오. 그건 정말 안 될 말이오. 단향선도 보지 않았소. 하토의 인간들이 얼마나 독종들인지. 일본군들은 배부른 여자의 배를 갈라내고, 관군들은 다시는 반역의 씨앗을 만들지 못하게 하겠노라 하며 남자의 양물을 잘라 깃발에 꽂아 다닌다오. 만약 단향선이여, 나의 공력이 쇠락하여 나의 양물이 관군의 깃발에 꽂히게 된다면 아아, 단향선도 나를 버릴 것이며 채옥 또한 더 이상 내게서 무엇을 찾을 수 있겠소. 제발 나의 공력을 빼앗지 말도록 천계에 간청을 드려 주시오."

"군이시여, 이 몸 또한 벌을 받고 있는데 어찌 그 간청을 올릴 수 있겠습니까. 지금 삼가 호랑이로 변신해 군을 도우는 사연을 천계에서 알고 있다면 왕모의 노여움이 극에 달해 또 어떤 벌을 내릴지 모르옵니다. 어쩌면 내세생생 구렁이가 되어 일생 뱃가죽을 땅에 끌고 다니며 찬이슬을 이불 삼아 잠들고, 하토 인간들에게 돌팔매를 맞게 할지도 모르옵니다."

하긴 단향의 말도 맞았다. 비록 왕모가 겉으로는 인자하다 하나 일단 진노하면 그 누가 진정시킬 것인가. 그 말을 들으니 소유는 괜히 오금이 저려와 말문을 닫고 호랑이 배를 깍지 낀 손에 힘을 주었다. 호랑이로 변한 단향의 등에 엎드려 있으려니 털이 가만히 일어서 그의 등을 포근히 감싸주었고 그는 곧 아늑한 잠속으로 빠져 들어갔다. 잠 속으로 빠져들면서도 그는 정말 이게 꿈인지 생시인지, 이 모든 일들이 도력 깊은 육관대사 스승께서 하룻밤 일장춘몽으로 꾸며내신 것은 아닌지, 차라리 착각이었으면 하는 간절한 염원도 수없이 일었다.

그 염원은 드디어 그를 천계의 세계로 다시 데려다놓고 말았다.

그는 깊은 비취색 물이 흐르고 약수가 맴도는 청정도량에 앉아 붉은 가사를 입고 형형한 눈빛을 번쩍거리며 8백 수행승 맨 앞에 나아가 육관대사로부터 주장자와 의발을 이어받아 법통을 받고 있는 자신을 발견했다. 그 주위에는 수많은 천계의 신선들이 법통식을 보러 참관해 있고, 왕모는 선아들의 품안에 붉은 입술 같은 천도복숭을 품 안에 가득 안고 뒤에 시립하게 해, 이 자리에 법통을 이어받는 그에게 선물을 주려 기다리고 있으니 그는 마음이 한없이 드높고 신났다. 벌써 그의 입 안에는 침이 샘솟듯 고였으나 차마 밖으로 표시낼 수는 없는 터였다. 아무리 천계에서는 세월이 가지 않는다지만 그래도 신선의 도력은 한계가 없을 것인가. 한 알을 먹으면 3천 년을 산다 하니 저 복숭은 3천 년 동안 준수하고 탄탄한 근육과 미려한 외모를 잃지 않게 하는 선과가 아니던가.

왕모의 변덕이 하루에도 항하사처럼 희번득인다 하나 도력으로 뭉친

이 설법에는 내내 감읍하여 선물을 아낌없이 바칠 터이다. 9천 년 만에 열리는 천도복숭의 교교한 맛은 얼마나 장엄할 것이며 노자며 손오공, 지옥의 고통받는 중생을 구한다는 지장보살이며 백화선이며 온갖 신선들이 내게 아첨을 떨며 천도복숭을 하나 더 먹고 싶어 안달하지 않겠는가. 그러면 어찌할거나. 대법통을 이어받은 격조와 체통을 잃어서는 안 될 것이다. 그렇다고 저들에게 귀한 천도복숭을 함부로 줄 수도 없는 일. 그저 왕모에게 감사의 인사를 하고 탄복할 만한 설법을 한 번 들려준 뒤, 나의 선방에 몰래 감춰두고 내세생생 혼자 먹으리라. 이제 나는 천계의 존경과 찬사를 한몸에 받을 몸이니 천도복숭 또한 혼자서 다 먹어도 아무 잘못이 없을 것이며 누구도 시시비비를 따지지 않으리라. 저 심술궂은 손오공이 문제이건만 한 번 더 심술을 부리면 아예 코를 꿰어 선아들의 처소 앞에 매달아 두어야지.

그는 팔과 다리와 이마를 바닥에 대고 깊이 엎드려 두 손을 높이 받들어 육관대사의 의발을 받들었다. 그리하여 그는 맹세했다.

"스승이시여, 내세생생 불법을 닦아 지옥의 모든 중생을 구하고 천상의 법을 보호하며, 하토의 모든 인간들의 마음을 하나같이 천 년을 비추는 거울처럼 맑게 하겠습니다."

이렇게 말해놓고 나니 그는 괜히 마음이 우렁차고 당연히 그 약속을 반드시 지킬 수 있다는 자신감이 가득 차오르는 게 아닌가. 또한 하토의 불쌍한 인간들을 생각하니 가련한 마음에 그만 마음이 슬퍼져 눈물마저 글썽거려졌다. 오체투지하여, 두 팔과 두 다리와 이마를 바닥에 대고 있으니 8백 도반이 금강경을 읽는 소리가 온 산을 불법으로 물들이려는 듯 울려나왔고, 법통식에 초대받은 수많은 성군 선아들이 그에게 존경과 축하의 표시로 두손을 앞에 모으고 공손히 허리를 굽히고 있었다. 그는 이마를 땅에 댄 채 손바닥을 펴 두 손을 높이 올렸다.

육관대사는 높이 올린 그의 두 손으로 무엇인가를 올려놓았다. 그는 스승이 무엇을 주는지 알 수 없었지만, 귀를 잔뜩 기울여 육관대사가 수많은 수행승 앞에 이제 그에게 법통을 전하였다는 한 법어가 있기를 간절히 기다렸지만 육관대사는 아무 말도 없었다. 그리고 높이 쳐들어 받는 두 손에는 차가운 물체가 놓여져 꾸물꾸물 움직이더니 팔을 타고 기어내려와 그의 머리를 휘감고 목줄기 쪽에 차가운 비늘을 갖다대고 있었다. 그는 엎드린 채 곁눈질로 목을 내려다보니 그것은 싯누런 구렁이였다. 그는 목줄기를 물어뜯을 듯 혓바닥을 날름이는 구렁이를 더 이상 보고 있을 수 없어 두 손으로 재빨리 구렁이의 목을 쥐고 비틀어 바닥에 집어 던지니 어느새 그것은 바로 육관대사의 의발과 주장자로 변하는 것이 아닌가.

"오호라!'

그는 탄식했다.

'나는 어찌 이리 미욱한가. 조금만 더 참았다면, 조금만 더 속마음을 감추었다면 저 주장자가 내세생생, 내 손 안에 있어 온갖 성군과 선아들과 함께 교유하며 고담준론으로 칭송받았을 것이 아니던가.'

그는 너무 아쉬워 눈물이 펑펑 쏟아졌고, 그때서야 그는 꿈을 꾸고 있다는 것을 알았다.

'아하, 꿈이었으니 망정이니 정말 스승께서 나의 그 부질없는 도력을 시험해 보았다면 어느 도반들보다 시원찮은 것을 눈치채 버렸겠구나.'

그는 별 생각 없이 눈물을 닦으려 호랑이 배에 깍지 낀 손을 펴는데 그때가 단향이 한양의 상공으로 접어들어 새벽 어둠 속으로 힘차게 날아오를 때였다.

12
여인 옥춘

그는 단향의 갑작스러운 비상에 그만 몸이 굴러 떨어져 버렸다. 강달복도 그와 함께 깊이 눈이 쌓인 골짜기로 떨어지고 말았다. 미처 손 쓸 사이도 없었다.

더구나 놀란 강달복이 그의 다리를 잡고 늘어졌으므로 그가 공력을 모아 창공으로 솟구치려 했으나 도무지 그의 몸이 오르지 않았다. 그는 달복을 떨어뜨리면 자신은 추락하지 않을 자신이 있었다. 그는 매달리는 달복을 발로 차 밀었으나 달복은 떨어지지 않았다. 그때 새벽 겨울 햇빛이 한줄기 비추었고, 호랑이의 모습은 사라져 버리고 말았다. 그는 코 앞으로 눈 쌓인 바위와 나무가 커다랗게 다가오는 것을 보고 그만 정신을 잃고 말았다.

소유가 눈을 떠보니 한 여인이 그를 걱정스러운 듯이 내려다보고 있는 것이다. 그는 그 얼굴이 단향인줄 알고 반가운 마음에 손을 뻗고 벌떡 일어나 앉으려 했으나 몸을 꼼짝달싹도 할 수 없었다. 그때 여인의 목소리가 들려왔다.

"아직 몸을 움직여서는 아니되십니다. 참으로 기적 같은 일입니다. 이레 내내 생사불명하여 허공으로 손을 휘저으며 헛소리만 줄곧 내지르시더니 이제 눈을 뜨셨으니 큰 위험은 넘어간 듯합니다."

　소유는 도대체 그 말이 무엇을 의미하는지 어리둥절했다. 이레 만에 눈을 뜨다니 도대체 무슨 일이 일어났단 말인가. 여인의 얼굴은 다행스럽다는 듯 안도하는 낯빛이었다. 그는 여인에게 어떻게 된 일인지 그 연유를 묻고 싶어했으나 목소리가 나오지 않았다. 여인의 얼굴은 갸름했으며 여염집 규수는 아닌 것 같았으나 그를 내려다보는 눈빛의 섬세함이며 투명한 미관, 꽉 짜인 입술 그리고 단정한 말솜씨가 저잣거리에 함부로 나다니는 여인의 형상도 아니었다. 도대체 여기가 어디란 말인가. 그는 고개를 왼쪽으로 돌려보니 목 뒤쪽에서 척추 쪽으로 바늘로 찌르는 듯한 통증이 솟구쳐 자신도 모르게 비명을 내질렀다. 그러자 여인은 희고 가는 두 손으로 소유의 목덜미를 공손히 잡아 바르게 눕히고 다시 한번 절대 움직여서는 안 된다고 일렀다.

　"어디서 오신 분인지는 모르오나 몹시 궁금하게 여기실 것 같아 말씀드리지요. 선비와 또다른 한 분이 인왕산 깊은 계곡 얼어붙은 폭포수 아래 떨어져 있는 것을 우연히 덕구가 발견하였습니다. 덕구는 심부름도 곧잘 하는 청삽살개이지요. 덕구가 내게 달려와 내 치맛끝을 물듯 끌어당기며 앞서 뛰어가길래 따라가 보니 두 분이 혼절한 채 쓰러져 있어, 계집종과 함께 방안으로 모셨지요. 함께 다친 분은 상태가 워낙 중해 다른 방에 모셔두고 밤낮 계집아이가 돌보고 있으나 아직 깨어나지를 않고 있답니다."

　여인의 말을 듣고 보니 그제서야 비로소 그는 한양으로 날아들던 호랑이의 등에서 달복과 함께 떨어졌던 일이 생각났다. 아하 그렇다면 이 여인은 내 생명의 은인이란 말인가. 그런데 나는 손끝 하나 꼼짝할 수 없으니 참으로 고마움을 모르는 미천한 하토의 인간이로다. 어찌 장부라 할 수 있단 말인고. 소유는 혀를 쯧쯧 차니 그래도 입 속의 혀는 제대로 움직여주었다.

여인은 일어서더니 밖으로 나가며 곧 미음을 가지고 올 테니 기다리시라고 말했다. 무려 이레를 넋을 놓고 굶었단 말인가. 여인이 미음이란 말을 하자 그는 뱃속이 곤두박질치듯 시장기가 몰려왔고 입안에서 침이 샘솟듯 고였다. 문득 그는 달복의 일이 걱정이 되었으나 만승군자萬乘君子도 식후위대食後偉大라 하였거늘 잠시 정신을 차리고 볼 일이라고 생각했다.

문을 열고 나서는 여인의 허리는 가늘고 엉덩이는 튼실하게 흔들거리니 소유는 괜시리 민망스러워 슬며시 눈을 감고 말았으나 시원한 이마 위로 걱정스럽게 내려다보던 눈빛이며 붉은 입술 사이로 하얗게 내비치는 이빨이 꿈인 듯 생시인 듯 아른거려 도무지 마음을 종잡을 수 없었다.

바깥에서 삽살개 짖는 소리가 잇달아 몇 번 들려오더니 계집종인 듯 어린 여자애의 겁에 질린 목소리가 났다.

"아씨마님 큰일났어요! 이분이 아무래도 숨이 넘어가려는가 봐요."

그 말을 들은 소유는 달복이 자신의 잘못으로 목숨을 잃게 된다니 참으로 부끄러웠다.

이제 어찌 하늘을 우러러 천상의 성군, 선아들에게 용서를 청할 수 있단 말인가. 만약 공력을 펼쳐 날아오르는 나의 다리를 붙잡고 늘어지는 달복을 발로 차는 모습을 한 번이라도 봤다면 아니 틀림없이 그 모습을 보았으니 이렇게 나의 사지 오장육부를 꼼짝 못하게 하고 말았으리라.

'천지성군 신명이시여. 달복의 목숨을 구하시면 이 몸은 다시 그런 잘못을 저지르지 않고 살 것을 맹세하니 부디 저의 청을 거두어주십시오.'

비록 몸은 꼼짝하지 못하였으나 소유는 마음속으로 간절하게 빌었다. 그는 스스로 생각해도 자신의 마음이 얼마나 지극하고 간절한지 두 눈에서 눈물이 이슬처럼 흘러내려 베갯깃을 적시고 있었다.

덕구의 짖는 소리가 더 급하게 들렸고 여인이 옆방문을 열고 뛰어들어가더니 빨리 바늘을 가져오라는 다급한 외침이 들려왔다.

소유는 도대체 바늘로 무엇을 하려는지는 알 수 없었으나 난데없이 질투심이 가슴 한쪽에서 불쑥 솟아오르는 것을 막을 수가 없었다.

얄라차, 이 마음을 알 수 없도다. 이게 무슨 질투란 말인가.

바늘로 온몸을 찌르는 것인지, 하여튼 달복이 살아나면 그가 발로 떨어뜨리려 한 죄도 가벼워질 것은 뻔한 이치지만, 저 곱디고운 여인의 손이 달복의 몸에 닿는다고 생각하니 그만 불쑥 생각지도 못한 질투심이 일어나 자신 또한 놀랄 수밖에 없었다. 미음을 가져오겠다던 여인은 한 식경이 지나서야 참나무 쟁반에 죽을 받쳐들고 방안으로 들어섰다.

"몹시 시장하시지요? 워낙 목숨이 경각에 달려 있어 바늘로 열 손가락, 열 발가락을 다 따내어 기혈을 흐르게 하느라 시간이 지체되었지요. 정신을 차리지는 못하였으나 다행히 큰 고비는 넘겼습니다……"

여인은 다소곳이 그의 옆에 꿇어앉아 미음을 한 숟가락씩 떠서 그의 입으로 흘려넣어 주는데 그 향기가 몹시 은은하고 막혔던 말문을 트이게 할 듯 감미로웠다.

"이 미음은 선친이 참으로 목숨이 귀중한 이들에게만 쓰라고 남겨주신 산삼으로 만들었습니다. 인삼이 해동海東의 명약이라 하나 수백 년 산에 사는 이 약초를 따라올 수가 없지요. 말 못하는 이의 목을 트이게 하고, 일어서지 못하는 이를 앉게 하며, 앞이 보이지 않는 이의 광명을 틔운답니다."

미음이 그의 목구멍을 타고 넘어가자 그는 육부오장 속을 뜨겁게 흐르는 것을 느낄 수 있었다.

'이 무슨 신비의 조화란 말인고. 산삼이 정말 대단한 약초로다. 내가 천상에서 구름을 부르고 바람을 노리개 삼던 공력으로도 이 몸 하나 어쩌지 못하고 단향의 등에서 떨어지고 말았는데 미음 몇 숟갈로 꼼짝없이 막혔던 기혈이 이리 쉽게 터진단 말인가.'

"참으로 고맙소. 이 은혜를 어떻게 갚아야 할지 알 수 없소이다."

그는 마음속으로 생각했던 말들이 줄줄 목소리가 되어 나오니 내심 놀라고 말았다.

"물고기는 강이나 호수에서 서로를 잊고 살지만 하늘에 머리를 이고 사는 저로서는 다만 사람의 하는 일을 다하였을 뿐이니 다른 생각은 하지 마시고 속히 회복하시기를 바랍니다."

여인이 머리를 가만히 숙이는데 이미 기혈이 돌아온 소유는 어느새 옷섶 안으로 꼭꼭 감춰진, 굴곡이 진 여인의 젖가슴 쪽으로 자신도 모르게 눈길이 가고 말았다. 아랫배로 빠르고 거센 기운이 하단전에서 미려를 거쳐 백회혈을 돌아 미간으로 빠르게 모였다가 사라지기를 되풀이했다. 여인은 그의 눈길을 느꼈음인지 무릎걸음으로 반 걸음 뒤로 물러났다. 미음을 다 먹고 나서 소유는 뜨거운 기운을 12경락과 기경팔맥을 통해 휘돌려보니 몸 곳곳마다 선선한 봄바람이 일어서는 것처럼 훈훈하고 가벼워 벌떡 일어나 앉고 말았다. 소유가 자리에서 일어나 앉자 여인은 탄복하는 눈빛으로 보았다.

"아무리 산삼이 명약이라 하나 이렇게 회복이 빠른 모습을 보니 참으로 놀랍습니다. 선비께서는 무슨 사연으로 북풍한설 눈보라치는 얼어붙은 폭포수 아래 떨어져 있었는지는 알 수 없으나 목숨을 부지한 것도 놀라운 일인데 회복까지 이렇게 빠르니 정말 예삿분이 아니십니다. 그래도 몸 조섭을 제대로 하셔야 하니 성급히 밖으로 나오려 하지 마시지요."

여인은 황급히 말을 마치고 뒤로 물러나 문을 열고 나갔다. 여인이 소유의 눈길을 이미 알아차린 것인지 알 수 없으나 소유는 내심 섭섭한 기분이 들기도 했다. 이레 동안이나 정신을 잃었다가 이제 겨우 몸을 추스리고 앉았는데 서로 인사도 없이 나가버린단 말인가. 허나 얼굴에 가득히 떠돌던 부끄러움이며 뒤로 엉덩이를 빼내는 몸짓이 참으로 음전하면서도 그의 마음을 설레게 하기에 충분했다.

그는 가부좌를 틀고 산삼의 힘을 빌어 내공을 온몸으로 돌리기 시작했다. 임맥과 독맥을 휘돌며 막혔던 혈도를 뚫고 얼었던 경락을 녹이기 시작했다. 그의 내공은 온몸을 뜨겁게 만들어 백회혈에서 흰 김이 슬슬 올라왔다.

밖으로 나오지 말라는 여인의 말을 듣지 않고, 그는 달복의 일이 걱정이 되어 방문을 밀고 밖으로 나왔다. 아마 틀림없이 달복은 크게 다쳤으리라. 천상의 공력으로도 이 지경이 되었는데 달복의 몰골은 볼 필요조차 없었으나 그와 함께 대원이 대감을 찾아가는 길이었으니 달복을 버려두고 갈 수도 없는 노릇이 아닌가.

옆 방에서 두런두런하는 목소리가 들려왔다. 방안에는 여인과 계집종이 번갈아가며 물수건을 이마에 갖다대고, 붙이기를 되풀이하는 모습이 장지문 틈새로 보였다.

"마님, 이제 그만하시지요."

"안 될 일이다. 이 사람은 저 훤훤 장부와는 달리 약초의 힘으로도 어찌할 수 없을 만큼 몸이 얼어 있구나. 이제 남은 방법은 한 가지밖에 없다. 허나 어찌 모르는 외간남자와 살갗을 맞댈 수 있단 말인가. 저 기혈 곳곳에 박힌 얼음창을 빼내지 않는다면 지금 위기는 넘겼다 하나 목숨을 구하기는 끝내 어렵겠구나. 인명을 어찌 버려둘 수 있겠느냐. 남녀의 법도가 다르고 정절의 의미가 지극하다 하나 인명을 살리는 데 주저해서는 안 되는 법이니 월봉이 네가 온몸의 체온으로 저 사람 몸을 녹이도록 하여라."

바깥에서 이 말을 들은 소유는 자신이 너무 성급했던 것을 뒤늦게 후회하였다. 강달복은 복도 많구나. 나 또한 저렇게 정신을 차리지 않고 생사기로에서 헤매었다면 저 이름 모를 여인이 실오라기 하나 없는 알몸으로 내 온몸을 비비고 어루만지며 감싸주지 않았겠는가. 눈이 쌓여 더욱 교교한 밤에 혼자 찬바람을 맞으며 방안에서 나누는 이야기를 훔쳐 들으니 소유는 탄식 아닌 탄식에 숨을 깊게 들이쉬었다.

밤은 깊어가고 장지문에 어른거리는 촛불빛 사이로 월봉의 옷 벗는 모습이 비쳤다. 두 여인이 손을 움직여 달복의 옷을 남김없이 벗기는 모습도 비쳤다. 소유는 북풍한설이 사정없이 몰아치는 것도 아랑곳하지 않고 창호지에 침을 발라 구멍을 뚫고 안을 들여다보는 자신을 뒤늦게 발견하고 이건 장부가 할 일이 아니로다, 하며 엉덩이는 한 발쯤 뒤로 물러섰으나 마음과는 달리 이미 허리는 앞으로 기울어졌고, 눈은 창호지 구멍 안을 들여다보고 있었다.

다소곳이 오른쪽 무릎을 세우고 있는 여인의 등에 가려 월봉이라는 처녀의 맨살은 허벅지 아래와 흰 어깨밖에 보이지 않아 아쉬웠으나, 두 다리와 어깨가 쉼 없이 넋을 놓고 늘어져 있는 달복의 몸을 가슴으로 부여안고 몸에서 열이 나도록 사정없이 비벼대는 모습이 보였다. 그는 틀림없이 달복이 이미 정신을 차렸음에도 거듭 기절한 척하는 것이 아닌가 하는 의심도 들어 몸이 달아오르기도 했으나 달복이 그렇게 속을 감출 정도의 위인이 아니라는 것은 알고 있었다.

그는 인간 세상에 내려오니 별스런 질투를 다 하는구나 싶었다. 그러는 자신이 문득 초라하기도 하였다. 창호지에 눈구멍을 대고 침을 삼키던 그는 여인이 일어서자 후다닥 뒤로 물러나 방으로 들어와 누웠다. 이 깊은 산중에 여자 둘이서 살아가는 것도 참으로 기이한 일이 아닌가 하는 생각도 들었다. 여인이 다시 그의 방으로 들어오자 그는 짐짓 땀을 흘리며 끙끙거리는 신음을 내었다. 고통스러운 듯 이리저리 몸을 뒤채기도 하며 실눈으로 여인의 얼굴을 슬쩍슬쩍 훔쳐보았다. 여인은 소유가 식은 땀을 흘리며 괴로워하자 손을 길게 뻗어 그의 이마를 만져보았다. 내내 밖에서 문구멍을 들여다보았으니 몸이 얼음처럼 찰 수밖에 없었다. 여인의 얼굴은 몹시 심각한 낯빛이 되었다.

이어 소유가 허공으로 손을 뻗으며 고통스러워하자 당황한 여인은 그의 손을 잡아 아래로 끌어내리려 하였다. 그러자 자연스럽게 두 사람의 손이 뒤얽혔고, 그가 모르는 척 여인을 손 안에 가두고 괴로워 뒤척이는 척 옆으로 빠르게 몸을 굴리자 어느새 여인은 그의 품 안에 갇힌 꼴이 되었다.

한순간 그는 그의 목숨을 구해준 은인을 이리 사정없이 품안에 가두고 희롱해도 된다는 말인가 싶어 망설였으나 이미 그의 몸은 옆으로 눕힌 여인의 가슴을 누르며 그 몸 위로 오르고 말았다. 여인이 너무 놀라 비명을 미처 지르지도 못하고 토끼처럼 놀란 눈을 하고 입을 크게 벌리는데, 소유의 사정없는 입술이 여인의 입술을 크게 덮고 두 발로 여인의 두 다리를 휘감았으며 어느새 오른손은 치마 속으로 숨어들었고 왼손으로는 여인의 어깨 아래로 파고들어가 뒷목덜미를 지그시 잡았다. 그의 몸에 눌린 여인은 한순간 몸을 버둥거렸으나 그의 입김이 워낙 거세게 여인의 목줄기와 뺨과 귓볼을 빠르고 거칠게 핥아대고 이빨자국을 새기는 바람에 여인은 고개를 외면하기에 바쁠 뿐이었다. 그 사이 소유는 여인의 속곳을 벗기고 두 다리를 그의 어깨 위로 얹어 놓고 높이 쳐들어 마치 여인을 나무에 거꾸로 매달은 꼴이 되도록 하였다.

"선비께서는 그만 운행을 멈추십시오. 이 어찌 망측한 남녀의 법도이겠습니까."

여인은 고개를 뒤로 젖히며 힘껏 소리치는데 어느새 소유의 손은 여인의 저고리 고름을 잡아당기니 적삼 속에 불끈 감춰진 크고 흰 젖무덤이 드러났다. 여인이 두 손으로 가슴을 가리고 눈을 질끈 감으니 흰 어깨선 위로 흐르는 길고 가는 목덜미가 그의 눈을 아찔하게 자극하였다.

오호라…….

소유는 한순간 군자의 도리를 생각하자 몸이 굳는 듯했으나 거듭 자신의 생각을 마치 소가 되새김질하듯 돌이켜 보고는 탄식하니 목구멍을 울리는 속말이 나왔다.

'눈으로 밝게 보려고 하면 위태롭고, 귀로 잘 들으려 하면 또한 위태롭고, 무엇을 생각할 때 너무 지혜로우려 하면 또한 위태로운 법이 아니던가. 바깥 사물에 끌리면 모든 일이 언제나 위태로운 법이라…… 어찌 이 위험을 피하겠는가.'

아예 그는 눈을 질끈 감고 더 이상 여인이 말을 못하도록 큰 입술로 여인의 작고 가녀린 입술을 덮고 전광석화처럼 벗겨낸 속곳을 방바닥 한쪽으로 집어던지고는 아랫도리를 여인의 맨살에다 사정없이 밀어붙였다. 그때 갑자기 방문이 열리고 월봉이 들어서다가 기겁을 하더니 밖으로 달려나가 지게 작대기를 들고 와서 사정없이 그의 뒤통수를 갈기려 했다.

"월봉아! 나가거라. 그만 나가거라. 어서! 선비님이 지금 제정신이 아니시다."

여인은 황급히 계집종 월봉을 꾸짖어 문 밖으로 나가게 했다. 얼라차, 뒷통수가 하마터면 날아갈 뻔했구나. 그는 눈을 질끈 감았다가 여인의 목소리를 듣고 뒤를 돌아보니 정말 말 그대로 월봉이 오리나무 지게 작대기를 들고 금방이라도 그의 머리통을 후려칠 기세였다. 계집종이야 금방 제압할 수 있겠지만 한갓 어린 것의 기혈을 막는 일은 장부로서 차마 하기 어려운 일이니 머뭇거리다 여지없이 참나무 작대기에 뒤통수, 그것도 아문혈이 일격을 받아 벙어리가 될지도 모르는 일이었다.

'아, 이 여인은 참으로 나를 두 번이나 살려주는 큰 은인이로다.'

12. 여인 옥춘 291

소유가 다행스럽게 중얼거리는데, 여인의 말을 들은 월봉은 막대기를 접어들고 밖으로 나갔다. 그의 입에서 길게 한숨이 빠져 나왔다. 저 지게 작대기에 뒤통수를 맞았다면 아마 석달 열흘쯤은 쭉 뻗었으리라는 생각이 들자 식은땀이 흘렀다. 그렇다고 해서 이미 오욕칠정이 동하고 십이경락이 사타구니 쪽으로 시냇물처럼 찰찰 노래부르듯 줄지어 모이는 것을 도저히 막을 수가 없었다.

'알 수 없도다. 형체가 있는 모든 것은 다 환상처럼 순간적으로 생겨났다가 순간적으로 사라지는 것이 아니던가. 음양의 변화나 인간의 생사도 이와 같을지니 고난 중에서도 공중에서 떨어지고 얼음 폭포수에 처박혀 생사의 기로에 헤매다가 한 여인의 깊은 은덕 속에 있으니 이는 마치 꿈만 같으니 오히려 피할 수 없는 즐거움일 수도 있지 않은가. 즐거움을 피하는 일은 곧 세상의 이치를 피하는 일이 아니겠는가. 그것은 장부의 기상이 아니로다.'

그가 여인의 허리를 두 손으로 들었다가 그의 사타구니 위에 놓고 떠도는 바람처럼 젖꼭지를 두 엄지손가락으로 깊게 눌렀다가 비틀었다. 그가 다시 한 번 여인의 젖꽃판을 열 손가락으로 빙빙 돌리며 희롱하기 시작하니 난데없는 기운이 온몸으로 물씬물씬 퍼져나가는 것을 막을 수 없었다. 여인의 흰 살갗 속에 감추어진 힘줄이 파르르 떨리는 게 손 끝에 느껴졌고 그는 이어 휘몰아치는 눈보라 속에서 휘말려 들어가듯이 여인의 몸 속으로 감겨들어갔다.

"아아, 속진에서 묻었던 만상의 먼지를 죄다 털었는 줄 알았는데, 선비께서는 도무지 물리칠 수 없도록 압박하시니 저잣거리를 아무리 멀리해도 참으로 허망함을 알겠습니다. 또한 선비의 기운이 저의 기색을 혼절시킬 만큼 넓고 두텁고 강렬해서 근심하고 염려하고 마음의 걸림이 수없이 많으면서도 따르지 않을 수가 없습니다."

소유의 몸을 두 다리로 깊게 휘감으며 여인은 가슴을 그의 품에 비비대며 말했다. 여인의 몸은 뜨거웠으나 눈에는 산 이슬 같은 눈물이 가득 흘러내리고 있었다. 무슨 말 못할 사연이 있는 여인이로다. 그러하지 않으면 어찌 이리 깊은 산 속에서 계집종과 함께 살 수 있단 말인가. 듣기에 화적떼도 많다는데 깊은 밤에 호랑이가 내려와 방문을 앞발톱으로 툭툭 긁어대면 어찌 할 것인가. 내 자신도 단향이 호랑이로 변해 나타났을 때 처음에는 가슴이 철렁하고 오줌보가 터질 듯하지 않았는가. 허나 지금은 가야 할 곳이 급하니 추후에 알아볼 일이다. 그는 여인의 말에 대답하지 않고 곡두에 강력한 힘을 주고 근육을 조인 다음 옥경을 단단하게 세우고 여인의 몸 속으로 미끄러져 들어가니 아아, 그는 또한번 탄식하지 않을 수가 없었다.

'갈수록 천계로 돌아갈 길은 막연하도다. 어느 곳이 길인가. 어찌 이리 몸은 갈수록 헤매인단 말인가. 길 잃은 새끼 짐승도 이리 막막하고 고달프지는 않으리라.'

여인의 가슴에 무너지듯 쓰러지다 그의 눈앞을 환하게 부딪쳐오는 빛에 그는 한순간 눈이 멀어버릴 것 같았다. 여인의 목에 흰 진주알이 하나 달랑 걸려 있는 것을 그는 그제서야 보았던 것이다.

흰 진주라, 이게 무슨 조화란 말인가!

그는 여인의 목덜미를 핥다가 입속으로 빨려드는 진주를 입안에 가만히 물고는 생각에 잠길 수밖에 없었다. 이게 또 어디서 많이 보았던 것이 아니던가. 참으로 기박한 사연이 아니던가.

허나 소유는 오래 그 생각에 빠질 수가 없었다. 입에 물었던 진주알을 가만히 내뱉으니 깊게 굴곡이 패인 젖가슴 사이로 박힌 진주알이 내쏘는 빛 때문에 그는 눈을 질끈 감아야 했다. 그러나 흰 광채는 감은 눈 속에서 회오리처럼 움직이더니 도화꽃 가늑히 떨어져 내리는 물살처럼 그의 온

몸을 적시기 시작했다. 질끈 감았던 눈을 뜨니 불끈 힘살을 돋운 엉덩이를 여인에게 쉼 없이 밀어붙이고 있었다.

'아아, 참으로 알 수 없는 인간 세상이로다. 천상에는 한 점 악이 있을 수 없으니 내 큰 벌을 받아 하토에 버려졌건만 어찌 이리 인간 세상의 인연법은 하늘의 법도를 벗어날 수 없다는 말인가. 안타깝고 안타까운 일이나 내 미리 짐작해서 염려하는 것은 장부의 길이 아니로다. 군자가 비록 뒷일을 도모한다 하나 이익을 구하고 고통을 미리 피해서는 안 되는 법, 내가 피하면 그 몫이 다른 인연에게 갈까 심히 두렵지 않은가. 차라리 온전히 인연에 파묻혀 온갖 고초를 겪으리라. 하늘에서 버림받은 몸이 더 무엇을 두려워하리오.'

그는 크게 숨을 몰아쉬고 생각을 정리한 다음 힘차게 옥경에 공력을 모으고 깊은 어둠 속으로 돌진해 들어갔다. 붉고 찬란한 회오리바람이 그의 귓속으로 사정없이 몰아쳐 그의 몸 속으로 가득 쏟아져 들어왔다. 그러나 한편으로 그는 알 수 없는 슬픔 같은 형체들이 목구멍 가득히 치밀어 올라오는 것을 참을 길이 없었다.

여인은 몸을 쉼 없이 꿈틀대고 있었고 소유의 엉덩이는 힘줄을 불끈 드러낸 채 여인의 살 속으로 부지런히 파고들고 있었지만 그의 마음은 점점 더 쓸쓸한 격정에 차올라 드디어는 울음을 터뜨리고 말았다.

'아하, 부끄러운 일이로다. 어찌 장부가 한낱 방사의 길에서 눈물을 보인단 말인가. 허나 내내 참아도 견딜 수가 없으니 이 또한 인간 세상의 이치가 아니런가.'

폭발하는 소용돌이를 온몸에 가득 채우고 그 흐름에 전신을 맡겨 버린 뒤 비로소 그는 큰 숨을 터뜨리니 여인이 고요히 그의 등을 두드리고 문질러 주고 있었다. 그는 가만히 여인의 젖가슴에 엎드려 눈물범벅이 된 얼굴을 살갗에 문질러 닦고, 흐느끼는 울음을 가까스로 진정하니 그의 귓속으로 여인의 목소리가 찬찬히 들렸다.

"선비께서는 너무 슬퍼하지 마시지요. 사람이 깨어 있을 때는 여덟 가지 활동을 한다 하지요. 일하는 것, 일을 꾸미는 것, 얻는 것, 잃는 것, 슬픈 것, 즐거운 것, 사는 것, 죽는 것이 그것이며, 꿈 속에서는 여섯 가지 일이 있으니 정상적인 꿈, 놀라서 꾸는 꿈, 생각으로 꾸는 꿈, 생시에 있었던 일을 꾸는 꿈, 기쁨에서 꾸는 꿈, 무서운 꿈이 그것이라 합니다. 이것이 꿈인지 생시인지 알 수 없으나 몸과 마음이 서로 만나 이루어지는 일임에는 틀림이 없지요."

여인의 말을 듣고 있으니 새삼 그는 자신이 울음을 터뜨린 게 부끄러워 한 마디 변명하지 않을 수가 없어 슬그머니 말머리를 돌렸다.

"옛 진인眞人은 깨어 있을 때는 자기를 잊어버리고 자고 있을 때는 꿈을 꾸지 않는다 했는데 이렇게 쓸모 없는 눈물을 터뜨리고 말았으니 그 이치를 깨닫기에는 참으로 멀고 아득한 일이라 여겨지요. 진인의 길이 아직 보이지 않으니 그게 서럽소이다. 어찌 나를 선비라 부르시오. 선비는 도량이 넓고 견고한 의지를 가져야 하고 이상을 죽는 날까지 실현해야 하니 그 임무가 무겁고 전도가 창창하다 아니할 수 없으나 이 몸은 아니오이다."

"선비께서 너무 자신을 낮추어 말씀하시니 듣기에 삼가 송구스럽습니다. 저는 이미 오지에 몸을 파묻기로 하고 외딴 골짜기에 들어와 산 지 얼마나 되었는지도 알 수 없지요. 허나 몸은 마음과 합치되고 마음은 기운과 합치된다 했으니 오늘 선비님과 만나 저의 몸이 어찌된 일인지 알 수 없으나 이미 마음과 하나가 되어 있고, 이제금 마음은 기운과 하나가 되어 있습지요. 선비께서 정절을 너무 함부로 한다 지탄하실까 심히 두려울 뿐이지요. 한갓 뜬구름 같은 열락이라 하나 그 길에 들어서니 바늘 하나가 아무리 멀리서 바다에 떨어지고 붉은 꽃잎이 천 리 밖에서 휘날린다 할지라도, 귀에 쟁쟁 울리고 눈에 아슴아슴하니, 또 그것이 세상 밖에 있건, 속눈썹 속에 있건 이미 저는 그것을 다 알 수 있고 들을 수 있으니 큰 배움을 선비께 얻었습니다."

소유는 그 말을 듣자 눈물을 닦지도 않은 채 빙그레 웃었다. 여인의 얼굴이 새삼 기특하고 사랑스럽게 보이니 이 무슨 조화인가. 흰 무명적삼 안으로 불룩 솟은 젖가슴에 거듭 눈길이 향하자 여인은 두 손을 단정히 모아 가슴을 가리고 옷깃을 만지작거렸다. 그의 눈에 비로소 여인의 옷차림새가 차곡차곡 들어왔다. 흰 무명치마와 저고리를 차려 입은 여인의 얼굴은 계곡에 쌓인 눈발처럼 하늘빛 기운마저 감돌고 있어 청초하면서도 요염했다.

소유는 침을 꿀꺽 삼켰다. 이참에 아예 대원이 대감에게 전할 편지고 뭐고 다 버리고 이 여인과 눈이 질척하게 녹을 때까지 구들목에 떡 들러붙듯 눌러앉고 싶은 심정이 일어나는 것이었다.

여인이 일어나 옷을 입고 밖으로 나가더니 나무대야에 뜨거운 물을 담아 와, 명주수건을 적셔 소유의 눈물범벅이 된 얼굴과 옥경과 사타구니를 닦아 주었다. 그는 온몸의 기운이 다 빠져버린 것 같아 손끝 하나 움직일 수 없었으나 살갗에 닿는 명주수건의 감촉은 따뜻하기만 했다. 그는 자꾸만 눈꺼풀이 스르르 감기고 있었고, 그 위로 여인의 목소리가 오래된 나무를 태운 재처럼 조용히 쌓였다.

"저는 선비 집안의 금지옥엽 외동딸로 태어났으나 임오년 변란 때에 선친은 변고를 입어 세상을 떠나시고 급격히 가세가 기울어 일하는 할미의 도움으로 겨우 연명하다가 미색이 수려하다 하여 기방에 들어갔습니다. 이전의 이름이 무어 소중하겠사옵니까. 기방에 들어 옥춘이라는 이름을 얻은 뒤, 서법과 춤과 노래를 익혔사온데 나라가 어지러우니 어느 새 온갖 왜인의 행패에 몸과 마음을 더럽혔습니다. 다행히 복이 있어 저를 찾는 왜인들이며 고관대작들이 많아 작취昨醉하면서 맛있는 술과 기름진 고기와 돈은 마음대로 쓸 수 있었습니다. 어쩐 일인지 돈이 술술 잘 모여 그만 기방을 통째로 살 정도로 모였습니다.

그러나 왠지 마음이 허전하기 짝이 없어 마침내 길을 떠나 깊은 산으로 들어왔습니다. 혼자 아무리 배불리 먹어도 백성들이 굶주려 죽고, 난리판에 시냇물은 피로 흐르니, 저 깊은 산 속으로 한없이 들어가면 어른과 아이가 함께 살고 남녀가 어울려 놀지만 중매도 없고 혼인도 하지 않고 맑은 물가에 살면서 밭갈이나 곡식을 심지도 않고, 기후가 따뜻하여 옷감을 짜거나 옷을 입지도 않고 일찍 죽지도 않고 늙고 병들어 죽지도 않는 곳이 있다 하기에 그곳이 어딘지 알 수 없으나 가진 것을 팔아 몸종 하나 데리고 산으로 들어서 작은 초옥을 지어놓고 있지요."

여인의 말을 들으며 소유는 혼곤하고 아득한 기운을 이기지 못하고 점점 깊은 잠 속으로 떨어져 갔다. 그는 의식을 놓으면서 참으로 인간 세상이 그래도 살 만하지 않은가 하는 생각이 뭉게뭉게 일어나 온몸을 아득하게 휩싸는 것을 어렴풋이나마 느꼈다. 옥춘이라는 여인의 삶이 기박하기는 하나 용약 홀몸으로 산 속 깊이 들어와 산다니 그 기상이 미쁘고 가상할 뿐이었다. 비록 옥춘이 운우의 정을 모두 끊었다 하나 자신과 합방하고 온몸을 눈 녹은 물을 데워 곳곳이 닦아 주니 눈보라에 헤매이고 굴러 떨어져 신고를 겪은 일은 아주 오래 전에 스쳐가 버린 까마득한 옛날 일 같았다.

얼핏 강달복이 어떻게 되었는지도 궁금하고 두고 온 여인 채옥의 얼굴도 아련하게 피어올랐지만 혼곤한 잠 속으로 굴러 떨어지는 그의 얼굴은 배를 가득 채운 어린 아기처럼 평화롭게 보였다. 의식이 서서히 풀려가면서도 소유는 아아, 이런 날 밤 단향을 함께 만나면 얼마나 좋을까 하는 생각도 간절히 들었다.

그는 혹 천계의 소식을 들을지도 모른다는 기대감도 들었다. 어쩌면 천계에서도 자신의 처지를 안타깝게 여겨, 생사를 알길 없는 그의 고초가 더없이 힘들었으니 그만하면 징벌이 충분했으리라 보고 그만 천계로 자신을 불러들이지는 않을까 하는 기분 좋은 예감마저 드는 것이었다.

그는 스르르 잠 속으로 빠져들며 자신도 모르게 아, 단향이여…… 하고 입술을 달싹거리고 있었다. 마치 그는 단향의 맑고 부드러운 살갗이 그의 입 안으로 가득 흘러들어가는 듯한 착각에 한없이 행복한 웃음마저 그윽하게 띄우고 있었다.

단향을 만나 천상의 소식을 듣고자 하는 그의 기대는 조금 어긋났지만 잠결에 그는 천상의 한 시절로 거슬러 가고 있었다. 그가 잠길을 따라 이른 곳은 옛날 8선녀를 희롱하며 놀던 석교 위였고, 8선녀는 그의 곁을 빙 둘러서 있었다. 그들이 몸을 움직일 때마다 도드라진 젖꼭지가 눈앞을 어지럽게 스쳤고 열여섯 개의 미끈한 허벅지 사이로 깊고 은은한 바람이 새어나오는 듯 하늘거렸다. 그러나 8선녀의 얼굴은 원망에 가득 차 있는 듯 가녀린 입술을 굳게 다물고 있었고 눈동자는 눈물에 젖어 있었다. 선녀들의 목에 달린 진주알이 색색가지 빛을 내며 그의 눈을 쏘아댔다. 그들은 이구동성으로, 마치 메아리처럼, 원망에 가득 섞인 화살처럼 그에게 말했다.

"어찌, 군은 그리 무정하신가요, 무정하신가요?"
"정말 무정도 하시니 어찌 이날을 그냥 보낼까."
"한순간 잘못이 얼마나 긴 고행과 눈물을 가져오는지 군은 아시나요?"
한 선녀가 갑자기 그의 다리를 잡아당기는데 이상하게도 다리는 선녀가 잡아당기는 대로 길게 늘어나기 시작했다. 그 선녀는 소유의 한 다리를 잡고 석교 위를 날아올라갔고, 다른 선녀들은 까르르 웃으며 나머지 다리와 팔, 코, 귀, 입술을 잡아당겨 팔방으로 날아갔다. 마치 그의 몸은 솜꽃처럼 하늘하늘해지더니 명주실보다 더 가늘어져 갔다. 어어어어, 소유는 비명을 질렀다. 자신의 모습이 긴긴 빨랫줄처럼 참으로 기괴하게 변해가고 있는 것이 아닌가. 하지만 그는 그 와중에도 자신의 옥경은 누구도 잡아당기지 않으니 참으로 다행스러운 일이라 여겼다. 어찌 하느냐. 비록 천상의 유희라 하나 감히 저 섬섬옥수들이 옥경을 잡을 수도 없고, 옥경을 훼손하지도 차마 않으리라. 8선녀들의 비상은 눈부실 정도로 빠르고 섬세했다⋯⋯ 하늘하늘한 치맛자락 사이로 가늘고 고운 허벅지가 언뜻 비치는가 하면 그를 향해 곧장 아래로 내려오는 옷 사이로 벌어진 가슴의 실팍한 선은 눈을 아찔하게 만들었다. 그는 참으로 이상한 일을 겪고 있지만, 8선녀들이 나타나는 것으로 봐서 천상으로 돌아갈 날도 별로 멀지 않았을 것이라는 터무니없는 생각마저 드는 것이었다.

그가 눈을 떴을 때는 온몸이 밧줄에 묶인 채 꿇어앉혀져 있었다. 그가 정신을 차린 것도 누군가 그의 머리 위로 찬물을 퍼부었기 때문이었다. 이 엄동설한에 찬물을 끼얹으니 죽지 않은 다음에야 정신을 못 차릴 위인이 어디 있겠는가. 팔과 다리, 사지가 밧줄에 묶여 누군가 사방팔방으로 거칠게 잡아당긴 듯 관절은 욱씬거렸고, 머리는 봉두난발이 되어 있는지, 눈앞은 머리카락이 덮여 제대로 보이지 않았다. 손을 움직여 눈앞을 가린 머리카락을 올리려 했으나 그는 옴짝달싹도 할 수 없었다.

도대체 이게 무슨 조화란 말인가? 비록 자신의 팔다리와 입과 코를 잡아 늘어뜨리기는 했으나 꿈에도 그리던 8선녀와 희롱하며 노닌 일이 눈앞에 선한데 꽁꽁 묶인 채 꼼짝할 수 없으니 소유는 이 현실이 도무지 믿어지지 않았다. 그는 사방을 돌아보니 털북숭이 장정이 두 녀석, 양 옆에 떡 버티고 있는 게 도무지 분위기가 심상찮아 보였다. 그제서야 그는 강달복은 어찌 되었는가 싶어 고개를 돌려 보니 형들에 묶인 달복은 이미 죽었는지 널브러진 채 꼼짝도 하지 않고 있었다.

"이보시오, 강도인······."

소유가 두 장정의 눈치를 살피며 달복의 이름을 부르는데 난데없이 눈앞에 번갯불이 튀는 듯 수차례 번쩍거렸다.

"이놈 좀 봐라, 감히 여기가 뉘 안전이라고 입을 나불대느냐!"

얄라차, 이게 무슨 봉변이란 말인가. 감히 누가 옥으로 빚은 존안을 마구 후려친단 말인가. 허나 소유는 한 마디 항변조차 할 수 없는 지경이었다. 만약 말을 잘못 되받았다간 어떤 날벼락이 떨어질지 알 수 없는 일이었다. 그저 우선은 입을 꾹 다물고 잘못했다는 듯 고개를 깊이 조아려야 했다. 그러면서도 그는 곁눈질로 털북숭이 둘 말고 누가 있는지 슬쩍 살피니 아주 위엄있게 생긴 노인네가 의자에 앉아 있는 모습이 보였다. 그의 손에는 편지 한 장이 들려 있었다. 얄라차, 저 편지는 바로 녹두장군이 대원이 대감에게 전해주라고 한 편진데 어찌 저 영감 손에 들어가 있단 말인가. 그는 중우 아래에 손을 넣어 편지가 있는지 확인하고 싶었지만 손이 묶여 있으니 그럴 수도 없는 처지였다. 달복에게 어찌 된 연유인지 묻고 싶었으나 죽었는지 살았는지 고개를 뒤로 꺾은 채 널브러져 있으니 물어볼 데도 없었다. 그렇다고 저 우락부락한 털북숭이 놈에게 한 마디 건넸다가는 무슨 날벼락이 떨어질지도 알 수 없는 일이다. 허어, 간밤의 꿈 같은 사연들은 다 어디 가고 설한풍에 물벼락, 뺨세례인고. 소유는 고개를 숙인 채 생각해보니 기가 찰 일이었다.

옥춘은 어찌 되었을꼬······?

소유의 생각이 옥춘에 미치자 갑자기 가슴이 울렁거렸다. 그때 영감의 목소리가 그의 머리 위로 확 떨어졌다.

"정말 독한 놈들이로다. 날이 저물었으니 그만 저 두 놈을 광에 가두도록 해라. 내일 아침에 한번 더 물고를 내고 정녕 말하지 않으면 아예 사지를 끊어 사방팔방에 매달 것이다."

그 말을 듣자 소유는 온몸이 벌벌 떨려왔다. 언 땅바닥에 얼마나 꿇어 앉혀졌는지도 알 수 없거니와 찬물을 뒤집어썼을 때도 미처 느끼지 못했는데 사지를 끊어 사방팔방에 매달겠다는 영감의 목소리를 들으니 한기가 확 몰려왔다. 이제 하토에서의 시련을 마감하고 영락없이 죽었구나 싶었다.

털북숭이 둘이 두 사람을 광으로 질질 끌고 가 처넣고 문을 닫았다. 그는 기왕지사 이렇게 된 것, 무엇을 말해야 하는지는 알 수 없으나 몸이나 제대로 보전하려면 내일 묻는 대로 무조건 말하겠다고 굳게 다짐했다.

그는 손이 뒤로 묶여 있으니 제대로 움직일 수조차 없었다. 할 수 없이 몸을 굴려 달복에게로 다가갔다. 그리고 그의 귀에 대고 "이보시오 강도인, 강도인!" 하고 불러 보았다. 얼금얼금한 문 사이로 횃불이 하나 걸리더니 두 놈이 문 앞에 앉아 떡 지키고 앉아 있는 게 보였다. 그러니 크게 소리를 낼 수도 없었다. 그런데 두 놈이 대나무 바구니에서 무언가를 꺼내더니 쩝쩝거리며 먹어대는 소리가 마구 들려오니 소유는 괘씸한 생각이 들었다. 저놈들 봐라. 저건 틀림없는 고구마로다. 인정머리 없는 놈들 아니냐. 내가 무슨 죄로 잡혀 왔는지는 모르나 물을 붓고 뺨을 때리고 온갖 물고를 냈으면 그렇지. 때는 이미 야심한데 고구마 하나라도 먹으라고 내놓는 인정머리는 있어야 하는 것이 아니더냐. 허나 그의 심중은 아랑곳없이 장정 둘은 열심히 먹어대며 이야기를 늘어놓았다.

"이보게, 이제 우리도 곧 살판이 났는가 부이. 대원이 대감께서 곧 신권을 잡는다 하지 않는가."

"원님 덕에 나발 한번 오지게 불어보세나. 고대광실 높은 집이야 짓겠나마는 고관대작 납작 엎드리는 꼴은 실컷 구경하겠네. 그런데 장쇠, 그 소식 들었는가. 동학당인지 하는 불한당들이 한양으로 올라오려다 싹쓸

이 다 죽었다고 하네. 곧 일본군들이 청군을 몰아내면 세상은 대원이 대감 판일세."

"왜 모르겠는가, 온 고개며 벌판이 동학군들 피로 꽃물 들여 놓은 듯했다네."

아니, 그렇다면 좀전에 본 그 영감이 대원이 대감이란 말인가. 우리 녹두장군은 어이 되었을까. 벌판에 꽃물 들여 놓았다니. 그러면 우리 도인들이 다 죽었다는 말이 아닌가. 얄라차, 얄라차. 참으로 원통하고 딱한 일이지만 한편으로는 다행스런 생각도 들었다. 콩 볶는 기관포에 살아남을 재간이 있을 리가 없을 터였다. 우걱우걱 먹어대는 장정놈들은 목도 막히지 않는지 고구마를 잘도 삼켜대었다. 저러다가는 바구니에 고구마가 몇 개나 들었는지는 모르나 금방 없어질 것 같았다. 저들의 말이 무슨 뜻인지 궁금하기도 하고 뱃가죽이 등에 딱 붙어버린 듯 시장기도 사정없이 돌았다.

소유는 그만 호기심을 참지 말하고 그들에게 말을 걸고 말았다.

"이 선비가 한 말씀 여쭙겠소. 이 몸도 굶기를 밥 먹듯이 한지라 쥐눈알 같은 인정머리라도 있다면 고구마 한 조각 나누어 주는 게 도리 아니겠소. 동서고금, 천상천하에 이르기를 굶주린 자에게 쌀 한 톨을 내놓으면 3대 뒤에는 쌀 백 석이 된다는 말이 있지 않소. 내 무슨 영문으로 이 꼴이 되었는지는 알 수 없으나……."

"허어, 저 놈 보게나. 선비라니. 동학 불한당이 감히 어디 선비라는 말을 입밖에 내느냐. 하늘같이 높은 분이 선비이거늘 너 같은 무지렁뱅이가 어찌 선비라고 아가리를 놀린단 말이냐. 아직 입이 안 찢어졌구나. 내일 아침 죽을 목숨이 무슨 고구마 타령이란 말이냐?"

"이보시오, 내가 왜 죽소? 무슨 잘못을 했소?"

"이놈아, 두 놈이 얼마나 독한지 주리를 틀어대도 꿈쩍도 안 하더구나.

너희들의 괴수 녹두장군이 어디로 피신했는지 실토하라고 해도 절대 입을 열지 않으니 이제 너희들은 산 목숨이 아닌 것만 알아라. 고구마를 먹어 본들 뱃속에 들어가 똥으로 나오기 전에 이 세상 사람이 아닐 터이니 줄 수가 없다, 이놈아."

허어, 감히 이놈이라니. 소유는 기가 막혔다. 아직 한 번도 이놈이라는 말을 듣지 못했다. 그 생사가 왔다갔다 하는 난리판에서도 그런 욕설은 듣지 않았다. 배가 고파 고구마 하나 얻어 먹을까 싶어 말을 걸었는데 고구마는커녕 이놈 저놈 하는 소리를 마구 듣는구나. 내 당장 손속을 날려 고구마가 아가리에 콱 막히도록 하고 싶다만 묶인 몸이라 참을 수밖에 없도다. 허나 군자는 귀를 밝게 하고 눈을 밝게 뜨고 보고 들어야 하느니. 군자는 물을 거울로 삼지 않고 사람을 거울로 삼으니 내 언젠가 저들 자리에 있다면 그래 이 고구마 하나 먹어보시오 하고 주리라. 소유는 이렇게 생각하니 침이 입 안에 사정없이 고여, 한 번 더 사정도 해보고 궁금한 일도 물어보리라 싶었다.

"여보시오, 바람에 출렁이는 파도와 같은 게 인간 세상 아니겠소. 언제 위아래가 뒤바뀔지 모르오. 동학은 불한당이 아니오. 사람이 곧 하늘이라잖소. 높고 낮은 사람이 어디 있소. 사람이 세상에 날 때 위아래가 어디 있었소. 정말 높은 사람은 높은 데 있어도 낮은 사람을 깔보지 않소. 백성들을 들사슴처럼 편하고 마음놓고 살게 하자는 게 동학이오. 그런 말씀 마시오."

"어려운 문자를 쓰는구나. 우리는 그런 것 모른다. 안 필요도 없다. 하루 세끼 굶지 않고 재수 좋으면 술 마시고 노래하면 그만이 아니겠느냐."

"어디 왕후장상이 따로 있겠소? 강과 바다가 능히 골짜기의 왕이 될 수 있는 까닭은 몸을 낮추기 때문이오. 내가 이리 몸을 낮추니 고구마나 하나 주시오. 배고파 죽겠소……."

"아하하, 왕후장상이라, 내일 죽을 놈이 문자를 쓰는구나. 육두문자가 여기 있다. 옛다, 이놈아. 이거나 처먹어라!"

장정 하나가 주먹떡을 까 보이며 고구마 꼭지를 던지니 다른 하나는 껍질을 문 틈 안으로 던져 넣었다. 소유는 한 번 더 간청해 보았으나 두 녀석은 아예 들은 척도 없이 마지막 남은 하나를 반 자르더니 냉큼 하나씩 단숨에 삼켜 버렸다.

'참으로 무정한 하토로다. 저리 인정이 없으니 내세생생 뱀이나 지렁이로 태어나 뱃가죽을 땅에 끌고 일생 찬 이슬 속에서 살 것이로다.'

허나 소유의 눈길은 그들이 던진 고구마 꼭지며 껍질 쪽으로 자꾸만 갔다. 아니 될 일이다. 한때 8백 도반의 우뚝 선 수행자로서 어찌 저것들에 한눈을 판단 말인가. 인간 세상은 한 사람이면 한 가지 뜻이 있고 두 사람이면 두 가지 뜻이 있으니 어찌 마음이 같을손가. 저들을 원망해서 무엇 한단 말인가. 원망하는 마음을 버릴 일이다.

그는 고개를 흔들었다. 하늘이 의로움을 좋아하고 불의를 미워한다 하나 참으로 믿을 수 없구나. 이 재난은 도대체 어디서 왔단 말인가. 내 동학에 입교해 보니 오래 살고 일찍 죽는 것, 못 먹고 못 입는 것과 잘 먹고 잘 사는 것, 편안하고 위태로운 것이 다 하늘이 정한 운명이라 할 수 없지 않은가. 천상의 법대로라면 나는 주장자를 내려치며 8백 도반과 뭇선관, 선아들 앞에 큰 법문을 내리고 있을 터이나 이리 기박한 사연을 겪음은 필시 운명은 믿을 게 못 되는 것을 알려주는 일이렷다. 생각이 여기에 이르자 소유는 서러운 생각이 슬슬 들기 시작하는 것이었다.

그때 달복의 신음소리가 가늘게 들려왔다. 고구마 하나를 얻어먹고 싶어하는 바람에 그는 달복이 옆에 있는 줄도 잠시 잊고 있었다. 그는 달복의 귀에 대고 "강도인, 여보시오 강도인" 하고 거듭 부르고, 그의 귓속으로 뜨거운 숨을 힘껏 불어넣으니 달복이 희미하게 눈을 뜨더니 그를 힘없이 보았다.

"강도인, 이게 어찌 된 영문이오? 우리가 왜 이리 잡혀 있소? 온갖 고초를 다 겪었소. 꿈에서 깨니 온몸이 다 으스러질 듯하오."

달복은 대답 대신 고개를 느리게 가로저을 뿐이었다.

"이보시오, 강도인. 그 영감이 바로 대원이 대감이오? 중우 속에 있던 편지가 어찌 그 영감 손에 들려 있소? 내일 아침이면 냉큼 팔다리를 잘라 내건다 하니 우린 이제 죽은 목숨이나 다를 바 없소."

달복은 고개가 자꾸 아래로 기울어 내렸다. 곧 숨을 멈출 것처럼 보였다. 소유는 얄라차, 이거 큰일났다 싶었다. 이러다 죽어버리면 어쩐단 말인가, 비록 소유는 몹시 배가 고팠지만 단전에다 내공을 모아 등줄기로 끌어올려 백회에서 한 바퀴 굴린 다음 입 속의 옥액에다 뒤섞어 달복의 귓속으로 숨결을 불어넣었다.

달복의 두 눈에서 눈물이 주르르 흐르더니 이어 소낙비처럼 쉴새없이 눈물방울이 피딱지가 붙은 뺨 위를 굴러내리기 시작했다. 딱한 일이로다. 비록 내일 죽을 목숨이라 하나 어찌 저리 슬피 우는가. 운다고 달라질 일이 어디 있겠는가. 달복의 울음은 소리조차 나지 않았다. 오직 그의 온몸을 떠내려 보낼 듯 온 얼굴로 흥건하게 번지는 눈물을 보니 소유 또한 몹시 서러운 마음을 주체할 길이 없었다. 드디어 소유 또한 자신도 모르게 눈물이 그만 샘솟듯 솟구쳐 오르기 시작했다. 생각해 보니 자신의 신세도 처량하기 짝이 없는 일이었다. 이 밤이 다 가면 팔다리가 저자거리에 내걸리고, 천상으로 불려 올라가 다시 용서를 청할 기회는 영원히 사라지고 오직 지옥고를 눈앞에 두고 있는 형국이었으니. 아하, 소유는 길게 탄식했다.

달복의 목소리가 희미하게 새어나왔다.

"양도인, 미안하외다. 편지 속에 무엇이 씌어 있는지는 모르나 녹두장군은 물론 온 산천이 동학도인의 피로 물들고 있는 화급한 형국이니 그만 편지를 전해야 한다는 급한 마음에 깊이 잠든 당신의 몸을 뒤져 대원이 대감에게 보낼 편지를 찾았소. 그리하여 먼저 산을 내려가 대원이 대감에게 전했는데 그만 이 꼴이 되고 말았소. 동학의 기운이 이미 허물어지고 말았으니 대감이 생각을 바꾸고 말았소이다. 이 몸은 고문에 못 이겨 당신이 있는 곳을 말하고 말았소. 그렇지만 녹두장군이 가신 곳은 모르거니와 안다 하여도 절대 말할 수 없으니 이제 내일이면 죽을 목숨이오. 지난날을 생각하니 눈물이 하염없구려. 위아래 없고 사람이 개나 말이 아니라 사람처럼 사는 좋은 한세상 꿈꾸는 우리 도인이 꽃이파리처럼 다 져내렸다오. 이 한을 품고 죽으려니 어찌 서럽지 않겠소."

"그럼 옥춘은 어찌 되었소?"

"옥춘이라니요……?"

"우리 목숨을 구해준 초막의 여인 말이오."

"그 일을 내가 알겠소. 수십 명의 군졸들이 초막으로 들이닥쳐 당신을 포획해왔으니 그 와중에 어찌 되었는지 알 수 없소이다. 비록 우리 목숨을 구해 주었다 하나 한갓 아녀자의 일이 뭐 그리 궁금하겠소."

달복의 끝말을 들으니 슬몃 얼굴이 달아올랐다. 그래도 그는 내친 김에 아예 달복이 불벼락을 당하려면 혼자 당할 일이지 어찌 일을 이 지경으로 만들어 놓는단 말인가 싶어 달복을 원망하는 마음이 일어났으나 이미 깨진 밥 사발이었다. 녹두장군은 필히 소유더러 그 편지를 전하라 했는데 강달복이 방정맞게 나서는 바람에 일을 그르치고 말았지 않는가. 달복은 그의 원망하는 마음을 아는 듯 이렇게 말했다.

"어찌 녹두장군의 명을 어기고 싶겠소. 이미 도인들이 밀려 남해 바다에 다 빠져죽게 되었는데, 인왕산에서 겨우 정신을 차리니 몇날이 후딱 지나간 것을 알았소. 아무리 양도인을 흔들어 깨웠으나 도무지 깨어날 생각을 하지 않았소. 그래서 한시라도 빨리 서찰을 전해야 한다는 마음에 일을 저지르고 말았소이다. 허나 이미 대감이 뜻을 바꾸기로 작정한 일인데 양도인이 전했다 한들 무슨 변화가 있었겠소이까……."

"이제 우리는 어찌 될 것 같소?"

소유는 궁금했다. 그는 달복이 무슨 구원자가 되는 것처럼 지푸라기라도 잡는 심정으로 물었다. 그 자신 또한 이미 사지 어느 한 쪽이 부서졌는지 아니면 금이 갔는지 몸을 조금만 움직여도 바늘로 찌르는 듯한 통증이 일어났다. 이런 몸으로는 제아무리 공력이 출중하다 해도 한 마장도 제대로 도망갈 수가 없는 일이었다.

"그야 죽기보다 더하겠소. 호탕하고 의협심이 드높던 대원이 대감이 권력에 눈이 멀고 자기 생사부터 먼저 도모하니 이미 죽은 목숨이 아니겠소. 무얼 기대하겠소. 천지 개벽하고 살아서 새 세상이 온다고 굳게 믿었는데 그걸 못 보는 게 너무 한스럽소. 이 한몸 죽는 게 무어 그리 아깝겠소……."

소유는 새삼 그 말을 듣자 너무 놀라 눈을 커다랗게 떴다. 인간 세상에서 죽음이 무엇인지 모르나 이미 그는 총과 칼에 찔려 죽은 동학군과 농민, 굶어 죽은 어린아이도 수없이 봐 왔지 않은가. 누구도 시신을 제대로 거두어줄 경황이 없으니 들판의 까마귀들이 덤벼들고 입술에 파리가 들끓고 눈에서 구더기가 기어나오는 그 징그럽고 애틋한 모습이 곧 죽음 아니겠는가.

소유는 그때 생각하기를, 저런 모습이 죽음이라면 결코 자신은 죽어시는 안 된다고 깊게 맹세하지 않았는가. 저런 몰골로 어찌 천상의 스승을 다시 찾아뵈올 수 있으며, 뭇 선군과 선아들의 눈길을 끌 것인가. 단향도 그런 자신에게 어찌 다시 한번 젖꽃판을 물게 하며, 깊이 안아줄 것인가. 그런 흉측한 몰골로는 8백 도반 앞에 나설 수도 없다. 그는 달복이 저렇게 죽음을 태연하게 말하니 과연 도인은 도인이로구나 싶기도 했지만 이제 내일이면 자신도 까마귀밥이 되는 것은 정녕 분명한 일이니 기가 차고 손이 덜덜 떨리고 눈앞이 깜깜한 일이었다.

"여보시오, 양도인. 대장부 목숨이 뭐 아깝소. 의로운 일에 목숨 바치는 일보다 더 앞서는 일이 있겠소. 뜻을 이룬 사람은 말이 없고, 모든 것을 알고 난 사람도 말이 없는 바요. 도인은 무슨 말이든 못함이 없건만 아무 말도 하지 않고, 무슨 일이든 모르는 바가 없어도 아는 척도 하지 않는 바요. 허나 이 몸은 아직 여한이 남아 있는 모양이오. 이리 부질 없는 회한만 가득 차 있으니 말이오."

"허나 강도인, 강도인은 목숨을 의롭게 버린다 하나 이 몸은 어찌하면 좋겠소. 이 몸은 아직 도의 길이 천 리 만 리 남았는데 지금 목숨을 버리면 무쇠지옥이며 화탕지옥에 떨어질 것은 뻔한 이치인데 무슨 방도가 없겠소. 의란 하늘의 이법을 따라 마땅한 바를 행하는 것이요, 예란 사람의 정의情誼에 바탕을 두는 법인데, 비록 지금이 의로운 일이라 하나 정의가 없으니 소생은 어찌 할 바를 모르겠소. 제발 좀 살려 주시오."

"이 놈의 몰골을 보시오. 사지는 다 부서졌고 겨우 입만이 살아 남아 달싹이고 있으니 산다한들 이게 산 목숨이겠소. 다시는 두 발로 땅을 딛고 설 수 없소이다. 양도인은 장군을 도와 더 큰 일을 도모하길 바라니, 목숨을 부지할 방도를 찾아보시오. 그러나 무슨 계책이 있겠소……."

무슨 방략이 있어 목숨을 부지한단 말인가. 내일 물고를 시작하기도 전에 녹두장군이 백양사로 갔다고 하면 저 무지막지한 놈들이 이 몸을 살려줄 것인가. 목숨에 대한 보장도 없이 섣불리 발설하다가는 목숨도 얻어 걸리지 못하고 죽어 혓바닥으로 날마다 3천 평 돌밭이나 갈아야 하는 지옥에 떨어질지도 모르는 일이다. 이미 하토의 이치가 무위를 말하면서도 명예를 구하고 무욕을 말하면서도 이익을 구하는 곳이 아닌가.

눈으로 익히 본즉 충신은 죄없이 죽게 되고 간신은 공허한 명예로서 벼슬을 얻게 되는 법이니, 살아날 길만 모색하면 진정 망하는 것을 알지 못하고 즐거움만 알면 재앙을 알지 못하는 법이 아니던가. 내 이미 하토에 내려와 채옥과 정연을 맺고 옥춘과의 운우지정에 명분을 잊고 있었으니 이런 재앙이 내림은 참으로 당연한 것이나 어찌 이리 억울하고 서러운 심사가 가시지 않는고.

허나 사나운 새가 덮치려 할 때는 낮게 날아 날개를 거두어야 하는 법, 맹수가 먹이를 덮치려 할 때는 귀를 내리고 가만히 엎드려야 하고 하늘의 큰 뜻을 품은 이는 어리석은 듯이 행동해야 하느니, 내 이 밤을 곰곰이 생각하고 생각해 목숨을 부지할 계책을 찾아야 하리라. 강달복처럼 너무 용감하여 목숨을 가볍게 여기는 자가 있고, 지혜는 있으나 마음에 겁이 많은 자가 있고, 비록 청렴결백하다 하나 남을 사랑하지 않는 자 또한 있느니. 굳세고 제아무리 씩씩하다 하여도 자기 고집만 내세우는 자도 있으며, 너무 어질면 적을 해치지 못하기도 하고, 스스로가 신실하다 하여 남을 곧잘 믿는 자도 있지 않은가. 이 모두가 하토 인간의 마음 씀씀이가 성급하여 빚어지는 일이로다. 겉으로 용감하나 속으로 겁내는 자도 있고, 현명하다 하나 사리를 제대로 분별하지 못하기도 하고, 선량하다 하나 부정을 저지르고, 겉으로는 공경하나 속으로 교만하고, 겉으로 간이라도 빼어줄 듯 자상한 척하나 속으로 무정하고, 매양 공경하는 척하나 속은 한없이 교만한 자가 피둥피둥 잘사는 게 바로 인간 세상이 아닌가. 아아, 천라지망天羅蜘網에 걸렸으니 어느 꾀를 내어 천상으로 돌아갈 길을 도모할꼬. 이때 단향선이라도 나타나 준다면 실낱 같은 희망이라도 있으련만.

소유는 자신의 신세가 참으로 애틋하고 원망스러워서 저절로 눈물이 괄괄 흘렀다. 그가 하염없이 울자 달복은 목숨을 버리는 일이 저리 서러운가 싶어 애처로운 심사가 들었다.

"양도인, 이보시오, 양도인. 모든 인생사가 일장춘몽이라 하지 않소. 다음 세상에 나면 저 천상의 하늘님도 우리네 마음을 알아 반드시 부잣집에, 고기 쌀밥에, 차별 없는 세상에 태어나게 해줄 것인즉 너무 서러워 마오."

"그걸 어찌 알겠소……."

소유는 그 말을 들으니 더욱 서러워졌다. 마침내 소유는 엉엉 소리내어 울기 시작했다. 그의 울음소리가 얼마나 애간장을 끊어대는지 광을 지키던 두 놈들도 처음에는 저 놈이 내일 죽을 목숨이니 정신이 나가자 빠진 모양이라고, 시끄럽다고 당장 울음을 그치라고 호통을 쳐댔으나, 그가 하염없이 울어대니 횃불빛마저 울음소리에 젖어들고, 마침내는 두 놈들도 괜히 슬퍼지는지 슬슬 꺼이꺼이 하고 울더니 그만 목을 놓아 따라 우는 것이 아닌가.

"내 평생에 저리 서럽게 울어대는 놈은 처음 보겠구나. 이놈아, 그만 울어라. 우린들 무어 좋아서 이러겠느냐. 한세상 살아가려니 목숨 부지하기가 그리 어렵구나. 고대광실 높은 집에 비단금침을 깔고 사는 팔자가 있는가 하면 나처럼 허리가 콩방아가 되도록 굽신거리며 사는 놈들도 있다. 선비인지 양반인지 힘없는 백성들 등골이 빠지도록 부려대기만 하니 못 살고 못 먹는 게 다 팔자소관인 걸 어쩌누. 이보게, 이놈이 저리 서럽게 울어대니 어려서 조실부모한 내 팔자가 자꾸 생각나네. 어허헝, 어허헝."

"왜 아니란 말인가. 나 또한 관가 노비로 팔려와 양반 똥이나 집어 먹으며 일평생을 살았다네. 죽지 못해 사는 목숨이 서럽기 한량없구나."

두 녀석이 주절주절 사설을 늘어놓으며 소매로 눈물을 닦고, 코를 팽 풀어대었다. 소유는 서러움이 사정없이 밀려들어 울음을 그칠 수가 없었지만 한편으로 단향이 저 구만 리 창천의 어느 길에서 자신의 서러움을 전해 듣고 단숨에 날아와 이 질곡의 사슬을 풀어주기를 기다렸으나 희뿌연 새벽빛이 올 때까지 아무런 기별이 없었다. 아하, 이제는 진정 죽은 목숨이었다. 저 날이 밝으면 단향이 아무리 오고 싶어도 올 수 없는 일이다. 단향을 원망한들 무슨 속절이 있으리오. 눈앞에 닥쳐올 일을 생각하니 소유는 천상의 온갖 생각이 다 떠올라 피눈물이 나는 것 같았다.

그는 쉼 없이 흐느끼며 마침내 가슴 속으로 육관대사를 애절하게 불렀다.

"오, 스승님이시여! 이 몸을 진정 버리시오이까. 다시 한번 간절히 용서를 청하오니 이 몸을 거두어 주소서. 대장부의 길이 어찌 잘못이 없고 실수가 없겠사옵니까. 진퇴가 비록 청정하지 못하다 할지라도 겨울에 폐동閉凍하는 강추위가 없으면 봄철의 초목이 무성할 수 없고, 여우나 표범이 비록 잘못이 없다 해도 그 가죽이 귀하니 스스로 죄를 지은 듯이 잡혀 죽사옵니다. 옳은 일로도 몸을 망치기도 하오니, 한 번만 거두어 주시면 내세생생 백골이 되도록 정진하여 삼라만상의 모든 이치를 깨치고, 마침내 참된 도로써 몸을 다스리겠사오니, 이 버림받은 제자의 마지막 간청을 들어주소서."

소유의 어깨는 점점 크게 들썩거려졌고, 흙바닥에 머리를 쉼 없이 쪼으며 그래도 곁눈질로 하늘의 무슨 징표라도 있는가 싶어 흐르는 눈물 속에서도 이리저리 살폈으나 천상에서는 아무 응답도 없었다. 달복이 숨넘어가는 듯 양도인, 양도인…… 하고 가래 끓는 소리로 거듭 급하게 불렀을 뿐이었다.

"그래 무슨 일이오? 강도인……."

눈물과 콧물이 뒤범벅이 된 얼굴로 소유가 달복을 돌아보니 달복은 막 마시막 숨을 몰아쉬고 있는 중이었다.

"이 보시오, 양도인. 나는 이제 천명이 다 되었는가 보오. 처자식들 변란과 흉년과 염병에 갔으니 무슨 여한이 있겠소만은 막내아들은 겨우 보전해 고향 마을에서 가까운 백양사에 맡기고 왔으니 언젠가 그곳에 가면 부디 내 자식을 한번 찾아봐 주시오. 딸 셋 뒤에 말년에 무슨 홍복인지 쌍둥이 아들을 얻었는데 하늘이 큰 자식을 내려주는 줄만 알았소. 그 두 놈은 태어나서 백일 동안 손을 펴지 않았는데 백일이 지나 겨우 손을 펴보니 저마다 진주구슬을 하나씩 손바닥에 굳게 쥐고 있었소. 우리는 소문이 날까 싶어 쉬쉬하며 길렀소. 이는 필시 큰 인물을 하늘이 보냈다는 징표로 알았는데 그만 염병에 걸려 죽어갔소. 살아서 배곯아 죽으나 아파 죽으나 다를 바 무어 있나 싶어 슬프지도 않았소. 두 놈 다 중우에 둘둘 말아 뒷산에 파묻으러 가는데 막내놈이 신기하게 되살아났소. 큰놈은 손바닥에 진주를 쥐어주고 언 땅에 묻었고, 막내놈은 하늘의 이치가 무언지 도무지 알 수 없거니와 입도 덜 겸, 그만 없는 목숨치고 절로 보냈다오. 한날 한시에 앞서거니 뒤서거니 세상에 났는데 먼저 난 놈은 애기무덤 속으로 사라지고 뒤에 난 놈은 일가붙이 하나 없이 절 시집을 살아야 하니 사람의 운수를 일러 무엇 하겠소. 양도인의 앞길도 모르는데 이런 부탁을 하려니 참으로 염치가 없소이다. 부디 목숨을 보전하시오…… 아무것도 아들에게 전해줄 게 없어 한스럽소. 다만 애비가 의롭게 죽었다 전해 주시오."

"강도인, 날 두고 혼자 죽으면 어찌 하란 말이오? 아니 될 일이오."

소유는 울음을 그치고 급히 강달복의 몸을 어깨로 밀어보았으나 이미 그의 몸은 축 늘어져 있었다.

아아, 가면 그냥 갈 것이지, 어쩌자고 자식놈 부탁까지 하는지 원망스러웠다. 하필 왜 백양사인가. 공교로운 일이었다.

자신의 운명도 바람 앞의 촛불이 아니런가. 활을 들고서 새를 부르고 막대기를 휘두르면서 개를 부른다면 어느 새와 개가 가까이 올 것인가. 살아날 방도며 계책이라도 일러주고 자식 부탁을 한다면 모를까, 짧은 두레박줄로 깊은 우물의 물을 담을 수는 없는 일이다. 위로는 하늘의 도를 알고 아래로는 천문지리를 알며, 그 사이에서 일어나는 인간의 성정을 알아야 하는 법인데, 이 몸은 알 수 있는 것이 도무지 아무것도 없지 않은가.

　소유가 황소처럼 눈을 꿈뻑꿈뻑하니 눈물이 소리없이 솟구치기 시작했다.

13
백양사의 꿈

　강달복의 몸은 차디차게 식어 갔다.
　소유는 울다 지쳤다. 그는 배고픔과 추위가 한없이 몰려와 굼벵이처럼 몸을 돌돌 말고 있으니 아스라하게 잠속으로 굴러 떨어지고 말았다. 그는 눈이 가물가물하면서도 차라리 이 모든 일이 한갓 꿈이었으면 하고 간절히 빌었다. 허나 인간 세상은 도를 잃었고 도는 세상을 잃었으니, 그가 아무리 빈들 생시가 꿈으로 바뀔 리가 없었다. 가을 짐승의 털끝보다 더 작은 것이 있는가 하면 태산보다 더 큰 것이 될 수도 있는 게 인생살이고 천지의 움직임이었다.
　날이 밝았다. 눈을 뜨니 강달복의 시신은 어디론가 사라지고 없었다. 소유는 슬그머니 눈을 뜨며 지금쯤 길고 긴 악몽이 사라지고 자신이 8백 도반의 앞자리에 우뚝 서서 스승의 법통을 받고 있거나, 아니면 석교 아래서 다시 한번 꼼짝도 없이 스승의 심부름을 받아 용왕과 두모천존을 기다리고 있을 거라고 속다짐을 했지만 눈앞에 환하게 밀려드는 것은 희미한 광 속에 동그랗게 몸을 말고 모로 누워 있는 자신의 누추한 모습뿐이었다.
　그는 대원이 대감 앞으로 끌려갔다.

"잘 생각해 보았느냐. 이미 네놈들 동학 역적들은 남김없이 죽고 말았으니 녹두장군이 간 곳을 말하면 네 목숨은 살려줄 것이거니와 부귀영화도 주리라."

그 말을 듣자 양소유는 정신이 번쩍 들었다. 이게 웬 떡인가. 어차피 동학은 망해 버렸고, 자신 또한 무슨 뜻이 있어 동학에 입교한 것도 아니니 차라리 녹두장군이 간 곳을 일러줄 일이라고 생각했다. 그렇지만 먼저 간 곳을 일러주고 나면 그만 팔다리를 잘라 사방에 내걸지도 모르는 일이다. 세상 인심이 흉흉하니 누가 누구를 믿는단 말인가. 화에는 복이 깃들어져 있고, 복에는 화가 숨어 있는 법이다. 지금의 의심스러운 일은 옛일을 헤아려 살피고 앞날을 알 수 없을 때에는 지난 날을 돌아봐야 한다. 소유는 속으로 진정 대원이 대감의 말이 믿을 수 있는지 알아보기로 했다.

"소생 한 말씀 감히 올리고자 합니다. 들판의 언덕을 어찌 높다 할 것이며, 큰 산의 골짜기를 어찌 깊다 하겠습니까? 소생의 목숨을 살려주신다 하니 감읍하기 그지없사오나 소생의 말을 대감이 진정 믿을 것인지 알 수 없고, 대감께서 정말 소생을 살려줄 것인지도 알 수 없으니 감히 무슨 말을 올리겠사옵니까."

"그놈 맹랑하도다. 한낱 미물이라 할지라도 죽이고자 하는 위협만으로는 그 미물의 마음을 복종시킬 수 없다는 것쯤은 내 이미 알고 있다. 내 너에게 형벌을 내리고자 함은 살육으로 다스리겠다는 생각이 있어서가 아니라 이 나라 강산이 피로 물들고 있으니 한시바삐 백성의 고초를 살펴 그 희생을 줄이고자 함에 있는 것이니라. 그러니 그런 의심은 버리도록 하라. 이미 이 나라는 기아와 역병과 반란으로 방방곡곡이 전쟁터로 변하고 말았으니 이를 수습치 않으면 천고의 후회가 깊을 것이다."

"그렇다면 소생의 목숨을 살려주시는 것이옵니까?"

13. 백양사의 꿈 315

"네 말이 정녕 사실이면 살려줄 일이다."

"그걸 어찌 믿사옵니까?"

"허어, 여봐라, 저놈의 결박을 먼저 풀어주어라. 그러면 내 말을 믿겠느냐?"

"그걸로 어찌 믿겠습니까?"

"장부의 입으로 한 번 약속했으니 어찌 한 치 틀림이 있겠느냐."

"누구를 장부라 하더이까? 예부터 대장부라 함은 그 빠르기가 물과 같고 그 고요하기가 숲과 같다 했습니다. 사람을 죽이는 것을 즐기면 천하의 뜻을 얻을 수 없다고 했나이다."

"허어, 이 놈 봐라. 내 어찌 한 입으로 두 말을 하겠느냐? 맹자께서 이르시기를 부귀 속에서 정신이 타락하지 않고 빈천 속에서도 높은 뜻이 변하지 않고, 권위나 무력 앞에서도 마음이 굴하지 않는 자가 바로 대장부라 했다. 네 놈 목숨을 살려주겠다고 했지 않느냐. 나는 대장부로서 약조하는 바이다."

"그렇게 말씀하시니 잠시 마음이 놓입니다. 정말 녹두장군이 잡히면 백성들의 간난신고도 다 거두어질 수 있소이까?"

"온 나라 강토가 동학 때문에 왜국과 청국의 싸움터로 변했으니 한시가 급하다. 불의를 버리고 대의를 좇도록 하라."

"세상만사 사람의 마음이란 산천보다도 험하고 하늘을 알기보다 더 어렵습니다. 겉은 신중하나 속은 교만한 자가 있고, 겉은 점잖으나 속은 못된 자가 있습니다. 겉은 성급하나 속은 이치에 통달한 자도 있으며 겉은 깐깐하면서도 속은 너그러운 자가 있다 했습니다. 그래도 하늘은 춘하추동이 있고 아침 저녁의 구별이 있어 그 기미를 알 수 있지만 인간 세상은 도무지 그 속을 해량하기 어렵지 않겠습니까."

소유는 바닥에 고개를 조아리고는 실눈으로 대원이 대감의 눈치를 살펴가며 요리저리 심중을 떠보고 궁리하기를 녹두장군이 간 곳을 말하면 사지를 끊는 형벌을 면하는 것은 물론 배불리 먹을 수도 있겠구나 싶었다. 그는 한마디 더 보태지 않을 수 없었다. 옥춘의 생사도 궁금했다. 자신의 목숨을 구해준 여인의 안부를 확인하지 않는 것은 장부의 도리가 아니라는 생각이 들었다. 소유는 에라 내친 김에 한 번 더 청을 내는 일도 괜찮을 법 싶었다.

"소생은 이리 결박을 당하기 전에 이미 죽은 목숨이었는데, 면식 없는 여인이 우연히 쓰러진 이 몸을 되살려 놓았습니다. 그 여인과 계집종은 이 일과 아무 상관이 없으니 성명을 온전히 보전해 주시기 바랍니다."

"허어, 그 놈. 사설이 길도다. 여인네들이야 무슨 일이 있겠느냐. 그들은 아무 변고 없으니 마음을 놓아도 좋을 것이다."

"참으로 일의 사단을 바로 하시고 이치 또한 분명하시니 정성과 공경의 마음이 새겨집니다. 허나 생각이 맑지 않으면 사물의 옳고 그름을 분별할 수가 없는데, 지금 굶주림이 눈앞을 가려 바위를 보고도 범이 엎드린 줄 알겠습니다. 우선 요기나 하면 제 정신이 올바로 들겠습니다."

대감이 고개를 끄덕이자 털북숭이 둘이서 그의 곁으로 다가와 결박을 풀어주었다. 소유는 팔과 다리를 조금씩 움직여 보았으나 곳곳이 결렸다. 온몸은 피멍이 들어 마치 능구렁이가 휘감은 듯했다. 그는 일어서려다 눈앞이 핑그르 돌아 앞으로 푹 고꾸라졌다. 광을 지키던 두 녀석이 그를 부축해 넓은 방으로 데리고 갔다. 방은 따뜻했고, 교자상에는 눈이 휘둥그레질 정도로 음식이 차려져 있었다. 더구나 상 옆에는 어여쁜 계집종이 둘이나 시립해 서 있는 게 아닌가.

아하, 옛 말씀에 눈은 아름다운 색을 좋아하고 귀는 아름다운 소리를 듣고 싶어한다 했다. 입은 맛좋은 음식을 좋아하고 마음은 이로움을 좋아하고 몸은 편안하고 유쾌한 것을 좋아하니 바로 이를 두고 하는 말인

모양이렷다. 그저 마음이야 쟁반에 담긴 물과 같아서 가만히 있으면 청천하늘의 해와 달도 비추지만 조금만 흔들어도 아무것도 비치지 않는 법이다. 내 마음은 도대체 무엇이란 말인가. 흐르는 물을 거울로 삼았는가. 잔잔하게 가라앉은 물을 거울로 삼았는가. 허나 그 근원이 맑으면 모든 것이 맑지 않겠는가. 지금 하토에서 일어나는 모든 일은 한갓 티끌에 지나지 않는 일이다. 내 천상의 몸이었으니 하토의 작은 일에 얽매여서는 안 될 일이나 저 진수성찬을 보니 갑자기 눈물이 핑 도는 것은 또 무슨 조화인지 모르겠다.

그는 매 맞아 죽은 달복이 생각도 확 나고 마지막으로 하나 남은 자식을 찾아봐 달라고 부탁했던 간밤의 일도 잇달아 떠올랐다.

소유는 속으로 읊조렸다.

'이보시오, 강도인. 사시사철이 항상 제자리에 있는 것이 있겠소. 천지가 한 번 험난하면 한 번은 순조로워진다더니 이 몸은 이렇게 진수성찬 앞에 마주 앉았소. 그대의 유언을 내 꼭 잊지 않으리라. 여기서 배불리 먹고 힘을 도와 백양사로 가겠소. 마침 녹두장군도 백양사로 간다 했으니 오히려 잘된 일이 아니겠소. 아무 염려 말고 편히 눈감으시오. 말로만 의로움을 내세우고 실천하지 않는다면 자기를 속이고 남을 속이는 사기꾼이 아니겠소. 세상에서 가장 큰 보배가 의로움임을 강도인을 통해 비로소 알았소. 반드시 이 한 많은 목숨을 부지해 그대의 자식에게 강도인의 의로움을 내 꼭 전해드리리다.'

허나 그는 너무 배가 고팠다. 그는 속말이 끝나기도 전에 털썩 상 앞에 앉아 닥치는 대로 먹어대기 시작했다. 옆에 서 있던 계집종 둘이서 닭다리도 찢어주고 잔에다 술도 채워 주었다. 얄라차, 몇 날을 굶었는지 모를 일이다만 이런 횡재도 있는 것이구나. 천지간에 죽으라는 법은 없는 모양이다.

소유가 정신없이 먹고 있는데 대원이 대감이 들어왔다.

"이제 내 말을 믿겠느냐?"

"대감의 말씀을 믿지 않고 누구를 믿겠사옵니까?"

"그럼 이제 말하겠느냐?"

"말하고 나면 이 몸은 어찌 되옵니까?"

"허어 그놈 의심이 참으로 깊구나. 너를 앞장세워 녹두장군이 숨은 곳까지 함께 가야 하지 않겠느냐? 그러니 당장 죽을 염려는 없다."

소유가 듣고 보니 그도 그럴 듯했다. 에라 이 참에서 말해 버리는 게 좋겠다. 이제 배도 부르고, 배가 부르니 목 안을 꽉 메이게 하던 설움도 진수성찬과 함께 뱃속으로 넘어간 모양이다. 만약 말을 안 하면 죽을 것이고, 저들이 자신을 죽이려 한다면 말을 해도 죽일 것이니, 죽일 놈 굳이 배불리 먹게 할 리가 없으니 한 번 믿어보는 수밖에 도리가 없다는 생각이 들었으나, 달복이 대감의 마음이 바뀌었다고 한 말이 생각나 녹두장군의 행방을 바로 말해줄 수도 없었다.

"그러면 소인이 말씀 올리겠습니다. 좌우를 물리쳐 주십시오."

대감이 눈짓으로 장정들과 계집종을 밖으로 나가게 하자 소유는 한참을 뜸들이다가 마침내 실토하고 말았다.

"녹두장군은 저더러 대원이 대감에게 편지를 전해주라 이르시고 전라도 어느 절에서 소식을 기다리겠다 하였습니다."

"그 절 이름이 무엇이더냐?"

"소생은 까막눈이라 이름은 들었는데 잊어버렸사옵고 가는 길만 알 따름이오니 대감 말씀대로 길 안내는 할 수가 있겠습니다."

소유는 자신이 생각해도 참으로 훌륭하고 방도 있는 대답을 했다는 자랑스러운 생각이 들어 기분이 한순간 우쭐했다. 미리 지명을 말하면 인간 세상이 워낙 흉측하고 신의를 버림을 손바닥 뒤집듯이 하지 않는가.

대감은 그 말을 듣고 한참 동안이나 묵묵히 있더니 그를 지긋이 건너다보았다.

"네놈의 이름이 뭐냐?"

"양소유라 하옵니다."

그는 이름을 말하는데 그만 목이 콱 메이더니 눈물이 후두둑 떨어졌다. 참으로 서러운 이름이 아닌가. 이제는 제것인 양 천연덕스럽게 나오는 이름도 어이없이 서럽고, 배꽃처럼 흩날려간 도인들의 이름 앞에 고개를 들지 못할 일을 저지른 일도 한없이 서러웠다. 손가락을 잘라 팔을 보존한다 하나 살아 있다고 무어 기뻐하겠는가.

"양소유라…… 간밤에 이상한 꿈을 꾸었는데 천상의 선녀라고 하는 여인이 꿈에 나타나 말하기를 양소유란 자의 목숨을 꼭 살려달라고 했다. 그래서 내가 그를 살려주면 무엇을 답례로 줄 것인가 하고 물으니 한 가지 소원을 들어주겠다고 했다. 그래서 내가 이 나라의 대통을 잡아 도탄에 빠진 백성을 구하고 싶다고 했는데…… 한갓 꿈이라 하나 너무 선연한데 네놈 이름이 양소유라니 참으로 기이하구나."

대감은 혼잣말처럼 중얼거리더니 깊은 생각에 빠져들었다.

그 말을 듣자 비로소 소유는 대감이 자신을 확실히 살려준다는 믿음이 들어 그만 녹두장군이 있는 절 이름을 말하지 않을 수 없었다.

"대감, 이제 배가 부르고 정신이 돌아오니 까맣게 잊었던 이름이 생각나옵니다. 바로 백양사이옵니다."

그 길로 소유는 대감과 함께 백양사로 길을 떠나게 되었다. 두툼한 솜두루막도 한 벌 얻어 껴입었다. 대감은 날랜 검객과 포수 수십 명을 불러 말을 타고 함께 출발했다. 그들은 밥을 먹고 한밤에 잠시 눈을 붙이느라 멈추었을 뿐 쉬지 않고 말을 몰았다.

백양사로 가는 길 곳곳에 동학군들의 시체가 널려 있어 소유는 눈을 질끈 감기가 헤아릴 수 없을 정도로 많았다.

그들이 백양사에 도착했을 때는 남쪽에도 이미 아주 깊은 한겨울이 와 있었다. 깊은 밤, 소리없는 눈발이 차곡차곡 내려 쌓이고 있었다. 이미 대감이 파발을 띄워 백양사 주위는 관군들이 겹겹이 에워쌌다.

길을 가는 동안 소유는 대접도 잘 받았다. 대원이 대감이 특별히 소유를 잘 대접하라고 일렀던 것이다. 멀리 산 아래 둥그스름한 어둠이 뭉친 듯한 백양사가 보이자 소유는 가슴이 뭉클해 왔다. 아아, 장군은 나를 얼마나 원망할 것인가. 허나 나 또한 아무 계책이 없으니 장군을 만나 용서를 빌 일이로다. 눈발 사이로 소리없이 검객과 포수들이 움직이며 백양사 경내로 들어갔다. 백양사 바깥에는 땅강아지 한 마리도 빠져나갈 틈이 없었다.

이윽고 눈발 사이로 횃불이 하나 오르니 절을 불태울 듯 사방에서 횃불이 솟아올랐고, 절간의 문이 남김없이 열리기 시작했다. 절 안에 있던 사부대중들이 남김없이 끌려나와 뜰 앞에 꿇어앉혀졌다. 아아, 참혹한 일이로다. 하토의 저 수행승들이 한갓 나의 구차한 목숨 때문에 저리 고생을 하는구나 싶었다. 허나 이미 돌이킬 수 없는 일이 아닌가. 시퍼런 칼날이 가슴에 와닿으니 날아오는 화살은 미처 볼 틈이 없고, 창 끝이 목에 와 닿았으니 열 손가락이 끊기는 것을 돌아볼 여유가 없다고 했으나 소유는 사정없이 포수들의 손에 이끌려 문 안에서 끌려나오는 수행승들의 모습을 보니 주책도 없이 또 눈물이 주르르 흘렀다.

소유는 생각하기에 이제는 영영 천상으로 돌아갈 날은 다시 찾아오지 않을 것 같았다. 하토에서 이리 죄를 짓고 어찌 용서를 구할 것인가. 그의 눈에 동자승이 하나 맥없이 포수의 손에 끌려 눈바닥에 내동댕이쳐지는 모습이 확 들어왔다. 동자승이라고는 그 하나뿐이었다. 아, 저 동자승을 보아하니 눈썹이 짙고 영락없이 달복과 닮은 것 같아 틀림없이 그 아들이라 여겨졌다. 그는 어쩌겠다는 생각도 없이 손에 힘을 불끈 주었다.

눈 쌓인 뜨락으로 스님네들이 끌려나와 머리를 처박고 엎드려 있는데, 갑자기 허공의 깜깜한 어둠 속에서 우렁찬 목소리가 들려왔다.

"이보시오! 대원이 대감! 장부가 어찌 그리 약조를 쉽게 허무시오. 저 구천에 떠도는 도인들의 원성이 들리지도 않소. 내 당신이 올 줄 알고 여기 기다리고 있었소이다. 일신의 명예와 욕심이 이미 대감의 두 눈을 찔렀으니 무엇이 보이겠소. 천하 장부의 뜻도 뜬구름 같은 부귀영화에는 찬 이슬 신세임을 대감을 통해 알겠소. 이미 서찰에 전한 바 있소. 어찌 대감이 개 같은 일본놈을 도와 대통을 잡으려 하시오. 물거품이외다. 천하의 국태공 대감이 일본놈의 협박에 뜻을 꺾다니. 대감, 지금이라도 당장 이 자리에서 가슴을 씹어 분사하시오. 대감의 온 피가 산천초목에 물들어 그 뜻을 길이 전할 것이외다. 이 목이 필요하면 어디 나를 잡아보시오. 세상과 사물이 수없이 변하지만 이 몸이며 동학도인의 마음을 흔들리게 할 수 있겠소. 내 어찌 장춘長春의 뜻을 저버리겠소. 다만 실패한 장부는 말이 없소이다."

소유는 그 목소리를 듣자 오줌이 찔금 나왔다. 저 목소리는 바로 녹두장군의 목소리였다. 그가 사방을 둘러보니 극락보전 용마루 위에 한 사내가 우뚝 서서 눈보라를 맞고 서 있었다. 포수들이 극락보전 위를 향해 일제히 총을 겨누고 횃불들이 그 극락보전 주위로 우르르 몰려들었다.

대원이 대감이 외쳤다.

"녹두장군의 몸을 가져오면 상금을 1천 냥 주겠노라. 한양 저잣거리에 목을 내걸어 만백성의 교훈으로 삼아야 하느니……."

상금이 1천 냥이라는 대감의 목소리에 그 어둠 속에서도 포수와 검객들의 귀가 토끼 귀처럼 솟아올랐고 눈빛은 짐승처럼 파랗게 불이 흘렀다. 그들은 우르르 극락보전 주위를 둘러쌌다. 고요하기만 하던 겨울의 백양사는 금방이라도 불길이 타오를 듯 사방이 환하게 타올랐고, 그 속으로 눈발이 거세게 뛰어들고 있었다.

그 틈을 타 소유는 뜨락에 엎드려 울고 있는 동자승 곁으로 뱀처럼 빠르게 기어가 날쌔게 손목을 잡아챘다.

"여보시오, 동자스님, 아버지 이름이 강달복이오?"

동자승은 파랗게 질린 얼굴로 고개만 끄덕였다. 잠자다가 막 끌려나온 듯 손은 파랗게 얼어 있었고, 너무 놀랐는지 소리 없는 눈물이 쉼 없이 뺨을 타고 흐르고 있었다.

"여보시오 어린 스님, 여기 있다가는 어느 총알에 구멍이 날지 모르고 어느 불화살에 타죽을지 모르오. 나도 죽는 것 싫소."

그는 동자승을 가슴에 품었다. 동자승은 새처럼 가벼웠다. 그는 포수와 검객들이 극락보전을 에워싸는 사이 비자나무 숲 속으로 네발짐승처럼 기어 빠르게 달아나기 시작했다. 용감하면 살고 용감하지 못하면 죽는다. 지금은 달아나는 일이 가장 용감하게 싸우는 일이 아니겠는가. 강달복이시여. 저 어린 것이 슬피 울고 있으니 가슴이 찢어지듯 아프오이다. 장래의 일은 알 수 없으나 지금 이 위험을 먼저 피하고 볼 일이로다. 지금 저들이 상금 1천 냥에 눈이 멀어 내가 달아나는 것을 미처 경계하지 않으니 다행이로구나. 사슴을 쫓는 이가 어찌 토끼를 돌아보겠는가.

그가 동자승을 안고 정신없이 달아나는데 누군가 뒤를 쫓아오는 기척이 있었다. 포수라도 따라온다면 단 한 방에 등에 구멍이 날 일이 아닌가. 그는 품에 안은 동자승을 등에 올러맬까 싶은 생각도 얼핏 들지 않은 바는 아니었으나 그래도 그것은 안 될 일이었다. 몇 놈이 되지 않는다면 충분히 물리칠 수가 있을 것 같아 얼른 비자나무 뒤에 몸을 숨기고 누가 따라오는지 살펴보았다.

눈발 사이로 한 녀석이 네 발로 빠르게 기면서 고개를 사방으로 둘레

둘레 살피더니 그가 숨은 곳으로 곧장 기어왔다. 소유는 손에 힘을 모으고 다가오는 그림자를 향해 막 내공을 뿌리려 하는데 그림자가 그의 이름을 부르는 것이었다.

"도사님, 김우팔이오. 이 몸도 부디 거두어 가주시오."

김우팔이라니. 저 놈은 명도 길구나. 이 난리통에 아직 목숨을 부지하고 있다니. 도대체 어찌하여 자신을 따라오는지는 추후에 알 일이다. 우선 이곳에서 멀리 도망가는 일이 가장 급했다. 눈으로 입으로 눈보라가 세차게 몰아쳤고 마른 나뭇가지가 눈앞을 스쳐 갔지만 소유는 우팔이 따라오든지 말든지 길도 없는 산 속으로 냅다 달려나갔다. 아아, 이럴 때 단향이라도 나타난다면 얼마나 좋으랴만.

그들은 밤새도록 산을 타기 시작했다. 우금치 전투에서 다리에 총을 맞아 우팔이 여전히 다리를 절기는 했지만 상처는 다 아물었는지 잘도 걸었다.

도무지 방향도 알 수가 없고 길이 어딘지도 알 수 없었다. 녹두장군이 잡혔는지 아니면 포수들의 총에 콩알밥이 되었는지도 알 수 없는 일이었다. 품에 안긴 동자승은 하염없이 떨고 있었다.

"이보시오, 아기스님은 몇 살이시오?"

"네 살……."

"그렇소? 법명은 무어라 하시오?"

"성법性法……."

성법이라, 허참 이거 참 묘한 인연이로다. 천상의 나의 도반들이 성性자 돌림이거늘 이 어린 것이 무슨 우연한 일인지 모르나 나의 도반들과 같은 돌림자를 쓴단 말인가. 그렇다면 나의 사제일 수도 있는 일이지만 그렇다고 저 동자승이 무슨 천상의 벌을 받아 강달복의 자식으로 태어나 설한풍에 큰 고생을 치르는 것 같은 생각은 도무지 들지 않았다. 허나 그는 잠시 자신의 잊혀졌던 그리운 이름, 성진性眞이 떠오르고 준수하고 고귀했던 자태마저 눈앞에 잠시 어른거려 그만 성법을 꼭 안고 말았다.

"그렇소, 성법 스님. 이제 떨지 마시오. 아버지가 이 말씀을 전하라 하시었소. 참으로 의롭게 죽었다고 말이오."

그는 옛생각에 마음이 사무쳐 오는 바람에 그만 달복의 유언을 전해주고 말았는데, 얄라차, 차라리 말하지 말 것을 하고 큰 후회를 하고 말았다. 동자승이 의롭다는 말뜻이 무엇인지는 알 수 없었겠지만 죽었다는 말에 두 눈이 점점 커다랗게 떠지더니 눈물이 솟아오르기 시작했다. 방정맞은 입이 탈이었다. 품 안에 안긴 그 어린 것의 두 눈에서 무어 그리 많은 눈물이 있는지 긴긴 밤이 지나고 새벽이 올 때까지 하염없이 소리 없이 울어대었다.

아하, 이 한 몸 또한 죄많은 중생이로다. 이 어린 것을 함께 데리고 다닐 수도 없고 아무 곳에나 버려 둘 수도 없는 일이 아닌가.

그는 새삼 강달복이 원망스러웠다. 어찌 이런 짐을 지게 한단 말인가. 자신의 한 몸도 바르게 건사하지 못해 천상에서 쫓겨난 몸인데 천애 고아를 무슨 수로 돌보겠는가. 아아, 부처님도 참으로 무심하시지. 어찌 이런 고난을 쉼 없이 내리신단 말인가. 이런저런 생각을 하는 사이 가슴팍은 성법의 눈물로 싸늘하게 젖어왔고 그 사이로 눈보라가 파고들었다.

그들은 산 능선을 따라 걸었다. 어둠이 조금씩 물러가고 조금씩 주위가 밝아지기 시작했다. 소유는 내내 소리 없이 흐느끼는 동자승에게 한마디 아니 할 수 없었다.

"이보시오, 성법 스님. 제발, 그만 우시오. 내 가슴이 다 떠내려가겠소."

성법은 들었는지 못 들었는지 계속 흐느꼈다.

"자꾸 울면 정말, 이 산중에 내다 버리겠소!"

그러자 성법은 가까스로 울음을 참으려 했지만 여전히 눈물이 그의 가슴팍을 적셔대고 있었다. 이 어린 것에게 못할 짓을 하는구나. 아무리 울어본들 죽은 애비가 살아올 리도 없고 이 가슴이 그 눈물에 떠내려갈 일도 없는 일이로다. 그러나 지금은 할 수 있는 한 힘껏 백양사로부터 멀리 달아나는 일밖에 없지 않는가. 그는 동자승이 하염없이 울어대든 말든 산능선을 이리저리 가로질러 달아나다가 해가 뜨자 작은 동굴을 찾아 몸을 눕혔다. 산에서 먹을 것도 없는데 어디선가 우팔이 날랜 돌팔매 솜씨로 눈 속을 달아나는 산토끼를 두 마리 잡아 왔다.

"네놈이 역시 도사로다. 한 시절을 잘 만났으면 포도대장쯤은 능히 했겠다. 돌팔매 솜씨에 내 뱃속이 탄복을 하는구나."

"얄라차, 도사님. 무슨 말씀이시우. 살생을 금하라 했으나 큰 목숨을 먼저 살리자니 어쩌겠소. 까짓 포도대장이 무어 큰 벼슬이겠소. 사람 살리는 일이 큰 벼슬이지…… 이 엄동설한에 토끼나 우리나 굶주린 것은 매한가지나 이 몸이 토끼의 밥이 되어 줄 수는 없지만 토끼는 우리 밥이 되어줄 수 있소."

"그 말도 도사 같구나."

"도사님이 돌아오시기를 기다리는 동안 장군님 모시고 절집에서 귀동냥 눈동냥 하다 보니 이렇게 됐소."

저놈이 아무래도 한 깨달음이 있었던 모양이다. 어쨌든 다행스런 일이 아닌가. 그는 성법이 짐이 되니 우팔에게 맡겨 두더라도 그리 잘못되지는 않겠다는 생각이 들어 슬며시 성법을 한 번 내려다보고 우팔을 향해 히죽이 웃었다. 우팔이 품안에 부싯돌을 꺼내어 동굴 안의 낙엽을 모아 불을 지피고 마른 삭정이를 그 위에 얹었다.

우팔은 품안에서 단도를 꺼내더니 토끼의 가죽을 벗기기 시작했다.

"도사님, 이 단도가 낯익지 않으시오?"

아, 그건 바로 정백이 즐겨 쓰던 단도가 아니던가. 그의 생사도 알 길 없는데 우팔이 어찌 단도를 가지고 있는지 궁금했다.

"단도 던지는 솜씨가 좋아 가르쳐 달라고 졸랐소이다. 단도를 하나 얻었는데 우금치 싸움에서 어떻게 되었는지 생사를 알 수 없소. 죽었는지 살았는지. 백양사 비자나무 숲 속에 들어가 혼자 단도 던지기를 수만 번 했소. 나무에 앉은 날파리도 단도로 잡을 수 있소."

나무에서 연기가 오르고 고기가 익기 시작했다. 우팔은 토끼 다리 한 쪽을 동자승에게 내밀었다. 성법이 고개를 흔들 뿐 고기를 입에 대려고도 하지 않았다.

"내 한마디 들었소, 사람이 선을 쌓고 악을 쌓으면 그게 다 복과 재앙이 된다고 하니 착하면 복받고 나쁘면 재앙을 입는다는 말이 아니겠소. 그런데 어찌 동학도인은 새 세상을 기다리는 잘못밖에 없는데 이리 참혹한 인생을 산단 말이오. 죽은 몸이 대발쌈도 못하고 산골짜기에 논밭에 뒹구니 이는 죽은 자의 잘못이란 말이오?"

어허, 이놈 좀 봐라. 소유는 이놈이 장군과 함께 있더니 제법 머리통이 커지고 눈이 밝아졌구나 하는 생각이 들었다. 예부터 나라가 망하고 집안이 무너지고 몸이 망가지는 것이 어찌 운수이겠는가. 선을 쌓은 집안은 반드시 경사가 있고 악행을 일삼는 집안에는 반드시 재앙이 있다 하고 하늘의 법도가 그 복과 재앙을 내린다 하나, 경사가 있는 이가 다 선을 쌓았으며 재앙을 입는 이가 다 악행을 일삼았겠는가. 사람이 스스로 하는 일을 하늘이 어떻게 할 수 있겠는가. 그는 눈도 감지 못하고 죽은 동학도인들의 얼굴이 스쳐 지나갔다.

"그게 어찌 한순간의 일이겠느냐. 토끼나 먹자, 이놈아."

소유와 우팔은 순식간에 불에 구운 토끼 두 마리를 해치우고 해가 지기를 기다렸다.

어두워지자 그들은 다시 길을 나섰다. 길을 아는 것도 아니었다. 그렇다고 산중에 무슨 민가가 보이는 것도 아니었다. 갈수록 눈길은 깊어졌고 발목이 푹푹 빠졌지만 막상 그의 품 안에서 눈물에 가득 젖어 있는 성법의 모습을 보니 내내 안쓰러운 마음이 떠나지 않았다. 소유는 길도 없는 능선을 하염없이 걸어갔다. 두 사람은 번갈아 성법을 등에 업거나 품에 안았다.

눈이 그치고 비로소 능선 위로 별들이 고개를 내밀고 그들을 내려다보고 있었다. 참으로 고달픈 신세로다. 이 고난을 겪고 있는데도 단향선은 어디서 무얼 하는지 한번 찾아와 주지도 않는단 말인가. 한양 길을 갈 때처럼 호랑이가 되어 훌쩍 앞에 날아와 앉아 준다면 이번에는 고이 그 등에 타고 단향선을 힘들게 하는 행동은 하지 않으리라고 다짐하고 혹시 눈앞에 어른거리는 짐승의 불빛이 단향선이 변신한 것이 아닌지 눈여겨보았으나 아무리 살펴봐도 호랑이는커녕 승냥이의 눈도 보이지 않았다.

아, 대원이 대감의 꿈에 나타난 선녀가 필시 단향임이 틀림없으련만 그대는 어느 하늘 먼 곳에서 이리 내 가슴을 태우고 있는고. 기운과 운수가 다 막혀버렸는가. 기운과 운수가 하늘의 뜻이라 하나 하토의 천지만물이 어찌 다 하늘의 뜻이란 말인가. 내 이미 저 무수한 벌판에서 죄없는 목숨들이 흩날리는 것을 보았는데, 그것을 어찌 하늘의 뜻이며, 이치라고 할 것인가. 비록 도인들이 일에 밝지 못하고 정성스럽게 하지 않았다 하더라도 어찌 저렇게 처자식마저 도륙당하는 재앙을 겪어야 한단 말인가. 저 백성들이 하고자 하는 뜻을 하늘이 따르시지 않는 것은 마치 내가 아무리 천상에 간절히 빌고 애원하여도 용서하지 않는 이치와 같도다. 내가 만난 도인들은 사사로운 욕심이 없었는데, 마치 스스로 화와 재앙을 불러들여서 하늘이 다시는 구할 수 없도록 하는 것인지, 피가 물처럼 흘러 산천을 적시고 있는데도 어찌 하늘은 위로 한 번 없는가.

그는 하늘이 도인들의 뜻을 따르지 않는 것인지 도인이 하늘의 때를 모르는 것인지 알 수 없었다. 그의 기운과 운수가 어찌 된 것인지도 알 수가 없었다. 이 눈길에 무슨 뜻이 있겠는가. 거기다가 혹처럼 동자승을 가슴에 품었으니 참으로 막막한 일이 아닌가. 그저 우팔이 덕분에 산토끼 두어 마리 잡아먹고 겨우 허기를 면했으나 단향이 어둡고 막막한 산길 속에서 길도 끝도 없이 나선 이 몸을 찾아봐 주기를 간곡히 기다릴 뿐이었다.

길은 점점 험해졌고, 별빛을 의지해 다시 산등성이를 몇 개나 넘어가니 조금씩 어둠이 옅어지고 있었다. 어디선가 푸근한 냄새가 나길래 고개를 들어 아래를 내려다보니 절이 한 채 있었다. 굴뚝에서 밥 짓는 연기가 아슴푸레하게 오르는 것이 보였다.

이제 한 고비를 넘겼구나 싶은 생각이 들자 시장기가 사정없이 밀려오기 시작했다. 우팔은 힘에 부치는지 도사님, 도사님 제발 천천히 가시우, 하며 허겁지겁 그를 뒤따라오고 있었다.

그는 우팔과 함께 산 아래로 비틀거리며 내려가 산비탈에 빼곡히 서 있는 동백나무 숲에 이르렀다. 동자승은 울다가 지쳐 잠이 들었는지 가쁜 숨소리만 들려왔다. 그는 한 팔로 동자승을 감싸안고 다른 팔로 가지를 잡아당기며 발길을 옮기는데 우팔이 손뼉을 칠 듯 소리쳤다.

"어마, 이것 좀 보시오, 도사님! 이 눈 속에 동백이 피었소이다! 저 붉은 꽃잎 좀 보시오. 내 생전에 눈 속에 동백이 피는 것은 처음 봤소. 이건 필시 좋은 징조임이 틀림없소."

"이놈아, 하도 소리 지르길래 먹을 거라도 본 줄 알았다. 네놈이 얼마나 살았다고 생전은 무슨 생전이냐. 하기야 나도 그러고 보니 하토에서 눈 속에 저리 붉은 꽃이 피는 것을 처음 보았구나."

"도사님, 내 고향에도 말이오, 봄이 오면 동백이 지천으로 핀다오. 얼마나 붉은지 저 꽃송이가 한꺼번에 떨어지기라도 하는 날에는 천지가 다 발갛게 물드는 것 같소. 그러면 참 까닭없이 슬펐소. 날은 하염없이 환한데 이 몸은 작대기를 두드리며 나무나 하고 앉아 있으면 봄꿩은 꾸루루 날고 뻐꾸기가 해종일 울어쌌소. 지게가 부러지도록 나무짐을 해가지고 산길을 내려서면 저놈의 동백꽃들이 그만 후두둑 져내리곤 했소."

"무어 그리 청승맞은 소리를 하느냐. 그래 눈 속에 피는 동백이 필시 좋은 징조는 맞겠느냐?"

"여부가 있겠소, 누가 저런 꽃을 만나겠소, 이 겨울 깊은 산골에 누가 꽃이 피었는지 찾아보기나 하겠소. 이는 필시 부처님이 도우시는 바 아니겠소. 내 녹두장군과 함께 백양사 절밥을 얼마간 얻어 먹으면서 보니 그 부처님이라는 분이 참 마음씨가 넓고 기분 씀씀이도 아주 좋은 분 같았소. 항상 입가는 웃을 듯 말 듯 미소를 머금고 있고, 가만히 있어도 때가 되면 먹을 것이 척 나오니 이 모두가 다 부처님 공덕이 아니겠소. 동학의 하늘님이나 부처님이나 불쌍한 중생들을 배불리 먹이고 따뜻이 입히면 그게 다 도가 아니겠소. 나도 진작 그런 길이 있는 것을 알았다면 이 난리통에 휩쓸려 들지 않고 그 길을 찾아나섰을 것을 하고 참 후회도 많이 했소. 그 자비로운 도를 깨치고 배곯지도 않을 수 있으니 그야말로 도랑 치고 가재 잡는 일 아니겠소. 이리 피비린내 나는 싸움터는 이제 진절머리가 났소. 내 한 목숨이 아까워서가 아니라 장군을 따라다녀 보니, 장군도 때때로 하늘을 우러러 너무 많은 도인들의 목숨은 물론 일가권속까지 생죽음을 맞게 했다고 장탄식을 하시곤 했으니 저 같은 무지렁뱅이야 더 무슨 할 말이 있겠소. 나도 이제 고향이 없소. 어딜 가겠소. 동학에 따라나선 것을 알면 소 여덟 마리 생기라는 이름 값은커녕 부모 형제 몰살당하게 만들 터이니 이름도 숨기고 몸도 감추고 살아야겠소. 도사님, 내 다 생각이 있었소이다. 금붙이를 숨겨둔 까닭이 있었소. 그거라도 있어야 목숨을 부지할 수 있지 않겠소."

우팔의 말을 들으니 소유는 한 가지 꾀가 불쑥 솟아올랐다. 잘됐구나. 이놈을 아예 저 아래 보이는 절에다 성법과 함께 맡기면 아주 좋겠다는 생각이 드는 것이었다. 그러면 눈조차 제대로 감지 못하고 죽은 저 구천의 강달복에게 아들을 혼자 버려두었다는 원망을 듣지 않아도 되고 김우팔로서는 적어도 삼 시 세 끼 끼니 걱정은 적어도 잊을 수 있으니 우팔의 말처럼 도랑 치고 가재 잡는 일과 무어 다를 바가 있겠는가. 난리가 잠잠해지면 그때 금붙이를 파내러 가면 될 터였다.

그들은 동백나무 숲 속에 몸을 숨겨 동정을 살피니 숲 아래 대웅전 앞뜰에 서 있는 5층 석탑 주위를 한 먹중이 목탁을 치며 천천히 돌고 있었다. 참으로 눈에 익은 풍경이 아니던가. 그는 먹중의 모습을 넋 놓고 보고 있다가 자신도 모르게 탑 앞으로 걸어내려갔다.

"이보시오, 스님……."

갑자기 동백나무 숲에서 남루한 행색을 한 그가 걸어 나오자 도량석을 치던 먹중은 흠칫 놀라 뒤로 물러섰다.

"아, 놀라지 마시오. 먼 길을 가던 나그네인데 그만 길을 잃었소. 그런데 스님의 모습이 어릴 때 헤어진 형제 같아 한번 불러 보았소이다."

소유가 천연덕스럽게 말을 붙이니 그제서야 먹중은 경계하던 낯빛을 풀더니 딱하다는 듯 아래위를 훑어보았다.

"얼마나 먼 길인지 모르나 뉘시길래 어릴 때 헤어진 형제라고 말씀하시는지 알 수 없소이다. 이미 속가와 인연을 끊은 몸이 형제가 있은들 무어 속절이 있겠소."

"그도 그렇소만 중생들이야 어디 그렇소이까. 이 난리통에 아는 얼굴이라도 보이면 그래도 목숨이라도 부지하고 있는 게 반가운 심사뿐 아니겠소. 산길을 너무 오래 걸었더니 온몸이 다 얼어버렸소. 잠시 몸이라도 녹이고 싶은데 허락을 해주시오. 제 품속에 이렇게 어린 스님도 계시오이다."

"허어, 어디서 오셨소?"

"며칠 전인지 모르나 백양사에서 변고가 있었소이다."

"허어, 그렇잖아도 이곳까지 온갖 흉흉한 소문이 들립디다. 관군과 포수들이 녹두장군을 잡느라고 온 절이 난리가 났다고 합디다."

"그래, 어찌 됐다 하오?"

"녹두장군은 절을 빠져나와 어느 민가에서 잡혔다 하오. 극락보전에서, 벼락처럼 몸을 솟구쳐 개미새끼 한 마리도 못 빠져나가게 한 포위망을 뚫고 달아난 장군이 민가에서 그만 잡혔다 하니 운수가 다한 모양이오. 믿었던 동학도인이 밀고했다고 하오. 상금 1천 냥에 눈이 다 멀어 버리고 마는 모양이오. 세상일이 뜬구름 같으니 하룻밤 일이 곳곳에 다 소문이 났소."

아하, 결국 그리 되고 말았구나. 어쩌면 녹두장군은 소유가 대원이 대감을 그에게 인도하리라는 것도 알고 있었을까. 그렇다면 왜 몸을 피하지 않았는지 알 수 없었다. 이미 장군은 천명을 알고 있었을지도 모를 일이었다. 비로소 소유는 장군이 그에게 전한 나머지 한 통의 서찰이 생각났다.

"저 뒤의 처사는 누구시오?"

소유가 뒤를 돌아다보니 우팔이 두 손을 앞에 공손히 모은 채 소유의 뒤에 다소곳이 서 있었다. 이놈은 눈치도 빠르구나. 이 먹중이 밥술이라도 챙겨줄 거라고 기대하는 모양이니. 우팔의 눈은 공양간이 어디인지 눈을 이리저리 굴려 찾고 있었고 입안에 침이 고이는지 침을 꿀꺽꿀꺽 삼키고 있었다.

"함께 온 사람이오."

"그럼 제대로 요기도 하지 못했겠구려."

"스님께서 먼저 말씀해주시니…… 아하, 스님은 참으로 큰 공덕을 지으셨소이다. 장부가 어찌 한갓 배고픔을 먼저 말할 수 있겠소."

"끼니를 이을 수 있다면 그게 부처님의 공덕이지 어찌 소승의 공덕이겠소. 이 난리판에 절집 형편이 무어 다르겠소, 얼마 전에 주지스님은 그만 열반하시고 소승이 절살림을 꾸려가고 있으니 궁핍하기 한량없소이다. 동학군을 따라 나선 스님네도 있고, 탁발을 나갔다가 죽었는지 살았는지 기별이 없는 스님도 있소. 어제 먹다 남은 밥이 있는지 모르겠소. 이제 아침 공양을 준비해야 하오."

먹중은 두 사람을 공양간으로 데리고 들어갔다. 스님이 솥에 밥을 안치는데 쌀보다 시커먼 보리쌀이 더 많았다. 김우팔이 코를 벌름벌름거리며 공양간 안을 이리저리 두리번거렸다. 먹중이 찬장 안을 열자 바가지에 식은밥덩이가 들어 있었다. 그는 바가지에 뜨거운 물을 부어 두 사람 앞에 내밀었다.

"자, 우선 이거라도 요기를 하시오. 짠지 조각도 여기 있소."

"고맙소. 스님의 무량공덕이 한량없소. 아하하, 한량없소이다"

김우팔이 공치사를 하며 번개같이 바가지를 잡는데 소유가 그의 머리를 쥐어박았다.

"이놈아, 동자스님은 이틀을 내리 굶었다. 네놈이 아무리 배가 고프기로서니 이리 순서와 법도를 모른단 말이냐."

그는 우팔의 행세가 괘씸하기도 했지만 품 안에 든 동자승이 걱정이되었다. 그는 품을 헤집고 대원이 대감이 한 벌 준 솜두루막 안에 잠든 동자승을 흔들어 깨웠으나 동자승은 그가 몸을 흔드는 대로 몸을 맡길 뿐 깨어날 생각을 하지 않았다. 입술이 파랗게 얼어붙어 있었다.

"이놈아, 우팔아. 성법 스님이 이상하구나. 이런, 몸이 파랗게 식었다.

이런, 이 일을 어쩐단 말이냐?"

"도사님, 간밤에 너무 많이 울어서 그만 넋이 빠져버린 모양이오."

"그게 무슨 소리냐? 빨리 안아봐라. 맥이라도 뛰는지 잡아봐야겠다."

우팔이 성법을 받아 안자 그는 성법의 두 목줄기에 엄지손가락과 집게손가락을 대보았으나 맥놀이가 느껴지지 않았다. 얄라차, 이게 어인 일인가. 만약 동자승이 어린 목숨을 버리기라도 한다면 내 어찌 강달복의 얼굴을 천상에서 다시 만날 것인가. 아니 될 말이로다. 그는 다시 성법을 품에 안았다.

"네 이놈, 우팔아."

우팔은 숟가락으로 바가지에 있는 밥덩이를 하나 퍼 입안에 가득 넣고 우물거리다가 입이 불룩한 채 그를 올려다보았다.

"빨리 팔다리를 주물러야겠다. 이 어린 스님이 추위와 배곯이에 그만 정신이 나간 모양이다."

소유는 파랗게 몸이 식어 있는 성법을 내려다보니 한없이 마음이 애처로워 정신없이 어린 손과 팔과 다리를 주물렀다.

"이보시오 성법 스님. 이제 다 왔소. 뜨거운 물에 밥덩이 말아놨소. 한 숟갈 드시면 속이 금방 뜨뜻해질 것인즉, 이제 걱정 마시오. 이보시오, 아기스님, 정신 차리시오. 아기스님, 내가 잘못했소. 제발 울어보시오. 울어도 절대 내다버리겠다고 말하지 않겠소. 내 이리 약조하오. 자, 이렇게 새끼손가락 내밀었소. 제발 눈 좀 떠보시오."

소유는 자신도 모르게 목소리가 떨려나왔다. 그러나 성법은 그의 애원을 듣지 못했는지 작은 새처럼 그가 몸을 주무르는 대로 몸과 머리가 흔들거리며 돌아갈 뿐 깨어날 기미가 보이지 않았다.

"도사님, 아무래도 안 되겠소. 입술이 파랗게 식어버린 게 영 힘들겠소."

우팔이 옆에서 시무룩하게 말했다.

"무슨 소리를 하는 거냐. 사람 목숨이 이리 허무한 법은 아니다. 아무리 삶이 이 세상에 잠시 오는 것이고 죽음이 잠시 저세상에 가는 것이라 알고 있다 하나, 사람이 죽고 사는 것은 하늘도 모르거늘 네놈이 어찌 알 수 있겠느냐? 이보시오, 아기스님, 성법 스님……."

소유는 동자승을 품에 안고 귀에 대고 성법 스님, 성법 스님하고 거듭 이름을 불러보기도 하고 옷을 헤치고 가슴을 두 손바닥으로 열심히 문질렀다. 그때 그의 두 손에 무엇인가가 잡혔다. 그것은 강달복의 말대로 노란색 진주 한 알이 명주실에 꿰어 동자승의 목에 댕그마니 걸려 있었다. 아, 아, 이건 또 무슨 조화란 말인가. 허나 그 생각도 오래 할 수가 없었다. 동자승의 몸은 갈수록 파랗게 식어가고 있으니 이대로 두다가는 영영 목숨을 놓치고 말 것 같았다. 소유는 전쟁터에서 수없이 죽음을 보아왔으나 이 어린 손끝이며 감은 눈동자를 어찌 그냥 버려둔단 말인가. 정신없이 달아나느라 동자승이 어떤 지경에 있는지 미처 살펴볼 틈도 없었으니 참으로 어찌 이리 미욱하단 말인가. 처음에는 군식구가 하나 늘어 귀찮게 여겨졌는데 갑자기 마음이 간절하게 변한 까닭을 스스로도 알 수 없었다.

그는 먹중을 돌아보며 따뜻한 방에 눕히고 몸을 주무르면 좋아질 것이라고, 염치없는 청이지만 방 한 칸을 내어달라고 하자 허둥거리는 소유의 모습을 지켜보던 먹중이 자기의 거처로 데리고 갔다. 우팔이 아기스님이 깨어나면 이거라도 먹여야겠소, 하며 물밥이 든 바가지와 짜지그릇을 들고 뒤따라 들어왔다. 먹중은 그들을 남겨두고 아침을 지어야 한다며 밖으로 나갔다. 그러나 아침 햇살이 문풍지를 슬쩍 칠 때까지 소유는 땀을 뻘뻘 흘리며 몸을 주물렀으나 성법은 깨어나지 않았다. 입술은 새파랬고, 눈에는 채 마르지 않은 눈물이 고여 있었다.

문득 그는 무릎을 쳤다. 아, 그렇지 왜 그 생각을 못했던고. 그는 우팔을 돌아보며 손을 내밀었다.

"우팔아, 큰 마음을 한 번 써야겠다. 전에 내가 너에게 준 단약이 있으니 그걸 내놓아라. 내가 다음에…… 다음에 말이다, 새로 만들어 주마. 우선 저 가여운 아기스님부터 살리고 보자."

"아니, 도사님! 그걸 날 그냥 공짜로 주었소? 금은보화를 파묻어 놓은 지도 반 쪽과 서로 바꾸지 않았소. 그러니 그냥 줄 수 없소."

"옛다, 이놈아, 금은보화가 무슨 필요가 있더냐. 정성된 마음과 깊은 뜻이 없는 사람이 어찌 밝은 깨달음을 얻을 수 있단 말이냐. 마음 편한 것이 가장 큰 금은보화로다. 네놈이 큰 공덕을 지을 일을 스스로 저버리다니 참으로 딱하고 아쉬운 일이로다."

마음 편한 것이 금은보화라고 말해 놓고 보니 그 참 스스로 생각해도 좋은 말을 했구나 싶어 괜히 소유는 마음이 달뜨기도 하고 까닭없이 가슴이 울컥하기도 하여 얼른 중우 아래 손을 넣어 실밥을 뜯어내고 지도 반 쪽을 꺼내 우팔 앞으로 내던지니 우팔은 눈이 휘둥그레졌다.

"아니 정말 도사님, 이 아기스님이 도사님의 아들이라도 된단 말이오?"

"아들이면 어떻고 같은 도반이면 어떠냐? 전생에 사랑을 나눈 한 여인이라면 또 어떻단 말이냐? 빨리 단약을 내놓아라."

"이생인지 전생인지 내 알기 어렵소. 여기 있소."

우팔 역시 중우 안으로 손을 넣어 한참을 여기저기 속을 헤집고 더듬거리더니 단약을 못내 아까운 듯 손바닥 위에 꺼내놓았다. 소유는 그것을 입에 넣어 꼭꼭 씹었다가 동자승의 입을 벌리고 안으로 조금씩 밀어 넣었다.

단약의 효험이었는지, 소유의 정성이었는지 알 수 없으나 동자승의 눈에 고여 있던 눈물이 다시 뺨으로 흐르고 뺨에는 발갛게 핏기가 돌아오기 시작했다. 참으로 다행이로다. 소유는 속으로 중얼거렸다. 그제서야 시장기가 확 몰려와 우팔을 돌아보니, 우팔은 그 사이 바가지에 있는 밥덩이를 다 해치워버리고 숟가락으로 바가지를 박박 긁어대고 있었다.

참으로 고얀 놈이로다. 허나 창고가 차야 예절을 알고 의식이 넉넉해야 영욕을 알고 가리는 법, 저놈은 배고픈 새와 같으니 나무랄 일은 아니다. 헌데 내 배는 어이 해야 할지 알 수가 없다. 새는 배가 고프면 마구 쪼아대는 법이 아니던가. 무슨 인연인지 모르겠으나 하여튼 저 천상의 단약이 참으로 높은 효험이 있구나. 성법, 저 어린 것이 이제 살았으니 이리 마음이 기쁘고 즐거울 수가 없다. 그걸로 배고픔을 대신 잊을 수 있으면 다행이겠으나 소유의 뱃속은 사정없이 쪼르륵거렸다.

그런 속사정을 아는지 마침 밖으로 나갔던 먹중이 방문을 열고 밥상을 들고 들어오는 게 아닌가. 아아, 참으로 복받을 스님이로다. 밥상을 들고 들어오는 스님의 모습이 어찌 그리 반갑고 고운지 소유는 스님의 발에 이마를 대고 입을 맞추고 싶을 정도였다.

"옴 호철모니 사바하 옴불모규라혜 사바하 옴 흐리부니 사바하 옴 합부리 사바하 옴 나자바니 사바하."

그는 그릇에 보리밥이 고봉으로 가득 차 있는 것을 보고 자신도 모르게 진언이 튀어나왔다. 밥상을 들고 방 안으로 들어서던 먹중은 소유가 정신없이 외우는 진언을 듣더니 멍하니 그 자리에 섰다.

"이보시오, 처사. 처사의 진언이 예사솜씨가 아닌 것 같은데 어디서 배우셨소?"

"아니오이다. 배가 너무 고프니 헛소리가 다 나오는 모양이오."

"그러면 내가 잘못 들은 모양이구려. 저런, 떠꺼머리 처사는 바가지가 구멍이 날 정도로 박박 긁어 먹은 걸 보니 몹시 시장했던 모양이구려. 자,

13. 백양사의 꿈

우선 공양이나 합시다."

우팔이 상 앞으로 다가와 앉으며 한 소리를 거들었다.

"이 귀한 공양을 어찌 그냥 먹겠소이까. 잠시 절에 몸을 담은 바 있어 공양 때마다 외우고 익혔으니 한 마디 하겠소. 향기롭고 아름다운 음식에 집착하지 않겠나이다. 저희들이 받은 음식 위로 삼보님께 공양하고 아래로 모든 중생에게 베풀어 주노니 목마름과 주림을 없애고 무상도를 이루기 바라나이다. 나의 몸 가운데 8만4천 충이 있고 낱낱의 털구멍에 9억의 충이 있으니 내가 저들을 살리고자 이 음식을 받으나 반드시 먹고 도를 이루어 저들을 먼저 제도하겠나이다."

어허 저 무지렁이 좀 보소.

소유가 듣기에 우팔이 늘어놓는 사설의 솜씨가 제법 그럴 듯했다. 그래도 백양사에서 공밥을 얻어먹지는 않은 것 같았다. 지금은 겨울철이고 나무를 해대기도 쉽지 않으니 한때 나무꾼이었던 우팔이 여기 절밥을 공으로 축내지는 않겠구나. 아기스님을 맡겨도 저놈이 두 사람 일은 할 것 같아 훨씬 마음이 놓였다. 우팔은 사설을 마치더니 입을 커다랗게 벌리고 밥을 퍼넣기 시작했다.

먹중은 발갛게 언 손을 아랫목에 가져다 놓으며 물었다.

"그래 아기스님은 이제 괜찮소? 화색이 발그레 도는 걸 보니 고비는 넘긴 것 같소."

"스님이 온기 있는 방을 내주어 다행히 목숨을 건졌으니 이 모두가 부처님의 원력이 아니겠소. 스님은 복받겠소. 스님의 법명은 무엇이오?"

"성찬性燦이라 하오."

얄라차, 이 먹중도 성법처럼 성자 돌림을 쓰니 괴이한 일이 아닌가 싶었다. 허나 그는 하토의 일이 본디 우연함이 많은 법이라 더 이상 괘념치 않기로 했다. 아기스님과 먹중이 설사 무슨 인연이 있다 한들 자신은 아무런 상관이 없는 일이 아닌가. 우팔이와 아기스님을 슬쩍 버려두고 길을 떠날 심사였으니 말이다.

"소인은 양소유라 하는데, 어쩌다 스님은 불문에 들었소?"

소유는 배가 조금 부르자 비로소 성찬이라는 스님의 얼굴이 제대로 보였다. 그는 얼굴에 작은 구멍이 송송 패어져 있는 곰보였고, 눈은 단춧구멍처럼 작았다.

지금 겨우 몸을 피해 잠시 숨을 돌렸다 하나 생사를 알 수 없는데 성찬의 한때 속가의 일이 무어 궁금하겠냐만 그로서는 이제 어디로 가야 하는지도 알 수 없고, 갈길도 모르니 슬슬 천상의 옛생각이 나지 않을 수가 없었다. 단향의 소식도 알 수 없고 이제 자신이 하토의 인간인지 천상의 버림받은 수행자인지도 알 수가 없었다.

채옥이며 옥춘, 성법이 천상의 8선녀들이 버림받아 인간 세상에 다시 태어난 것인지, 그게 아닌지도 알 수 없었다. 또 다른 선녀들은 어느 하토에서 고초를 겪고 있는지…… 생각하면 애처로운 일이나 그도 알 수 없는 법이 아닌가.

밥상을 앞에 두고 광풍 같은 생각들이 쉼 없이 그의 몸 속을 지나갔다. 인간 세상에 부귀공명을 누리는 이들이야 그까짓 진주 구하기가 무어 어려울 것인가. 그의 눈에 익은 진주였으나 흔하디 흔한 것일 수도 있는 법이다. 비록 그들이 8선녀의 화신이라 해도 천상의 일을 이미 기억할 수 없는 바에야 그게 무어 뜻이 깊겠는가. 또 인간 세상이 잠시 겪어보니 독하고 독한데 무슨 큰 보물인줄 알고 도저히 달려들어 빼앗아갈 수도 있는 법이 아니던가. 어쩌면 자신이 이미 8선녀들을 다 만났지만 모르고 스쳐갈 수도 있는 일이었다. 알 수 있는 유일한 징표는 진주뿐인데 깊은 성정을 서로 맺은 여인네는 안다 하나 인간 세상의 뭇여인 가운데 8선녀를 알기 위해 모두 그 성정의 속을 헤집어 볼 수는 없는 일이었다. 성법처럼 어린 모습으로 나타날 수도 있고, 쌍둥이 형처럼 하토의 복은 가혹하나 천상의 복이 있어 나자마자 세상을 하직하는 운을 타고날 수도 있는 것이다. 그들이 태어난 세월이 다 다르니 도무지 분별할 수 없는 것은 천상의 시간과 세속의 시간 차이였다. 성법은 어리고 채옥은 과년한 처녀였으며 옥춘은 서른은 넘어 보이는 몸이었으니 소유와 같이 버림받았다면 그때가 어느 때인지도 종잡을 수 없는 일이었다.

그는 천상으로 갈 길도 없고 난리판에 목숨을 부지하기조차 어렵게 됐으니 그 자신은 이제 어디서 낙을 붙이고 어느 길에서 쉬어야 하는지 참으로 서글픈 생각이 들어 그만 난데없이 성찬에게 불문에 든 사연을 묻고 말았다.

불문에 든 사연을 묻는 것은 법도가 아니나, 성찬의 얼굴이 하도 못생겨 보여서 장가도 못 가고 할 일도 없어 절집에 들지나 않았는지 슬그머니 물어보았는데, 성찬은 못생긴 얼굴과는 달리 술술 잘도 말했다.

"내가 어찌 알겠소. 부처님이 아시는 일이지만, 그저 배도 고프고 먹을 것도 없고, 난리통에 부모가 다 죽어버렸소. 한 스님이 집에 앉아 혼자 울고 있는 이 몸을 거두어 불문에 들게 했소. 그때 몹쓸병을 앓아 이렇게 얼굴이 다 얽었소. 말똥에 굴러도 이승이 좋다 하니 그래도 죽지 않은 것을 다행으로 여겨야 하지 않겠소. 이렇게 살아서 부모의 무량공덕을 한없이 빌 수 있으니 말이오. 여기 지장보살님께 그저 수없이 비오. 죽어 저승길은 부디 환하게 해달라고 말이오. 이런 생각이 드오. 죽은 사람을 위해 먼저 빌지 않고 어찌 산 사람을 위해 빌겠소."

"정말 스님은 부처님을 보았소?"

우팔이 볼이 미어터지도록 밥을 밀어넣다가 한마디 끼어들었다.

"금강경에 이런 말씀이 있소. 만약 형상으로 나를 보려거나 음성으로 나를 찾는다면 이 사람은 사도邪道를 행함이니 여래를 능히 보지 못하리라고. 범속하고 미천한 내가 어찌 알겠소. 열심히 정진하여 빌 따름이오……."

소유는 그 말을 듣자 속으로 찔끔했다. 이 곰보스님이 제법이구나. 하토에도 한수 배울 만한 것은 다 있는 법이 아니던가. 성찬은 겉보다는 속생각이 깊어 보였다. 자신은 천상에서조차 그런 생각을 했는지 기억에 없었다.

'아아 천상의 수행이 한낱 물거품밖에 되지 않는단 말인가. 나는 이리저리 스님네보다 더 미천하고 하찮은 생각밖에 하지 않는단 말인가.'

그 사이 우팔은 벌써 제 앞의 밥그릇을 비우고 성법의 몫으로 남겨둔 밥을 보며 입맛을 쩝쩝 다시고 있었다. 소유는 아직 손도 대지 않은 앞의 밥그릇을 우팔이 손을 댈까 싶어 두 손으로 끌어당겼다. 우팔이 밥 먹는 품새가 너무 정신없어 보이니 성찬에게 미안하기도 하고 걱정도 되고 심술도 났다. 혹시 우팔이 소유더러 밥을 덜어 달라면 참으로 거절하기가 민망한 일이 아닌가.

그를 우선 밖으로 내몰아야겠다는 생각이 들었다.

"우팔아, 세상에 공밥이 어디 있겠느냐? 스님이 이 난리통에 먹을 것을 주셨으니 나무라도 한 짐 해야 하지 않겠느냐?"

"그야 이를 말이겠소. 허나 맨손으로 나무를 해 올 수는 없는 일 아니오. 지게도 있어야 하고 도끼도 있어야 하오. 또 이리 눈길이 깊으니 큰 나무는 하기 어렵소, 도사님. 그저 오늘은 백양사에서 배운 염불이 있으니 그걸로 밥값이나 하겠소. 도사님은 밥 빼앗길까 싶어 걱정하지 마오. 이 몸도 죽음을 수도 없이 보았으니 가고 올 데를 안다오."

우팔은 뜬금없이 무슨 뜻인지 알기 어려운 소리를 한마디 하고는 자리를 툭툭 털고 일어서더니 절 마당으로 내려서며 주섬주섬 사설을 늘어놓았다. 열려진 방문으로 찬 기운이 몰아쳐 왔지만 소유는 닫을 생각도 하지 못하고 우팔의 말에 귀를 기울이고 있었다.

  인간계에 있어서도 도 닦을 수 있나니
  모든 선근善根 끊어진 자도 발심하면 다 되네
  악도에 떨어져서 죄업이 익어지면
  깨달을 마음 내지 못하니 구원하기 어려워라
  노쇠한 사람들이 길을 가고자 할 때
  팔다리를 부축하면 나아갈 수 있어도
  누워서 움직이지 않으면 어찌할 수 없나니
  중생들이 지은 업도 그와 같으리라

 얄라차, 저놈 좀 봐라. 제법이구나. 절밥이 모질긴 모진 모양이다.
 우팔이 무슨 뜻을 알랴만 그래도 중얼거리는 품새에는 오랜 선근善根이 있는 것처럼 울림이 있는가 하면 설핏 처연함마저 새겨져 있었다. 그는 우팔의 염불을 들으며 밥을 입 속에 털어넣듯 단번에 비우고 숭늉을 한 사발 마시고 입을 씩 닦는데 갑작스레 목이 콱 잠겨왔다. 느닷없이 형언할 길 없는 슬픔이 공중으로 날아오르는 새떼처럼 그의 온몸으로 퍼져나갔다.
 우팔이 다리를 절며 절 마당을 한 바퀴 돌아 청승스레 염불을 마치고 발갛게 언 얼굴로 방안으로 들어서며, 여기서 머리나 깎고 질긴 목숨이나 부지하고 난리가 끝날 때까지 숨어 살고 싶다고 혼잣말을 중얼거렸다. 소유는 그 말을 들으니 저절로 고개가 끄덕거려졌다. 이 난리판에 어디를 가겠는가. 입에 풀칠도 못하는 백성들이 저 산의 나뭇잎, 솔가지보다 더 많으니.
 "에라, 여기서 머리나 깎자. 이 난리판에 어디 가겠는고. 입에 풀칠도 못하겠고 목숨 하나 나무 끝에 댕강 걸려 있구나. 아이고 도사님, 어떻소? 같이 머리 깎고 도나 닦아 난리판에 죽은 도인들 천도 불공도 하고…… 배불리는 못 먹는다 해도 굶주릴 걱정도 없지 않소?"

"그래, 난리가 끝날 때까지 숨어 있잔 말이냐? 개 같은 일본놈들이 집집마다 방방마다 다 뒤지고 다니는데 절이라고 어디 온전하겠느냐?"

우팔의 말을 듣고 보니 소유로서도 귀가 솔깃했지만 이미 천상에서 깊은 수행을 한 몸이라 다시 인간 세상에서 불문에 든다는 일이 마음에 차지도 않거니와, 난리가 끝나면 채옥과 물 맑은 산그늘 아래서 살고 싶은 욕정이 일어서 오래 절에 머물 수도 없었지만, 그렇다고 섣불리 길을 나설 수도 없는 일이었다.

"도사님도 욕설을 할 줄 아시오? 개 같은 일본놈이라고 하셨소?"

"이놈아, 동학도인들이 자고 나면 입에 달고 부르던 노래 아니더냐. 욕설은 배우지 않아도 할 수 있지만 정말 배워야 제때, 제대로 할 수 있는 법이니라."

소유는 개 같은……이라고 말해놓고 보니 괜히 가슴 속이 후련해 왔지만 일본군의 기관포 사격에 속절없이 무너져 가던 동학군들의 모습이 눈앞에 어른거려 눈을 지긋이 감고 말았다.

"그럼 도사님은 어쩔 심산이시오. 저 어린 아기스님이야 목숨이 경각을 넘겼다 해도 이 설한풍에 어딜 가겠소. 끼니조차 이 몸은 염려되오."

"너는 복단이와 약조하지 않았더냐? 불문에 들면 네놈이 숨겨둔 금은보화도 쓸모가 없겠구나."

"누가 절집 시중을 오래 든다고 했소. 때가 오면 떠날 날이 있지 않겠소."

갈수록 가관이었다. 때가 되면 떠나다니. 이놈아 어찌 때를 알겠느냐. 이 몸도 때가 되면 천상으로 돌아가는 것이 명명백백하다 해도 천지간에 그 때를 알고 때가 찾아오는 기미를 알기 어렵지 않은가. 우팔이 숨겨놓은 재물에 눈길이 가지 않는 것도 아니었다. 채옥과 함께 살려면 그래도 본채에다 별채가 딸린 기와집에 음식 솜씨 좋은 할미와 발빠른 계집종에다 집안일 부리기에 좋은 젊은 머슴도 두려면 아무래도 재물이 필요한 일이다. 아직 소식을 알 수는 없지만 인왕산의 옥춘을 한번 찾아보기도 하고 형편이 되면 가까이 두고 싶은 마음을 누가 탓하겠는가. 우팔이 절집에 몸을 맡기면 재물이 그리 필요없을 성싶어 슬쩍 속을 떠보았지만 우팔의 대답은 재물에 더 이상 욕심이 있다는 것인지 없다는 것인지 알기 어려웠다. 우팔은 소유의 마음을 아는 듯 모르는 듯 지분지분 지껄이기 시작했다.

"재물이야 거기 숨겨 놓았는데 발이 달려 있소, 소리를 낼 줄 알겠소. 뒷일을 미리 도모한다 해도 그게 무어 그리 쓸모가 있겠소. 앞날의 운수를 모르니 그저 그러려니 하고 굶은 배를 채우고 성명을 보전하고 싶소. 도사님, 무지렁이 나무꾼 놈이 생사를 넘나드니 몇 세상을 산 것 같소."

성법은 깊은 잠이 들어 있었다. 핏기 하나 없는 입술이 눈 속에서 만난 동백 꽃잎처럼 빨갛게 피어 오르고 있었다.

소유는 우팔에게 성법의 밥을 마저 먹으라고 하자 금방 입이 쩍 벌리더니 단숨에 감추고 말았다.

"그 참 단약이 신비하긴 신비한 모양이오. 몇 날 며칠을 굶었는지 모르고 금방 숨이 끊어질 것 같았는데 저리 환하게 살아나니 말이오. 도사님, 혹시 그 약이 평생 굶어도 배고프지 않는 명약이 아닌지 모르겠소만 그래도 나는 먹는 게 좋소. 장군님도 사람이 끼니 때가 되어 제때 끼니를 먹는 것은 사람의 도리라 했소. 그런데 이놈의 세상이 하루 한때마저 제대로 먹지 못하게 하니. 농사 지으면 탐관오리들이 다 빼앗아 가고 그 밑에 아전들이 또 뜯어먹고 그 다음에 중인들이 등쳐먹고. 새 세상을 찾자 싶었는데 이제 엎친 데 덮치고 설상가상이라더니, 힘없는 백성들이 제 살 뜯어 먹게 생겼소."

우팔이 녹두장군의 이야기를 하자 소유는 속이 뜨끔했다. 한낱 까마귀 밥이 되는 죽은 목숨이 되기 싫어 대원이 대감에게 장군이 있는 곳을 실토하고 그곳까지 가지 않았던가. 정작 소유는 장군을 만나지도 못하고…… 극락보전 용마루에 서서 금방이라도 승천하려는 용처럼 눈보라 속에서 우뚝 서 있는 장군의 모습이 눈앞으로 가득 다가왔다.

가부좌를 틀고 앉아 허리를 건들거리며 혼자 염불을 중얼중얼거리고 있는 우팔이 모로 쓰러지더니 코를 골기 시작했다.

그러나 소유는 잠이 오지 않았다.

채옥과 옥춘이 어디 있는지 자꾸만 궁금해지자 그는 비로소 용왕이 그에게 준 거울 상자 생각이 났다. 소식을 모르는 이들이 어디 있는지 거울 속에 나타난다고 하지 않았는가. 그는 바지 속으로 손을 넣어 급히 거울 상자를 꺼내 열고 속으로 간절히 채옥과 옥춘의 소식을 물었으나 어인 일인지 거울 속에서는 아무것도 나타나지 않았다. 죽었단 말인가, 살았단 말인가. 어찌 대답이 없는가. 채옥과 옥춘이 하토의 인간이 아니라서 거울에 나타나지 않는단 말인가. 알 수 없었다. 그는 거울 상자를 중우 속에 감추어 넣었다. 이리저리 이어지는 생각이 끝이 없었다.

장군이 그를 얼마나 원망했는지도 모를 일이다. 인간 세상에 내팽개쳐진 신세이기는 했으나 신의를 버리고 부질없는 목숨을 구하려 했던 자신이 참으로 못나 보였다. 이름도 알 수 없고 언제 어디서 죽었는지도 알 수 없는 목숨이 얼마나 많은가. 오직 이놈의 세상 망하고 새 세상이 오기만을 염원하며 용맹하게 나섰던 이들이 아닌가. 하토의 이치를 제대로 알 수 없으나 천상 천하의 이치가 무어 다르겠는가. 농사 짓는 일도 접고 호미와 곡괭이를 들고, 소를 몰던 손에 총과 죽창을 불끈 쥐고 나설 수 있다니. 참으로 더없이 가련하고 억울하며 서러운 인생살이가 아닌가.

　그는 벌을 받았지만 할 수만 있다면 천상의 모든 성군과 선관들에게 간곡히 기원해 억울한 죽음을 풀고 가련한 백성들의 간난신고를 면하게 해주고 싶은 마음이 들었으나 오갈 데 없는 자신의 처량한 신세를 생각하니 또 눈물이 펑펑 쏟아지기 시작했다. 그는 코를 무릎에 박고 어깨를 들썩이며 울다가 그만 잠에 빠져들고 말았다.

14
길고 긴 편지

 천상의 모든 나무들이 꽃등불을 가지에 내걸었다. 천상의 무수한 선군과 선아들, 그리고 스승 육관대사와 8백 도반들도 어디선가 나타났다. 섬섬옥수를 흔들며 수정 같은 선아들에 둘러싸인 왕모는 옥황상제와 함께 꽃나무 사이를 천천히 거닐고 있었다.
 아, 이곳이 어딘가.
 자신의 신세를 가엾게 여긴 스승이 비로소 벌을 풀고 그를 다시 천상으로 불러들이지 않았는가 싶어 소유는 가슴이 두근거렸다. 아직 육관대사가 법통을 전하지 못했다면 하토에서의 간절한 인생살이 경험을 더한 자신이 무엇보다 적임자라는 생각마저 불쑥 들었다.
 그는 하늘에 큰 잔치가 벌어지는 모양이라는 짐작이 들었다. 온갖 기이한 형상을 한 짐승들이 선군과 성관, 선아들을 둘러싸고 다소곳이 엎드려 있었다. 곰이나 호랑이, 사자, 코끼리가 보였고 표범의 얼굴에 학의 날개가 달린 짐승도 있었다. 세 개 달린 뿔에 휘황찬란한 금관을 쓴 천마는 흰 갈기를 휘날렸다. 그들은 하나같이 눈빛이 구궁의 옥수처럼 푸르렀고 이빨은 눈같이 희었으며 저마다 천상 신선의 눈에 들기를 바라는 듯 음전한 자태를 뽐내고 천상의 신선들이 자신을 한번 보아주기를 바라는 듯 은은히 교태를 부리고 있었다.
 그는 꽃그늘 사이로 나비날개 같은 웃음소리를 던지고 있는 왕모를 둘러싼 선아들 사이에 단향이 있는지를 찾아보려 했으나 눈앞이 거미줄처럼 얼룩지고 뿌옇게 흐려져 좀처럼 알 수가 없었다. 자신이 천상으로 돌아왔다면 단향선도 똑같은 죄로 버림받았으니 돌아왔을 법했다. 지장보살도 보였고 노자의 길고 큰 귀도 보였다. 금강여선과 백화선의 모습도 눈에 들어왔다. 8선녀도 하토에서의 몸을 버리고 천상으로 되돌아오지 않았겠는가 싶어 눈을 두리번거리며 살펴보았으나 찾을 수 없었다. 그는 한순간 부는 바람에 부서지는 물결처럼, 전쟁판에서 온갖 고초를 겪은 자신의 공덕이 커서 먼저 돌아올 수 있었으리라 여겨졌다.
 하기야 늦고 빠름이 무어 그리 근심사이리요. 정성스러움에 차이가 있다 하나 오직 천상을 잊지 않고 지극히 그리워함에 무슨 차이가 있겠는가. 때와 이르는 곳이 서로 다를 뿐이로다. 시냇물은 그 근원이 다르나 모두 바다로 돌아가듯이 때가 차면 돌아오리라. 이 몸은 이미 천상에 돌아왔으니 다시 하토로 버림받는 일은 두 번 다시 없도록 내 본성을 밝혀 넘치거나 모자라지도 않고 시작과 끝이 정성스러우리라. 누추하고 낮은 곳으로 빠져 뜻을 이루지 못함을 염려한다 해도 뜻을 잃음을 근심함은 수행자의 근본이 아니로다. 비록 단향과 여덟 선아의 얼굴을 찾아볼 수 없다 하나 이는 스승의 깊은 배려가 아니겠는가. 기운이 뜻을 세운다 하나 그 정념이 무쌍하니 모든 욕정을 끊어 움직이고 고요함을 다스리도록 함이 아니겠는가. 한 번 맺은 인연은 내세생생 풀리고 맺어지는 해와 달의 운행처럼 그 법도가 있는 법, 이제는 고요하면서도 찬연히 수행하면 그들의 가슴 속에 깊이 거처를 구할 수 있으려니, 언제든지 다시 만나 회포를 풀지 않겠는가. 마음이 몸이고 몸이 마음이니 이제 천지의 육신과 마음을 얻어 스스로 흔들림 없이 느끼어 통하리라. 이리 꽃등불이 환하게 타고 왕모는 물론, 위엄 있고 너그러운 노자며 지장보살까지 한자리에 모여 있음은 필시 그동안 나의 노고를 위로하는 큰 잔치를 베풂이 아니겠는가.

소유는 환한 경취를 둘러보고 이리저리 거닐며 스승이 그를 불러주기를 기다렸다. 그는 이미 스승을 보았으나 스승은 짐짓 그를 보고도 못 본 체하려 함이 아닌가. 일월이 낮에는 덕을 감추어 빛을 숨기고 밤에는 덕을 베풀어 빛을 펴내는 법. 해와 정기와 달의 혼백이 다 지극한 조화의 시작이요 끝이니 스승의 부름을 기다리는 이 마음과 무어 다르리요. 그의 곁을 북두성군이 스치고 바다의 기운을 다스리는 용왕이 지나갔으나 아무도 그를 보고 아는 체를 하지 않아 서운한 마음도 크게 일었으나 한때 죄인의 몸이었는지라 이를 아쉬워할 수도 없거니와 쓸개를 핥는 것 같은 고초를 겪느라 빼어나고 고고한 그의 얼굴이 몹시 상해서 그럴 것이라는 데 생각이 미치자 그는 온몸의 기운을 손바닥에 모아 얼굴을 두 손으로 정성스럽게 문지르기 시작했다.

그는 얼굴을 문지르다 손가락 사이로 녹두장군이 푸른 도포를 입고 환한 꽃등불 한가운데에 앉아 있는 모습을 보았다. 도포에는 일곱 별, 칠성과 해와 달이 새겨져 빛나고 있고 푸른 옥대를 매고 있었다. 장군은 머리에 화관을 쓰고 오방색 꽃무늬가 있는 신을 신고 손에는 여의주를 쥐고 있었다. 그 모습이 빛나고 아름다웠으며 곧고 바른 기품은 천상의 선관들을 감동시킬 정도였다.

아, 장군 또한 천상의 부름을 받았으니 내가 얼마나 고초를 겪었는지 알 것이 아닌가. 참으로 다행한 일이다. 양물을 자르고 먹을 것이 없어 자식을 삶아 부모에게 바치는 하토의 지옥 중생을 구하기 위해 나선 장군의 명을 받아 뼈가 부서지도록 몸을 바쳐 뜻을 받들었으니 이는 필시 스승이 뭇 선군들에게 제자의 공을 높이 알려 동의를 구함이 아니런가.

장군이 동학도인의 밀고로 잡혔다는 소식을 풍문에 들었는데 이제 천상에 올라 의연한 기품이며 드높은 기상이 천 년을 산다는 학처럼 고고하니 바른 뜻을 세운 그 끝이라 어찌 아니할 수 있겠는가.

그래도 그는 한 가지 크게 마음이 켕기는 일이 있었으니, 이는 대원이 대감에게 장군의 위치를 알려 준 것이었으나 이도 하토에서 구더기집이 되고 날짐승의 밥이 되기를 면하기 위함이었으니 큰 잘못은 없지 않겠는가 싶었다.

그는 장군이 스승 육관대사에게 자신을 위해 한마디 상찬의 말을 올려 줄 것을 부탁하기 위해 다가가고 싶었으나 이상하게도 얼굴에 땀이 흘러내려 소매 끝으로 얼굴을 닦아 내리기만 했다.

북소리가 울리자, 8도사가 학날개를 가볍게 펼치며 꽃등불 속으로 날아들었고 그 뒤를 이어 금강으로 만든 창을 든 수많은 군사들이 따라 들어왔다. 그는 8도사가 나타나자 오금이 저려 꽃등불 뒤로 슬그머니 몸을 감추었다. 동남, 동녀들이 색색가지 깃발을 들고 들어서고 이어 머리에 금관을 쓰고 붉은 도포를 입고 금칼을 찬 이들이 머리를 조아리며 나타났다. 이들은 하나같이 그 기상이 훤칠하고 눈썹이 매처럼 날카롭고 수려했다.

북소리가 다시 울리니 머리에 일곱 가지 보석과 일곱 가지 꽃을 꽂은 선녀들이 나타났다. 이들이 걸음을 옮기는데 향기가 구름처럼 자욱하게 일었고 보석이 부딪쳐 내는 소리와 흔들리며 솟아오르는 영롱한 빛이 너무 강렬해 그는 지긋이 실눈을 뜰 수밖에 없었다. 그 현란한 치장이며, 치마가 바람에 흔들릴 때마다 드러나는 허벅지와 엉덩이의 곡선은 선명하고 매혹적이어서 그의 귓바퀴를 슬슬 붉게 만들었다.

여선들의 뒤를 이어 날개를 달고 금화살을 맨 짐승들이 무수히 들어서는데 이들은 하나같이 호랑이의 얼굴을 하고 있었다. 꽃등불이 이루는 공간은 광대하기 한량없어서 아무리 선관들과 신장, 군사들이 들어서도 넓어 보이기만 했다.

북소리가 그치고 모든 선관과 성군들이 자리하자 녹두장군은 자리에서 일어서 두 손을 머리 위로 올려 크게 절하고 우렁찬 목소리로 말하기 시작했다.

"하늘의 운수와 기운을 비록 소인이 몰랐다 하나 너무 많은 백성들이 천명을 온전히 다하지 못하고 이 강산 저 산천을 떠돌고 썩은 육신이 짐승밥, 고기밥이 되는지라 어지신 천상, 대선들께 그들의 천명을 되돌리기를 간곡히 청하고자 하나이다. 인간 세상의 뜻과 기운이 천상과 어찌 다르겠습니까? 오직 백성들이 뜻을 굳게 세우고 천상의 봄처럼 새로운 세상을 일으키려 했으나 나라를 팔아먹은 시정잡배와 개 같은 일본놈이 협잡하여 이제 금수강산은 피로 물들어 버렸사오니 티끌 같은 정리와 은전을 베푸시어 이 신고를 거두어 주십시오."

장군의 끝말은 비통함에 젖어 있었다. 장군의 말을 들은 신선들이 말없이 고개를 끄덕이고 있을 뿐 아무도 그의 기원에 답하려 하지 않았다. 그때 옥황상제가 앞으로 고요히 나섰다.

"장군의 정성은 지극하고 변함이 없소. 하토에서의 기운은 다하고 있으니 이제 천상에서 복록을 누리시오. 장군의 마음이 위로는 천상에 닿아 있고 아래로는 장군이 살았던 산천 곳곳에 서리어 있으니 그 정성이 하토에서는 백 년이 가도 항상 죽지 않고 살아 있으리라. 천하만고에 전해지는 이치가 바로 이것이오. 뜻이 사특하여 간사함과 사악함을 마음에 품고 천지간의 이치를 업신여기는 이들이 부귀와 안락함을 구하고 그것이 지나쳐 이웃의 살림살이까지 빼앗으려 드는구나. 허나 하늘이 할 수 없는 일이 있도. 천지간의 운행도수는 빈틈이 없음을 알릴 뿐이 아닌가. 억울하고 한이 맺힌 백성들은 다시 인간 세상에 나게 해 그 은원을 널리 풀게 하리라."

상제가 말을 마치고 물러서니 이번에는 염라대왕이 혀를 크게 차며 말했다. 그의 곁에는 수많은 아귀들이 허리를 굽히고 있었다.

"애석하고 가련한 일이로다. 허나 천상의 모든 선군들은 다 알 것인바, 조선 백성들의 신고가 너무 크다 하나 하늘을 두려워하지 않고 오직 일신의 영화와 부귀를 쫓는 탐학한 자와 권문세도가들과 그들에게 빌붙어 복을 아끼지 않고 포악하고 하늘을 두려워하지 않으며 하늘을 업신여기는 이가 너무 많기에 병화가 수년을 쉬지 않고 거듭될 것이로다. 일찍이 하늘의 대성군 환인께서 천기의 정성과 활력으로 대조선의 백성을 길러냈으나 이리 참담함을 겪는 일을 보고 이 자리에 참석하지 않은 뜻을 선군들은 널리 알 것이오. 대성군인들 어찌 슬픔이 없을 것이겠소. 환인께서 이 몸에게 이르기를, 백성들은 자식이 열 있으면 그 일곱을 참혹하게 잃어버릴 것이나 큰 환란 끝에 다행히 나라를 되찾을 것이라고 했소. 이 모든 것이 천명 아닌 것이 있겠는가. 나라에 태초의 정성이 없어 삿됨이 침범하는데 나라의 신하들이 스스로 삿됨을 천명이라 하고 괴이하고 방자함이 극에 이르니 그 천하와 산천이 병들고 말 것은 명백한 이치가 아니겠소이까. 큰 홍수와 큰 가뭄이 되풀이된다 하나 이는 천지간의 미미한 징표에 불과하리로다. 나라를 잃고 백성들은 남의 나라 전쟁터에 끌려가며 천지간에 울부짖는 소리가 금수강산을 물들임이 분명하니 재앙이 날로 이어짐을 어찌 하늘의 뜻으로 막겠는가."

염라대왕의 말을 들은 장군은 우뚝 일어서 선군들과 선아들을 돌아보고 크게 머리를 땅에 부딪치고 소리내어 울며 말했다.

"상고 이래로 나라의 기운이 산천의 백성 운수를 지배하고 길흉화복의 징표가 이미 깊게 내렸음을 조선의 백성들이 모르는 이가 있겠사옵니까. 백성들이 아무리 밝고 선하고자 하여도 조정의 관리들이 일신의 영화만을 누리려 하니 그 기운이 나날이 쇠락해지옵니다. 천상 대성군 환인의 활력을 입어 조선에 백성이 살아온 지가 오래 되었습니다. 상고의 뜻을 백성들은 비록 잊지 않았으나 근래에 태평함을 누린 때가 드물었고 이제는 제 땅에서 살 곳을 잃고 유배당하기가 헤아릴 수 없으니 간곡히 엎드려 비옵니다. 이 신고를 거두어 주소서. 스스로 무너지고 속이고 끊어지고 은밀히 뜻과 몸을 팔아 부귀 권세를 사는 무리들의 잘못일 뿐, 땅에 목숨을 박고 사철 기운을 따라 곡식을 추수하여 하늘의 복을 빌어온 백성이 무슨 잘못이 있사옵니까."

장군의 목소리가 너무 간절해 꽃등불도 잠시 빛을 잃고 흔들렸고 천상에 모인 선군의 무리들 사이에서도 긴 한숨이 나왔다. 노자가 빙그레 웃더니 장군의 손을 잡아 일으켰다.

"무릇 곤경과 액운을 당한 것이 하늘의 명이 아님이 없다 하나 장군의 정성을 그 누가 모르겠소. 백성의 배를 부르게 하고 뼈를 강하게 함은 나라의 군주가 할 일이나 지혜가 어둡고 귀가 멀었으니 백성의 운수를 따져 무엇하겠소. 만물이 하늘에 있는 것을 본뜸이나 하늘보다 먼저 있을 수밖에 없으니 인간 세상의 이치는 만물을 받아들여 부귀와는 조화를 이루고, 더러운 먼지며 전란과는 함께함이오. 누가 천명을 어질다 했을꼬. 누가 사람의 정리를 오래 쓰겠는고. 기운이 끝나면 물러나고 운행도수가 이지러지면 살점과 피를 바침이 가한 일이로다. 장군은 부질없는 울음을 그치시오. 환란이 그치지 않는다 하나 하늘이 깊은 봄을 굳이 잡아두지 않는 것과 같소. 오래 눈을 밝혀 그 기운이 뜻을 이루는 날을 볼 것이오."

노자는 말을 마치자 품속에서 천도복숭을 하나 꺼내 장군에게 건넸다.

"이것은 때마침 왕모를 만나서 받은 선물이오. 장군이 하나 가져 뜻을 잃지 말고 길이 빛나기를 바라오."

이 말을 들은 왕모가 환한 미소를 보내는데 그만 선군들이 그 자태에 넋을 놓을 지경이었다. 소유는 녹두장군이 부럽기만 했다. 천상에서 수행하는 시절에도 보고 듣기만 했을 뿐 한 번도 천도복숭의 맛을 보지 못했는데 장군은 어찌 저리 쉽게 구할 수 있단 말인가.

장군은 노자의 선물을 거절하지 못하고 황망히 받아들였으나 흐르는 눈물을 거두지 못했다.

"상제께서 천상의 복록을 이제 누리라 하나 이 몸은 그 뜻을 거둘 수 없음을 아뢰고자 합니다. 노자께서 하늘의 선물을 이 몸에게 내리셨는데 이는 뜻을 얻을 때까지 눈을 부릅뜨고 숨을 거둔 동학도인을 한시도 잊지 말라는 당부의 말씀으로 삼가 받겠습니다. 이 몸은 선량하고 순박하기 이를 데 없는 이들을 죽음으로 내몰았으니 지옥고를 겪음이 마땅한 줄로 압니다. 조선 강토에 하늘 아래를 업신여기는 이가 날뛰는데 어찌 운수와 도수를 탓하겠습니까. 이 몸의 청을 천상이 받아들이지 못하는데 어찌 감히 하늘의 복록을 받아들이리오. 하늘의 운수와 명이 환란을 그치게 할 수 없다면 이 몸은 대조선의 금수강산에 새 세상이 올 때까지 지옥에서 기다리겠사옵니다."

장군은 일어서 공손히 칠성과 일월이 새겨진 푸른 도포를 벗고 머리에 쓴 화관을 그 위에 놓았으며 그 옆에 오색 꽃신발과 여의주를 가지런히 놓아 두었다. 그는 눈보라 속에서 백양사 극락보전의 용마루에 우뚝 서 있던 모습 그대로 피로 얼룩진 남루한 옷을 입고 있었다. 지장보살이 말없이 그의 곁으로 다가와 그의 손을 잡고 어디론가 사라지니 아무도 이를 막지 못하고 그 뒷모습을 멀거니 바라볼 뿐이었다.

참으로 놀랍고 늠름한 장군의 모습이었으나 소유는 이해할 수 없었다. 천상의 복록을 마다하고 구천대천 지옥에서 더없는 신고를 다시 겪겠다 하니 아마 지옥의 참혹함을 미처 모르는 이치라 할 만했다. 그때 다시 큰 북소리가 울리더니 8도사가 양소유의 이름을 불러 꽃등불 한가운데로 나오도록 했다. 비록 하토에서 엉겁결에 이름을 하나 주웠다 하나 천상의 법명이 분명한데 지상의 이름을 부르니 그는 심기가 편하지 못했으나 공손히 허리를 굽히고 고개를 바닥에 닿을 듯이 숙여 선군들이 둘러선 한가운데로 나아갔다.

"속가 양소유, 천상의 도반 성진이 이름을 불러 삼가 나왔으니 이제 그 죄를 거두어 주십시오."

그는 얼굴을 들지 못하고 엎드려 말하니 8도사가 하나씩 나서 그의 행적을 일일이 선군들에게 아뢰기 시작했다.

"천상의 벌을 받아 환란이 시작된 하토에서 깊은 수행을 하도록 했으나 음양을 함부로 하고 일신의 안위만을 도모한 일이 적지 않았으니 이제 연연세세 천상에서 그 이름을 완전히 지우는 것이 마땅합니다. 왕모께서는 이미 단향선의 중음신을 거두어 철산지옥에 가두셨사옵니다."

소유는 무수한 선아들이 듣고 있는 가운데 8도사가 낭랑하게 그의 행적을 밝히니 낯이 벌겋게 달아오르기도 했지만 동자승의 어린 목숨을 구한 것이며 가문이 무너질 기회에 놓인 채옥의 살림살이를 구한 것이며, 하고 변명의 기회라도 주기를 바랐다.

필시 저 8도사는 원한을 깊게 품고 있으렷다. 천상이라 하나 낭심을 잡아채고 날개를 피로 물들였으니 얼마나 쾌씸할 것인가. 내가 음양의 도리를 함부로 했다 하나, 도의 이치는 한 번 음이 일어나 양이 되고 양이 한 번 일어나 음이 되어 천지간의 이치를 이루는 법인데 어찌 음양을 함부로 했단 말인가. 기운이 움직이지 않는데 어찌 음양이 합칠 수 있단 말인가. 비록 천상에서 하토의 모든 이치를 수행시절에 두루 익혔다 하나 직접 몸으로 구한 이가 몇이나 된단 말인가. 하늘이 음양과 오행의 이치와 기운으로써 만물에 이른 것이 본성과 정념 아니던가. 내 비록 지극히 맑은 뜻과 정성으로 하토시절을 겪지 않았다 해도 방탕하지 않았으며 천

명의 손상을 입힌 바가 있었던가. 단향선과 하토에서의 정사도 기운이라는 이치가 발동한 것이다. 정분과 연사가 본성 아닌 것이 있겠는가. 천상의 기화요초가 그 본성대로 몸을 밝히고 피고 지기를 때에 맞추듯 본성과 천명을 다하지 못했다 탓하는고. 환란에 버려져 수없이 의심하고 고려하였으나 하늘의 뜻을 거스름 없이 한없이 기다려 오지 않았는가. 단향선마저 철산지옥에 갇혔다면 이제 하토에서의 기다림도 무어 속절 있을 것인가.

아아, 가엾고 가엾다, 단향선이여.

이 몸과의 정분과 연사를 못 잊어했다 하나 모두가 이 몸이 용렬하고 큰 정분을 작은 욕정으로만 다스리려 했음이오. 천상의 선군이시여, 비록 미혹하고 의혹됨이 잘못되었다 하나 앵무새가 사람의 말을 전하듯이 하늘의 징조가 하토에서는 기약 없고 알기 어려운데 이 무슨 가혹한 언사란 말인가.

"천상의 법제자 성진이 한 말씀 올립니다. 8도사가 낱낱이, 빠짐없이 하토에서 행적을 기록했다 하나 하늘의 그물은 성긴 법이어서 인간 세상의 미묘하고 섬세한 기운을 일일이 찾아볼 수 없사옵니다. 제자는 전란 속에 버림받아 우연히 양소유라는 이름을 얻어 죽어가는 생목숨을 살리기도 수차례였고 꿈 속에서나마 스승을 찾아 뵙고 여러 선군 대덕의 큰 그림자 앞에 엎드려, 벌을 거두시고 광명정대한 깨달음의 높은 기상을 이룰 수 있도록 간곡히 청하였사옵니다. 인간 세상에서 하루를 천 년처럼 천상에 기원하듯 살아왔으니 그 노심초사함을 헤아려 주십시오. 그리고 8도사께서는……."

성진은 8도사에게 원한의 마음을 부디 잊어달라는 말을 한마디 하려고 고개를 드는데 한시도 잊어본 적이 없는 스승 육관대사의 목소리가 귓속으로 밀려들어와 얼른 바닥에 이마를 박고 말았다.

"성진은 큰 간난고초를 하토에서 겪었다 하나 아직 8도사가 이르는 말이 무슨 뜻인지를 모르고, 하토에서 자신이 무슨 짓을 했는지 모르는도다. 선군들은 널리 해량하시기 바라오. 말을 안다는 것은, 하늘을 알고 하토의 인간들을 안다는 말이 무엇인지를 알고, 하늘을 알지 못하고 사람을 알지 못한다는 말이 무엇인지를 아는 것이니 비록 제자가 현묘하고 공허하며 큰 말을 지껄여 선군들의 가슴을 적시고 몸을 움직이게 한다 하나 이는 그 뜻이 어디에서 나왔는지를 살펴보면 알 것이오. 스스로 깨달아 얻는 것보다 더함이 없으니 스승이 더 무엇을 가르칠 수 있겠는가. 지금 하토는 천지가 어두우니 그 향하는 바를 알지 못하는도다. 제자가 스스로 광대하고 은밀한 이치를 온전히 깨닫지 못했으니 8백 도반의 욕을 네가 다 보이는도다. 한갓 필부의 어리석음으로도 알 수 있고 공맹과 같은 하토의 성인이라 하여도 알지 못하는 것이 있으니 성진은 다시 하토로 돌아가 그 길을 가도록 하라."

아아, 이게 무슨 청천벽력이란 말인가. 바닥에 이마를 대고 있는데 가슴이 북소리처럼 울리고 피가 발바닥으로 빠져나가는 듯했으며 눈물이 폭포수처럼 쏟아져내리기 시작했다. 이제 누구에게 하소연한단 말인가. 소유는 어깨를 들썩이고 넓고 큰 궁둥이를 흔들며 대성통곡을 하기 시작했다. 천상에서 이제 무슨 부끄러움이 있을 것인가. 다시 하토로 돌아가라면 저 무서운 8도사들이 천라지망의 그물로 온몸을 묶어 은하수 절벽으로 밀어뜨릴 것이 아닌가. 이제 언제 다시 천상에서 기별이 오고 하토에서 그 기미를 알 것인지 기약이 없었다. 하토의 저 산천에서는 매가 죽은 이의 눈을 파먹고 족제비가 간을 빼먹는 일이 다반사로 일어나고 개 같은 일본놈이며 탐관오리들은 짐승들보다 더하면 더했지 절대 못하지 않을 것이었다.

그가 크게 소리치며 흘리는 눈물이 시내를 이루듯 흘러 온 나무에 환하게 매달려 있는 꽃등불의 빛을 하나, 둘씩 꺼지게 했고 마침내 암흑이 가득 찼다. 천상의 온갖 성군과 선아들, 육관대사와 8백도반의 모습들마저 어둠 속으로 사라지고 말았다.

그는 눈앞이 깜깜해졌으나 쉼 없이 울어 그 가련하고 애틋한 정성이 전해질 수 있기를 바라는 수밖에 없었다. 이미 물길이 스스로 길을 이루고 바다에 이르나 그 길이 천 갈래 만 갈래가 아닌가. 그의 감정과 기운이 천상의 이치와는 너무 어긋나 있음을 소유도 느끼고 있었다. 그가 울음을 터뜨릴 때에는 천상으로 돌아갈 날이 기약 없음을 알고 그게 서러워 울었다. 그에게 수행자의 근본을 본 것 같다며 선물을 아끼지 않던 두모천존이며 용왕이며 귀 밝은 선군과 선아들이 한마디 도움의 말을 건네고 자신의 손을 잡아 이끌어 거처에 머물라고 말해 주기를 기다렸으나 아무도 그의 손을 잡지 않았다. 울음이 거듭될수록 이제 자신이 한갓 미물에 불과하고 어떤 연고로 천상에 적을 두었는지 알 수 없으나 하늘이 내린 시기와 기회와 운수를 어찌 다시 만날 수 있을 것인지 막막해지는 신세가 더욱 서러워졌다.

소유가 한없이 울다 잠을 깨었다. 옆에는 우팔이 모로 누운 채 코를 골고 있고 성법은 좋은 꿈이라도 꾸는지 여린 입술에 웃음을 가득 지으며 잠들어 있었다.

꿈이라고 하기에는 너무 선연했다. 꿈 속에서 얼마나 이마를 찧었는지 알 수 없으나 이마에서 피가 흐르고 있었고 두 손은 얼마나 꽉 쥐었는지 한참 펴지지 않았다. 방안에는 희미한 어둠이 차 있었다. 그는 밖으로 나와 실눈을 뜨고 사방을 살피니 절 안은 조용했고 오직 서산의 햇살이 설핏 기우는 모습을 보았다. 아, 모든 것이 변함이 없구나. 감았던 눈을 뜨면 잃어버렸던 천상의 날들 속에 돌아가 있기를 바라던 날이 얼마였던가. 참으로 부질없고 야속한 일이었다.

그는 개울가로 나갔다. 얼음으로 뒤덮인 개울 한가운데 둥근 구멍이 있어 그는 얼음구멍 속의 물에다 자신의 얼굴을 비쳐 보았다. 준수하고 태백산처럼 드높은 기상으로 가득 찼던 영민한 얼굴은 산적처럼 수염으로 뒤덮여 있었고 머리털은 개털처럼 뒤엉켜 보였다.

꿈과 생시가 무슨 차이가 있단 말인가.

그는 얼음구멍을 넓게 깨고는 옷을 훌훌 벗고 그 안으로 들어가 몸을 씻기 시작했다. 얼음물 속으로 가라앉으니 개털 같은 머리카락이 젖어들어오기 시작했다. 다시 영문을 모르는 눈물이 비오듯 쏟아지기 시작했다. 그는 추운 줄도 몰랐다. 성찬이 물을 길어가기 위해 개울로 오다 얼음구멍 속에 들어 있는 그를 보고 질겁을 했다.

"이보시오, 처사. 얼어 죽으려고 환장했소. 이 난리판에 몸까지 아파 보시오. 꼼짝없이 죽은 목숨 아니겠소. 빨리 나오시오. 보는 나까지 속이 떨리오이다."

그러나 소유는 성찬의 말에 대답할 수 없었다. 가슴 속에 쌓아두었던 울음보가 터졌는지 걷잡을 수 없는 눈물이 말문을 막고 말았다.

"허어, 속가의 중생이 어찌 이리 슬픔이 많아 얼음구멍 속에서마저 운단 말인고. 빨리 나오시오."

성찬이 소유의 손을 잡아 끌자 그는 얼음구멍 밖으로 나왔다. 벌거벗은 그의 몸은 여전히 빛나고 탄력이 있었고, 얼음물 속에서도 옥경은 기세를 잃지 않고 우뚝 서 있어 성찬의 눈길을 끌었다.

소유는 할 수 없이 눈물을 멈추고 옷으로 몸을 가렸다.

"그래, 처사의 집은 어디며 무슨 한이 그리 많소?"

"집도 절도 없는 이 몸이 할 말이 무어 있겠소."

"내 보니 처사는 필시 깊은 사연을 간직한 것 같소이다. 사람이 하늘의 기운을 받고 나서 부모의 몸이 있고 고향 산천이 다 있는 법인데, 그래 어디서 왔소? 혹시 동학군은 아니시오? 내 밀고를 하지 않을 터이니 말해 보시오. 부처님 공덕으로 사는 이놈이 관가에 밀고해 상금을 받고 관리 노릇을 하겠소? 저 어린 동자승은 무슨 연유로 데리고 다니시오?"

성찬에게 무슨 말을 할 수 있을 것인가마는 소유는 이리저리 말을 둘러대었다. 동학군은 아니나 녹두장군의 그 뜻이 새로운 세상, 사람이 곧 하늘인 세상을 연다니 그 기세가 드높고 아름다워 뒤를 따라다니다가 함께 다니는 이들은 죽거나 행방불명이 되고 이렇게 살아남았다고 주절거리니 성찬은 고개를 끄덕이며 그럴 줄 알았다고 했다.

"이제 어디로 가겠소? 절을 나서면 언제 관군이며 일본군에게 잡혀 갈지 알 수 없소이다. 날이 풀릴 때까지 절집 일이나 도우며 몸을 숨기시오. 여기도 난리통에 스님들이 다 떠나고 일손이 없소이다. 난리통에 시주도 없으니 먹을 것도 없으나 어디 부처님이 생사람을 굶어 죽이겠소."

인정이 따스한 곳에서는 한없이 따스한 법이 아닌가. 당장 먹을 것도 없는 절 집에서 함께 거처하자 하니 성찬의 마음이 천상의 값진 보배보다 더 귀하지 않은가.

"스님의 마음이 곧 부처님이외다."

소유는 성찬이 피할 틈도 주지 않고 얼음판에 넙죽 엎드려 큰절을 하니 성찬은 더없이 황망하고 어이없어했다. 그는 성찬이 큰 스승이라도 되는 듯이 날쌔게 세 번 절을 하고는 벌떡 일어나서 성찬의 손을 부여잡았다.

"생사를 알 수 없는 이 몸이 큰 가피를 입었으니 그 은공을 내세생생 삼가 받들겠나이다. 헌데 그 동자승과 우팔이도 있으니 식솔이 많아 큰 폐가 될 것이나 공밥은 먹지 않겠으니 염려를 놓으십시오."

소유는 성찬의 대답도 듣지 않고 절 안으로 뛰어들어가더니 잠들어 있는 우팔의 엉덩이를 발로 차 깨웠다.

"이놈 우팔아, 해가 중천을 지나 서천에 기울었다. 아직까지 잠만 자면 어쩔 심산이냐. 당장 일어나 굶주림을 면해 준 성찬 큰 스님에게 절을 바치고 은공을 표시해야 할 것 아니냐. 빨리 개울가로 나가 물동이를 대신 지고 오너라."

우팔이 잠에서 깨어나더니 콧구멍을 벌렁벌렁하며 말대꾸를 했다.

"어찌 도사님은 그리 눈치가 없소. 지금 한창 복단이를 마주하고 돼지 한 마리 잡고 온갖 과일을 상 위에 올려 놓고 혼례를 치르는 중인데 꿈을 깨어나게 했소. 잠시만 기다리면 그 음식들 다 맛보고 난리에 멍든 몸, 촛불을 밝혀 놓고 깊은 시름이라도 풀 수 있으련만. 정말 도사님 무정하오이다."

우팔이 궁시렁거리며 밖으로 나갔다. 이놈아, 네꿈이나 내꿈이나 뜬구름 같기는 매일반이다. 꿈마저 원대로 되지 않는 것도 하토의 인생살이 아닌가. 성법은 여전히 얼굴 가득 웃음을 지은 채 잠들어 있다. 무슨 꿈인지 모르나 고운 꿈을 꾸고 있음이 틀림없구나. 생시에 좋은 날이 없었으니 꿈 속에서라도 환한 날이 있다면 그도 좋은 일이다.

그는 자신의 꿈을 하나씩 되새겨 보았다. 꿈속에서 만난 스승의 얼굴은 좀처럼 생각이 나지 않았지만 그 목소리만은 귀에다 대고 말하는 듯 생생했다.

'하토의 천하 대장부도 어찌 눈물이 나지 않을 것인가. 참으로 막막하도다. 가야 할 곳은 없고 돌아갈 길마저 막혔으며 장군마저 잡혀 버렸다 하니 긴긴 날들을 어디에 의지해 살아야 할지 알 수 없구나.'

그는 어두워지는 산그늘에 파묻히며 생각을 이어갈수록 앞일이 두렵기만 했으나 문득 장군이 백양사에서 행방을 정해주기로 한 나머지 한 통의 서찰이 생각나 불현듯 중우를 뒤집어 서찰을 꺼내 읽었다.

〈소유는 보아라.〉

그는 겉봉을 뜯고 한지를 펴자 놀랍게도 소유의 이름을 부르는 장군의 글씨가 목소리처럼 나타났다. 어두워지는 산그늘이 방안마저 물들이고 있었으나 장군의 글씨는 별처럼 뚜렷하게 보였다.

〈세상 사람이 걷는 길을 어찌 함께 가겠는가. 수운 동학교주의 말씀이 이와 같았다. 나 또한, 백성들은 못 입고 못 먹고 부황이 들어 굶어 죽는 일이 수도 없으니 소에게 먹이를 주지 않고 젖만 탐하는 이 나라 조정이며 개 같은 왜적놈을 물리쳐 새세상을 이루고 백성을 편케 살게 하기 위해 호미를 잡던 손에 총칼을 들었으나 하늘의 운수가 다하지 못해 이제 천명을 기약할 길이 없도다. 흉년이 겹치고 전염병이 돌고 세금은 오로지 탐학한 관리들의 뱃속만 채우니 백성들이 어찌 하늘의 운수만을 기다리겠는가. 사람이 곧 하늘이니 천하의 목숨이 평등하지 않는 것이 없도록 천지개벽 세계를 열려 했으나 수많은 도인들을 죽음으로 내몰고 말았다. 한량없는 지옥고를 겪는다 한들 어찌 그 죄를 다 갚겠는가.

동학도인의 정성이 부족했는가. 공경함이 모자랐는가. 이루고 허물어지는 것이 사물의 운수이고 부귀와 빈천, 오래 살고 요절하는 것이 사람의 운수라 하나 이치와 기운에서 어그러지면 무슨 소용이 있겠는가. 이미 동학도인이 내게 금수비결을 가져올 때 대조선의 민족전쟁이 피로 물들리라는 예감을 받았으나 저 백성의 울부짖음을 어찌 외면하겠는가. 정성과 공경이 지극하면 그 뜻이 하늘에 전해지기를 오직 바랄 뿐이었다.

너의 이름이 우연인지 알 수 없으나 『금수비결』에 적혀 있고 나 또한 너를 우연히 만났으나 너의 그 기운이 범상치 않음을 알았다. 이렇게 편지를 전함은 나의 삶과 죽음이 비탄으로 마무리될 것을 이미 알고 너에게 일시의 간난신고에 몸을 함부로 하지 말고 큰 뜻과 마음을 품고 본성을 환하게 밝히도록 하라는 뜻을 전하기 위해서이다.

사람의 부귀와 귀천은 항상 일정한 것이 아니고, 가득 찼다가 텅텅 비기도 하는 것이니 오직 뜻을 변하지 않게 하여 뜻을 꺾이는 일이 없게 하라. 궁핍할수록 뜻을 더욱 견고히 하고 배움을 크게 하여 하나라도 백성의 한을 풀어준다면 마침내는 그 기운이 하늘에 전해지지 않겠는가.

그러나 무엇이 천명이며 하늘의 도수이겠는가.

왕공대인이 태어났을 때 장삼이사도 같은 시간에 태어났을 텐데 어찌 부귀빈천이 다른가. 앞으로 다가올 재앙을 능히 말할 수 있는 사람은 없는 법이다. 누구든지 부귀를 누리고 오래 잘사는 것을 원하고 가난하고 일찍 죽는 것을 피하려는 소치는 당연하나 어찌 소원대로 될 것인가. 저 성인 공자도 천하를 돌아다니며 자신의 뜻을 펼치려 했으나 그 어느 제왕도 이를 알아주지 않았다. 천명은 이처럼 가혹하단 말인가. 그래서 천명은 두려움이 무엇인지 가르쳐 준단 말인가.

사람이 살고 죽음에는 일정한 명이 있고 부귀하게 되느냐의 여부는 하늘에 달려 있다 하나, 어찌 요행을 바라겠는가. 널리 배우고 깊은 생각을 가졌는데도 뜻을 펼칠 수 있는 때를 만나지 못한다 해도 이를 어찌 탓하겠는가. 웅지雄志는 한낱 봄꽃 같으니 계절이 바뀌면 떠나야 하는 법이로다. 어찌 나만이 당하는 것이겠는가.

사람이 어질거나 어리석은 것은 타고난 재주이고 그것을 제대로 쓰느냐 못 쓰느냐 하는 것은 그 사람 자신에 달려 있고, 때를 만나느냐 못 만나느냐 하는 것은 시운時運이며, 죽느냐 사느냐 하는 것은 운명이라 하나, 그렇다면 어디 천지간에 운명 아닌 것이 없지 않겠는가.

맹자는 부르지 않아도 오는 것이 운명이고, 단지 이치에 따라 행동하면 맞이하게 되는 것이 올바른 운명이라 해서 운명을 아는 사람은 경사져 위험한 담장 아래에 서 있지 않는다 하나, 풍전에 내걸린 나라와 백성의 운명을 보고 어찌 일신의 안위를 도모하겠는가. 무엇이 올바른 운명인가.

아아, 목숨을 도모하는 일은 부질없도다. 팽조의 지혜는 요순보다 못하였지만 8백 세를 살았고 안회의 재주는 뭇사람을 능가했으나 32세밖에 못 살았다. 공자의 덕이 드높았는데도 고난을 당하였고 상나라 충신 백이와 숙제는 굶어 죽었다. 무엇 때문에 안회는 일찍 죽고 공자는 고난을 당하였겠느냐? 수양대군이 조카를 죽이고 왕위에 오른 것도 천명에 있는 것이며, 고구려가 쇠망한 것도 천명이란 말이냐?

목숨을 도모하지 말라. 뜻을 도모해 기운을 잃지 말라. 천명은 하늘의 뜻이 아니라 새세상을 기다리는 인민의 몸 속에 있느니라. 세상의 여러 가지 일을 사람의 힘으로 다할 수 없고 운명이 그 앞에 놓여 있다 한들 그를 탓하지 말고 오직 기운을 도모하라.

아아, 이제 날이 저물었도다.

『금수비결』이 불탄 것도 그 서책의 길이 있는 바, 이제 이 서찰의 길도 있는 바이다. 오직 몸의 기운이 동하고 인연의 법이 있어 그대에게 이 뜻을 전하니 이 서찰을 다 읽은즉 불에 태우고 오직 이 말만을 기억하라. 세상 사람이 무리지어 함께 가는 길을 걷지 말라. 새세상은 이 나라 굶주리고 한 많은 백성의 몸 속에서 기다리고 있느니……〉

소유는 편지를 다 읽고 이미 장군은 우금치 전투를 벌이기 전에 목숨이 다했음을 온몸으로 느끼고 있었음을 알았다. 천명이 하늘의 명이라면 이를 알고도 거역해 새세상을 열고자 수많은 백성들을 죽음으로 내몰았으니 조선 강토에 새세상이 올 때까지 스스로 지옥고를 겪겠다는 각오가 꿈속의 일로만 여겨지지 않았다. 장군은 무엇을 내게 전하시고자 했는가. 오직 마지막 글귀 하나뿐이었다. 세상 사람이 무리지어 함께 가는 길을 걷지 말라. 그렇다면 그는 어디로 가야 할 것인가. 문 밖에서 물동이를 지고 나르는 우팔이 얄라차, 얄라차 하고 힘을 쓰는 소리가 짙어가는 방안의 어둠을 흔들었다.

그는 방문을 열었다.

절 마당 위로 소리없이 눈이 내리고 있었다. 그는 공양간으로 가 아궁이 속에 서찰을 던져 넣으니 불꽃이 한순간 일더니 재로 변하고 말았다.

15
눈 먼 봄날의 노래

절에서 머무는 동안 우팔은 산에 가서 나무를 해가지고 내려왔다. 소유는 할 일이 없어 나무 하는 그를 따라 산으로 갔다. 우팔이 도끼로 나무를 찍으면 나무는 큰 소리를 내며 쓰러졌다.

"도사님, 저게 나무가 마지막에 우는 소리라오. 하찮은 미물도 울음이 있는 법인데 우리네 인생살이 어찌 눈물이 마를 날이 있겠소. 내 노래 한 자락 해보겠소. 산에 나무하는 아버지 따라가서 배운 노래라우. 아버지, 엄마, 자식놈 죽었는지 살았는지 알 수 없어 애태우지 마소. 좋은 세상 오면 다 만나는 법이니……."

"언제 좋은 세상이 오겠느냐?"

"도사님, 누가 누구에게 물으시오? 제자의 노래나 한번 들어보시오."

우팔이 아주 느리게 지게 목발을 두드리며 노래를 불렀다.

아서라 세상사 쓸데없구나
에이아하아하
청춘이 떠나가니 물레살같이 간다
내 청춘 어디 가고

인제 살면 얼마 살거나
기다리던 님은 소식도 없고
구만 리 먼 곳에 꽃잎만 쉼 없이 지누나
에이아하 에이아하 아하하

우팔은 산에 오르면 오갈 데 없는 신세도 한순간 잊어버리고 신명이 나는지 노래를 부르다가 에이아하, 에이아하아하하 하고 노랫가락을 길게 이어갈 때는 눈에 눈물이 그렁그렁했다. 소유는 자신도 모르게 발을 구르며 우팔이 노래에 장단을 맞춰가며 입 속으로 노래를 웅얼거리니 눈물이 찔금찔금 고였다가 어디론가 사라지곤 했다.

그들은 산이 어두워지면 내려왔다. 절집에 갑자기 일본군이 들이닥칠 수도 있거니와 이 기근에 세 입을 보탰으니 공밥을 먹을 수도 없는 처지였다.

우팔이 해온 나무는 다음날 성찬이 장터에 지고 나가 보리쌀로 바꿔왔다. 더러는 엿도 한 가락 쥐고 와 성법의 손에 쥐어 주었다. 성찬은 저잣거리에서 보고 들은 이야기를 소유에게 낱낱이 전해 주었다.

"난리통에 대발쌈을 해다 시신을 묻는 것은 죽은 목숨이라도 다행이오. 후손이며 일가붙이가 그래도 살아 있으니 말이오. 동학군들을 아예 나무에 묶고 볏짚단을 감아 불태워 죽이는 일도 다반사라오."

그 말을 듣자 우팔은 두 손으로 두 발을 쓰다듬고 몸을 한 번 부르르 떨며 말했다.

"얄라차, 이 놈은 팔뚝이 굵기가 다리통만하고 다리통 굵기가 이 절집 대들보만하니 불에 타도 한참을 타겠소이다."

"이놈아, 그 무슨 방정맞은 소리를 하느냐."

소유는 우팔의 말을 자르며 그 수많은 동학군들의 생사가 궁금해서 묻지 않을 수가 없었다.

"그렇다면 동학군이 다 잡혀 죽었단 말이오?"

"집집마다 골골마다 숨어 다니는 동학군을 잡아들이느라 관군과 일본군들이 쫙 깔렸으니 아수라장이 아니겠소. 그래도 목이 잘리고 한순간 불에 타죽는 것은 차라리 낫소. 그 양반들인가 유생들인가 하는 민보군들은 동학군을 고목나무에 묶어 불에 오래 지져 죽이기도 하고 몽둥이로 때려죽이기도 한다오. 시절 인심이 이리 흉흉하니, 나는 새도 어찌 이 산천에서 먹이를 구하고자 하는 마음이 생길 것이며 날아갈 길을 알 수 있겠소. 탐관오리들은 조금도 달라지지 않았소. 더 잔혹해졌소이다. 형이 목이 잘려 죽고 동생이 형의 죄를 뒤집어쓰고 옥살이를 하게 하고 뇌물을 받고 풀어주는 일은 아주 흔하다오. 어떤 이는 장손이라 2백 냥을 바쳐 겨우 풀려났다 하고 어떤 이는 선산 땅문서를 바치고 살아났다 하오. 일본군이 들어와 마을을 불태우고 관군이 들어와 남아 있는 재물을 긁어가고 그 다음 민보군이 들어와 아녀자를 겁탈하고 강아지까지 몰고 간다 하오. 이러니 솥단지 하나 제대로 건사할 수 있겠소. 얼어붙은 길에 아낙네는 어린 놈 들쳐업고 노인네는 이불 지고 정처없이 길 떠나는 이도 많소이다. 어디로 가는지 물어 보니 깊은 산중에 들어가 화전이라도 일군다 하오이다. 이 겨울에 산중 어디서 농사 지을 준비를 한단 말이오. 또 어떤 이들은 북쪽으로 가 두만강을 건너 일본군들이며 관군들의 노략질이 없는 곳으로 간다고 합디다. 이 남쪽에서 그 북쪽 끝까지 얼마나 멀고 먼데 솜옷도 제대로 차려 입지 않고 먹을 것도 제대로 없이 어찌 간단 말인고. 호랑이가 무섭다 하나 관군과 일본군에 비할 수가 있겠소? 필시 가족 중에 동학군이 있어 이름을 감추고 피신하려는 것 같았소이다. 이래도 사람이 숨 붙이고 사니 참으로 모진 목숨인가 보오. 그런가 하면 서로 살기 위해 같은 동학도인들끼리 밀고하는 세상이니 날짐승 산짐승 보기가 부끄럽소."

소유는 아직 불에 타죽지도 않았고 몽둥이 찜질을 받지도 않았으나 성찬의 말을 들으니 심사가 어지럽고 가슴이 찢어지는 듯하였다. 그도 그럴 것이 장군의 명을 받아 장터에서 얼마나 많은 무지렁이 농민들의 여린 가슴을 흔들어 동학군에 가담시켰단 말인가. 이제 그들이 사정없이 보복을 받고 있으니 그가 일본군이나 관군에게 잡히기라도 한다면 옥경을 잘라내고 사지를 끊어 곳곳에 내걸릴지도 모르는 일이었다. 결전의 날을 기다리며 밤새 죽창을 깎아대던 서슬 푸른 기운은 다 어디로 갔단 말인가.

그러나 소유는 도무지 믿을 수가 없었다. 이미 기운이 꺾이고 천명인지 운명인지 때가 이르지 못해 새세상은 찾아오지 않았다 해도 생사를 같이하던 이들이 서로를 밀고하고 혼자 살아나기 위해 애를 쓰다니 인심이 변하고 변한 것인가.

성찬이 나무관세음보살 하고 잇달아 외웠다.

소유는 더 이상 성찬이 전한 말을 듣고 있을 수가 없었다. 두 눈으로 풍광이 어떻게 이지러지고 인심이 어찌 바뀌었는지 보고 싶었다. 비록 꿈이라 하나 천상에서도 자신을 불러들이지 않았고 산속에서 숨어서 앞길을 도모한다 하나 세간의 흐름을 알 수 없으니 길을 정하기 어렵고 길고 질긴 목숨을 어떻게 이어갈지 알 수 없어 직접 저잣거리를 나서기로 했다. 성찬이 전하는 말을 차마 믿기도 어려웠다.

"이보시오. 법력 깊으신 성찬 스님. 이놈이 다음에는 꼭 지게를 지고 장터로 따라나서겠소. 길도 먼데 지게도 스님 대신 지고 살길도 도모하겠소이다."

우팔이 성찬을 따라 나무짐을 지고 장터로 나서겠다는 소유를 멀거니 쳐다보더니 간곡하게 청을 했다.

"도사님, 내 다른 청은 하지 않겠소. 구름을 부리고 바람을 부르는 도술도 이제 다 허망에 불과하지 않겠소. 땅에 사는 이가 바람을 제 아무리 잘 부린다 하나 땅을 떠날 수 없는 법이니 기이한 술법을 도사님께 배우기를 이제 바라지도 않소. 혹 잡히거들랑 김우팔의 이름은 말하지 말고 성법의 이름도 실토하지 마시오. 어느 절인지 우리가 있는 곳도 말하지 마시오. 도사님은 발이 새 날개처럼 가벼우니 그저 달아나시오. 그게 여러 목숨 살리는 불법이 아니겠소. 내 도사님께 묻지는 않았지만 대원이 대감과 함께 백양사로 찾아온 게 도사님 아니시오, 묻지 않은 연유야 있소이다. 녹두장군께서 도사님이 대원이 대감과 함께 올 것이라고 일렀기 때문이오. 이놈은 대원이 대감이 무슨 큰 한울님이 되어 나타나 이 곤경에서 구해줄 줄 알았는데 그게 아니었소. 이미 장군이 알고 있었던 바라 묻지 않았던 게 아니오. 한번 스승과 제자의 연을 맺었고 나무 작대기 짚던 몸으로 도사님을 따라나선 몸이 아니겠소. 허나 새세상은 오지 않았소. 내 생전에 영원히 오지 않을 것 같소. 이 몸은 고향도 이제 없소. 복단이와 약조는 언제 지킬 수 있을지 모르겠소. 아는 것이 없고 배운 바도 없으나 청춘이 구만 리 같고 목숨이 모질게 살아 있으니 무언가 할 일이 남아 있는 것 같소. 개죽음은 싫소. 불에 지져 죽음을 당하는 것을 두려워함이 아니오이다. 그게 무엇인지는 모르나 가슴 속에 맺히고 맺히는 한을 풀고 싶소이다."

"우팔아, 살아 있는 것은 죽지 않는 것이 없다. 모든 것은 변하는 것이니 생멸의 이치가 멀고 먼 까닭이 여기에 있는 법이 아니더냐. 이미 죽고 사는 일이 무어 두렵겠는가. 우리가 뭇싸움터를 넘나들었으나 아직 목숨을 부지한 까닭이 있지 않겠느냐. 이미 수십만 명이 무덤자리 하나 차지하지 못하고 까마귀 밥이 되었다. 허나 그보다 훨씬 더 많은 무지렁이 백성들이 목숨을 잃지 않았더냐. 그 이름도 알 수 없고, 언제 죽었는지도 알 수 없다. 얼마나 많은 사람들이 죽었는지 누가 알겠는가. 하늘도 모를 것이다. 새세상이 오기를 염원하며 눈을 부릅뜨고 죽어간 이들만이 알 것이 아닌가. 내 어찌 산중에 몸을 숨기고만 있으란 말이더냐. 목숨을 도모할 일이 아니다. 내 어찌 세상 사람들과 같은 길을 걸을 수 있겠는가."

그는 장군이 그에게 쓴 글을 비로소 입으로 소리내어 말하니 가슴이 확 뜨거워지고 목이 메어 왔다.

"알겠소, 도사님. 가슴 속에 무슨 깊은 뜻이 숨어 있는지를 배운 바 없는 이 몸이 짐작이나 하겠소. 나무나 제값을 받아 잘 팔아 오시기를 빌겠소. 이 몸이 두 분이 지고 가기에 충분하도록 잔뜩 해놓겠으니 말이오."

소유는 장터가 열리기를 기다려 우팔이 잔뜩 해놓은 나무짐을 지고 성찬과 함께 길을 나섰다. 우팔은 공양간 아궁이에서 검댕을 긁어와 그의 얼굴에 칠해 주며 이래야 나무나 해대는 절집 불목하니처럼 의심받지 않을 것이라 했다. 검댕을 칠한 것이야 상관없었으나 눈으로 얼어붙은 산길을 걸어 장터로 가는 길은 너무 멀었다. 성찬도 그와 같이 나무를 잔뜩 지고 갔지만 앞서 잘도 걸어갔다. 소유는 내심 후회도 되었다. 어깨가 빠지도록 아파왔고 등뼈가 휘어지는 것 같았다.

"이보시오, 법력도 깊고 힘도 좋으신 스님, 제발 천천히 가시오. 스님 뒤따라 가려다가 다리가 부러지고 등골이 다 빠지겠소이다."

"처사님, 생전에 지게질 처음 해 본 것 같소이다. 어정거리다가는 언제 일본군의 의심을 받아 잡혀갈지 모르니 그저 소승처럼 고개를 꽉 숙이고 부지런히 따라오시오. 혼자 가면 의심이 더 깊어지니 말이오."

성찬은 들은 체도 하지 않고 고개를 숙여 걸으며 해가 빠지기 전에 돌아오려면 쉼 없이 가야 한다고 저만치 앞서 달아났고 소유는 큰 엉덩이를 뒤흔들며 그 뒤를 따라갔다.

장터로 가는 마을 근처 사당이 불에 타고 있었고 사람 하나 보이지 않왔다. 논두렁 위에는 손에 죽창을 꼭 쥔 채 죽어간 동학군의 모습이 눈에 들어왔다.

비로소 그는 고향의 어머니에게 전해달라며 엽전 열 냥과 볍씨를 전해주던 어린 농민군의 얼굴이 떠올랐다. 난리판에 그가 전해달라는 물건을 어디서 잃어버렸는지도 생각나지 않았다. 참으로 무심하고 기가 막히는 일이 아닌가. 그는 오직 천상의 용왕에게서 받은 거울상자와 단향의 비취잠을 잃을세라 내내 간직해 왔을 뿐이었다.

장터에 가까워질 무렵 소년 둘이 들것을 메고 노인이 그 옆에 따라가고 있었다. 가까이 가 보니 머리에 푸를 청靑자 수건을 매고 가슴에 흰 명주수건을 한 동학군이 눈을 뜬 채 죽어 있었는데 한 쪽 눈은 부릅뜨고 있었지만 다른 쪽은 새가 파먹었는지 아예 없었다.

소유는 노인을 불렀다.

"여보시오. 노인장. 곱은 손을 입김으로 녹이는 저 어린 것은 누구이며 들것에 누운 이는 또 누구란 말이오. 보기에 안쓰럽고 눈조차 감지 못한 시신이니 그냥 스쳐 가기가 어렵소이다."

"새세상 온다고 자식놈이 집을 나가더니 이렇게 죽어 돌아왔소. 들판에 반쯤 날짐승 밥이 된 것을 손자 둘을 시켜 이제야 찾아 온다오. 그래도 선산 하나 달랑 남아 있으니 언제 때가 오면 뒤에 후손들이 그 무덤을 찾아올지 아오? 손자들은 평생 역적놈의 자식이라고 손가락질을 받고 살 것이고, 우리 집안은 풍비박산이 날 대로 났소. 허나 눈 덮인 벌판을 뒤져 제 애비 시신을 찾아낸 까닭이 있소. 시신이 중요한 까닭은 한갓 무덤를 만들자는 것에 있는 것이 아니라 애비의 뜻을 결코 잊지 말자는 맹세 때문이라오."

노인은 추운 줄도 모르는지 눈에 핏발이 잔뜩 서려 있었다. 가엾은 일이었다. 그는 들것에 누운 동학군의 얼굴을 들여다보며 앞서 가던 성찬을 불렀다.

"여기 들것에 누운 이는 무슨 한이 많아 눈을 못 감고 죽었는고. 이보시오, 성찬 스님, 나무 장사도 중하고 돌아갈 길도 급하다 하나 잠시 가던 길을 멈추고 높으신 법력으로 눈이나 감겨주시오."

앞서 가던 성찬이 그 말을 들으니 못내 걸음을 멈추고 돌아서 지게를 진 채로 시신에게로 다가와 염불을 외우며 두 손으로 눈을 감기려 했으나 시신은 결코 눈을 감지 않았다.

"이보시오, 처사님. 저 원혼이 한이 많아 눈을 감지 않으니 소승으로도 어찌할 수 없소이다. 처사가 그 원혼과 생사의 길은 다르나 동학군의 마음은 서로 전할 것이니 눈을 한번 감겨 보시오."

성찬의 말을 듣자 소유는 왼손으로 지게 작대기를 꽉 잡아 몸을 지탱하고 오른손바닥으로 시신의 얼굴을 가만히 덮어내리니 시신의 외눈이 스르르 감겨졌다. 노인이 그를 향해 두 손을 거듭 모으고 절을 하고 손자에게도 들것을 놓고 큰절을 하라고 시키니 죽은 동학군의 아들도 눈바닥에 엎드려 큰절을 바쳤다. 소유는 그들의 인사를 받는 둥 마는 둥 하고 황망히 길을 나섰다.

그들이 장터 바닥에 나서 나무를 팔고 앉았는데 아이들의 노랫소리가 끊어질 듯 이어질 듯 희미하게 들려 왔다.

> 아리랑 아리랑 아라리요 아리랑 고개를 넘어간다.
> 개나리 봇짐을 등에 지고 아리랑 고개를 넘어간다.
> 어머니 아버지 어서 와요 북간도 벌판이 좋답디다.
> 문전옥토는 어디 두고 쪽박신세가 웬말이냐.
> 아리 아리 쓰리쓰리 아라리요 아리랑 고개를 넘어간다.

성찬이 소유에게 가는 곳곳마다 아이부터 어른까지 저 노래를 부른다고 전했다. 소유는 아이들이 멋도 모르고 부르는 노래를 들었는데도 노랫가락은 가슴이 울렁거리다 못해 찢어지는 것 같은 울림이 있었다. 북간도가 어디며 아리랑 고개가 그 우금치 고개인지 황토고개 그 어디쯤인지 알 수 없으나 지향없이 길을 가고자 하는 자신의 심사와 다를 바가 없었다.

"북간도가 도대체 어디란 말이오."

"여기서 북쪽으로 천 리 만 리 떨어져 있소이다. 백성들이 그곳에 가면 일본군의 눈도 피할 수 있고 함부로 곡식을 빼앗아 가는 탐관오리도 없다 하더이다."

"그러면 다 그곳으로 가지 왜 여기 사시오?"

"어허, 참 답답하외다. 타향살이가 어디 쉽겠소. 선산 버려두고 일가붙이 다 내던지고 문전옥답 다 버려두고 천 리 만 리나 떨어진 타향에서 살기가 그리 쉽겠소이까? 왜적놈이며 관군은 없지만 그곳에는 마적떼도 많아서 한밤중에 마을을 습격해 아녀자를 잡아가고 재물을 빼앗아 간다오. 조선의 백성은 토지로 밭을 삼는데 조선의 관리는 백성으로 밭을 삼으니 까마귀떼들보다 더하면 더했지 못하지 않을 것이오. 도척이 따로 있소. 관리들은 백성을 등쳐먹고 사니 어찌 이 땅에 살기가 쉽겠소. 박부추수剝膚椎髓…… 살갗을 벗겨 속골까지 망치질하니 차라리 북간도로 간다오."

성찬은 긴 한숨을 쉬었다. 저 먹중이 제법 아는 것도 많고 생각하는 것도 많구나. 내 천상에서도 하토가 이리 가혹하고 참담한 줄 몰랐으니 참으로 큰 공부를 하는 것이나, 이 공부를 어디에 써먹겠는가.

"뱁새가 깊은 숲 속에 둥지를 튼다 해도 나뭇지 하나면 족하고 두더지가 강물을 마신다 해도 그 작은 배를 채우면 그만인데 관리들이 아무리 욕심을 부린다 한들 숲과 강물을 어찌 다 차지하겠소."

"처사는 참으로 모르는 소리 하지 마시오. 뱁새와 두더지는 한갓 미물이지만 사람의 욕심이야 땅을 넘치고 하늘을 다 채워도 여전히 부족하기만 하다오. 이보시오. 처사. 세상에서 가장 큰 게 무엇인 줄 아시오."

"그야 땅이고 하늘 아니겠소."

"아니오, 그것보다 더 큰 게 있소."

성찬이 고개를 가로저으며 계속 되묻자 소유는 어라 이 먹중 좀 봐라, 천상보다 더 큰 게 있단 말인가. 내 아무리 하토의 풍습을 모른다 하나 하늘보다 더 큰 게 어디 있단 말인가 싶었다.

"이보시오, 처사. 저 사람 보시오."

갑자기 성찬이 소유의 대답도 기다리지 않고 장터를 기웃거리며 구걸을 하고 있는 거지를 손으로 가리켰다.

"저건 거지 아니오. 스님이 자비를 베푸시오."

"저 사람 앞에 어찌 자비를 이름이겠소. 저 사람은 벙어리라오. 스스로 혀를 잘랐소이다. 그리고는 유랑걸식하며 저잣거리를 떠돈다 하오."

"아니, 어찌 혀를 스스로 자를 수 있단 말이오. 천지간에 말을 하지 못하면 어느 사람과 뜻을 통할 것이오, 하찮은 미물도 소리로써 살아 있음을 드러내지 않소."

"저 사람이 혀를 자른 사연이 있다 하오. 저 사람도 동학군이었다 하더이다. 동학군으로 잡히면 제 목숨뿐 아니라 온 집안이 풍전등화에 놓이니, 한사코 살기 위해 자신은 안 했다 하고 다른 동학군을 관가에 이르는 인심이니 그만 저 사람은 혀를 자르고 벙어리가 되었다 하오. 허어 참, 이리저리 소문을 듣고 처사에게 말하니 이 몸도 장돌뱅이 신세가 된 것 같소이다만 어찌 눈으로 본 풍경을 그대로 다 말할 수 있겠소……."

"또 무엇을 보고 들었소?"

"한때 동학군이었던 이들이 목숨을 부지하기 위해 변절을 하니 민심이 더욱 흉흉하지 않겠소. 성씨마저 바꾸고 고향도 저버린다오. 동학의 두령들을 고발하기는 다반사요. 누구는 두령을 고발하고 군수 자리를 얻었다 하오. 어떤 동학군은 감옥에 갇혀 살길을 모색하니 옥졸이 이르기를 3백 냥만 있으면 목숨을 구할 수 있다 해서 집에 인편을 보내 살려 주기를 호소하였다오. 그 부모가 자식놈 목숨 구하기 위해 문전옥답 다 잡혀 3백 냥으로 자식놈을 빼내었는데 너무 많이 두들겨 맞아 감옥에서 나와 고향집으로 돌아오는 길에 숨졌다 하오이다. 이리저리 사연은 한도 없고 끝도 없소이다."

"어디서 그런 소문을 다 듣소?"

"누가 듣고 싶어 듣겠소? 나무 팔러 장터에 앉아 있어 보면 온갖 일이 귀에 다 들린다오. 더러는 이 먹중이 무슨 점복술사라도 되는 줄 알고 자식이 언제 돌아올지 묻는 이도 있고, 거적때기에 대발쌈에 둘둘 말려 가는 마지막길이 애석해 반야심경 한 줄 외워주기도 하지요. 이런 노래도 유행한다오."

새야 새야 파랑새야
녹두밭에 앉지 마라
녹두꽃이 떨어지면
청포장수 울고 간다.

새야 새야 파랑새야
네 무엇하러 나왔는가
솔잎 댓잎 무성하여
하절인가 하였더니

백설 펄펄 날린다.

성찬이 나직하고 처량하게 노래를 불렀다.
'정말 흰눈이 펄펄 날리는 세상이 왔구나.'
소유는 성찬의 노래를 들으니 흰 옷을 붉게 물들이며 죽어간 수많은 동학군들의 헤아릴 수 없는 얼굴과 눈빛이 유리처럼 투명하게 떠올랐다. 해가 지고 장터에 어둠이 깔리기 시작했다. 성찬의 나뭇짐 한 단은 팔았지만 소유가 지고 온 장작은 그대로 남아 있었다. 성찬은 보리쌀과 찬거리를 사왔다.
소유는 장터를 맴돌고 있는 벙어리를 불러 말했다.
"이 몸은 한갓 나무꾼에 불과하나 그대의 내력을 들어 알고 있으니 어느 거적 아래서 북풍한설을 가리는지 알 수 없으나 온기라도 잠시 들일 수 있을까 싶어 나뭇단을 삼가 바치니 사양치 말고 받아 주시오. 혀는 비록 없어졌다 하나 심중에 쌓인 말은 어찌 자를 수가 있겠소."
벙어리는 소유가 누군지 아는 듯한 눈빛이었다. 그 눈빛은 무얼 말하려는지 짐작할 수 없으나 부디 목숨을 부지하고 뜻을 잃지 말기를 바라는 듯했다.
"심중의 말씀이 무엇인지 어찌 짐작하겠소만 이 몸의 심사도 정할 길 없고 가슴은 깡그리 찢어져 버렸소이다. 부디 목숨을 건사하시어 좋은 세상, 밝은 봄날이 오면 다시 만나기를 바라오. 그때가 오면 잘랐던 혀도 다시 자라 못다 했던 말도 새로 하지 않겠소."
성찬이 멀뚱히 소유가 하는 말과 행동을 보고 있었다. 소유는 벙어리의 대답도 듣지 않고 지게까지 그대로 두고 일어섰다. 돌아오는 길은 멀었다. 어두워지자 칼바람이 사정없이 불어왔다. 그 길 위를 한 무리의 사람들이 북쪽을 향해 걸어가고 있었다. 어린애도 있고 아낙도 있고 노인네도 있고, 할미도 있었는데 그 수가 무려 50여 명은 넘어 보였다.

"여보시오, 성찬 스님. 이 춥고 어두운 길에 저들이 어디로 가는 것 같소?"

"중생이 가는 길을 내가 어떻게 알겠소. 못 먹고 못 살고, 언제 멸문지화를 당할지 모르니 차라리 만주땅으로 가는지도 알 수 없소."

"만주라니? 도대체 그곳이 어디란 말이오. 그곳은 살기가 좋소?"

"아이들 노랫가락에도 나오지 않소. 바로 그곳을 북간도라고도 부른다오."

눈 덮인 벌판 위를 까마귀떼 들이 빙빙 돌고 있었다. 소유는 이제 함성은 다 사라졌다고 쉼 없이 중얼거렸다. 누가 있어 이 억울하고 분함을 저 깊이 파묻어버린 땅 속에서 일으켜 세우겠는가.

'아아, 함성은 다 사라지고 이 몸은 천상에서도 하토에서도 버림받은 몸이 되고 말았으니 더 무엇을 염려하고 애달파하겠는가. 그리운 단향은 기별도 없고 천지가 일본놈과 그 앞잡이들의 세상이 됐으니 채옥은 어찌 무사하겠는가. 실타래 같은 목숨을 구해준 옥춘의 생사도 알 수가 없으니 그 은공을 갚을 길도 알지 못하도다. 어느 하늘 아래 다시 만나겠는가. 내 본디 세상 사람이 아니었으니, 장군의 말대로 어찌 세상 사람이 가는 길을 똑같이 걷겠는가.'

그들이 절에 돌아오니 공양간에서 큰 가마솥에 물을 끓이고 있던 우팔이 달려나오며 급히 물었다.

"혹시 미역줄기는 사오지 않았소?"

"미역줄기라니 무슨 말씀이오? 누가 아기라도 낳았단 말이오."

"그렇소, 그렇소. 법력 높으신 성찬 스님. 아기를 낳았소."

"누가 아기를 낳았단 말이오. 처사가 낳았단 말이오?"

"이몸이 어찌 아기를 낳겠소. 나무하러 갔다 오는데 산길에서 혼자 친

정길을 가던 아낙네가 그만 눈 덮인 산 속에서 혼자 산고를 틀다 아기를 낳는 걸 보았소. 그냥 두면 죽을 것 같아 지고 있던 나무는 버리고 산모를 지게에 얹고 아기는 가슴에 품고 냅다 절집으로 달려왔소. 민망하기도 했지만 어쩌겠소. 내가 생똥을 다 쌌소이다. 그래서 미역국이라도 끓여 줄까 싶어 물어 보았소."

"그래 산모가 눈 속에 혼자 아기를 낳았단 말이오? 목불인견이로다. 오늘 처사님은 큰 공덕을 지었소이다. 산모는 어떻소?"

"내가 뭘 알겠소만 어찌 숨소리가 고르지를 않소. 쌀독을 들여다보니 바닥이 훤해서 두 분이 돌아올 때까지 이렇게 물만 끓이고 있다오. 그런데 이상하오, 도사님. 저 아기를 뜨거운 물로 몸을 씻기는데 아무리 펴려고 해도 오른손 주먹을 꼭 쥐고 펴지를 않소."

"그래, 딸이냐, 아들이냐?"

소유는 마치 애비라도 되는 듯이 물었다.

"도사님이 직접 방에 들어가서 보시오."

소유는 부리나케 방안으로 들어갔다. 우팔의 끝말이 마음을 급하게 했던 것이다. 어째 어린 것이 손바닥을 펴지 않는단 말인가. 그는 더 이상 천상의 인연이 이어지기를 바라지 않았다.

산모는 정신을 잃고 누워 있었다. 그는 아기 옆으로 무릎걸음으로 다가가 이불을 헤쳐 보았다. 딸이었다. 그는 아기가 꼭 쥐고 있는 오른손 주먹을 두 손으로 잡고 가만히 펴보니 그 안에는 초록색 진주 한 알이 들어 있었다. 그는 얼른 아기 손바닥으로 진주를 감싸쥐게 하고 밖으로 나왔다. 우팔이 부산하게 보리쌀을 씻고 성찬은 어디 감추어 두었는지 누런 호박을 꺼내와 호박죽을 끓였다. 우팔은 날이 밝으면 산비둘기를 잡아와 죽을 끓이고 잉어라도 한 마리 잡아와야겠다고 얼굴을 붉히며 말했다. 소유는 갈피를 잡을 수 없었다.

그러나 산모는 그들이 끓인 보리쌀죽과 호박죽을 제대로 입에 대지도 못하고 눈을 감았다. 산모는 마지막 말도 못하고 젖을 물리다가 눈빛으로 아기를 가리키더니 그만 고개가 축 늘어지고 말았다. 아기는 엄마가 죽었는지도 모르고 세차게 젖을 빨아대었다.

다음날, 우팔은 오리나무를 잘라 촘촘히 관을 짠 뒤, 지게에 지고 산으로 갔다. 소유는 갓난아기를 절에 혼자 둘 수 없어 품에 안고 뒤를 따랐다. 성찬이 성법의 손을 잡고 삽을 들고 뒤따라왔다.

우팔은 양지바른 곳에 아낙네를 묻어주고 성찬에게 말했다.

"스님이 불공도 드려주고 이 애가 크면 무덤 자리도 가르쳐 주시오. 우리는 언제 죽을 목숨인지 알 수가 있겠소."

"이 보시오, 불공을 올리는 것이야 왜 마다하겠소만 젖도 없는데 저 어린 것을 어찌 키울 수가 있겠소."

"듣고 보니 그도 그렇소이다. 성법이야 저절로 클 것이나 이름도 성도 없는 저 어린 아기씨는 어떻게 하오, 도사님?"

"어찌 나더러 묻느냐? 네놈이 산길에서 죽을 목숨을 살려주었으니 이는 필시 너와 인연이 있지 않겠느냐."

"그렇소……? 내 생전에 이런 일은 처음 겪는 바라 어찌 해야 할지 모르겠소. 이 몸도 달린 젖이 없으니 난감하기만 하오이다."

소유는 심사가 어지럽고 갈피를 잡을 수 없었다.

그는 혼자 산꼭대기로 올라가 하늘을 우러러 보며 캄캄해질 때까지 서 있었다.

천지 간에 한 목숨이 나고 죽는 것이 스스로 정한 이치가 있다 하나 이 난리판에 애꿎은 목숨이 나가 자빠지는데 저 어린 목숨이 무어 귀하리오만 간에 등불을 켜듯 속이 타들어옴은 또 무슨 조화란 말인가. 하늘의 이 법을 알 수 없고 땅의 움직임을 내 어찌 살필 수 없겠는가. 천상에서의 연분과 정리가 하토에서 아직 끝나지 않았단 말인가. 정녕코 진주알을 품고 태어난 아기가 8선녀의 기운을 입어 났단 말인가. 비록 꿈속이라 하나 8도사는 왕모가 단향을 철산지옥에 가두었다 하는데 하토에서 똑같은 정분을 나눈 채옥이며 옥춘은 어찌 하늘에서 벌을 주지 않는단 말인고. 한날 한시에 난 손가락도 길고 짧음이 있고, 한 나무의 가지도 길고 짧음이 있으나 그것이 이치의 짧고 김은 아니지 않는가. 그의 생각은 끝없이 이어가다 마침내 필히 채옥과 옥춘을 찾아보리라는 데까지 이르렀다.

그가 산을 내려와 절 마당으로 들어서니 우팔이 머리를 빡빡 깎고 잿빛 승복을 입고 있고 등에는 아기를 업은 채 쌓인 눈을 쳐내고 있었다.

"우팔아, 이게 무슨 짓이냐? 네가 불문에 들었단 말이냐?"

"그렇소, 도사님. 불문의 인연이 높고 낮음이 어디 있고 귀하고 천하고가 어디 있겠소. 이 몸이 까막눈에 불경 한 자 들여다볼 줄 모르나 힘도 있고 나무도 잘하니 절집 불목하니 열 몫은 하지 않겠소. 성찬 스님을 사형처럼 은사처럼 삼아 머리를 싹 깎고 옷도 한 벌 얻어 입었소. 법당 안 부처님 입에도 거미줄이 쳐져 있고, 이 몸은 물론 이 몸 등에 업힌 아기도 입에 거미줄이 쳐질 것 같아 내 오늘 머리를 깎았지 않겠소. 보리죽 미음도 하루 이틀이지 이러다 애 말라 죽이겠소. 죽은 목숨은 죽은 목숨이지만 산 목숨은 살아야 하지 않겠소. 부처님의 불법이며 녹두장군님이 이르는 천지개벽하는 새세상이 무어 다르겠소. 목숨을 기르고 그를 헛되이 하지 말라는 뜻 아니겠소. 이제 아기를 등에 업고 마을로 나가 젖동냥을 다니겠소이다. 속가의 옷을 입고 나서면 언제 잡혀갈지 모르고 쇠창에 찔려 죽을지 모르나 관군이든 개 같은 일본놈이든 그래도 아기 업고 젖동냥 다니는 스님을 함부로 잡아 내치지는 못할 것이오."

"정말 불문에 들었단 말이냐? 복단이와의 약조는 어쩔 셈이냐?"

"발자국을 없애려고 아무리 달린들 발자국이 없어지겠소. 지난 발자국이 예까지 이르렀으니 연이 닿으면 서로의 속을 열어 만날 날이 있지 않겠소. 지난 연분에 사로잡혀서 이 어린 목숨을 함부로 할 수 있겠소……."

"듣고 보니 네놈이 바로 도사로다. 정말 잘했다. 나도 산 위에 올라 깊은 생각 끝에 이 절을 떠나기로 마음을 세웠다. 네놈이 불문에 든 것과 내가 먼 길을 떠나는 것이 무어 다르겠는가. 부디 정진해 정분과 인연에 사로잡히지 말고 큰 깨달음을 얻어 중생의 번뇌와 슬픔을 구하도록 해라."

"그래 도사님도 떠나신단 말이오? 봄이 오고 눈이 녹으면 가시오."

"더 있어 무엇하겠는가. 살아 있다면 언제 다시 만날 날이 올 것이다. 새세상이 오면 그 때 만나자꾸나."

"도사님, 정말 새세상이 오겠소?"

"새세상이 따로 있겠느냐."

그는 순간, 새세상은 이 나라 굶주리고 한 많은 백성의 몸 속에서 기다리고 있다는 장군의 편지글이 떠올랐고 이어 그것은 장군의 큰 목소리가 되어 그의 귓속으로 울려 퍼졌다. 소유는 목이 메어 아무 대답을 할 수 없었다.

그가 밤새 잠을 설치다 행장을 꾸리니 우팔이 엽전을 한 꾸러미 내놓았다.

"소를 여덟 마리 사라고 아버지한테 줄라고 간직해 왔소. 도사님이 가지시오. 그리고 여기 금은보화를 숨긴 지도도 있소이다. 탐관오리며 부자들의 것을 빼앗으나 이제 나는 필요없소. 도사님이 찾아다 쓰시오. 그리고 이것도 받아 가시오."

우팔은 품 안에서 단도를 꺼냈다.

"네놈이 정말 큰 도인이 되겠구나."

소유는 우팔의 얼굴을 한참이나 바라보다 엽전과 단도는 받아 들었지만 지도는 받지 않았다. 그는 중우 자락을 더듬어 단향에게서 받았던 비취잠과 용왕에게서 받은 거울 상자를 우팔 앞으로 내놓았다.

"우팔아, 이건 인간 세상에서 참으로 귀한 물건이로다. 비취잠은 아기에게 주도록 하고 거울 상자는 성법에게 주거라. 아기는 아직 주먹을 펴지 않았느냐?"

"참으로 이상하오. 주먹을 꼭 쥐고 절대 펴지를 않소."

"애비도 없고 어미마저 세상을 떠났으니 주먹을 누가 펴게 하겠느냐? 네가 지극정성을 다하면 언젠가 펴질 것이다."

"떠나기 전에 아기 이름이나 하나 지어 주시오."

"눈길에 낳았으나 봄이 그립구나. 설춘雪春이라고 해라."

성찬이 새벽밥을 만들어 내왔고 주먹밥을 다섯 개나 만들어 주었다. 그는 괴나리 봇짐에 주먹밥과 엽전을 넣고 새벽길을 나섰다. 우팔이 산등성이 넘어 고갯마루까지 설춘을 업고 따라나섰다. 소유는 길을 가다 몇 번이나 돌아보았다. 우팔은 설춘을 업고 고갯마루에 서서 그를 향해 꼼짝없이 서 있었다.

그가 지향없이 길을 따라가니 긴 강이 나왔다. 강변 곳곳마다 흰옷을 입은 사람들이 땅을 파고 허리를 굽혀 무엇인가를 찾고 있었.

그가 다가가 보니 사람들은 구덩이를 파내고 그 안에서 시신을 찾고 있었다. 겨울땅을 파내는 그들의 손이 얼어터져 피딱지가 손등에 붙어 있었다. 소유가 무엇을 하느냐고 물으니 이 강가에서 동학군 수백 명이 관군과 일본군의 손에 죽었는데 전사자는 물론, 다친 사람까지 생매장을 하고 기름을 놓아 불을 질러서 누가 누군지 알아볼 수가 없다고 했다. 불을 질러 버렸으니 옷자락으로도 구별할 수 없고 몸에 점이 박혀 있는 것으로도 알 수가 없어 어떤 이는 양쪽 어금니가 빠져 있는 게 아버지라며 불탄 시신의 입을 억지로 벌려 그 안을 들여다보고 있었다.

15. 눈 먼 봄날의 노래   383

"객사를 했으니 그 원혼이 얼마나 깊겠소. 섬진강이 이리 넓고 긴데 어디 가서 시신을 찾을 수 있겠소. 날씨가 추우니 일본놈도 보이지 않고 해서 날마다 강으로 나와 시신을 찾는 이가 한둘이 아니라오."

구덩이 옆에 쪼그리고 앉아 곰방대를 피워 물고 있는 노인은 눈꼽과 눈물이 뒤섞인 눈을 닦아내느라 자꾸 눈을 비벼대었다. 그는 노인네에게 전주로 가는 길을 물었다.

"뭐 하시는 분이우?"

"소금장수요."

"소금장수가 그곳은 왜 가시려우? 일본놈 천지라우. 소금을 팔기는커녕 붙잡히면 무조건 풀려나는데 몇백 냥 드오이다. 괜히 일가붙이 논밭 팔게 하지 마소."

"전란에 일가붙이 몰살했으니 고생시킬 일도 없소이다."

그는 막상 일가붙이가 다 죽었다고 대답하고 보니 한없이 마음이 구슬퍼져 그만 눈물이 주르르 흘렸다. 그도 그럴 것이 하토에 더 이상 무슨 정분이며 인연이 남아 있단 말인가.

"쯧쯧, 하늘님도 무심하시지. 그렇지 않은 집이 어디 있겠소만 일가붙이 하나 없이 붙잡히면 죽은 목숨이나 진배없소. 관리들이 동학당 잡는다는 명분에 백성들 간 빼먹으려 눈을 벌겋게 해 가지고 설친다오."

그는 섬진강을 따라 가다 장터에 들러 우팔이 준 엽전으로 소금을 몇 됫박 사서 봇짐에 꾸려 넣고 전주로 빠르게 거슬러 올라갔다. 비록 산 속에 숨어 있었으나 발을 빠르게 놀려보니 몸은 여전히 가벼웠다. 낮에는 산에 숨어 있다 어두워지면 그는 길을 재촉했다. 북극성을 의지하고 삼태성을 등대로 삼아 홀로 가는 밤길은 막막했으나 기다리고 있을지도 모를 채옥을 생각하니 가슴은 훈훈해져 왔다.

그가 그리던 채옥의 집에 이른 것은 새벽녘이었다. 어슴푸레한 빛 속에서 낯익은 석교가 보이자 그는 몸을 날려 한달음에 채옥의 집에 내려섰으나 집은 폐허가 되어 있었다. 불타다 남은 대문 기둥만이 홀로 서 있고 집안에는 잡초만이 무성했다. 그는 집안으로 소리없이 들어섰다. 대포를 맞은 듯 집안은 남김없이 부서져 있었다. 오동나무만이 홀로 서서 그를 말없이 내려다보고 있었다. 사람의 기척도 들리지 않았다.

날이 밝아오자 그는 주막에서 채옥의 소식을 물어보았으나 채옥은 물론 복단이, 할미의 소식도 아는 이가 없었다. 두근거리던 가슴은 얼음처럼 싸늘하게 굳어 왔고 가슴 밑바닥에서 알 수 없는 깊은 분노가 치밀어져 왔다.

이제 어디로 간단 말인가.

'내 본시 하토의 인간이 아니었으나 인연의 법도가 깊어 속가의 중생들과 깊은 정분을 맺지 않았던가. 개 같은 일본군에게 잡혀 사지를 절단낼 죽음을 무릅쓰고 온갖 공력을 일으켜 채옥을 찾아왔으나 채옥은 날 두고 어디로 사라졌단 말인가. 스승께서는 내게 스스로 광대하고 은밀한 이치를 온전히 깨닫지 못했으니 8백 도반의 욕을 다 보였다 하시며, 한갓 필부의 어리석음으로도 알 수 있고 공맹과 같은 하토의 성인이라 하여도 알지 못하는 것이 있으니 하토에서 그 길을 가라고 하셨으나 어찌 내가 그 길을 알 것인가. 스승의 가르침이 아무리 깊다 하나 하토의 목숨도 귀하고 소중한 법이 아니던가. 채옥이 천상의 여인이라면 어찌 그 흔적 하나 남기지 못하고 포탄의 밥이 되었을 것인가. 아아, 천상이 원망스럽고 원망스럽도다. 이제 누구를 찾아 어디로 가는 길을 묻는단 말인가.

헤매는 사람은 길을 묻지 않았다 하나 그는 얼마나 길을 물었는가. 하토에 벌을 받아 처음 가는 길이니 아무도 길을 아는 자가 없었다. 지금 이 나라를 망친 임금이며 고관대작들도 널리 지혜로운 이에게 묻지 않고 앞길을 살피는 눈도 없이 제멋대로 했으니 온 백성이 길을 잃어 죽음에 이르고 있지 않은가.
 스승은 길을 가르쳐 주지 않고 쫓아내기만 하는구나.
 그는 주막에 앉아 서글픈 마음에 농주를 한없이 마시니 얼굴이 붉어지고 가슴이 더욱 슬퍼져 구슬 같은 눈물을 흘리고 말았다.
 일본군과 관군이 우르르 주막을 지나가다가 기골이 훤칠한 그를 보고 오라고 불렀다. 그는 들은 체도 하지 않았다. 관군이 창을 겨누고 일본군이 총을 겨누자 그는 풀어두었던 봇짐을 지고 품 안에서 재빨리 단도를 꺼내 말을 타고 있던 일본군 장교의 가슴을 향해 날렸다. 일본군은 그대로 말 위에서 떨어졌고, 그 사이 그는 신형을 날려 일본군의 가슴에 깊이 박힌 단도를 빼내 그 군복에다 묻은 피를 닦고는 놀라 날뛰는 말 안장에 올라타고 배를 힘껏 차 앞으로 달리기 시작했다. 순식간에 벌어진 일이었다. 일본군 졸병들이 뒤따라 달려오며 총을 쏘아대었지만 번개처럼 빠른 그를 잡을 수 없었다.
 '무어 두려운 일이 있겠는가. 하늘도 나를 잊고 지상의 연분들도 나를 잊었지 않은가.'
 그는 북쪽을 향해 쉼 없이 달려갔다.
 "아하, 아하!"
 그는 사정없이 채찍질을 해 말을 몰아가며 공맹도 알지 못하지만 천하의 어리석은 필부도 아는 것이 무엇인지 생각했다. 몸에서 푸른 김이 솟아 올랐고 말이 지쳐 더 이상 달리지 못하자 그는 말에서 내려 몸을 날렸다. 알 수 없도다. 꿈 속에서 장군은 천상의 성군과 선아들에게 대들 것처럼 외치지 않았는가. 무엇이 천명인가 라고. 하늘도 할 수 없는 일이 있다면 누가 그것을 하겠는가. 땅이 하겠는가? 사람이 하겠는가?
 그는 산 속으로 숨어 들어가 쉼 없이 발을 옮겼다. 이 길은 강달복과 함께 한양으로 가기 위해 갔던 길이 아니던가. 이제 눈도 조금씩 녹고 쓸데없이 나무들이 연녹색 잎을 내미는구나. 대원이 대감이 옥춘은 무사하다 했으나 내 두 눈으로 확인해야겠도다. 아아, 이럴 때 단향이라도 나타난다면 얼마나 다행스러운가…… 허나 왕모가 철산지옥에 가두었다 하니 무슨 재주로 그곳을 벗어나겠는가. 천상에서도 길을 잃고 하토에서도 인연과 거처를 죄다 잃어버리고 말 것 같은 두려움이 그의 온몸을 뒤덮어 내렸다.

그때 어디선가 단향선의 목소리가 들려왔다.

'군이시여. 왕모의 미움이 극에 달해 중음신으로도 나타날 수 없는 이 몸을 용서해 주십시오. 온힘을 다해 목소리에 기운을 넣어 지옥을 넘어 세상의 경계를 지나 군께 뜻을 전하옵니다. 저의 마음도 한없이 슬프옵니다. 허나 군이시여, 눈물이 비오듯 쏟아질 때 비로소 길함이 스스로 광명하게 비쳐옴이 천상 우주와 하토 만물의 이치이옵니다. 크고 밝고 높고 정미하고 지극한 정성은 군의 몸 속에 있습니다. 하토에 봄이 아무리 화려하다 하나 그 봄을 결코 잡지 않은 까닭이 어디에 있겠습니까. 변하지 않은 것이 없는 이치는 바로 변하지 않음이 더없이 높고 귀함을 변함으로써 알려주는 것입니다.'

'단향선은 용서해 주기 바라오. 한때 정부으로 그리 고초를 겪게 하니 나의 불민함이 너무 크오. 하토에서 살생을 거듭하고 연분과 정사를 맺음을 천상에서 낱낱이 알고 있는바, 이제 하늘이 어찌 나를 도와주기를 바라며 난세에 뚝 떨어진 이 몸의 신세를 탓하겠소. 내 할 수만 있다면 철산지옥으로 달려가 당장이라도 단향선을 구해내겠소만, 용서하시오. 그 길을 알 수 없소. 이제 이몸은 하토의 인간일 뿐이오.'

'군이시여, 이 길은 알 수가 없고, 안다 해도 올 수 없으며, 온다 해도 구할 수 없사옵니다. 오직 한 가지만 잊지 마십시오. 군은 한때의 연분이라 하나 이 몸은 모든 생의 연분이니 지옥고마저 소중히 받들고 있사옵니다. 조금도 괴로워하지 마십시오. 비록 몸은 철산지옥에 갇혔고, 인연법이 변화무쌍하다 하나 군과의 연분이 강건하고 한가운데 있으며, 순하고 정밀하고 향기롭기가 난초 같고 그 예리하기가 쇠를 끊는 것과 같으니 새로운 날이 오기를 기다릴 뿐이옵니다.'

그는 단향선에게 옥춘의 일을 물어보고 싶었으나 그를 기리는 마음이 저리 간절한데 차마 물어볼 수 없었다.

'단향선이여, 하늘의 이치는 언제나 늦고 나의 기운이 언제나 먼저 이른 잘못이오이다. 천상에서야 이치가 먼저 있고 기운이 뒤에 온다 하나 이 몸은 그렇지 않았소. 이제 누구도 천상에서 이 몸을 기억하지 않을 것이오. 지상에서의 연분도 찾을 길 없소.'

단향의 목소리는 더 이상 들리지 않았다. 다만 그의 가슴 속으로 깊고 따스한 기운이 아련하게 흘러들어옴을 느낄 따름이었다.

그는 인왕산 기슭으로 들어가 옥춘의 집을 찾았다. 집은 그대로 있었으나 아무도 살지 않았다. 깊은 산골에 기울어져 가는 햇살이 빈 집에 가득 차 있었다. 그는 궁노루 두 마리가 가파른 산등성이를 달려오르는 뒷모습만을 보았다.

그는 빈 집에 앉아 어디로 가야 할지를 곰곰이 생각해 보았으나 갈피를 찾을 수 없었다. 그런데 청삽살개 한 마리가 어디선가 나타나 그를 향해 꼬리를 흔들며 다가왔다.

"아, 이놈은 옥춘이 키우던 덕구 아니냐. 이놈아, 주인은 어디에 두고 홀로 집을 지키고 있단 말이냐."

덕구가 무슨 대답을 할 리도 없건만 그는 청삽살개에게 묻고 또 물었다. 그가 산을 빠져나오니 덕구가 뒤따라왔다. 그가 지향없이 길을 가는데 사람들이 구름떼처럼 모여서 무엇인가를 올려다보고 있었다. 그는 사람들 사이를 헤집고 안으로 들어가 누각 위를 올려다보았다.

그곳에는 녹두장군의 머리가 매달려 있었다.

이윽고 목이 잘린 장군을 보기 위해 모여든 수많은 이들이 한 무리씩 흩어지기 시작했다. 그들은 이불짐과 살림살이를 머리에 이고 등에 지고 어디론가 떠나려는 듯이 보였다.

이미 숨이 끊어진 장군이었지만 깊은 생각에 잠겨 있는 듯한 그의 머리 위에는 서슬 푸른 기운이 서려 있었다.

그는 어린애를 들쳐 업은 노인에게 물었다.

"다들 어디로 간다고 저렇게 가고 있소?"

"이제 일세의 영웅을 잃었으니 나라의 기운도 다 끝났소. 못 먹고 못 입는 백성들이 지천에 깔려 있소. 이 어린 손주의 애비도 죽었소. 아낙과 늙은이와 배곯은 아이들만 남았소. 무지렁이 백성은 갈 곳을 잃고 일본 놈과 그 앞잡이들만이 득세하는 세상이 왔소. 녹두꽃은 다 떨어졌지만 다시 깊이 땅 속에 묻힌 꽃잎이 긴 세월을 지나 씨앗이 되고 그 씨앗이 자라 싹이 틀 때까지 하염없이 먼 길을 떠난다오."

"그곳이 어디요? 이 한 몸도 길을 잃었소."

"만주 땅이라오. 그곳은 우리 선조들이 말을 달리며 높은 기상을 품었던 우리 땅이오."

소유는 노인의 말을 들으며 이제 다시는 천상을 그리워하지 않으리라고 다짐했다. 그는 덕구를 데리고 얼어붙은 두만강을 건너 만주땅으로 넘어갔다. 그가 만주땅을 쉼 없이 걸어가는데 서러운 눈물이 그의 볼을 타고 눈 덮인 땅 위로 떨어졌다.

그 눈물은 이듬해 봄이 오자 한 송이 노란 복수초로 피어나더니 두만강, 온 강둑을 지천으로 뒤덮고 마침내 백두산 천지를 둘러쌌지만 그의 소식은 아무도 듣지 못했다.

하늘에서도 그를 찾지 못했다.

도대체 어디로 가버렸는지.

육관대사는 내내 마음이 아팠다. 종적을 감춘 소유를 찾기 위해 대사는 8백 도반에게 일러 그가 인간 세상 어디로 사라졌는지 찾아보게 하고, 일본군에게 총을 맞아 육신은 땅에 파묻혀 버리고 혼은 천상의 벌을 다 갚지 못해 지옥으로 떨어졌을 수도 있다는 생각이 들어 지옥의 곳곳을 찾아보도록 지장보살에게 간곡히 부탁했다. 지장보살이 철산지옥, 무간지옥, 대위지옥을 비롯해 일만팔천 지옥의 세계를 다 찾아다녔으나 소유는 그 어디에도 없었다.

육관도사는 마침내 왕모에게 성진이 천상과 하토 어디에 있는지 찾아주기를 간곡히 청하니, 그의 청을 못 본 체할 수 없었던 왕모는 백두대간을 비롯한 모든 산의 나무밑을 샅샅이 훑고, 강과 시내, 집집마다 마을마다 소유의 흔적을 찾았으나 그는 보이지 않았다. 왕모는 철산지옥의 단향선마저 풀어 그를 찾게 했으나 찾을 수 없었다.

드디어 모든 신선과 성군들이 조선땅의 산천대천 지붕 아래 모든 거처마다 낱낱이 들여다보고, 만주벌판과 마침내 저 대륙의 고비 사막이며 타클라마칸 사막의 모래알 하나하나까지 다 헤아려 가며 찾았으나 소유는 보이지 않았다.

□ 작품 해설
꿈 같은 연애에의 초대

진 형 준 | 문학평론가

『연적』은 『구운몽』을 패러디한 소설이다. 그래서 그런지 이 소설을 읽고 나면 한바탕 꿈을 꾸고 난 것과 같아진다. 그것이 『구운몽』을 패러디 했기에 한바탕 꿈을 꾼 것 같기도 하겠지만 정작 이유는 거기에만 있는 것이 아니다. 작가가 마치 꿈을 꾸듯이 소설을 썼고 읽는 이도 한바탕 그 꿈에 빠져들게 만들기 때문이다.

꿈이란 무엇인가? 프로이트 같은 이야 우리의 억압된 욕망이 투영되어 나타난 것이라고 말하겠지만 나로서는 좀더 고전적으로, 그리고 좀더 긍정적으로 우리의 이상이 활짝 펼쳐져 있는 세상이라고 말하고 싶다. 작가는 천상에서 추방된 '성진-양소유'를 동학 혁명의 한복판에 떨어뜨려 소설에 역사성을 부여하고 그 의미를 증폭시켰지만, 소설을 덮은 후 내게 진하게 남는 것은 '성진-양소유'의 거의 지순하다고 말할 정도의 연애 행각이다. 꿈속의 연애이기에 지순하고 연애 외에는 보이는 것이 거의 없는 연애이기에 지순하다. 그 연애는 작가가 이상화시킨 연애이다.

나는 이미 내가 이 소설을 어떻게 읽겠다는 것을 밝힌 셈이다. 하기야 한 권의 소설을 읽는 방법은 여러 가지가 있다. 거기서 교훈을 끄집어 낼 수도 있고 역사의식을 읽어낼 수도 있으며 저자의 의도를 철저히 추적하며 읽는 방법도 있다. 그러나 그냥 그 소설에 빠져서 무아지경으로 읽는 것도 그 중의 하나이다. 그걸 나는 소설의 재미에 그냥 빠지는 방법이라고 말한다. 하기야 해설을 쓰기 위해 소설을 읽으면서 어떻게 무아지경에 빠지는 것이 가능하랴마는 나로서는 이 소설을 읽는 가장 좋은 방법은 가능한 한 그 재미에 그냥 빠져보는 것이라고 말하고 싶다. 그렇게 이 소설을 읽으려 하면 이 소설은 아주 재미있는 연애 소설이 되는 것이다.

그러나 연애 소설이기는 하되 이상화된 연애 소설이다. 사실 남자라면 이 소설 속에서 펼쳐지는 연애 중의 하나라도 경험해 보았으면 하는 꿈을 누구나 꾸어 보지 않겠는가? 그러나 그 꿈은 현실 속에서는 쉽게 이루어지지 않는다. 그러니 이 소설 속에서의 연애는 전부 이상화된 연애이다. 적어도 남자의 입장에서 보자면 그렇다. '성진-양소유'의 연인들은 모두 이상화된 여자들이다. 단향이나 8선녀는 '성진-양소유'에게 반해서 천상의 금기를 깨뜨리고 그와 사랑을 나눈다. 더욱이 그녀들은 '하늘 잔치'에 모인 천상의 선인들의 마음도 움직이게 하는 자태를 지닌 여인들이다. 그녀들은 능동적으로 주인공을 사랑하고 그 어떤 상황에서도 주인공을 버리지 않는다. 특히 단향이나 채옥은 수호천사의 역할까지 한다. 그녀들은 천상의 고결함을 지닌 채 주인공이 어떠한 상황에 처하든, 어떤 행동을 하든, 어떤 잘못을 저지르든 일편단심으로 주인공을 사랑하고 보호하고 이끈다. 오로지 사랑을 위하여 자기 희생을 하고 이타적이며 관대하다. 그런 여자를 만나 그런 사랑을 나누어 보는 것이 남자라면 한 번 쯤 꾸어본 적이 있는 꿈이 아니겠는가?

그렇다면 그런 사랑의 대상이며 주체인 주인공은 어떤 인물인가? '성진-양소유'는 더할 수 없이 이기적이고 속물적이고 즉흥적이다. 사랑을 하면 눈이 먼다는 이야기가 있다. 소설 속의 '성진-양소유'는 전형적으로 사랑에 눈이 먼 인물이다. 사랑이 죄가 되어 하토로 추방되어서도 자기가 무슨 잘못을 하여 왜 추방이 되었는지, 어떻게 하면 죄를 씻고 사함을 받아 천상으로 갈 수 있는지를 반성하고 실천하기는커녕 틈만 나면 질펀하게 사랑을 나누고 자기변명에만 빠진다. 그러나 본래의 성진은 어떠한 인물이었던가? "총명한 기운이 산천초목에까지 이를 듯이 눈빛이 형형한" 인물이며 "경전에 정통하고 깊은 뜻을 훤히 꿰뚫었으며 계를 닦고 도를 이루어 마음이 신실하고 앎이 지혜로워 고금에 통달하고" "대사가 자신의 법맥을 전해 주리라고 마음을 먹기에도 부족함이 없는" 인물이다.

  그러나 우리 눈앞에 나타나 있는 주인공의 모습은 본래와는 거리가 멀다. 거리가 먼 정도가 아니라 그런 본래의 모습을 상상하기조차 어렵게 그려져 있다. 음탕하며 비겁하고 이기적이며 순간적인 유혹에 약하고 변덕쟁이이며 사려도 깊지 못하다. 한 마디로 천방지축인 인물이다. 그가 어찌하여 그리 되었는가? 사랑에 눈이 멀었기 때문이다. 『연적』은 눈 먼 사랑의 행로이다. 그 끝이 어떻게 되는지 궁금해 하면서 이 소설을 읽는다면 재미가 더해질 수 있을 것이다.

  작가는 한 인간의 눈 먼 사랑의 행로를 그리기 위해 그리고 그 효과를 극대화하기 위해 『구운몽』을 패러디한다. 그리고 그 선택은 잘한 선택이다. 다시 반복하지만 눈 먼 사랑이란 이상화된 사랑이다. 그 사랑에는 그 어떤 금기가 끼어들 틈도 없다. 그렇기에 어떤 의미에서는 이루어질 수 없는 비현실적인 사랑이기도 하다. 현실 속에서 잠시 그런 사랑을 경험하더라도 그것은 찰나적일 수밖에 없다. 그리고 비극적으로 끝나는 경우가 더 많다. 비현실적이며 찰나적이고 비극적일 수밖에 없는 눈 먼 사랑을 제대로 살려내기 위해서는 주인공이 비현실적인 인물일 수밖에 없다.

현실 속의 인물이라면 좌절할 수밖에 없는 눈 먼 사랑을 '성진-양소유'는 마음대로 한다. 그가 천상의 인물이기 때문이다. 천상에서 추락한 인물이기 때문이다. 천상에서 추락을 했기에 하토의 인물들과는 다른 고상한 인물로 존재하는 것이 아니라 비현실적인 인물이 되고 비현실적이기에 마음대로 눈 먼 사랑에 빠질 수 있는 존재가 된다.

사실상 추락의 모티브는 인류에게 근본적인 원형에 속한다. 기독교 경전의 원죄와 낙원 추방의 모티브나 낭만주의와 상징주의에서의 추락의 모티브에서 보듯 추락의 원형은 인간의 잃어버린 고향과 낙원을 전제로 한다. 특히 보들레르라는 프랑스 상징주의 시인의 비극적 세계관은 자신이 이곳 태생이 아니라 천상에서 태어난 사람이라는 것을 전제로 형성된 것이다. 『연적』의 '성진-양소유' 역시 추방된 천상의 삶, 그 행복했던 삶을 그리워한다는 점에서는 동일한 모티브로 볼 수도 있다. 그러나 자세히 들여다보면 둘 사이에는 공통점보다는 차이점이 더 두드러진다. 초기 보들레르의 비극적 세계관은 낙원, 혹은 이상과 현실 사이의 철저한 단절을 전제로 하고 있다. 시인은 운명적으로 천상에서 지상으로 유배된 자이므로 이곳은 낯선 곳이고 자신은 이방인이다. 고향이 있는 이방인이다. 그런데 본래의 고향인 천상으로 돌아갈 길은 철저히 차단되어 있으며 거기서 비극적 인식이 생긴다.

그러나 『연적』은 사뭇 다르다. 『연적』의 추락은 비극적이라기보다는 차라리 희극적이다. 성진은 운명적으로 추락하게 되어 있던 인물이 아니라 자제력이 부족해서 잘못을 저지르고 하토로 쫓겨난 자이다. 성진의 죄는 기독교의 죄처럼 인간이라는 존재가 범할 수밖에 없는 보편적이고 원초적인 죄라기보다는 순전히 개인적인 죄이다. 그래서 그는 천상을 그리워하면서 그 어떤 비극성에 젖기보다는 그냥 아스라이 슬픔만 느낄 뿐이다. 게다가 그에게는 보들레르와 같은 철저한 소속감도 없다. 그가 천상을 그리워하는 것은 그곳에서 누리던 영화가 그리워서이지 철저한 이 방인 의식에서가 아니다. 그러니 사실 천상과 하토의 구분도 그리 뚜렷하지 않다. 단지 좀 살 만하고 지낼 만하며 풍요로운 곳과 그렇지 못한 곳의 차이만 있을 뿐이다.

　그렇다면 보들레르와 『연적』의 그 차이 때문에 무슨 일이 벌어지는 것인가? 우선 우리가 이 소설을 읽으면서 일반적으로 가질 수 있는 기대치가 어떤 것인가를 생각해보기로 하자. 만일 성진이 하토로 쫓겨난 것을 정말 비극으로 여기고 천상에서의 삶, 육관대사의 의발을 전수받아 깊은 깨달음을 얻는 것이 자신이 진정으로 추구해야 할 길이라는 생각에 젖어 있는 인물이라면 하토에서의 그의 행로는 고통을 겪으면서 덕과 공을 쌓아서 천상으로 복귀하는 드라마가 펼쳐졌을 것이다. 그게 일반적인 정석이고 독자가 갖게 되는 일반적인 기대이다. 그러나 성진은 반성을 하기는커녕 천상에서 지은 죄를 하토에서도 그대로 반복한다. 소설의 특정한 대목을 인용할 것도 없이 양소유는 거의 소설 전편을 통해 자기도취적이고 비겁하며 변덕쟁이이고 자기 합리화에만 빠져 있는 인물로 그려져 있다. 그리고 자기 반성적인 깨달음을 얻을 기회가 충분히 주어져도 매번 발전 없이 한심한 생각과 행동으로 돌아가는 인물이다. 어찌 보면 한결같은 태도를 유지하는 인물이다. 그러니 지상에서도 자신이 설 자리가 없다. 녹두장군이나 그의 휘하의 동학군들과 양소유를 비교해보라. 그는 그들과 얼마나 다르고 그들과 얼마나 낯선가? 그는 세상 이치를 알기에는 지나치게 순진하고 지나치게 자기중심적이다. 하토에 유배되어서도 여기가 천상인지 하토인지 구분도 잘 못하는 인물, 하토에서 무슨 행동을 하더라도 즉흥적인 생각에 임시방편으로 몸을 맡겨 버리는 인물, 천상에 속해 있다가 쫓겨나 하토로 내려왔으면서 천상에서도 자신의 아이덴티티를 확보하지 못하고 지상에서도 자신의 아이덴티티를 찾지 못하

진형준　395

는 인물, 그게 바로 성진-양소유이다. 한 마디로 그는 철이 들지 않은 어린아이 그 자체이다. 어린아이이기에 천상과 하토 그 어디에도 속하면서 그 어디에도 속하지 않는 인물이 된 것이다.

  왜 그런 일이 벌어진 걸까? 다시 말하자. 그가 사랑에 눈이 먼 존재이기 때문이다. 그 사랑은 인류를 향한 큰 사랑도 아니고 자기희생적인 사랑도 아니다. 그 사랑은 끝까지 가버린 철저히 이기적인 사랑일 뿐이다.

  그런데 바로 거기서 문형렬이 창조해낸 인물의 독창성이 나타난다. 다시 반복하자. 그의 그런 눈 먼 사랑 때문에 성진-양소유는 천상과 하토 모두에 속하면서 그 어디에도 속하지 않은 인물이 된다. 어찌 보면 양쪽에서 다 이방인이다. 어디에나 속해 있되 어디에도 속하지 않은 인물이 될 수밖에 없는 것, 그게 바로 성진-양소유의 운명이다. 소설 속에서는 『금수비결』에 양소유의 운명이 미리 적혀 있는 것으로 나와 있지만 그 내용이 밝혀지지 않은 채 『금수비결』은 불에 타서 사라진다. 작가는 이 소설에 그려져 있는 주인공의 행적의 깊은 의미를 바로 그 비결의 내용이라고 말하고 있는 것은 아닐까? 작가는 이 소설의 깊은 의미를 읽어내려면 스스로 그 비결의 내용을 터득해야 한다고 독자에게 큰 몫을 남겨 놓은 것이 아닐까? 단지 우리에게 던져준 힌트는 "한갓 필부의 어리석음으로도 알 수 있고 공맹과 같은 하토의 성인이라 하여도 알지 못하는 것이 있으니 성진은 다시 하토로 돌아가 그 길을 가도록 하여라."라는 스승 육관대사의 말씀과 "세상 사람과 무리지어 함께 가는 길을 걷지 마라."라는 전봉준이 남긴 글귀이다.

  바로 여기서 연애 소설 『연적』은 놀라운 깊이를 실현한다. 이 소설은 득도의 소설이 되는 것이다. 그 의도가 확연히 드러나는 것은 "변하지 않은 것이 없는 이치는 바로 변하지 않음이 더없이 높고 귀함을 변함으로

써 알려주는 것입니다"라는 알쏭달쏭한 대목에서이다. 변하는 것은 무엇인가? 그것은 유한이며 속세이며 보이는 세상이다. 변하지 않는 것은 무한이며 천상이며 초월이며 보이지 않는 세상이다. 그렇다면 게송과도 같은 위의 대목을 우리는 이렇게 간단하게 산문적으로 풀이할 수 있겠다. 초월 세계, 천상의 드높은 가치를 낳는 것은 바로 속세의 유한성 그 자체라는 것. 따라서 득도란 그 둘을 동시에 품는 것이 된다. 거기에다가 "세상 사람과 무리지어 함께 가는 길을 걷지 마라"라는 말씀을 덧붙이면 그 의미는 한층 구체화된다. 득도는 철저히 개인적이며 주관적이라는 것을 그것은 말하고 있지 않은가? 그렇다면 속세와 함께 하면서, 속세를 버리지 않으면서, 속된 인간의 사단 팔정에 동참하면서 누구와도 다른 존재가 되어 새로운 깨달음을 얻는 것, 그것이 바로 득도라는 것을 그것은 이야기하고 있는 것이 아닌가? 그것은 "새 세상은 이 나라 굶주리고 한많은 백성의 몸속에서 기다리고 있느니."라는 전봉준의 말에 가까운 것이 아닌가.

이제 소설의 결말로 가보기로 하자. 양소유는 만주땅으로 간다. '무어 두려운 일이 있겠는가. 하늘도 나를 잊고 지상의 연분들도 나를 잊었지 않은가'라는 생각과 함께 그는 만주로 간다. 그는 만주땅을 쉼 없이 걸어가면서 서러운 눈물을 흘린다. 인용을 아니 할 수가 없다.

"그 눈물은 이듬해 봄이 오자 한 송이 누란 복수초로 피어나더니 두만강, 온 강둑을 지천으로 뒤덮고 마침내 백두산 천지를 둘러쌌지만 그의 소식은 아무도 듣지 못했다."

그는 눈물만 꽃으로 남긴 채 완벽하게 사라진다. 지상으로부터만 사라

진형준 397

진 것이 아니라 스승 육관대사가 천상과 지옥과 하토를 아무리 뒤져도 찾을 수 없는 존재가 되어버린 것이다. 그러나 말장난이 아니라 그것은 역으로 그가 스승을 뛰어넘어, 아니 천상의 존재들을 모두 뛰어넘어 완벽한 득도에 이르렀음을 뜻하기도 한다. 그를 천상, 지옥, 하토 중 어느 한 군데서 발견한다면 그의 존재의 범주는 이미 한정된다. 그 중 어디 하나에 이미 속하는 존재가 되는 것이다. 그는 그 어디에서도 찾을 수 없는 존재가 됨으로써 역으로 어디에나 존재하게 된다. 그는 천상에도 지옥에도 하토에도 없음으로 해서 천상에도 지옥에도 하토에도 동시에 존재할 수 있다. 자신을 완벽하게 지우면서 완벽하게 편재하는 것. 이것이 이 소설이 보여주는 득도이고 아무도 가지 않은 길이 된다.

완벽하게 편재한다는 것은 무엇을 의미하는가? 존재 자체가 범우주적 보편성을 획득했음을 의미하는 것이 아닌가? 그렇다면 이 소설은 극도의 주관과 객관을 동시에 품고 있다고 말할 수 있는 것이 아닐까? 아니면 가장 주관적인 것이 가장 큰 객관에 이르는 길이라고 말하고 있는 것은 아닐까?

그러나 그렇게 말하려니 너무 무겁다. 오히려 이렇게 말하는 것이 더 맞을 것 같다. 작가는 혹 가장 경망해 보이는 연애를 통해서도 깨달음의 길은 있다고 말하는 것이 아닐까? 그렇다면 연애와 사랑 자체를 이런 식으로 깨달음과 그대로 연결시킨 소설은 아마 이게 처음일 것이다. 연애에 탐닉하다가 돌아온 탕아로서 깨달음을 얻은 것도 아니요, 사랑의 이루어질 수 없음, 덧없음을 발견하고 영원불변의 삶의 진리로 돌아와 깨달음의 길로 들어선 것도 아니며, 육신을 가진 존재의 탐닉 속에서 깨달음을 얻은 것도 아닌, 여인을 사랑하는 존재 그 자체로서 득도에 이른 존재. 연애를 열심히 하고 꿈꾸어라. 그러다 보면 거기에도 길이 있다, 라고 작가는 말하고 있는 것이 아닐까? 우리 같은 범박한 사람은 차라리 그 정도 해석에서 멈추고 싶어진다.

사족을 하나 덧붙이자. 왜 소설을 읽고 나니 슬퍼지는 것일까? 이유를 밝히려고 애쓰지 말자. 눈물의 나라는 설명해서 도달할 수 있는 곳이 아니다.